诗词曲艺术新论

赵山林教授七十华诞纪念学术文集

谭坤 主编

SJPC
上海三联书店

赵山林（摄于2002年）

1984年，赵山林（左）与万云骏师（中）、耿百鸣（右）在泰安岱庙

1988年，教研室合影。前左起：高建中、马兴荣、施蛰存、万云骏、郭豫适、陈谦豫，中左起：方智范、张文泽、王建定、韩黎范、齐森华、赵山林、朱碧莲、陈晓芬，后左起：萧华荣、胡乐平、谭帆、王绍玺、朱大刚、邓乔彬、方正耀、龚斌

1988年，与施蛰存、万师、谭帆、萧华荣（右二起）

1992年，《中国曲学大辞典》编委会，左起：谭帆、叶长海、齐森华、徐扶明、陆萼庭、夏写时、李平、赵山林、陈多

1997年，所指导的硕士生进行论文答辩。前左起 谭帆、赵山林、方智范、齐森华、陈大康。后左二、三：钱久元、谭坤，后右：王建设

2001年，与李汉秋师（中）、鲍恒在吴敬梓纪念馆

2002年，与陈建华、李冬红、郝丽霞（右起）

2003年，所指导的博士生进行论文答辩。前左二起：齐森华、蒋凡、陈伯海、叶长海、谭帆、程华平。后左起：朱崇志、田根胜、谭坤

2003 年，与访问学者杨景龙

2003 年，在苏州，与蒋星煜

2003年，教研室合影。前左起: 程怡、陈晓芬、高建中、方智范、郭豫适、齐森华、陈文华，中左起: 方勇、洪本健、龚斌、赵山林、王冉冉、查正贤，后左起 程华平、归青、朱惠国、谭帆、陈大康、周圣伟、胡晓明[

2004年在台北。左二起: 王德威、蔡欣欣、大木康

2004年，与江苏师范大学李昌集、陈洪（左三起）拜望徐中玉

2004年在广州，与曾永义、吴秀卿(左起)、康保成(右)

2005年，同施勤美与陈建华、宋桂芬、张丽红（后右起）

2005年在珠海，与黄天骥(中)、康保成

2005 年在珠海，与詹福瑞（左一）、王兆鹏、蒋述卓、黄德宽（左三起）

2005年，同施勤美与李梅、杨凯峰、李昕欣、唐一方（左起）

2005 年，在杭州，与洪本健（前左）、欧明俊、赵晓岚、王永、邓乔彬、陈雪军、陈晓芬（后左起）

2005年在北京大学，与江巨荣、华玮（左起）

2005年，同施勤美与尹蓉（前左）、杨飞、路云亭（前右起）、朱崇志、项晓瑛、唐一方、姚惠兰、夏太娣（中左起）、杜磊、杨凯峰、李昕欣（后左起）

2006年，在华东师大。前左起：李时人、孙逊、黄霖、章培恒、郭豫适、齐森华。后排魏明扬（右一）、丁淑梅（右四）、杨飞（右六）

2007年，与夏太娣、李仕健、尹蓉、吴庆晏（左起）

2007年，在华东师大，与施吉瑞

2007年，同施勤美与唐雪莹、夏太娣（前排左右）、李有强、路云亭、魏明扬、朱崇志、吴庆晏（后排左起）

2007年，与大学同学仲建平、石晓林、过仕刚、卫有文、刘国林（右起）

2007年在北京，与吴新雷、田仲一成、白先勇、颜海平（左起）

2007年在北京，与朱恒夫、江巨荣、叶长海（左起）

目　录

融会贯通，追求原创

——戏曲研究的点滴体会

赵山林

我于1982年2月考入华东师范大学中文系，师从著名词曲专家万云骏教授，攻读硕士学位。万先生是词曲大师吴梅先生的弟子，对于词曲有着精深的造诣。在先生门下学习三年，又有幸在各种场合聆听了许多学界前辈的教诲，为我此后的研究打下了基础。毕业后留校任教，二十多年来的学术研究中，不断向前辈和同行学习，取得了一些成绩，也积累了点滴体会，不揣浅陋，写出来向专家和广大读者请教。

一 把原创性作为学术研究的主要追求

学术研究贵在独创，我们的研究工作是否有价值，最重要的是要看研究成果是否在前人基础上或多或少有所开拓、有所发现。个人的力量有限，但我们应当把原创性作为学术研究的主要追求，则是没有疑问的。这里想谈谈我在戏曲观众学研究中的一点体会。

20世纪80年代，随着戏曲市场发生的变化，观众问题已经引起我国文艺界、理论界的关注。但当时所做的工作，主要还是介绍国外的研究成果，如1986年文化艺术出版社出版《论观众》，收入国外学者有关观众问题的论文，而对中国戏剧观众问题则研究者不多。特别是对于中国戏曲观众问题，更很少有人进行研究，对于源远流长的中国戏曲在其发展过程中所积累的丰富的有关观众问题的资料，因为尚未认识其价值，亦无人进行系统的发掘、整理、探讨和研究。这引起我对戏曲观众问题的关注。

我研究戏曲观众问题的目的，是要通过实事求是的研究，为建立中国戏曲观众学投石探路，为富有民族特色的戏曲学、艺术学和文艺理论的建设添砖加瓦，同时为今天社会主义戏曲和文化事业的发展提供一份有益的借鉴。基于这一目的，上世纪八十年代以来，我在广泛搜集资料、阅读有关理论书籍、深入思考研究的基础上，先后写作和发表了《古代曲论中的观众心理学》、《古代曲论中的观众位置论》、《戏曲观众的心理定势》、《戏曲艺术创造中的信息反馈流程》、《论古代戏曲民俗》、《徽商与戏曲的关系》、《论戏曲观众审美趣味和审美层次的差异性》等论文，从各个不同的角度对戏曲观众问题进行研究探讨。在此基础上，完成了专著《中国戏曲观众学》。

《中国戏曲观众学》全书分上下两编。上编“剧场与观众”着重于戏剧学与社会学、民俗学的交叉研究，分八章详细探讨了剧场的类型和变迁、古代至近代戏曲观众的构成和变化，包括群众性的戏曲活动和丰富的戏曲民俗。下编“观众心理学”着重于戏剧学与心理学的交叉研究，依据中国古代曲论等方面的大量书面资料和戏曲文物，分七章详细探讨了古人对观众心理的认识、观众的心理定势、观众的心理因素、以观众为主体的信息反馈流程、观众审美趣味和审美层次的差异性、戏曲审美效应的多样性以及观众审美趣味的历史可变性等问题。在研究过程中，坚持实事求是，力求通过丰富现象的研究探索，得出有规律性的结论。

在具体方法上，还采用了数量分析和比较的方法。如第十三章，在分析观众审美趣味和审美层次的差异性的时候，分析了明万历二年(1574)手抄本《迎神赛社礼节传簿四十曲宫调》、明万历三十年(1602)刊本《精刻绣像乐府红珊》和明末清初李玉传奇《永团圆》中所载三份剧目的类型构成，详细列表说明，并对三者进行了比较。这一分析很能说明问题，因此被有关学者引用。第一章还依据有关资料，分析了清代常熟一次乡间演出的观众构成，得出男观众、女观众、各类小贩之比大约为 5∶2∶1。这样的分析，也很能说明问题。

书中运用的资料，相当大一部分是我本人长期以来搜集的第一手资料。我自上世纪八十年代开始，从各种总集、别集、笔记、小说、方志、家谱、碑刻中广泛搜集有关资料，有不少新的发现。其中一部分经过整理考释，编辑成书出版，如《安徽明清曲论选》(黄山书社，1987)、《历代咏剧诗歌选注》(书目文献出版社，1988)。未出版的资料数量更大。这些资料中，有很多是前人未曾注意过的，如咏剧诗，总数量超过万首，其中一部分具有宝贵的价值，经过我的介绍，目前已为海内外学术界所重视。

本书运用资料的另一个特点是及时运用新发现的文物资料。如明万历二年(1574)手抄本《迎神赛社礼节传簿四十曲宫调》，是 1986 年在山西潞城县发现，1987 年公布的，本书及时加以运用和研究，是全国最早注意到这一文物价值并及时加以研究的学者之一。

本书在研究方法和资料来源方面的这些特点，使本书的学术质量有了可靠的保证。

本书对于戏曲观众问题，提出了自己的一些观点。

(1) 从总的观点来说，过去人们研究戏曲，大多重视剧作家、导演或演员，很少注意观众，本书强调观众是戏曲绝对不可忽视的一大要素，明确提出：没有观众，特别是没有民间观众，就没有中国戏曲，就没有中国文化艺术史上这辉煌的一页。这一观点具有重要的学术价值和现实意义。

(2) 本书运用丰富的材料证明了一个被以往研究者所忽略的事实：从宋元瓦舍勾栏时期开始，戏曲艺人就有着比较明确的观众意识。这是我们今天研究戏曲观众学的一个基础，其中蕴涵的文化意义和理论意义不可小看。

(3) 本书较早对戏曲观众进行了分门别类的细致研究，如揭示了祭神赛会与村镇观众的关系；将商人与军士作为两个特殊的观众群体单独提出，揭示了商业活动、人口迁徙与戏曲艺术的关系；将妇女作为一个特殊的观众群体单独提出，分析了历史上妇女观剧的种种禁忌，探索了妇女观众队伍顽强生长的历程；等等。

(4) 本书依据古代曲论的材料，以“演者不真，则观者之精神不动”、“填词之设，专为登场”和“人赞美而我先之，我憎丑而人和之”来概括古代艺人、剧作家和教习对观众的认识。

(5) 本书将戏曲观众的心理定势概括为“既不‘泥真’，亦不‘认假’”、“既要看戏，又要看艺”、“心灵默契，约定俗成”、“善善恶恶，是非分明”四个方面，比较全面，比较深入，提法也是新颖的。

(6) 对于观众在戏曲审美过程中的感知、注意、想象、理解等心理活动，本书用“真与幻”、“常与奇”、“一与变”、“有与无”、“情与理”加以概括，具有民族特色。

(7) 本书将戏曲演出场所视为一个整体，认为其中存在着观众与作者、演员与作者、观众与演员、演员与演员、观众与观众之间的信息反馈流程，这一概括比较全面、比较深入。

(8) 本书在讨论观众审美趣味和审美层次的差异性的时候，借用古代曲论的提法，将其概括为“不同观众眼中的‘曲之亨屯’”，并对几份剧目的数量关系进行比较分析，这一视角是比较独到的。

总之，以上观点，对中国戏曲观众学的总体或局部的某一问题提出了独到见解，具有学术价值。

本书有关章节以单篇论文形式发表之后，引起学术界关注，其中《古代曲论中的观众心理学》、《戏曲观众的心理定势》等篇被人大复印资料全文转载。

本书出版以后，在学术界引起了一定反响。

在大陆，报刊发表了多篇评论文章。权威的《中国曲学大辞典》(浙江教育出版社，1997)将《中国戏曲观众学》视为有代表性的论著，为其列了专条，在简介本书内容后，评价说："本书论述新颖，在戏曲史研究中有一定的开拓性。"

在对二十世纪学术进行回顾总结的时候，不少学者提到本书。赵敏俐、杨树增著《20 世纪中国古典文学研究史》(陕西人民教育出版社，1997)第四章《20 世纪末叶古典文学研究的辉煌》列举"让人耳目一新的学术著作"，包括了本书。

在台湾，台湾大学教授李惠绵上世纪九十年代初编著《戏曲要籍解题》(台湾正中书局，1991)，选择标准很严，《中国戏曲观众学》亦列入其中，评价说："本书从观众学的角度立论，为中国戏剧理论开展另一层面的研究。"

在国外，日本山口大学教授根山彻发表长篇评论文章，指出"该书中作者对戏曲文本的研究和语汇等方面的研究与以往的文学史研究迥然不同，以往没有将戏曲的接受者纳入研究领域，而该书则对此详加考察展示，就此而言值得高度评价。尤其是其中清晰地阐说了各阶层之不同接受状况，以及戏曲创作方面、演出方面与观众之相应关系。此外，该书提示了作为该方面研究之基础的丰富资料，可以确信它们对于今后的戏曲研究大有裨益"，因此该书"令我们难以等闲视之"①。

从对艺术实践的指导来说，本书也产生了一定影响。著名京剧演员于魁智在中国京剧优秀青年演员研究生班毕业论文《浅议京剧市场》中多次引用本书的有关论述，并结合梅兰芳、杨宝森、李少春等老一辈艺术家的艺术道路及他本人的艺术实践，作了阐述，反复强调了把握观众心理、适应观众需求、不断进行艺术创新的必要性②。本人的研究成果，能对艺术实践发挥一点作用，我是感到特别荣幸的。

---

① ［日］根山彻《赵山林著〈中国戏曲观众学〉》，日本九州大学文学部编《中国文学论集》第 21 号，1993 年版，第 69—78 页。

② 于魁智文见《彩虹集》，中国戏剧出版社 2001 年版，第 9—11 页。

二　为运用中国理论“话语”建设中国民族戏剧理论略尽绵薄

中国古代戏剧研究从二十世纪初王国维开山以来，日益成为中国古代文学艺术研究中一个引人注目的重要领域。在将近一个世纪中，戏剧研究取得了长足进展，但研究者的研究重点通常放在戏剧文本，对于戏剧的其他构成因素未及给予足够的注意，因此不利于全面揭示戏剧作为综合艺术的固有属性及其发展的内在规律。上世纪八十年代中期开始，叶长海先生撰写的《中国戏剧学史稿》、张庚、郭汉城先生主编的《中国戏曲通论》先后问世，对于中国戏剧学研究作出了重要的开拓，对我有很大启发。我追随诸先进，在大量占有资料、进行专题探讨的基础上，完成了专著《中国戏剧学通论》，从另一个角度对于中国戏剧学进行探索，为运用中国理论“话语”建设中国民族戏剧理论略尽绵薄。

本书根据中国戏剧学的实际，以戏剧史学、戏剧作法学、戏剧音律学、戏剧表演学、戏剧批评学、戏剧文献学作为中国戏剧学的六大分支，用以覆盖中国戏剧学的主要领域，力求反映戏剧作为一门综合艺术的一般规律，同时又体现中国戏剧学独特的民族个性。

本书指出，这六大分支，分别隶属于三个层面：一度被人们忽略的戏剧文献学，当属第一层面，乃是整个中国戏剧学研究的基础；属于技法研究的戏剧作法学、音律学与表演学，乃是第二层面；至于研究戏剧发生、发展规律及原理、本质的戏剧史学与戏剧批评学，则为第三层面。三个层面的关系，是紧密联系、相辅相成的。依据以上认识，本书在结构上改变按时代、人物划分章节的传统做法，采用板块构架、点面结合的形式，为复杂的内容勾勒出了清晰的眉目。而隶属各分支的“说”与“论”，充分体现了本书以理论探索为核心的主旨。

以戏剧批评学为例，将有关戏剧功能的主张区分为“讽谏说”、“教化说”、“主情说”、“史鉴说”、“游戏说”五类，将有关戏剧艺术表现的见解区分为“自然说”、“意境说”、“本色论”、“当行论”四类，而后就各个中心明确的板块，分条加以评析，阐明诸家理论见解的异同与继承发展的关系。对于批评文体，也进行了梳理和探讨。论者指出：“这种构建中国古代戏剧批评学体系的尝试是值得肯定的。”①

本书还对一些理论问题发表了自己的见解，例如：关于中国戏剧学的分期，关于中国戏剧产生、发展的具体环节，关于中国戏剧理论中的人物性格论，关于中国戏剧中的悲剧、喜剧，关于中国戏剧学与诗学的关系，等等。

本书出版以后，受到学术界好评。复旦大学李平教授指出本书“是一部具有开创意义的、高质量的学术著作”，并且具体指出其主要特色或曰主要优点有五：一是“以开阔的视野，从全方位、多层次的角度，构建中国戏剧学严密的体系”，二是“构架上以点面结合的形式，为复杂分散的内容勾出了清晰的眉目”，三是“拥有大量独到的见解与对理论意蕴的深入阐发”，四是“突出了中国戏剧学的民族特色”，五是“以广博而扎实的材料，显示了作者厚实的根底和严肃勤奋的治学态度”②。《人民日报》、《文学遗产》、《学术月刊》、《文汇读书周报》等报刊及香港、澳门的报刊先后发表了十多篇评论。

在总结二十世纪学术史的时候，一些专家也对本书给予了好评。叶长海先生指出：“在中国戏剧学的建设上，赵山林的《中国戏剧学通论》，亦是一个重要的收获”，“该书的主要特点，是把中国古代戏剧学的内容划分为六个门类，每个门类采用‘减头绪，立主脑’的论述方法，择选每个历史时段在主要问题论述之，因而全书讨论的问题集中、醒目，条理清晰、明确”，“进而科学总结，详加阐说，从而为认识中国戏剧学提供了一个清晰的面容”③。安葵先生指出：《中国戏剧学通论》“这部著

① 黄霖主编、黄念然著《20世纪中国古代文学研究史·文论卷》，中国出版集团东方出版中心2006年版，第226页。

② 李平《一部高质量的戏剧学著作》，《学术月刊》1996年第8期。

③ 叶长海主编《中国戏剧研究》（《二十世纪中国人文学科学术研究史丛书》之一），福建人民出版社2006年版，第258页。

作虽然主要列举古代例证，没有直接结合现代的创作，但已不只是对古典戏剧理论的诠释，可以看出作者运用中国理论‘话语’建设中国民族戏剧理论的努力”①。

三 坚持词曲融会贯通的研究

多年来，分门别类的文学研究取得了显著的成绩，但随着研究的深入，综合的、融会贯通的研究也日益显示出它的重要性与优越性。这种融会贯通的研究，其实学术前辈也曾经提倡，例如词曲双修就是吴梅先生指示的治学门径之一。有鉴于此，二十几年来我比较多地致力于词曲演变发展与相互影响的考察，力求从词曲关系的角度切入，对戏曲研究作出某一方面的拓展。

在《从词到曲——论金词的过渡性特征及道教词人的贡献》(原载《山东师范大学学报》哲学社会科学版 1992 年第 2 期)一文中，我提出从宋词到元曲的演变过程中，金词是一个不可忽视的中间环节。这种过渡性的变化表现在由词体到曲体、由词境到曲境两个方面，而以蔡松年、赵秉文、元好问为代表的文士词人和以王重阳、马丹阳、丘处机为代表的道教词人分别作出了各自的贡献。

在《金院本补考》(原载《文学遗产》1997 年第 5 期)、《宋杂剧金院本剧目新探》(原载《南京师范大学学报》哲学社会科学版 2001 年第 1 期)二文中，我对宋杂剧、金院本与词的关系进行了具体的考察，指出二者的关系不仅在曲调上，而且在题材上。例如金院本中的题目院本，胡忌先生《宋金杂剧考》推测其内容“大约是以公卿、名士和官妓们作对象的”②，我的论文不仅证实了这一论断的正确，而且更具体地指出：题目

---

① 安葵《戏曲研究五十年——为中国戏曲研究院成立五十周年作》，《艺术百家》2001 年第 4 期。

② 胡忌《宋金杂剧考》，古典文学出版社 1957 年版，第 207 页。

院本与词人、词作的关系极为密切，金院本中的《墙外道》、《共粉泪》、《蔡消闲》、《方偷眼》、《隔年期》、《贺方回》都取材于词。这是因为词的内容常有关风情，容易引起人们的兴趣，而词本身就是歌唱的，实现从词到曲的转换也颇为便捷。此外，院幺中的《不掀帘》、拴搐艳段中的《少年游》也可以作为这方面的例证。由此可见，开展词与曲的关系研究是极其必要的。

我在这方面的研究引起了学术界的注意，有论者认为：在戏曲研究中，人们的认识常常会受到这样那样的局限，“赵山林先生等对金词、元曲关系演变的考察，或许可以略为开阔我们的研究视野”①。

四 重视文献资料发掘，为戏曲史和戏曲理论研究提供新的资料

文献资料是研究工作的基础，戏曲研究也必须尽可能多多发掘资料，这有利于我们获得新的认识。每次在戏曲资料上略有发现，我内心的喜悦是难以言表的。1983 年，我在阅读上海图书馆藏《吴吴山三妇合评牡丹亭还魂记》(同治庚午重刊，清芬阁藏版)时，发现上面有一百一十二条毛笔写的批语，这些批语是人们未曾注意的。经考证，这些批语是近代文人杨葆光所写。批语或阐明《牡丹亭》的情感内涵，或评论《牡丹亭》的人物形象，在戏曲评点史上自有其价值。

在戏曲文献方面，我用力较勤的是咏剧诗歌的搜集、整理与研究。在中国古代文艺理论的研究中，论诗绝句已经得到学者的重视，但同样具有价值的咏剧诗歌却迟迟未能引起应有的注意。从八十年代起，我从各种总集、别集、笔记、方志及其他文献中广泛搜集咏剧诗歌，总量达万首以上。经过认真细致的整理与研究，从中精选出六百多首，出版了

---

① 解玉峰《20 世纪元曲研究刍议》，《戏史辨》，中国戏剧出版社 1999 年版，第 325 页。

《历代咏剧诗歌选注》(书目文献出版社,1988)。这一工作,得到学术界的重视和好评。戏曲史研究的前辈、中山大学王季思教授为《历代咏剧诗歌选注》所作的序指出,本书的价值有三方面:“一是从部分诗歌里对艺人表演、演出场地及观众反映得到了实感”,“二是在戏曲理论批评方面得到了专著以外的重要印证”,“三是对戏曲作家和艺人的交游、戏曲作家和诗文作家的交游,增进了了解”。他还特别指出:“这只是个人的感受,全书对研究中国戏曲史、戏曲理论者的效益远不止此。”《艺术百家》杂志的署名评论也指出本书“从一个新的角度,拓展了古典戏曲的研究领域,其功良不可没”①。《中国曲学大辞典》在“咏剧诗”条目中介绍的唯一一本著作便是我的《历代咏剧诗歌选注》,可见它在咏剧诗的研究方面发挥了一定作用。

综上所述,我在二十几年的戏曲研究中,逐步形成了自己的学术个性,主要表现在:在坚实的文献基础上,全方位考察,纵深开掘,不断拓展,力求在中国文学史和文化史的大背景下,比较全面地深入地揭示古代戏剧和戏剧理论发展的内在规律,科学地总结这一珍贵的民族文化遗产。在这方面,我只能做一点具体的工作,但我将沿着这一方向继续努力。

(原载《戏曲研究》第 76 辑,2008 年 9 月)

---

① 关一农《古典戏曲研究领域的新拓展——读赵山林〈历代咏剧诗歌选注〉》,《艺术百家》1991 年第 4 期。

《中国戏曲传播接受史》序

齐森华

《中国戏曲传播接受史》是赵山林教授的又一部力作。本书以传播学和接受美学的独特视角，系统梳理了自宋代至清末近千年间中国戏曲传播和接受的历史轨迹，描述了戏曲传播接受的总体面貌，探讨了一些带有规律性的问题。这不仅为中国戏曲史的研究填补了一项重要的学术空白，亦可以使中国戏曲史的重构更加富有立体感和历史感，论著具有较高学术价值。

二十世纪以来，中国古典戏曲的研究成果相当丰富，但纵览近百年来的戏曲研究成果，主要集中在戏曲文学史、理论史及作家作品论的范围内。近一二十年来，虽然也有学者开始关注古典戏曲的传播接受问题，但主要也是集中在家班和《西厢记》等少数几部名著的传播接受方面。可以说，戏曲传播接受的问题引起研究者的重视为时尚不长，而研究的广度和深度也很不够。我觉得在某种意义上说，戏曲传播接受史的研究，比之于传统的中国戏曲史研究来更为复杂，也更为艰巨。因为这一研究领域，不仅涉及剧作家、演员、观众、批评家、戏班主人和出版商等多个层面，而且还涉及各种声腔剧种的传播与交流、多种演剧形态和场所的交叉与竞争、多种传播方式的兴替与共存，可谓错综复杂、头绪纷繁。面对这样的难题，山林先生知难而进、辛勤开拓，研究取得了可喜的进展。他的这部专著，最大的特点便是脉络十分清晰，从纷纭复杂的关系中，概括出“观众与作者”、“演员与作者”、“观众与演员”、“演员与演员”、“观众与观众”五条主要线索。进而以这个理论视角为基础，以充实的史料、充分的论述建构起全书纵横结合的学术框架。

大体说来，本书在纵的向度上，经过系统梳理，清晰地显示了中国戏曲传播接受的历史脉络，使我们看到从宋、元、明、清直至近代戏曲的传播与接受，既有承继关系，又存在时代差异。之所以如此，既有社会经济、政治、思想、文化方面的影响，也有戏曲自身发展变化的原因。

在横的向度上，本书对于戏曲传播接受的诸多方面进行了深入研究，包括：戏曲文本的流传，特别是戏曲选本的演变；戏曲演出的组织、场所、形式；戏曲的评论，包括评点这样一种极富民族特色的评论形式；戏曲的研究，这是理性层面的接受；戏曲的影响，包括对观众、读者的影响，对文化市场、社会风气、社会生活的影响，等等。在研究这些问题的时候，十分注意传播与接受的不同趋向，对于不同背景、不同渠道、不同群体的传播接受的差异进行了仔细的辨析。对于一些前人未曾给予充分重视的具体问题，进行了较有深度的探讨，例如在表演形态方面，探讨了古典戏曲特有的“串客”和“票友”现象及其对戏曲艺术的影响；在剧本创作方面，探讨了作者着眼于接受效果而对作品创作的构思，或因演出的反馈而对剧本的改动；在剧本刊行方面，探讨了戏曲选本对当时观剧心理的呼应、与舞台演出的关系；在文人与戏曲关系方面，探讨了文人的戏曲活动和思想参与，以及这种活动和参与如何推动了戏曲的发展；等等。

由于这样的精心构思和写作，本书做到了既能条分缕析，又能涵盖全面。力求纵横密切结合，史论水乳交融，戏曲生产与戏曲消费双向互动，宏观描述与微观剖析相辅相成。从而为中国古代戏曲构建了一部完整而又丰富多彩的传播接受历史，这在中国戏曲史的研究中是具有一定开创意义的。

学术研究需要严谨的科学态度，锲而不舍的探索精神，独到的学术眼光。本书作者在论述中，比较充分地吸取了二十世纪以来，特别是近二十年来相关研究成果，同时也融入了许多个人的独到体认与思考。

整部论著既有兼综之功，又多创辟之见。比如对于宋杂剧、金院本内容的考辨，对于宋辽金之间戏剧交流的考察，对于宋代理学家戏剧主张的阐析，对于戏剧传播与商人关系的探索，对于历代咏剧诗的大量发掘与利用，以及对于戏曲传播方式的近代转型的研究，都可谓独具识见，发前人所未发。

我和山林教授共事多年，在学术研究、研究生培养工作中密切合作，时常有切磋之乐。山林是已故词曲专家万云骏教授的高足，而万云骏教授是近代词曲大师吴梅先生的弟子。距今八十年前，1928 年春至 1931 年秋，吴梅先生曾在华东师范大学的前身之一光华大学任教，著有《中乐寻源》的童斐以及吴梅的学生卢前等知名学者也曾在光华大学任教，因此华东师范大学的词曲研究可以说是渊源有自。山林教授正是继承了吴梅先生和万云骏先生的优良治学传统，长期致力于词曲研究，于戏曲研究用力尤勤。他从上世纪八十年代开始，从浩如烟海的正史、野乘、文集、笔记、日记、方志中，广泛搜集戏剧的各个方面，包括剧场、演员、观众及戏剧批评等方面的资料，有不少新的发现。其中一部分经过整理考释，编辑成书出版，如《安徽明清曲论选》、《历代咏剧诗歌选注》等，特别是他于 1990 年、1995 年分别出版的专著《中国戏曲观众学》、《中国戏剧学通论》，尤为同行专家所称道，公认为是新时期以来曲学研究中不可多得的优秀成果。进入新世纪以来，山林教授仍然笔耕不辍，中国戏曲传播接受史研究正是他以往研究工作的自然延伸和发展，而本书就是多年积累的成果。本书的出版会对中国戏曲史研究产生积极的推进作用，这是完全可以期待的。

（原载《中国戏曲传播接受史》卷首，
上海：上海人民出版社 2008 年版）

《戏曲纵横论》序

曾永义

赵山林教授是我多年的同道朋友，想当年我到华东师范大学讲演，便和他一见如故。他为人和善，即之也温。常在戏曲学术会议上相见，聆听他的高论，每令人耳目一新。二〇一〇年十一月，我们会于史坦福，又同往哈佛，听他开拓咏剧诗研究极为佩服。看他伉俪情深，父女关爱，非常羡慕。去年十二月底又见于哈尔滨，一齐参加“戏曲辨疑与新说国际会议”，好不热烈，听他论说《昆剧观众的历史变迁与现况》，令人深切省思；而天寒地冻，同赏摄氏零下二十八度的冰雕世界，高楼大厦，琳琅满目，恍如在童话情境中，也叫人难以忘怀。

二〇〇六年五月山林兄已在本丛书出版《戏曲散论》，包含的论题相当广；现在又将出版《戏曲纵横论》也同样的博。因为他对戏曲有不解之缘，从家乡到求学、落户安身，所在之处无不在“戏窝子”里，而他的父亲是京剧行家，导师万云骏教授又是曲学大师吴梅先生的弟子。在这样的背景之下，他养成了对戏曲极高的兴趣，对戏曲各种层面更产生了无不涉猎、无不探讨的热诚。也因此，举凡戏曲学理论、戏曲观众学、戏曲传播接受学，乃至于戏曲名家名作之评论，无不在他纵横挥洒之下，屡见真知灼见。譬如他论《汤显祖与“临川四梦”》提出其所谓之“《牡丹亭》范式”，其要义有三：从艺术构思特点来说，《牡丹亭》树立了“以虚而用实”的典范；从人物形象刻画来说，又树立了从类型化向典型化嬗变的典范；从戏曲语言的创造来说，更树立了“其才情在浅深、浓淡、雅俗之间，为独得三昧”的典范。又其论“京剧二百年”，总结了徽班在北京发展的历史经验，得此四端：“兼收俱蓄，诸腔并奏”、“自由竞争，彰显特色”、“切磋琢磨，精益求精”、“从严治班，和衷共济”。再如其论“戏曲传播接受面面观”，从咏剧诗考察民间戏曲与士大夫家班演出情况，以及声腔流播情况；从文人日记考察近代上海昆剧传播接受情况；从曲家尺牍，考察曲家对自己剧作的态度和对其他剧作家作品改编的情况。凡此都是言人所未及言的。

我虚长山林教授六岁，而我白发如雪，他尚有如青鬓少年。两人并立，简直长幼有别。而其著作等身精彩如此！不止在国内各大学讲学，也在美国哈佛、史坦福、芝加哥、密西根、加州 UCLA、亚利桑那以及马来西亚大学等名校切磋学术与发表言论。如此以学术悠游天下，是何等的自在自得。

二〇一三年元月十五日凌晨曾永义序于台大长兴街宿舍

（原载《戏曲纵横论》卷首）

#《戏曲纵横论》自序

赵山林

本人与戏曲似乎有着不解之缘。我祖籍邗江，即今江苏省扬州市邗江区；小学和中学时代在安徽省安庆市度过：这两处都是著名的戏曲之乡。中学毕业之后，到安徽省潜山县插队落户，这里是程长庚的故乡。潜山的邻县一个是怀宁，杨小楼的故乡；一个是太湖，叶春善的故乡；另一个是桐城，严凤英的故乡。可以看出，这里是名副其实的戏窝子。1982 年我有幸进入华东师范大学读研究生，导师万云骏教授是近代戏曲大师吴梅先生的弟子。距今八十多年前，1928 年春至 1931 年秋，吴梅先生曾在华东师范大学的前身之一——光华大学任教，著有《中乐寻源》的童斐以及吴梅的学生卢前等知名学者也曾在光华大学任教，因此华东师范大学的戏曲研究可以说是渊源有自。还有一个细节：先严璧还公亦为京剧行家。1944 年，美国副总统华莱士到兰州访问，先严当时在兰州银行供职，他们几位京剧票友曾为华莱士演出过《四郎探母》，先严饰演杨四郎。也许正因为以上多方面的熏陶，我最终走上了戏曲研究的道路，迄今已经三十年。三十年来最珍视的是向各位师友求教的机会，最感激的是各位师友给我的教益。当本书出版之际，我怀抱的仍然是这种心情。

本书论述的内容，分为七章。

第一章“汤显祖与‘临川四梦’”。内容一是“临川四梦”文学渊源探讨，分析了“临川四梦”在情感内涵上表现为对“魏晋风流”的继承；在创作精神上对意趣神色的妙悟；在故事情节上对魏晋志怪、唐人传奇、宋人话本、元人杂剧的有关内容的选择改造；在戏曲语言上对唐诗、唐五代两宋词、元曲的吸收熔铸。二是讨论《牡丹亭》范式，指出所谓"《牡丹亭》范式"，要义有三：从艺术构思的特点来说，树立了"以虚而用实"的典范；从人物形象的刻画来说，树立了从类型化向典型化嬗变的典范；从戏曲语言的创造来说，树立了"其才情在浅深、浓淡、雅俗之间，为独得三昧"的典范。三是讨论了《邯郸记》的成就及其影响，指出《邯郸记》已经不是原来意义上的度脱剧，它所表现的社会生活内容十分丰富。汤显祖从唐代有关文献和从明代现实生活中开掘素材，加以独到创造，使《邯郸记》做到了"较大的思想深度和意识到的历史内容"与"情节的生动性和丰富性"的完美融合。它深刻地描写了封建社会里人性的扭曲，形式上是喜剧，实质上是悲剧。《邯郸记》不但对同类戏曲创作产生了直接影响，而且在文人圈子里引起了强烈反响。此外，对咏《牡丹亭》诗歌的讨论，丰富了《牡丹亭》批评史的内容；对汤显祖咏史诗歌及其《花间集》评点的讨论，则拓宽了汤显祖研究的领域。

第二章"从南戏到传奇"。内容一是讨论《荆钗记》的传播接受。南戏的代表作，历来认为是"四大南戏"即《荆》、《刘》、《拜》、《杀》。还有一种并称是《荆》、《刘》、《蔡》、《杀》，即去掉《拜月亭》而换上《琵琶记》。在这两种说法当中，《荆钗记》都居于首位，可见它在中国戏曲史上占有重要的位置。《荆钗记》的传播接受，呈现出种种复杂的情况，也能说明不少问题。二是讨论《琵琶记》与古代曲论的几个重要命题。作为一部里程碑式的作品，《琵琶记》在中国戏曲史上的影响是多方面的。它不仅在创作方面为后代树立了一种典范，而且在理论方面也引发了很多思考。古代曲论中不少重要命题与《琵琶记》有关，本章择要讨论了"寓言"、"怨谱"、"本色"三个命题。三是讨论《长生殿》中的"情"。曾经有一些评论，认为《长生殿》所描写的"情"没有什么积极意义，认为洪昇所提出的"情"的观念，与汤显祖所提倡的反理之情，有不相同的政治内容，是不可同日而语的。本人则认为，《长生殿》中的"情"与《牡丹亭》中的“情”，在包含进步思想因素这一点上是完全一致的，《长生殿》中的“情”是对《牡丹亭》中的“情”的继承，而“专写钗盒情缘”，可以视为《长生殿》的总体构思。在这一总体构思的统领之下，戏剧情节如何展开，这里也进行了讨论。此外，对咏《长生殿》诗词也进行了讨论。

第三章“京剧二百年”。内容一是讨论徽班在北京的发展及其历史经验，总结出“兼收俱蓄，诸腔并奏”、“自由竞争，彰显特色”、“切磋琢磨，精益求精”、“从严治班，和衷共济”这四条，指出这些经验在京剧发展史上具有重要意义，时至今日仍然有参考价值。二是提出二十世纪初叶北京存在一种京昆共济现象。所谓京昆共济，即京剧演员热衷于演出昆剧，昆剧演员也乐意与京剧演员同台演出，昆剧、京剧双方在剧目、演艺方面加强交流，而相当一部分观众对昆剧、京剧都表现出浓厚的兴趣，可以说取得了某种程度双赢的效果。对这一段历史加以回顾，或许能给我们一些有益的启示。三是对当代京剧名家尚长荣的表演艺术进行探讨，从“传神与写心”、“坚实与灵动”、“粗犷与妩媚”、“戏与技”几个角度作了分析。此外，还分析了京剧《廉吏于成龙》剧本创作的艺术匠心。

第四章“戏曲传播接受面面观”。戏曲传播接受的历程，可以依据多种材料，从不同的侧面加以审视。一是咏剧诗歌，本章据此考察了民间戏曲演出的情况，士大夫家班演出的情况，以及各种声腔流传的情况。二是文人日记，本章据王锡麒《北行日记》、何荫柟《鉏月馆日记》(稿本)、《王韬日记》、佚名《绛芸馆日记》(稿本)等，考察近代上海昆曲传播接受的状况。三是曲家尺牍，本章依据徐渭、汤显祖、梅鼎祚、袁宏道、王衡、祁彪佳、张岱、贺贻孙、张潮等人有关尺牍，考察曲家对自己剧作的态度，对其他作者剧作改编的情况，文人与清曲家、艺人的关系，文人的戏曲审美情趣等等问题。

第五章“近代文人与戏曲”。本章主要选择两位有代表性的文人加以考察，一位是兼备传统和新潮色彩的孙宝瑄(1874—1924)，另一位是日后成为著名历史学家的顾颉刚(1893—1980)。孙宝瑄的《忘山庐日记》蕴藏着近代戏曲文化的丰富信息,从中可以具体感受19世纪、20世纪之交北京、上海戏曲特别是京剧演出的盛况,谭鑫培、孙菊仙、汪桂芬等著名艺术家精湛的表演艺术,汪笑侬等人改良戏曲的可贵努力,北京、上海戏曲传播环境的差异及各自特色,以及两地京剧票友的活动。对于这些戏曲现象,孙宝瑄作出了文化阐释,而他的阐释也体现出近代社会大变革时期的特点。从《忘山庐日记》看,孙宝瑄本人的戏剧审美情趣在雅俗新旧中西之间。顾颉刚的《檀痕日载》(梨云日记)包含丰富的观剧记录,从中看出他在学生时代曾经观赏大量京剧和梆子演出,他对戏曲演出的艺术感受十分细致,常有精到的分析,并能把握北京、天津、上海各地演出的不同特点,从演员阵容、表演风格、观众审美趣味等各个方面作出比较。他对戏曲故事变迁的考察,对他后来提出"古史是层累地造成"的学说,产生了出乎意料的影响。顾颉刚的京剧观赏与评论活动,是二十世纪初青年学生、文人学者与戏曲关系的一个缩影。

第六章"诗词曲之因缘"。内容一是讨论《草堂诗余》在明代的流传及词曲沟通的趋势。《草堂诗余》是南宋人编辑的一部词选,前人谈及明词,常曰明人"以《花》、《草》为宗",而当时《草堂诗余》流行的程度实超过《花间集》。本章认为,《草堂诗余》在明代广为流传,不仅仅是一本词选影响力的问题,从文学艺术的发展来看,这反映了一种词曲沟通的趋势。具体说到《草堂诗余》对戏曲的影响,可从剧作、曲选、曲论三方面加以讨论。从剧作来看,戏曲作品大量运用《草堂诗余》中的词。从曲选来看,《草堂诗余》的编排体例影响了一些戏曲选本。从曲论来看,不少曲家以《草堂诗余》为参照对象,对戏曲和戏曲理论进行讨论。内容之二是论《迦陵词》与戏曲之因缘。陈维崧(1625—1682)的《迦陵词》洋洋大观,与戏曲有关者亦极多,涉及面相当宽广。研究《迦陵词》的这一部分,有助于清初文人心态与戏曲研究的深入。内容之三是讨论上海竹枝词与戏曲。近代以来,上海戏曲诸腔竞奏,繁盛一时,其丰富多彩的面貌在竹枝词中也有多方面的反映,本章对此作了梳理。内容之四是日本著名汉学家神田喜一郎(1898—1984)《日本的中国文学——

日本填词史话》一书的阅读札记，揭示此书作为中日词曲交流史生动记录的价值，对于此书一些小的疏漏，也提出以向方家请教。

第七章“戏曲研究视角”。首先评述前辈学者蒋星煜先生半个世纪以上的《西厢记》研究，揭示其将文献学、文艺学、文化学三种视角有机地结合起来，进行全方位研究的学术特点。本章认为这种研究方法，对于《西厢记》这一对象来说，是完全适合的。因为《西厢记》是一部艺术精品，包孕着丰富的文化内涵，值得深入发掘；而弄清它的文献状况，则是进一步研究的坚实基础。其次对戏曲生态学的研究方法进行了讨论，认为它为古代戏曲研究提供了一种新视角。最后对本人三十年来的戏曲研究作了回顾，提出融会贯通为基本方法，而追求原创则是一个应当坚持的目标。以上本书所论种种，皆属个人一得之见，不当之处肯定多有，敬祈专家和读者指正。

在本书即将付梓之际，衷心感谢曾永义教授多年以来的关怀和提携。曾先生是戏曲研究的泰斗，我除拜读大著之外，又在两岸学术会议上多次聆听高论，获益匪浅。2010 年 11 月，我又有幸随曾先生一道出席斯坦福大学、哈佛大学“中国戏曲研究之新方向”工作坊，再一次亲承謦欬，倍感亲切。深信在海峡两岸学者的共同努力之下，戏曲研究定能如曾先生所愿，植根阆苑，花灿果繁，成为当之无愧的显学。

（原载《戏曲纵横论》卷首）

古代文人的桃源情结

赵山林

一

中国古代文人心目中的桃源其实有两个，一个是陶渊明《桃花源记》中的桃源（以下简称桃花源），一个是刘义庆《幽明录》“刘晨阮肇”条中的桃源（以下简称天台山）。

就思想渊源而言，桃花源应当来自《诗经·魏风·硕鼠》中的“逝将去汝，适彼乐土。乐土乐土，爰得我所”。《桃花源诗》中所描绘的“相命肆农耕，日入从所憩。桑竹垂余荫，菽稷随时艺。春蚕收长丝，秋熟靡王税”的桃花源正是人们梦想中的一方乐土。当然，《老子》第八十章所写的“甘其食，美其服，安其居，乐其俗。邻国相望，鸡犬之声相闻，民至老死不相往来”，也为桃花源的描绘提供了一个蓝本。

谈到天台山故事，人们可能会想起《诗经·秦风·蒹葭》中的“蒹葭苍苍，白露为霜。所谓伊人，在水一方。溯洄从之，道阻且长。溯游从之，宛在水中央”。那绝岩邃涧之间，红桃青溪之旁的仙女之居，便是这水之一方。当然，《高唐赋》、《神女赋》、《洛神赋》中的有关描写也为这一桃源的描绘提供了借鉴。

这两个桃源故事所假托的年代大体相同。《桃花源记》所写武陵渔人进入桃花源是在“晋太元中”；“刘晨阮肇”条写刘晨、阮肇“忽复去，不知何所”的时间是在“晋太元八年”。晋孝武帝太元八年（383），正是淝水之战发生的一年。可见这两个故事反映的都是战乱时期人民的愿望。

问题还不限于时间的巧合，这两个桃源故事的精神其实也是相通的。刘晨、阮肇的故事在陶渊明的《搜神后记》中有一个类似的版本，不过故事中的主人公不是刘晨、阮肇，而是袁相、根硕。故事说：

> 会稽剡县民袁相、根硕二人猎，经深山重岭甚多。见一群山羊六七头，逐之，经一石桥，甚狭而峻，羊去，根等亦随渡，向绝崖。崖正赤壁立，名曰赤城。上有水流下，广狭如匹布，剡人谓之瀑布。羊径有山穴如门，豁然而过。既入内，甚平敞，草木皆香。有一小屋，二女子住其中，年皆十五六，容色甚美，著青衣，一名莹珠，一名□□。见二人至，忻然云："早望汝来。"遂为室家。忽二女出行，云："复有得婿者，往庆之。"曳履于绝岩上行，琅琅然。二人思归，潜去归路，二女追还已知，乃谓曰："自可去。"乃以一腕囊与根等，语曰："慎勿开也。"于是乃归。后出行，家人开视其囊，囊如莲花，一重去，一重复，至五盖，中有小青鸟飞去。根还如此，怅然而已。后根于田中耕，家依常饷之，见在田中不动；就视，但有壳如蝉蜕也。①

这一故事的发生与《桃花源记》相仿，都出于一种偶然性，但也都体现了人们对一种理想境界的追求。理想境界极其美好，但人们进入之后，还是未能流连忘返，还是不忘归来（或许是同家人的亲情割舍不下吧），归后又觉得现实不能令人满意，又去复寻，这一思想反复，在两个故事中也是类似的。与《桃花源记》不同的是，这一故事中的理想境界纯为女性世界，这一点与"刘晨阮肇"条是完全一致的。

---

① 《汉魏六朝笔记小说大观》，上海古籍出版社 1999 年版，第 442—443 页。

二

唐代文人依据自己的生活经验和审美理想，对于桃源故事进行了再创造。

对于桃花源故事进行再创造的，首先可以举出王维的《桃源行》。这首七言古诗依据陶记，对桃花源景色作了一番铺叙之后写道：

初因避地去人间，及至成仙遂不还。
峡里谁知有人事，世中遥望空云山。
不疑灵境难闻见，尘心未尽思乡县。
出洞无论隔山水，辞家终拟长游衍。
自谓经过旧不迷，安知峰壑今来变。
当时只记入山深，青溪几曲到云林。
春来遍是桃花水，不辨仙源何处寻？①

据须溪先生校本王集，这是王维十九岁时的作品。有论者认为此诗"正可为王维早年就具有道家神仙思想作证"，这恐怕是不够确切的。那时王维未必有出世思想，诗中所写的毋宁说是一个青年人的幻想。这种幻想，在其他盛唐诗人那里也有。孟浩然《武陵泛舟》写道："武陵川路狭，前棹入花林。莫测幽源里，仙家信几深。水回青嶂合，云度绿溪阴。坐听闲猿啸，弥清尘外心。"此诗作于开元十六年(728)孟浩然赴长安应举之前。这在孟浩然来说，是一个充满希望的年代。但这并不妨碍他悠然自得地泛舟武陵溪上，吟唱对于桃花源的向往。盛唐之所以为盛唐，盛唐诗人之所以为盛唐诗人，这也是一种标志。

王士禛《池北偶谈》在谈到以桃花源故事为题材的诗歌时说："唐宋以

① 《王右丞集笺注》卷六，上海古籍出版社 1984 年版，第 98 页。

来，作《桃源行》最佳者，王摩诘、韩退之、王介甫三篇。观退之、介甫二诗，笔力意思甚可喜。及读摩诘诗，多少自在。二公便如努力挽强，不免面赤耳热，此盛唐所以高不可及。”这种“高”，不是诗艺之高，而是意境之高。

对于桃花源故事进行再创造的，还可以举出韩愈。他的《桃源图》写道：

神仙有无何渺茫，桃源之说诚荒唐。
流水盘回山百转，生绡数幅垂中堂。
武陵太守好事者，题封远寄南宫下。
南宫先生忻得之，波涛入笔驱文辞。
文工画妙各臻极，异境恍惚移于斯。
架岩凿谷开宫室，接屋连墙千万日。
嬴颠刘蹶了不闻，地坼天分非所恤。
种桃处处惟开花，川原近远烝红霞。
初来犹自念乡邑，岁久此地还成家。
渔舟之子来何所？物色相猜更问语。
大蛇中断丧前王，群马南渡开新主。
听终辞绝共凄然，自说经今六百年。
当时万事皆眼见，不知几许犹流传。
争持酒食来相馈，礼数不同樽俎异。
月明伴宿玉堂空，骨冷魂清无梦寐。
夜半金鸡啁哳鸣，火轮飞出客心惊。
人间有累不可住，依然离别难为情。
船开棹进一回顾，万里苍苍烟水暮。
世俗宁知伪与真，至今传者武陵人。①

① 钱仲联《韩昌黎诗系年集释》卷八，上海古籍出版社 1984 年版，第 911—912 页。

对于此诗历来有误解，这主要是由于一首一尾引起的。何焯《批韩诗》云："观起结，命意自见。中间铺张处皆虚矣。章法最妙。"①到底是何"命意"，何焯并未明言。后代学者更引而申之，认为是讽刺道教迷信之作。这其实也是未必确切的。

首先，这是一首题画诗。据考证，寄画来的是时任朗州刺史的窦常（诗中的"武陵太守"），欣然得画并加题跋的是时任司门（或库部）的卢汀（诗中的"南宫先生"），二人均是韩愈之友。诗中称赞"文工画妙各臻极"，态度也很诚恳，不可能是讽刺之作。

其次，有学者认为《桃源图》主题当远于陶而近于王，而韩诗是对此加以批判的。我们看诗的中间三十四句，总体来说并无此种感觉。这三十四句的铺叙，实际还是以陶渊明的诗与记为蓝本的，不过加以想象发挥，出以雄健之笔罢了。如诗中"大蛇中断丧前王，群马南渡开新主"二句，即是根据《桃花源记》中"不知有汉，无论魏晋"的情况设想出来的渔人对桃花源中人的答辞，只是写得矫健不凡，体现出韩诗的特色而已。

依据以上两点，诗歌开头的"渺茫"、"荒唐"不可能是批判之辞。《增批韩苏诗抄》说得对："'渺茫'、'荒唐'、'恍惚'、'苍苍'，是桃源中之神理，在有意无意之间。"

本诗的主题，应当是描绘了桃花源的美好，同时诗人也十分惋惜地指出，这一美好的境界在当时是不可能实现的。诗中的"夜半金鸡啁哳鸣，火轮飞出客心惊。人间有累不可住，依然离别难为情。船开棹进一回顾，万里苍苍烟水暮"几句正反映了这种心情。

韩愈这种向往理想境界而又正视现实的态度，也经常表现在其他诗作中。如《古风》：

---

① 钱仲联《韩昌黎诗系年集释》卷八引，上海古籍出版社 1984 年版，第 916 页。

……彼州之赋，去汝不顾；此州之役，去我奚适？一邑之水，可走而违；天下汤汤，曷其而归？好我衣服，甘我饮食，无念百年，聊乐一日。①

此诗由《诗经·魏风·硕鼠》脱胎而来，但天下汤汤，已经找不到一片乐土，更到那儿去寻桃花源呢？这是一种十分清醒同时又十分悲愤的态度。

对于天台山故事进行再创造的，首先可以举出盛唐张鷟的传奇《游仙窟》。传奇以第一人称方式，自叙奉使河源，“日晚途远，马疲人乏。行至一所，险峻非常：向上则有青壁万寻，直下则有碧潭千仞。古老相传云：‘此是神仙窟也；人迹罕及，鸟路才通。每有香果琼枝，天衣锡钵，自然浮出，不知从何而至。’余乃端仰一心，洁斋三日。缘细葛，溯轻舟。身体若飞，精灵似梦。须臾之间，忽至松柏岩，桃华涧，香风触地，光彩遍天。见一女子向水侧浣衣”②。这些描写，与《幽明录》“刘晨阮肇”条的描写极其类似。以下写入崔十娘府中，一夕欢会，情重恩深。其中张生赋诗曰：“昔时过小苑，今朝戏后园。两岁梅花匝，三春柳色繁。水明鱼影静，林翠鸟歌喧。何须杏树岭，即是桃花源。”崔十娘赋诗曰：“梅蹊命道士，桃涧伫神仙。旧鱼成大剑，新龟类小钱。水湄惟见柳，池曲且生怜。欲知赏心处，桃花落眼前。”③很明显，这里都是以刘晨、阮肇桃源故事相比。

其次可以举出中唐元稹。元稹有传奇《莺莺传》，一名《会真记》。“会真”就是遇仙，很明显这也是从刘晨、阮肇桃源故事来的。学术界公认，《莺莺传》是元稹依据自身经历创作的，所以可与他的有关诗作参

---

① 钱仲联《韩昌黎诗系年集释》卷一，上海古籍出版社 1984 年版，第 24 页。

② 张鷟《游仙窟》，汪辟疆校录《唐人小说》，上海古籍出版社 1978 年版，第 19 页。

③ 同上书，第 29 页。

看。其《古艳诗二首》之二云:“深院无人草树光,娇莺不语趁阴藏。等闲弄水浮花片,流出门前赚阮郎。”《杂思诗五首》之二云:“山泉散漫绕阶流,万树桃花映小楼。闲读道书慵未起,水晶帘下看梳头。”《梦游春七十韵》首云:“昔岁梦游春,梦游何所遇?梦入深洞中,果遂平生趣。清泠浅漫溪,画舫兰篙渡。过尽万株桃,盘旋竹林路。”这些诗句以刘晨、阮肇自比,可以说是再明白不过了。当这场爱情酿成悲剧以后,元稹有时以各种理由替自己辩解,有时又表现出一定的追悔之意。他的《刘阮妻》一诗写道:“芙蓉脂肉绿云鬟,罨画楼台青黛山。千树桃花万年药,不知何事忆人间?”就是以刘晨、阮肇故事作为比兴,表现自己的追悔之意的。

到晚唐则有曹唐《大游仙诗》,今存十七首,其中写到汉武帝与西王母、汉武帝与李夫人、织女与牵牛、弄玉与箫史都只有一或二首,唯独刘晨、阮肇故事有五首,可见它在这类故事中处于一种核心的地位。这五首的题目依次是:《刘晨阮肇游天台》、《刘阮洞中遇仙子》、《仙子送刘阮出洞》、《仙子洞中有怀刘阮》、《刘阮再到天台不复见仙子》。与《幽明录·刘晨阮肇》相比,这里对人物情感的描绘要细致得多了。这也成为刘晨、阮肇故事进一步普及,并进一步走向通俗文学的桥梁。

三

宋代是一个理性思维与情感表现都极富特色的时代,这在桃源题材的再创造上也可以得到验证。

写桃花源的,以王安石《桃源行》最为著名:

望夷宫中鹿为马,秦人半死长城下。
避时不独商山翁,亦有桃源种桃者。
此来种桃经几春,采花食实枝为薪。
儿孙生长与世隔,虽有父子无君臣。

渔郎漾舟迷远近，花间相见惊相问。
世上那知古有秦，山中岂料今为晋！
闻道长安吹战尘，春风回首一沾巾。
重华一去宁复得，天下纷纷经几秦？①

此诗不像王维、韩愈之作那样以《桃花源记》为蓝本展开铺叙，而是大处落墨，直探本原，通过“儿孙生长与世隔，虽有父子无君臣”二句把桃花源的精神本质直接揭示出来。这在当时不愧是惊世骇俗之言。从诗法来说，这是“纯以议论驾空而行”，然而妙就妙在这“名论杰句”②。这不但体现了宋诗的特点，更体现了王安石思想和艺术的个性。

如果说王安石此诗主要是从政治角度进行思考的话，那么苏轼谪居惠州期间所作的《和陶桃花源》就主要是从哲理角度进行思考。其引云：

世传桃源事，多过其实。考渊明所记，止言先世避秦乱来此，则渔人所见，似是其子孙，非秦人不死者也。又云杀鸡作食，岂有仙而杀者乎？旧说南阳有菊水，水甘而芳，民居三十余家，饮其水，皆寿，或至百二三十岁。蜀青城山老人村，有见五世孙者，道极险远，生不识盐醯，而溪中多枸杞，根如龙蛇，饮其水，故寿。近岁道稍通，渐能致五味，而寿益衰，桃源盖此比也欤。使武陵太守得而至焉，则已化为争夺之场久矣。尝意天壤间，若此者甚众，不独桃源。予在颍州，梦至一官府，人物与俗间无异，而山川清远，有足乐者。顾视堂上，榜曰仇池。觉而念之，仇池武都氐故地，杨难当所保，余何为居之。明日，以问客。客有赵令畤德麟者，曰：“公何问此，此乃福地，小有洞天之附庸也。杜子美盖云：万古仇池穴，潜通

① 《王文公文集》卷三七，上海人民出版社 1974 年版，第 439 页。
② 方东树《昭昧詹言》卷一二，人民文学出版社 1961 年版，第 288 页。

小有天。”他日工部侍郎王钦臣仲至谓余曰：“吾尝奉使过仇池，有九十九泉，万山环之，可以避世，如桃源也。”

其诗云：

凡圣无异居，清浊共此世。心闲偶自见，念起忽已逝。欲知真一处，要使六用废。桃源信不远，杖藜可小憩。躬耕任地力，绝学抱天艺。臂鸡有时鸣，尻驾无可税。苓龟亦晨吸，杞狗或夜吠。耘樵得甘芳，龁啮谢炮制。子骥虽形隔，渊明已心诣。高山不难越，浅水何足厉。不如我仇池，高举复几岁。从来一生死，近又等痴慧。蒲涧安期境，罗浮稚川界。梦往从之游，神交发吾蔽。桃花满庭下，流水在户外。却笑逃秦人，有畏非真契。①

苏轼此处说，桃源不是什么仙境，只是人们追求的一种理想生活境界。这种境界，可能存在于桃花夹岸的清溪，可能存在于万山环抱的幽谷，但更有可能存在于人们清冷澄澈的内心。苏轼谪居惠州、儋州期间，生活非常艰苦，但他以陶渊明集为友，细和陶诗，共得一百多首，终于在心灵深处找到了属于自己的一片桃源，帮助自己渡过了这场难以想象的惊涛骇浪。他自海南归来，题赠王定国侍儿寓娘的《定风波》下片写道：“万里归来年愈少，微笑，笑时犹带岭梅香。试问岭南应不好？却道，此心安处是吾乡。”这正反映了苏轼的桃源理想和人生态度。

词中写到桃源，常常是以天台山故事为主。词牌有《宴桃源》（即《如梦令》，又称《忆仙姿》），有《醉桃源》（即《阮郎归》），有《桃源忆故人》，有《武陵春》，其来源都是天台山故事。至于词中写天台山故事，秦观是有代表性的。如他的《点绛唇》：

---

① 《苏轼诗集》卷四〇，孔凡礼点校本，中华书局 1982 年版，第 2196—2197 页。

醉漾轻舟，信流引到花深处。尘缘相误，无计花间住。　烟水茫茫，千里斜阳暮。山无数，乱红如雨，不记来时路。

又《好事近・梦中作》：

春路雨添花，花动一山春色。行到小溪深处，有黄鹂千百。飞云当面化龙蛇，夭矫转空碧。醉卧古藤荫下，了不知南北。

后一首，据宋人意见，作于绍圣元年（1094）至三年（1096）秦观贬监处州（今浙江丽水）酒税期间①。前一首，有学者认为亦作于此期间②。从天台山故事的运用来说，前一首明显，后一首隐约，但有所运用则是无疑的。尤可注意者，他人词用天台山故事只是写艳情，秦观则不仅写艳情，而且写身世之感，用周济的话来说，就是“将身世之感，打并入艳情”③。这是秦词的一大特色。

在秦观的有些词作中，天台山与桃花源两个典故是水乳交融，难以确指的。如他贬谪郴州（今属湖南）期间所作的名篇《踏莎行》：

雾失楼台，月迷津渡，桃源望断无寻处。可堪孤馆闭春寒，杜鹃声里斜阳暮。　驿寄梅花，鱼传尺素，砌成此恨无重数。郴江幸自绕郴山，为谁流下潇湘去？

这里的“桃源”，作桃花源解固可，作天台山解亦无不可，总之是作者想象中的归宿。

---

① 《苕溪渔隐丛话前集》卷五〇引《冷斋夜话》，人民文学出版社 1962 年版，第 344 页。

② 徐培均校注《淮海居士长短句》卷下，上海古籍出版社 1985 年版，第 135 页。

③ 周济《宋四家词选》评秦词《满庭芳》语。

与《踏莎行》可能作于同时的《鼓笛慢》下片写道：

> 永夜婵娟未满，叹玉楼、几时重上？那堪万里，却寻归路，指阳关孤唱。苦恨东流水，桃源路、欲回双桨。仗何人、细与丁宁问呵，我如今怎向？

前词中的“失”、“迷”、“望断”、“无寻”，后词中的“寻”、“苦恨”、“欲回”、“怎向”（怎奈，奈何），都表现出一种寻求理想世界而不见，因而满目迷茫、五内无主的精神状态。这与前引苏轼诗词是大不相同的。

冯煦《蒿庵论词》云：“淮海、小山，真古之伤心人也，其淡语皆有味，浅语皆有致，求之两宋词人，实罕其匹。”又云：“他人之词，词才也；少游，词心也。”①少游这份“词心”，其实就是“桃源心”，即对理想境界的执着的、痛苦的追求。刘长卿《送郭六侍从之武陵郡》诗中有两句用在少游身上特别合适：“空怜世界迫，孤负桃源心。”少游这份“桃源心”之所以最终不能实现，实由于“世界迫”之故。聪明如少游，多情如少游，终于赍志以没，岂不哀哉！

前引王安石《桃源行》结尾写到“重华一去宁复得，天下纷纷经几秦”，可以说不久便不幸言中。王安石辞世未足二百年而宋亡，他的同乡后辈谢枋得避元于武夷山中，写下了《庆元庵桃花》一诗：

> 寻得桃源好避秦，桃红又见一年春。
> 花飞莫遣随流水，怕有渔郎来问津。

谢枋得意欲避元而不得。元世祖忽必烈至元二十三年(1286)，程文海荐宋臣二十二人，以谢枋得为首，枋得力辞；二十四年，忽必烈降旨

---

① 冯煦《蒿庵论词》，《介存斋论词杂著·复堂词话·蒿庵论词》，人民文学出版社 1959 年版，第 61 页。

相召，又不赴；二十五年，降元的留梦炎以枋得老师的身分荐举，枋得以《却聘书》谢绝。可是到二十六年，枋得还是被福建行省强行送往大都，终于绝食而死。这是宋遗民桃源梦想的一次破灭。

类似的情感也表现在宋遗民词人的作品中。在这方面，张炎是典型的。他的词作，用桃源典故极多，但与前代词人不同的是，用桃花源故事超过了用天台山故事。如"莫问山中秦晋，桃源今度难认"(《摸鱼子》)、"渔舟何似莫归来，想桃源、路通人世"(《西子妆慢》)、"桃源去尘更远，问当年、何事识渔郎"(《木兰花慢》)、"只恐渔郎曾误入，翻被桃花一笑"(《壶中天》)、"休去，休去，见说桃源无路"(《如梦令》)等等，充分反映出他内心的哀怨与前程渺茫之感。

四

元明文人喜写桃源故事，一般说来，散曲中多用桃花源故事，戏曲中多写天台山故事。元马致远杂剧《误入桃源》、明王子一杂剧《误入桃源》、杨之炯杂剧《天台奇遇》等，都是敷演天台山故事。但桃源理想大放光彩要到晚明，汤显祖就是一位杰出的代表。

万历二十一年(1593)三月，即因上《论辅臣科臣疏》而被贬为徐闻典史后两年，汤显祖来到浙江处州府遂昌县任知县。这里群山环抱，交通闭塞，民风却比较淳朴。汤显祖尽自己所能，施行了一些仁政。他效仿古代良吏的做法，让囚犯春节回家与亲人团聚，元宵还放他们出去观灯。他营建书院和射堂，教诸生诵读和习射。他还亲自率领兵丁，高举火把驱赶老虎，为民除害。对于这些政绩，汤显祖已经感到欣慰，他在寄大理卿曾同亨的书信中说："至如不佞，割鸡之材，会于一试。小国寡民，服食淳足。县官居之数月，芒然化之。如三家疃主人，不复记城市喧美。见桑麻牛畜成行，都无复徙去意。"①这些话，使人想起《桃花源

① 《汤显祖全集》诗文卷四四，第1332页。

记》中的描写。

在《南柯记》第二出《风谣》中，汤显祖对淳于棼治理下的南柯郡做了这样的描绘：

> 青山浓翠，绿水渊环；草树光辉，鸟兽肥润。但有人家所在，园池整洁，檐宇森齐。何止苟美苟完，且是兴仁兴让。街衢平直，男女分行。但是田野相逢，老少交头一揖。

剧中的父老们唱道："征徭薄，米谷多，官民易亲风景和。老的醉颜酡，后生们鼓腹歌。"

秀才们唱道："行乡约，制雅歌，家尊五伦人四科。因他俺切磋，他将俺琢磨。"

妇女们唱道："多风化，无暴苛，俺婚姻以时歌《伐柯》。家家老小和，家家男女多。"

商人们唱道："平税课，不起科，商人离家来安乐窝。关津任你过，昼夜总无他。"

有学者指出，这一出"集中地表露出汤显祖的理想国或乌托邦"，"这样一幅太平世界的桃源乐土，正是汤显祖的'神农之教'的实验场"①。

汤显祖对天台山境界的追求，集中地体现在他的杰作《牡丹亭》中。第十出《惊梦》，杜丽娘到后花园游玩，面对姹紫嫣红、三春美景，不觉感慨万千，隐几而眠。这时，柳梦梅闯入了她的梦境。柳梦梅手持柳枝，口吟："莺逢日暖歌声滑，人遇风情笑口开。一径落花随水入，今朝阮肇到天台。"这表明，杜丽娘、柳梦梅经历的，正是一个天台山式的境界。因此，这一出的集唐下场诗也写道：

---

① 侯外庐《论汤显祖紫钗记和南柯记的思想性》，《新建设》1961 年第 7 期。

春望逍遥出画堂(张说),间梅遮柳不胜芳(罗隐)。
可知刘阮逢人处(许浑)?回首东风一断肠(韦庄)。

在这出的【尾声】中,杜丽娘唱道:"天呵,有心情那梦儿还去不远。"果然,到第十二出《寻梦》,杜丽娘又来到花园,重寻旧梦。她唱道:

【懒画眉】为甚呵,玉真重溯武陵源?也则为水点花飞在眼前。是天公不费买花钱,则咱人心上有啼红怨。咳,辜负了春三二月天。

她转过湖山石边,来到牡丹亭畔,只见风景依旧,而美梦难寻。这时忽见无人之处,有大梅树一株,梅子磊磊可爱。杜丽娘发出了"这梅树依依可人,我杜丽娘若死后得葬于此,幸矣"的感叹,唱道:

【江儿水】偶然间心似缱,梅树边。这般花花草草由人恋,生生死死随人愿,便酸酸楚楚无人怨。待打并香魂一片,阴雨梅天,守的个梅根相见。

这是杜丽娘醉心梦想、追求梦想的宣言。梦想境界如果不能实现,她是死不瞑目的。因此,这一出的集唐下场诗写道:

武陵何处访仙郎(释皎然)?只怪游人思易忘(韦庄)。
从此时时春梦里(白居易),一生遗恨系心肠(张祜)。

当然,剧的结局,作为生死不渝的追求的结果的,是梦想的胜利、青春的胜利、真情的胜利。诚如汤显祖本人在《牡丹亭记题词》中所说:"天下女子有情,宁有如杜丽娘者乎!梦其人即病,病即弥连,至手画形容,传于世而后死。死三年矣,复能溟莫中求得其所梦者而生。如丽娘者，乃可谓之有情人耳。情不知所起，一往而深。生者可以死，死可以生。生而不可与死，死而不可复生者，皆非情之至也。”这说明，汤显祖通过杜丽娘、柳梦梅这一对青年恋人的形象，赋予天台山故事具有时代特色的深刻的“情”的内涵。理想境界，在汤显祖的笔下，已经不是刘晨、阮肇那样“遇”的问题，而是“梦”的问题、“寻”的问题、“求”的问题，甚至是以生命去“殉”的问题。这就为这一传统故事注入了理想的力量、信念的力量，极大地提升了它的精神境界，使它在新的历史条件下焕发出新的光彩。

五

清代文人的桃源情结有其时代特征与艺术风貌。

孔尚任的《桃花扇》，从某种意义上来说，是天台山型故事与桃花源型故事的纽合。观《题画》出侯方域所唱【鲍老催】：“这流水溪堪羡，落红英千千片。抹云烟，绿树浓，青峰远。仍是春风旧境不曾变，没个人儿将咱系恋。是一座空桃源，趁着未斜阳将棹转”，以及《栖真》出李香君所唱【醉扶归】：“一丝幽恨嵌心缝，山高水远会相逢；拿住情根死不松，赚他也做游仙梦。看这万叠云白罩青松，原是俺天台洞”，可知其中消息。全剧洋溢着一种感伤的情调，借用《题画》出的下场诗，便是：“美人公子飘零尽，一树桃花似往年。”

但清代文人的桃源情结最为典型者，当属蒲松龄。

蒲松龄笔下的天台山型故事，以《翩翩》为最美。罗子浮落难流浪山中，遇仙女翩翩相救。“入深山中，见一洞府。入则门横溪水，石梁架之。又数武，有石室二，光明彻照，无须灯烛。”翩翩以溪水为罗子浮疗疮，以蕉叶剪作美馔，以蕉叶裁作“绿锦滑绝”的衣裳，而掇拾洞口白云为絮，制作“温暖如襦，且轻松常如新绵”的冬衣。罗子浮在洞中，不仅生活安定，精神也得到净化。一次，另一位仙女花城来访，罗子浮羡其美貌，暗中加以挑逗，“生方恍然神夺，顿觉袍裤无温；自顾所服，悉成秋叶。几骇绝。危坐移时，渐变如故”。不久又加挑逗，“突突怔忡间，衣已化叶，移时始复变。由是惭颜息虑，不敢妄想”。十五年后，罗子浮思念家人，携子返乡。“后生思翩翩，偕儿往探之，则黄叶满径，洞口路迷，零涕而返。”此篇在精神上与刘晨、阮肇故事一致，只是细节有所不同，其中蒲松龄的独创更显可贵。所以蒲松龄本人在篇末也评道：“翩翩、花城，殆仙者耶？餐叶衣云，何其怪也！然帏幄诽谑，狎寝生雏，亦复何殊于人世？山中十五载，虽无‘人民城郭’之异；而云迷洞口，无迹可寻，睹其景况，真刘、阮返棹时矣。”

蒲松龄笔下的桃花源型故事，很难举出典型的代表作。即或有之，也常与天台山型故事交织在一起，有时还带上了道教故事的色彩。如《巩仙》一篇，写尚秀才的情人惠哥被王府抢去，痛苦不堪而又无可奈何。幸得巩道士神通广大，让尚秀才在袖中与惠哥幽会、生子，成全了好事。这既是一个爱情的故事，又是一个避世的故事，所以蒲松龄本人在篇末评道：“袖里乾坤，古人之寓言耳，岂真有之耶？抑何其奇也！中有天地、有日月，可以娶妻生子，而又无催科之苦，人事之烦，则袖中虮虱，何殊桃源鸡犬哉！设容人常住，老于是乡可耳。”

蒲松龄的桃源情结与他的功名情结始终是密切相关的。他才华出众而毕生潦倒，从十几岁一直考到六十多岁，先是连夺县、府、道三个第一而名声大振，他本人也因此十分自负，后来却屡战屡败，但又始终不能忘情。他的这种情感在有关作品中不止一次地得到表现。他在《凤仙》一篇中所写的狐女凤仙，丰姿艳绝，却对功名十分看重，对丈夫说：“君一丈夫，不能为床头人吐气耶？黄金屋自在书中，愿好为之。”丈夫备考期间，她只在镜中出现，“每有事荒废，则其容戚；数日攻苦，则其容笑”，终于激励丈夫锐意进取，一举成名。蒲松龄讲完这个故事后发出感慨：“嗟乎！冷暖之态，仙凡固无殊哉！‘少不努力，老大徒伤。’惜无好胜佳人，作镜影悲笑耳。吾愿恒河沙数仙人，并遣娇女婚嫁人间，则贫穷海中，少苦众生矣。”

最能反映蒲松龄的桃源情结与功名情结的组合的，是《贾奉雉》一篇。贾奉雉才名冠世，而试辄不售。一日，路遇秀才郎生，教贾“于落卷中，集其阘冗泛滥，不可告人之句，连缀成文”，结果榜发，贾奉雉竟中经魁。贾奉雉自惭无颜于世，遂随郎生遁入深山。后因俗念未消，回到故乡，“但见房垣零落，旧景全非，村中老幼，竟无一相识者，心始骇异。忽念刘、阮返自天台，情景真似”。居家日久，一孙不孝，贾于是设帐授徒糊口。其后又赴科考，中进士，升高官，春风得意，声名赫奕，歌舞楼台，一时称盛，然而终不免发配充军的下场。此时贾奉雉如梦初醒，喟然长叹：“十余年之富贵，曾不如一梦之久。今始知荣华之场，皆地狱境界，悔比刘晨、阮肇，多造一重孽案耳。”于是又随郎生飘海而去。蒲松龄于篇末评道：“世传陈大士在闱中，书艺既成，吟诵数四，叹曰：‘亦复谁人识得！’遂弃而更作，以故闱墨不及诸稿。贾生羞而遁去，盖亦有仙骨焉。乃再返人世，遂以口腹自贬，贫贱之中人甚矣哉！”这里所说的“陈大士”即明末陈际泰，他少时家贫，父使治田事。年十岁，于外家药笼中见《诗经》，携至田所读之，毕身不怠。后与艾南英辈以时文名天下。六十八岁才考取进士，旋授行人卒。无论陈际泰，还是贾奉雉，都是因为不甘贫贱而对功名孜孜以求，求之不得固然是抱恨终身，求之已得又何尝不是自堕苦海！理想境界到底在哪里呢？看来，贾奉雉的形象中是包含着蒲松龄本人的痛苦的反思的。

“春去也，飞红万点愁如海。”（秦观《千秋岁》）古代文人的桃源梦想，经过一代又一代痛苦的追求，终于以幻灭而告终。大约就在蒲松龄去世的康熙五十四年（1715），又一位伟大的文学家——曹雪芹诞生了。他后来在悼红轩中披阅十载，增删五次，用毕生心血写下的不朽杰作——《红楼梦》，标志着人们又开始了新的追求与探索。

（原载《文艺理论研究》2000 年第 5 期）

晚唐诗境与词境

赵山林

考察诗向词演变的历程，可以有两条线索：第一条线索是音乐与诗歌的相互作用，亦即燕乐与词体的关系；第二条线索是中唐以后文人心理的变化及其带来的诗歌内容、情调、风格、意境等方面的变化，本文要讨论的正是这一方面的问题。

章炳麟说："中国废兴之际，枢于中唐，诗赋亦由是不竞。"①这里说中唐以后诗赋不振，需要具体分析，但他把中唐视为古典诗歌演变的一大关键，是有眼光的。经过历时八年的安史之乱，唐王朝从盛世走向衰世，文人的心理状态、精神面貌也发生了显著的变化。特别是到了晚唐，一般文人不但不敢梦想兼济天下，有时连独善其身也难以如愿，他们的注意力也就更多地转向了自己的内心世界。这种内向型的诗风对于词的特殊风格的形成是有着深远影响的。下面我们便以李商隐、韩偓等人的诗为例，来探讨晚唐诗境与词境的关系。

一　深情与苦调

李商隐诗，前人评曰："深情苦语"②，"情深调苦，往往感人"③，"深

① 章炳麟《国故论衡·辨诗》。
② 《唐诗归》评《落花》。
③ 《玉溪生诗说》评《无题》诸作。

情丽藻，千古无双，读之但觉魂摇心死，亦不能名言其所以佳也”[①]。这“深情”与“苦调”，便是李商隐诗、也是晚唐诗一个重要的特色。

李商隐对于诗重在言情有着明确的认识。他说：“人禀五行之秀，备七情之动，必有咏叹以通性灵。故阴惨阳舒，其途不一；安乐哀思，厥源数千。远则鄘、邶、曹、齐，以扬领袖；近则苏、李、颜、谢，用极菁华。嘈囋而钟鼓在悬，焕烂而锦绣入玩。刺时见志，各有取焉。”[②]又自述创作经历说：“某前因暇日，出次西溪，既惜斜阳，聊载短什。盖以徘徊胜境，顾慕佳辰，为芳草以怨王孙，借美人以喻君子。”[③]李商隐认为，人的情感世界极其丰富，诗歌也不能拘于一格，刺时见志，可以各有所取。他特别强调的是继承屈原“美人香草”的比兴传统，抒发内心的情感。

李商隐生活在唐王朝日薄西山、风雨飘摇的时代。而诗人本人，又因出身寒微，负才傲岸，因而厄塞当途，沉沦记室。他极力想在政治上有所作为而终归于无所作为，在不断的痛苦追求当中度过了悲剧的一生。一部《玉溪生诗集》，虽然不乏反映国计民生、揭发黑暗政治的棱角毕露的诗篇，但其诗歌的主要倾向，却是充满着伤春伤别的浓厚感伤情绪。李商隐曾经写下《杜司勋》这一首七绝，赠给同时代的诗人杜牧：

高楼风雨感斯文，短翼差池不及群。
刻意伤春复伤别，人间惟有杜司勋。

因高楼风雨而生感，这是伤春；因短翼差池而离群，这是伤别。“伤春伤别”这四个字，不仅是对杜牧诗文的基本思想倾向和艺术特征的准

① 《唐贤小三昧集续集》评《无题》诸作。
② 《献相国京兆公启》，《樊南文集》卷三。
③ 《谢河东公和诗启》，《樊南文集》卷四。

确概括,也是对李商隐本人诗文的基本思想倾向和艺术特征的准确概括。何焯说:“高楼风雨,短翼差池,玉溪方自伤春伤别,乃弥有感于司勋之文也。”[①]冯浩引杨评:“推重樊川,正自作声价。”[②]

李商隐诗中这种伤春伤别的浓厚感伤情绪,就是深情苦调。其《属疾》诗云:“多情真命薄,容易即迴肠。”《江亭散席循柳路吟归官舍》诗云:“寡和真徒尔,殷忧动即来。”《戏题枢言草阁三十二韵》诗云:“我有苦寒调”,“听我苦吟诗”。可见作者对于自己的诗歌情深而调苦的特点是有着清醒的认识的。

深情苦调在李商隐的《无题》诗中表现尤为明显。我们来看其中的一首:

> 重帏深下莫愁堂,卧后清宵细细长。
> 神女生涯元是梦,小姑居处本无郎。
> 风波不信菱枝弱,月露谁教桂叶香。
> 直道相思了无益,未妨惆怅是清狂。

“重帏深下”,见出与外界隔绝之深;“清宵细细长”,见出相思无眠之苦。“神女”二句,用巫山神女及乐府《青溪小姑曲》“小姑所居,独处无郎”典故,写自己虽然有过短暂的遇合,但爱情的追求终归破灭,至今仍然无所依托。“风波”二句,以风波摧残菱枝,月露不润桂叶,比喻自己受到的痛苦折磨。“直道”二句,言明知相思全然无益,却仍然决定怀抱痴情而惆怅终身。此篇作相思诗读,固已极美,而徐德泓谓其“慨不遇而托喻于闺情也”[③],亦言之成理。黄周星评:“义山最工为情语,所谓‘情之所钟,正在我辈’,非义山其谁归?”[④]冯浩评:“此种真沉沦悲愤,一字一泪之

---

① 何焯《义门读书记》,中华书局 1987 年版,第 1248 页。
② 冯浩《玉溪生诗集笺注》卷二,第 397 页。
③ 刘学锴、余恕诚《李商隐诗歌集解》引,第 1455 页。
④ 黄周星《唐诗快》。

篇。"[①]。张采田评："通篇反复自伤，不作一决绝语，真一字一泪之诗矣。"[②]他们都指明了此诗深情苦调的特色。

晚唐诗中深情苦调颇为常见。如韩偓《五更》诗云："光景旋消惆怅在，一生赢得是凄凉。"《哭花》诗云："若是有情争不哭，夜来风雨葬西施。"皆是情深调苦之作。特别值得注意的是吴融的《情》：

> 依依脉脉两如何，细似轻丝渺似波。
> 月不长圆花易落，一生惆怅为伊多。

"月不长圆"，即有伤别；"花易落"，即有伤春。这种伤春伤别之情是细腻的、缥缈的、感伤的，与人终身相随。这正是晚唐诗、也是唐宋词中一种占主导地位的感情。

陈廷焯云："夫人心不能无所感，有感不能无所寄，寄托不厚，感人不深，厚而不郁，感其所感，不能感其所不感。伊古词章，不外比兴，《谷风》阴雨，犹自期以同心，攘垢忍尤，卒不改乎此度，为一室之悲歌，下千年之血泪，所感者深且远也。后人之感，感于文不若感于诗，感于诗不若感于词，诗有韵，文无韵，词可按节寻声，诗不能尽被弦管。飞卿、端己，首发其端，周、秦、姜、史、张、王，曲竟其绪；而要皆发源于《风》、《雅》，推本于《骚》、《辩》。故其情长，其味永，其为言也哀以思，其感人也深以婉。"[③]陈氏此论，分析了词中的深情苦调，也分析了词这种音乐性很强的、继承了《风》、《骚》比兴传统的抒情诗体在表现深情苦调方面所具备的优势。的确，我们在前人的词作当中，随手便可以找到很多深情苦调的例子。唐五代词中如：

---

① 冯浩《玉溪生诗集笺注》卷二，第459页。

② 张采田《李义山诗辨正》。

③ 陈廷焯《白雨斋词话自序》，《白雨斋词话》，人民文学出版社1959年版，第1页。

梧桐树，三更雨，不道离情正苦。

——温庭筠《更漏子》

欲别无言倚画屏，含恨暗伤情。

——韦庄《望远行》

粉上依稀有泪痕，郡庭花落欲黄昏。远情深恨与谁论！

——薛昭蕴《浣溪沙》

谁道闲情抛掷久？每到春来，惆怅还依旧。日日花前常病酒，敢辞镜里朱颜瘦。

——冯延巳《鹊踏枝》

人生愁恨何能免？销魂独我情何限。故国梦重归，觉来双泪垂。

——李煜《子夜歌》

宋词中如：

满目山河空念远，落花风雨更伤春，不如怜取眼前人。

——晏殊《浣溪沙》

多情自古伤离别，更那堪冷落清秋节。今宵酒醒何处？杨柳岸、晓风残月。

——柳永《雨霖铃》

泪弹不尽临窗滴，就砚旋研墨。渐写到后来，此情深处，红笺为无色。

——晏几道《思远人》

自在飞花轻似梦，无边丝雨细如愁，宝帘闲挂小银钩。

——秦观《浣溪沙》

这里的“离情”、“闲情”、“愁恨”、“远情深恨”，都属于我们所讨论的“深情苦调”，其内涵仍是伤春伤别。试看秦观《浣溪沙》词与吴融《情》

诗,极写情的细腻、轻柔,神理何其相似!陈廷焯谓李清照《醉花阴》一词"深情苦调"[①],是概括了晚唐诗及唐宋词的一般感情倾向的。可以说,如果没有深情苦调,晚唐诗不会有如此魅力,唐宋词不会有如此魅力。

二 艳体与曲笔

李商隐诗写深情苦调,多用艳体。他的艳体诗(包括许多无题诗)实际上可以分两类,一类是写儿女风情的,一类是借儿女风情以寄托身世之感的。这后一类是对屈原美人香草比兴传统的继承,亦即他本人所说的:"为芳草以怨王孙,借美人以喻君子。"[②]冯浩在为李商隐《海上》一诗作笺注时也说:"义山身世之感,多托仙情艳语出之。不悟此旨,不可读斯集也。"[③]

我们来看他的一首《无题》:

相见时难别亦难,东风无力百花残。
春蚕到死丝方尽,蜡炬成灰泪始干。
晓镜但愁云鬓改,夜吟应觉月光寒。
蓬山此去无多路,青鸟殷勤为探看。

此诗的抒情主人公可以设想为女子。

曹丕《燕歌行》:"别日何易会日难。"刘裕《丁都护歌》:"别易会难得。"本诗首句却翻进一层,着重点在于加强"别难"的感情力量。次句与首句的联系正在有意无意之间,不仅点明分别的时节,而且使全诗染

---

① 陈廷焯《词则·别调集》卷二,上海古籍出版社 1984 年版,第 653 页。
② 《谢河东公和诗启》,《樊南文集》卷四。
③ 冯浩《玉溪生诗集笺注》卷一,第 27 页。

上了一层浓重的感伤色彩。三、四两句以物比人，写出了一种缠绵婉转的相思，也写出了一种至死不渝的追求。五句写自己晨起照镜，只怕因相思之苦而容颜憔悴，因为还期望与对方重逢。六句设想对方凉夜吟诗，会因心情凄苦而觉得月光清寒。两句可谓推己及人，心心相印。七、八两句以仙比俗，希望有信使传达情意，以慰愁怀。全诗淡化情节，重在抒情，因此留给读者的想象余地特别宽广。当艳情诗读固美，当感遇诗读亦无不可。姚培谦云："此等诗，似寄情男女，而世间君臣、朋友之间若无此意，便泛泛与陌路相似，此非粗心人所知。"①这是从君臣、朋友之间的关系上来理解此诗。孙洙说："一息尚存，志不可懈，可以言情，可以喻道。"②这是从人的精神追求方面来理解此诗。这两种理解都能言之成理。

李商隐还有一类诗，貌似咏物，实为艳体，二者结合得天衣无缝。如《离亭赋得折杨柳二首》：

暂凭尊酒送无憀，莫损愁眉与细腰。
人世死前唯有别，春风争拟惜长条？

含烟惹雾每依依，万绪千条拂落晖。
为报行人休尽折，半留相送半迎归。

冯浩谓此二诗"必为艳体伤别之作"③。柳既象征所别之女子，又取折柳赠别之意，是为艳体伤别。第一首，前二句劝柳莫因伤别而折损愁眉细腰，透露出行人对送者的体贴之情。后二句谓人世死别之外，唯生离最苦，则柳亦何惜其摇曳于春风中之长条而不为行人所折乎？极

① 姚培谦《李义山诗集笺注》。
② 《唐诗三百首》。
③ 冯浩《玉溪生诗集笺注》卷三，第616页。

写柳之多情，实亦人之多情。第二首，前二句写杨柳含烟惹雾，依依垂拂，是柳，是人，是景，是情。后二句谓柳今日既依依惜别，他日亦将依依迎归，故寄语行人休尽折以留待他日也。全诗既有今日离别之感伤，又有他日重逢之希冀，缠绵宛转，曲折层深。

另外还有一些诗，咏物而用艳体，并且又有所寄托，这就又多了一个层次。我们来看他的《和张秀才落花有感》：

晴暖感余芳，红苞杂绛房。
落时犹自舞，扫后更闻香。
梦罢收罗荐，仙归敕玉箱。
回肠九回后，犹有剩回肠。

首二句写落前，红苞绛房，纷然杂陈，余芳竞发，似于短暂之晴暖天气有所感应。三、四句写落时，从情态与芳香两方面着意刻画，极写其惆怅自怜，余情未了。五、六句更以仙女梦罢而收罗荐、将归而整玉舆相比，进一步渲染其缠绵缱绻、终难忘情。末二句化用司马迁《报任少卿书》"肠一日而九回"句意，将仙女之伤感、落花之伤感、张秀才之伤感、自己之伤感一并融入其中。冯浩笺注曰："以艳体比花，常调也。此似叹秀才不第而归，情终不能忘耳。若义山自有托意，则未定。"①此诗以仙女比花，是第一层。以落花比秀才落第，是第二层。自己亦有所感，是第三层。一层比兴接着一层比兴，一重情思套着一重情思，真可谓环环相扣、曲而又曲。

陆次云谓李商隐诗："意致迷离，在可解不可解之间。"②冯浩引田评："那转婉曲，遂令人迷"③，冯浩谓李商隐诗："总因不肯直叙，易令人迷"④，这种情况在艳体诗中表现得尤为明显。李商隐本人对此也有着

① 冯浩《玉溪生诗集笺注》卷三，第728页。
② 《晚唐诗善鸣集》评《锦瑟》。
③ 冯浩《玉溪生诗集笺注》卷三，第690页。
④ 同上书，第697页。

相当的自觉。他在《有感》中写道：

非关宋玉有微辞，却是襄王梦觉迟。
一自《高唐》赋成后，楚天云雨尽堪疑。

此诗以宋玉自比，说自己的诗作犹如宋玉的《高唐赋》、《神女赋》，追求一种迷离惝恍的境界，并且经常有所寄托。但寄托者究竟为何，自己有时不便、也不愿说明，读者只好自己去玩味了。

这种以艳体曲笔寄托某种特殊情思的手法，不仅出现在李商隐诗中，而且也出现在其他一些晚唐诗人诗中。韩偓《思录旧诗凄然有感》云：

缉缀小诗钞卷里，寻思闲事到心头。
自吟自泣无人会，肠断蓬山第一流。

可谓自道苦心。冯浩引杨评："余尝谓韩致光《香奁诗》当以贾生忧国、阮籍途穷之意读之。其他诗云：'谋身拙为安蛇足，报国危曾捋虎须。'乃一腔热血也。既以所丁不辰，转喉触忌，壮志文心，皆难发露，于是托为艳体，以消无聊之况。……义山诗法，冬郎幼必定师承，《香奁》寄恨，仿佛《无题》，皆《楚骚》之苗裔也。"①冯浩此说有理，虽然绝对了一些。实际上李商隐、韩偓的艳体诗都有三种情况：一种并无寄托，一种有寄托，一种有无寄托未能确指。但不论如何，这些诗都有一种朦胧的美感，正如梁启超所云："义山集中近体的《锦瑟》、《碧城》、《圣女祠》等篇，古体的《燕台》、《河内》等篇，我敢说他能和中国文字同其运命。……这些诗，他讲的什么事，我理会不着。拆开一句一句的叫我解释，我连文义也解不出来。但我觉得他美，读起来令我精神上得一种新

---

① 冯浩《玉溪生诗集笺注》卷二，第460页。

鲜的愉快。须知美是多方面的,美是含有神秘性的,我们若还承认美的价值,对于这种文学,是不容轻轻抹杀啊。”[①]现代诗人穆木天的一段话,也有助于我们对这种诗的美感的体会:“我喜欢用烟丝,同铜丝织的诗。诗要兼造形与音乐之美。在人们神经上振动的可见而不可见,可感而不可感的旋律的波,浓雾中若听见若听不见的远远的声音,夕暮里若飘动若不动的淡淡光线,若讲出若讲不出的情肠才是诗的世界。”[②]晚唐诗这种艳体曲笔,对于词的特殊风格的形成,有很重要的影响。诚如清人田同之所云:“诗词风气,正自相循。贞观、开元之诗,多尚淡远。大历、元和后,温、李、韦、杜,渐入《香奁》,遂启词端。《金荃》、《兰畹》之词,概崇芳艳。”[③]从晚唐五代到宋初,“词为艳科”是一种很普遍的认识。温庭筠“逐弦吹之音,为侧艳之词”[④],和凝少年时好为“艳词”[⑤],都反映了这种情况。

既属艳科,所写当然为儿女之情,对此有人持否定态度,有人则认为有其合理性。明人沈际飞认为词“非体备也,情至也。情生文,文生情,何文非情?而以参差不齐之句,写郁勃难状之情,则尤至也。……人之情,至男女乃极。未有不笃于男女之情,而君臣父子兄弟朋友间反有钟吾情者”[⑥]。他认为在人的感情中,男女之情是最基本的,也是最能体现出人的品格的,而词这种完备、精巧、富于音乐性的诗歌体裁正适合于表现这种细腻的感情。清人纳兰性德云:“仆少知操觚,即爱《花间》致语,以其言情入微,且音调铿锵,自然协律。”[⑦]他的意见与沈际飞

---

① 梁启超《中国韵文内所表现的情感》,《饮冰室合集》文集卷三七,中华书局 1989 年版,第 119—120 页。

② 穆木天《谈诗——寄沫若的一封信》,见《中国现代文论选》第一册,贵州人民出版社 1982 年版,第 80 页。

③ 田同之《西圃词说》,《词话丛编》,中华书局 1986 年版,第 1452 页。

④ 《旧唐书·温庭筠传》。

⑤ 孙光宪《北梦琐言》卷六。

⑥ 《诗余四集序》,见《古今词统旧序》。

⑦ 《与梁药亭书》,《通志堂集》卷十三。

正是基本一致的。刘熙载则云："齐梁小赋，唐末小诗，五代小词，虽小却好，虽好却小，盖所谓'儿女情多，风云气少'也。"①他这样看待艳词的价值，是比较辩证的。

写儿女之情，却又不一定仅限于儿女之情，因为其中还可能有比兴寄托。先著、程洪云："词之初起，事不出于闺帷、时序，其后有赠送，有写怀，有咏物，其途遂宽。即宋人亦各竞所长，不主一辙。"②抒写的范围扩大了，但词人还是习惯于以儿女之情来作为比喻象征，正如沈际飞所云："况借美人以喻君，借佳人以喻友，其旨远，其讽微，仅仅如欧阳舍人所云'叶叶花笺，文抽丽锦；纤纤玉指，拍按香檀。不无清绝之词，用助娇娆之态'而已哉！"③这就是说，如果考虑到比兴寄托的情况，那么花间词的特点就不仅限于欧阳炯《花间集叙》所作出的概括了。

写儿女之情而又有所比兴寄托，这就是艳体而兼曲笔，其结果必然造成一种迷离惝恍的意境。纳兰性德称赞李后主词兼有"贵重"、"适用"之美，"更饶烟水迷离之致"④。王鹏运亦云："填词固以可解不可解，所谓烟水迷离之致，为无上乘。"⑤这种"烟水迷离之致"，与晚唐诗的朦胧隐约之美正是一脉相通的。

艳体的语言一般来说以秾艳为主，这在诗、词都是如此。宋人敖陶孙云："李义山如百宝流苏，千丝铁网，绮密瑰妍，要非适用。"⑥他指出李商隐的诗有百宝流苏的光艳，有千丝铁网的细密，这是对的，但谓其"要非适用"，这就太狭隘了。对此刘熙载评曰："诗有借色而无真色，虽藻缋实死灰耳。李义山却是绚中有素。敖器之谓其'绮密瑰妍，要非适

① 刘熙载《艺概》，上海古籍出版社1978年版，第123页。

② 《词洁辑评》卷二，《词话丛编》，第1347页。

③ 《诗余四集序》，见《古今词统旧序》。

④ 《渌水亭杂识四》，《通志堂集》卷十八。

⑤ 《蕙风词话》卷一引，《蕙风词话·人间词话》，人民文学出版社1960年版，第11页。

⑥ 《臞翁诗评》，见《诗人玉屑》卷二。

用'，岂尽然哉！"[1]这种"绚"与"素"的结合，也就是"艳丽"与"自然"的结合，前人在论及词的语言时也是注意到的。清人宗元鼎云："词以艳丽为工，但艳丽中须近自然本色方佳。近日词家极盛，其卓然命世者，如百宝流苏，千丝铁网。世人不解，谓其使事太多，相率交诋，此何足怪。盖寻常菽粟者，不知石砝海月为何物耳。"[2]这里说词的语言如"百宝流苏，千丝铁网"，与敖陶孙对李商隐诗语言风格的概括完全一致，正说明了二者之间的密切联系。

三　细意与静境

诗发展到晚唐，从总体上来说，已经失去了盛唐那种阔大的气象和飞动的气势，而转向一种纤细的意趣和宁静的境界，我们称之为细意和静境。所谓细，有两层含义，一是指描写对象的细小，二是指艺术构思的细密。

描写对象细小，在晚唐诗中是一种值得注意的现象。翻开李商隐诗集，无题诗以外，花、柳、蜂、蝶、莺、燕、蝉、鸡、鱼、云、雨、风、月、肠、泪、筝、瑟、灯、镜、袜、屏风等纤小的题目，是十分惹人注目的。而且花还有桃花、杏花、李花、荷花、菊花、梅花、石榴花、牡丹花、樱桃花、木兰花、朱槿花、紫薇花、高花、残花、落花之分，意象各异；雨亦有春雨、风雨、夜雨、微雨、细雨之别，情趣不同。有时单从题目上看不出来，但描写的对象实际上是细小的，并且在艺术构思上也显示出细密的特点。清人贺裳《载酒园诗话又编》曾云："义山之诗，妙于纤细"，并举《全溪作》"战蒲知雁唼，皱月觉鱼来"，《晚晴》"并添高阁迥，微注小窗明"，《细雨》"气凉先动竹，点细未开萍"为例。我们来看一看《晚晴》全诗：

---

① 刘熙载《艺概》，上海古籍出版社1978年版，第65页。

② 田同之《西圃词说》引，《词话丛编》，第1459页。

深居俯夹城，春去夏犹清。

天意怜幽草，人间重晚晴。

并添高阁迥，微注小窗明。

越鸟巢干后，归飞体更轻。

这首诗写雨后晚晴生机勃勃的景象，总的看境界并不狭小，但其中有不少局部的细致描写。如日出而普照万物，作者却偏偏着意于微不足道之“幽草”。光线的由晦转明，只从登阁时的视线放远与小窗上的一抹余晖看出。巢干翅爽，归飞的鸟儿也显得格外轻捷，更从小处见出万物蕴涵的生机。此诗作于唐宣宗大中元年(847)，当时作者应聘随桂管观察使郑亚到桂州(今广西桂林)，认为这是自己人生道路上的一次转机。诗中反映的正是这种欣慰的心情，而出之以细腻的笔调。顾安评曰：“三、四妙在将‘天意’突说一句，然后对出‘晚晴’。‘并添’、‘微注’，‘晴’字说得深细。结句有意无意，亦是少陵遗法。”[①]姚培谦评曰：“晚晴，比常时晴色更佳。天上人间，若另换一番光景者，在清和时节尤妙。小窗高阁，异样焕发，而归燕亦觉体轻。言外有身世之感。”[②]纪昀评曰：“轻秀，是钱、郎一格。五、六再振起，则大历以上矣。末句结‘晚晴’，可谓细意熨帖，即无寓意亦自佳也。”[③]其实“细意”不仅是末句，其他多句亦是如此。

此种细意，在其他晚唐诗人作品中也时有表现。温庭筠《春日偶作》：

夜闻猛雨判花尽，寒恋重衾觉梦多。

---

① 《唐律消夏录》。

② 姚培谦《李义山诗集笺注》。

③ 纪昀《玉溪生诗说》。

诗句写春夜听雨惜花、恋衾频梦的感觉，特点在于细腻。俞陛云评曰："此类之句，贵心细而意新，必确合情事，乃为佳句。且一句中自相呼应：唯雨猛，故花尽；恋衾，故梦多。……诗中此类极多，固在描绘精确，尤在用虚字之精炼也。"[①]韩偓《赠隐逸》：

蜂穿窗纸尘侵砚，鸟斗庭花露滴琴。

写隐逸者的生活环境，十分幽静。前一句，陆次云评曰："蜂一层，窗一层，纸一层，尘一层，砚一层，蜂弹窗纸一层，蜂弹窗纸尘侵砚一层：七层出于七字，新之至，细之至，天然之至。"[②]后一句的情况亦类似。

这种细意与静境经常是联系在一起的，因为纤细的意趣只有在静中才能体会，而它与景物的交融也必然构成宁静的境界。李商隐《日射》：

日射纱窗风撼扉，香罗拭手春事违。
回廊四合掩寂寞，碧鹦鹉对红蔷薇。

明媚的阳光静静地照在纱窗上，微风不时吹动着门扉，更反衬出回廊四合的庭院的静谧。鹦鹉与蔷薇相对无言，女主人公则下意识地搓弄着手中的罗帕，内心充满因春光逝去而勾起的无限惆怅……屈复评曰："一、二寂寞景况。三、四愈觉寂寞。'春事违'三字有意。次句袖手空过一春也。"[③]

韩偓《深院》：

---

① 俞陛云《诗境浅说》丁编，上海书店1984年版，第90页。
② 《晚唐诗善鸣集》。
③ 屈复《玉溪生诗意》。

鹅儿唼啑栀黄嘴，凤子轻盈腻粉腰。
深院下帘人昼寝，红蔷薇架碧芭蕉。

本诗意境与上一首类似。黄嘴的鹅雏自在地呷水游戏，五彩的粉蝶也在展示它们轻盈的舞姿。蔷薇、芭蕉，一红一碧，相映成趣。这儿本来就是院深人静，更何况现在帘幕低垂，人正昼寝，这静就更深了一层。俞陛云评曰："写深闺昼寝，而以妍丽之风景映之，静境中有华贵气。唐树义诗：'行近小窗知睡稳，湘帘如水不闻声。'虽极写静境，而含情在言外，与韩诗略同。"①

韩偓《已凉》：

碧阑干外绣帘垂，猩色屏风画折枝。
八尺龙须方锦褥，已凉天气未寒时。

诗中所写的空间，由门前阑干、当门绣帘、门内屏风层层推进，最后聚焦在铺着龙须草席与织锦被褥的八尺大床上。时间是已凉未寒的转变关头，一个最容易撩人情思的时刻。整个境界是静谧的，诗中的主人公始终未曾露面，但她的心思是不难作出种种揣测的。孙洙评曰："通首布景，并不露情思，而情愈深远。"②这正显示出静境之妙。

以上各例所表现的静，其实并不是绝对的。透过静境，我们可以感觉到抒情主人公情感的波动。只是这种情感特别细腻、特别微妙，而诗人又不愿加以明确的表现，只是通过静态的描绘，创造出一个景中有人、景中有情的含蓄朦胧的意境，让读者慢慢地加以玩味。这一境界与词正是相通的。

况周颐《蕙风词话》云：

① 俞陛云《诗境浅说》续编，上海书店1984年版，第148页。
② 《唐诗三百首》。

词境以深静为至。韩持国《胡捣练令》过拍云："燕子渐归春悄。帘幕垂清晓。"境至静矣，而此中有人，如隔蓬山。思之思之，遂由浅而见深。盖写景与言情，非二事也。善言情者，但写景而情在其中。此等境界，唯北宋人词往往有之。持国此二句，尤妙在一"渐"字。①

这是从作品的境界来说，只写静景、静境，而人在其中，情在其中，反复体味，可以由浅入深，深入词的情感世界。又云：

人静帘垂。灯昏香直。窗外芙蓉残叶飒飒作秋声，与砌虫相和答。据梧冥坐，湛怀息机。每一念起，辄设理想排遣之。乃至万缘俱寂，吾心忽莹然开朗如满月，肌骨清凉，不知斯世何世也。斯时若有无端哀怨棖触于万不得已；即而察之，一切境象全失，唯有小窗虚幌，笔床砚匣，一一在吾目前。此词境也。②

又云：

吾苍茫独立于寂寞无人之区，忽有匪夷所思之一念，自沈冥杳霭中来。吾于是乎有词。洎吾词成，则于顷者之一念若相属若不相属也。而此一念，方绵邈引演于吾词之外，而吾词不能殚陈，斯为不尽之妙。昨有意为是不尽，如书家所云无垂不缩，无往不复也。③

---

① 《蕙风词话》卷二，《蕙风词话·人间词话》，第 24 页。
② 《蕙风词话》卷一，《蕙风词话·人间词话》，第 9 页。
③ 同上书，第 10 页。

这两段是从词的酝酿、构思过程来说，首先要排除杂念，达到虚静的境界，然后才能全身心地投入，才会有创作灵感，才能逐渐酝酿成熟、构思清晰。酝酿、构思过程中的这种虚静的境界与词的作品中的深静的境界是相互联系的。而在词的这种境界形成的过程中，无疑是受到了晚唐诗的深刻影响的。

（原载《华东师范大学学报》哲学社会科学版，1997 年第 5 期）

金元词曲演变与音乐的关系

赵山林

词曲大师吴梅说:“一代之文,每与一代之乐相表里。”①中国古代诗歌与音乐确实有着密切的关系。

在中国诗歌与音乐关系的发展过程中,金元词曲是一个重要的阶段。金元词曲的繁荣其实要超出我们的想象。唐圭璋先生所编《全金元词》收词家二百八十二人,词作七千二百九十首;隋树森先生所编《全元散曲》收曲家二百十三人,小令三千八百五十三首,套曲八百五十七套。词家、曲家去其重复者,实际人数为四百五十七人。而明人李开先《闲居集》文之六《南北插科词序》云:“予少时综理文翰之余,颇究心金元词曲。《渔隐》、《太平》、《阳春白雪》、《诗酒余音》,二十四散套;张可久、马致远、乔梦符、查德卿,八百三十二名家:靡不辨其品类。”这“八百三十二名家”,比现有作品的四百五十七人(这四百五十七人还不一定都是名家)多出百分之八十以上。由这一数字,便可以推想金元词曲的实际繁荣状况。

我们经常说“元曲代宋词而兴”,这一说法大体上不错,但细想起来便有两个问题:一是金代的情况如何,跨过了一个金代,词曲的演变发展便缺略了一个环节;二是当曲兴起的时候,词的情况如何,是不是完全销声匿迹了。这两个问题都是值得探究的。本文拟就此发表一点粗

① 吴梅《中国戏曲概论》卷中,上海古籍出版社2000年版,第151页。

浅看法，以就正于大方之家。

一

说到词曲的演变，不能忽略柳永和苏轼、辛弃疾的影响。

柳永之词，以其市民的情调、娴熟的手法、谐婉动听的音律、雅俗共赏的风格，成为曲的一种先导。诚如况周颐《蕙风词话》所云："柳屯田《乐章集》为词家正体之一，又为金元以还乐语所自出。……自昔诗、词、曲之递变，大都随风会为转移。词曲之为体，诚迥乎不同。董(解元)为北曲初祖，而其所为词，于屯田有沆瀣之合。曲由词出，渊源斯在。"①

苏轼、辛弃疾之词，以其丰富的内容、开阔的境界、融汇力极强的语言、阳刚之美为主的风格，同样成为曲的一种先导。元好问《自题乐府引》云："乐府以来，东坡为第一，以后便到辛稼轩。"贯云石《阳春白雪序》云："盖士尝云：东坡之后，便到稼轩。兹评甚矣。"由此看来，苏辛词与元曲正是一脉相承的。②

除了柳永和苏轼、辛弃疾之外，其他有关词家的影响，我们也不应当忽略，其中值得提出的一位便是田为。

田为，字不伐。政和中与万俟咏(字雅言)同供职大晟府，"众谓乐府得人云"③。宣和八年(1119)八月为大晟府乐令。精通音律，擅长琵琶。有《洋呕集》。万俟咏有侧艳之词，田为与他有所不同，故王灼云："田不伐才思与雅言抗行，不闻有侧艳。"④

田不伐的词在金代颇有影响。

---

① 况周颐《蕙风词话》卷三，见《蕙风词话·人间词话》，第61页。

② 以上问题，可参拙文《从词到曲——论金词的过渡性特征及道教词人的贡献》，《山东师范大学学报》1992年第2期。

③ 王灼《碧鸡漫志》卷二，《中国古典戏曲论著集成》(一)，第118页。

④ 同上书，第115页。

元好问有《世宗御书田不伐望月婆罗门引先得楚字韵》：

瑶光楼前按歌舞，桂树秋香月三五。白头谁解记开元，四海欢声沸箫鼓。两都秋色皆乔木，三月阿房已焦土。天上亦有别离情，可是田郎心独苦。承平旧物霓裳谱，宝气晖晖映千古。银桥望极竟不归，灭没燕鸿下平楚。

案金世宗完颜雍，在位二十九年(1161—1190)，有词作传世。他亲笔书写田不伐词，可见其爱好。

元好问本人作有《婆罗门引·望月》：

素蟾散彩，九秋风露发清妍。常娥尽有情缘。留著三五盈盈，永夜照凭肩。看晚妆临镜，若个婵娟。　寻常月圆。恨都向、别时偏。几度邮亭枕上，野店尊前。珠明玉秀，算一日、相看一日仙。人共月、长似今年。

这首词看来受到田不伐词的影响。

元好问另有《品令》词，自注："清明夜，梦酒间唱田不伐'映竹园啼鸟'乐府，因记之。"词云：

西斋向晓，窗影动、人声悄。梦中行处，数枝临水，幽花相照。把酒长歌，犹记竹间啼鸟。　风流易老，更常被、闲愁恼。年年春事，大都探得，欢游多少。一夜狂风，又是海棠过了。

既然做梦还梦见酒间唱田不伐词，可见实际生活中唱田不伐词是确有其事的。

到了元代，田不伐的词仍然很有影响，特别是在音律方面，仍然被词曲家们奉为楷模。白朴《水龙吟》(彩云萧史台空)小序云："幺前三字用仄者,见田不伐《洋呕集》,《水龙吟》二首皆如此。田妙于音,盖仄无疑,或用平字,恐不堪协。云和署乐工宋奴伯妇王氏,以洞箫合曲,宛然有承平之意。乞词于余,故作以赠。"可见当时《水龙吟》尚能演唱,而且音律仍以田不伐之作为准。

元代有不少曲家创作《正宫·黑漆弩》(或作《鹦鹉曲》),而且都押"鱼模"韵。这一创作热潮,或曰由田不伐《黑漆弩》而起,或曰由白贲《鹦鹉曲》而起,是有争论的。

说由田不伐《黑漆弩》而起的是卢挚(约 1242—约 1314)的《正宫·黑漆弩》小序:"晚泊采石,醉歌田不伐《黑漆弩》,因次其韵,寄蒋长卿佥司、刘芜湖巨川。"曲云:"湘南长忆嵩南住,只怕失约了巢父。舣归舟唤醒湖光,听我篷窗春雨。　　故人倾倒襟期,我亦载愁东去。记朝来黯别江滨,又弭棹蛾眉晚处。"

而白贲(字无咎,约 1270—1330 前)亦有《正宫·鹦鹉曲》一首:

> 侬家鹦鹉洲边住,是个不识字渔父。浪花中一叶扁舟,睡煞江南烟雨。　　[幺]觉来时满目青山,抖擞绿蓑归去。算从前错怨天公,甚也有安排我处。

案此曲实系《黑漆弩》,因白贲曲首句为"侬家鹦鹉洲边住",遂改为《鹦鹉曲》。

冯子振(1257—1337 后)《正宫·鹦鹉曲》序云:"白无咎有《鹦鹉曲》云:(略)余壬寅岁留上京,有北京伶妇御园秀之属,相从风雪中,恨此曲无续之者。且谓前后多亲炙士大夫,拘于韵度,如第一个'父'字,便难下语,又'甚也有安排我处','甚'字必须去声字,'我'字必须上声字,音律始谐。不然不可歌。此一节又难下语。诸公举酒,索余和之,以汴、吴、上都、天京风景试续之。"

有学者评卢挚《正宫·黑漆弩》云:"此曲原唱,即冯子振所称白贲《鹦鹉曲》,疏斋以为田词,似偶误记。……无咎曲亦传唱当时,或误属不伐。"[1]案上述各曲之外，王恽（1226—1304）亦有《正宫·黑漆弩》之作，并在序中提到当时已有一首出现"江南烟雨"词句的《正宫·黑漆弩》。今人李昌集据此及其他有关材料，判断《正宫·鹦鹉曲》（侬家鹦鹉洲边住）并非白贲所作[2]，是有相当道理的。

这里还可以补充两条材料。

一是姚燧（1239—1314）《黑漆弩》序云："吴子寿席上赋。丁亥中秋，遐观堂对月，客有歌《黑漆弩》者，余嫌其与月不相涉，故改赋，呈雪崖使君。"姚燧此曲，亦押"鱼模"韵，与卢挚之作所用韵相同。丁亥为元世祖至元二十四年（1287），其时白贲只有十几岁。因此，这里所歌《黑漆弩》，不可能是白贲之作。

二是刘敏中（1243—1318）亦有《黑漆弩》二首，所用韵与卢挚之作相同。刘敏中所作，亦未必在白贲所作之后。

由此看来，田不伐的《黑漆弩》在元代确曾传唱，卢挚《正宫·黑漆弩》的原唱是田不伐的《黑漆弩》，大约是不会错的。白贲《正宫·鹦鹉曲》可能也是受了田不伐之作的影响，而它自身也曾产生影响，那是下一步的事了。

二

在词曲演变的过程中，歌者所起的作用是不可忽视的。

金代歌者，屡见于文人吟咏。元好问《仆射陂醉归即事》："醉踏扁舟浩歌起，不须红袖出重城。"自注："是日招乐府不至。"可见平日招歌者乃是常事。《闻歌怀京师旧游》："楼前谁唱绿腰催，千里梁园首重回。记得杜家亭子上，信之钦用共听来。"这里的"杜家"，指杜仁杰，他是诗

---

① 王文才《元曲纪事》，人民文学出版社 1985 年版，第 25 页。

② 李昌集《中国古代散曲史》，华东师范大学出版社 1991 年版，第 559—560 页。

人，又是散曲家，所作套曲《般涉调·耍孩儿·庄家不识勾栏》是十分有名的；“信之”即麻革，“钦用”即李献甫，都是当时的诗人。《赠绝艺杜生》：“迢迢离思入哀弦，非拨非弹有别传。解作江南断肠曲，新声休数李龟年。”《杜生绝艺》：“杜生绝艺两弦弹，穆护沙词不等闲。莫怪曲终双泪落，数声全似古阳关。”这些艺人所弹唱，大多是词，也可能包括曲。

歌者对文人的词作，不止是被动地演唱，他们对于演唱规律的认识和把握，他们对于听众审美需求的了解，有时还会对文人的歌词创作起引导作用。如蔡松年《雨中花》(忆昔东山)序云：

> 仆将以穷腊去汴，平生亲友，零落殆尽，复作天东之别。数日来，蜡梅风味颇已动，感念节物，无以为怀，于是招二三会心者，载酒小集于禅坊。而乐府有清音人雅善歌《雨中花》，坐客请赋此曲，以侑一觞。情之所钟，故不能已，以卒章记重游退闲之乐，庶以自宽云。

一方面是词人有了郁勃于胸的感情，一方面艺人又具有这样的演唱优势，二者结合，声情匹配，便产生了这首词。

元代有关歌者特别是女歌者的记载更多。从夏庭芝《青楼集》可以看出，这些女艺人能歌词、能歌曲，有的还能作词、能作曲，因此她们在词曲演变过程中所起的作用就更加显著。

先说能歌者。

解语花：“尤长于慢词。廉野云(希宪)招卢疏斋(挚)、赵松雪(孟頫)饮于京城外之万柳堂。刘左手持荷花，右手举杯，歌《骤雨打新荷》曲。诸公喜甚。”这里的《骤雨打新荷》是元好问所作北曲小令，亦有认为是词者。

小娥秀：“善小唱，能慢词。”南宋耐得翁《都城纪胜》“瓦舍众伎”条云：“唱叫、小唱，谓执板唱慢曲、曲破，大率重起轻杀，故曰浅斟低唱。”据此，小唱唱的是慢词。

宋六嫂:“小字同寿。元遗山有《赠觱篥工张嘴儿》词,即其父也。宋与夫合乐,妙入神品,盖宋善讴,其夫能传其父之艺。”按元好问所作词为《水龙吟·赠吹觱篥者张嘴儿暨乃妇田氏合曲赋此》。宋六嫂一家可以说是由金入元的艺术世家。

王玉梅:“善唱慢词,杂剧亦精致。”既善唱慢词,又善演杂剧,属于词曲兼精的人才。

李芝仪(一作李楚仪):“维扬名妓也。工小唱,尤善慢词。”

孔千金:“善拨阮,能慢词,独步于时。”

李定奴:“歌喉宛转,善杂剧。勾阑中曾唱《八声甘州》,喝彩八声。”这一位也是词曲兼精的人才。

再说能歌兼能作者。

梁园秀:“歌舞谈谑,为当代称首。喜亲文墨,作字楷媚;间吟小诗,亦佳。所制乐府,如《小梁州》、《青歌儿》、《红衫儿》、《抝砖儿》、《寨儿令》等,世所共唱之。又善隐语。其夫从小乔,乐艺亦超绝云。”梁园秀所作的《小梁州》等,均为北曲小令。其作“世所共唱之”,除了她作为“当代称首”的红角的名人效应以外,必然还因为其作本色当行,演唱效果非同一般。

张怡云:“能诗词,善谈笑,艺绝流辈,名重京师。”姚燧、阎复尝携中丞史公子来怡云家小酌,“张便取酒,先寿史,且歌‘云间贵公子,玉骨秀横秋’《水调歌》一阕,史甚喜”。“又尝佐贵人樽俎,姚、阎二公在焉。姚偶言‘暮秋时’三字,阎曰:‘怡云续而歌之。’张应声作《小妇孩儿》,且歌且续曰:‘暮秋时,菊残犹有傲霜枝,西风了却黄花事。’贵人曰:‘且止。’遂不成章。张之才亦敏矣。”前一例中,张怡云所歌“云间贵公子,玉骨秀横秋”二句,系金人蔡松年赠曹浩然《水调歌头》词句,可见张怡云对词相当熟悉,而对中丞史公子唱这首词,也十分得体。后一例中,张怡云应声所作的《小妇孩儿》,属于北曲,亦称《殿前欢》、《凤将雏》,可见张怡云对曲也是很熟悉的。

珠帘秀:是著名杂剧演员,又作有散曲小令《双调·落梅风·答卢疏斋》、套曲《正宫·醉西施》。

刘燕歌："善歌舞。齐参议(荣显)还山东，刘赋《太常引》以饯云：'故人别我出阳关，无计锁雕鞍。今古别离难，兀谁画蛾眉远山。一尊别酒，一声杜宇，寂寞又春残。明月小楼间，第一夜相思泪弹。'至今脍炙人口。"刘燕歌所作的《太常引》是词，朱彝尊《词综》收了这首词，《历代诗余》卷百十九"金元词话"、《听秋声馆词话》卷八也将她视为词人。

张玉莲："旧曲其音不传者，皆能寻腔依韵唱之。丝竹咸精，蒱博尽解，笑谈亹亹，文雅彬彬。南北令词，即席成赋；审音知律，时无比焉。""班司儒(班彦功)秩满北上，张作小令《折桂令》赠之，末句云：'朝夕思君，泪点成班'，亦自可喜。又有一联云：'侧耳听门前过马，和泪看帘外飞花'，尤为脍炙人口。"

一分儿："姓王氏，京师角妓也。歌舞绝伦，聪慧无比。一日，丁指挥会才人刘士昌、程继善等于江乡园小饮，王氏佐樽。时有小姬歌《菊花会》南吕曲云：'红叶落火龙褪甲，青松枯怪蟒张牙。'丁曰：'此《沉醉东风》首句也。王氏可足成之。'王应声曰：'红叶落火龙褪甲，青松枯怪蟒张牙。可咏题，堪描画。喜觥筹，席上交杂。答剌苏，频斟入，礼厮麻。不醉呵休扶上马。'一座叹赏，由是声价愈重焉。"

刘婆惜："时宾朋满座，全(子仁)帽上簪青梅一枝行酒，全口占《清江引》曲云：'青青子儿枝上结'，令宾朋续之。众未有对者。刘敛衽进前曰：'能容妾一辞乎?'全曰：'可。'刘应声曰：'青青子儿枝上结，引惹人攀折。其中全子仁，就里滋味别，只为你酸留意儿难弃舍。'全大称赏。"

由以上诸例可以看出，这些知名歌者都具有较好的素质，有的文学、音乐两方面均有一定修养，至少也具有较好的音乐修养，这是做一名好歌者的基本条件。

《青楼集》之外，有关元代歌者的材料还有很多。

杨朝英所编《朝野新声太平乐府》卷八收有大都行院王氏《中吕·粉蝶儿·寄情人》套曲一套。李开先《词谑·词套》全引之，并评曰："虽妇人亦知音，宜乎元以词擅名也。”

关汉卿杂剧《钱大尹智宠谢天香》中写到柳永所爱的上厅行首谢天香，在剧中当然是宋代人，实际上是元代妓女的写照。剧中写钱大尹故意要谢天香唱柳永的《定风波》词，因为钱大尹名叫钱可，为了不触犯他的名讳，谢天香不得不临时将原词换韵改唱(括号中为原词字面)：

> 自春来惨绿愁红，芳心事事已已(可可)。日上花梢，莺喧柳带，犹压绣衾睡(卧)。暖酥消，腻云髻(亸)，终日恹恹倦梳洗(裹)。无奈(那)，薄情一去，音书无寄(个)。　早知恁的(么)，悔当初不把雕鞍系(锁)。向鸡窗收拾蛮笺象管，拘束教吟味(和)。镇日相随莫抛弃(躲)。针线拈来共伊对(坐)。和你(我)，免使少年光阴虚费(过)。

剧中的谢天香，在演唱的过程中，随口将原词的“歌戈”韵改为“齐微”韵，十分妥帖自然。这实际上也是元代歌者艺术修养的一个生动例证。

总之，在词曲演变发展过程中，歌者所起的作用一是唱，二是作。所谓唱，指的是这些歌者既能唱词，又能唱曲，促进了词曲的交流和演变。所谓作，一方面是歌者当中有的人自己能够创作，但更多的是歌者的演唱需求促进了文人的创作，文人有很多词曲作品，就是应歌者的要求而作的，前引蔡松年、白朴、冯子振诸例均是如此。文人的创作，经过歌者的演唱，迅速传播开来，又促进了社会对词曲的需求。元曲之所以能成为一代之文学，同时也是一代之音乐，作为中间环节，广大歌者实在是功不可没。

三

在曲已经占据歌坛主导地位的时候，一部分词仍在传唱。燕南芝庵《唱论》说：

> 近出所谓大乐：苏小小《蝶恋花》，邓千江《望海潮》，苏东坡《念奴娇》，辛稼轩《摸鱼子》，晏叔原《鹧鸪天》，柳耆卿《雨霖铃》，吴彦高《春草碧》，朱淑真《生查子》，蔡伯坚《石州慢》，张子野《天仙子》也。①

这里说到的“苏小小《蝶恋花》”，实为北宋词人司马槱之作。因此这里提到的十位词人，北宋五位（张先、柳永、晏几道、苏轼、司马槱），南宋两位（辛弃疾、朱淑真），金朝三位（蔡松年、吴激、邓千江）。这可以说是体现了南北的融合，也证明元曲在发展过程中是吸收了宋金词的艺术滋养的。

杨朝英《乐府阳春白雪》将这一组“大乐”置于卷首，对次序和署名略微作了一些调整：

> 坡仙《念奴娇》、《蝶恋花》，晏叔原《鹧鸪天》，邓千江《望海潮》，吴彦高《春草碧》，辛稼轩《摸鱼子》，柳耆卿《雨霖铃》，朱淑真《生查子》，蔡伯坚《石州慢》，张子野《天仙子》。

将苏东坡置于首位，反映了金元人对东坡的崇敬，所谓“金源一代一坡仙”②是也。《蝶恋花》不署名，也比原署“苏小小”显得审慎。

这一组“大乐”之所以受到金元人的重视，不仅由于它们的作者知名度高，可以引起读者阅读的兴趣；也不仅由于它们文辞的优美，可以作为创作的楷模；同时也由于它们音律上的成功，可以作为演唱的典范。

---

① 燕南芝庵《唱论》，《中国古典戏曲论著集成》（一），第159页。

② 郝经《闲闲画像》，《陵川集》卷十。

试看燕南芝庵《唱论》的下面一则：

大凡声音，各应于律吕，分于六宫十一调，共计十七宫调：

仙吕调唱，清新绵邈。　南吕宫唱，感叹伤悲。

中吕宫唱，高下闪赚。　黄钟宫唱，富贵缠绵。

正宫唱，惆怅雄壮。　道宫唱，飘逸清幽。

大石唱，风流酝藉。　小石唱，旖旎妩媚。

高平唱，条物滉漾。　般涉唱，拾掇坑堑。

歇指唱，急并虚歇。　商角唱，悲伤宛转。

双调唱，健捷激袅。　商调唱，凄怆怨慕。

角调唱，呜咽悠扬。　宫调唱，典雅沉重。

越调唱，陶写冷笑。①

上面一组“大乐”，《乐府阳春白雪》对其中五首注明了宫调：《蝶恋花》为商调，晏叔原《鹧鸪天》为大石调，柳耆卿《雨霖铃》为双调，朱淑真《生查子》为大石调，张子野《天仙子》为中吕调。

我们试看传为苏小小所作、实为司马槱所作的《蝶恋花》：

妾本钱塘江上住，花落花开，不管流年度。燕子衔将春色去，纱窗几阵黄梅雨。　斜插犀梳云半吐。檀板轻敲，唱彻黄金缕。望断彩云无觅处，梦回明月生南浦。

俞陛云评此词：“琢句工妍，传情凄婉。”②这首词演唱起来，确实可以是“凄怆怨慕”。

再看晏叔原《鹧鸪天》：

---

① 燕南芝庵《唱论》，《中国古典戏曲论著集成》(一)，第160、161页。

② 《唐五代两宋词选释》，上海古籍出版社1985年版，第324页。

彩袖殷勤捧玉锺，当年拼却醉颜红。舞低杨柳楼心月，歌尽桃花扇底风。　　从别后，忆相逢，几回魂梦与君同。今宵剩把银釭照，犹恐相逢是梦中。

朱淑真《生查子》：

年年玉镜台，梅蕊宫妆困。今岁未还家，怕见江南信。　　酒从别后疏，泪向愁中尽。遥想楚云深，人远天涯近。

前一首，胡仔《苕溪渔隐丛话》评曰："词情婉丽。"后一首，《古今女史》评曰："曲尽无聊之况，是至情，是至语。"这两首词演唱起来，确实也可以是"风流酝藉"。

以上这些典范之词的唱法，作为一种艺术积淀，可以影响、可以融入曲的唱法。试看燕南芝庵《唱论》所记载的：

凡唱曲有地所：东平唱《木兰花慢》，大名唱《摸鱼子》，南京唱《生查子》，彰德唱《木斛沙》，陕西唱《阳关三叠》、《黑漆弩》。①

这里提到的《摸鱼子》、《生查子》，都在前述宋金十"大曲"之中；而《黑漆弩》则显然与田不伐之词有关。

当然金元人演唱的，并不都是知名作家的词，也有其他作家甚至无名氏的词。元人张翥《南乡子》序云："驿夫夜唱《孤雁》，隔舫听之，令人凄然。"并形容其演唱效果是："野唱自凄凉，一曲孤鸿欲断肠。恰似《竹枝》哀怨处，潇湘。月冷云昏觅断行。"这里所说的《孤雁儿》是词调，即《御街行》。据杨湜《古今词话》引无名氏《御街行》：

---

①　燕南芝庵《唱论》，《中国古典戏曲论著集成》(一)，第161页。

霜风渐紧寒侵被。听孤雁声嘹唳。一声声送一声悲，云淡碧天如水。披衣起告，雁儿略住，听我些儿事。　　塔儿南畔城儿里。第三个桥儿外。濒河西岸小红楼，门外梧桐雕砌。请教且与，低声飞过，那里有人人无寐。①

词咏孤雁，词牌因之改为《孤雁儿》。这首词情感质朴，语言通俗，上下片浑然一体，显示出与曲相近的特征。

以上情况充分说明，金元时代词曲的并存、交流、融合、演变，是通过各种渠道，由士大夫和民间的作者、歌者，由创作者与接受者共同完成的。周德清《双调·蟾宫曲》写道：

宰金头黑脚天鹅，客有钟期，座有韩娥。吟既能吟，听还能听，歌也能歌。和白雪新来较可，放行云飞去如何？醉睹银河，灿灿蟾孤，点点星多。

作者、歌者、欣赏者、评论者互为知音，其结果，是造成了可与唐诗、宋词媲美的一代之文学、一代之音乐，留下了中国文学史、音乐史上辉煌的一章。

（原载《社会科学战线》2002年第5期）

---

① 杨湜《古今词话》，《词话丛编》，第53页。

吴藻的独幕杂剧《乔影》

郭　梅

吴藻(1799—1862),字蘋香,号玉岑子,浙江仁和(今杭州)人,活跃于道光年间的浙江文坛。吴藻诗词曲皆能,而以词曲最工。有词集《花帘词》和《香南雪北词》,其杂剧《乔影》亦享有盛誉。时人以为在浙派大家厉鹗、吴锡麒逝世后,"或虑坛坫无人,词学中绝,不谓继起者乃在闺阁之间"。后人则把她看成是可以与《漱玉词》作者李清照并垂不朽的奇才。当代学者冯沅君、陆侃如的《中国诗史》及严迪昌的《近代词钞》、《清词史》,邓红梅的《女性词史》等,都对吴藻词有所称述,可见行家对她的推重。与她同时代的女性词人也把她看成是自己时代最出色的女词人,是女性词的标准和榜样。

《乔影》是吴藻青年时创作的一部意蕴深厚的独幕杂剧。关于《乔影》的反响,魏谦升在《花帘词序》中主这样记载:"尝写饮酒读《骚》图,自制乐府,名曰《乔影》,吴中好事者被之管弦,一时传唱,遂遍大江南北,几如有井水处必歌柳七词矣。"而其中所表现的性别意识引起了不少学者的浓厚兴趣,也反映了作者对才女"名士化"的某种理解。

在这部作品的一开始,吴藻就借谢絮才之口尽情地吐露胸中的"高情"和"奇气",渴望冲破现实对女性角色的束缚:"百炼钢成绕指柔,男儿壮志女儿愁。今朝并入伤心曲,一洗人间粉黛愁。我谢絮才,生长闺门,性耽书史,自惭巾帼,不爱铅华。敢夸紫石镌文,却喜黄衫说剑。若论襟怀可放,何殊绝云表之飞鹏;无奈身世不谐,竟似闭樊笼之病鹤。

咳！这也是束缚形骸，只索自悲自叹罢了。但是仔细想来，幻化由天，主持在我，因此日前描成小影一幅，改作男儿衣履，名为《饮酒读〈骚〉图》。敢云绝代之佳人，窃诩风流之名士。"这里明白指出，谢絮才着男装而饮酒读《离骚》，是为了做"风流之名士"。剧中只有谢絮才一个人物，既无故事，也无穿插，情节性并不强，而是像很多优秀明清杂剧作品一样，与抒情诗接近，是作者富有诗意的自白。所谓画中知己，谢絮才毫无疑问正是吴藻本人的自我投影，而这件事情本来也出在她自己身上——正如梁绍壬《两般秋雨庵随笔》卷二"花帘词"条所记："（吴藻）又尝作饮酒读《骚》长曲一套，因绘为图，己作文士装束，盖寓速变男儿之意。"这一做法，表现出她对处于主动地位的男性角色的真诚羡慕和对于自身女性角色的真心舍弃。

饮酒读《骚》，出自《世说新语·任诞》王恭之语："名士不必须奇才，但使常得无事，痛饮酒，熟读《离骚》，便可成名士。""饮酒"向来被作为名士风流以及排遣苦闷的表现方式，而"读骚"则往往寄寓着命运不遇的悲感。吴藻在《乔影》中写出谢絮才"眼空当世，志轶尘凡，高情不逐梨花，奇气可吞云梦"，但在现实中，主人公却仍是有志不得伸、有才不得用，所以自以为"像这憔悴江潭，行吟泽畔，我谢絮才此时与他也差不多儿"。这种情绪郁积之深，就化作了主人公的心灵独白："我想灵均，神归天上，名落人间，更有个招魂弟子，泪洒江南。只这死后的风光，可也不小。我谢絮才将来湮没无闻，这点小魂灵飘飘渺渺，究不知作何光景。"而其对声名的看重与追求，也直接来自《离骚》："老冉冉其将至兮，恐修名之不立。"其生命意识的高扬和内心活动的郁勃，正是相通的。

需要指出的是，明清女性文学繁荣，带来了众多女性的觉醒，她们要求施展抱负的呼声也纳入了个性解放思潮的主旋律。但大部分女性主要仍着眼于在某一具体方面争取与男性平等的地位，而将拥有与男性同样的条件当作自身解放的最终目标，对男性也受到压抑的事实缺乏敏锐的感知。而吴藻在《乔影》里所抒发的"高情"和"奇气"却并不拘泥于一时一事，它向往完全的自由，反抗施诸女性的所有束缚，涵盖面和批判力较其他女性的要求更显宽广和强烈。尤其难能可贵的是，在为女性呼唤自由的同时，吴藻还进一步认识到了即使是男性，要想充分施展才能、抱负，要得到精神上的自由解放，在现实生活中也是不可能的。所以这种创作深心，也得到了当时广大男性文人的共鸣和激赏。如齐彦槐诗曰："毕竟小青无侠气，挑灯闲看《牡丹亭》。"将吴藻和西子湖畔另一著名才女冯小青进行对比，激赏吴藻的侠气。沈希辙词曰："堪尽或笑或吟，或时说剑，或坐禅谈虎。三万六千朋辈少，今日琐窗风雨。血泪空弹，心香独奉，只有灵均许。侧身天地，绣阁谁是俦侣。"同时名流许乃穀更是为《饮酒读骚图》题辞云："我欲散发凌九州，狂饮一写三闾忧。我欲长江变美酒，六合人人杯在手。世人大笑谓我痴，不信闺阁先得之。"

女扮男装历来是中国文学中的一个传统题材，尽管这一类的作品都带有提升女性价值的含义，但其意旨及其表现却各有不同。木兰替父从军和英台易妆读书，虽然一个慷慨激昂，一个缠绵悱恻，最后的恢复女儿妆重返闺阁却是一样的。明显的戏剧性和传奇性是这类作品的共同特点，也符合一般观众关注故事情节的观赏心理。而明清时代也出现了另一类作品，虽然仍可置于这一框架之中，却有了不少根本性的变化，即当作品中的主人公穿上男装时，那件衣服已经内在于她们，成为她们生命意识的一个有机组成部分，她们往往从心理上已把自己当成了男子。与此相应的，这一类作品也就基本上不以情节的跌宕起伏争胜，而是注重琐碎的生活叙述和细腻的心理描写。在明清戏剧史上，《乔影》之前有叶小纨的《鸳鸯梦》、王筠的《繁华梦》等，《乔影》之后则有何珮珠的《梨花梦》，等等。尽管叶小纨、王筠等人的作品中都有特定的思想倾向，但从知人论世的角度来看，无疑和是吴藻在《乔影》中所表现出的意向更为鲜明，因为她的"名士情结"在其全部创作中是一以贯之的，不仅表现在叙述性的虚构作品之中，而且表现在直陈性的抒情作品之中。

有意思的是，吴藻的这种"名士情结"和改变社会性别的心曲，甚至体现在《乔影》中对于携妓的向往："似这等开樽把卷，颇可消愁，怎生再得几个舞袖歌喉，风裙月扇，岂不更是文人韵事？"——红袖添香，轻歌曼舞，诗酒流连，吴藻在这里表现的是最典型的名士习气。而更值得注意的是，吴藻的这种感情在其作品中并非仅见于《乔影》，比如《花帘词》中有一阙《洞仙歌·赠吴门青林校书》：

珊珊琐骨，似碧城仙侣。一笑相逢，澹忘语。镇拈花倚竹，翠袖生寒空谷里。

想见个人幽绪。

兰釭低照影，赌酒评诗，便唱江南断肠句。一样扫眉才，偏我轻狂，要消受玉人心许。正漠漠烟波五湖春，待买个红船，载卿同去。

瘦影珊珊堪怜，玉手相携温馨，赌酒论诗，浅吟低唱，美人名士互相爱慕，惺惺相惜，索性就"买个红船，载卿同去"，这是最典型的男性文人做派。由此也可看到，吴藻虽是女性，但当她幻化为男性，即以文人或名士自居时，显然也不假思索地沿用了男性文人对女性的审美标准，而忘却了"青林校书"等"她"所狎昵的对象，也是需要平等自由的女性。

魏晋风骨，清士名流，是后世文人回望历史时，万分艳羡的风度。魏晋时期文人饮酒作乐，清谈成风，即所谓"是真名士自风流"。尽管身处乱世，但名士们寄情山水、疏狂傲物，活得自我且放达。这样的风气不仅存在于当时的男性文人之中，女性亦不甘示弱。东晋时的谢道韫，出生于当时的士族谢家，自小即以"咏絮之才"名世，不仅长于诗文，而且又具捷智。谢道韫的丈夫是王羲之的二儿子王凝之。一次，王凝之的弟弟王献之与宾客清谈斗智，辞理将屈，谢道韫便坐到青绫屏障后继续献之前议，舌战群儒，众宾客不能折屈之。谢道韫风致翩然，谢安称她有"雅人深致"，时人评论她神情散朗，有林下气度。

正如前文所言，千余年后，吴藻将《乔影》中的主角命名为"谢絮才”,自不免有追慕谢道韫之意。魏晋时期,社会风气相对开放,文人好以名士自居。然何为名士呢?《世说新语·任诞》王恭有云:“名士不必须奇才,但使常得无事,痛饮酒,熟读《离骚》,便可成名士。”吴藻将笔下主人公谢絮才的自画小影命名为“饮酒读骚图”,又在剧首写道:“敢云绝代之佳人,窃诩风流之名士”,很明显是心摹手追,忍不住将魏晋风流移植到了此处。

明清时期女性作品中涉及男扮女装的尤多,如陶贞怀的《天雨花》、陈端生的《再生缘》等,这几部弹词作品对于此类的题材把握得较为成熟,将矛盾冲突着眼于男子身份所带来的自由与利益之争,而不再仅局限于男女之情与女性重新改回红妆的艰难。类似于“借离合之情,写兴亡之感”的《桃花扇》,这一类女性作品已经试着将“女扮男装”作为一个引子,来书写男性社会对于女性的压迫,和女性被迫幽居闺中的不满与不甘。这些女子本身的才华不逊于男子,却由于生来的性别问题而导致“先天不足”,甚至连尝试的机会都不能享有。若是一个不识诗书的女子,倒不会对如此现状有太多的不满和异议,但是才识与男子平起平坐,甚至也许还高于男性的女子面对这样的现状,则要她们情何以堪?尤其是那些由于种种原因处境困窘,又没有丈夫或其他男子可以依靠的女性,她们本人碍于女性的身份,不能凭借才华赚取生活所需,生活日益贫困却束手无策,如陈端生,就很自然地会厌恶这种不合理的社会现象,因此,在她们的作品中,可以看到她们的不满和抨击。我们甚至可以说,在这类作品中已经包含了中国早期女性主义的萌芽。不过,这些女性文人将这种女性意识反映到自己的作品中,多多少少会设置一个或者几个触动女性意识萌发的关键因素,比如,陈端生笔下《再生缘》里的孟丽君是为了保全名节、为夫报仇,在逃婚的过程中渐渐体味到闺房之外的风景大好,生而为男子的权利是那样的诱人,于是,她起了不愿脱下相貂再返妆楼的念头——这,就是当时较为普遍的渐进式的女性的思想觉悟,是很符合事物的发展规律和事实的。不过,年仅二十多岁的吴藻却没有完全效仿这些文坛女前贤,而是一改此前拖沓、迂回的

“思想斗争”，在她的独幕杂剧《乔影》中直接以犀利大胆的动作和言辞表现了她较为成熟的女性解放思想。

《乔影》篇幅较短，从体裁上就与陈端生等前人有所区别——既不是小说，也不是传奇、弹词，而是一个独幕杂剧。全剧不过一千余字，写女子谢絮才不满自己的女性身份，改换衣装，扮作书生，在书斋赏玩前日自描的男装小像，即“饮酒读骚图”。她在赏画饮酒、放浪形骸、尽情抒怀之际，却突然感怀身世，悲从中来——“若论襟怀可放，何殊绝云表之飞鹏；无奈身世不谐，竟似闭樊笼之病鹤”。沦落到如此境地，只是因为自己生而为女性，连反抗的机会都没有。她读《离骚》之际又想到三闾大夫报国无门，在江畔行吟的孤寂与萧瑟，对比自己亦是明珠湮没、怀才不遇。但是屈原的诗文千古流芳，死后还有弟子为其招魂。而自己空有一身才华，却受制于女性的身份，只能锁于深闺，不能为国效力，不能施展抱负展示才华，更没有机会名留青史。黯然神伤之际，谢絮才只得收拾起画卷酒具，默默下场。全剧就此落幕。

在《乔影》中，吴藻之所以将主人公命名为谢絮才，除了追慕谢道韫的林下之风、名士风范的因素以外，应该还包含了另一层深意：那就是谢道韫与她有同命相怜的一面——她们同样不满自己的婚姻。据《世说新语・贤媛》记载：“王凝之谢夫人既往王氏，大薄凝之。既还谢家，意大不悦。太傅慰释之曰：‘王郎，逸少之子，人材亦不恶，汝何以恨乃尔？答曰：‘一门叔父，则有阿大、中郎。群从弟兄，则有封、胡、遏、末，不意天壤之中，乃有王郎！”王凝之是王羲之的儿子，但是东晋时很多所谓的名士往往醉生梦死，沉湎于清谈却不正视现实，王凝之就是此中之最——他在任会稽太守时，孙恩造反叛变，而作为太守的王凝之却只知道焚香拜佛，求神仙保佑免遭涂炭。谢道韫劝夫不果，只能亲自招募士兵，组建军队进行反抗。当孙恩叛军兵临城下时，王凝之仓皇出逃，在城门口被叛军杀害。反而是一介女流的谢道韫镇定自若，指挥军队顽强抗敌，可惜寡不敌众，他家惨遭灭门，唯独谢道韫，连孙恩也不得不折服于她的胆识与谋略，不敢加害，命人将她送回故乡。

吴藻的丈夫是商人，有道是商人重利轻别离，在才学上也不能达到吴藻的理想要求，更别说理解妻子在文学上、人格上的追求了。因此吴藻虽然衣食无忧，但自我感觉却无异于笼中的金丝鸟。在精神上无法得到最亲密伴侣的理解，这让她十分痛苦，满腔的幽愤只能诉诸于笔端了："怕凄凉人被桃花笑，怎不淹煎命似梨花小(絮才！絮才！)重把画图痴叫。秀格如卿，除我更谁同调?!"

正如严迪昌先生所言："女性的觉醒，大抵始自于婚姻问题，但仅止步于此，觉醒尚难有深度。吴藻的女性自觉，可贵的是对人生、对社会、对男女地位之别以及命运遭际的某些问题，都有初步的朦胧的思考，从而成为这种思索和悟解觉醒长途中值得珍视的一环。"①当《牡丹亭》为女性爱情婚姻自由而呐喊时，二百五十多年后的女曲家吴藻开始追求更高层次的女性权利。何况，《牡丹亭》毕竟是男性文人的作品，不能深切地体会到现实生活中的女性需要的并不仅仅是爱情。对于有经济来源的男性来说，爱情是生活中的美好点缀，更何况男性若是婚姻生活不和谐，大可以由三妻四妾来"弥补"；但是对于女性来说，婚姻之路完全是一条单行线，买票上车的那刹那就已经决定无法退票或者得到额外的补偿。而吴藻就是真真切切体会到了情不投意不合的感情在她生命中所造成的悲剧与遗憾，她力求摆脱这无语、喑哑的人生，却只能在纸上狂放而已，尤其是[雁儿落带得胜令北]："我待趁烟波泛画棹，我待御天风游蓬岛，我待拨铜琶向江上歌，我待看青萍在灯前啸。呀，我待拂长虹入海钓金鳌，我待吸长鲸贯酒解金貂，我待理朱弦作《幽兰操》，我待著宫袍把水月捞。我待吹箫比子晋还年少，我待题糕笑刘郎空自豪，笑刘郎空自豪……"，这支著名的曲子借用历史上诸多奇人异士的想象和传说，一气甩出长达十句的排比句以及一连串典故，以李太白、王子乔、刘禹锡等历史上著名的俊逸神仙、洒落文士自喻，气势磅礴，表现出一种绝对的自豪与自信，而无半点寻常小女子的忸怩作态，表达了那种

---

① 严迪昌编选《金元明清词精选》，江苏古籍出版社 2002 年 10 月版。

渴望发展个性、展现才华、向往极致自由的迫切心情，从中可以看出吴藻渴望自由的急切和其本人不输于旁人的豪放与想象。只是，对比她当时羁绊闺中的窘境，愈加可见她当时忧郁烦躁的心态。她甚至还在剧中的[收江南北]曲里写道："只少个伴添香红袖呵相对坐春宵，少不得忍寒半臂一齐抛，定忘却黛螺十斛旧曾调。把乌阑细钞，更红牙漫敲，才显得美人名士最魂销。"在表示不惜以买醉麻痹自己的同时，却不忘要倩美人来揾英雄泪，而这，就是吴藻思想局限的表现了——她想要与男性平等的地位，但却想通过红颜陪侍来实现，而浑然忘却了那位女子的自由平等又如何体现呢?!

不过，年轻时的吴藻还真的曾经换上男装，与男性文人一起饮酒赋诗，甚至走马章台。内中的一个妓女见到面如冠玉的吴藻，居然不分钗弁对其芳心暗许。前文提过，吴藻亦逢场作戏，甚至还写了《洞仙歌·赠吴门青林校书》送给她。这首词写得风流婉转，甚至有几分轻佻的味道，可以说是完全具备男性文人的立场和角度的——"一样扫眉才，偏我轻狂，要消受、玉人心许"，分明就是酸腐书生赢得美人心后洋洋得意的嘴脸。而当她写到"正漠漠烟波五湖春，待买个红船，载卿同去"时，吴藻已然忘记了自己的性别，陶醉在了被美人钦慕的良好感觉中了。不过单就词作而言，这首词倒也不落俗套——中国文学史上多的是男性以女性的笔调来写作哀怨之词，少有女性以男性的口吻来调笑嬉闹，况且吴藻笔力刚柔并济，不输等闲。上阕以叙事为主，"一笑相逢，澹忘语"，相视一笑中，自是眼波流转，温情似水；然而下阕笔锋一转，赌酒评诗，要唱江南断肠句，则豪情不减男子。前面还说是"扫眉才"，后面却要"载卿同去"，这是自诩，亦没有唐突了佳人，吴藻比之真书生，似乎更显得风度翩翩。

这首词恰恰与《乔影》相互佐证了剧中的谢絮才即是吴藻本人的化身。但是，作为一个早期的女性主义者，吴藻不免也陷入了矫枉过正的误区——她想获得与男性文人的平等的地位，但却又不知道从何处入手解决，只能随男性之波而逐流，以男性流连勾栏的方式来表现自己的才华出众不亚须眉，而且还要藉妓女的钦慕赏识来抬升自己的格调身份。可以说，这是吴藻作品在追求女性自由解放的同时暴露出思想性上的最大败笔。

正如吴藻在定场诗中所说："百炼钢成绕指柔，男儿壮志女儿愁。今朝并入伤心曲，一洗人间粉黛羞"，这个剧本以饱酣淋漓的笔墨，豪放奔涌的情怀，抒写出人间不平，呼喊出女儿心愿，在当时便引起了轰动效应，"被之管弦，一时广为传唱，几如有水井处，必歌柳词矣"（《杭郡诗》三辑）。据目前所知，这个剧本是女曲家剧作中少数从案头走向场上的例子之一，演出时人们"传观尽道奇女子"（许乃毂《乔影》题辞），而且"雏伶亦解声泪俱，不屑情柔态绮靡"（同上），其振聋发聩可见一斑。当时的名士纷纷为该剧题辞，如齐彦槐诗云：

词客愁深托美人，美人翻恨女儿身。
安知蕙质兰心者，不是当年楚放臣？

他高度评价吴藻，将她比作当年的三闾大夫屈原。又如著名词学家郭麐也将吴藻与屈原相提并论，他说："女中有灵均，感愤写胸臆，纷纷忘男子，我欲与巾帼。"在吴藻面前，他们不约而同地都以男性作家的身份表示了自惭。而另一位男性，吴藻的同乡葛庆曾则用博喻的手法盛赞《乔影》，并表示了深切的共鸣。

（《乔影》）"恍如湘江千顷，澄波无际，君山缥缈，烟鬟雾鬓，相对出没，兰桡桂枻，容与乎中流；复如山鬼晨吟，林猿暮啸，夜郎迁锗，长沙被放。才人沦落，古今同慨……"（葛庆曾《乔影·跋》）

还有，吴藻的老师，清代继随园主人袁枚之后最热心于提倡妇女文学的陈文述（碧城）则情不自禁地称赞自己的高足乃是"金粉难消才子气，旷世婵娟第一流"（《乔影》题辞）。

与此同时，和男性文人纷纷对吴藻及其《乔影》由衷地竭尽夸赞之能事不同，闺秀作家对之更多地表现出她们强烈的认同感和振奋感，还有就是自愧不如的羞惭。如随园女弟子归懋仪（佩珊），其文字“雄伟绝不似闺阁语”（《随园诗话》），极引吴藻为同调，将吴藻看成是“不栉一书生”，就是和男子一样的女子。她题辞曰：

离骚一卷寄幽情，樽酒难浇傀儡平。
乌帽青衫镫影里，争看不栉一书生。

换却红妆生面开，衔杯把卷独登台。
借他一曲湘江水，描出三生小影来。

而清代最著名的女小说家、评论家，陈文述的儿媳汪端（小韫）则将评论隐藏在一连串典故和意象之中，她题诗曰：

蜀国黄崇嘏，唐宫宋若莘。
美人何洒落，词客最酸辛。
修竹难医俗，芳兰不媚春。
江潭写秋怨，憔悴楚灵均。

这是用女扮男装“愿天速变作男儿”的黄崇嘏和唐代著名女诗人宋氏五姐妹来比喻吴藻，更用屈原来和吴藻作比，竭尽赞誉之能事。

因为吴藻的行为和作品卓荦不群，一般女子很难望其项背，故而另一位题辞的女子徐钰（叔芳）则更多地显露出“自惭形秽”：

一种牢愁本性真，致身千古想灵均。
忽歌忽笑忽悲泣，不信红闺有此人。

翩翩乌帽压云鬟，直欲天风御住还。
愧我多情豪气少，但调螺子画春山。

“不信红闺有此人”，简直不相信世上有这样优秀的女性存在，如此的语气似有过誉之嫌，而且透露出评论者本身“底气不足”，伤于女性自轻自贱的历史局限性，但吴藻的才华在女子中出类拔萃，这是无可置疑的。吴藻的闺中密友张云裳对她十分了解，曾赞之曰“如此才华闺中少，胜书生十载亲灯火”（《金缕曲》），简洁而充分地肯定了吴藻的创作。

明清时期虽有众多女性的觉醒，并发出要自由要解放的呼声，但大部分女性的追求仍主要着眼于在某一具体的方面争取与男性平等的地位，最普遍的即如孟丽君，位居高位，才学权势不逊于男性，以拥有与男性同样的地位、权力甚至金钱当作自身解放的最终目标。所以，在这些作品中，女主人公乔装成男性，多的是女性夺取功名利禄如同探囊取物般容易的描写，且轻易便能博得统治者的欢心，轻易便跃上了权力的顶峰。

吴藻的同乡前辈陈端生的代表作《再生缘》和《乔影》一样，以女扮男装为情节绾合的核心。六十万字的弹词《再生缘》也是一部赞扬女性才能的作品，因此也不可避免地有女扮男装的情节——该书叙写已由父母许婚皇甫少华的女子孟丽君因不愿改嫁刘奎璧，女扮男装逃婚而走，通过科举考试中了状元，位列人臣，不仅举荐夫君皇甫少华出征立功，还为皇甫一家平反了冤狱，为朝廷铲除了奸佞。但当封侯后的皇甫少华意欲迎娶孟丽君时，她却选择了尽量回避，竭尽全力保全自己并非男儿身的秘密，以避免回到桎梏甚多的家庭之中。“宰臣官俸巍巍在，自身可养自身来”，她愿意一辈子不露女儿装，为国效忠。值得再提一提的是，陈端生是陈文述的族姐，而陈文述正是对吴藻创作影响甚大的老师。有这么一层关系再加上吴藻本人的勤奋好学，吴藻很有可能看过陈端生的作品，并深受陈端生思想的影响。

但两者在思想境界方面还是略显差异：虽然陈端生和吴藻都在控

诉女性命运的不公平，但是陈端生安排孟丽君的最终归宿显得更优柔，而吴藻则分明有着壮士断腕的果断。在《再生缘》中，劝说孟丽君改回红妆的人比比皆是，不仅有男性，如皇甫少华、孟家父子等，还有不少女性，如她的母亲，还有“妻子”苏映雪，等等；所以孟丽君孤立无援之时也曾暂时妥协，说明陈端生自己的思想也曾动摇。吴藻在《乔影》里则是借谢絮才之口直接发出女性解放的呐喊，这从主人公出场便着巾服便可见一斑，而且她所抒发的“高情”和“奇气”，并不拘泥于一时一事，它向往完全的自由，反抗施诸女性的所有束缚，涵盖面和批判力较其他女性的要求更显宽广和强烈。就这一点而言，吴藻的思想已经较陈端生成熟多了。

吕天成、祁彪佳戏曲品评理论概说

谭　坤

明中叶以后，传奇勃兴，中国古代戏曲发展进入新一轮繁盛期。传奇创作的日益繁荣，亟需戏曲家从理论上加以体认和规范，他们或从音律角度，或从文学角度，或从表演角度多方面多层次地展开戏曲批评，而对作家作品的品评成为戏曲批评的重要内容。朱权在《太和正音谱·古今群英乐府格势》中对元明二百零三位曲家艺术风格进行品评，可以说是最早运用戏曲品评方式展开戏曲批评的理论家。之后，李开先《词谑》、何良俊《四友斋丛说》、王世贞《艺苑卮言》、沈德符《万历野获编》、徐复祚《三家村老委谈》等都涉及戏曲作家作品的简要评述，这类品评比较零散，有时显得随意，缺乏一定的系统性。当然，第一部戏曲品评的专著当推吕天成的《曲品》。它与祁彪佳的《远山堂曲品》、《远山堂剧品》鼎足而三，使得品评这种批评形式具备完整的理论框架，标志中国戏曲品评理论体系的正式形成。

一　戏曲品评的理论渊源

品评，作为一种批评方式，汉魏之际人物品藻中初露端倪，形成于诗歌、书法、绘画等艺术形式，又运用到戏曲批评领域。“汉末士流，已重品目，声名成毁，决于片言。”①这种人物品评风气影响到文艺批评，

① 鲁迅《中国小说史略》，上海古籍出版社1998年版，第37页。

出现了诗歌品评、书法品评、绘画品评等理论著作。吕天成《曲品自叙》明确表示："仿钟嵘《诗品》、庾肩吾《书品》、谢赫《画品》例，各著论评。"祁彪佳步武吕氏，并将戏曲品评发扬光大。他在《远山堂曲品叙》中说："予素有顾误之僻，见吕郁蓝《曲品》而会心焉。"表明不同艺术门类之间的相互影响以及诗歌书画理论与戏曲品评之间的渊源关系。

吕天成《曲品》无论从体例，还是方法，都显然受到钟嵘《诗品》的影响。《诗品》将西汉至齐梁间122名诗人及诗作列为上、中、下三品，追溯源流，品第优劣，概括风格，是一部体例完备、方法独特的诗歌品评著作。钟嵘标举《国风》、《楚辞》、《小雅》，当作五言诗三大渊源，并认为李陵"其源出于《楚辞》"、曹植"其源出于《国风》"、阮籍"其源出于《小雅》"，而王粲"出于李陵"，张协、张华"出于王粲"，陆机"出于陈思"，颜延之"出于陆机"，指出五言诗的源流发展，在诗歌史上具有重要意义。章学诚评价说："《文心》体大而虑周，《诗品》思深而意远。盖《文心》笼罩群言，而《诗品》深从六艺溯流别也。论诗文而溯流别，则可以探源经籍，而进窥天地之纯，古人之大体矣。"①《诗品》最重要的品评方法就是"溯流别"，吕天成深受影响，提出"溯源得委"方法，可以看出他们之间一脉相承的关系。

毋庸置疑，《曲品》的体例也受到庾肩吾《书品》、谢赫《画品》的影响。庾肩吾将书品分为上上、上中、上下、中上、中中、中下、下上、下中、下下九品，谢赫把27位画家分为六品。吕天成将隆庆、万历以前的旧传奇分为神、妙、能、具四品，这种分类显然是受到书画品第理论的影响。南朝画家谢赫在《画品》所论六种绘画技法，含有技法高下优劣的评判。唐代张彦远在此基础上将绘画分为五品，以包含谢赫"六法"："自然者为上品之上，神者为上品之中，妙者为上品之下，精者为中品之上，谨而细者为中品之中。余今立此五等，以包六法，以贯众妙。"②

---

① 章学诚《文史通义》卷五《诗话》，见叶瑛《文史通义校注》，中华书局1985年版，第559页。

② 陶宗仪《南村辍耕录》卷十八《叙画》，文化艺术出版社1998年版，第247页。

张彦远将绘画分为自然、神、妙、精、谨细五品，来判别绘画作品的优劣高下。唐代张怀瓘《书断》、《画断》将书画作品分成“神”、“妙”、“能”三品。朱景玄《唐朝名画录》，在“神”、“妙”、“能”三品之外，增加“逸品”。“逸品”与其他品第的不同在于“不拘常法”和“前古未之有”的独创性。宋代黄休复在《益州名画录》中，把绘画作品分成“四格”：“逸格”、“神格”、“妙格”、“能格”，将“逸格”列于其他“三格”之上，并强调它“得之自然，莫可楷模”。“逸格”地位的变化，说明宋代艺术家对绘画独创性的肯定，强调逸格超凡脱俗的高雅品位。明代王世贞反对将“逸格”置于前列，他说：“夫画至于神而能事尽矣，岂有不自然者乎？若有毫发不自然，则非神矣。至于逸品，自应置三品之外，岂可居神品之表？但不当与妙能议优劣耳。”①在王世贞看来，神品本来就是自然天成，逸品不当与之相提并论，甚至也不能与妙、能议论优劣。元代画家夏文彦取消“逸品”，将绘画分为“神”、“妙”、“能”三品，解释说：“气韵生动，出于天成，人莫窥其巧者，谓之神品。笔墨超绝，传染得宜，意趣有余者，谓之妙品。得其形似而不失规矩者，谓之能品。”②论述精当。尽管对品第的设置不尽相同，但对戏曲文学品评理论的形成产生了重要影响。

历代书画家对品第理论的认识成为吕天成、祁彪佳戏曲品评理论的先导。吕天成《曲品》将明代的旧传奇作品分成神、妙、能、具四品，将新传奇作品分成上、中、下九品，分门别类，加以品评，分其优劣，判其高下，是中国古代戏曲品评的开山之作。祁彪佳继承了吕天成的品评体例，又有所发展，他将明代戏曲作品分为传奇和杂剧两大类，《远山堂曲品》品评传奇作品，《远山堂剧品》品评杂剧，将戏曲作品分为妙、雅、逸、艳、能、具六品，分类更为细致，体例也更为完备。

① 《中国美学史资料选编》(下)，中华书局1981年版，第121页。

② 陶宗仪《南村辍耕录》卷十八《叙画》，文化艺术出版社1998年版，第251页。

品第不同，不仅显示作品的优劣高下，而且能反映出作品的艺术风格的差异。

吕天成、祁彪佳对品第内涵并没有进行具体阐释，但结合他们对不同品第作品的评语，可以看出他们品第内涵有着内在的规定性。

二　戏曲品评的品第内涵

祁彪佳《远山堂曲品·凡例》云："文人善变，要不能设一格以待之。有自浓而归淡，自俗而趋雅，自奔逸而就规矩。如汤清远他作入妙，《紫钗》独以艳称。沈词隐他作入雅，《四异》独以逸称。必使作者之神情与评者之藻鉴，相遇而成莫遁之面目耳。"就戏曲品格而言，祁彪佳首推淡远，其次是雅致，依次是轻逸、秾艳、合乎规矩、鄙俗。祁彪佳所设"六品"，与此相对应。下面，结合祁彪佳的评语具体加以分析。

第一，妙品。祁彪佳将汤显祖的《牡丹亭》、《南柯记》、《邯郸记》以及高明《琵琶记》列为妙品，相当于吕天成神品与妙品，祁彪佳将二者统归于妙品。在《远山堂剧品》中，被祁彪佳列为妙品的剧作家有朱有燉、徐渭、王衡、陈继儒、沈自征、凌濛初等，应该说他们的确是明代一流的杂剧作家。他评朱有燉《团圆梦》说："只是淡淡说去，自然情与景会，意与法合。盖情至之语，气贯其中，神行其际。肤浅者不能，镂刻者亦不能。"评徐渭《渔阳三弄》："此千古快谈，吾不知其何以入妙？"评沈自征《簪花髻》："人谓于寂寥中能豪爽，不知于歌笑中见哭泣耳。曲白指东扯西，点点是英雄之泪。曲至此，妙入神矣。"可见，妙品相当于书画品第之神品，所谓"气贯其中，神行其际"，即元代夏文彦所说的"气韵生动，出于天成"。从精神层面上说，"妙品"指"气贯其中，神行其际"，是剧作家将自己的生命情感熔铸在作品中，从而赋予作品内在的生命力度，达到情景交融、浑然天成的境界；从语言层面上说，妙品指一种平淡悠远的语言风格，所谓"淡淡说去，自然情与景会，意与法合"。祁彪佳在《远山堂曲品·凡例》中云："自浓而归淡。"在《苍壁序》云："不归平淡不能神奇也。”①祁彪佳非常推崇这种平淡的艺术风格，因此，他在品评戏曲作品时，将具有平淡悠远风格的作品列为妙品。

第二，雅品。祁彪佳将那些语言雅致富有情韵的作品列为雅品。雅品与妙品有人工与天巧之别。他评王骥德《男王后》云：“取境亦奇。词甚工美，有大雅韵度。但此等曲，玩之不厌，过眼亦不令人思。以此配《女状元》，未免有天巧人工之别。”他强调的是《男王后》具有一种“大雅韵度”。评朱有燉《十长生》云：“然构词之工，几能化雕镂为淡远矣。”也就是说《十长生》的语言尚存雕镂痕迹，达不到淡远的风格，因此不能列为妙品，只能目为雅品。作为一个文人士大夫，祁彪佳偏嗜雅化的作品，在品评时加以强调。如评《醉写赤壁赋》：“北剧每就谑语、俗语取天然融合之致，故北调以运笔为第一义。运掉未灵，便不能以我用古，不免堆积泛滥之病矣。此剧设色于浓淡之间，遣调在深浅之际，固佳矣；惜赤壁之游，词中写景不写情，遂觉神色少削。”评朱有燉《金环记》云：“刻意拟《西厢》，亦有肖形处。然一经摹拟，便不及《西厢》远矣。”着眼点仍在于雅品有人工斧凿痕迹，没有达到情景交融的艺术境界，不及妙品天然融合之美。

第三，逸品。逸品是唐代以来书画品第中常见的品目，祁彪佳列逸品为三等，有他自己的独到理解。如评沈璟《博笑记》：“每事演三四折，俱可绝倒。”评吕天成《二淫记》：“一部左史，供其谑浪，而以浅近之白，雅质之词度之。此郁蓝游戏之笔。”评孙钟龄《睡乡记》：“孙君聊出戏笔，以广《齐谐》。设为乌有生、无是公一辈人，啼笑纸上，字字解颐。”评袁于令《双莺传》：“逸韵遄飞，妙在于多情之面目，得豪侠肝肠。”评冯惟敏《僧尼共犯》：“此与《风情》二剧，并可作词人谐谑之资。”可见，祁彪佳列入“逸品”的传奇和杂剧作品，大都是喜剧作品，风格轻逸，多是词人游戏之笔。

第四，艳品。祁彪佳评汤显祖《紫钗记》说：“会景切事之词，往往悠

---

① 《远山堂文稿》，《续修四库全书》，第1385册，第268页。

然独至，然传情处太觉刻露，终是文字脱落不尽耳，故题之以'艳'字。"因此，所谓艳品，当指语言秾丽华艳、过于雕琢、不够自然，与雅品相比，又降一品格。如评沈璟《红蕖》："字字有敲金戛玉之韵，句句有移宫换羽之工；……而雕镂极矣。先生此后一变为本色，正惟能极艳者方能极淡；今之假本色于俚俗，岂知曲哉！"沈璟早年的传奇作品，语言秾艳，后来才趋于本色，因此，将《红蕖》列入"艳品"。又如评吕天成《戒珠》："语以骈偶见工，局以热艳取胜。"评梅鼎祚《玉合》："组织渐近自然，故香色出于俊逸。词场中正少此一种艳手不得，但止题之以艳，正恐禹金不肯受耳。"从这些评语可以看出，祁彪佳比较偏嗜戏曲语言工丽秾艳，绚烂之极归于平淡，秾艳是通向平淡的必经之路。

第五，能品。祁彪佳认为："格善变，词善转，便是能手。"能品指语言通俗、适合于舞台演出、中规中矩的作品。如评《金丸》："炼局炼词，在寻常绳规之内。"评《鸾钗》："盖由作手轻熟，故转折不费力，而科诨无不妙合。传为吴下一优人所作。"评《金雀》："轻倩之词，利于搬演，不耐咀嚼。"祁彪佳在《远山堂曲品》品评作品 466 部，仅能品占 227 部，将近二分之一。能品的语言直白浅显，缺乏文采，插科打诨，热闹非凡。祁彪佳将这些平庸之作视为"能品"，表现出文人士大夫的审美趣味。

第六，具品。具品是一些略具规模、艺术粗俗的作品，具体而言，指那些境界庸俗、语言粗鄙、韵律讹误的作品，祁彪佳将此列为末等。如评《三桂》："境界庸俗，无堪赏心耳。"评《五桂》："搬出满腔书袋，即一'腐'字不足尽之。内有自撰曲名，可笑。"评《锦苏鞋》："盖俗境也。其村儿未窥音藩者耶?"评《春秋》："曲有丽语，亦能守律，但累千百言，无一着痒处。"评《绨袍》："词气庸弱，失韵处不可指屈。"如此等等，不一而足。

祁彪佳"六品"的体例设置，显然是对吕天成"神、妙、能、具"品第的继承和发展。吕天成将同一个作家的作品归为一品，人人珠玉，略无甄别，缺乏从发展的眼光看待剧作家的创作，所评不免有草率之处。相比之下，祁彪佳将同一作家的不同作品分为不同的品第，并对不同品第的艺术风格作了内在的规定，更加显得客观公正，符合实际。祁彪佳设立“六品”评定传奇和杂剧作品，不仅区分出戏曲作品艺术水平的优劣高下，在一定程度上归纳出不同品类戏曲作品的艺术风格和审美特征，而且切合明代戏曲创作多样化的风格追求。明中叶后戏曲创作繁荣，要求戏曲批评家不仅通过品第高下来确定作品的优劣，更要在显示优劣高下的同时，能够揭示出戏曲作品本身的艺术风格和审美特征。因此，戏曲品第的设置，是戏曲批评理论发展到一定程度的必然结果，体现了戏曲家对戏曲艺术本质特性的深入认识，对明清以来的戏曲创作产生积极的指导作用。

三　戏曲品评的标准方法

吕天成《曲品自序》中说：“传奇侈盛，作者争衡，从无操柄而进退之者。矧今词学大明，妍媸毕照，黄钟、瓦缶，不容并陈，白雪、巴人，奈何混进?”因此，吕天成愿做曲场“试官”，以孙鑛“十要”为标准：“凡南剧，第一要事佳，第二要关目好，第三要搬出来好，第四要按宫调、协音律，第五要使人易晓，第六要词采，第七要善敷衍——淡处做得浓，闲处做得热闹，第八要各角色派得匀妥，第九要脱套，第十要合世情、关风化。”[①]分清“黄钟瓦缶”、“白雪巴人”，评定高下，给作品以实事求是的评价。他认为这样才能评判得失、总结经验，为后学提供借鉴，使之有所遵从，以提高传奇创作的整体艺术水平。

祁彪佳在《远山堂曲品叙》中也提到他品曲的标准：“予之品也，慎名器，未尝不爱人材。韵失矣，进而求其调；调讹矣，进而求其词；词陋矣，又进而其事。”从两人使用的品评术语来看，他们主要从音律、情节、文词、结构等几个方面来品评戏曲作品。

祁彪佳《曲品叙》中步武吕氏，宣称：“予操三寸不律，为词场董狐，

① 《中国古典戏曲论著集成》(六)，中国戏剧出版社 1959 年版，第 223 页。本文引用吕天成、祁彪佳评语均出自此书，不再一一注明出处。

予则予，夺则夺，一人而瑕瑜不相掩，一帙而雅俗不相贷，谁其能幻我以黎丘哉。”董狐是春秋晋国史官，有“良史”之誉。祁彪佳愿“为词场董狐”，不徇私情，秉笔直书，一切从作品实际出发，力求给作品以客观公允的评价。比如祁麟佳、祁骏佳、祁豸佳都创作杂剧，祁彪佳在评定他们的剧作时，能区别加以对待，将祁麟佳《太室山房四剧》尊为雅品，祁豸佳的《眉头眼角》评为逸品，而将祁骏佳的《鸳鸯锦》列入艳品，并没有因为是自家兄弟的作品而随意拔高。

不同作家的作品艺术水平有高低之分，即使同一作家在不同历史时期创作出来的作品，也是良莠不齐。尽管吕天成也认识到：“传奇定品，颇费筹量，不无褒贬。盖总出一人之手，时有工拙。”但在具体品评作家作品时，有时又将同一作家的全部作品不分工拙优劣，列入同一品第中。如他将沈璟 17 种传奇全部列入上上品，而缺乏具体甄别。祁彪佳《远山堂曲品・凡例》认为：“文人善变，要不能设一格以待之。”因此，评论家必须从每部作品的实际情况出发，分别加以品评。“如汤清远他作入妙，《紫钗》独以艳称。沈词隐他作入雅，《四异》独以逸称。”沈璟“初笔”《红渠》列入艳品，汤显祖的《紫箫》、《紫钗》也列入艳品，这样，瑕瑜不相掩，符合作品所达到的实际水平。

因此，吕天成、祁彪佳遵循实事求是的批评原则，品评戏曲作品的优劣高下，给戏曲创作以艺术借鉴，体现了他们作为戏曲批评家实事求是的科学精神。

《曲品》和《远山堂曲品》、《远山堂剧品》还运用不拘一格的方法展开品评，具体说来，主要运用了溯源得委、比较分析、意象鉴赏三种品评方法。

首先，溯源得委法。吕天成《曲品》模仿《诗品》“溯流别”方法，品评戏曲作品。《曲品卷上》曰：“予虽不遵古而卑今，然须溯源而得委，仿之《诗品》，略加诠次，作《旧传奇品》。”明确提出他的品评方法为“溯源得委”。

吕天成评《拜月》云：“元人词手，制为南词，天然本色之句，往往见宝，遂开临川玉茗之派。”又评《香囊》曰：“词工，白整。尽填学问。此派从《琵琶》来，是前辈最佳传奇也。”评郑若庸《玉玦》：“典雅工丽，可咏可歌，开后人骈绮之派。”评戴金蟾《青莲》曰：“派从《玉玦》来。音律工密，尤可喜。”从这些评语中，可以看出吕天成特别注意对戏曲发展源流的考辨。吕天成指出汤显祖的创作源于《拜月亭》，无论从言情角度或是从语言角度都可以看出《拜月亭》对汤显祖创作的影响。他又认为邵燦《香囊记》是从《琵琶记》发展而来的，着眼于《琵琶记》的风化传统。郑若庸《玉玦记》，开创了骈绮之派。祁彪佳在品评作家作品时，也多次运用“溯源得委”的方法。如他评梅鼎祚《玉合》：“骈丽之派，本于《玉玦》。”评郑若庸《玉玦》：“以工丽见长，虽属词家第二义，然元如《金安寿》等剧，已尽填学问，开工丽之端矣。”祁彪佳认为最早的骈丽之作当推元代贾仲明《金安寿》（又名《度金童玉女》），然后才有《玉玦记》、《玉合记》等，其中发展线索清晰可辨。

每一个作家都是在对传统学习的基础上开拓创新，并以自身的独创性又构成传统的一部分，供后代作家临摹学习。因此，品评作家作品，把他们放入文学发展的进程之中，考察其继承与创新，评定其在文学发展史上的地位，这就是“溯源得委”法。“溯源得委”这一品评方法在戏曲批评中具有重大意义。一是考源流，追根溯源，发现作家作品之间前后继承关系，以厘清戏曲发展史线索。二是明得失，把作家作品放入戏曲发展过程中加以考察，就能发现他们在戏曲传统有何扬弃，从而确立其在戏曲发展史上的地位。三是树典范，戏曲文学经典经过时间淘洗，成为后代剧作家模仿对象，引领剧作家实现戏曲创作超越。

其次，吕天成和祁彪佳在品评作品时常常使用比较分析方法。有比较才有鉴别，通过比较判定作品之间思想艺术水平的优劣高低，或指出作品互有短长，各擅胜场，使之瑕瑜不相掩，从而给予实事求是的评价。

吕天成评车任远《四梦》曰：“《高唐梦》亦具小境。《邯郸》、《南柯》二梦，多工语。自汤海若二记出，而此觉寥寥。”车任远“二梦”虽“多工语”，然同汤显祖剧作相比，就难免相形见绌了。通过比较也发现各有所长。如评戴金蟾《青莲》曰：“纪太白事，简净而雅，不入妻子，甚脱洒。《彩毫》虽词藻较胜，而节奏合拍，此为擅场。”评张屏山《红拂》曰：“伯起以简胜，此以繁胜，尚有一本未见。”等等。尺有所短，寸有所长，信然。祁彪佳评吕天成《蓝桥》：“于离合悲欢、插科打诨之外，一以绮丽见奇。字字皆翠琬金镂，丹文绿牒，洵为吉光片羽，支机七襄也。直堪对垒《昙花》；且能压倒《玉玦》。”评《箜篌》：“云大类徐文长，然此曲以较《四声猿》，尚逊其奇快。”评《霞笺》：“传青楼者，唯此委婉得趣。至《西楼》，文大畅，此外无余地容人站脚矣。”

比较分析法是戏曲品评常见手法之一，王骥德、徐复祚、凌濛初、冯梦龙、孟称舜等在曲话、评点中也经常使用。但就运用范围广、涉及作品多、剖析程度深等方面而言，还当推吕天成、祁彪佳的曲品最为典型、最具代表性。

再次，意象鉴赏法。所谓意象鉴赏法，就是指通过具体可感的形象与鉴赏者个人主观情感的相结合，来表达抽象的理念，以揭示作家作品的艺术风格。

吕天成评《琵琶记》“有运斤成风之妙”，评《玉镯》“空谷之音”等。祁彪佳在《远山堂曲品》、《远山堂剧品》中广泛运用，蔚为大观，才使人领略到这种品评方法意味深长的艺术魅力。他评叶宪祖《团花凤》：“读三《寄生草》曲，如闻遥天鹤唳。”形容叶宪祖的语言风格。评陈与郊《樱桃梦》：“炎冷合离，如浪翻波叠，不可摸捉，乃肖梦境。”评史槃《唾红》：“叔考匠心创词，能就寻常意境，层层掀翻，如一波未平，一波复起。”譬喻陈与郊、史槃的戏曲结构。评徐渭《渔阳三弄》：“第觉纸上渊渊有金石声。”评《女状元》：“独文长奔逸不羁，不骫于法，亦不局于法。独鹘决云，百鲸吸海，差可拟其魄力。”形容徐渭杂剧痛快淋漓、豪放雄浑的艺术风格。

综上所述，吕天成的《曲品》、祁彪佳的《远山堂曲品》、《远山堂剧品》不仅保存了宝贵而翔实的戏曲史料，而且在前人已有的戏曲品评的基础上，结合诗歌、书法、绘画品评的理论和方法，依据一定的体例、标准、方法，对戏曲作家作品分门别类地加以品评，形成了一套完整的戏曲品评理论体系，显示出他们对戏曲品评理论的独特建树。

在传统与异端之间

——李渔心灵世界探析

王建设

在明末清初的文坛，李渔称得上是一个天资超绝、素养深厚的艺术巨匠。他于诗词文赋、戏曲小说、园林建筑、服饰美食无所不通，而他在戏剧理论方面的创造性总结又使他成为中国文学史上当之无愧的戏剧理论大师。对于李渔的艺术成就，人们大都是肯定的。但对李渔其人的评价，却众说纷纭。之所以出现这种现象，固然是由于评论者着眼点之间存在差异，但李渔本人思想性格的复杂性也助成了这种现象。本文从李渔的生活际遇和所处时代入手，对其心灵世界略做剖析。

一　李渔的入世热情

在中国古代的思想流派中，儒家对中国社会的影响最为广泛、持久。积极入世是儒家思想最显著的特征之一。修身、齐家、治国、平天下的“内圣外王”之道，“达则兼济天下，穷则独善其身”的人生追求，“立德、立功、立名”的所谓“三不朽”的价值追求等，对中国历代的文人士大夫都产生了深远的影响。

生活于十七世纪的李渔也毫不例外地接受了这种影响。他曾广泛阅读儒家经典①，自称“予为孔子徒”②，更重要的是李渔在思想观念和人生追求上向儒家主动靠拢。“我爱此花心未足，志则昂藏形碌碌”③，自称“褐衣贱士”的李渔其实很有济世抱负，而并非如某些人所说，只是一个滑稽无行、耽于逸乐的俳优。在李渔的心灵世界中，积极入世的精神始终占据着重要位置，对仕途的热衷便是此种精神的鲜明体现。

青年李渔任侠意气，颇有大志。我们读他的《赌侠少年》、《吴钩行》，不难感受到其中积极进取、跃跃欲试的心态。但世事的艰难、科场的失利粉碎了他的梦想。在种种原因的左右之下，李渔放弃了科举之路，但他从未放弃科举的思想。李渔不是吴承恩、曹雪芹，也不是《儒林外史》的作者吴敬梓，他从未意识到科举制度对士子们心灵的毒害和对人格的扭曲。换言之，他与那个时代大多数儒生一样，是科举制度盲目的跟随者。正因为如此，未能金榜题名才成为他一生挥之不去的隐痛。他指责考场不公，哀怨怀才不遇，无法忘怀自己童子试时昙花一现的荣耀，而对有知遇之恩的恩师许豸更是感激涕零。当许豸之子许于王请他为父亲的诗集《春及堂诗》题跋时，他的态度何等谦恭：“予小子之跋《春及堂诗》，非第爱其书，敬其人，且触寻源报本之思，切泰山梁木之感，不知涕泪之何从矣！盖春及堂主人非他，乃予一生受德最始之一人也。……跋之为言履也，别吾夫子几四十年，而犹及为之纳履，宁非快事！”④在《与许于王直指》中又写道：“某受先夫子特拔之知，四十年来报恩无地。”已是暮年的李渔对于先师毕恭毕敬的态度，正可以反映他热衷仕途的心态。因为正是许豸使他在走向仕途的道路上迈出了第一步，也是唯的一步。

李渔对入仕确实怀有极高的热情。当这种愿望无法实现之时，其热情往往以间接的方式表现出来。从他的一些诗文中，我们可以看出，

---

① 《闲情偶寄·词曲部·音律第三》。

② 《笠翁诗集》卷一，《问病答》。

③ 同上书，《胜春歌》。

④ 《笠翁文集》卷二，《春及堂诗跋》。

他对别人仕途得意是极其羡慕的，他多么希望自己有朝一日也能像他们一样飞黄腾达！陈定庵子孙三人仕途并捷，李渔作联、作诗相贺。他竭力夸张其荣耀，认为“家门之盛，未有过此者矣！”[①]联想到李渔《清明日扫先慈墓》所言：“三迁有教亲何愧，一命无荣子不才”，我们不难想象希望光宗耀祖的李渔会是怎样的欣羡和失落。他对纪孟起、纪静以伯侄二人的“两榜巍名”同样艳羡不已：“两榜巍名世所难，君家直作等闲着。一鸣亲是循良吏，再试人为中秘官。此去轻车游熟路，得来旧物助新欢。重游汉水趋庭日，白叟黄童尽改观。”[②]

晚年李渔回顾自己奔波流离的一生，深感惆怅和无奈：“艾不服官今已矣，岁当知命却茫然。”[③]令李渔惆怅茫然的正是年轻时未能继续尽力科举以博得一官半职。对于自己的浪游生涯李渔表现出强烈的悔恨和自责，他自言自语地告诫幼子“但勿浪游同尔父，全无实际售虚名”[④]；在《帝台春·客中秋兴》(见《耐歌词》)中更是以哀怨的语调坦承“人恋乌纱神不许”。正是在这样的心态下，李渔对自己的子女寄予厚望，希望他们走学而优则仕的道路，通过他们实现自己寤寐求之而不得的愿望。在《南归道上生儿自贺二首》中，他对新生儿的祝愿，便是明证：“孩提便历长安道，长大难辞上国行”，“此日袾衣虽俭朴，他年裘马或轻肥。”对于富贵，李渔始终念念不忘，孜孜以求。惟其如此，晚年的李渔怀着一种惭愧的心情为爱子打点行装，望其得入彀中也便是容易理解的了。

李渔对仕途的热衷固然有其兼济天下、造福黎民的愿望，但不可否认，很大程度上乃出于对个人功名利禄的追求。因此，在他的作品里，无论是对他人仕途得意的艳羡，还是对子女未来的祝愿，都往往着眼于入仕所带来的荣华富贵，这当然反映了李渔人格上庸俗的一面。

---

① 《笠翁文集》卷四，《贺陈定庵封翁子孙并捷》。

② 《笠翁诗集》卷二，《送纪静以入都应试》。

③ 同上书，《五十初度答贺客》。

④ 同上书，《南归道上生儿自贺两首》。

李渔虽然终生未曾做官，但这并未消减他的政治热情，即便是在托钵乞食，沦为他人眼中的徘优之时亦是如此。他密切关注社会世事，并对之进行了认真深入的观察与思考，在自己力所能及的范围内，力图参与并改变现实，颇有以天下为己任的味道。

李渔对世事的关注是多方面的。明清易代之际，李渔为国事忧虑的心情在他的许多诗文里都有明显的表露。国家的危亡，战争的残酷以及战争给百姓带来的巨大灾难，对社会造成的严重破坏……无一不在刺痛李渔的心灵。作为一个"谈论时务……意气倾其座人"的血性男儿，他渴望能够为国尽力，挽狂澜于既倒："歌声不屑弹长铗，世事惟堪击唾壶。"[①]表达了将个人得失置之度外，而要效仿东晋大将军王敦，酒后击壶高歌"烈士暮年，壮心不已"，致力于中兴大业的志向。这种欲为国事奔走的心情同样表现在《乱后无家，暂入许司马幕》中："马上助君惟一臂，仅堪旁执祖生鞭。"于谦恭之中吐露出恢复中原之志。但他毕竟只是一介书生，无权无势，亦不谙政治在那样的乱世，能有何作为？他的壮志只能流于空想，然而我们并不能因此否定他对国事的热忱。

关心民生疾苦是李渔思想中另外一个比较突出的方面，它同样是李渔入世姿态的一种表现。李渔遭遇坎坷，半生漂泊江湖，熟悉下层人民的生活，对他们的辛苦遭遇抱有深切的同情。久旱不雨时，他为受饥饿威胁的黎民焦虑："民命久悬仓廪绝，问天何事苦为仇？"[②]即便是遨游公卿之间，觥筹交错之际，他也没有忘记民间的疾苦："但苦民间寥落甚，非官不送酒钱来。"[③]他揭露官府的横征暴敛："预置廷吏酒，旦夕缓催科。"[④]他告诫官吏要爱惜百姓，为民做事："尔禄尔俸，民膏民脂，下民易虐，上天难欺。"[⑤]主张对百姓施仁政，反对严刑酷法：《连城璧·清

① 《笠翁诗集》卷二，《赠侠少年》。

② 同上书，《夏寒不雨，为楚人忧岁》。

③ 同上书，《吴兴喜遇寄湖上诸同仁》。

④ 《笠翁诗集》卷一，《忧岁》。

⑤ 《论古》，《论宋理宗训廉谨刑二铭》。

官不受扒灰谤 义士难伸窃妇冤》中，当知府滥刑逼供，再次给犯人上夹棍时，作者李渔忍不住撇开书中人，自己站出来大声疾呼："看官，你道夹棍是什么东西，可以上得两次的？为民上的要晓得：犯人口里的话，无心试出来的才是真情，夹棍逼出来的总非实据。从古来这两块无情之木不知屈死了多少良民。做官的人少用他一次，积一次阴功；多用他一番，损一番阴德。"友人纪子湘断案极为慎重，有"活人癖"，"每见一大狱辄为反复求生"，李渔对此极为称赏。他将纪子湘寄来的案牍独立编辑为《求生录》，认为"此活人书也，不可不令孤行于世[①]。"李渔这样做并非出于妇人之仁，并非不顾法律，而是看到当时官吏滥用刑罚、草菅人命，酿成冤案甚多。他反对严刑苛法，主张仁政，正体现了他爱护百姓，并欲改变其不幸处境的可贵精神。

封建制度发展到明清之际，已如日薄西山，暮气沉沉。敏感而耿介的李渔对这末世的黑暗、丑恶、颠倒、荒唐予以广泛的揭露和批判。这种批判由于李渔个人独特的生活道路和怀才不遇的遭际而被赋予强烈的情感力量。李渔批判的视野是广阔的。这里有衙门的黑暗："'不是撑船手，休来弄竹篙'。衙门里钱这等好趁？要进衙门，先要吃一付洗心汤，把良心洗去；还要烧一分告天纸，把天理告辞：然后吃得这碗饭。"[②]有势豪的横行：乡宦用虚契骗占民女，本来未出分文，却要让人"一本一利还得清清楚楚"，才许领回[③]；有官场的腐败："我做县捕衙，二载清官只做得半万的家。堂尊比我更堪夸，卷尽地皮只消得年半把"[④]；有人情的巧诈：丑汉仗着有钱，买通媒婆，用替身相亲，骗娶美妻[⑤]；赌棍以放钱钓鱼之法，设阱诱骗[⑥]；有对才高命蹇、颠倒的社会现

① 《笠翁文集》卷一，《〈求生录〉序》。
② 《连城璧》丑集，《老星家戏改八字，穷皂隶陡发万金》。
③ 《连城璧》寅集，《乞儿行好事，皇帝做媒人》。
④ 《比目鱼·征利》。
⑤ 《奈何天》。
⑥ 《连城璧》外编卷六。

实的控诉:“常笑文人偃蹇,枉自有宋才潘面,都贫贱。争似区区,痴顽福分徼天。”[①]这种悲愤的控诉又往往通过红颜薄命来借题发挥:“闲来推遍红颜命,几个人侥幸? 人生切忌貌如花,既已如花,遭遇岂能佳。”[②]“西施莫笑东家丑,垢面蓬头未是痴。”[③]“承恩既略貌,慎勿夸娥眉。”[④]愈是热衷世事,便愈感到愤慨,故而在他笔下,愤激之情常如火山怒发。正如浴血生所言:“笠翁殆亦愤世者也。观其书中借题发挥处,层见叠出,如:‘财神更比魁星验,乌纱可使黄金换’,‘孔方一送,便上青霄’,‘写头衔灯笼高照,刻封皮马前炫耀,吓乡民隐然虎豹,骗妻孥居然当道’等语,皆痛快绝伦,使持以示今之披领挂珠,蹬靴戴顶者,定如当头棒击,脑弦欲崩。”[⑤]李渔对社会的批判从另一侧面体现了他对世事的关注。但我们应该看到,李渔对社会的批判并未触及封建制度本身,他不是黄宗羲那样深刻的思想家,还意识不到现实的腐败乃源于封建制度本身无法克服的矛盾。他的批判并不是为了破坏和打碎,而是意在修复,意在引起统治者的重视、注意,从而在前提不变的条件下,消除这些弊端。

李渔对治乱之道也甚为用心。明代的覆亡促使他对历史的兴亡废替进行深刻的思考,他深入研究历代统治的得失,并结合现实政治,试图从中寻找出合理的治国理民之策,从而为统治者提供资鉴。他的《资治新书》初集、二集的编纂即体现了此种用心。正如他在初集《自题词》中所言:“是集也,以学术为治术,使理学、政治合为一编,……至于区别论次之间,亦尝稍献刍荛,略资采掇,未审有裨官常之万一否?”在这部明清官吏的案牍集里,李渔将这些案牍文书分为文移、文告、条议、判语四部,下分钱粮、刑名、学政、军政、潜政、屯政……茶马、水利、工役、关防、慎监

① 《奈何天·虑婚》。
② 《慎鸾交·论心》。
③ 《笠翁诗集》卷一,《薄命歌》。
④ 同上书,《和白乐天齐物二首》之一。
⑤ 《晚清小说丛钞·小说戏曲研究卷》之四。

狱……等六十余门类，几乎涉及官吏处理日常事务的所有方面。在初集的卷首还收有李渔自撰的《详刑末议》、《慎狱刍言》两篇文章，从中不难看出李渔烛幽洞微的经世才干。李渔对自己的这方面的才能也相当自信："渔野人也，亦愚人也，兹请献其一得，为当事者谋之。自谓此法不行则已，倘蒙采择施行，能使狱无冤民，案无留牍；再能推广此意，即引驯致鸣琴卧理无难。"①而与李渔同时的许多人也都很推崇他未曾施展的治世才华，郭传芳谓"笠翁当今良吏也"②，王日高在《资治新书》初集叙言里称赞李渔："才绝古今而又具超然远览、确乎不拔之识。其于往昔治乱军国利病、礼乐兵农、纲纪刑政诸大务，以及夫山川理道、妇子闾巷、琐屑纤悉之事，无不几微洞彻，晰入毫发，兴来和墨伸纸，藻思云涌，快论屑扉，立刻万言，一泻千里，如抵掌而谈，如写生家往往得其神似。盖其知之既深，故其言之无不沉著痛快，淋漓而满志。他人结舌期期而不得者，笠翁以数语而抉之；传神阿堵，正不在规画面貌间也。"序言之中固然不免溢美之词，但李渔热衷世事，并具有一定经世才识，则是无可辩驳的事实。李渔显然希望自己成为学与仕统一的人，即其同学王仕云在《资治新书》初集《题词》所说"处则为真儒，出则为良佐"，虽然出为良佐已不可能，但努力做一名关心理乱之道的"真儒"则是李渔追求的目标。

"伦理纲常，亦非细故。"③在某种程度上，李渔对风俗道德的重视同样是其治国经世心态的流露。我们读一读李渔的戏曲、小说，就会发现劝惩性甚至构成了李渔作品的一个显著特色。"以通俗语言鼓吹经传"，"以入情啼笑接引顽痴"，"借优人说法与大众齐听"，"以竹版为针砭，以俳优为直谅"，这些语言或出于李渔之口，或出于友人对他的评价，但有一点是共同的，亦即它们都准确地概括出李渔小说戏曲创作的目的。他批判侈靡的世风及一切丑恶的社会现象，要求人们循规蹈矩，

---

① 《资治新书》初集，《慎狱刍言》。

② 《慎鸾交·序》。

③ 《资治新书》初集，《慎狱刍言·论奸情》。

言行举止要合乎封建伦理纲常。在后文中还将提到，李渔具有强烈的叛逆精神和异端思想，对于封建道德的某些陈腐教条他本人也并不严格遵守。但他认为戏曲、小说是作与众人看的，而且风俗道德对世道人心、政权兴替又具有如此重大影响，他的社会责任感和理性精神促使他放弃了个人的好恶，以世道人心为中心，从而表现出对道德名教相当程度上的皈依。而这一点，恰好淋漓尽致地反映了李渔积极入世的心态。

当然，李渔热衷于道德名教的原因是比较复杂的。经世之志的驱使固然是其中一个因素，但清初顾、黄等人对明末奢靡侈大、道德沦丧世风的鞭挞和重建风俗纪纲的努力，以及清政府推尊程朱理学，实行文化专制等，亦构成李渔重视风俗道德的外部促动力。关于这一点，后文将另有所述，兹不细论。

热衷仕进、关注世事、宣扬道德名教……这其中都包含着李渔企图参与并改变现实的用世激情。然而，他的济世抱负从来没有机会得以施展。“识越骊黄出牝牡，眼前有马君知否？盐车困久齿将颓，不甘仍向风尘走。老泪盈盈堕枥中，湿透生刍难入口。倩人寄语九方皋，骨纵难枯肉易朽……”①“英雄少似多情友，临歧声逐青萍吼。青萍吼，许多恨事，未从君剖。”（见《耐歌词》之《忆秦娥·别同行少年》之二）在李渔的诗文里，这种不甘而无奈的愤懑呼声不绝于耳。不过，李渔的政治热情主要是表现在如何巩固、完善封建统治上，他还不可能提出更高、更有利于实现人类自身价值的社会理想。作为一个在儒家文化的熏陶下成长起来的封建文人，李渔自然无法摆脱时代的局限。

有一点需要说明的是，李渔身上虽然体现出强烈的入世精神，但在他的诗文中却频频流露出对耕云钓月渔樵生涯的无限企慕：“嗟我一生喜戴笠，梦魂无日去舟楫。”②“生平痼疾，注在烟霞竹石间。”③充满入

① 《笠翁诗集》卷一，《张敬止使君相马图歌》。
② 《笠翁诗集》卷二，《买船行和施愚山宪使》。
③ 《笠翁文集》卷三，《与龚芝麓大宗伯》。

世精神的李渔为何对隐逸生活如此向往呢?

表面看来,这似乎有点矛盾,但笔者认为,李渔对眠云伴月隐逸生涯的情有独钟,其实同样是李渔入世精神的一种曲折反映,在某种程度上可以说是他效仿前贤、寻求终南捷径的一种尝试。他避居兰溪期间,曾作《忆王孙》一词,其中有"十钓何妨九钓空"之句,就隐微地传达出些许消息。它很容易使我们联想到垂钓渭水之滨的姜子牙。姜子牙垂钓水滨,其意不在鱼,而是坐待建功立业的时机:"只钓当朝君与相,何尝意在水中鱼。"(见《封神演义》)李渔《伊园十便·钓便》诗中"日坐东轩学钓鳌"、"徐投香饵出轻鯈",就直接化用《封神演义》描写姜子牙时所用的古语"且将香饵钓金鳌"。李渔在评点自己的传奇《巧团圆》时曾用过"莫愁钓客"的名字。不仅如此,在《安贫述》一诗里,李渔更明明白白地告诉我们:"读书求富贵,大失古人心。古来成名士,强半由山林。时至不得已,才出为商霖。"在他看来,要想成名,隐逸应是首当其冲的选择。在天下危难之时,待机而动,建立不世功业。李渔在小说《鹤归楼》以及《闲情偶寄·颐养部》曾屡次强调"退一步法"的生活哲学,他的避居林泉,他对渔樵人生的企慕,在某种程度上,正是这种以退为进的所谓"退一步法"人生哲学的生动体现。

李渔的隐逸企盼,还有一点不应忘记,亦即他的隐逸是与享乐紧密交织在一起的。不论是从他对避居山中生活情趣描述的诗文,还是从他日后对这一段时光无限留恋的回忆,都可以显现这种生活之所以具有如此诱人的魅力,乃是因为可以从中享受到悠闲自适的"神仙之乐"。而这种快乐、舒适的生活方式,恰恰是喧嚣的尘世所难以提供的。当然,神仙之乐也需要有物质的支撑,而一旦失去这样的支撑点,享乐意识又必然促使他走出山林,投向滚滚红尘之中。对李渔来说,隐逸不仅是他摆脱人生痛苦,摒弃尘世纷扰,得享列仙之福的精神避难所,同时也不啻为一条可能邀取声名、成就功业的通幽曲径。但在他一生托钵觅食的大部分时光里,隐逸只能是一个无法实现的梦想。李渔双脚既已陷在现实的泥淖之中,而心灵却在守望着迷人的彼岸。这种理想与现实的冲突所带来的落寞惆怅与钻心的痛苦，便是无法避免的了。

二　李渔的异端精神

李渔，这位“才名震世”（见《李渔年谱·1670 年》）的风流才子，无论在他的生前或死后，都招致了大量的非议和毁谤。他一生惊世骇俗的道路选择和违礼背俗的言行举止，使他跻身于异端者的行列。

正如黄媛介《意中缘序》所说：“笠翁先生性好奇服。”当我们穿越时光隧道与这位毁誉参半的名士相会时，首先引起我们注意的正是其身上的奇装异服。在某种意义上，服装穿着乃是一个人心理状态和性格的反映。李渔的这种打扮使我们想起了明中叶以来的那些狂放不羁、行为放诞的异端名士：泰州学派的主帅王艮头戴纸糊的“五常冠”，身穿深衣古服，怪诞不经，专以危言耸人听闻；任侠自喜的顾玉川“尤好奇服，所至之处，妇孺聚观”，他常常身着纸衣，走起路来瑟瑟有声。头顶纸冠，形如方屋，高达二尺。尤可怪者，他时常今古夹杂，头戴时髦的幅巾，而身着古时深衣，一路行歌，旁若无人①；张献翼身着红衣，每日令家人悬数牌于门首，或书“卖浆”，或书“卖舞”，或书“卖痴”，平日居家生活，也“多用假面”。事实上，李渔不仅在着装的怪异上与之相类，在精神上也与他们一脉相通。

作为一个异端者，其异端精神首先表现在对“士”所应遵循的准则和应走道路的放弃。士是古代中国的知识分子，作为一个特殊的社会阶层，他们的地位介于官僚和庶民之间，在通常情况下，他们只要参加并通过一系列选拔人才的考试，便可跻身于官宦之列。他们是社会的文化精英和精神财富的创造者；他们笃守正道、正心诚意，重视自身的修养，具有高尚的道德情操；他们心系天下，以“道”自任，在社会正常发展之时，他们是社会价值观念和道德秩序的维护者；在“礼崩乐坏”，天下无“道”之时，则以社会政治秩序的重建为目的。从道德操守、生活理想到审美

---

①　张潮《虞初新志》卷三，《顾玉川传》（曹禾）。

趣味，士都有自己一系列的规范和要求。当然，他们也享有种种特权，如可以免交或少交赋税等。相对于一般庶民来说，他们拥有很大的优越感。李渔，这位“襁褓识字，总角成篇，于诗书六艺之文，虽未精穷其义，然皆浅涉一过”[①]，少时颇有志向的儒生，无疑是一个“士”。在正常的情况下，他也应该像一般士人那样，走科举入仕、兼济天下之路。

但科场的失意切断了李渔的入仕之路。兼以战乱等因素的影响，心情颓丧的李渔跑到乡下，做了三年“识字农”。但他终于抵挡不住十丈红尘的诱惑，开始了他一生饱受世人讥议的商贾、打抽丰的假山人及“俳优”生涯。而“士”作为中国古代“道”的承担者，肩负着天下的重任，因此最重修身，特别强调自尊自重和礼义廉耻。李渔所走的道路显然与此背道而驰。按照李渔的说法，此乃生活所迫的无奈之举，然而作为一个士人，无论是处穷还是处达，都应保持良好的操守，以为世人的楷模。孟子说：“尊德乐义则可以嚣嚣矣，故士穷不失义，达不离道。穷不失义，故士得己焉；达不离道，故民不失望焉。古之人，得志泽加于民，不得志修身见于世；穷则独善其身，达则兼善天下。”（《孟子·尽心上》）又说：“言近而指远者，善言也；守约而施博者，善道也。君子之言也，不下带而道存焉；君子之守，修其身而天下平。”（《孟子·尽心下》）因为“士”是代表“道”的，如果个人的操守不能保证，也就无法维护“道”的尊严，从而也就构成对全体士人的侮辱。这样，李渔之受人非议便在情理之中。更何况李渔走向这条道路，深层的原因乃是由于享乐追求的驱使——如果甘于清贫，日子仍然是可以过下去的，李渔在走这条路之前已经有过几年清贫俭朴的日子。但享乐主义者李渔向往锦衣玉食的奢华生活，清茶素衣是难以忍受的。而这一点，恰恰又是违背“士”的人生追求和品格的。孔子说：“士志于道，而耻恶衣恶食者，未足与议也。”[②]“士而怀居，不足以为士矣。”[③]李渔的行动完全以射利为鹄的，他将这

---

① 《闲情偶寄·词曲部·音律第三》。

② 《论语·里仁》。

③ 《论语·宪问》。

些千百年来为士人所谨记的格言、所信守的准则丢在一旁。

李渔在这条背离传统士人人生之路上迈出的第一步便是做文化商人。无论在杭州的卖文糊口，还是到南京后开芥子园书铺，其目的都在于如何获得最大的利益。他的“性亦爱钱诗逐去”①便表明了这种心迹。在这期间，他也间或从事其他商业活动(如《与赵介山》中提到:“大守已经商别，廿四日果于行矣。姑绒幸为急售，今日之价可谓极贬。”)不顾“士”的身份而从事商业，这本身就是一种叛逆之举。尽管在明中叶以后，城市商业发达，商贾的地位得到很大提高，商人家庭出身的文人官僚汪道昆在为他人作的墓志铭中甚至以一种傲慢的口吻说“良贾何负闳儒”②，同时弃儒经商者也不乏其人，但商人的地位却从来没有凌驾于士人之上。相反，在大多数士人眼里，弃儒经商仍然是一种堕落。清初的唐甄曾有这样一段话:“我之以贾为生者，人以为辱其身，而不知所以不辱其身也。”③实际上“人以为辱其身”正反映了当时一般人对从商的态度。清初吕留良因行医和从事刻书业，而被同辈攻击为“市廛污行”④。即便是被认为坐在“利欲胶漆盆中”(顾宪成语)的异端之尤何心隐也认为:“士大于商贾。”⑤而陕西商人王来聘在训诫子孙时说:“四民之业，惟士为尊。”⑥这些记录都透露出相同的信息。

当然，李渔之从事商业和他的家庭出身很有关系。他的祖辈都以经商为业，父亲、伯父都从商或行医。这有助于使他形成商业与其他行业平等的观念，“一艺即可成名，农圃负贩之流皆能食力”⑦。作为一个自食其力者，无论从事什么行当，都没有什么可羞耻的。正是因为有这种观念，李渔才会在《闲情偶寄》中记下了两个普通工匠的名字:魏兰如

---

① 《六秩自寿四首》之二。

② 《太函集》卷55，转引自余英时《士与中国文化》。

③ 《潜书》上篇下。

④ 《吕晚村文集》(吕留良)卷二，《复姜汝高书》。

⑤ 《何心隐集》卷三，《答作主》。

⑥ 《太泌山房集》(李维贞)卷一〇六卷，《乡祭酒王公墓表》。

⑦ 《笠翁文集》卷三，《与陈学山少宰》。

和王孟明，并对他们制造的“七星箱”惊叹不已。

如果说李渔从事以逐利为目的的商业活动还只是与士人将道德规范和修养放于首位的价值观念相违背的话，那么他游荡江湖的打抽丰（通过依附、逢迎等向他人索取钱财的行为），则与整个社会的普遍道德准则发生了冲突。这种行径不仅不能见容于士林，一般人也对之甚为鄙薄。即使明末声名大噪的山人陈继儒也不免因此类行径而受人嘲讽，张岱在《自为墓志铭》中说他“钱塘县里打秋风”；蒋士铨在传奇·临川梦》中对他也极尽嘲弄之能事：“妆点山林大架子，附庸风雅小名家。终南捷径无心走，处士虚声尽力夸。獭祭诗书充著作，蝇营钟鼎润烟霞。翩然一只云间鹤，飞去飞来宰相衙。”既然是托钵乞食，就不免要仰人鼻息、逢迎谄媚，因而势必丧失自尊和廉耻。而士人最看重的品格之一便是自尊自重，无论何时都不肯“枉道从势”或“曲学阿世”。但李渔对世俗享乐的钟爱压倒了他的自尊。尽管他内心不无痛苦，然而面对着令人心猿意马的花花世界，廉耻和尊严也只能委曲让步了。

与李渔的商业活动、打抽丰行径相比较，他的“俳优”生涯似乎更令时人不齿。在中国古代，俳优的地位极为低下，往往与娼优并称，许多女伶本身即为娼妓。李渔是否曾粉墨登场，迄今未见明文记载，但人们将他视为俳优，显然是对他的极度轻蔑。李渔虽然不一定亲自粉墨登场，但他终身酷爱戏剧，不仅创作了大量的剧本，而且组织家班、亲自导演，这些却都是事实。因而人们目之为俳优，亦并非无由。从当时社会背景看，李渔的一系列戏剧活动确实透露出一般不顾流俗的异端精神。在中国古代文学史上，小说、戏曲与诗文经史相比，属于小道、小技，是受人轻视的。《连城璧·序》中睡乡祭酒（杜濬）的观点颇有代表性：“视其书，非传奇即稗官野史。予谓古人著书，如班固、袁宏、贾逵、郑玄之徒，皆以经史传当世，子何屑屑此事为？”诚然，在中国古代有许多人写过戏剧、小说，但大都是在吟诗弄文之外偶一为之。而李渔则不同，他对戏剧、小说情有独钟。正如他所说：“吾于诗文非不究心，而得志愉快，终不敢以稗史为末技。”[1]李渔以创作戏剧、小说为业，已经使一些正统文人为之侧目，而他带领家班周旋缙绅之间，为他人度曲，收取缠头之费更成为人们攻击的焦点。明清时期，许多达官贵人都拥有自己的家班，一方面是为了满足自己的声色之娱，另一方面也是为了显示豪华富贵。这些家班一般都秘不示人，只为自己欣赏，而李渔却用它来谋利。更何况，李渔的家班都由自己的姬妾组成。在男女授受不亲的时代，李渔这样出姬献妾地为他人度曲，毕竟是“有伤风化”的事。还有一点需要知道，在清初，演员社会地位较以往更低，虽然是娼优并称，但实际上演员的地位比娼妓还低，即使是妓女也都深以登台演戏为耻。清代余怀在他的著作中说：“名妓仙娃，深以登台演唱为耻。若知音密席，推奖再三，强而后可。”[2]当然有些时候，李渔与朋友们共同欣赏家班表演，目的是为了切磋技艺，对表演中的一些问题加以探讨。即使如此，在外人看来，其结果也没有什么不同。

李渔对士人之路的背弃及对士人道德的违背，使他丧失了货于帝王之家的可能，也丧失了士人赖以自傲的资本，然而李渔自始至终都拥有强烈的用世之心。作为一个受入世精神培养起来的读书人，李渔很难放弃传统士人那种干预、改造社会的阶层优越感，他总是情不自禁地将自己摆在“士”这一阶层来发议论，如《论古》、《资治新书》等便是专门论述或表现他对历史与现实的见解与抱负。当然，他的治世高论永远只能流于纸上谈兵。“士虽有学，而行为本焉”[3]，作为一个名节有亏的士人，士林中人是不会原谅他的。正如袁于令所说“其行甚秽，真士林所不齿也”[4]。

按照我们现在的观念，李渔的商贾行为、携姬妾为他人表演等都没有什么值得非议之处。但在当时，这种行为确实需要足够的勇气。当

---

① 《〈连城璧〉序》（杜濬）。

② 《板桥杂记》上卷。

③ 《墨子》，转引自余英时《士与中国文化》。

④ 《娜如山房说尤》（袁于令），转引自《李渔全集》第十九卷。

然，李渔走上这条道路内心也极为矛盾。作为一个士，他有着积极的入世精神，颇有兼济天下之志；但俗世的享乐诱惑却迫使他放弃了士的责任和道德，他的自尊和廉耻之心终于让位于个人的情趣。而这正是李渔的可叹之处。

在生活的方式上，李渔的异端精神表现在他对享乐主义的迷恋和竭力追求。李渔的享乐意识几乎渗透到人生活动的所有方面，并成为他行动时的潜在动因。与那些提倡克欲修身、"存天理，灭人欲"的理学教条相反，李渔极为珍视个人的情趣，企慕心灵的自由舒适，进而在生活中表现出任情率性的倾向。这种倾向与明代个性解放思潮一脉相承。李渔对如何生活得快乐舒适确实煞费苦心，他晚年的代表作《闲情偶寄》在相当大的程度上可被视为教人如何生活快乐的百科全书。它涉及的范围相当广泛，除对戏曲发表了精当论述之外，还包括服饰美容、园林种植、饮食房舍，甚至如何择姬选妾等。每部分所论述的问题虽然不同，但他的着眼点却大都放在如何给人提供快乐上，而且其中还有专门的章节直接论述在各种情景之下的行乐之法，如《颐养部·行乐第一》。毫无疑问，李渔是一个彻底的享乐主义者。

面对北邙山麓累累的坟茔，明代戏曲家康海曾十分感慨地说："日对此景，乃令人不敢不乐。"①深有同感的李渔将这句话视为自己的"座右铭"。我们读李渔的诗文，常常能感受到他对时光荏苒、好景不常的焦虑。这种焦虑促使他将目光放在对现世的把握上，及时行乐成为李渔思想中一个很突出的方面。让我们来看看下面的几首诗：

张灯过此宵，有酒急须酌。勿使好年光，暗中偷换却。

——《守岁》

春游芳草地，古墓向人催。若不早行乐，金钱变纸灰。

——《和友人春游芳草地三十咏》之十

春归矣，一年萧索从斯起。从斯起，挽回春意，曲中杯底。六

---

① 《闲情偶寄·颐养部·行乐第一》。

千三万今余几？说来堪怕无堪喜。无堪喜，及时行乐，庶几无悔。

——《忆秦娥·春归二首》之一

在李渔看来，人生短暂，一旦撒手西归，不但金银财宝没有了用途，而且尘世的种种美妙之处也永远不可能体会到了。因而，只有及时尽情行乐，才是不致于留下遗憾的明智之举。

李渔的享乐主义当然不会只停留在思想意识层面，他的及时行乐追求是见诸于行动的。在日常生活中，他对于饮食、居住、穿着都十分讲究。他嗜好食蟹，"以蟹为命"[①]，又好吃荔枝、杨梅等，我们从他的《蟹赋》、《荔枝赋》、《杨梅赋》、《福橘赋》、《燕京葡萄赋》、《真定梨赋》等赋中不难看出，李渔不仅有强烈的口腹之欲，而且确实精于此道。在居住条件上，李渔也极力追求舒适豪华。他早年构置伊山别业，中有燕又堂、宛在亭、打果轩、迂径、踏影廊、来灶泉、停舸、蟾影口等，他自称"高才三十丈，广不溢百亩"，即使如此，也已经颇具规模。晚年李渔生活窘迫，但他仍不顾财力，兴致勃勃地修筑层园，为此不惜向人乞求接济。在穿着方面，李渔不仅自己爱穿奇装异服（这实际上也透露出他对穿着的重视），而且尤其注重家姬的服饰打扮。他指出："妇人青春有几，男子遇色为难"，"不得一二物妆点其貌，是为暴殄天物。"[②]因而他总是极力把她们打扮得漂漂亮亮，即便所费甚多也在所不惜。

生活中的李渔好财、好货，但更让他动心的却是女乐。正如他在小令《花非花》中所言："花非花，是人面。不教亲，止容见，有钱难觅再来红，销魂始觉黄金贱。"对女乐的竭力追求，确实是李渔享乐心态的重要表现。

虽然在理智上李渔也偶尔流露出男女平等的思想，但在实际生活中，女人在李渔眼里却从未获得独立的人格，女人完全是为了男子的观

---

① 《闲情偶寄·饮馔部·肉食第三》。

② 《闲情偶寄·声容部》。

赏、娱乐而存在的。他说:“妇人读书习字,无论学成之后,受益无穷,即其初学之时,先有裨于观者:只须案摊书本,手捏柔毫,坐于绿窗翠箔之下,便是一幅图画。”①“凡人买姬置妾,总为自娱。”“人处得为之地,不买一二姬妾自娱,是素富贵而行乎贫贱矣。”②正因这种思想,李渔才不断买姬置妾:“客中买婢,是吾之常。”③乔姬、王姬是友人赠送,在共同生活中,李渔对她们也产生了较深厚的感情,但同样不过是李渔自娱的工具。

与这种自娱的心态相联系,李渔在对女乐的追求过程中流露出颇为庸俗的情调。在李渔的戏曲、小说作品中,他往往津津乐道于主人公的艳拥双娇乃至三娇之类的浪漫艳遇,其间流露出无限的企慕之情。

李渔的享乐倾向同时也体现在他的艺术创作之中。“唯我填词不卖愁,一夫不笑是我忧。”④便是他的创作自白。这使他的作品表现出鲜明的娱乐性。然而,总体来看,李渔的享乐追求更偏重于肉体的、物欲的满足,“酒池而肉林,各拥倾城眠”⑤,正是他享乐趣味的传神表现。当禁欲主义的理学在清初由于统治者的提倡而再次成为兴盛一时的官方哲学时,李渔仍然沿着晚明追逐享乐的道路行进,其行为本身便是异端精神的另一种表现。

李渔异端精神的第三种表现是其离经叛道的异端思想。

疑君疑古、否定偶像是李渔思想中最富于叛逆品格的一个方面。中国古代,君主是高高在上、不可亵渎的,但在他的眼里,君主已不再神圣。在他的小说戏剧作品里,帝王或者与大臣争风吃醋⑥,或者丢下政事到妓院嫖妓⑦,其行为何等不端!他十分尖锐地指出汉高祖为义帝

---

① 《闲情偶寄·声容部·文艺》。
② 《闲情偶寄·声容部·选姿第一》。
③ 《笠翁文集》卷一,《粤游家报》之四。
④ 《风筝误》第30出。
⑤ 《笠翁文集》卷一,《戏赠曹冠五》。
⑥ 《十二楼·鹤归楼》。
⑦ 《玉搔头》、《连城璧》寅集。

发丧、曹操“挟天子以令诸侯”是“欺天下”，从而揭穿这些统治者的假仁假义、虚伪奸诈的本来面目。

李渔不仅疑君，而且疑古。他自称“好与古战，不安其愚”①。他不盲目相信古人史书，认为“二十一史，大半皆传疑之书”②，批评俗儒的人云亦云，如“矮人观场”，没有主见。从这种疑古精神出发，他否定一切权威和偶像，认为古人也是“各自行其意”③，因此，圣贤也难免出差错：“圣贤不无过，至愚亦有慧。”④既然这样，后人就不应该为圣贤之论所囿⑤，要敢于“雷门击鼓”(【天仙子・示儿辈】，见《耐歌词》)，大胆地发表自己的见解，他的《论古》即是这样一部独抒机杼的新见迭出之作。

李渔的异端精神还表现在对声色货利的态度上。在《闲情偶寄・声容部・选姿第一》中，李渔写道：“‘食色，性也’，‘不知子都之娇者，无目者也。’古之大贤择言而发，其所以不拂人情，而数为是论者，以性所原有，不能强之使无耳。”肯定人们情欲的合理性。他从不讳言自己的好色，坦承自己“有登徒之好”⑥(《复生，王再来二姬合传》)。在实际生活中，他对情欲也十分放纵。他坦言自己爱财，自称“性亦爱钱诗逐去”⑦，“我爱黄金天却吝”⑧，并说“觅应得之利，谋有道之生，既是人间大隐”。实际上就是承认谋利行为的正当。这种对欲望合理性的肯定，乃是对禁欲主义理学的反拨。

李渔的情爱思想同样体现了他的异端精神。李渔曾自称：“予，情士也。”⑨在婚姻问题上，李渔确实特别重视双方之间的爱情。他曾说

---

① 《笠翁文集》卷一。

② 《笠翁别集・自序》。

③ 《笠翁诗集》卷一，《读史志愤》。

④ 同上。

⑤ 《笠翁别集》，《论唐太宗以弓矢、建屋喻治道》。

⑥ 《笠翁诗集》卷二，《乔复生、王再来二姬合传》。

⑦ 《六秩自寿》四首之二。

⑧ 《耐歌词》，《帝台春・客中秋兴》。

⑨ 《笠翁诗集》卷一，《琴楼合稿序》。

“男女相交,全在一个‘情’字”[①],“从来只有杜丽娘,才说得一个‘情’字”[②]。正因为这一点,他歌颂刘倩倩不慕富贵、忠于爱情的精神[③],反对包办婚姻。在《蜃中楼》里,作者借舜华母亲之口对强调门第观念、包办婚姻的钱塘龙王发出强烈谴责:“今日也门户,明日也门户,门你的头,户你的脑。除了龙王家里,就不吃饭了?况且又不曾见他儿子的面,知他是甚个龟头鳖脑。”李渔的《比目鱼》也同样表现出反对包办婚姻的思想。在此基础上,李渔主张应该容许青年人自择配偶,认为这才符合情理:“就是千金小姐,绝世佳人,无媒而合,不约而逢,也都是读书生常事。”[④]在《凰求风·先醋》中他又通过乔小姐之父乔国用表达了自主择婚的正当:

“我想婚姻大事,一念之差,便有终身之悔。……若论三从四德的道理,在家从父,原不合使她与闻。只是老夫年老智短,做来的事,都有些不合时宜,倒不如把婚姻之事,索性丢开,任凭她自家做主,省得后来埋怨。”在受理学思想笼罩的清初,李渔主张“无媒自合”、“自主择偶”,无疑是对封建礼教的挑战。

在男女交往问题上,他反对横在男女间的重重阻隔,反对礼教的“严男女之大防”。在封建社会,统治者为压制人的正常情欲,往往通过道德或其他力量,硬性将男女分开,从而达到“不见可欲,使心不乱”。但李渔却认为“常见可欲,亦能使心不乱”,[⑤]肯定男女间正常交往。在《闲情偶寄·颐养部·疗病第六》中,他指出为了解除相爱者的相思之苦,应该让他们相互间经常见面来往:“人为情死,而不以情药之,岂人为饥死,而仍戒令勿食,以成首阳之志乎……但令往来其前,使知业为我有,亦可慰情思之大半。”这对严于男女大防的卫道士来说,同样不啻

① 《玉搔头·请试》。
② 《怜香伴·缄愁》。
③ 《玉搔头·抗节》。
④ 《蜃中楼》第八出《述异·啄木儿》。
⑤ 《闲情偶寄·颐养部·节色欲第四》。

为洪水猛兽。

在封建社会，男女间的地位是不平等的。李渔对于这种现象进行了批判。在他的《花心动》（见《耐歌词》）一词里，他为女性鸣不平：

十个男儿心硬九，同伴一齐数说。大别经年，小别经春，比我略争时月。陶情各有闲花柳，都藉口不伤名节。问此语出何经典，谅伊词嗫。制礼前王多缺。怪男女同情，有何分别？女戒淫邪，男恕风流，以致纷纷饶舌。男儿示袒左，男儿始作俑，周公贻孽。无古今，个个郎心如铁。

此词表面诙谐调笑，但内容却是严肃的。男子可以眠花藉柳，三妻四妾，为什么女人就只能为"名节"所制？在他看来，男女在情感需求上都是一样的，应该一视同仁。而周公在制礼之时，却偏袒男子，是很不公道的。由此可以看出，在李渔心里已初步具有男女平等思想。

从男女平等的思想出发，李渔或者极力表现女子的才能：如《意中缘》中的杨云友、林天素，《怜香伴》中的崔笺云、曹语花，《合锦回文传》里的桑梦兰、刘梦蕙等，她们不仅风华绝代，而且往往胆识过人。李渔对她们才能的赞扬，实际上和李贽"见不分男女"的思想颇为相合；或者赞扬她们在婚姻问题上的主动精神：《凰求凤》中，许仙俦、乔梦兰、曹婉淑三个女子共同追求吕哉生，为了达到自己与所爱之人结合的目的，她们积极主动、互相角逐，与锁在深闺的娇弱女子不同。李渔对她们这种行为的认同，显然与封建时代要求女子行不逾矩的准则背道而驰。

李渔对士人传统人生道路的背离、对享乐主义的迷恋及其强烈的异端思想触犯了那个循规蹈矩的社会。因此，正统的封建文人才对他口诛笔伐，称他为"衣冠败类，名教妖凶"①，"其人亦李贽、屠隆之类，……当明正两观之诛者也"。② 今天看来，李渔的异端言行固然有其局限，但在客观上同明代以来社会上风行的异端思潮一起，打破了思

① 《词曲闲评》（清・黄启太），转引自《李渔全集》第十九卷。
② 《勿待轩杂志》（马先登），转引自《李渔全集》卷十九。

想禁锢，启发了人们的思想，冲击了腐朽的封建专制统治，因而具有进步意义。

三 李渔异端精神的渊源及其失落

（一）异端精神的渊源

李渔以其卓尔不群的异端言行在清初渐趋整肃的社会氛围中奏出一串刺耳的异响。但他的异端精神显然渊源有自，非空穴来风。晚明文化对李渔有着极为深刻的影响，在一定程度上，李渔的异端表现乃是晚明异端精神的流响和余绪。

明中叶王守仁心学的兴起揭开了明代启蒙主义思想的序幕。王阳明认为"心外无物，心外无事，心外无理，心外无义，心外无善"①。又说："尔那一点良知，是尔自家底准则，尔意念着处，他是便知是，非便知非，更瞒他一些不得。"②在这里，心是宇宙本体，心成为判断是非善恶的标准。由此出发，就必然导致否定以封建伦理规范为判断是非的准则。这样，阳明心学在不知不觉之间就背离了他的初衷，为以后肯定情欲、推倒偶像的异端思想打开了方便之门。王门弟子王畿从王学出发，以"无中生有"论和"良知现成"论为前提，确立了"本心自然"的道德观和"直下承当"的修养论。即然"良知不学不虑，本来具足，众人之心与尧舜同"③，那么人们在人格上就是平等的，就不应该有什么权威和等级贵贱。这样，用来约束人的封建道德本身也便成为多余之物。在"良知现成"这一点上，王守仁的另一弟子王艮与王畿是相同的。但出身灶丁的王艮，更为关注平民百姓的日常生活，提出"圣人之道，无异于百姓日用。凡有异者，皆谓之异端"。亦即道德的内容准则都包容在"百姓

① 王守仁《与王纯甫》。
② 王守仁《传习录》下。
③ 王畿《与阳和张子问答》。

日用”本身之中。这就不仅肯定了人们欲望要求的合理性，而且还将一切与人们的这种要求相违背的道德说教视为必须被抛弃的异端邪说。而两宋以来的统治者所推尊的道德信条则恰恰是程朱的禁欲理学。王艮的学说以其强烈的爆炸性和直易通俗性在当时社会引起了巨大的反响，并形成一个在晚明社会影响广泛的泰州学派。稍后的李贽继承和发展了二王“现成良知”的观点，他以“童心”的纯真来反对理学的虚伪，并对“阳为道学，阴为富贵；被服儒雅，行若狗彘”的伪道学，进行了无情的揭露。他倡言“穿衣吃饭，即是人伦物理”①，认为“私者，人之心也”②。“势利之心，亦吾人秉赋之自然”，肯定人们的正常欲求和个人利益；他否定以孔子的是非为是非，反对“前犬吠形，亦随而吠之”的盲从，主张以吾心良知为判断是非的依据；否定圣人、凡人之间人品上的差别，批驳“妇人见短，不堪学道”的流俗论调；他主张“任情而行”，认为“不必矫情，不必逆性，不必昧心，不必抑志，直心而动”。他的反对封建束缚，要求个性解放的思想宛如一声起衰振弊的春雷，极大地震动了思想界。

与此同时，禅宗的思想亦弥漫一时。万历之后，禅风炽盛。当时的文人多数喜欢谈禅，禅僧也多与文人交往。即便一般市民也往往热衷于谈禅说佛。之所以产生这种现象，一方面是由于统治者的宣扬倡导，另一方面也同当时现实黑暗，人民遭受涂炭而呼告无门有关。佛教各宗之中，在社会上最为流行的是禅宗。究其原因，乃是因为禅宗不像佛家其他一些宗派偏重于习诵一系列繁琐的经典，而是着重提倡学佛人本体在空明静寂境界中获得“悟彻”，立身行事，进退行藏，表现出一种无可无不可或者亦是亦非的态度。换句话说，就是随缘任性，摆脱束缚，适个性之所需，进而符合“大道真体”。在禅宗这里，个人的意志高于一切。而对个人意志的过分推尊，必然导致纵欲主义和推倒佛陀、偶

---

① 李贽《焚书·答邓石阳书》。

② 李贽《藏书·德也儒臣后论》。

像的虚无主义。禅宗发展的历史实况正是如此。你看这些禅僧“手把猪头，口诵净戒，趁出淫房，未还酒债，十字街头，解开布袋”①。行为何等狂悖不羁，什么法戒、禁忌，全不在话下。也许在他们看来，这正是他们追求的“事事无碍如意自在”。② 正如明代梵琦大师所说：“处处无非佛事，头头总是道场。酒肆窑坊，了无挂碍；龙宫虎穴，任便经过。”只要自性清净，慧业高明，就经得住考验，什么地方都去得，即便是灯红酒绿之处、声色犬马之场，也可以用来修身养性。他们对佛祖也甚为不恭。有人将佛像烧火取暖，有人扬言要把佛祖打死喂狗。而德山宣鉴禅师出语更为放肆：

> 这里无祖无佛，达摩是老燥胡，释迦老子是干屎橛，文殊、普贤是担屎汉，等觉、妙觉是破执凡夫，菩提涅槃是系驴橛，十二分教是鬼神簿、拭疮疣纸，四果三贤，初心十地是守古冢鬼，自救不了。
>
> ——《五灯会元》卷七

既然随处见性，我心即佛，佛祖又算得了什么？禅宗发展到如此数典忘祖的地步，恐怕是那些佛教的祖师们始料未及的。明中叶以后，这股狂禅之风与王学左派思想一起风靡天下，成为张扬个性，打破一切教条的有力武器。

与思想界的这股叛逆狂潮相呼应，明中叶以后出现了一大批任情放诞的异端名士，儒家的温柔敦厚、克己制欲的行为准则完全被置诸脑后。他们解缆放船，顺风鼓棹，为了“一体不容已之情”，身体、名誉乃至道德节操都可牺牲。有时候简直是不择手段。罗汝芳为帮助一妇人救其丈夫而不惜行贿，康海失身刘瑾之门以救知己，李贽为摆脱俗事的困扰，追求自由而不惜落发为僧。好财则逐财，好色则逐色。总之，无论

---

① 《罗湖野录》卷一，转引自《禅宗与中国文化》(葛兆光)。

② 同上。

是什么事情，只要是心中想做的，便大刀阔斧做去，绝不扭扭捏捏。在那种富有异端品格的启蒙思想的先导下，人们广泛效仿他们的行为方式，并对这些异端者本人也往往致以一瓣心香。

以个性解放为特色的异端精神的春雷起蛰当然也离不开当时优裕的客观物质条件。商业的繁荣不仅提高了商人的地位，为人们的纵情享乐提供了巨额的财富，造就了奢靡侈大的社会风尚，而且也在逐步引起人们思想、价值观念的变化。人们的行为、思想已越来越逸出程朱理学的矩矱，要求摆脱束缚、个性解放的呼声已日趋高涨了。

明中叶阳明学说的兴起及禅宗思想的流行在社会上掀起了一个任情纵欲、打破教条、个性解放的异端狂潮，而商品经济的发展又为异端精神提供了滋长的温床。这种异端狂潮一直持续到清初。李渔显然承继了这种精神。他曾说过这样一句话："我之所师者心，心觉其然，口亦信其然，依傍于世何为乎?"[①]又说："乐不在外而在心。心以为乐，则是境皆乐，心以为苦，则无境不苦。"[②]完全以自身的认识、自身的感受为判断事物的价值尺度，俨然是王阳明及其门徒张扬个性的"心学"的翻版。正是从这一点出发，李渔的一系列言行都染上了鲜明的异端色彩。

（二）李渔异端精神的失落

王艮、李贽、"三袁"、李渔等人掀起或积极参与的异端浪潮极大地震动了当时的社会。如果从异端思想对腐朽、僵化、死气沉沉的社会的冲击，从它对人们思想的解放、个性的张扬等方面来评价，它无疑具有进步的意义。然而，这只是问题的一个方面。

应该看到，李渔所承继的明中叶以来的这股异端狂潮从它诞生之日起，便隐藏着一种无法克服的矛盾。因为不论是王畿、王艮，还是李贽，他们的"良知现成"、"直下承当"及其他张扬个性的叛逆理论，事实

① 《闲情偶寄·颐养部·疗病·第六》。

② 《闲情偶寄·颐养部·行乐第一·贵人行乐之法》。

上在否定封建道德的规范及其修养的同时，也否定了一切道德和道德修养；在反对扼杀人们正常欲望的理学禁欲主义时，又把个人私利看成是绝对神圣的东西，从而放弃了个人所应承担的社会责任。这就使他们的学说表现出一种非道德主义的倾向。因此，他们的学说既为要求摆脱封建羁绊者所喜，也能为一些荒淫贪婪、变节求荣的无耻之徒所利用（禅宗对世人的负面影响也大致如此）。明末的一班标榜异端的风流才子，平日里狎妓征歌，诗酒角逐，生活糜烂，沉湎于一己之乐，而将社会责任置诸脑后。“兵戈日警，而日日诗酒征逐”，钱谦益、龚鼎孳、张缙彦等率性佻达的异端名士甚至将国家覆亡看成投机的机会，开城投降，变节出仕。世俗的享乐主义与个人中心主义腐蚀了他们的气节和傲骨。不仅如此，个人主义的膨胀、以物质欲求来消极抗理的生活态度，也腐蚀了社会的意志力量，使整个社会在外来势力的侵袭面前如一盘散沙。正是因为这个原因，异端思潮不仅受到东林党人的批判，而且也受到以明道救世为己任的清初进步哲人的大力鞭挞。是什么原因导致朱明的覆亡？进步的思想家如顾炎武、黄宗羲、王夫之等对此进行了深刻反思。他们认为，异端狂潮导致了人们私欲的膨胀、道德观念的淡薄、学风的空疏，并使整个社会处于浇薄无序的状态，从而将朱明王朝推向了绝路。这样，那些离经叛道的异端领袖如王艮、李贽、“三袁”等人便成为众矢之的。王夫之指责李贽“以妄舌鼓动天下”，视之为洪水猛兽：“若近世李贽、钟惺之流，导天下于邪淫，以酿中夏衣冠之祸，岂非逾于洪水，烈于猛兽乎？”顾炎武也对李贽的异端精神加以抨击，批评他“欲尽废先儒之学而出其上”。当然，清初的这些思想家们与提倡克己制欲的理学卫道士有着根本的不同。他们同样尊重个性，肯定个人私欲的合理，如黄宗羲认为“人生之初，人各自私，人各自利也”。陈确则更为明确地说：“人欲正当处，即为天理。”应该说，清初的这些思想家对私欲问题的认识较之前人更为深刻。但是他们没有忘记个人对国家、社会的责任。陈确在《私说》中说得好：

或复于陈确子曰:“子尝教我治私矣。无私实难。敢问君子亦有私乎?”确曰:“有私。”“有私何以为君子?”曰:“有私所以为君子。惟君子而后能有私,彼小人恶能有私哉!……惟君子知爱其身也,惟君子知爱其身而爱之无不至也。”曰:“焉有爱吾之身而不能齐家者乎!不能治国者乎!不能平天下者乎!君子欲以齐、治、平之道私诸其身,而必不能不以德之身而齐之治之平之也。”

正是从这一点出发,顾炎武等人才对明末无序无礼的社会颓风提出严厉的批判,并把规正风俗人心,重建社会秩序和道德的纪纲作为自己义不容辞的责任。

异端精神在清初不只是遭到进步哲人的猛烈抨击,同时也有来自封建卫道士喋喋不休的声讨和文化高压政策的围剿。尽管异端思潮在明中叶以后风起云涌,成为不可阻挡的社会洪流,但道学先生们的攻击从未间断。到清初,程朱理学由于统治者的提倡而再次死灰复燃,成为左右人们思想的官方哲学。与此同时,清政府还几次颁布文告,倡导新风新俗,对于有害风教的言行严惩不贷。如顺治九年(1652),清廷禁刻“琐语淫词”:“通行严禁,违者从重究治。”1663年,再次颁布此令,明令“……有乖风化者……交与该部议罪”。1672年,康熙帝又颁布训谕十六条[①],其中有“尚节俭以惜财用”、“隆学校以端士习”、“黜异端以崇正学”、“明礼让以厚风俗”等等。在那样一个文化高压的社会,异端者不得不有所收敛。异端精神在清初独特的社会环境中,面对来自思想或政治力量的多重攻伐,已渐渐力不从心,消失了以往的战斗精神,时代风雨的轮番侵袭已使它风蚀剥落,面目全非了。

而李渔恰恰生活在这个时代。他的异端精神已经部分丧失了那种一往无前的坚定的气魄,而表现出向传统道德的妥协和让步,这是无法避免的。因此,当我们深入李渔的心灵世界时,首先映入眼帘的便是一

① 《李渔年谱》。

系列无法克服的矛盾。他虽然具有疑君思想，但又强调忠孝节义。例如，在《古从军别》一诗里，他宣称："人生学何事，忠孝而已矣。"他虽然追求奢华的享乐生活，但又自称崇尚节俭（参见《闲情偶寄》凡例）。他虽然对封建道德的"严男女之大防"不满，赞成男女间的正常交往，认为"常见可欲，亦可使心不乱"①，但又认为"男女同观，共闻亵语，未必不开窃窥之门"②，反对男女在公共场合一起看戏。他虽然有男女平等思想，称赞女子的才华不低于男子，但又把女人当成观赏的玩物。他虽然自称"情士"，崇尚男女间的真情，赞成婚姻自主，但又企图以礼制情，用道学来规范风流，将情与封建道德硬性扭结。他的《十种曲》中的情爱剧几乎都表现出这种倾向。《慎鸾交》尾声最能体现他的这种努力："读尽人间两样书，风流道学久殊途。风流未必称端士，道学谁能不腐儒。兼二有，戒双无，合当串作演连珠。细观此曲无他善，一字批评妙在都。"当然，李渔的思想深受王阳明的影响（他接受李贽的影响也是通过王守仁的），王学的"心外无物，心外无事，心外无理，心外无义，心外无善"固然使他肯定人本身正当的情欲，崇尚真情，向往个性的解放和自由，但王学的本意乃是试图证明封建道德准则是人们心中固有的，目的仍然是为了维护封建道德。正是因为这一点，李渔一方面对风流津津乐道，另一方面又试图将它限制在道学的樊篱之中。但有一点我们须要注意，李渔之所以接受王阳明的观点，在一定的程度上，其本身就是异端向传统让步的表现。

李渔虽然沿着明末文化的发展趋向，走入了异端者的行列，但他毕竟生活在清初，生活在顾炎武与黄宗羲的时代里。在时代风雨的侵袭下，他的异端精神已经失去了其异端先辈们所拥有的勃勃生机，更多地表现出首鼠两端、底气不足的特点。李渔已陷入前跋其胡、后疐其尾的窘境。李渔异端精神的失落，乃是清初社会环境中各种力量对之围剿的结果。

---

① 《闲情偶寄》卷六《颐养部·节色欲第四》。

② 《闲情偶寄·词曲部·戒淫亵》。

情动于中而形于外

——从歌曲《在水一方》演唱动作设计谈起

钱久元

要不要为歌曲演唱设计相应的表演动作，这大概是一个仁者见仁、智者见智的问题，有些人会认为这是一件很自然的事情；有些人则可能会不以为然，认为唱歌的时候肢体动作可有可无；甚至还会有人认为唱歌时根本就不应该做动作，认为歌者应该完全凭借自己的声音本身去征服观众。

本人以前对这个问题也没有很认真地思考过，像许多人一样，对于歌曲演唱时的肢体动作问题实际上是抱着模棱两可的态度的。不过，大概主要是出于偶然的一时兴趣，我在歌唱自己比较喜爱的几首歌曲如《在水一方》、《一剪梅》、《冬季到台北来看雨》等曲目时，还对它们做了一些演唱动作方面的设计。没有料到的是，此一番原本是出于闲时消磨时间的举动，却引发了我对艺术表演理论方面的进一步思考，也算是收益颇丰吧。

一　歌曲《在水一方》的动作设计

台湾作曲家林家庆的歌曲作品《在水一方》①是一首动作性比较强

① 台湾同名电视连续剧主题曲。作词：琼瑶；作曲：林家庆。

的歌曲，歌词的意境就是围绕着“找寻”这个基本动作展开的。现在就让我们以这首歌曲为例来谈起吧。根据歌词的意思，本人把这首歌曲划分为前奏、启动、高潮和尾声四大部分（歌谱见附录），具体的演唱动作设计如下。

（一）前奏部分

《在水一方》的前奏部分虽然没有歌词，但旋律本身的动作性依然很强烈。我对这部分的动作处理很简单，我把前奏部分划分为三个波浪状的结构，前三拍为第一波，第四至第七拍为第二波，第八至第十六拍为第三波。这样，为了配合这三个情绪波，手势动作可以做三次略有不同的抬起放下动作，例如第一波以右手为主，第二波换成以左手为主，第三波以右手为主缓缓放下，这样的动作设计既有统一又有变化，寓变化与统一。

为什么这么设计呢？我对这一部分的理解是，歌曲的主人公一出场就处于激情和寻觅状态之中，开始处音阶上行的时候可以设想为迫切地抬眼远望，可以采用抬眼抬手前望前探的动作。中间两处音阶八度下行大跳可以理解为向脚下探路，显然下行后的大跳式的上行都应理解为抬眼抬手前望。前奏最后部分的时间较长的音阶连续阶梯式下行应该设想为寻觅却难以找到的惆怅和迷茫状态，向前方伸出的手应该随着下行音阶缓缓落下，这也是在为后面启动部分歌词的倾诉性演唱作准备。

（二）启动部分

《在水一方》启动部分的歌词如下：

> 绿草苍苍，白雾茫茫，有位佳人，在水一方。
> 绿草萋萋，白雾迷离，有位佳人，靠水而居。

这是歌曲情感与意境的起始部分，歌词是交代性的，交代时间、地点和人物，主要在于进入意境场景及酝酿情绪，为后面的高潮部分作准备。要注意的是歌词意境的空间是具有渐阔渐远的三个层次的，在动作上应该把这方面交代清楚。

这一部分歌词又可分为两个段落，这两个段落在旋律上相同，但在歌词方面又有着一定的不同。第二段歌词中的"靠水而居"是启动部分歌词的归结，同时又是后面高潮部分的预备点。

在这里，歌曲为什么要使用旋律相同的两段歌词呢？这应该是为了更加强烈地酝酿情感，就像汽车启动，一次的启动是不够的，需要再加一次启动，因为后面的感情太强烈了，所以酝酿必须要充分。

1. 第一段歌词

（1）绿草苍苍

唱"绿草"两字时，以右手为主，双手掌心向内从自然下垂状态缓缓抬起至胸前，目光平视，视野为水平线。

唱"苍苍"两字时，右手向前掌心向内朝胸前水平方向轻轻划出，仿佛告诉人们眼前有一片芦苇。

芦苇乃是在地平面上平面展开的，在平面上表现为广阔茂盛，这就是做这一动作的心理依据。

（2）白雾茫茫

唱"白雾"时，以左手为主，目光由平视转为仰视，视野为水平线的上方。左手在上，右手在下，左手抬起至胸前。

唱"茫茫"时，左手向前上方轻轻推出，仿佛前方芦苇的上方有一团白雾。

雾气的位置和形状不太固定，这里是把白雾设想为在芦苇丛的上方。

（3）有位佳人

唱"有位"两字时，以右手为主，目光可以看着自己的双手从腹前缓缓抬起至胸口下的位置。

唱“佳人”时，要有些动情地身体略微前倾，同时目光转为向前方远视，双手掌心向内缓缓向胸口的前方稍稍推出。

动作的心理依据：佳人是歌词意境的核心，这里的歌词以及演唱动作意在引出这个人物。

（4）在水一方

唱“在水”时，以右手为主，右手向前上方轻轻后缩并抬起至于下颌的高度，同时双手自然翻转至于大致掌心朝下。

唱“一方”时，右手向正前上方略呈直线推出，目光向正前方极目远视。

动作的心理依据：佳人的位置应该在芦苇和白雾之外更远的地方，至此交代完成佳人所在的位置。

2. 第二段歌词

（1）绿草萋萋

唱“绿草”两字时，以右手为主，双手掌心向内从自然下垂状态缓缓抬起至胸前，目光平视，视野为水平线。

唱“萋萋”两字时，右手掌心略自然翻转至朝前，然后食指带动右手轻轻向前略推。

（2）白雾迷离

唱“白雾”时，目光略成仰视状，左手抬起置于胸前，以左手为主，双手掌心由向内而渐变为向外，缓缓向外翻转。

唱“迷离”时，左手在眼前逆时针缓缓划弧，仿佛眼前有一片白雾伸手可触且遮挡了视线。

动作的心理依据：白雾乃是在地平面上四周和上下展开的，在空间上表现为周围一片。歌唱时应设想此时的白雾已经四散开来，甚至于笼罩了自己。

（3）有位佳人

启动部分第二段歌词“有位佳人”的演唱动作可以与启动部分的第一段歌词“有位佳人”相同。

(4) 靠水而居。

唱“靠水”时,目光向前方远视,以右手为主,右手向上方回收至下颔位置,同时右手自然翻转至掌心朝下朝外。

唱“而居”时,右手向下方按下至于丹田位置。

(三) 高潮部分

《在水一方》高潮部分的歌词如下:

> 我愿逆流而上,依偎在她身旁。无奈前有险滩,道路又远又长。我愿顺流而下,找寻她的方向。却见依稀仿佛,她在水的中央。
>
> 我愿逆流而上,与她轻言细语。无奈前有险滩,道路曲折无已。我愿顺流而下,找寻她的足迹。却见仿佛依稀,她在水中伫立。

《在水一方》的高潮部分也和启动部分一样,它由两段旋律相同而歌词略有不同的乐谱构成,所以其具体的演唱处理也应该是同中有异的。

我们已经说过,启动部分的两段式乐谱是为了更充分地酝酿感情,为高潮的到来作准备。同理,对于高潮里使用旋律相同的两段歌词重复性地咏唱我们也只能这么理解,一波的情绪高涨是不够的,必须再追加一波。

1. 第一段歌词

(1) 我愿逆流而上

唱“我愿逆流”时,目光由下而上平视,视野为水平线略向上,以右手为主双手掌心向内从自然下垂状态缓缓抬起。

唱“而上”时,以右手为主掌心翻转为朝外,然后向前上方推出,推到胳膊接近平直为止,仿佛在示意一叶扁舟在逆流前行。

（2）依偎在她身旁

唱“依偎在”时，目光回收，双手也开始回缩。

唱“她身旁”时，掌心翻转朝内，双臂成交叉状继续回收至接近胸口的位置，仿佛渴望和佳人身心相接。

这里虽然没有做成“依偎”的动作，但歌者的动作至少应该让观者感觉到自己很想依偎，或者使得观者联想到依偎的动作。

（3）无奈前有险滩

唱“无”字时做预备抬左手动作。

唱“奈前”时，以左手为主双手向前方伸出。

唱“有险”时，以左手为主双手向前方伸出，同时身体后倾，做出无可奈何之状，甚至于可以因身体后倾而顺势倒退一两小步。此动作显示的是失望与期望的交织之感。

唱“滩”时，左手可以略回缩一些再推向前，带有强调性地示意险滩就在前面。

（4）道路又远又长

唱“道路”时，“道”字右手弧形滑至腹前，“路”字略回顿并停住，目光可以随着手势移动至于脚下。

唱“又远”，目光再随着手势从脚下移向前方。

唱“又长”时，以右手为主，双手强调似的略回缩然后立即再次伸向遥远的地方，示意路长而又长。

（5）我愿顺流而下

唱“我愿顺流”时，目光平视，视野为水平线，以右手为主双手掌心向内从自然下垂状态缓缓抬起。

唱“而下”时，以右手为主掌心朝前下方推出，推到胳膊接近平直，示意有一叶小舟在顺流下行。

（6）找寻她的方向

唱“找寻”时，目光前视，视野在前上方，可以先右脚后左脚向前迈小步，同时准备抬手。

唱“她的方”时，左手缓缓抬至胸前，成半握拳状。

唱“向”时，左手掌在胸前略回缩再向前上方缓缓滑动伸出，同时手掌伸展开来，仿佛在向前方搜寻什么。

(7) 却见依稀仿佛

唱“却”时，左手回收，也可以同时略作倒退状。这里其实也像刚才的“无奈前有险滩”一句那样，具有一定的转折的意思，但似乎没有必要真的向身后退步，因为左手在这一弱拍位置若有所失般地回收，这里面就包含有戏剧性的转折的意味了。

唱“见”时，立刻抬右手与之配合，同时做出向正前方凝视之状。

唱“依”时，右手为主双手向左前方伸出拂动，目光随手势向左前方漂移，仿佛在努力看清左前方模糊不清的东西。

“稀仿”是两拍子的时值，唱时右手为主，双手作缓缓向右前拂动状，仿佛在努力看清右前方模糊不清的东西。

“佛”字为三拍，唱时右手为主双手做向左前方缓缓拂动状，仿佛在努力看清左前方模糊不清的东西。

(8) 她在水的中央

唱“她在”时，向左前的拂动停止，右手在左侧顺势拉回至接近左脸颊处，掌心可略朝外。

唱“水的”时，右掌心由朝外翻转至朝下朝内，同时顺势把右掌抬至眼前上方。

唱“中央”时，以右手为主，双手向正前上方中央处略呈直线伸展出去，至整个胳膊接近平直后再缓缓落下，目视正前方。

2. 间奏的艺术处理

我对这一部分的处理是朗诵启动部分的歌词(也可以朗诵古诗《蒹葭》的第一段诗词)。动作、手势大致可以参考上述同一段歌词的动作设计，但可以自由一些，不必像歌唱时那样完全合着节奏。

3. 第二段词

(1) 我愿逆流而上

此处动作设计可以与高潮部分第一段歌词与此相同部分相仿。

（2）与她轻言细语

唱"与她"时，目光回收，以右手为主，将伸出的双手回缩至于胸前。

唱"轻言细语"时，以右手为主，双手轻轻向前下方优雅地伸出，仿佛担心惊动了谁。

（3）无奈前有险滩

此处动作设计可以与高潮部分第一段歌词与此相同部分相仿。

（4）道路曲折无已

唱"道路"时，在"道"字将右手以弧形滑至腹前，至"路"字略回顿并停住，目光可以随着手势移动至脚下。

唱"曲折"时，目光随手势从脚下移动向遥远处，同时面部表情应该有挫折感甚至于畏难感。

唱"无已"时，向远方伸出的手可以略回缩翻转至朝外，然后再继续向远方伸出。与此同时地，目光回收，甚至可呈闭目不忍视之状。

（5）我愿顺流而下

此处动作设计可以与高潮部分第一段歌词与此相同的部分相仿。

（6）找寻她的踪迹

演唱动作基本上同于"找寻她的方向"，只是此处似乎视线不必局限在前方，因为"踪迹"可上可下可平，而"方向"则更应该是朝向视野的前上方的。

（7）却见仿佛依稀

此处动作设计如同高潮部分第一段歌词与此相同的部分。

（8）她在水中伫立

唱"她在"时，右手向左拂动转为略向右拂动然后停止，右手掌心朝外。

唱"水中"时，右手向左侧拉回至接近左脸颊处，掌心依然朝外。

唱"伫立"时，右肘优雅地朝前方的胸口上方平推，仿佛如同一株芦苇伫立在水中。

（四）尾声部分

这一部分重复起始部分的第一段歌词和旋律。

绿草苍苍，白雾茫茫，有位佳人，在水一方。

该部分的动作设计可以与起始部分第一段的动作基本相同，但不能简单地重复，应该有些区别。例如最后唱“一方”时，右手向正前上方伸出的动作可以呈弧形向上然后缓缓下落至大致与胸口平行的位置，这就与启动部分有所不同。总之，这部分需特别强调的是要有结束感，仿佛是在回顾、追忆歌曲开始时候的情绪和动作，仿佛有一种暴雨后的静寂藏于其中。如果说歌曲开始的部分如同潮起，那么歌曲结束的部分则如同潮落，尽管两个部分的乐谱可能完全相同。

二　给唱歌设计动作的几点体会

通过对《在水一方》这首歌曲演唱动作的设计，本人有了如下几点体会。

（一）歌曲演唱动作的重要意义

通过对歌曲演唱动作的一番揣摩和思考，本人认为，那种认为歌曲演唱者不需要做动作的观念是错误的。肢体动作也是一种语言，也能够阐释歌词所要阐述的意思，引导接受者进入歌曲的意境。实际上，肢体语言比歌词更具有直观性，是直接诉诸于接受者视觉的东西，所以它在表达歌曲情感内容方面还有着歌词所不具有的长处。

那种认为肢体动作不重要，至多只是对歌曲的演唱起到一些辅助性作用的观念也是不正确的。动作的重要性不仅体现在对歌词意义、意境的辅助性阐释，经过精心设计的动作还可以成为歌词情意流动过程的物质依托，成为心理过程的物理性依据。歌词的情感和意境完全可以通过一套完整的形体动作酣畅淋漓地流动出来。这就是说，演唱动作不仅是歌词和声音的辅助性手段，还可以成为歌曲情感内容表达的引领手段。

本人不久前几次在广场上演唱《在水一方》这首歌。第一次上台，觉得内心有冲动，但双手不敢做动作，所以，唱完之后，总觉得不够酣畅，有遗憾。过了一两个星期之后，第二次上台演唱。上台前，我在内心里大致设想了一下应该做的动作，例如唱“逆流而上”的时候我可以做手势向上的示意性动作，唱“逆流而下”的时候我可以做手势向下的示意性动作。但是，在上场前的几分钟，为了免出意外，我还是告诫自己，在场上演唱时只能考虑歌词的意思，而不用考虑动作，担心对于动作的考虑会干扰自己的演唱，担心动作的设计会破坏自己对歌词意境的理解，担心做动作会牵扯自己的注意力。然而，奇妙的是，这一次的上场，我却不知不觉地把上场前设想的动作用上了，尽管我曾经告诫自己不用刻意去做动作。以后再上场的时候，我的感觉就更不一样了，不仅我的动作设计更趋向于完整，更奇妙的是我觉得我的动作不仅不会妨碍、干扰歌词意境的表达，恰恰相反我的动作设计反而成了我的情感表达的引导者，仿佛有个指挥员在指挥我的情感表达，仿佛脑子里有了一个路线图之类的东西。

（二）歌曲演唱动作设计也是一种二度创作

我们知道，戏剧剧本往往对演员的动作有较为详细的预设。不同于戏剧剧本，歌曲的歌词却非常精炼、浓缩，篇幅小，本身罕有对于演唱动作的具体描述。所以，笔者认为，从某种意义上来说，如果说戏剧演员的舞台动作设计是一种二度创作的话，那么，歌曲演员的演唱动作设计不仅也是一种二度创作，而且其“创作”程度还应该更高一些。

有些歌曲的情境比较模糊，而有些歌曲的情境却比较清楚，甚至于可能有一定的故事情节。不过，即便是故事情境比较具体，甚至有一定的故事情节线索的歌曲，每个人的理解却不可能完全一样。《在水一方》这首歌曲，虽然其“找寻”佳人这个动作指向很明确，类似于戏剧中的故事情节，但是，具体是如何找寻的，每个演唱者可以有不同的理解。这里，就需要演唱者对于自己的具体动作以及动作所依据的时空场景进行一定的具体预设。

举例而言，“绿草苍苍，白雾茫茫，有位佳人，在水一方”，这段歌词虽然把绿草、白雾说得比较明确，但绿草、白雾以及“找寻”者的具体位置等因素没有明说，这就需要歌者结合整首歌进行通盘设计了。本人对这段歌词情境的设想是：一个人（或者说就是我），在清晨时分为寻觅佳人到了水边，一眼望去是一片茂盛的芦苇，芦苇丛的上方则腾起了如同袅袅青烟般的白色雾气，而传说中的那位佳人却难以看见她的身影，听说她是在河水的另一边。这是一幅远景图，即芦苇和白雾都在主人公的前方。

这种场景的预想既不违背歌词原来的意思，同时又包含有歌者自己的个人创造，所以这种场景的预设不仅为歌者演唱时动作设计提供心理上的依据，也有利于歌者个人演唱风格的形成。

（三）歌曲演唱动作的示意性

戏剧演员需要做“规定情境”下的动作，他们必须进入情境，必须成为角色；而说书人则不然，说书人既可以进入故事情境，模仿故事人物的动作，又可以跳出故事情境用口头语言来讲述故事的内容。笔者认为，歌曲演员更加类似于说书人，歌曲演员不必把自己变成某种角色，不必亦步亦趋地模仿各种动作，相反，他的动作应当具有强烈的象征性、示意性，有着相当程度的自由度。

例如，《在水一方》高潮部分的间奏，动作就可以相当的自由，演唱者可以不做动作，或者仅仅抽取一些前面相关的动作片段。

又如，对于上述“靠水而居”和“她在水中伫立”的动作设计，有人可能认为这样的动作设计潜在地把佳人的位置拉近了，仿佛佳人就在观者的眼前。本文觉得，即便是演唱者模仿或者示意佳人的生活、动作状态，那也不见得就意味着佳人就在眼前，佳人依然是可望而不可即的远方人，而歌者的动作则可以理解为是歌者对远方佳人的某种状态的想象，即向观者示意佳人的某种情状。

总之，歌曲演唱中的动作主要是阐释歌词意境，演唱者不必像斯坦尼斯拉夫斯基学派的戏剧演员那样进入情境，即便有些时候进入了情境成为了角色，也不见得整首歌曲从首至尾都这样做，演唱者更应该像是一位说书人、是一位解说者，他可以站在歌词意境与现实时空的交界处。

有些人可能会说，把戏剧类作品中的声乐部分提取出来独立演唱，这种情况下要不要做动作？动作应该怎么做？笔者认为，戏剧类作品中的声乐部分独立地拿出来演唱，这需要具体问题具体分析。举例而言，《今夜无人入睡》这首歌实际上是对歌剧《图兰朵》的摘取，这首歌曲单独演唱的时候如果依然做和在歌剧中一样的动作，那么这样的所谓“单独演唱”依然应该被视为是戏剧，因为其动作是叙事性的，是为了讲述一个完整的戏剧故事而设计的。不过，单独抽取出来的歌曲《今夜无人入睡》与歌剧中的同样的部分又是不可以完全等同视之的。前者是已然独立化了的东西，而后者则是附着在一个完整的故事情节之中的。单独抽取出来的歌曲《今夜无人入睡》可以做动作也可以不做动作，而完整的歌剧中的每一个唱段都理应配合以故事性的动作，这就是两者之间的一个本质差别。即便是做动作，单独抽取出来的歌曲《今夜无人入睡》和歌剧中同样的唱段也不一样，前者的动作设计可以趋向于抒情化，因为它已经独立了出来，就可以视为单独的曲目，具有了独立性，其动作设计可以进行去戏剧化的处理而呈现出示意性的特征。而歌剧中的同样的唱段的动作设计就不可以脱离剧情，其演唱时候的动作设计就不应只是示意性的，而应该是故事性的、戏剧性的，具有情节性的意义。

这里需要说明一下，上文所言歌者歌唱时“可以不做动作”，这只是就其性质而言的，这与本文对于歌唱动作的重要性的强调并不矛盾。

只动嘴巴唱歌词不做任何肢体动作，这当然也是在唱歌，但笔者不赞赏这样的唱歌。这也就像说书一样，只动口不动手的说书人当然依然是说书人，但他很难成为一个受欢迎的说书人。如果他是刻意像庙里的泥菩萨那样一动不动地说故事，那么这样的说书显然是一种在错误观念指导下的说书活动了。

（四）歌曲演唱动作应该尽量避免重复

避免重复性的动作也许对戏剧演员不必强调，因为那里的动作处于一种完整的动作进程之中。但在歌曲中就不一样了，许多歌曲是由多段相似甚至于完全相同的歌词组成，这些短小的歌词段落在旋律上又很相近或者完全一样，因此，歌曲演唱容易产生表演动作的机械性重复。

演唱时重复先前的动作，这是应当尽量避免的，因为这会引起艺术接受者的审美疲劳。就拿《在水一方》为例，其启动部分的两段歌词就很相近，歌唱旋律更是完全一样的。那么，本人是怎样做出区别避免重复的呢？本人是这样设想的，前一段歌词是远望的视角，后一段歌词则是近观的视角。

“绿草苍苍，白雾茫茫，有位佳人，在水一方”，演唱者演唱这段歌词的时候，就像前面已经提到的那样，本人设想的是主人公刚刚来到河边，从一个较远的地方看河边的绿草和白雾，他眼前的应该是一幅全景画面。“绿草萋萋，白雾迷离，有位佳人，靠水而居”，本人对这段歌词情境的理解或者说是设想是，主人公已经走近了绿草，甚至走进了绿草丛中，绿草如同红颜女子般地随风摇曳，白雾似乎已经笼罩了他，他的眼前模糊不清。

本人的这种设想不是凭空而来的，就词义本身而言，“苍苍”应该是侧重于描绘植物的颜色的。有词典在解释这个词的时候给这个词列了三条义项：

苍苍：①形容颜色深绿，如“松柏苍苍”。②形容颜色灰白，如“两鬓苍苍”。③苍茫，如“天苍苍，野茫茫”。①

可见，“苍苍”一词的词义与颜色有着密切的关系，应该是从植物颜色而看出植物生长茂盛的。“萋萋”一词也是形容草的“茂盛②”。不过，“萋萋”没有强调颜色，似乎侧重的是草的长势情状，那么我们就可以更多地从形状、形态方面来理解这样一种“茂盛”。“茫茫”意为“广阔无边；模糊不清”③，“迷离”的意思则是“景象模糊难辨④”，既然两者的意思在“模糊”方面有共同点，那么我们就应该侧重于把“茫茫”理解为“广阔无边”，而把“模糊”留给“迷离”，这样就可以见出两者的区别了。所以，本人力图在唱“绿草苍苍”的时候仿佛看见植物的颜色，唱“绿草萋萋”的时候仿佛看见植物的长势形状；唱“白雾茫茫”的时候仿佛远方有一团望不见边际的白色雾气，而唱“白雾迷离”的时候仿佛雾气就在身边离散分合弄得人视线模糊。

我相信，古人的演唱也应该是遵守这条原则的。我们知道，《在水一方》这首歌的歌词是本源于《诗经》中收录的先秦诗歌《蒹葭》。“蒹”指的是“未长穗的芦苇”⑤；“葭”指的是“刚刚生长的芦苇”⑥。芦苇是一种多年生的草本植物，“未长穗”、“刚刚生长”的芦苇更像是一种蒿草，所以琼瑶的《在水一方》歌词把“蒹葭”改作“绿草”，我们理解起来并不困难。尽管“绿草”的含义更广一些，但至少在本文这里，我们可以就把“绿草”当作“蒹葭”或者说是芦苇的一种代称。《蒹葭》中对于芦苇的描述比《在水一方》对于“绿草”的描绘还要多出一段，即所谓“蒹葭苍苍”、“蒹葭萋萋（有的书写作‘凄凄’、‘凄凄’）”、“蒹葭采采”。按照一般

① 李行健《现代汉语规范词典》，外语教学与研究出版社/语文出版社 2004 年 1 月第 1 版，第 125 页。

② 同上书，第 1016 页。

③ 同上书，第 882 页。

④ 同上书，第 900 页。

⑤ 《古代汉语字典》，商务印书馆国际有限公司 2005 年 1 月北京第 1 版，第 357 页。

⑥ 同上书，第 350 页。

的解释，三者同义，都是表示繁盛、茂盛的意思。一些版本的《大学语文》就是这样解释“苍苍”一词的。例如：

苍苍：茂盛的样子。“萋萋”、“采采”亦同其义。①

“亦同其义”这种解释也许在文学上问题不大，然而如果在具体的演唱中依据这种解释而设计出完全一样的动作，那就显得有些机械了。实际上，这几个描绘芦苇的词语还是有不同的，否则《蒹葭》中的三段歌词就不如都用“蒹葭苍苍”算了。

朱熹对《蒹葭》的解释就值得我们重视。朱熹给《蒹葭》作注释的时候是这样解释“采采”的：“采采，言其盛而可采也。”②可见，在古人眼中，虽然“苍苍”、“萋萋”与“采采”都可以理解为繁盛，但三者之间还是有着一些细微的差别的。在书面阅读中，这种细微的差别似乎可以忽略，但在舞台演唱中如果忽略这种差别则会对演唱效果造成明显的影响。

所以，唱“蒹葭萋萋”时，本人设计了与“蒹葭苍苍”略微不同的动作，这就要向接受者示意，前者是远景，后者是近景，歌唱后者时，随风摇曳的芦苇似乎已经伸手可触。实际上，本人甚至愿意采用对于“萋萋”的更为不同的解释。杨任之《诗经今译今注》注释《蒹葭》之“凄凄”(即萋萋)为：“凄凄，犹苍苍，盛貌。一说，凄凉之貌。”③演唱的时候，我们宁可理解“萋萋”为“凄凉之貌”，因为这样做便于寻找到它与“苍苍”的不同，此所谓“求异存同”也。

（五）歌曲演唱动作所使用的工具

笔者认为，歌曲演唱时做动作所使用的工具与戏剧演员一样，都是演员的肢体，即两者都是使用肢体语言来表达。不过，两者又有着显著的不同的。

---

① 周萍《大学语文》，武汉理工大学出版社 2002 年 8 月版，第 1 页。

② 朱熹集注《诗经集注》，世界书局 1943 年 10 月第 1 版，第 60 页。

③ 杨任之《诗经今译今注》，天津古籍出版社 1986 年 10 月第 1 版，第 176 页。

歌曲演员的动作不可以像戏剧演员那样复杂。一般情况下，歌曲演员不必像戏剧演员那样频繁地在舞台上走动，所以歌曲演员在舞台上对于脚的使用应该控制，即演员在舞台上位置的舞台调度不要太大。其实这一点很容易理解，戏剧演员要表达的是一个剧本、一个故事，是叙事性的，演员要用自己的躯体去讲述一个完整的故事，而歌曲演唱要表达的是一首诗词，是一段不长的情感过程，更多地倾向于抒情，所以其动作应该有所控制，一般情况下不应当在舞台上满台走动。

歌曲演员的面部表情很重要，不过这一点不难做到，关键在于理解歌词的意思、意境，理解了自然而然地就会有一定的面部表情。如果说，人的动作具有一定的本能性，那么人的面部表情本能性应该更强烈一些，所以一般而言歌曲演员面部表情会随着歌词内容而有所变化，无需过多进行预先设计，需要进行预先设计的主要是肢体的动作。

歌曲演员最重要的动作工具应该是自己的两只手了。尽管在理解歌词之后，演唱者自然而然地会有一些本能的手势动作配合歌唱，但是高水平的完整动作过程不可以全凭一个人的本能，需要理性地进行一番苦心设计。

需要指出的是，本人上述对于《在水一方》的设计是以现场钢琴伴奏为标准的，而现在的许多情况下演唱者使用话筒，于是这就出现了一个问题，即演唱者的双手变成了单手（尽管拿话筒的那只手臂也可以有一定的动作倾向性）。不过，本人相信，一旦演唱者明白了双手运作的原理，把双手改为单手，其难度应当是不大的。

还需要一提的是，有些人习惯于以左手为主，即所谓的左撇子，他们在演唱时当然应该是以左手为主的。而大多数的人还是习惯于以右手为主的，这里或许可以称之为“右撇子”吧。那么，如果是左撇子演唱，上述《在水一方》演唱动作设计中所有以右手为主的动作就应该相应地改为以左手为主了。

总而言之，在现场钢琴伴奏下，右手为主是本文演唱动作设计的标准配置，其他情况可以参照这种“标配”来进行。

我们早就知道，人的本性之中就存在着一种对于口头叙说或者书面语言的相当强烈的不满倾向，人类有一种用动作演示来补充、强化或者取代口头讲说的本能性冲动。这也就是说，人类并不满足于仅仅用嘴巴说，在口说的同时往往倾向于手舞足蹈地进行形象性的“肢体图解”。中国古人很早就认识到了这一点，《毛诗序》云：

> 诗者，志之所之也。在心为志，发言为诗。情动于中而形于言，言之不足故嗟叹之，嗟叹之不足故永歌之，永歌之不足，不知手之舞之、足之蹈之也。

“情动于中而形于言”意思就是感情在心中发动起来而诉诸于言语来表达之。实际上，在心中激荡起来的感情何止是“形于言”。既然我们已经知道，心中的情感发动起来了之后，仅仅依靠人的言语咏叹来表达是不够的，言语咏叹所不足以表达的强烈感情，还需要肢体手足以及面部表情等外在的动作来表达，所以用“情动于中而形于外”来表述这种意思应该来得更为确切、全面。

动作是情感的自然体现，是心理状态的物理性延伸，绝不是可有可无的东西。既然人的动作是人的心理情感状态的外化，是情感作用下的本能表现，那么强逼自己不做动作，这就是在做违背人性的事情了。所以，我们应该把演唱动作设计视为歌唱艺术的一个重要方面，我们应当把表演动作视为完整的声乐艺术的一个重要的有机构成部分。然而，目前大学声乐系的教学对这一问题重视得还是很不够的。目前的声乐教学，主要还是训练学生的声音，训练学生嗓音的物理传达能力以及声音本身的表情，歌曲的动作设计往往被忽视了。在演唱的时候，学生们在绝大多数的情况下还是在靠本能吃饭。一些有经验的歌唱演员虽然自己在舞台上可以做一些与歌词相配合的动作，但缺乏理性的归纳，基本上处于经验主义状态。这种现状应该改变，声音训练只是声乐教学的一个方面，歌曲的最终目的是要感动人，歌唱的最终归宿在于向受众传达美，而这不能仅仅依靠歌者的嗓音。

所以，不论在声乐教学还是在声乐舞台实践中，动作设计都是必不可少的，都是需要我们更加重视的一个问题。歌曲演唱的动作设计应该成为一门专门性的学问，应该成为一门独立的艺术学科。

附录：《在水一方》歌谱①

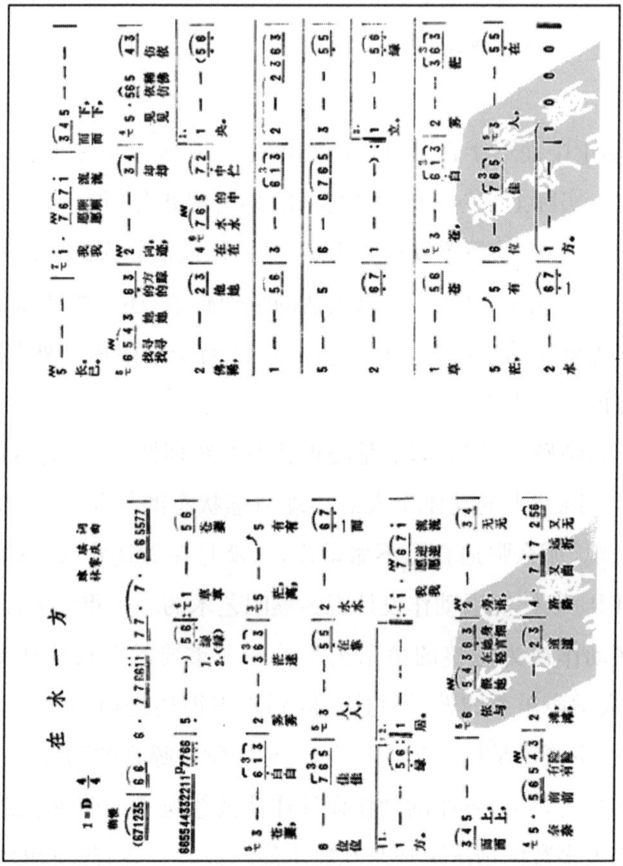

① 歌谱来源于云君编《最新流行歌曲100首》，辽宁大学出版社1988年6月第1版。

20 世纪 50 到 70 年代戏剧改革与京剧现代化之路

——以北京、上海为中心

田根胜

与其说样板戏的京剧革命只是偶尔需要从“传统”戏中汲取营养，不如说现代戏剧本身是从传统剧目的夹缝中开出来的花，现代戏剧所彻底改变的，并不是传统戏剧这一“母体”，而是它的“情感结构”与在人们心中作用的方式。就此而言，近代戏剧的变迁与现代化以及“文革”的样板戏运动，应可看成一脉相承的文艺大众化运动。对传统戏剧在现代城市中的生存方式的考察，有助于我们打通京剧的近代化、革命化、现代化的历史进程，有助于我们讨论近代以来戏剧文化的平民化、社会化以及戏剧本体论位置的形成与发展。

一 传统与现代：20 世纪 50 到 70 年代戏剧改革

从延安文艺大众化运动到建国后 50 到 70 年代的戏剧改革，可以看成是京剧自身近代化——现代化逻辑的展开。从历史的发展逻辑看，近代以来的戏剧史，全面的变革、创新从未间断过，从清中期京剧的国剧化到汪笑侬等人开创的以标新立异为荣的“海派京剧”的诞生，无不是对此前“传统”的一种“颠覆”，而这种变革创新的一个重要背景是都市化市民社会。不论是由雅向俗还是由俗向雅，戏剧的近代化特征在于它逐渐被整合进一个等值化的现代市民社会与范围更广的公众领域。从明末苏州士大夫的畜养私班到清代京剧艺人们半自由的“内廷供奉”，再到五四和延安文艺大众化运动中市井街头的演出，无不体现了近现代城市公共空间的大规模扩展和欣赏主体在社会结构中的变迁。一方面，城市人口的流动性，造成了地域文化之间越来越频繁的交流、碰撞与融合；另一方面，持续的国族危机，则使这种融合中越来越多地携带了“启蒙”与“救亡”的因子。不论是京派还是海派，随着“政治”逐渐成为人们社会生活的主题，甚至就功利目的而言，要在商业竞争中获胜，戏剧也不能不改变传统的题材内容和形式风格，以顺应新的时代潮流。在商业与政治的博弈中，传统戏剧的新变背后正是“现代性”的价值平台。事实上，二十世纪的中国社会运动史表明，戏剧运动本身即是国族解放运动不可或缺的部分，甚至是关键的部分。因此，将 20 世纪 50 到 70 年代的戏剧改革割裂于中国戏剧文化发展的整体性脉络，从根本上讲忽视了近代以来戏剧文化逐渐加强的“城市大众化”品质，更忽视了这种品质背后的“现代性”动力。

就戏剧本体而言，近代以来戏剧一直走着一条在“大众化”与“社会性”的趋向中确立自身的“革命之路”。20 世纪 50 到 70 年代戏剧主题的显性因素在越来越偏重于国族政治的同时，驱使娱乐性、商业性与艺术性转入“地下”，但传统戏剧——共同体想象的媒介却能够成为深入人心的隐性因素，从而间接转化为被“国家”在表层予以贬斥，却又内在地不断借重的力量。从这个意义上说，新的民族国家的价值平台并没有粉碎传统的艺术理念和形式基础。因此，20 世纪 50 到 70 年代的戏剧改造，始终在政治与观赏性、艺术性之间创造着高难度的平衡：一方面，与建国以前相对多元的国族环境不同，共和国的国体已经不是一个可以在舞台上自由想象、探讨和表达的空间；另一方面，这种禁令特征也必须以加倍的艺术性来保证。而所谓“艺术性”，就受众的情况而言，正是建国以前戏剧“商业性”生存的变奏。这两个方面，都不期然地更新了传统戏剧的血液。

新中国成立后，出身传统并以表现传统伦理人情为内容的戏剧在新的时代中，一方面面临身份合法性的问题，另一方面其固守旧式题材与程式，很难做出趋时求新的显著举动。于是新政府迅速采取措施使其尽早纳入“国家”文化共同体。尽管政治在相当程度上打压了自由创作的空间，但由于戏剧的“商业压力”基本不存在，对戏剧的“政治需要”也时而产生了“精雕细刻出大戏”的现象。如《红灯记》就在一些领导人的督促下前后修改了二百余次，这是在自由竞争的商业气氛下，仅仅依托行会、戏班以及艺术家个人的风格化的自我革新所不可能做到的。事实上，从审美的角度讲，政治对戏剧的要求在某种程度上往往可以提高艺术的水准。类似的情形也发生在晚清，对戏剧有着浓厚兴趣的帝后们甚至把演剧活动作为朝典的一个重要组成部分，从光绪、慈禧到清大臣，不但酷爱京剧，且多数还是京剧的“里手”，他们对表演种种严苛的要求，使京剧从剧目内容到表演更为严谨和规范。如按宫廷要求，演出须进呈“总本”、“串头本”、“排场本”，有了严格意义的剧本，不仅打破艺人无剧本的历史，且使剧情安排、场次调配更趋合理与科学。

就艺术性而言，尽管“娱乐性”在当时的时代语境中几乎是禁语，但戏剧的娱乐功能、民众的娱乐需求，仍然是戏剧在跌宕起伏的政治风浪中几次浴火重生的内在动力。“文革”初期戏剧艺术遭到破坏，而 1970 年普及样板戏的号召，加之提倡把“京剧革命”的经验推广到各地方剧种，使戏剧又获得了一定的生存空间①。观赏和娱乐的快感，在很大程度上正来自于传统的、带有惰性的范式与新元素的碰撞之中，融合得好就可能带来新鲜的视听冲击力，从而获得“政治”与“艺术”双赢的效果。也正是在革命理念与传统戏剧表现形式的悖谬之处，“戴着镣铐舞蹈”的戏剧艺术家们，不断平衡和调整着声与情、流派与人物、韵味与形象的关系。无论从后设的观点还是从当时各界的反应出发，京剧改革的亮点与贡献也尽在于此——如许多戏剧史家都曾谈到的《沙家浜》改编中最辉煌的一段：阿庆嫂、刁德一、胡传魁的旦、生、净带有重唱意味的

---

① 傅谨《新中国戏剧史：1949—2000》，湖南美术出版社 2002 年版，第 135 页。

“背供唱”这一华彩段落，其重唱的来源正是传统唱腔，如《二进宫》里的李彦妃、杨波、徐延昭三人的旦、生、净对唱；《杜鹃山》原作是话剧，在于会泳等人的要求下，对白全部改为诗词化的韵文，使之成为第一部唱念全用韵文的京剧本；《奇袭白虎团》的强烈的视觉效果，来自于对京剧传统程式和技法的运用；京剧《红灯记》中李奶奶忆革命家史，最终采用的是传统念白，而没有采用沪剧让中年的李奶奶在舞台上亮相这种过于电影化的手法，其实它源于传统戏《断臂说书》里王佐为陆文龙讲家仇国恨，以及《举鼎观画》、《赵氏孤儿》当中的处理技巧[①]。

尽管《红灯记》里的环境情境比上述传统戏剧“更加急迫”[②]，但实质上意味着20世纪50到70年代现代戏剧的政治语境与其本体论动力之间持续紧张、复杂的关系。如上文所说，此时的京剧已经不是可以在茶馆酒肆中慢慢品读的京剧，即使是传统的唱腔，由于外在的环境的变化，也在情感基质上有了微妙的差异。一方面，传统戏剧仍然大量保持其形式特点与艺术风格，显示了它在共同体想象中一以贯之的巨大凝聚力；另一方面，某种现代性不断通过对传统范式的更动和在节奏与基调上的“变奏”方式流露出来。

有人把20世纪50到70年代戏剧改革认为是中国当代戏剧与传统戏剧的“断裂期”。这种观点表面上看是合乎逻辑的：以京剧为例，传统剧目自50年代开始受到打压，加之梅兰芳等老一辈艺术家纷纷谢世，绝大部分“帝王将相，才子佳人，谈妖说鬼”的剧目遭禁演，特别是文革期间，传统戏剧几乎一蹶不振。而现代京剧样板戏，则被认为是一个戏剧“怪胎”。直到80年代，传统京剧才渐渐在艺术世家的感召力下恢复元气。然而，此时的京剧已是一种地道的“小众艺术”，这中间似乎正是“现代国家”的楔入，造成了传统戏剧不可弥补的裂痕。其实，这种“断裂论”

---

① 傅谨《新中国戏剧史：1949—2000》，湖南美术出版社2002年版，第131—133页。

② 同上书，第133页。

显然内含着一个先入为主的在现代视阈下反释传统的颠倒逻辑。

二 政治与商业:近代以来的戏剧运动

对观赏性、娱乐性的隐在需要,以及对京派和海派传统风格的借重,仍然支撑着 20 世纪 50 到 70 年代对戏剧的政治化改造,其着力点是喜剧变革与戏剧的大众化运动。有清以来,两次戏剧文化大循环中京派与海派的生成,无不体现了联络五方之音、博采众家之长的新变风范。如京戏,既不走昆曲的雅化道路,又割舍不掉同昆曲的关系,取其静穆,弃其晦涩,取消了乱弹的粗俗,保留徽汉的激昂繁茂,从而能以俗为本、化雅入俗、雅俗共赏。舞台演出更是如此,京派把各地方戏精彩的唱、做等表演方法兼收并蓄,有所谓"文武昆乱不挡"、"风搅雪"、"五七音联弹"等等,都堪称近代戏剧追求新变代雄的规则与法式。京戏传到上海,又有了新的发展,形成与"北派"风格迥异的"海派"。这种新风格的生成是在一个古今中西的交汇之地:早期的马戏、魔术、影戏曾以惊心动魄的技艺、瞬息万变的奇幻景观、强烈的感官刺激向上海居民展示娱乐业特有的诱惑;再者,五方杂处的移民社会造成平等的竞争态势,任何剧种无权排他,也不可能一成不变,优胜劣汰,适者生存成为戏剧活动的生态规则。新的视野、新的比较使人们产生新的娱乐需求,于是戏剧演出作为近代上海都市最大众化的娱乐消费方式,它的趋变无疑与原有文化传统有关,但更多地反映了近代都市居民娱乐消费能力和审美情趣的变化。为适应这种变化,各戏园一以贯之的发展方向是争趋时尚、打破成规,创造出有鲜明都市特点的戏剧艺术①。而 50 到 70 年代的戏剧改革,正是把上述经过士人文化涵润的通俗文化的内容尽可能地组织到剧作中,持续进行着京剧内部的自我革命。

---

① 田根胜《多元文化背景下的近代戏剧个性》,《江西社会科学》2006 年第 6 期。

就欣赏主体而言，前文提到，由士大夫到富商大贾，由贵族子弟到平民百姓，再由市民阶层到革命大众，欣赏主体身份的变迁和在社会中结构性位置的更动，意味着戏剧的近代化趋向本身，亦是由以“国族”为背景的大众化来标志的。近代戏剧的转折得助于戏剧平民化所构成的文化环境，而这种文化环境主要是以北京、上海等中心城市为背景展开的。董每戡将自万历至道光三百余年间的戏剧归为“衰落期”，理由是“作曲者已走上错误的路线”，而对诸多文人视之为“雅声衰，俗乐兴”的道咸以降，称为“真正的戏剧艺术幸脱厄运”，“回复到戏剧之为戏剧的立场上来”的时代①。也就是说，戏剧回归到舞台，回归到民众当中。当时的北京、上海，“梨园之盛，甲于天下”②，人们赴戏园观剧，不仅仅是一种艺术娱乐，还是一种社会交往手段，它实际上同整个城市的社会生活联系在一起，成为市民生活方式的重要组成部分。进戏园的有达官贵人，也有贩夫走卒，成分复杂的观众的多样嗜好左右着舞台的动向，影响着演出技艺和风格的形成与发展，所谓“变风”、“变雅”都是以观众市场的欣赏接受为转移。

这种从受众身份的角度来描画戏剧的近代化地图，可以看到士大夫是最先享有欣赏戏剧特权的阶层。明清时期，江南乃至全国最重要的剧种是昆剧，它那舒徐婉折、曼妙柔美、流丽悠远的情调，正与江南特有的山温水软、清丽儒雅的人情文风相协调。其活动中心是苏州，其欣赏主体和鼓荡者是王公贵族和仕宦文士，更少不了附庸风雅的富商大贾，演出主要以家乐私班为主。但明清鼎革之际，扬州十日，嘉定三屠，江南的迷梦被易代的铁蹄蹂碎，江南官绅富室已无力蓄养家伶。加上雍正乾隆年间，清廷反复禁令官僚置备家乐，以至雍、乾间“士夫相戒演剧，且禁蓄声伎”③。与此相对应，清廷对民间演剧或士夫、官府雇觅外

① 董每戡《中国戏剧简史》，商务印书馆 1949 年版，第 186 页。
② 黄式权《淞南梦影录》卷一，上海古籍出版社 1989 年版，第 101 页。
③ 徐珂《清稗类钞》第十一册《戏剧类》，中华书局 1984 年版，第 5012 页。

间戏班则无所禁忌。因此官府豪绅每遇典礼、赛会、庆辰、宴会，往往招民间戏班演出。由是戏班的组织与明盛行的贵族家班的风气逐渐转变，官署以及与官署有联系的富商畜养戏班，以供迎驾供奉之用的风气大行其道。民间职业性流动戏班较前得到迅猛发展，民间风格与世俗情调有机会渗透到戏剧创作与表演之中。

到了乾隆年间，扬州戏剧活动大有胜出苏州之势，扬州商人起到了重要作用。扬州自唐即以盐业著称，经济发达，人文荟萃。入清以后，盐业收入是清廷的重要财源，扬州盐商相应也拥有更多的特权，加之扬州又是钱粮的南北转运站，四方商贾麇至。乾隆六下江南，扬州均为驻跸之地。两淮盐务为迎圣驾，“例蓄花雅两部，以备大戏。雅部即昆腔；花部为京腔、秦腔、弋阳腔、梆子腔、罗罗腔、二黄调，统谓之乱弹”①。乾隆年间的扬州：“伶优杂剧，歌舞吹弹，各献伎于堂庑之下。……若士庶寻常聚会，亦必征歌演剧，卜夜烧灯。”（嘉庆《重修扬州府志》卷六十）盐商畜养戏班，邀宠希功，加上财力雄厚、角色齐备、行头砌末，富丽堂皇之极，有所谓“红全堂”、“白全堂”、“黄全堂”等。

戏剧史发展到这个时候，文人贵族化的昆曲旁落到富商大贾手中，而富商大贾主宰下曲坛的风神面貌，自然随其自身的习尚爱好而转移。在扬州花部中，代表当时戏剧表演风格，既重“色艺”，又追求华丽的排场和炫目的表演。徽班演出，行头富丽堂皇，行当齐全，阵容强大，擅演连台大戏，如扬州徽班独有的十本大戏：《庆阳图》、《龙凤阁》等。“这类戏上场角色多，有利于表现徽班的阵容和行头的华丽。演出时，讲究三十六网巾会面、十蟒十靠、八大红袍等。再配合载歌载舞的场面，气势恢弘，令人眼花缭乱、目不暇接。”②徽班进京更是极尽铺张之能事，包世臣在《都剧赋》即予以揭示。而且诸腔杂陈，同台竞技，交汇融合。如春台班的杨八官、郝天秀“复采（魏）长生之秦腔并京腔中之尤者，……

① 李斗《扬州画舫录》卷五，中华书局 1960 年版，第 107 页。

② 姚邦藻主编《徽州学概论》，中国社会科学出版社 2000 年版，第 277 页。

于是春台班合京、秦二腔矣”。有些演员如“樊大旱，其目而善飞眼，演《思凡》一出，始则昆腔，继则梆子、罗罗、弋阳、二黄，无腔不备，议者谓之戏妖”①。春台班的多种声腔杂糅，典型反映了徽商兼容并包的文化追求。这种种艺术倾向，前者虽为“征歌”，实为“选色”，在盐商及“豪客”的鼓噪追捧及奢靡之风的浸淫之下，风靡京都达半个多世纪之久；后者在京师舞台上进一步融合，最终导致京剧的形成。

作为京师，北京汇集着大量的官僚、贵族、军队，还有为这些群体服务的众多商人、市民，这些历来都是消费性的人群。作为王朝政治、文化中心的北京，豪商云集，富甲天下。随着全国经济的恢复、财富的增多、商品的活跃，将推动这个全国政治中心的生活倾向于豪华奢靡。更为重要的是，自满清入主北京，为维护满洲贵族的利益和特权，以皇城为中心形成“八旗分列，拱卫皇居”的内城体制。其中八旗居民自成一体，独立于州县赋役户口之外，其子弟不农、不工、不商，只能从政、当差或当兵，生计“惟赖奉饷养赡”。这种制度的长期施行，在统治机体内部无疑会滋长出无所事事、饱暖淫欲的寄生族，而这种寄生族的繁衍盛行，对戏剧等娱乐业的兴盛提供丰厚肥沃的土壤。艺兰生《侧帽余谭》说京都“戏园盛于大栅栏，栉比鳞次，博有十数”。易顺鼎《哭庵赏菊诗》更不无夸张地说：“京师之盛衰关系国家之盛衰，大栅栏之盛衰关系京师之盛衰。”

戏剧中心南移上海，标志着戏剧主要生存空间由宫廷贵族的宅院向市民社会更全面的迁移。与文化古都不同，上海的租界、商业运作机制以及开放的文化环境等为剧坛带入了许多的变数，使戏剧与政治和商业形成更为复杂的纠葛。首先，上海商业化的文化机制既使得戏剧活动被纳入市场化运作，又在戏剧的政治化过程中扮演了特殊的角色。上海拥有近代中国最发达的出版机构和传播媒介，辛亥革命前后的十余年时间里，已经案头化了的传奇杂剧创作的繁盛，是社会运动与传播

① 李斗《扬州画舫录》卷五，中华书局1960年版，第131页。

媒介结合的产物。近代上海剧场的竞争机制、管理规则、舞台设备都走在京都之前,名角争胜,剧目创新,在上海舞台上开展得有声有色。盖言之,上海市民社会的趣味与娱乐精神,较北京更为活泛。与此同时,商业和政治因素的介入,也使得这一时期的戏剧更加关注观众的审美趣味和需求,促使戏剧进一步去接近社会现实、接近大众口味。包括京剧改良在内的戏剧改良运动的开展,既同社会运动的需要有关,也同市场化的文化背景密不可分。其次,上海作为开放口岸所拥有的国际化的文化环境,为世界戏剧新潮提供了一个窗口。从新舞台的仿造、机关布景的使用,到对写实话剧的仿效的"新剧"的产生,都是特定文化空间下中西文化碰撞的结果。正是在这样一个政治、商业与对"近代化"的追求纠结交织的新的文化空间中,以上海为中心的戏剧,形成与京朝迥异的戏剧品格。

前文提到,戏剧的近代化是在商业与政治两大推力的博弈下发生的。如在第一次戏剧循环中,使戏剧中心进一步由扬州向京都转移的推动因素,正是上文提到的以盐商为代表的商业资本与政治的密切联系。清中前期,扬州盐商雄厚的经济实力及在国家经济权重的增大,使清廷不得不另眼相看,而商人更是乐意趋奉,于是商业资本与当朝政治之间互为利用,其中一个重要现象即选拔优秀艺人向宫廷输送及备班承应和官场应酬。随着商人地位持续上升,一些为行商服务的文化设施也相应出现,设于京都各类商业会馆内的戏台,加之私宅戏台、戏馆的广泛出现,表明一个都市娱乐市场已经生成。徽班进京后,凭借富商大贾的经济支持和导引,先前在扬州舞台上诸腔杂奏的局面,又在京都舞台上有声有色地上演开来。

就商业因素而言,导致两次文化大循环的原因,一是由于乾嘉以来以名商大贾为主导的城市经济的发展,冲破长期停滞不前的小农经济,激活了内陆各文化要素,包括各地戏剧文化的交融;一是西方文明及近代商品经济对沿海文化冲击所诱发的趋利趋俗意识,使戏剧思维中容纳了更多的商品文化精神。戏剧被全面推向市场,市场的优胜劣汰的竞争原则，严格地发挥着他们的作用。《梨园旧话》说，京城“观剧者如入五都之市，有一物之不备，即不足餍往观者之心。从前各园演剧，生旦净末丑以次献技，各有其正者，亦各有其副者，否则不得名为班也。至余所述程长庚、余三胜、张二奎、徐小香各名伶，当时亦不多见，而稍次之人才接踵继起，故戏剧一道知名者不绝，历久常新”①。正是市场与演出之间的良性循环，推动着近代戏剧的健康发展，使兼容并包的京剧优势在众剧种中凸显出来，人才辈出、剧目翻新、流派纷呈，显示出勃郁的生命力。

就政治因素而言，关注国运苍生的功利性取向始终深潜于近代戏剧的血脉之中。如北京自明清以来一直处在中国政治斗争漩涡的中心，王朝的兴衰几乎同个人命运攸关，在宗法制度中培养出来的群体意识也很鲜明。因此，北方戏剧的兴起，使传统戏剧那种典正和平的风格逐渐消退，在情感基调上，代之而起的是铿锵镗鞳、慷慨悲歌的壮伟狠戾之音。在内容与形式上，更加关注政治、注重现实、标举礼仪、讲究法度，“日周旋于君臣父子夫妇之间”，“以坚忍之志，强毅之气，恃其改作之理想，以与当时之社会争”（王国维《屈子文学之精神》）。强毅个性与伟大人格追求相结合，对引以为自豪的历史英雄和志士仁人的追随和步武，体现在近代艺人历史剧的创作表演中，无不呈现出强烈的外在逼向性和雄放劲悍的作风。然而，近代戏剧与政治和商业关系的培植和强化则是在戏剧中心向上海迁移之后的事。换言之，戏剧中心的南下，为近代戏剧提供了一个与京都不同的都市生存空间和文化空间，成为强化戏剧与政治和商业关系的重要中介。特别是辛亥前后，作为全国两大政治中心的北京、上海，各种政治势力咸集其中，传统的封建势力活跃于两大政治舞台上，而新的政治势力也不断高涨，汇聚成一股从变革到革命的强大政治浪潮，并引领着全国政治动员的迅速发展与政治

---

① 倦游逸叟《梨园旧话》，见张次溪《清代燕都梨园史料》，中国戏剧出版社1988年版，第834页。

参与的进一步扩大。甲午战败，民族危机严重，社会革新运动蓬勃兴起，一大批思想启蒙者、社会革新家审视现实、怀揣理想，站在历史潮流的浪尖上，以戏剧作武器，一大批鼓民力、开民智、新民德、振刷国民精神、铸造新的国魂的历史剧、时事剧应运而生。它们或“描写征讨之苦，侵凌之暴，与夫家国覆亡之惨，人民流离之悲”①；或谱写“法兰西之革命，美利坚之独立，意大利、希腊恢复之光荣”（柳亚子《〈二十世纪大舞台〉发刊辞》），砥砺兴国斗志，传播民主思想。此期兴起的大多数传奇杂剧作品，“皆慷慨激昂，血泪交流，为民族文学之伟著，亦政治剧曲之丰碑”②。它们和舞台上京剧历史剧一道，汇合成近代戏剧那慷慨激昂的雄浑乐章。

这种越来越突出的慷慨悲歌的情感基质，逐渐使戏剧的商业性让位于政治性，并直接导致了近代以来戏剧审美意趣的转移。“自明季逮国朝嘉道间三百年来，京师吴越皆昆曲流行。”（叶德辉《重刊秦云撷英小谱序》）但乱弹勃兴后，“长安梨园称盛，管弦相应，远近不绝……观者叠股依肩……而所好惟秦声啰弋，厌听吴骚，闻歌昆曲，辄哄然散去”③。在这种“破律坏度”之中，躁动着剧坛的一场革新，反映着艺术审美趣味的变化。焦循对这种审美取向的转移揭示道：“花部者，其曲文俚质，共称为乱弹者也。乃余独好之。盖吴音繁缛，其曲虽极谐于律，而听者使未睹本文，无不知所谓。……花部原本于元剧，其事多忠、孝、节、义，足以动人；其词直质，虽妇孺亦能解，其音慷慨，血气为之动荡。”④焦循认为那种“忠孝志节种种具备”的戏剧是“传奇之式”，尤其是本于“元剧”之精神的花部之戏，弥漫着慷慨任气的精神意蕴，涵蕴着

① 陈去病《论戏剧之有益》，阿英《晚清文学丛钞 · 小说戏曲研究卷》，中华书局 1960 年版，第 63 页。

② 郑振铎《晚清戏曲小说目》卷首《叙记》，古典文学出版社 1957 年版。

③ 徐孝常《梦中缘》序，蔡毅主编《中国古典戏曲序跋汇编》（二），齐鲁书社 1989 年版，第 969 页。

④ 焦循《花部农谭序》，见《中国古典戏曲论著集成》（八），中国戏剧出版社 1958 年版，第 225 页。

荡情娱人的审美力量。

其实，这种审美转移的背后存在着与之一致的社会内力和时代精神。当乾嘉学者把十八世纪学术思想引入晦塞之途时，王引之、汪中、焦循、阮元等人“扫除云雾”（王引之语），构建起崭新的“扬州学风”，使治学精神由拘隘转圆通、起僵死为活泼。如阮元治经而外尚且留心金石，刘毓崧校书之余又兼辑歌谣等等，学坛之树似有逢春返绿、生华如盖的气象，作为经学家的焦循喜好花部可以说正是其中伸出的“一根最高的枝条”（丹纳《艺术哲学》）。从时代背景看，嘉道以后风云激荡、危机四伏，正如黄宗羲所说：“厄运危时，天地闭塞，元气鼓荡而出，拥勇郁遏，忿愤激许。”[①]这种“血气”，是天地之气交荡冲撞后而迸发出的一种阳刚之气，是封建社会末期的一种政乖而怨怒的“乱世之音”，浸润着深沉浓郁的哀怨和愤激，具有至大至刚的美。《异伶传》载程长庚演剧，“冠剑雄豪，音乐慷慨，奇侠之气，千载若神”。面对内忧外患，“独喜演古贤豪创国，若诸葛亮、刘基之辈，则沉郁英壮，四座悚然。及至忠义节烈，泣下沾襟，座客无不流涕”[②]。以程长庚为首的前后“三鼎甲”次第崛起，使近代剧坛出现了历史性的巨变。乾嘉以来那种以旦角为主要行当、以家庭小戏为主要剧目的乱弹，和以优雅婉丽之声为主要风格的昆曲折子戏已日益为人们所不满。剧烈动荡的社会现实，人们迫切呼唤天风海涛般的“雄风”之声，以老生为主要行当、以历史大戏为主要剧目、以“喊似雷”之“黄腔”为主要风格的皮黄剧种应运而生并日臻成熟，魏长生时代的那种以“冶艳淫佚”争宠的“男风”现象得到有力的纠正和扬弃。无论是演员还是观众，在艺术观念和审美追求上都发生了转变和分化，讲求气势、展露时代心声的表演风格和欣赏观念迅速成为主流[③]。正是这种

---

① 黄宗羲《谢皋羽年谱游录注序》，见《黄宗羲诗文选译》，华东师范大学出版社 1990 年版，第 291 页。

② 陈澹然《异伶传》，见张次溪编《清代燕都梨园史料》（下），第 726 页。

③ 参见幺书仪《明清剧坛上的男旦》，《文学遗产》1999 年第 2 期。

忧患民生、慷慨任气的戏剧精神，它一方面承袭传统，极力弘扬“忠孝节义”的思想；另一方面，又与广大民众、与社会相联系，发展了以爱国救民为核心的新思想。所有这些，不仅强化了近代戏剧文化的风格特征，重要的是它援引了富有生命力的文化传统，匡正了数百年来日趋阴柔的昆曲艺术，给古典戏曲注入了诸多阳刚之气、增添了活力，同时也展现了中国戏剧发展的多样性和复杂性。

三　城市与戏剧：戏剧的身份转型

无论从舞台实践和戏剧观念等本体论的角度，还是从戏剧革新与近代社会运动的联系来看，使这种积极求新变的现代戏剧意识得以形成的外在环境因素始终是城市。北京是近代中国的政治、文化中心，京剧生成于斯，兴盛于斯。戏剧文化中心由苏州、扬州到北京，从南到北、从民间走向宫廷，各剧种间互相交融并诞生京剧，完成了第一次戏剧文化大循环。十九世纪七八十年代，在京剧发展期，从北京到上海，经过南北文化的再次交流以及中西文化的碰撞，完成了第二次戏剧文化大循环，上海逐渐成为戏剧的又一中心。戏剧文化中心的北移与南下，海派京剧与传奇杂剧的兴盛，促进了近代以都市为中心戏剧消费市场的形成与成熟，更多的戏剧活动家直面市场与社会，戏剧不仅与商业的关系更加紧密，且与时代政治的关系尤为突出，其中租界开放的文化环境对促进这种联系起了重要作用。因此，海派京剧由附庸而蔚为大观，传奇杂剧在沉寂一个多世纪之后，也因社会运动和文化传播事业的发展而勃然中兴。总的来说，这二次戏剧循环完成的正是戏剧的“大众”取向与城市风格的确立。

20世纪50到70年代戏剧改革一个常被人忽视的结果是戏剧的城市化身份转型。剧团改造是一种城市身份的改造，演员改造也相应成为具有城市化意义的收编。虽此时地区文化想象被严重压制，但大跃进“造剧运动”使得戏剧的地方特色与城市化转型获得了进一步强化。在这一点上，对建国前后的戏剧发展持“断裂论”中的一种观念不能不引起人们的注意：延安的文艺大众化运动的戏改，是一种乡土改造，与城市品格的京派与海派有着巨大的差异。这种观念的潜台词是，随着政体的改变，“延安精神”由地域性走向国家化，“城市”在新的国家系统中已经是被压抑的因素，而代表城市精神文化的戏剧自然也无法维持其原有的精神体貌。

诚然，新中国的建立使“城市”的文化品格本身发生了质变。无论是雍容典正的北京还是声光化电的上海，都已经是亟待现代化建设和改造的城市，传统戏剧的“帝王将相，才子佳人”的题材内容和勾栏瓦肆、悠闲自在的观赏方式，显然不具有这种新鲜、紧张和整一的气氛，“京海之争”这类戏剧集群间的门第意识更加不利于新共同体的文化统合。毛泽东在对《柯庆施同志抓曲艺工作》的第一个批示中说：“社会经济基础已经改变了，为这个基础服务的上层建筑之一的艺术部门，至今还是大问题。”[①]国家是“人民”的国家，而舞台上却不能表现“人民”，这的确使以毛泽东为主的国家领导人极为不满，因此戏剧改造之中所饱含着的焦虑正是“现代性”的悖论，内中有着深刻的中国社会革命与其西方话语资源之间的张力冲突。

然而，必须看到，具有不同文化品格的城市，仍然是“国家”整合大众及大众文艺的重要力量，从戏剧本体的角度来看，正是以毛泽东为首的国家领导人对戏剧的重视和改造，才使“五四”以来的戏剧运动中一直孕育着的“大众意识”得到了体制上的保障。这种保障，在延安精神国有化之后，更加需要以城市为依托进行：以北京为中心，各级地方政府以县市公办的形式确立了戏剧的都市身份。北京的戏剧观摩大会演，汇集了全国各地的新编剧目，以强大的行政召集力和大戏院、大舞台的演出形式被整合到国家体系中的戏剧，体现了与“城市行政”空前密切的关系。北京，作为行政中心和各民族文化、南北文化乃至中外文

---

① 戴嘉枋《样板戏的风风雨雨》，知识出版社 1995 年版，第 9 页。

化交流荟萃的中心，其“文艺汇演”的形式早已有之——从清代的徽班进京到 60 年代现代京剧的观摩会演，意味着戏剧始终是为国族所征召的重要的文化表征。

如今，有了新的政治面孔的北京，更将新身份赋予了戏剧机制和演出者。第一次文代会中大批传统戏剧演员与会代表的出现，打破了传统戏剧演员地位人格上备受歧视的旧风俗，赋予传统戏剧新的艺术地位。随之进行的艺人思想改造，则在更大范围内实现了传统戏剧的归正。将艺人和剧团纳入城市机构，强化了戏剧演出的意义，加强了其表演者的共同体想象能力。在这一意义上，对戏剧的改造其本质正是对其城市身份的改造，戏剧在城市生活中的结构性位置发生了微妙的变化，它拍掉了日常性的“卑微”的尘埃，变得高大神圣起来。这种神圣性，与“人民”的神圣性是一致的。

新中国共同体的高度统一性，是一种建立在“多元”想象上的统一。在大跃进时期，各地新创作的剧种虽然大多从原有农村聚居地的民歌腔调创造而来，但是一经各地政府以国营剧团的方式统一整合，反而摇身一变，成为具有城市意义的戏剧品种。以“国家”为主语的戏剧文化力图体现的整体与多元的辩证，正是这次新的文化循环的想象目标。比起近代以来北京、上海之间两次戏剧文化循环，50 年代到 70 年代的第三次循环——大规模的地方戏改编京剧的运动，显然有着更加强烈的“人为因素”，然而历史上的徽班进京、花雅之争带来的戏剧艺术的中兴又何尝不是一种强大的政治动员力的结果？特别是清中期以来民间艺人大规模的进宫演出，使宫廷演剧与民间演剧的界限渐趋模糊，乾隆开其端，道咸继其后，优厚的物质条件、艺术上的精严要求无不为京剧艺术的规范、提高奠定了基础。集中了京城乃至全国的戏剧表演精英，不但使演出的阵容大大增强，而且也为名演员通力合作、艺术上切磋交流提供了条件。临时性的入宫承差并不太影响正常的戏班营业，又因为受帝后们的赏识大大提高了声价，使得京都王公大臣、富商巨贾趋之若鹜，可以说许多名角效应的形成，清廷起了相当大的推动作用。

类比清朝和新中国的大规模演出形式，新中国戏剧的“城市”品格不但没有改变，反而使戏剧的象征意义和演出者的身份规格更加提升。事实上，近代以来的戏剧一直是由城市商业和政治双股力量推动的。大多数戏剧艺术家、理论家都生活或活动在文化中心城市，戏剧舞台演出、戏剧潮流和时尚的发源、艺术流派的承传等都与城市关系密切，而社会政治和文化对戏剧的影响也是以之为中介展开的。北京和上海不仅是上述近代两次戏剧大循环的端点，亦是中国现代性的两级。建国以后，艺术家与它们的血缘关系并没有切断。这两个诞生了现代戏剧史上的两大派系的中心城市，同样成为样板戏和新文艺的缔造中最重要的场域。整个20世纪50到70年代，在“政治”与“艺术”的新的调色板上，京派和海派绘出了以当代戏剧为主体的独特的新中国的文化政治形象。最突出的是，欲在题材上表现“国家”，抵制具有“城市性”的商业元素的样板戏对京剧的现代改造，恰恰必须以戏剧文化本身的“城市”品格展开，从内部将传统戏剧的元素重新排列重组，方能彰显其政治与艺术目标。如最先由沪剧改编为京剧的《红灯记》，正是以上海为基地推向全国的。样板戏的提倡者们力图把“海派”富于创新的灵气，同“京派”扎实的功底糅合、嫁接在一起，为京剧革命先声夺人作准备①。这种结合“京派”和“海派”的方法体现了对戏剧的“城市”生命力的洞察。事实上，样板戏对京剧的贡献很大部分在音乐、在唱腔，这有赖于一批分别来自北京、上海，各自带着“京派”和“海派”风格，精通京剧音乐而富于创造力的艺术家的天才创新，如北京的刘吉典、上海的于会泳、刘如曾、黄钧、沈利群以及京乐师李金泉、李少春，李慕良等人。以刘和典和于会泳为首的京沪艺术家对现代京剧样板戏的创新，正可为融合“京海”的自觉性作一注解。如于会泳的《杜鹃山》的京剧音乐交响化，将中国戏剧音乐创作推向一个新高峰，“体现了一个天才音乐家

---

① 戴嘉枋《样板戏的风风雨雨》，知识出版社1995年版，第13页。

的个人创造"①。与此同时，在各大样板戏创作中，京派与海派各显其能：刘吉典等人的音乐比较注重从京剧本身的传统音乐语汇中寻找表现人物与情境的手段，而于会泳则从参与并主持的《智取威虎山》的唱腔改编时起，就尝试着用中西结合的大乐队来为京剧伴奏，这样的尝试在《杜鹃山》达到了极致。"当然，它也确实解决了像红灯记'刑场斗争'一场使用的'国际歌'能起到应有效果的问题。"②这种形式，正是北京与上海在共同体想象中"国家化"的体现——"相对于曲牌体与板腔体的较为程式化的语汇，它体现出一种要让音乐与人物性格与情境融为一体的全新的音乐思想。……在剧中为英雄人物创作'有层次的成套唱腔'，强调唱腔的旋律、风格与人物情感、性格、时代感的切合。"③

值得注意的是，尽管"京派"的传统音乐手段（三大件）受到了一定程度的压制，但以于会泳为代表的"海派"的创新性，却是在北京这一具有高度统合力的行政中心才形成了它的气象，进而推向全国。不仅各地的京剧团在演样板戏时多采用大乐队的建制，而且一些地方戏剧团也渐渐模仿，建立起了西洋风格的大乐队④。可以说，海派的创新元素与北京的"大一统"的统合力，确实如样板戏运动的发起者们所预期的那样，发挥了重要的作用，在以政治为主体的现代性国家语境下，样板戏的创新在某种程度上延续了近代以来两次戏剧文化大循环中京派和海派的碰撞与交融。

结　语

近代戏剧生于辉煌灿烂成就的明清传奇之后，如何穷变通久，如何

---

① 傅谨《新中国戏剧史：1949—2000》，湖南美术出版社2002年版，第141页。

② 同上书，第142页。

③ 同上书，第142—143页。

④ 同上书，第143页。

突破典范、自成一家，是它面临的首要课题。考察戏剧“现代性”的特征，自然离不开以北京、上海等中心城市对各文化因子融汇的文化背景，以及在此多元文化背景下生成的近代戏剧的个性。可以说，近代以来的戏剧发展和变革取得了辉煌的成果，不仅在近一个多世纪的探索中完成了民族风格的定位，而且通过流派的传承，使之成为一种可持续和再生性的文化资源。传统戏剧的各种体式虽然在表面上独自流行，但实际上有着内在的逻辑关联，从徽班进京到现代京剧样板戏，其“会通化成”的变革精神在京剧的形成和发展中发挥得淋漓尽致。这种一以贯之的现代性的新变意识，它的背景则是不断改换风景的“城市”之精神。

（作者单位：东莞理工学院文学院）

戏曲选本所收《北西厢》考论

朱崇志

戏曲选本是指戏曲选家根据一定的意图、依据一定的编选原则和编选体例在浩如烟海的古代戏曲作品中选择具有代表性的单剧、单出或单曲汇聚而成的作品集，于外在形态和内在功能上都有其自身的独特性[①]。《西厢记》是古代戏曲的压卷之作，又几度改编为南曲，明清两代一直传诵不衰，戏曲选本自然会趋之若鹜。

崔张故事广为流传，以其为主角诞生的戏曲除了著名的元杂剧《西厢记》外，元代尚有同名戏文行世，元末明初也先后出现了崔时佩、李日华、陆采的《西厢记》戏文改编本。明清两代，活跃在戏曲舞台上的主要是元杂剧和戏文《西厢记》，元杂剧版本虽多，其内容大体一致；元戏文剧本已佚，只留下一些残曲保存在各种曲谱和清唱曲选之中；崔时佩编写、李日华改增的《南西厢记》现存有金陵富春堂本、万历梁伯龙题叙本和汲古阁本，孙崇涛认为他们可以分为两类："富春堂本为一类，在未搞清它的底本来源和供演的剧种之前，姑称它为'杂调'本"，"万历梁伯龙题叙本与汲古阁本为一类，可称'昆腔'本。"[②]戏曲选本对于《西厢记》情有独钟，几乎每一种选本都会收入其部分或全部，但是除了《六十种

---

① 详见拙著《中国古代戏曲选本研究》，上海古籍出版社 2004 年 12 月版，第 3 页。

② 孙崇涛《南戏论丛 · 南戏〈西厢记〉考》，中华书局 2001 年 6 月版。

曲》、《群音类选》等部分选本外，很少有编者对自己所录《西厢记》的声腔归属作出说明。因此，辨明南、北《西厢记》在戏曲选本中的存在状况是首要问题。笔者将选本所录《西厢记》折出与汲古阁本《西厢记》、《南西厢记》、富春堂本《南调西厢记》进行详细对勘，通过对曲牌、文辞、角色名称等内容的比较，初步理清了这一线索：

附表一

剧　名	选　　本	数量
元杂剧《西厢记》	《雍熙乐府》、《风月(全家)锦囊》、《词林一枝》、《八能奏锦》、《乐府玉树英》、《乐府菁华》、《乐府红珊》、《玉谷新簧》、《摘锦奇音》、《乐府歌舞台》、《怡春锦·传情》、《万家合锦》、《时调青昆》、《尧天乐》、《歌林拾翠》、《乐府万象新》、《大明春》、《赛征歌集》、《万壑清音》、《群音类选》、《六十种曲》、《六合同春》、《南北词广韵选》、《六幻西厢》	24
昆腔《南西厢记》	《吴歈萃雅》、《审音鉴古录》、《怡春锦·践约·报捷》、《玄雪谱》、《月露音》(大部分)、《词林逸响》(大部分)、《南音三籁》、《六十种曲》、钱编《缀白裘》、《六幻西厢》	10
杂调《南西厢记》	《增订珊珊集》、《醉怡情》、《词林逸响·写怀》、《群音类选》、《徽池雅调》、《月露音·听琴》、《南音三籁》	7
《古西厢记》	《雍熙乐府》、《南音三籁》	2
陆采《南西厢记》	《六幻西厢》	1

此表描绘了不同类型的《西厢记》文本为戏曲选本所收录的大致面貌，由此可见，南、北不同音乐形态的《西厢记》文本在传播、演出方面都有许多相异的特征，据之可以澄清当前《西厢记》研究的某些疑难之处。鉴于戏曲选本之游离于文本与表演间的本体属性①，本文即以《北西厢》为例，从这两个方面略加论述。

① 详见拙著《中国古代戏曲选本研究》，上海古籍出版社 2004 年 12 月版，第 148 页。

一

从编选体例的角度而言，北杂剧《西厢记》在戏曲选本中的存在形态包括全本剧文、全本曲文、单折剧文、单套曲文四种形式，涵盖了戏曲选本收录戏曲的所有形态。

全本曲文选本包括《雍熙乐府》、《群音类选》两种，《南北词广韵选》虽然未选全本，但除了最后《郑恒求配》、《衣锦还乡》二折外，余者曲文亦全部录入，因此，这三种曲文选本实际都可视为《西厢记》原本曲文的完整保存者。在所有元杂剧中，也只有《西厢记》得以被曲文选本收录全本。从具体编排方式来看，《雍熙乐府》以宫调、《群音类选》以剧目、《南北词广韵选》以韵部分别编目，各有特色。《雍》本《西厢》于民国年间黎锦熙辑录成书后，孙楷第曾以此考证《西厢记》源流，他将雍本与王骥德校注的《新校注古本西厢记》前二折对校后发现：在二十九条曲文中，"则《乐府》所录《西厢》之文与王本不同者多(同者只六条)，与校记所称古本无一而同，与所称俗本者却无一不合"[①]，蒋星煜进而认为二者属于不同的版本系统，并将雍本与同样是全本曲文版的《仇文合璧西厢会真记》归入一类[②]，将《群音类选》所收内容与这二十九条曲文对校后可发现，群本《西厢》基本与雍本相同，因此，群本《西厢》同样属于嘉靖年间的雍本系统。

同时，由这三种选本可知，以曲文形态存在的《西厢记》并非孤立现象，而是有着内在的合理性。蒋星煜以雍本和仇文合璧本为根据对此作过两种推论：一，出于不同艺术欣赏的选择："我想《雍熙乐府》重视音乐曲调，重视唱功，所以只选唱词；而仇文合璧本注意绘

① 孙楷第《西厢记曲文序》，转引自蔡毅《中国古典戏曲序跋汇编》，齐鲁书社 1989 年版，第 748 页。原载于 1933 年立达书局辑排印本。

② 蒋星煜《〈雍熙乐府〉本〈西厢〉的辑录与校订》，《西厢记的文献学研究》，上海古籍出版社 1997 年 11 月版，第 51 页。

画和书法的欣赏，也没有录对白”[①]；二，基于特定时代的出版习惯：“正像元代某些杂剧不一定刊刻或抄写全文，往往只刊刻或抄写曲文，这种风气到了明代嘉靖年间仍旧还保存着”。[②] 雍本和《南北词广韵选》的做法显然是出于音乐曲唱的需要；而以剧编排、分出标目的《群音类选》虽然从全书来看也有适应清唱的功能，但对万历二十年左右已甚少全本演唱的北腔《西厢记》并未漏收，这或许与前代出版遗风不无关联。

全本剧文选本主要有《六十种曲》、《六合同春》、《西厢六幻》三种。其中，除《西厢六幻》乃是关于崔张故事的作品集之外，其他两种所录大都是戏文、传奇作品，北杂剧的羼入显得不伦不类。与此相反，现存元杂剧单剧选本如《元刊杂剧三十种》、《息机子元人杂剧选》、《阳春奏》、《古名家杂剧》、《古今名剧合选》、《古杂剧》等均未收入《西厢记》，最具代表性的《元曲选》也未能例外；同时，一些单出选本如《词林一枝》、《八能奏锦》、《乐府玉树英》、《乐府菁华》、《乐府红珊》、《玉鼓新簧》、《摘锦奇音》等于元杂剧均只选摘《西厢记》。这对分外讲究南北之别的明人来说不免显得有些奇怪，论者大都认为原因在于《西厢记》与元杂剧在体制上的差异及与明传奇的相似：“很可能是因为(《西厢记》)五本的体例和篇幅与其他剧本很不一致，编在同一书中，显得不协调。”[③]虽然有道理，却稍欠理论深度。遭遇同一问题的《远山堂曲品·凡例》指出：“品中皆南词，而《西厢》、《西游》、《凌云》三北曲何以入品？盖以全记故也。全记皆入品，无论南北也。”[④]较为直观地抉发

① 蒋星煜《〈仇文合璧西厢会真记〉之曲文、绘画与书法》，《西厢记的文献学研究》，上海古籍出版社 1997 年 11 月版，第 344 页。

② 蒋星煜《〈雍熙乐府〉本〈西厢〉的辑录与校订》，《西厢记的文献学研究》，上海古籍出版社 1997 年 11 月版，第 52 页。

③ 蒋星煜《凌濛初刻本〈西厢记〉及其深远影响》，《上海师范大学学报》(哲学·教育·社科版)1999 年第 3 期。

④ 祁彪佳《远山堂曲品·剧品》，《中国古典戏曲论著集成》第六册，中国戏剧出版社 1959 年版，下同。

了关键所在。

“全记”观念是在明代戏曲理论界讨论杂剧与戏文、传奇之别时产生的，主要体现于祁彪佳的剧论中。首先，他很少以“传奇”专指南曲长篇剧作，而是用“全记”一词代替，他评凌濛初的杂剧《蓦忽姻缘》云：“熟读元曲，信口所出，遒劲不群，如此妙才，惜其不作全记，今只获一脔耳。”认为这一题材完全可以敷衍为长篇传奇；称叶宪祖的杂剧《芙蓉屏》“今已有谱为全记者矣”；论汪廷讷的杂剧《青梅佳句》时也说：“闻已有演为全记者矣。”可见，在其心目中，“全记”是与杂剧相对的概念，含义大约与今人所说的传奇相同。其次，与此相对应，他又提出了“剧体”、“全记体”两个具有相对意义的概念：评叶宪祖《琴心雅调》杂剧：“玩其局段，是全记体，非剧体，故必八折，而长卿之事，乃陈其概”；云《西楼夜话》杂剧：“越中旧有《郭镇抚》一记，惜无善本，桐柏第记其淫纵一段耳，可以插入原记，非剧体也”；称《分钱记》杂剧：“此是未了传奇，非剧体也”；论《捐奁嫁婢》：“钟离令捐奁嫁亡令之女，传之可以范世。但须在令女身上发挥一段孤凄光景，方见捐奁者之高义，此第于两姓结姻处铺叙一番。其打局是全记体。”于兹可以总结出所谓“全记体”的特点：一，篇幅须长，事件才能“陈其概”；二，须有前因后果的详细铺叙；三，须尽量敷衍情节，不能一带而过。李晓曾经从结构入手以《捐奁嫁婢》为例解读这一概念：“祁彪佳所谓的‘全记体’，乃必须完成钟离捐奁嫁婢的中心动作的整一行动，在中心动作的时空范围内顺序敷衍；同时，必须对与中心动作有联系的次动作（令女的孤凄与结姻）‘发挥’与‘铺叙’一番，这样的结构才是‘全记体’。”[①]具有这样结构的剧作方可称为“全记”，与之相反的剧体结构显然属于杂剧。祁彪佳在《远山堂曲品》中举出了具体例证以说明二者之别：“《春波影》传小青而情郁，郁故妩媚百出；《风流院》演为全本而情畅，畅则流于荒唐。”杂剧《春波影》将小青的伤怀感慨浓缩于

---

① 李晓《比较研究：古剧结构原理》，中国戏剧出版社1989年版，第37页。

有限篇幅之中，故显沉郁；《风流院》则将其分为若干情感点，以事导情，故显流畅。“妩媚”与“荒唐”则是不同体制所表现出的不同韵味，与吕天成所谓的“境促”、“味长”有异曲同工之妙。应该指出的是，“全记”与一般意义上的传奇并不是一物两名，说到底，祁彪佳的“全记”一词乃是以结构上的“全记体”为本质属性，与传奇所蕴涵的音律、文辞、体制毫无关涉。

正是因为“全记”的戏剧结构观念，以南曲为主的明代戏曲界才会对《北西厢》不加排斥。以市场为第一标准的戏曲选本这样作，适足以说明《西厢记》之“全记体”得到了明代各个阶层的普遍认可。清人同样如此，康熙六年，李玉序《南音三籁》，称“实甫、汉卿、东篱诸君子……或为全本，或为杂剧，各立赤帜，旗鼓相当，尽是骚坛飞将”，全本犹全记，显然是将《西厢记》与其他元杂剧相对举；乾隆时的著作《曲海总目》分设“元人杂剧”、“元人传奇”两类，将《西厢记》列入后类，不视之为杂剧；①近代王国维编《曲录》，元明清三代戏曲分为“杂剧”、“传奇”两大类，《西厢记》列于“传奇”首位，也没有归入“杂剧”，隐然可见“全记”观念。②

二

由附表一可以看出，在西厢故事的戏曲文本中，《北西厢》始终是众多选家关注的焦点，三十四部选本中，以元杂剧为底本的就有二十四部。其中，除《雍熙乐府》、《群音类选》带有明显的清唱性质外，大部分选本都属于曲白皆录的单出编选，据此可以寻绎《北西厢》摘锦表演的发展规律与具体特征。兹列表如下：

---

① 李斗《扬州画舫录》卷五，江苏广陵古籍刻印社 1984 年版。

② 王国维《王国维戏曲论文集》，中国戏剧出版社 1984 年版。

附表二(表中折目名称借用金圣叹评点《贯华堂第六才子书》)

	风月锦囊	词林一枝	八能奏锦	乐府玉树英	乐府菁华	乐府红珊	玉谷新簧	摘锦奇音	乐府万象新	大明春	赛征歌集	乐府歌舞台	怡春锦	时调青昆	尧天乐	歌林拾翠	万家合锦	万壑清音	总计
1.1 惊艳	√					√					√					√			4
1.2 借厢	√							√											2
1.3 酬韵	√									√						√			3
1.4 闹斋	√															√	√		3
2.1 寺警																		√	1
2.2 请宴	√															√			2
2.3 赖婚	√																		1
2.4 琴心				√	√		√		√			√		√		√			7
3.1 前候	√			√		√	√			√			√			√			7
3.2 闹简	√															√			2
3.3 赖简								√			√	√		√		√			5
3.4 后候																√			1
4.1 酬简	√		√	√	√		√		√							√			7
4.2 拷艳		√									√	√				√			4
4.3 哭宴	√					√					√			√	√	√			6
4.4 惊梦																√		√	2
5.1 捷报	√					√									√	√			4
5.2 猜寄																√			1
5.3 争艳																			0
5.4 荣归																			0
总计	11	1	1	3	2	4	3	2	2	2	4	3	1	3	2	15	1	2	

从单折选本收录《西厢记》的频率来看,可以发现两个特征。其一,单折选本相当全面的选收了《西厢记》文本,原本二十折中除《争艳》、《荣归》外,全部见于戏曲选本中,与曲文选本《南北词广韵选》的选录范围恰巧一致。据此可以认定,《北西厢》的大部分内容在明代中期以后

仍然活跃在戏曲舞台上，而非一般所认为的被《南西厢》所取代。其二，《北西厢》入选选本的单折相对比较分散，十八部选本中单折入选率最高仅有七次，尚未达到一半，可见选本对《北西厢》在折出的取舍上并未形成共识，这或许与选本的容量有关系，表中除《风月锦囊》、《歌林拾翠》外，其他选本大多只能收录二三折，自然会形成选目较分散的格局；但另外一方面，同时被四种以上选本共收的折出集中在八折里，也显示出编选目标逐渐汇聚的趋势。明代《吴歈萃雅》、《月露音》、《词林逸响》等以《南西厢》为内容的曲文选本所收基本集中在《酬和》、《听琴》、《传情》、《复柬》、《佳期》、《送别》、《报捷》等出，与《北西厢》相较即可看出，二者虽然有一些出入，但像"墙角联吟"、"月下听琴"、"泥金捷报"这些情节单元都是共同认可的；而在清代南曲代表选本《审音鉴古录》、钱编《缀白裘》中，恰恰是这几部分都被所剔出，转而将《惊艳》、《惠明》、《拷红》等增饰后的出目重点引入。此种变化无疑体现了自明至清戏曲选本为适应戏曲舞台由雅转俗、由曲唱转剧演的文化转向而产生的演变轨迹。

同时，从戏曲表演的角度看，虽然众多选本收录《北西厢》，但并不能表示《西厢记》的北曲唱法一直存在，从而据之质疑研究界早已公认的明清两代《西厢记》表演以南曲为主的结论。《雍熙乐府》是典型的清唱选本，《北西厢》基本上保留了北曲唱法，但从《风月（全家）锦囊》开始，元杂剧《西厢记》已经开始了被"南曲化"的历程①，万历以后演唱《北西厢》的已不再是北曲艺人，而是风行民间剧坛的弋阳、青阳诸腔班社。二十四种选本中，绝大部分是诸腔选本，《怡春锦》所收的《传情》并非列在"弦索元音御集"中，而是置于"弋阳雅调数集"之列，都可以充分证明这一事实。之所以如此，主要是因为弋阳诸腔的唱腔和演唱方式适于《北西厢》，清代李渔曾一再说明这一点："弋阳、四平等腔，字多音少，一泄而尽，又有一人启口，数人接腔者，名为一人，实出众口。故演

① 孙崇涛《风月锦囊考释·北西厢》，中华书局2000年7月版，第208页。

《北西厢》甚易”、“余生平最恶弋阳、四平等剧，见则趋而避之，但闻其搬演《西厢》，则乐观恐后。何也？以其腔调虽恶，而曲文未改，仍是完全不破之《西厢》”，①诸腔选本对《北西厢》的争相竞选恰恰反映了这一现实。事实上，元杂剧在明清戏曲舞台上不乏单折的演出，但都是被化整为零、不同程度地剪裁后成为南曲戏文、传奇的一部分②，只有南曲化的《北西厢》保留了其本真面目。

另一方面，应该指出，明清关于《西厢记》的表演是以南曲表演方式为主，而非以《南西厢记》为主。虽然当时论者一再说“《西厢》为情词之宗，而不便吴人清唱，欲歌南音，不得不取之李本”③、“李日华改实甫北曲为南曲，所谓《南西厢》，今梨园演唱者是也”④，但都是站在文人欣赏昆曲的立场上来说的，戏曲选本面对着广大接受群体，它的取舍直接反映出当时剧坛的风尚。上表中的昆腔《西厢记》全部见于较为单一的昆腔选本，且以清唱选本居多，而诸腔选本则无一收录；同时，所谓“杂调《南西厢记》”的演唱腔调也是一个疑问，虽然论者称“万历青阳腔选本所收《南西厢》，大多接近于这类本子”⑤，但经仔细对勘后可以发现，其所列举的《乐府菁华》、《玉谷新簧》、《摘锦奇音》、《词林一枝》、《徽池雅调》、《时调青昆》等选本除《徽池雅调》外全部是以《北西厢》为底本，收录“杂调《南西厢记》”的则有四种选本是典型的昆腔选本，特别是《群音类选》将之归入“官腔类”，说明此种《西厢记》能够同时为多种声腔所表演，也许可以推论：富春堂本《南西厢记》更接近于崔时佩所著原貌，而

---

① 李渔《闲情偶寄》，《中国古典戏曲论著集成》第七册，中国戏剧出版社1959年版，第33—34页。

② 详见拙著《中国古代戏曲选本研究》，上海古籍出版社2004年12月版，第45页。

③ 凌濛初《谭曲杂劄》，《中国古典戏曲论著集成》第四册，中国戏剧出版社1959年版，第257页。

④ 焦循《剧说》，《中国古典戏曲论著集成》第八册，中国戏剧出版社1959年版，第105页。

⑤ 孙崇涛《南戏论丛·南戏〈西厢记〉考》，中华书局2001年6月版。

与昆腔改造后的《南西厢记》在文本上有所区别。但无论如何，《南西厢记》的接受层次和表演方式显然都与"南曲化"的《北西厢》有着非常明显的区别，流行最广、演出最多的仍然是以南曲民间声腔上演的《北西厢》。

综上所论，《北西厢》在戏曲选本中的存在形态和表演特征都充分说明，在北曲杂剧的辉煌已成昨日黄花的明代中期以后，《北西厢》并没有同大多数元杂剧一样仅仅成为文本遗存，而是积极与时代风尚相融合，以另一种方式重新演绎、延续了自己的舞台生命。就此角度而言，戏曲选本中的《北西厢》不仅具有文献、传播、演出史料价值，更富有丰富深刻的现实意义。

试论古典诗歌对20世纪新诗的负面影响

杨景龙

中国古典诗歌对20世纪新诗的影响渗透是全方位的。20世纪新诗在横向移植的外来参照下，纵向承传了中国古典诗歌的诸多优良传统，有效地实现了中国古典诗学的现代创造性转化。但是，正如布鲁姆所言，诗的“影响既是‘得’也是‘失’”，存在着“消极面”，既意味着“活力的增补”，但也可能“是一种灾难”，一片让后来的诗人“走不出”的巨大“阴影”①。20世纪新诗，也几乎不可避免地接受了来自古典诗歌的一些负面影响，并在古典诗歌的巨大影子笼罩下，产生了严重的影响焦虑心理。对于20世纪新诗继承古典诗歌优良传统的情况，笔者在相关拙作中已进行过讨论②，兹不赘述。本文将集中讨论古典诗歌施与20世纪新诗的负面影响，兼及20世纪新诗人的影响焦虑心理。在此需要首先加以说明的是：惟其焦虑，所以才有急于突破超越的创新之举；说是负面，往往又和正面的积极影响分不开。

---

① 哈罗德·布鲁姆《影响的焦虑》，徐文博译，江苏教育出版社2006年2月版，《再版前言》第19页、第一章第30页、39页、第二章第50页。

② 杨景龙《古典诗词曲与现当代新诗》，河南文艺出版社2004年3月版；《主情、主知与主趣——试论20世纪新诗发展史上的唐诗、宋诗和元曲路径》，《文学评论》2004年第6期；《加强古今演变研究，拓展新的学科空间》，《文学遗产》2005年第1期；《古典诗歌传统与20世纪新诗》，复旦大学《中国文学古今演变研究论集》二集，上海古籍出版社2005年12月版；《蓝墨水的上游——余光中与屈赋李诗姜词》，《诗探索》2004年秋冬卷等。

而这种正面负面无法截然分开的来自古典诗歌的影响，又常常和来自西方诗歌的同样无法截然分开的正面负面影响夹缠一处，难以厘清。

一　主情之负面

20 世纪新诗发展史上存在着一条主情的唐诗路径。由于中国古典诗歌总体上的抒情性质，这条唐诗路径可以视为古典诗歌主流的指代称谓。古典诗歌抒情传统中包含的浓重感伤颓废因素，对遵循主情路径的 20 世纪新诗产生了明显的负面影响。

（一）感伤

中国古典诗歌的感伤倾向，在《诗经》中已肇其端，《毛诗序》即指出过《泽陂》“男女相悦，忧思感伤”的性质①。古典诗歌的感伤倾向以三个时期为最，一是汉末魏晋时期，二是中晚唐时期，三是两宋时期。汉末魏晋时期，伴随着人的时间生命意识觉醒，痛感于人生的短暂、无常，诗歌中汹涌着“一股以生死迁逝为突出内容的感伤主义思潮”②，此期诗歌中的感伤情绪主要是“伤逝”。中晚唐和两宋时期，伴随着人的爱情意识觉醒，有感于礼教理学的压抑与人世的舛错乖违，在中晚唐诗词和两宋婉约词中，惜春悲秋、伤离恨别成为抒情主旋律，这两个时期诗词中的感伤情绪，虽与没落的时代、身世有关，但大多表现为个人情感生活的缺憾痛苦，主要是“伤情”。

适度的感伤无疑可以增强诗歌的情绪感染力，但感伤情调过于浓重，则会使抒情主体和诗歌文本显示出孱弱的病态。中国古典抒情诗中不无病态的浓重感伤情调，对遵循主情路径的 20 世纪新诗人

① 《毛诗正义》，《十三经注疏》，中华书局 1980 年 10 月版，第 111 页。

② 王钟陵《中国中古诗歌史》，江苏教育出版社 1988 年 5 月版，第 81 页。

濡染甚深,遂使新诗肌体染上了遗传的感伤病灶。20年代的创造社诗人,即普遍表现出"忧郁感伤的文化心理"①,朱自清曾说"浪漫主义与感伤主义是创造社的特色,郭氏的诗正是一个代表"②。其实不独创造社诗人,"差不多现在写过新诗的人,没有一个没有沾染着一种感伤的余味"③。湖畔诗人的爱情诗是感伤的,李金发、王独清等人的象征诗是感伤的,标榜反"浪漫感伤"的新月派诗也有许多感伤成分,说明感伤已经成为当时诗坛一种普遍的情绪基调。若从诗歌史流变的纵向看,这种情绪基调主要来自古典诗人的感伤气质和古典诗歌的感伤风习的遗传。若转换角度横向审视,还与西方浪漫主义、现代主义诗歌东渐大有干系。20世纪新诗史上,最为感伤者应属现代派诗人戴望舒,论者多认为凄妍的晚唐温李诗词,浸润了他的柔美的女性化的诗歌风格,泪雨愁云,哀感顽艳,散发着浓重的脂粉和感伤气息。戴望舒曾用温庭筠词最常用的《菩萨蛮》词牌,翻译法国象征派诗人魏尔伦的诗:"泪珠飘落萦心曲,迷茫如雨蒙华屋。何事又离愁,凝思悠复悠。 霏霏窗外雨,滴滴淋街宇。似为我忧心,低吟凄楚声。"其华美词采和感伤风调也逼肖温词,这个例子恰好可以作为古今东西诗歌之间消息暗通的证明。席慕蓉和舒婷也都写过大量感伤的诗作,席慕蓉的《悲喜剧》,以温庭筠的《梦江南》作蓝本;舒婷的《船》,则是对《古诗十九首》中《迢迢牵牛星》的改写;她们诗中出现最多的语词就是"泪痕、惆怅、忧伤、哭泣、呜咽"。20世纪新诗中这种损蚀诗质的浓重感伤情绪,多数是爱情舛错失落的"伤情",也有部分象征派诗歌触及生命死亡的"伤逝",正与古典诗歌感伤的两个指向相吻合。

---

① 龙泉明《中国新诗流变论》,人民文学出版社1999年12月版,第102页。

② 朱自清《〈中国新文学大系·诗集〉导言》,《中国新文学大系·诗集》,上海良友图书印刷公司1935年10月版,第5页。

③ 饶孟侃《感伤主义与创造社》,《晨报副刊·诗镌》第11号,1926年6月10日。

（二）颓废

感伤与颓废是紧邻，甚至可以说是一体两面，密迩无间。感伤向前一步，就可能堕入颓废。这在《古诗十九首》和魏晋南北朝诗歌中多有表现，甚至早在《诗经》的《蟋蟀》、《蜉蝣》等诗中，就已流露出颓废的意味。至《古诗十九首》，在人生苦短的嗟叹中，追求欲望、享乐、名利的满足，颓废情绪浓郁。此后，梁陈宫体仅只关注女性"娇靥、玉腕、香汗"的有欲无情，五代词中"这边走，那边走，只是寻花柳"的病态无耻，宋词中如柳永"抱着日高犹睡"的耽溺，元散曲中"仔细沉吟，都不如快活了便宜"的心理，以及历代文人诗词中大量存在的伤逝怀旧、叹老嗟卑、饮酒狎妓之类无聊空虚之作，构成了一脉不绝的颓废之流。这种东方式末世情调的毒素，与西方世纪末感伤、颓废主义的霉菌一起，感染20世纪新诗，妨害了体魄稚弱的新诗的健康长势。

新诗的颓废情绪在创造社诗人、新月派诗人、象征派诗人、现代派诗人、台湾诗人和民间写作、知识分子写作诗人的作品中，都有程度不同的表现，而以象征派诗人的颓废倾向最突出。李金髮认为"艺术是不顾道德，也与社会不是共同的世界"①。在他们疏离现实的"自己的世界"里，积存的大都是现代都市知识分子空虚落寞、绝望厌世的病态感情。主张诗人应该"工愁善病"的李金髮，内心有着"一切的忧愁"(《琴的哀》)，生命于他不过是"死神唇边的笑"(《有感》)，惟有"美人"和"坟墓"才是真实(《心游》)。他的诗"描写人生最黑暗的一面、最无望的部分，诗人的悲观气氛比谁都来得明显"②。王独清本"是没落官僚家庭的浪子"，从小"就染上名士气"，特别爱好温庭筠与《疑云集》、《疑雨集》一类旧体艳情诗词，一天到晚陶醉其中，留法期间又接受了象征主义的影响，并常在"拉丁区"的咖啡馆与酒吧间里"鬼混"。王独清可谓东方

---

① 李金发《烈火》，《美育》创刊号，1928年10月。

② 孙作云《论"现代派"诗》，《清华周刊》第43卷1期，1935年5月15日。

式颓废与西方式颓废交叉感染的典型。他的诗集《圣母像前》、《死前》、《威尼市》,是"没落阶级悲哀的叹息和都市生活沉湎的颓废"的混合①。冯乃超的诗集《红纱灯》,抒情主调是爱情的失意痛楚和生死的苦恼哀怨,集子中那首《酒歌》,俨然古代诗词反复抒写过的颓废人生"借酒浇愁"的现代版。20世纪新诗的颓废情绪,在爱情和两性题材作品中更有着大面积存在,徐志摩的《沙扬娜拉十八首》之十七、《别拧我,疼》,沈从文的《颂》,余光中的《吐鲁番》、《双人床》,陈克华的《斜塔·天窗》,娜夜的《我用口红想你》等都是此类作品,仿佛南朝宫体和花间艳情的嫡传,而更为感官化。典型者如邵询美,他的《五月》、《花一般的罪恶》、《风吹来的声音》、《牡丹》已是颓废不堪,《蛇》中的诗句:"好像是女人半松的裤带/在等待着男性的颤抖的勇敢",《我不敢上天》中的诗句:"但是可怕那最嫩的两瓣,/尽叫我一世在里面荡漾",更是颓废到无以复加。梁实秋认为:"颓废主义的文学即耽于声色肉欲的文学",邵诗的性质正是如此。在他算是最清新单纯的《我是只小羊》里,自比为"小羊",比恋人为"牧场",二者的关系是"我吃了你我睡了你,/我又将我交给了你"。也仍旧难掩如沈从文所说的"唯美派的人生享乐,和对于现世的夸张的贪恋"的颓废心态。新诗人们这种对"没落的公子王孙的生活态度"、对"传统的享乐倾向"的接受,使一些出自他们之手的新诗文本几成"麻醉剂、迷幻药"②,不仅降低了新诗文本的品位,而且"作者将以促其年寿,读者亦将以短其志气"③,颓废倾向的危害是普遍的。

二　主知之负面

宋诗主知,早期新诗人最初接受的传统诗歌的启发,就来自宋诗。

---

① 孙玉石《中国初期象征派诗歌研究》,北京大学出版社1983年8月版,第168页。

② 唐文标(史君美)《先检讨我们自己吧》,《中外文学》1卷6期,1972年11月。

③ 胡适《文学改良刍议》,《新青年》2卷5号,1917年5月。

宋诗对20世纪新诗的影响，一是语言上的散文化、口语化，二是内容表现上的议论说理。散文化、口语化导致的浅白啰嗦，议论说理导致的乏韵晦涩，是其对新诗产生的两个方面的副作用。

（一）浅白啰嗦

胡适认为："由唐诗变到宋诗，无甚玄妙，只是做诗更近作文！更近说话。"①"宋诗的特别性质全在他的白话化。换句话说，宋人的诗的好处是用说话的口气来作诗，全在作诗如说话。"②早期新诗人在观念层面接受宋人的影响，把"明白清楚"视为"文学有三个要件"的"第一要件"③，强调作诗要清楚明白地反映现实，这在当时是必要和正确的。这种诗学观念的形成，除了对宋诗的师承，也与乐府诗、元白诗以及元曲等俗文学的影响分不开。胡适就十分推崇元、白"用平常的说话作诗"，他认为诗歌与散文走上"写实"之路的中唐，是"中国文学史上一个最光华灿烂的时期"④。而浅俗的元曲，更是"第一流"的"活文学"⑤

早期新诗人康白情曾这样举例说明新诗的清楚明白："你看'小胡同口，放着一副菜担——满担是青的红的萝卜、白的菜、紫的茄子；卖菜的人立着慢慢地叫卖'。我们读了就如看见的一样。'忽地里扑喇喇一响，一个野雁飞去水塘；仿佛像大车音波，慢慢的工——东——当。'我们读

---

① 胡适《逼上梁山》，《中国新文学大系·建设理论集》，良友图书印刷公司1935年10月版，第8页。

② 胡适《国语文学史》，姜义华编《胡适学术文集》上，中华书局1998年2月版，第74页。

③ 胡适《什么是文学——答钱玄同》，《中国新文学大系·建设理论集》，上海良友图书印刷公司1935年10月版，第214页。

④ 胡适《白话文学史》，姜义华编《胡适学术文集中国文学史》上，中华书局1998年2月版，第308页。

⑤ 胡适《留学日记》1916年4月5日，《胡适全集》第28卷，安徽教育出版社2003年9月版，第337页。

了就如听见的一样。”[①]康白情所举诗例，今天来看不过是对素材不加提炼取舍的口语散文化描写。这类口语散文化的作品，在新诗运动初期比比皆是。胡先骕即批评胡适不懂得诗“重在含蓄”，所以《尝试集》作品有不少“仅为白话而非白话诗”[②]。成仿吾在《诗之防御战》中批评胡适的《人力车夫》、康白情的《西湖杂诗》、周作人的《所见》等诗，认为“这样的文字在小说里面都要说是拙劣极了”[③]。更有甚者，像康白情的大型组诗《庐山纪游》，完全是游山日记的分行排列、流水账目，几无诗意可言。这类完全口语散文化的作品，往往忽略诗歌的凝炼性、想象力，不注重意象、意境的经营，写来直白啰嗦、平浅拖沓，因此受到时人和后人的诟病。五四新诗人只看到宋人作诗如作文和乐府诗、元白诗、元曲明白易懂的优长之处，而没有看到过分散文化口语化、过分清楚明白所造成的诗质粗糙、诗情淡薄、诗味贫乏的负面效应，这或许是时代的局限性使然吧。然而可惜的是，这种浅白、啰嗦、芜杂的时代局限，并未随着时代的演进得到纠正，在嗣后的国防诗歌、根据地诗歌、十七年诗歌中多有体现，甚至在30年代的现代主义诗歌和八、九十年代的后现代主义诗歌所提倡的“叙事性和戏剧化”写法里，上述弊端仍然无法避免。这种早期诗风贯穿百年的流弊，严重影响了新诗艺术质量的提高。

（二）乏韵晦涩

宋诗主知的影响，加上五四这一启蒙时代的需要，使得说理成为早期新诗的“一大特色”[④]。早期新诗携带的宋诗遗传因子与西方现代主

---

① 康白情《新诗底我见》，《中国新文学大系·建设理论集》，上海良友图书印刷公司1935年10月版，第328—329页。

② 胡先骕《评〈尝试集〉》，《中国新文学大系·文学论争集》，上海良友图书印刷公司1935年10月版，第282页。

③ 《中国新文学大系·文学论争集》，上海良友图书印刷公司1935年10月版，第324页。

④ 朱自清《〈中国新文学大系·诗集〉导言》，《中国新文学大系·诗集》，上海良友图书印刷公司1935年10月版，第2页。

义诗歌的外来影响，交汇成新诗领域里一脉主知的传统。20世纪主知的新诗人对情的排斥态度，与宋代的理学家诗人是相似的，尽管二者的出发点不同。反性情体验而重理性经验、逻辑思维的主知，议论判断，概念演绎，导致了新诗文本的乏韵晦涩。

新诗运动初期，以“胡适之体”为代表的说理诗盛行一时，胡适的《尝试集》作品因爱好说理而诗味更加寡淡。俞平伯“也爱在诗里说理”，反叫他的一些好诗被哲理埋没了①。他的《愿你》等诗，确因偏重说理而使韵味稍乏。偏嗜说理导致诗作干涩乏韵的现象，在20世纪爱情诗和小诗创作上表现尤为突出。穆旦的情诗名篇《诗八首》，风花雪月、缠绵悱恻踪影全无，读者的确能够吃力地从中读出深刻，但却难以从中读出爱情诗最不可少的那一丝撩人情韵。爱情本是十分感性的题材，但在新诗中往往被理念化，如一首情诗这样写：“给别人的越多/剩余的越多/既然能够互相给予/我们为什么吝啬。”所讲道理完全正确，但纯粹以议论说理，韵味终嫌不足。20世纪的小诗作品，常常板起一副冷面言理，类同格言警句，即使深刻，也不感人。梁实秋当年曾批评《繁星》、《春水》的作者是“冷若冰霜的教训者”、“冰冷到零度以下的女作家”②，确属言重。但梁实秋所指出的冷面训人现象，在20世纪的小诗创作中确实存在，且呈愈演愈烈之势，明显冲淡了诗歌的隽永韵味。还有90年代标榜“知识分子写作”、“中年写作”的诗人，也是循着依靠心智运思的宋诗路径走去，王若虚指出过的宋人诗“有奇而无妙”③，即有新意而乏情韵的问题，在他们的名作《汉英之间》、《玻璃工厂》、《语词》等诗中，也已程度不同地表现出来。

---

① 朱自清《诗与哲理》，《朱自清选集》第二卷，河北教育出版社1989年12月版，第273页。

② 梁实秋《〈繁星〉与〈春水〉》，《梁实秋批评文集》，珠海出版社1998年10月版，第7—8页。

③ 王若虚《滹南诗话》，丁福保辑《历代诗话续编》上，中华书局1983年8月版，第518页。

主知的新诗更由干涩乏韵进至晦涩玄奥。李金发的象征诗，曾因晦涩被胡适等人讥为“笨谜”，苏雪林认为：“李金发的诗没有一首可以完全教人了解”①，陆耀东也感觉“近半数”的李诗，“与读者之间像有一道不可逾越的高墙”②。30年代现代派诗人的晦涩玄奥，除了主知、主理的宋诗因子，还有朦胧难解的晚唐温李诗词和以“隔”、“涩”著称的南宋姜吴雅词的影响。爱好温李姜吴的卞之琳的一些诗，连具有高度领悟鉴赏力的批评家都难以索解。刘西渭对《断章》、《圆宝盒》的解读，竟被诗人指为“全错”③。朱自清对《距离的组织》、《淘气》、《白螺壳》的解读，也被诗人指出弄错了人称或题旨④。这种“对错”的判断，就是纯属知性而非审美的判断。那首《距离的组织》，只有短短10行，却加了多达7条近600字的自注，被王佐良称为“现代世界上自注比例最大的”诗，读来仍不免“隔膜”之感。由于过度倚重知性，总是想用诗演绎哲学，而又未及找到最佳的语言载体，未能使理思与情景圆融密合，亦未能简洁准确、无难无碍地传示出来，也就是说在表现上尚未臻于庄子“得心应手”、东坡“意到笔随”的境界，遂使卞诗显得缺乏整体的贯通和谐，运思取径过于僻涩。废名的《妆台》、《海》、《十二月十九夜》等诗，主知之外又增添了宋人禅诗的玄深风味，更加难懂，尽管诗人自己出面加以讲疏，似乎仍然未能解释清楚⑤。台湾的现代诗，曾被言曦批评为“弊端百出”，“以艰涩的造句来掩其空虚”。北岛的朦胧诗，也有论者指出发展了阮籍《咏怀诗》“归趣难求”的晦涩倾向。还有一些浪漫抒情的

---

① 苏雪林《论李金髮的诗》，《现代》1933年3卷3期。

② 陆耀东《二十年代中国各流派诗人论》，中国社会科学出版社1985年11月版，第290页。

③ 刘西渭《答〈鱼目集〉作者》，李健吾《咀华集·咀华二集》，复旦大学出版社2005年5月版，第77页。

④ 朱自清《〈新诗杂话〉序》，《朱自清选集》第二卷，河北教育出版社1989年12月版，第259—261页。

⑤ 废名《妆台及其他》，《谈新诗》，人民文学出版社1984年2月版，第217—225页。

诗人染指晦涩，如顾城后期的诗、海子《亚洲铜》一类诗，也让读者莫名其妙。陈独秀当年极力反对的古典文学的“艰涩迂晦”，更为变本加厉地凸显于新诗领域。

冷静客观地看待新诗的晦涩，这固然与朱光潜所说的诗人的“表达习惯”和“读者的欣赏力”有关①，但是否也与胡适、梁实秋指出的作者“表现的能力”有关呢?② 把一首诗写得晦涩艰深并不难，但要写得“深入浅出”、“浅而能深”，让专业批评家读来不觉其浅，普通人读来不觉其深，就难上加难了。主知的新诗应该向着这一艺术表现的高境奋力迈进。

三 主趣之负面

以趣为主的元散曲，语言通俗浅白，境界显豁直露，题材俚俗琐屑，这种变诗词的崇高优美为诙谐风趣的格调，正适合了五四白话诗歌语言形式解放、面向社会大众的需要，经过胡适等新文化运动领袖人物的大力提倡，在对 20 世纪新诗产生持续不断的影响过程中，也不可避免地带来了消极负面的因素。在某些时期的诗人、诗派的创作上，其消极负面因素甚至表现得相当突出。

（一）消解意象意境

与古典诗词语言凝炼含蓄不同，元散曲语言呈现空前解放的态势。曲家“采燕赵天然丽语”，大量使用蒙汉语言混合形态的俗语，尤其是曲作中广泛出现的不受定格限制的衬字，极大地丰富了散曲对场面人物和自然风物的表现力，赋予散曲语言以空前的自由。在散曲中，平浅的叙描性的语流代替了深蕴的象征性的意象，诗词语言凝炼含蓄的传统

① 朱光潜《心理上个别的差异与诗的欣赏》，《大公报》1936 年 11 月 1 日。

② 《独立评论》第 238 期，1936 年 6 月。

至此中断,诗词的"言外之意"、"韵外之致"的阅读咀味,让路于散曲的"快心快目"、"耸观耸听"的演唱效果。前期本色派曲家的语言,总体上是口语化、散文化、平面化的通俗语言。这一特点在古今学者如李渔的《闲情偶寄》、俞平伯的《论诗词曲杂著》中均有论及。元散曲大面积使用消解意象的浅俗口语,使得曲境显豁直露,消解意象的同时,也消解了传统诗词蕴藉深远的意境艺术。

早期白话诗和80年代中期以后的新生代诗,师法元散曲,乐于采用口语化、散文化的语言,尤其是新生代诗,失去节制的宣叙调性的长句子,动辄长达二三十字以上,比之添加大量衬字的曲句和早期新诗的浅白语句,有过之而无不及。他们公开宣称:"对语言的再处理——消灭意象!直通通地说出它想说的。"[①]他们在创作中不再青睐意象、借重意象,而是使用不加提纯的口语化的比讲究节制的散文语言还要散漫的日常语言,来如实地记录他们琐碎卑微、本我真实的日常生存状态。这种消灭意象的诗歌语言,按于坚的说法叫"拒绝隐喻"[②]。新生代诗人想找到一种"回到隐喻之前"的语言,让诗歌像本色派散曲一样回归世俗生活、日常生命的本来状态,选择一种对日常生存进行复制摹写的艺术立场。他们放逐意象之后的诗歌文本,既从形式上使新诗语言打破了凝练、整齐、节奏,同时也在意蕴上丧失了优雅、含蓄、深度。新生代诗口语化的语言只是对事物的散文化的叙描,而不是隐喻的意象所指向的抒情言志,诗的语言是平面化的,诗的内涵也是平面化的,绝无比兴寄托微言大义,使得新诗中本就稀薄的意境艺术质素荡然无存。新生代诗人这种在"消灭意象"的前提下上演的一场群魔乱舞般的语言狂欢,对诗歌语言和诗艺诗美的破坏意义远远大于建设意义。作为一种诗歌写作可能的探索,或引起关注的策略,是可以允许的;但作

---

① 尚仲敏《大学生诗派宣言》,《中国现代主义诗群大观》,同济大学出版社1988年9月版,第185页。

② 于坚《拒绝隐喻》,《磁场与魔方——新潮诗论卷》,北京师范大学出版社1993年10月版,第308页。

为一个时期的大面积诗歌时尚现象，其负面作用不容小觑。

（二）鄙俗油滑丑陋

元代的民族歧视政策和长期停止科举，使大量文人失去晋身之阶，沦为"躬践排场，面傅粉墨，偶倡优而不辞"的书会先生①。社会地位的变化，导致元曲家人生理想、审美心理的一系列深刻裂变。既已沦入"八倡"、"十丐"之间的深渊里，也就丧失了现实的崇高责任感使命感，他们放倒身段，甘心于勾栏中"攀花折柳"的"浪子班头"或"瓦盆边浊酒生涯"的"叹世隐者"角色，追逐感性愉悦和官能满足，一改外貌端庄儒雅、内心忧国忧民的诗词家形象，转以滑稽耍玩的心态面对一切，于是便有了"以文章为戏玩"的创作态度。诗词中不便表现的鄙俗题材进入他们的视野，倡优弄人、游民妓女、贩夫走卒、米盐枣栗、瓦盆破鞋以至恶疾畸形、憋尿性交等都出现在他们笔下。在美感风格上，诗词的崇高和谐、雅致优美，让路于散曲的诙谐幽默、油滑丑陋。

二十世纪新诗是面向大众的白话文学，新诗人多是普通的社会人，二十世纪多数时段里的生存环境是艰难、严峻的，一些新诗人产生类似散曲家的人格蜕变，并不难理解。新诗在题材上无边拓展，容纳很多诗中不宜的鄙俗的东西，审美趣味上流露出类似本色派散曲的油滑丑陋倾向是必然的。元散曲负面因素的感染，再加上西方现代主义和后现代主义文学的侵蚀，使 20 世纪新诗的鄙俗、油滑、丑陋，达到了触目惊心的地步。如果不为尊者贤者讳的话，应该承认在鲁迅、流沙河、黄永玉等诗人身上的风趣和诗作的幽默里，都不难发现油滑的成分。而部分台湾诗人和大陆的新生代诗人、民间写作诗人，更是把幽默彻底变成油滑，把通俗彻底变成鄙俗丑陋。日常生活、凡人微物、俗世图相、情绪心态以及难于示人的私生活、潜意识、性事等，都进入了诗歌题材摄取的镜头视角。20 年代的新诗人曾把"公鸡强奸母鸡"写入诗歌文本，90

---

① 臧懋循《〈元曲选〉序》，《元曲选》一，中华书局 1958 年 10 月版，第 3 页。

年代的新诗人更公开倡导“下半身”诗歌。像元曲家直赋市井男女俗情一样，新生代诗人的爱情诗，时涉性事，本能原始，两性间的优美纯情已不复存在。他们像元曲家一样嘲弄贤哲帝王、普通百姓，也像元曲家一样嘲弄作践自己，写出了《尚义街六号》、《二十岁》等类似关汉卿的[南吕·一枝花]《不伏老》、钟嗣成的[南吕·一桂花]《自序丑斋》那样的作品。像元曲家取下诸如丑斋、龟巢、顽老子、怪怪道人等反讽自嘲的别号一样，他们也为自己取下诸如孟浪、二毛、京不特、胖山等更像小痞子诨号的笔名，甚至用一条狗的名字“宁可”作笔名。他们认为“诗人是腰间挂着诗篇的豪猪”，其自嘲自卑着实令人惊讶。有本名叫《野种之歌》的诗集，专写丑陋，嗜痂成癖，粗俗不堪，脏话连篇。其中的《车过黄河》竟然亵渎中华民族的母亲河，这和同出后现代诗人之手的《子曰》亵渎圣贤、《1999 年 12 月 31 日 23 点 59 分 59 秒》亵渎时间一样，表明他们的审美趣味已是严重霉变。

四 政教之负面

诗人公刘在《诗与政治及其他》中指出：“在这个世界上，再也没有任何一个国家的诗与政治的关系更比中国密切的了。”有着难解的“入世情结”的士大夫文人，对社会政治、对社稷苍生有着特别的关怀。他们创作了大量社会政治性的抒情诗，在诗歌和社会生活之间建立起良性的互动关系，但也因此过度强化了诗歌对政教伦理的依附性，形成了有损诗歌独立性和审美价值的泛政教化传统。其对 20 世纪新诗的负面影响，主要体现在理论上的狭隘性和创作上的功利化两个方面。

（一）理论上的狭隘性

在《诗》、《骚》传统和孔子说诗、《诗大序》等儒家诗论的影响下，中国诗歌、诗论始终与社会政治教化息息相关。个人的、情感的、唯美的带有与政教伦理疏离倾向的诗人、诗作，一再受到指责和贬低。甚至连李白都不能幸免，赵次公《杜工部草堂记》说："白之诗多在于风月草木之间，神仙虚无之说，亦何补于教化哉！"[①]一些诗人、诗论家急功近利，为了政教的目的，忽略诗歌的审美、娱乐价值，视野单一狭窄，使诗歌沦为政教目的的附属物，甚至牺牲品。白居易的诗论可为代表，他认为自晋至唐的所有诗人诗作，只有杜甫的少数写实作品才有价值："杜诗最多，可传者千余首，……然撮其《新安吏》、《石壕吏》、《潼关吏》、《塞芦子》、《留花门》之章，'朱门酒肉臭，路有冻死骨'之句，亦不过三四十首。杜尚如此，况不逮杜者乎。"[②]他对梁陈诗歌"率不过嘲风雪，弄花草而已"的批评，也往往成为后世政教论者排斥诗歌审美性和多样化的口头禅。白居易毫不含糊地表白过他的诗学观点："为君为臣为民为物为事而作，不为文而作也。"[③]这种对待诗歌的功利化态度，在本质上是非审美的，其对后世诗歌理论创作产生的负面影响，通过晚清"诗界革命"的中介，一直延伸到白话新诗的创作、批评领域。

二十世纪初的"新文学运动是从新诗开始的。最初，新文学运动就是新诗问题"[④]。从古典诗歌传统中突围而出的白话新诗，在努力抛掉文言、格律的束缚和封建、腐朽的意识的时候，却继承了古代诗歌与社会政治、思想教化紧密相连的诗学精神。20 世纪的新诗理论批评家，更重视文学和诗歌的社会政治内容与思想教化功能。胡适指出：旧文学在清末民初堕落的原因是在内容方面，所以他强调文学革命"须言之有物"，"不作无病之呻吟"[⑤]，要求抒写一种蓬勃奋发、报效祖国的思想感情。鲁迅的《摩罗诗力说》，集中体现了爱国、启蒙的社会政治化的诗学观点。郭沫若 20 年代后期开始鼓吹普罗诗人做"标语人、口号人"，

---

① 瞿蜕园、朱金城《李白集校注》附录"丛说"，上海古籍出版社 1980 年 7 月版，第 1866 页。

② 白居易《与元九书》，《白居易集》，岳麓书社 1992 年 7 月版，第 425 页。

③ 白居易《新乐府序》，《白居易集》，岳麓书社 1992 年 7 月版，第 41 页。

④ 胡明《胡适诗存·前言》引胡适语，《胡适诗存》，人民文学出版社 1993 年 10 月版，第 5 页。

⑤ 胡适《文学改良刍议》，《新青年》2 卷 5 号，1917 年 5 月。

后来更提倡“思想应该指导一切”。俞平伯主张文学家唯一的天职，就是“老老实实表现人生”①。宗白华认为“文学的责任，不只是做时代的表现者，尤重在做时代的指导者”②。闻一多高度评价《女神》反映了20世纪动的精神、反抗精神与科学精神，称赞《给战斗者》的作者田间是“时代的鼓手”。连提倡“纯诗”的王独清，30年代也表示“现在我们需要的是大众的诗歌，是社会的诗歌”③。戴望舒在《谈国防诗歌》一文中也承认“诗中可能有阶级、反帝、国防或民族的意识情绪的存在的”④。中国诗歌会的核心人物蒲风，更主张“诗人的任务是抉发社会的罪恶、黑暗，指导社会现实，重过于作美的表现描摹的”⑤。萧三要求新诗应“普遍流传为宣传鼓动的有力的工具”⑥。艾青强调诗歌与宣传本质上的一致性，认为诗歌应成为“宣传与鼓动的武器”⑦。现代新诗理论批评史上撰著最丰的阿垅的三册《诗与现实》，中心论题是“关于诗——或者关于人生和政治”。40年代后期，九叶派诗人针对新诗“为人生”和“为艺术”两个传统的互相对立，企图实现二者的综合，他们的观点被左翼批评家劳辛指责为“吟风弄月派的复活”。这一时期推崇白居易的左翼诗人、诗论家，要求诗歌直接服务于夺取政权的政治军事斗争。劳辛《读诗随感》认为：在夺权斗争中“诗歌是最适宜的战斗的武器”。而以臧克家、袁水拍为代表的政治讽刺诗人，更是“政治上斗争的一员”⑧。50年代以后至70年代末，为政治服务的工具论诗歌理论批评一统诗

---

① 《新潮》2卷1期，1919年10月。

② 宗白华《乐观的文学》，《时事新报·学灯》1920年10月2日。

③ 《王独清先生来信》，《诗歌月报》创刊号，1934年4月。

④ 《新中华》5卷7期，1937年4月10日。

⑤ 蒲风《〈南中国的歌〉序》，《蒲风选集》上，海峡文艺出版社1985年6月版，第622页。

⑥ 萧三《论诗歌的民族形式》，《文艺战线》1卷5期，1939年11月。

⑦ 艾青《诗论》，人民文学出版社1983年9月版，第163页。

⑧ 臧克家《向黑暗的“黑心”刺去——谈政治讽刺诗》，重庆《新华日报》1945年6月10日纪念第五届诗人节诗歌专页。

坛，与创作上的颂歌、战歌配合呼应，已是完全彻底的社会政治化、意识形态化，此处不再引述。

（二）创作上的功利化

与理论上的狭隘性相适应，20 世纪新诗创作上的功利化倾向凸显，社会政治性的诗歌占据了新诗的绝大比重，图解意识形态，配合政治任务，服务中心工作，而以左翼诗歌、十七年诗歌和文革诗歌为最。其负面表现为如下数端：一是政治压倒艺术，“政治学与诗学统一”的结果，是政治学取代诗学，致使诗歌文本粗糙、美感稀薄。比如普罗诗歌的指导者公然号召诗人们“如写我们的口号”一样“制作你们的诗歌”，导致创作概念化、标语口号化。50 年代彻底工具化和大众化的诗歌总体艺术质量低下，像《学文化》、《防治棉蚜歌》一类诗，如不署名，很难让人想到这样的“诗”出自《女神》作者之手。二是颂不当颂，刺不当刺，屈从或自觉服从一时的政治权威，把政治家的目的当作诗歌的目的，降低了诗歌的品位，甚至在诗歌中滥施语言暴力、谩骂攻击，十足的痞子流氓腔，诗歌遂堕落为专制、邪恶的帮凶，如文革诗歌《工农兵杀上舞台》等。政治总是短期时效的，从属于某一时期的政治的诗歌，往往经不起时间的考验，50 年代以后配合历次政治运动的诗歌，文革时期的《文化大革命颂》一类诗歌，时过境迁，皆沦为应景的短命作品。三是理性意识、科学精神和民主思想、独立人格沦丧，奴性十足，盲目崇拜，传统皇权社会培养的小农式的感戴主恩的蒙昧心理暴露无遗。这种苗头 40 年代已经出现。50 年代以后，愈趋狂热，大量的诗歌作品颂声盈耳，为造神运动火上浇油、推波助澜。四是社会政治性的诗歌，总是群体伦理道德性的，它对个人化、个性化的抒情构成压抑或排斥，对自由的创作心境造成损害，不仅有伤诗歌真美，模糊个体文本的独创性，而且容易导致假大空的作品出现。李白凤、蔡其矫、孙静轩、郭小川、流沙河和《星星》诗刊同人在五、六十年代的遭遇有其代表性。于是诗人们要么大唱标准统一、空洞虚假的战歌、颂歌，要么别无选择地失语沉默。五是屡屡被政治家、理论家要求配合、服务。如果配合、服务不当,轻则戴帽子、打棍子,遭受批判羞辱、惩罚折磨,重则付出身家性命的惨重代价。这类事件在20世纪新诗史上,特别是在50年代至70年代中期,可谓屡见不鲜。甚至在70年代末和80年代,仍有一些人希图把诗歌事件罗织为政治事件。

承传古典诗歌政教伦理传统的20世纪新诗,理论和创作上的过度政教化,所留下的经验教训无疑是沉痛、深刻的。进入90年代,日益边缘化的诗歌开始疏离社会政治,以个人化方式存在。谢冕说:"个人化使诗最后摆脱了社会意义的巨大笼罩,但也留下了巨大的隐患。自此以后,诗人关心的只是自己,而对自己以外的一切淡漠而疏远。相当部分的诗成为诗人对于小小的自我的无休止的'抚摸'。既然诗人只关心自己,于是公众也就自然地疏远甚至拒绝了诗"①,对诗歌与社会政治"分家"的利弊得失,分析得相当中肯。诗人诗歌与社会政治之间关系的理想状态,应是政治权力不再干预诗歌,而诗人应该在关心自己的同时心忧天下,诗歌应该充分体现出社会的正义和良知。以目前社会和诗坛的状况来看,欲达此理想状态也难,恐怕尚须假以时日。

五 语言形式之负面

20世纪新诗虽以彻底破坏旧诗的语言形式开始,但在自己的语言形式建设方面,还是与古典诗歌发生了千丝万缕的联系。无论是语汇意象的使用,或是体式的构建,都有对于古典诗歌的大量借取承传。古典诗歌对新诗语言形式上的负面影响,也在借取承传之中显现出来。

(一)语言之负面

20世纪新诗对古典诗词语汇辞藻的袭取借用,在新诗标题上有着

---

① 谢冕《诗歌理想的转换》,《郑州大学学报》31卷1期,1998年1月。

相当惹眼的表现。不少新诗作品，直接把古典诗词的标题拿来为我所用，或者把古典诗词中的句子、意象、语气拿来用作标题。前者如《口占》、《生查子》、《如梦令》、《御街行》、《妾薄命》、《休洗红》、《出塞》、《秋兴》、《短歌行》、《更漏子》、《蒹葭》、《十五从军征》、《长恨歌》、《将进酒》、《戏为六绝句》、《少年行》等；后者如王统照的《正是江南好风景》、徐志摩的《梅雪争春》、周梦蝶的《行到水穷处》、蓉子的《青鸟》、吴望尧的《我来自东》、张错的《丛菊》、余光中的《五陵少年》、洛夫的"隐题诗"《客心洗流水，余响入霜钟》等；这等标题很容易唤起读者过于谂熟的审美记忆。二、三十年代的新月派、象征派和现代派诗人诗作中，更是满缀着来自古典诗词的语汇辞藻。如闻一多诗中的"宝鼎、篆烟、雏凤、仙娥、女娲、六合、八极、太白、长庚、水国、绝塞、淡烟、疏雨"等大量语词意象，均在古典诗词中常见。戴望舒诗集《我底记忆》[①]，收 1924 年至 1929 年的诗作 26 首，诗中使用的古汉语词汇和古典诗词意象有"白日、幽夜、荒冢、薤露、孤岑、微命、只合、消受"等多达 120 余个。50 年代以后的台湾诗歌，一方面是反传统的现代性追求，另一方面又与古典诗歌传统关系紧密。老一代诗人旧诗根基深厚，新一代诗人也有较好的古典诗词修养。所以台湾诗人尤其是新古典主义诗人的作品，在语汇辞藻的使用上，采撷古典诗词意象和文言词汇更为普遍频繁。

对古典诗词语汇意象的适度活用，可以为新诗增富语言、添加文采，提高凝炼度和表现力。但若使用过多过频，导致新诗的语言色彩过于古雅，就会使新诗显得熟俗陈旧。朱光潜就曾批评戴望舒诗歌语言"太带旧诗气味了"[②]，蒲风则攻击戴望舒等人的现代主义诗歌表现的是"没落后投到都市里来了的地主的悲哀"，而在语言辞藻方面，"封建诗人所常用的字眼，都常是他们唯一的材料"[③]。剔除蒲风话中乱扣阶

① 戴望舒《我底记忆》，上海水沫书店 1929 年 4 月版。

② 《文学杂志》创刊号，1937 年 5 月。

③ 蒲风《五四到现在的中国诗坛鸟瞰》，《蒲风选集》下册，海峡文艺出版社 1985 年 6 月版，第 810—811 页。

级帽子的“左”倾意味，他指出戴望舒等现代诗人的作品在情绪、语言上和传统诗歌关系过于密切，还是对的。现代派诗人纪弦干脆把这类新诗文本指为“本质上的唐诗宋词元曲之类”①。洪子诚、刘登翰也认为：新诗人在趣味上过于古典化，有“可能减失诗作的鲜活生气”②。

（二）形式之负面

深受古典格律诗影响的新月派诗人的新格律诗理论，所倡导的“三美”之一的“建筑美”，要求新诗“节的匀称和句的均齐”，它有力地矫正了20世纪20年代初“自由诗风盛极一时”的诗坛风气，转而“注意新诗的形式”，使新诗的“艺术大为加强”③。但是，由于新月诗人普遍谙熟旧诗格律，再参以英诗格律，使这次很有意义的新诗建体活动很快走向“律化”的极端。一些诗人泥古不化，机械仿照古典格律诗的“齐言”形式，“把诗的每行修得一般长短，每行的字数是一般多”，被人称为“豆腐干派”④。新月末流的字句绝对整齐的“豆腐干”诗，内容空虚、拼凑字数、拘谨僵硬，缺乏变化流动之美，弊端明显。当初曾经满怀信心倡导建设新诗“完美的形体”的徐志摩，在仅仅过了两个月后就无奈地慨叹：“说也惭愧，已经发现了我们标榜的‘格律’的可怕的流弊！谁都会运用白话，谁都会切豆腐似的切齐字句，谁都能似是而非的安排音节——但是诗，它连影儿都没有和你见面！”⑤严重败坏读者胃口的“豆腐干”诗，导致了这次诗体建设努力的失败，自由诗风此后更大规模流行，终使新

---

① 纪弦《现代诗》创刊号《宣言》，1953年2月1日，见《中外文学》第10卷12期“现代诗三十年回顾专号”的“文献重刊”栏，1982年5月。

② 洪子诚、刘登翰《中国当代新诗史》，人民文学出版社1993年5月第1版，第502页。

③ 杨里昂《中国新诗史话》，湖南文艺出版社1992年10月版，第120页。

④ 梁实秋《文学讲话》，《梁实秋批评文集》，珠海出版社1998年10月版，第228—229页。

⑤ 徐志摩《诗刊放假》，《中国新文学大系·文学论争集》，上海良友图书印刷公司1935年10月版，第336页。

诗的体式建设长时间无从说起。

古典词曲体式明显影响了刘大白、刘半农、俞平伯、流沙河等新诗人，他们那词曲体的以三、四、五、七言句子为主的新诗作品，虽然读来流畅顺口，但总觉格局较小，韵律节奏上的古典牧歌调性过浓，与现代社会的生活节奏和现代人的情感节奏不无脱节。至于信天游体和“莲塘团团菱塘圆”(《采菱》)、“小打瓜，圆周周”(《小打瓜》)一类民谣体作品，的确不大像现当代新诗文本，而更像“顺口溜”、“快板书”之类，这种形式已很难胜任对驳杂繁复的当代生活和情感本质的表现。

六　影响之焦虑

面对三千年悠久深厚、名家辈出、名作如林的中国古典诗歌传统，20世纪初的文学革命先驱产生了严重的“影响焦虑”心理，类似陈独秀《文学革命论》中关于“革命军三大主义”一类的激烈表述，从某种意义上说就是一代新人急于从“传统影响的阴影里”摆脱出来的“焦虑心理”的写照。20世纪初从语言形式上彻底背叛古典诗歌的新诗革命，本身就是极度“影响焦虑”的产物。“作迴然相反的事也是一种形式的模仿”①，一种反向的不是“模仿”的“模仿”。所以，这种看似彻底的背叛，其实并没有割断新诗与古典诗歌的深层血缘联系，古典诗歌依然在观念和手法上全方位地渗透新诗，对新诗创作和理论批评实行着跨越时空的“远程调控”，笼罩在古典诗歌巨大影子下的新诗人们，严重的“影响焦虑”心理依然存在。

（一）高山仰止

20世纪新诗人面对古典诗歌传统的“影响焦虑”心理，在任洪渊诗

---

① 哈罗德·布鲁姆《影响的焦虑》，徐文博译，江苏教育出版社2006年2月版，第31—32页。

里有着集中的体现。他深感“三千年古典大师的卓越创造,已经缀满整个汉字世界”[①]。面对王维的落日、李白的月亮等经典意象,如何寻找个人的新词语,是摆在当代诗人面前的几乎无解的难题:“鲲/鹏/之后 已经没有我的天空和飞翔/在孔子的泰山下/我很难再成为山/在李白的黄河苏轼的长江旁/我很难再成为水/晋代的那朵菊花 一开/我的花朵/都将凋谢。”古典诗歌杰作不仅是令后人纷起仿效的艺术典范,而且也是让后人难以逾越的“海拔高度”:“当王维把一轮 落日/升到最圆的时候/长河再也长不出这个圆/黎明再也高不过这个圆。”于是诗人急切地叩问:“我的太阳能撞破这个圆吗/我的黄河能涌过这个圆吗?”诗人失神地看到:那轮属于李白的“月亮”,已经成为“一个不能解构的/圆”。现代人即使“穿越了南极的冰雪/也走不出一个秋字的边疆”,宋玉、杜甫诗歌对秋天具有“母题、原型”性质的表现,使今天的诗人遭受“一个字的永远流放”。而属于“陶潜的停云”、“王勃的落霞”的天空,“就是升起一朵一朵 原子云”,再也“华采不了”,诗人沮丧地发现:“原子云也原始着”那朵“停云”,而“天空已经旧了”。无数汉语诗歌的经典语词“一个接着一个/灿烂成智慧的黑洞”。面对这一个个灿烂的“汉字黑洞”,也就是古典诗人臻至的汉字表达力的极限,有多少“晚生者”已经被诗国昔日的辉煌不幸地压垮了。所幸任洪渊是勇者,面对古典诗歌那“解构不了的圆”、“走不出的边疆”和“飞不过的北回归线”,高山仰止的任洪渊一方面承受着巨大的心理焦虑的压力,一方面勇敢寻求着突围之路。他想让新生的儿童充当汉语诗歌“新的主语”[②],他把创造新鲜语汇和诗歌的希望,寄托在对原初汉语词汇的寻求上。

(二) 剑走偏锋

如果说古典气质的任洪渊在强烈感受到“影响焦虑”之后,主要是

---

① 王一川《汉语形象美学引论》,广东人民出版社1999年9月版,第268页。

② 上引诗句均见任洪渊诗与诗论合集《女娲的语言》,中国友谊出版公司1993年9月版。

寻求回归汉语原初状态的正面突破的话，那么一些后现代诗人则“剑走偏锋”，面对经典无法企及、不可逾越的审美高度，他们在“影响焦虑”心理的支配下，主要是通过亵渎神圣以自慰自快。以台湾后现代诗人的“谐拟”为例，他们往往选择文学史上的经典文本作为嘲讽、解构的模拟对象，以纾解“晚生者”仰慕、嫉恨搅和一处的炙热灼人的痛苦焦虑心情。罗青的《录影诗学》中，以马致远《天净沙》为背景的“分镜头”有这样的展示：“老树”是“一只狗抬起的腿/上移到水泥柱浑圆的腰”；“小桥”是“一组四通八达的人行路桥”，上面有五花八门的标语广告，有扒手活动，有不良少年斗殴；“人家”是一片夜市：“毒蛇研究所的对面/是回春性病专门医院/精割包皮的招牌/鳄鱼皮包的商标。”林耀德的《上邪注》“谐拟”汉乐府《上邪》，在“山无陵江水为竭”一句下写道：“在无数人类同时努力做爱的子夜/再度　悄悄降临/今年的第一枚核弹”；在“天地合”一句下写道：“核爆同时/请容你我完成最后的交媾。”尽管罗诗有讽刺现代社会纷乱杂沓、原欲膨胀的意味，林诗有对核阴影威胁人类生存的批判，但《天净沙》中夕阳古道上游子天涯的乡愁，《上邪》中生死不渝的忠贞爱情誓言，这些最为美好动人的诗意情感，无疑已被罗诗里的病态世相和林诗里的疯狂纵欲消解殆尽。古典之外，为求创作上的突破，对新诗名篇的“谐拟”也已出现，如台湾苦苓的《错误》模拟郑愁予的《错误》，大陆曲有源的《雨巷》模拟戴望舒的《雨巷》，在曲诗中美丽的“雨巷”竟然不堪到变成女性伸展开的下肢隐私部位。“谐拟”可归入古典诗学的“拟作”、“效体”范畴，西方文论家谓之“互文性写作”。作为读者，已很难从“谐拟”里看到“互文性”所谈论的“前人的文本从后人的文本中从容地走出来”的有趣现象①，映入读者眼帘的是纯美的经典文本被“谐拟”颠覆得土崩瓦解、支离破碎的狼藉惨状。可见，“谐拟”这种在极度影响焦虑心理支配下愤而“弑父”的举动，无论如何都是对纯美

---

① 蒂费纳·萨莫瓦约《互文性研究》，邵炜译，天津人民出版社 2003 年 1 月版，第 12 页。

的经典文本的作践糟蹋，花下晒裤，佛头着粪，着实大煞风景。于是，经典的影响异化为一种催生粗鄙、丑陋的诗歌文本的由头和助力，影响的焦虑导致诗人为创新而误入歧途，影响在这里也主要显示出一种负面的意义。

中国古典诗歌在施与20世纪新诗诸多正面积极影响的同时，也不可避免地带来了如上所述的一些负面消极的影响，并引发了严重的影响焦虑心理。本文集中讨论古今诗歌传承中存在的负面消极因素，兼及影响焦虑问题，当然不是否认悠久辉煌的中国古典诗歌传统在20世纪新诗领域所具有的巨大现实意义，而是为了对古典诗歌的现代价值有一个更全面真实的了解和认识，为了给20世纪新诗的一些病患找出病因，进而施以有效的疗治。其最终目的在于使新诗这株萌生在东方古老诗国里的幼树，在未来的成长岁月中，既能最大限度地摄取古典诗歌优良传统的丰富养料，又能清醒、有效地避免古典诗歌的遗传病毒感染，从而更加健康蓬勃地早日长成堪与古典诗歌比高的参天大树。

（本文原载《文学评论》2007年第5期，《中国文学年鉴》2008卷收录，系国家社科基金项目《中国古典诗学与20世纪新诗》阶段性成果。）

秦汉俳优戏与传统相声艺术萌芽

陈建华

民间说唱艺术是中国各种艺术的母体:民歌是古代诗歌的温床和主体,传统小说源于早期的说书,诸宫调等直接孕育了中国戏曲。同时,说唱艺术对传统音乐、舞蹈等艺术也有明显影响,因而研究价值重大。在十余种说唱艺术中,相声影响最大,至今仍是娱乐的主流形式,具备突出的学术价值。

学术界和相声界通认为"作为行业,相声肇始于1870年前后,早期的相声艺人有朱绍文、阿彦涛、沈春和。他们把相声作为经营性的行业,正式建立三派,自立门户,授徒传艺。"但细究却不尽然,早在两千多年前的秦汉俳优戏中就已经萌芽了相声。此结论基于如下事实:

一 秦汉俳优戏催生了相声艺术的基本技法

一般认为,现代相声的基本手法有"说学逗唱,以逗为先"。但相声大师马季认为:"相声除了'说学逗唱'外,还要加上'演'。相声要讲究'说学逗唱演'。"①从文献记载看,秦汉俳优戏在"说学逗演"上相对成熟,惟独"唱"不见记载。

---

① "马季谈相声",见中央电视台1998年10月12日晚八点"曲苑杂坛"节目。

(一)秦汉俳优戏旨在“逗”

和相声宗旨相同,秦汉俳优目的不同于戏曲的“以歌舞演故事”,而在于逗人一笑。其逗乐手法相当熟练:

首先,它多使用“三番四抖”的“包袱”手法,正是相声逗笑的重要手段。《史记》“滑稽列传”的优孟是先秦时最著名的俳优,尤善用包袱讽谏君王:

> 优孟,故楚之乐人也。长八尺,多辩,常以谈笑讽谏。楚庄王之时,有所爱马,衣以文绣,置之华屋之下,席以露床,啖以枣脯。马病肥死,使群臣丧之,欲以棺椁大夫礼葬之。左右争之,以为不可。王下令曰:有敢以马谏者,罪至死。(**析:故事开始,提出严重的问题,造成悬念。**)优孟闻之,入殿门。仰天大哭。(**析:第一次铺垫:优孟沿着楚庄王的错误思维方向发展,推波助澜,将问题进一步扩大化。为马哭丧,夸张荒谬,初现滑稽色彩。**)王惊而问其故。优孟曰:“马者王之所爱也,以楚国堂堂之大,何求不得,而以大夫礼葬之,薄。请以人君礼葬之。”王曰:“何如?”对曰:“臣请以雕玉为棺,文梓为椁,楩、枫、豫章为题凑,发甲卒为穿圹,老弱负土,齐、赵陪位于前,韩、魏翼卫其后,庙食太牢,奉以万户之邑。(**析:第二次铺垫:将楚庄王的错误思维推向极端,夸大过火,结成包袱。**)诸侯闻之,皆知大王贱人而贵马也。”(**析:分析庄王错误做法的严重后果。**)王曰:“寡人之过一至此乎!为之奈何?”优孟曰:“请为大王六畜葬之。以垅灶为椁,铜历为棺,赍以姜枣,荐以木兰,祭以粮稻,衣以火光,葬之于人腹肠。”(**析:抖开包袱,优孟展示前面荒诞言行的真正目的,提出正确处理马的方法。描绘中煞有介事,与前面庄王厚葬马的场景类似,形成巨大反差和暗讽,产生强烈的讽刺效果。**)于是王乃使以马属太官,无令天下久闻也。

优孟抓住庄王做法的错愕,使用归谬法步步推演、层层铺垫,将其错误夸大化和极端化，结成包袱。其三番四抖的手法虽不严谨，但产生了强烈的滑稽效果。应该说，归谬法和反讽是相声“三番四抖”制造包袱取笑的根本逻辑，是我国语言中较早成熟的技巧，远古的先人已掌握了这一取笑技巧。

其次，秦汉俳优戏确立了双人相互攻讦要笑的结构。

“弄愚痴”在秦汉俳优戏中流行最广、影响最大。《三国志·魏书》中“前废帝纪”载：“太乐奏伎，有倡优为愚痴者，帝以为非雅戏，诏罢之。”结合其他文献不难看出：弄愚痴多由两人表演，一装作智者，一扮作痴者，智者愚弄痴者取乐逗笑。二人相互耍弄，表演火爆而滑稽，故而被认作“非雅戏，诏罢之”。

智者和愚痴的二人结构近乎现代相声中的一捧一逗，智者为逗哏者，痴者为捧哏者。自作聪明的逗哏者捉弄忠厚迟缓的捧哏者，是现代相声内容的核心和基础。由此不难看出秦汉俳优戏与后来相声间非同一般的关系：

> 当时“俳优”表演是以二人或二人为主，联系到后世的“参军戏”乃至相声，是颇耐人寻味的。

（二）秦汉俳优戏擅长“说”

秦汉俳优戏具备高超“说”的技巧，语言风格非常近似现代相声：

首先，俳优语言滑稽，极具喜剧色彩。马令《南唐书·谈谐传》云：“秦汉之滑稽，后世因为谈谐。”王国维则认为：

> 《史记》称优孟，亦云楚之乐人。又优之为言戏也……《杜注》：“优，调戏也。”故优人之言，无不以调戏为主。

俳优对话中相互调戏，语言出人意表，极具诙谐滑稽意味。

其次，俳优语言机智敏捷，锋芒锐利。秦汉俳话语往往言在此而意在彼、辩解机智，锋芒锐利却又不留痕迹。高超的技巧中表现出大智大慧，形成浓烈的喜剧色彩。司马迁载：

> 始皇议欲大苑囿，东至函谷关，西至雍、陈仓。优旃曰："善。多纵禽兽于其中，寇从东方来，令麋鹿触之足矣。"始皇以故辄止。二世立，又欲漆其城，优旃曰："善。主上虽无言，臣固将请之。漆城虽于百姓愁费，然佳哉！漆城荡荡，寇来不能上。即欲就之，易为漆耳，顾难为荫室。"于是二世笑之，以其故止。

秦始皇和秦二世都是史上有名的暴君，优旃讽谏之事又均触怒其喜好、面批其淫威，自然凶险万分。但优旃话语迂回曲折，表面上赞成暴君逆行，实则独辟蹊径从反面劝谏，指出多养禽兽、油漆城池可以御敌，伤害百姓也在所不惜。反面论证逆行将自取灭亡的恶果，语言描摹虽荒诞不经，但其所指严肃，二者形成反差，造成浓烈的喜剧效果。

这些语言技巧，也正是相声艺术的底色。

（三）秦汉俳优长于"学"和"演"

现代相声的"学"，最早包括模拟常见物的动作和声音，后来主要通过模拟言行来塑造人物，实则成为"演"。这与秦汉俳优戏的情况相同：

首先，秦汉俳优重在模拟人物言行来塑造角色。

《史记·李斯列传》："俳优戏在角抵外。俳不但言词诙谐可听且容态可观。"指出俳优表演中"言词"和"容态"并重，全方位模拟人物。

因为模拟人物成风，以致秦汉俳优戏中出现了一类专门模拟人物角色的分支，即"象人"。《汉书·礼乐志》载："郊祭乐人员，初无优人，惟朝贺置酒陈前殿房中，有常从倡三十人，常从象人四人，诏随常从倡十六人，秦倡员二十九人，秦倡象人员三人，诏随秦倡一人，此外尚有黄门倡。此种倡人，以郭舍人例之，亦当以歌舞调谑为事；以倡而兼象人，则又兼以竞技为事，该自汉初已有之"，其中，象人四人，不及“倡”总量的七分之一，看似数量不大，但实际上“以倡而兼象人……自汉初已有之”，可见倡优多兼“象人”，只单纯通过滑稽话语取乐的倡优反倒少见。文献中的“象人”是否就是模拟人物呢？现仍存争议。王国维在“象人”后面追加了两个解释：“孟康曰：象人，若今戏鱼虾狮子者也。韦昭曰：著假面者也。”孟康认为“象人”多模拟动物禽兽；而韦昭指出象人“著假面”，假面即面具。但在古代戏曲中，面具多用以表现一类特定性格的人物，后演化为脸谱，而模拟动物禽兽的多不戴面具而披兽皮。可见，象人者应是模拟动物禽兽和人物兼顾的。

其次，秦汉俳优戏模拟人物旨在逗乐。

塑造形象属于戏剧范畴，而通过模拟人物逗乐取笑，则是相声艺术之根本，秦汉俳优正以此为目的的。

秦汉俳优喜好模拟肢体不全、身体异常者，如侏儒：

俳优的人物，原为供人笑乐，以侏儒之短小，与常人比并，已觉赋形滑稽。若用作调谑之资，以颠倒之词语，或误谬之动作，借供一笑。这样，便更可以收得效果了。

模拟奇形异状的装扮是俳优常用的又一种逗乐手法。《隋书·音乐志》载：“宣帝（后周）……广召杂伎……好令城市少年有容貌者，妇人服而歌舞。”男扮女装，通过性别错位塑造不男不女的形象，再辅以男性化的言谈举止，至今仍是相声和小品主要的搞笑手法。

和相声塑造人物手段相同的，秦汉俳优多通过丑化的言行和戏剧性冲突，暴露人物性格的不足来塑造滑稽形象。

（胡）潜并为博士，……典掌旧文。值庶事草创，动多疑议，慈、潜更相克伐，谤忿争，形于声色。书籍有无，不相通借。时寻楚挞，

> 以相震撼。……先主愍其若斯。群僚大会，使倡家假为二子之容，效其讼阋之状，酒酣乐作，以为嬉戏。初以辞义相难，终以刀杖相屈，用感切之。

胡潜和许慈交恶，主因是二人性格狭隘、脾气暴躁。刘备宴会上的俳优模拟二人，先是辞义相难，终以刀杖相屈，彰显二人性格和脾气的缺陷，观众产生强烈的心理优越感，爆发出强烈的笑声。应该说，这个例子中的俳优一捧一逗、戏剧化的手段、塑造人物的手法以及逗乐的心理逻辑，与现代相声相去不远。

综上所述，秦汉俳优戏已经发育出“说、学、逗、演”四门相声的基本手法，但后世戏曲和其他曲艺中也多有擅长此四门者，并非秦汉俳优戏所独有。秦汉俳优戏被认作相声远祖，另有更关键原因。

二 秦汉俳优戏孕育了相声的精神与内核

（一）秦汉俳优戏以现挂为艺术核心

现挂，即现场抓哏，是相声艺术之根本，是其区别与其他艺术之首要特质。大师侯宝林常说：“演员在表演中要重视现挂，因为这是相声中最重要的东西。”①秦汉俳优戏是中国历史上最早成熟使用现挂的艺术：

首先，秦汉俳优的表演情境近似相声：介乎于戏剧情境和生活之间。

真正的戏剧在舞台上表演，戏剧情境封闭而完整，不允许观众任意插入；舞台与观众拉开一定空间，形成较远的审美距离。与之形成鲜明对比的是：相声的情境开放，不但不拒绝观众，反倒主动与观众互动；表演场所拉近和观众的距离，追求融合无间、共鸣共振的效果。但相声毕

① 马季口述，见香港凤凰卫视 2005 年 4 月 23 日“凤凰大视野”栏目。

竟是一种舞台艺术,不能完全与观众混合,所以其表演情境介乎戏剧和现实生活之间。

秦汉俳优的表演情境大体与相声同:一方面,俳优有自己专属的表演舞台,拉开与观众距离。据《史记·秦本纪》载,秦灭六国后,在咸阳北阪建立宫室,将艺人俳优集中在此演出,秦二世曾在甘泉宫观看俳优艺人表演。汉王朝建立后,俳优的表演场所更为健全。汉惠帝"以沛宫为原庙,皆令歌儿习吹相舞"。元封三年,汉武帝在未央宫举行角抵演出;六年,复在平乐馆举行角抵表演,尤嫌不足,更起建章宫"设戏车,教驰逐","作俳优,舞郑女"。但另一方面,俳优与观众混杂相处、距离至近。史载曹芳在位"不亲万机,耽淫内宠,沈漫女德,日延倡优纵其丑谑"。"酒酣乐作,长信少府檀长卿起舞,为沐猴与狗斗,坐皆大笑"。

其次,秦汉俳优戏着重现场抓哏。

秦汉俳优表演着重即景生情、当场抓哏,这是俳优逗乐之关键,也是评价俳优艺术能力之首要标准。上文中提及的"慈、潜更相克伐"中,俳优的演出就是针对席中的许、胡抓哏。又如:"质黄初五年朝京师,诏上将军及特进以下皆会质所。大官给供具。酒酣,质欲尽欢,时上将军曹真性肥,中领军朱铄性瘦,质召优,便说肥瘦。"俳优表演就为拿席中肥胖的曹真抓哏,如果没有曹真存在,也就失去了讽刺对象,逗乐席上观众也就不可能。秦汉俳优戏的这一表演特质直接影响了后来的相声:

> 它(秦汉俳优戏)跟"优谏"的表现形式一样,带有见景生情,谐谑取笑的色彩,远不是正式的戏剧演出活动。这一点跟后世相声之"现挂"——即兴抓哏——是十分相似的。

(二) 秦汉俳优戏以讽刺为艺术精神

讽刺是相声艺术的精神本质,正源于秦汉俳优戏。其讽刺具备两个明显的特点：

首先，劝谏与谐谑兼备。

先秦诸侯割据，君主为强国实行朴素的人本主义，洋溢着民主气氛。俳优艺人具有相当的独立性和尊严，所以表演中往往锋芒毕露，直刺君王。大秦统一全国，虽然专制集权，但建国日短，俳优戏中劝谏君王、干预政治的风气被延续下来。这时期俳优的讽刺功能得到后人众口一词的肯定。司马迁称之为“谈笑讽谏”，“善为笑言，然合于大道”，指出俳优在政治上的重大价值。洪迈则说：“徘优侏儒，周伎之最下且贱者，然亦因能戏语，而谏讽时政，有合于古朦诵工谏之义。”指出俳优继承了先秦艺人积极入世、干预时政的优良传统。杨维祯评价更高：“观优之寓于讽者，如漆城、瓦衣、雨税之类，皆一言之微，有回天倒日之力，而勿烦乎牵裾伏蒲之敕也。”指出优语能“回天倒日”，甚或强过名留青史的忠臣良将了。这些评价有言过其实之嫌，但俳优讽刺锐利、有益社会和政治，确实值得肯定。

大汉王朝建立了稳定的、大一统帝国，集权专制压制了民主精神，讽刺逐渐失去了生存空间。汉代俳优干预政治的锋芒渐隐，转向说笑话、表演滑稽小戏，多自嘲自弄、娱乐贵族。对于秦汉俳优讽刺精神的演化，古人早有认识：

> 优旃之讽漆城，优孟之谏葬马，并橘辞饰说，抑止昏暴。是以子长编史，列传滑稽，以其辞虽倾回，意归义正也。但本体不雅，其流易弊……至东方曼倩，尤巧辞述，但谬辞诋戏，无益规补……古之嘲隐，振危释惫。虽有丝麻，无弃菅蒯。会义适时，颇益讽诫。空戏滑稽，德音大坏。

极大肯定俳优戏讽谏政治价值，彻底否定其戏谑娱乐之功用，是古人主流的定调。仅仅以政治功能为评价标准，以社会价值为衡量尺度，结论过于简单粗暴了：那些没有重大社会价值，但依旧能够带来愉悦的俳优戏不能因此而遭到否定。毕竟对于凡人而言,生活中可以没有政治和崇高,但却不能缺少快意和笑声。再者,仅肯定其实用功能而无视俳优戏的艺术价值,这种评价远离了艺术的本位,不可能客观而真实地昭显其整体价值。需要特别指出的是,该评论中大加指斥的东方朔正是现今相声行的"祖师爷",更能说明秦汉俳优戏与现代相声血肉交融、实为一体。

其次,"顺势"而为的讽刺手法。秦汉俳优讽刺讲究"谈言微中"和"若是若非"。

秦汉俳优生活在朝廷和贵族中,讽刺政治、指斥贵族的风险很大,甚至要付出生命的代价。为保全自身,俳优轻易不直接讽刺而是"顺竿爬"。先是表面赞成对方观点,接着进一步引申、发挥,加以归谬推理,以子之矛攻子之盾,将对方的不足和谬误展示出来。这种讽刺手法效果巧妙:一是起初打着赞成对方观点的旗帜,故能避其锋芒,避免激化矛盾,很好地保全了自己。二是通过夸张和归谬的手法指出对方错误,虽最终触及了利害关系,但夸张和归谬产生了强烈的滑稽效果,能极大缓和紧张形势。三是"言非若是,说是若非",将自己的本意隐蔽,曲折地、甚至以相反口吻巧妙地表达出来,即便触怒了对方也不会留太多把柄于人,优人安全得到保证。

秦汉俳优的这种讽刺手法被相声继承下来:

> (秦汉俳优)作为一种优秀的传统,寓庄于谐在艺术发展历史中一直贯穿下来。相声也是以这种方式服务于社会发展,发挥着巨大的战斗作用。寓庄于谐,构成相声艺术的重要特征。许多优秀的相声段子……进行嘲讽和匡正,形成庄与谐,严肃的思想内容和幽默的表现形式的和谐一致。

综上所述,秦汉俳优发育出相声"说、学、逗、演"的手法,诞生出讽刺精神和现挂艺术。但俳优戏只能算作相声萌芽。

三 秦汉俳优戏不是成熟的相声艺术

其不成熟主要体现在：

（一）秦汉俳优戏缺少专业的演出场所

从文献看，多数秦汉俳优生活在宫廷和贵族家庭中，表演多发生在日常生活中，尤以酒席宴上居多，舞台上的正式演出比较少。它的存在形态近似现在酒宴上的笑谈和打趣，距离成熟的表演艺术尚远。

（二）秦汉俳优戏艺术内涵不清

秦汉俳优戏的内容复杂，“说、学、逗、演”兼备，故而被后人认作说书、戏曲、相声等诸种艺术的源头。从文献看，俳优戏几乎涉及各个艺术领域，其艺术内涵混沌而混杂，很难将之与相声或者其他任何一门现代艺术划等号。

（三）秦汉俳优戏缺少完整而成熟的作品

从文献看，俳优戏表演多零零星星的只言片语，缺少开端、发展、高潮和结局完整的结构。作品多即景而发，长度短，难以支撑有效的公开演出。从创作机制上看，大部分俳优戏缺少素材挖掘、精心编剧、排练表演、反馈修改等必不可少的阶段。所以，至今难见成熟的俳优戏作品，没有好作品的艺术自然不是成熟的艺术。

（四）秦汉俳优戏表演随意，缺少稳定性

成熟的艺术要有成熟的作品，更要有成熟的、稳定的表演。作品能够反复上演，并且表演不因表演者、时间和地点的变化而失去起码的稳定性。

秦汉俳优戏的表演比较随意，往往因事而发、因时而作，针对具体

的人而演。如果时间、地点、背景和观众变化了，其表演也就不复存在了。

秦汉俳优依赖贵族和皇族生存，其表演往往因主人要求而产生。随着主人情绪、生活等的变化，艺人的表演也随时而变、甚至于消泯。

（五）秦汉俳优戏缺少完整而职业化的体系

一种艺术形式除了要有明晰稳定的表演手段外，更要有完整而职业化的体系，才算真正成熟。因为有了职业体系，这门艺术才具备了稳定的经济基础和社会基础，以此养活大批从业艺人、薪火相传、发展壮大。秦汉俳优缺失了这一重要体系：

秦汉俳优多通过讽谏政治和逗趣来博贵族一笑，从而获得经济封赏和地位升迁。他们不指望表演本身推升自己，艺术不是其立足之本。

秦汉俳优多周旋于贵族群中而绝少到民间演艺，因而不具备广泛的影响力，缺乏起码的经济造血能力。所以，演艺本身难以作为一种成熟的职业来支持艺人生活，而只能成为艺人敲开贵族之门的砖头。

至于说秦汉俳优戏的演出戏班、运作团队、管理体系、经济运作手法等等，更是无从谈起。

所以，在相声史上，秦汉俳优只能算作“小荷才露尖尖角”的萌芽，距离成熟的艺术尚远。

（本文为2010年度教育部人文社会科学研究一般项目《相声艺术研究》(10YJC760004)、2012年山东省高等学校人文社会科学研究项目《相声艺术史论》(J12WK69)、2012年山东省艺术科学重点项目《山东民间说唱艺术研究》(2012222)阶段性成果）

端木埰的词学思想

李冬红

端木埰(1816—1892),道光年间以优行拔贡,光绪间历官会典馆总纂、内阁侍读。虽仕途顺畅,但其"性兀傲,不与时俗谐"、"最恶权贵人,意所不惬,必面斥之",故对政治的热情有所减退,却把诸多精力放在文学创作和学术研究上,成果颇丰。作为晚清词人,端木埰与当世众多名家交往颇密,并有诗词唱酬,在晚清词学思想的传承上起过一定的作用。然而,回顾百年来的词学研究,包括诸家对清词的著述,皆缺乏对其词学思想的关注。本文即从端木埰的创作、选本、评点、交往等方面,评析其词学理念及其对时人词学思想的影响。

一

端木埰今存《碧瀣词》二卷,共101首作品。《碧瀣词》之名,是将词视为"碧山之唾余也",明显地表达了端木埰对王沂孙的尊崇,这与词学时风可谓密切相关。朱彝尊《词综》选有碧山词31首,张惠言《词选》中碧山词的入选也在姜夔和史达祖之上。自此以后,碧山词日渐得以重视,迄周济《宋四家词选》示人词学源流,标立四家时,遂尊碧山为一宗,将其列为词学入门之首阶,碧山词始风行于世。至晚清,陈廷焯《白雨斋词话》更是把碧山比作诗中曹子建和杜子美,甚至把碧山"词味之厚"与清真"词法之密"、白石"词格之高"誉为"词坛三绝"。当世词人尊崇碧山词者颇多，这种词坛主流自然会影响到端木埰的创作。

不过，端木埰的可贵之处，在于其没有完全笼罩于词学风尚之中，在创作趋向上呈现出自我创新的独有特色。端木埰首尊碧山词，又承续家族先君“酷好白石”的祖训，同时其天性放达、不流时俗的气质精神与苏轼词的豪放与旷达正相契合。因此，从总体上说，端木埰的词兼采王沂孙的咏物寄托和姜夔的审音远韵，又旁涉苏轼的清雄旷放，从而自成一家。

端木埰词一般都有简短的小序，介绍自己的创作背景，如“新凉”、“龙树院即景”、“秋气”、“十六夜对月”等。其词常因景生情，以情入景，在日常生活之场景中抒发内心细微幽隐的情思，展现清迈雄放的襟怀。如《齐天乐·月夜坐太清观》上片云：

> 画楼歌管春如梦，幽人独游尘外。碧宇高寒，红墙寂静，天与清凉诗界。中天翠彩。喜风露无声，玉轮高挂。领略清晖，浣将灵府倍潇洒。①

早春如梦，幽人独游，高台寒寂，天清气淡，轻风徐来，晚露凉意，玉月清晖，潇洒之姿，将清寂幽雅之景与作者飘然尘外之情浑然合一，难分彼此，特有姜夔词之清空意趣。再如《齐天乐·甲申守岁有感》下片云：

> 平生豪气未减，记萧斋读月，长剑孤倚。碧海屠鲸，青田饲鹤，少日心情空记。新来更喜。幸留得儿时，夜灯书味。为问梅华，可容同调比？

---

① 文中所选端木埰之词，皆本陈乃干辑《清名家词》(第9册)，上海：上海书店1985年版。

“豪气未减”的壮情,“长剑孤倚”的心志,“碧海屠鲸,青田饲鹤”的逸致,皆出之以清雅旷达之语,明显带有苏轼词的气韵。

与碧山词一样,端木埰特别喜爱和重视咏物词的创作,《碧瀣词》中的咏物词共有 17 首,所咏之物有植物如兰花、水仙、青松,有动物如猫、蟋蟀,亦有综合意象如绿荫、秋光、秋月等。端木埰的咏物词善于描摹所咏之物的外形与神韵,大体做到了形神兼备,较为符合张炎《词源》对咏物词的要求,既不“体认稍真”,也不“模写差远”,妙在似与不似之间。更突出的是一些虽主咏物却兼写性情的作品,意境深雅,格调高远,在创作方式与情感特征上都与碧山咏物词有神似之处。如《齐天乐·秋籁》词云:

> 劲风初应清商律,三千大千吹满。乱叶敲窗,幽虫绕砌,顿把罗衣催换。新凉骤转。正莲漏更长,月轮天半。枨触秋怀,读书声里一灯翦。　　闲阶添送爽气,听琤琮榈铎,宫徵都变。戍鼓宵严,悲笳莫急,谱出征夫哀怨。天涯岁晚。想风雨关山,劳歌道远。漫倚金尊,画堂喧翠管。

此词完全从听觉入手,自然界的秋风强劲四起声、落叶敲打窗棂声、阶前幽虫鸣叫声、人世间的朗朗读书声、悠长莲漏声、低沉戍鼓声、伤婉胡笳声、哀怨劳歌声、喧闹翠管声,声声都敲打在词人的心上,增添了浓浓的悲秋之感,较好地传达出作者对社会现实和民生疾苦的关注。

端木埰生活于风云际会的封建社会末期,外族的欺侮震荡着词人的心灵,促成其创作了许多忧时念乱之作,流露出无奈的哀痛和感怆,反映出一种时代的召唤力量。如《庆春宫》(澄碧消云)、《水调歌头》(皇宋有夫子)、《齐天乐》(一从洒遍西州泪)、(左徒风节千秋重)、(昭陵遗泽深如海)等,借典明志,追慕屈原、苏轼、岳飞等英姿气节和壮志未酬的悲愤,表达对时局的忧虑,发抒抑郁不平之气及坚忠爱国之意,词风仍是偏南宋一路。

通观端木埰的创作，内容相当丰富，涉及日常生活的方方面面，从中还可以看到社会与人生。在晚清尊体之声大盛的时期，端木埰的词作在社会功能与文学价值上皆与诗歌无异，成为其抒发情感、展示抱负、倾吐悲怨、传达政声的主要工具，破除了诗庄词媚的词学理念，词在他手中成为一种在描写对象上几乎不受任何限制的抒情诗体。

二

晚清词学勃兴，不仅词人辈出，词论日新，而且选本频出。词选的大量出现，成为词学思想理论的重要表现方式之一。前此如周济的《宋四家词选》、戈载的《宋七家词选》，后出如朱祖谋的《宋词三百首》、陈匪石的《宋词举》等，都曾领一时风骚。他们不仅在推广和普及词学上厥功甚伟，而且在带动词学风尚的转变方面，起着不可替代的作用。

在这样的词学风尚中，端木埰晚年也曾编选一本词选《宋词赏心录》，编辑的具体时间已难以确考。此选旧藏王鹏运四印斋，少有人知。之后卢前得书，并刻版付印，又改其名为《宋词十九首》，有开明书店影印本。何广棪又曾校评此书，由台北正中书局出版①。

《宋词赏心录》选录词人17家，共19首作品，作者、词牌、顺序如下：范仲淹《苏幕遮》（碧云天），欧阳修《临江仙》（柳外轻雷池上雨），苏轼《水调歌头》（明月几时有）、《念奴娇》（大江东去），秦观《满庭芳》（山抹微云），周邦彦《齐天乐》（绿芜凋尽台城路），岳飞《小重山》（昨夜寒蛩不住鸣），辛弃疾《百字令》（野塘花落），陆游《沁园春》（孤鹤归飞），李清照《凤凰台上忆吹箫》（香冷金猊），姜夔《暗香》（旧时月色）、《疏影》（苔枝缀玉），史达祖《寿楼春》（裁春衫寻芳），高观国《金缕曲》（月冷霜袍拥），吴文英《满江红》（云气楼台分一派），周密《玉京秋》（烟水阔），陈允平《绮罗香》（雁宇苍寒），王沂孙《齐天乐》（一襟余恨宫魂断），张炎《高

① 何广棪《宋词赏心录校评》，台北：台北正中书局1975年版。

阳台》(接叶巢莺)。其中范仲淹、欧阳修、秦观、李清照、姜夔、王沂孙、张炎七人入选的八首词,皆是张惠言《词选》所选篇目,说明端木埰在编选标准上一定程度上受到常州词派的影响。

端木埰虽未在《宋词赏心录》中明确说明此选的编辑动机,但我们仍然可以从中细味其倾向性,所选 17 家词人 19 首作品即昭示了其词学取法所在。17 家词人中,北宋仅范仲淹、欧阳修、苏轼、秦观、周邦彦 5 家,词作 6 首,占入选作家和作品的三分之一,显示了其崇尚南宋的趣尚,与戈载《宋七家词选》和周济《宋四家词选》于北宋仅选周邦彦一家,其余均为南宋词人的编选倾向颇为一致。不过,值得关注的是,在入选的具体词作方面,《宋词赏心录》却别具识见,并不一味地附和时风。如稼轩词不选"更能消几番风雨"的《摸鱼儿》而选《百字令》"野棠花落"一首,梦窗词不录《唐多令》、《忆旧游》而选《满江红》"云气楼台"一首,草窗词不录《曲游春》、《大圣乐》而选《玉京秋》"烟水阔"一首,即已表现出不同凡响之处,也表明了其对词作的独到理解,正应选本名称"赏心"之选个人独赏之意。

尤其令人注意的是,端木埰在仅有的 19 首作品中,选录了北宋苏轼和姜夔各两首作品,表达了对这两位词人的欣赏之意。姜夔原是浙西词派的膜拜人物,朱彝尊曾盛称其词是南宋词"极工极变"的最杰出代表,清代前中期词坛更因此形成了"家白石而户玉田"的局面。后常州词派兴起,他们转以尊从唐五代北宋词,尤其把晚唐温庭筠和北宋周邦彦奉为词学宗师,于是白石词开始受到冷落,逐渐淡出词坛。此时的端木埰却表示了对姜夔词的特别推崇,一方面是受其先君"于古人酷好白石"的影响,同时也应金伟君所示学词途径中"严奉万树《词律》"的教诲,对白石词的韵律和谐与骚雅情趣情有独钟。这种态度表现了其平衡浙西、常州两派的词学关系的努力,显然具有调整词学格局的意义。

《宋词赏心录》中入选的苏轼两首作品,也是例来被公认为其开创豪放旷达词风的《水调歌头》(明月几时有)和《念奴娇》(大江东去),这与时人视苏轼豪放词为词之"别调"的观点有些许冲突,明显表示了对此种词学观念的反拨和纠正，同时也符合端木埰评词颇重人品的观点。端木埰人品即受到时人的称颂，王鹏运称其“堂堂忠孝大节，从残文字里，谁证孤抱”。在《宋词赏心录》所选各家中，范仲淹和岳飞的入选多少得益于其人品的严正。端木埰在《满江红·岳忠武王书出师表和紡霞》即直言“想儒将风流洒落”，“对崇祠古墨想英姿”，表现出对岳飞高尚品格的崇敬之情。

在其强调词人的学养、性情、人品、经历等方面的同时，端木埰也看重词作思想内容方面的充实深刻、艺术境界的开阔博大以及表现手法的自然直率，总体上提高了常州词派以来所提倡的“寄托说”，因此以人品来观照词品，注重托旨深远，表达自然蕴藉的思想情感，是端木埰的词学理念。其不选岳飞《满江红》，而选《小重山》（昨夜寒蛩不住鸣），大致因为其词托物寓怀，悠然有余味，得风人讽咏之义，有比兴寄托之感。《宋词赏心录》中的其他入选词作，如被周济评为“将身世之感，打并入艳情”的秦观的《满庭芳》（山抹微云），俞平伯认为“特用重笔”的周邦彦的《齐天乐·绿芜凋尽台城路》，被常派词人称为“寄意题外，包蕴无穷”的姜夔的《暗香》（旧时月色）和《疏影》（苔枝缀玉）等，皆有重寄意托旨之趣。此选表现出的以南宋为宗的倾向，与南宋词富有寄托的创作特色有直接的关系。

三

除了创作和编选之外，端木埰还曾批点过张惠言的《词选》和董毅的《续词选》二书，言语之间亦显现其词学思想。端木埰评《词选》选录词 7 首，《续词选》3 首①，共计 10 首作品，其中王沂孙《齐天乐》、张炎《高阳台》、苏轼《水调歌头》3 首入选了《宋词赏心录》，批注时间与编选《宋词赏心录》大体同时或相近时期，即可借批注来探讨其词学观和具

---

① 唐圭璋《词话丛编》，北京：中华书局 1986 年版。

体选录的标准，而词选的编选理念又可印证其批注中显示出的词学理念。批注虽然属于偶尔点评，且数量不多，却能反映出诸多批评理念。彭玉平先生曾对此有过精彩评述①，今再作一简单梳理。

首先，端木埰在批注董毅《续词选》时特别提到："希文、君实两文正，尤宋名臣中极纯正者。"人品之纯正正是词品之清正的重要条件，这种观点证明了前述其选词标准中对词人品格的注重。

其次，端木埰评李煜《浪淘沙》(往事只堪哀)说："前已荒昏失国，此又妄露圭角，可为千古龟鉴。"切言词作对人的警醒。又评王沂孙《齐天乐》(一襟余恨宫魂断)时说："详味词意，殆亦碧山黍离之悲也。首句'宫魂'字点清命意。'乍咽'、'还移'，慨播迁也。'西窗'三句伤敌骑暂退，宴安如故也。'镜暗妆残'，残破满眼。'为谁'句指当日修容饰貌，侧媚依然；衰世臣主，全无心肝，真千古一辙也。'铜仙'三句伤宗器重宝均被迁夺北去也。'病翼'三句更是痛哭流涕，大声疾呼，言海徼栖流，断不能久也。'余音'三句遗臣孤愤，哀怨难论也。'漫想熏风，柳丝千万'，责诸人当此，尚安危利灾，视若全盛也。语意明显，凄婉至不忍卒读。"还评张炎《高阳台》(接叶巢莺)说："词意凄咽，兴寄显然，疑亦黍离之感。"这些评论思路正是着力揭示词中"比兴寄托"之意，明显受常州派周济的影响。

然而，端木埰虽提倡词之寄托，却反对张惠言那样的刻意寻求寄托。他批注无名氏《绿意·荷叶》说："既无寓意，亦是绝唱。……此词无论是否玉田所作，但就咏荷叶寻绎之，自是千秋绝调。"又批注范仲淹《御街行》(纷纷坠叶飘香砌)说："论者但以本意求之，性情深至者，文辞自悱恻，亦不必别生枝节，强立议论，谓其寓言其事也。"由此看来，端木埰选词评词，尤重寄托但又不完全拘泥于寄托二字，所以《宋词赏心录》中既有感慨深沉的明显寄托之作，也有专写情与物的婉转深情之作，反映了其在继承常州词派比兴寄托的同时，又注重词的文学审美作用，是

① 彭玉平《端木埰与晚清词学》，《中山大学学报》2004 年第 1 期。

对常州派词学理论的充实。

再次，端木埰还注意词体韵律与字音的和谐，其评苏轼《水调歌头·明月几时有》说："'宇'与'去'，'缺'与'合'均是一韵。坡公此调凡五首，他作亦不拘。然学者终以用韵为好，较整炼也。"又评史邦卿《双双燕·过春社了》："此调后四句，一律六字，颇嫌板滞。"皆是就音韵与字声而言，而其对姜夔词的重视也很大程度上有其字雅韵谐的原因。

同时，端木埰诗词并重，强调词作的情致韵味。其评范仲淹《御街行》(纷纷坠叶飘香砌)说："词笔婉丽如此。论者但以本意求之，性情深至者，文词自悱恻。"又评王安石《桂枝香·金陵怀古》说："情韵有美成、耆卿所不能道。"都说明其对作品所能达到的深情远韵的欣赏。

四

端木埰通过创作、选词及评点等行为，或隐或显地传达出其词学观点；不仅如此，他还通过与当世词人的交往与切磋，一定程度上影响了词学理论的走向。陈匪石在《宋词赏心录跋》中言："近数十年来，词风大振，半塘老人遍历两宋大家门户，以成拙重大之旨，实为之宗，论者谓为清之《片玉》。然词境虽愈矍愈进，而启之者则子畴先生。"唐圭璋先生也认为，晚近词之复兴，很大程度上得力于王鹏运与朱祖谋的贡献，然"端正二人学词之趋向，端木埰实亦有力"①。

光绪甲申(1884)年以后，端木埰与王鹏运、况周颐等就有"同直薇省"的经历，他们同为朝中之臣，同怀济世之意，同具耿直之心，同将一份抑郁不平之气发之于词。并于光绪十六年(1990)由彭瑟轩和王鹏运合刊《薇省同声集》，以叙述他们的友谊与记录他们的创作，词学之互相影响自然属情理中事。特别是端木埰对王鹏运词学思想的影响，更是显而易见的事实。端木埰在《碧瀣词自序》就曾提及王鹏运"尤痂嗜拙

① 唐圭璋《词学论丛》，上海：上海古籍出版社 1986 年版。

词”的偏好。王鹏运也极为称赏其词，在辑录《薇省同声集》时题跋：“先生不欲以文人自见，矧在倚声，而此集又其倚声之百一。读者以为醴泉一勺，可也。”既高度赞扬端木埰的人品，又认同了其作品的价值。唐圭璋在《端木子畴与近代词坛》一文中，评述了这一事实：“吾乡端木子畴先生，年辈又长于王氏，而其所以教王氏者，亦是止庵一派。止庵教人学词，自碧山入手。先生之词曰《碧瀣词》，即笃嗜碧山者。王氏之词，亦导源于碧山。”说明了端木埰在周济与王鹏运之间的承继关系。

端木埰曾经写过很多与同僚、词友的寄赠酬唱之词，既写“贤主多情，叩门相就更呼饮”的互访同酌之乐，也写“伤心当日胜友，到重来散尽，清泪交袵”(《齐天乐・忆松》)的凄凉苦楚，这些词不仅传递朋友之情，记述一时雅事，也往往借之来抒写自我怀抱。其中酬唱最多的即是王鹏运，多达 19 首，由此可见二人之间词学交往之密与友情之深。如《碧瀣词》开篇《疏影・和幼霞》下片云：“回忆平生壮志，素心共诉与，无限枨触。一样蒹葭，何处伊人，秋声渐满林麓。尊前几许缠绵意，镇写入、新词珠玉。衹自惭、才尽江郎，怎和引商高曲？”“平生壮志”、“无限怅触”、“几许缠绵”皆诉与友人，在婉转低回的倾诉中凸显一种悲郁沉厚之致，令人哀感动容。王鹏运不仅在创作上服膺端木埰，而且佩服他的评点能力，他在刊刻《四印斋所刻词》中王沂孙《花外集》时，把端木埰对其词所作跋语进行了完整的引录，正说明他对端木埰的解词思路的完全认同，也表明了其对端木埰词学思想的肯定。

除王鹏运之外，在端木埰的唱和之作中，其他如许鹤巢、况周颐、彭瑟轩等也有若干首。《碧瀣词》中即有题赠和酬唱况周颐的词作 5 首。况周颐也自述曾以所作《绮罗香》向端木埰请教，端木埰对其过拍“东风吹尽柳绵矣”一句以虚字“矣”叶韵表示不满，并告诫他能那样写词，况周颐便“至今不复敢叶虚字”，足见况周颐对端木埰教诲的重视程度，亦表现了其对端木埰的尊崇。前述端木埰的重人品、重气韵、重真情、重托旨等词学思想与况氏所论之“重拙大”的题旨之间，就有明显的意蕴相通之处，其词学传承之迹应是清晰可见的。

端木埰在词学理论上远承张惠言和周济之学说，又以补常派之不足，以创作、评点和选本多种方式，彰显了自己的词学思想，弥补常派之不足，充实和丰富了词学理论内涵，并凭借与当时名家的赠答交流，对晚清词学思想产生了直接而深远的影响，由此昭示了其在晚清词学中不可忽视的地位。

写心之旨，自传之体

——徐爔戏曲创作探究

郝丽霞

徐爔自幼秉家学，其《蝶梦龛词曲》，收录《镜光缘》传奇和《写心杂剧》十八种。另有《双环记》、《联芳楼》传奇，今皆佚。生长于曲学氛围浓厚的家庭里，徐爔耳濡目染，很早就对词曲有浓厚兴趣，涉猎群书，而于词曲尤为精心，《镜光缘》自序云：

> 余幼时质钝多疾，至弱冠知与功名远矣。遂涉猎群书，而独于词曲最为心喜，寓目者不下数百家。自填者亦有数种，如《双环记》、《联芳楼》，皆以自己笔端代古人口吻摹写成剧，非有寄托。

由此得知，在《镜光缘》之前，徐爔曾创作过《双环记》、《联芳楼》传奇，今皆不存。《中国曲学大辞典》明代传奇录有《双环记》，称误题为王骥德作，实为无名氏作。今无传本，《群音类选》录有单出。据北朝民歌《木兰辞》敷衍，述木兰从军事。徐爔此作或与此相关。《联芳楼》作品不存，但徐渭《南词叙录》"本朝"著录《兰蕙联芳楼》，注云教坊本。《九宫正始》录《蔡伯喈》[尾犯序]曲注则云："又有元传奇《兰蕙联芳楼》。"事见明瞿佑《剪灯新话》所录《联芳楼记》。叙吴郡薛姓有二女，能诗赋，所居楼名曰"兰蕙联芳楼"。有郑生者，父与薛厚，一日泊舟楼下，二女见而爱之，以绳索垂竹兜，引郑登楼。某日，薛得郑所为诗，只得赘郑为婿。徐爔《联芳楼》传奇或与此相关。上述二剧皆依本事敷衍，徐爔自称"皆以自己笔端代古人口吻摹写成剧，非有寄托"，应为初学之作。

一　《镜光缘》传奇研究

（一）《镜光缘》传奇现存版本叙录

1. 乾隆四十四年（1779）梦生堂刻本。北京图书馆有藏本。题《镜光缘》，署"吴江镜缘子撰"，依次载徐爔乾隆四十三年戊戌（1778）杏月所作《自叙》；未署名之凡例；苗亭顾诒燕乾隆四十三戊戌（1778）仲秋三日所作叙；后载余集乾隆四十四年己亥（1779）春日所作《李秋蓉传》，后载沈德潜、蒋士铨、柏谦、蒋泰来、冯应榴、沈步垣、王曾翼、钱与点、余集、潘奕隽、汪启淑等所作题词。此外南京图书馆藏有清乾隆刻本《镜光缘传奇》，凡二卷十六出。卷首载顾诒燕之叙及徐爔本人自叙。①

2. 乾隆五十四年（1789）《蝶梦龛词曲》刻本。上海图书馆藏。六册。收录《镜光缘》传奇，共二册，《写心杂剧》十八种，共四册。此版本体例与上述单行本稍异。未署名凡例位于余集李秋蓉《传》后，称"另填三十二出，已付梨园"，此本为十六出的案头本。三十二出演出本今未见。所载题词中无沈启淑题词，增钱金禾题词七绝二首。且《镜光缘》剧本末附有徐爔《拂尘十二绝并序》。

3. 嘉庆《蝶梦龛词曲》刻本。杜桂萍《戏曲家徐爔生平及创作新考》提及，笔者未见，体例未详。②

徐爔《镜光缘》自叙作于乾隆四十三年（1778），郭英德《明清传奇综录》认为"当作于是年"，刊刻则在乾隆四十四年（1779）或稍后③。今北京图书馆藏本即是乾隆四十四年刊本。然据《镜光缘》沈德潜题词前序

---

① 参刘水云《从〈谐铎〉对〈乐府传声〉作者的误解看其谐谑风格》，《明清小说研究》2003年第1期。

② 杜桂萍《戏曲家徐爔生平及创作新考》，《苏州大学学报》2007年第3期。

③ 郭英德《明清传奇综录》，河北教育出版社1997年版，第1061—1062页。

云："戊子孟秋，徐子镜缘访我维摩社。忽开缄示我玉台词，诉当年红楼佳话。""戊子孟秋"为乾隆三十三年(1768)之秋，《镜光缘》已开始呈请题词，说明至少在乾隆三十三年已完成初稿，乾隆四十四年或稍后的刊刻本很可能是不断修订后的定稿。乾隆五十四年(1789)《蝶梦龛词曲》本《镜光缘·凡例》最后一条："此剧初成，各大人先生所赐题词不下数十首，将另一册行世，兹不具录"，可见今天所见附录题词各本，是徐爔在原刊本基础上，不断修订增添而刊刻的。《镜光缘》传奇内容为徐爔自身经历，因此基本可以称得上是其真实生活的直观摹写，且凡例中称"十六出比诸小传一篇。纪其始末，故字字实情实事，不加装饰"。剧中徐爔已经娶妻钱氏，且剧尾李秋蓉亡时钱氏依然在世。徐爔妻钱凝香卒于乾隆三十五年(1770)，那么我们可以就此推断，徐爔创作《镜光缘》传奇的时间，概为乾隆三十三年到乾隆三十五年间，即1768—1770年间。

（二）一段凄美的镜光情缘——《镜光缘》传奇创作心态剖析

徐爔《镜光缘》是其心路历程的真实摹写。剧中男主人公姓余名羲，取自徐爔各半。剧叙余羲与李秋蓉情事。秋蓉，吴人，幼孤，通诗书，为人卖入妓家。余往访，"访之时秋蓉方揽镜理发，徐顾谓'此镜中花也'，秋蓉叹曰'或是镜中缘也'"，两人以镜中缘相约。余羲以其事多阻，赎出青楼，暂托其友沈世雄收为义女。后沈世雄北游客居，她思念成疾，抑郁而殁。死前曾亲绘真容，并题《敲断玉钗红烛冷照》诗赠余。俟余，余至则李秋蓉已殁。

对于戏曲创作，徐爔有着明确的本体观。对于戏曲的舞台表演特性，徐爔亦了然于胸。《镜光缘》传奇卷首徐爔《自叙》曰：

> 兹之所谓《镜光缘》者，乃余达衷情，伸悲怨之曲也。事实情真，不加粉饰，两人情义都宣泄于镂声绘句之中，留于天下后世，或

有同心者，能欲鉴其情否？嗟乎！太史公谓屈大夫作《离骚》皆从怨生，余之作《镜光缘》，虽人异而文殊，而其怨则同也，此词生于怨，怨生于情，情生于镜中画里。镜中画里我亦不知其有何物能使我若是之情深哉？

《镜光缘》是戏剧，《离骚》是文学作品，二者之别判然分明。然而，借助于对《镜光缘》创作缘起的阐释，从词赋"怨则同也"的角度，徐爔窥视出了《镜光缘》与《离骚》的共同之处。在他看来，《镜光缘》等剧作与《离骚》具有等量的价值，他延续了孔子以来"兴、观、群、怨"文学理论批评观，提出"词生于怨"，为戏曲创作正名。杜桂萍认为"这种以文论代置剧论的直接结果是为案头剧的出现张本"，而事实上徐爔深谙案头本与演出本之别，前引《镜光缘·凡例》所述"若其登场就演，另填三十二出，已付梨园"，而"此本原系案头剧，非登场剧也。只视其事之磨折、情之悲楚，乃余高歌当哭之旨也"。[①] 而他此剧完成后，遍请"各大人先生"题词，所携也即十六出本。由此看来，徐爔对于戏曲表演艺术之特性是了然于胸的，明乎此，才会有演出本和案头本分行刊刻之举。徐爔称"此十六出，俱止生旦贴三脚色所演，其余或一偶见，则不成戏矣"，明于此，由此我们或可推断，在作者看来，案头本要比演出本距离现实生活真实得多。

《镜光缘》传奇的自传性质，为我们展示了徐爔生命中一段最为深情凄美的镜光情缘。作者序言中感叹其情"生于镜中画里"，然亦"不知其有何物能使我若是之情深"，而且在剧本中多次提醒看客，这是"一段青楼佳话，实非纸上空文。世人不用羡双鬟，且听当场歌板。数曲停云自谱，四弦裂帛亲弹。知音莫作戏文看，不比寻常虚幻"。[②] 第十三出《悼玉》下场诗云："一别音容两渺茫，九原何处不神伤。归家不敢高声哭，只恐猿闻也断肠。"其用情之深可见一斑。不仅如此，作者在其后所

① 《镜光缘》传奇《凡例》第二条。

② 《镜光缘》传奇第二出《灯遇》载余羲上场诗《西江月》。

写《写心杂剧》十八本中，多本提及此作，

> (生)你们将我《镜光缘》吹唱起来，待我教整一番。(《徐种缘游西湖》)
>
> (贴笑)你有了这镜，就把当初李秋蓉赠你这半面儿冷落了。(生)那镜儿阿，永不得团圆到底，怕来生又成宿缔。因此上呕心沥血，泣谱出《镜光缘》传奇。(《醒镜》)
>
> (四旦)当日填《镜光缘》，何等情浓爱笃，今一参禅教，便疏淡若此，是甚道理。(生)可又来，若秋蓉不幸，今日还在，发脱齿亡，扶杖而来，我还能填一曲否？(《月夜谈禅》)

徐爔在所作传奇杂剧中，屡称自己为“情种”，可见对秋蓉之深情笃意。《镜光缘》传写就之后的数年间，徐爔曾“数至京”，期间遍请名公贵族题咏，剧初成即蒙各大人先生题咏不下数十首，今刊本所见只是其中一部分，徐爔还另刊一册以存之。而“年已七十”[①]时，似参透世情：

> (生)小弟一生为情所累，如今渐渐悟彻了。(外、末)我兄填的《镜光缘》，谁不道千古钟情，如何说出悔字来。(生)因把情爱两字，再三参空，故又填出《写心剧》来了……(外、末)若秋蓉不死，今日回来，兄也乐无疆了。(生)秋蓉年已六旬，谅早齿亡发脱，若使佝偻而来，不过怀旧感伤，令其饱暖而已。若讲情爱两字，也恐不称了。(外)我兄素夸情种，何出此言？(生)俺是薄情人休问根由，惜花天生就。但只恐金屋琼枝，早变了长堤衰柳，咱也老去风仪尽，囊空只自羞。纵相逢必两心如旧，因此上悟醒痴迷，把当时的离魂怨态，和泪付东流。(《原情》)

① 《原情》剧中作者自称“年已七十”。

然而他虽然自称悟彻，其情实仍萦纡心间，欲说还休。

（三）李秋蓉与徐爔情事考辨

关于李秋蓉与徐爔的这段情事，史籍多有记载，其中徐爔之友、清代画家余集为作传记，有李秋蓉身世遭际的详细记载。该文收录于余集《秋室学古录》卷二《秋蓉传》[①]，该文亦被收入《镜光缘》传奇正文前，但不全。[②] 传曰：

> 秋蓉，吴人也，姓李氏。幼孤贫，栖尼庵中。性聪慧，通书诗，解画。及笄，有殊色。尼利之，鬻于狭邪。抑郁恒不自得。著《浣尘草》以见志。吴江徐生者访之。时秋蓉方揽镜理发，徐顾谓"此镜中花也!"秋蓉叹曰："或是镜中缘耳。"流连竟日。出所为诗共读之，凄怨殊不自胜。且言失身事甚悉。徐沉思曰："当为若谋之。"事遽泄。擫狂且怒，匿使不复与徐通。于时扃钥泥缄，栖禽惊客，如汧国夫人故事。而秋蓉矢志颇坚。绘玉钗银烛小影，题三断句以缄徐。徐为白其状于有司。有司密教逻卒侦焉，猝无所获。秋蓉意必出。徐生仓皇掷诗草，授侦者曰："此惨淡数行，可定厥辜矣。"狱遂定，落秋蓉籍。而狺狺者怒未息，昌言于邑曰："秋蓉若归徐，必将甘心焉。"会有浙人潘某者，高姬志，赎之北游以俟徐。徐

① 余集(1738—1823)字蓉裳，号秋室(室一作石)，浙江钱塘(今杭州)人。清乾隆三十一年(1766)进士，官至侍讲学士。道光二年(1822)江浙两省重宴鹿鸣者，惟集与潘奕隽两人，时称吴越二老先生。山水秀逸，有山光在掌，云气生衣之致。兼长花卉禽鸟，无不入妙。尤工仕女，风神闲静，绝无脂粉气，然不轻为人作。时有余美人之目。晚年惟写兰竹数笔，风神淡逸。书法古秀，手书《孙退谷庚子销夏记》，精刊行世。为诗神韵闲远，不屑作庸熟语。有三绝之称。为人和易，敝车羸马，踯躅道左，无达官气。年八十余尚能作蝇头小楷，卒年八十六。有《秋室集》。

② 《镜光缘》传奇所录《李秋蓉传》为节录，缺余集题诗一节。《镜光缘》题词选录余集题诗四首之二。

至京，姬已没。遂收骨，瘗五湖之旁，从其志也。徐填《镜光缘》传奇并制小隃麋，缩刻其所绘玉钗银烛照于上，而征诗焉。戊戌冬，徐生至京，为余谈姬事。索余诗。余为赋诗曰："绣裙斜立向东风，楚闰相看总未工。可惜初逢成恶谶，镜中花相自来空。""幽恨当是苦未中，泪沿红粉湿罗巾。断肠词好无人续，一卷新诗有洗尘。""烛冷香消最怆神，荼蘼燕子了余春。流传不比寻常笔，珍重崔娘自写真。""一舸鸱夷去国门，豪情差许押衙存。茅山只在人间世，灵药何因与迫魂。"……时余方思续陈检讨《妇人集》，因撮其崖略如此。徐生名爔，字鼎和，以姬故，自号"镜缘子"云。

余集作为徐爔好友，其记载应相当可信。这是徐爔《镜光缘》传奇自传式记载的佐证。《镜光缘》传奇清晰地记录了徐爔与青楼知己李秋蓉相识、相恋的过程，被迫北行、抑郁而终的悲伤结局，但并未叙写《秋蓉传》中受小人作梗一节，而是含混过之，仅称"因事"阻隔。徐爔《写心杂剧・青楼济困》中自言"我一生以来都是外慕风流，心耽持重"，两人情事受阻个中情形实难究透。

据此传可知，李秋蓉乃吴江一名妓，于风尘中相识徐大椿之子徐爔，遂有终生相托之愿，不料小人从中作梗，好事难谐，秋蓉最终含恨而逝。《松陵女子诗征》卷十《待征录》"李秋蓉著有《浣尘草》"，载其小传：

秋蓉，李姓，居吴江城南梅里。本旧家女，性聪慧，工诗，色甚丽。年未笄，父母相继殇。家贫，鬻身营葬，误入平康，郁郁不自得，著《浣尘草》寄意。榆村徐别驾慕其才，一见如旧识。手金镜、玉钗订偕老。俄为有力者攫去。入燕，幽愤以卒。先是疾革，对镜写真命曰：敲断玉钗红烛冷，盖不忘定情物也。且题诗寄徐，嘱归葬。徐诺之。又以隃麋图其容诗附之，并作传征诗，更制《镜光缘》传奇纪之。

今人胡文楷《历代妇女著作考》则据《松陵女子诗征》，著录李秋蓉已佚诗集《浣尘草》，并附李秋蓉小传曰："秋蓉，江苏吴江梅里人，本旧家女，性聪慧，工诗。"诸书均记李为青楼女子，前此学界误将其误作徐爔宠姬。[①] 而徐、李婚姻不谐，致使李秋蓉赍志以殁，饮恨风尘，均属事实。

关于李秋蓉其人其事，清代戏曲家沈起凤有不同记载，其《谐铎》卷二"垂帘论曲"[②]条载：

> 李秋蓉，吴江徐公子宠姬也，有慧性，妙解音律。同里某生，小有才学，著传奇，挟数种夸示徐公子。方谈论间，而屏后笑声忽纵。生又按拍而歌，屏后益笑不可支。徐微喝曰："曲子师在座，理宜敬听。嘻嘻出出，是何意态？"曰："个儿郎煞不晓事，为我设青绫步障，斥之使去。"
>
> 亡何，有女子坐帘内，请客相见。生隔帘揖之。问曰："君所制传奇，南曲乎？北曲乎？"生曰："近日登场剧本，有南有北，且多南北合套之出。足非异曲同工，何能号称制谱？"曰："君知北曲异乎南者何在？"生曰："南曲有四声，北曲止有三声，以入声派入平、上、去三声之内。制曲者剖析毫芒，以字配调，谁不知者？"曰："君知北曲异于南者，仅在入声；而亦知平、去两声，尚有不合者否？"曰："未闻也。"帘内者笑曰："君真所谓但知其一，莫知其他者矣！崇字南音曰戎，而北读为虫。杜字南音曰渡，而北读为妒。如此类者，难更仆数。且北之别于南者，重在去声。南曲以揭高为法，北曲透足字面，

① 邓长风《徐大椿和徐爔：父子医家兼曲家》，《明清戏曲家考略续编》，上海古籍出版社1997年版，第195页。

② 沈起凤（1741—1794后），字桐威，号赘渔，又号红心词客，苏州人。作戏曲，不下三四十种，风行大江南北。乾隆南巡，官绅所备迎銮供御大戏，皆出其手笔。戏曲作品现存有四种，为《报恩缘》、《才人福》、《文星榜》、《伏虎韬》（《奢摩他室曲丛》），存目者有《千金笑》、《泥金带》、《黄金屋》三种，收入《曲谐》。

但取结实。揣声应律，未可混填，拗折天下人嗓子。”生曰：“一韵之音，亦有不同者乎？”曰：“不同。共一东钟韵，而东字声长，终字声短，风字声扁，宫字声圆。共一江阳韵，而江字声阔，臧字声狭，堂字声粗，将字声细。练准口诀，择其宜而施之，制曲之技神矣。”生唯唯。继而问曰：“君所口诀，择其宜而施之，制同之技神矣。”生唯唯。继而问曰：“君所遵何语？”曰：“遵《大成九宫》，句绳字准，不敢意为损益。”曰：“所配何宫？”生嘿然不语。帘内者曰：“分宫立调，是制曲家第一入手处。富贵缠绵，则用黄钟；感叹悲戚，则用南吕。一隅三反，诸可类推。否则指冰说炭，纵审音不舛，而对景全乖，制曲者之大病也。其他南曲多连，北曲多断；南曲有定板，北曲多底板；南曲少衬字，北曲多衬字。选词定局，自在神明于曲者。若夫五音四呼，收声归韵，此歌者之事，而不必求全于作者矣。”

生大骇，顾徐公子曰：“不意君家金屋有此妙才，胜张红红记豆多矣。”言未毕，一人卷帘而出。视之，青衣婢也。曰：“幸得碑学夫人，本领止此。否则娘子军来，汝能无受降面缚乎？”生大窘，丧气而出。后公子父灵胎先生，采闺中绪论，著《乐府传声》一卷行世，度曲家奉为圭臬云。

上述描述通过主客问答的形式，生动形象地记载了李秋蓉精湛深厚的曲学造诣，并称李为徐爔“宠姬”。最后则笔锋一转，称徐爔父亲徐大椿《乐府传声》是“采闺中绪论”而作。实际上，这不过是作者的谐谑游戏之笔。沈起凤为文喜谐谑，清符葆森称“桐威（沈起凤字）涉笔便成调侃”①。沈起凤门生马惠也称《谐铎》一书“子虚乌有，狎兹顾虎之谐”②。故“垂帘论曲”一事全无依托，而徐大椿采“闺中绪论，著《乐府

① 符葆森《国朝正雅集》引《寄心庵诗话》语，转引自钱仲联《清诗纪事》，江苏古籍出版社1989年版，第6171页。

② 《谐铎》卷末所附《马惠跋》。

传声》”一说，不足为信。此外，“垂帘论曲”一节中将徐爔描写成不谙曲理也属谐谑。

关于李秋蓉诗歌创作，《镜光缘》剧中余李二人分镜之后，第八出《北离》李秋蓉随父北游，途中作七绝一首，落款为“古吴怨女李秋蓉题”：

洗尽铅华印剑长，独含幽恨过沙场。此深愿与情俱没，了却平生泪两行。

笔者近日从《镜光缘》传奇第十一出《寄真》中辑录李秋蓉题小影《敲断玉钗红烛冷照图》绝句三首，学界未曾披露，根据徐爔实写情事不加粉饰的宗旨，可以推断为李所作，现转录如下：

支颐寂静数更筹，薄薄春寒掩翠楼。红烛半残香梦杳，思君空击玉搔头。

湖山迢递隔天涯，泣寄愁容半幅纱。展卷漫嫌憔悴甚，秋蓉本是断肠花。

镜合无期翠黛愁，飞花忍逐浪花浮。他年化作啼鹃去，愿瘗吴江土一抔。

剧中题画后不久，李秋蓉即因抑郁生病，不久香消玉殒。徐爔后来得知噩耗，悲痛欲绝，作《和李秋蓉题寄小影绝句》三首，据此亦可知徐爔用情之深：

访得名葩第一筹，江烟千里锁秦楼。琼钗漫使和肠断，镜里虚缘合并头。

（时余将遇李事迹填《镜光缘》传奇。）

离愁易地忆天涯，欣得芳姿写素纱。一自临风展卷后，庭前怕见玉簪花。

盼断巫阳暮雨愁，梦魂只逐楚云浮。欲知情种千秋恨，他日遗香土半抔。①

二　《写心杂剧》研究

（一）《写心杂剧》版本

《写心杂剧》，又称《写心剧》。清代乾隆到嘉庆年间先后刊行者有8折本、12折本、16折本和18折本，另有一6折选本，今皆存世。前此学术界的权威著述，皆未及6折本、8折本和12折本，对16折本和18折本则云其为乾隆刻本。实际上，除8折本、12折本刊于乾隆年间外，16折本因有袁枚嘉庆元年（1796）题诗，其刊刻必在此年之后；18折本言及嘉庆十年（1805）事，其刊刻时间应为此年后。而6折本，其所选6剧不出16折本范围，在文字上又全同18折本，故在版本归属上更有可能为两者之间的过渡作品。②

8折本，清乾隆五十四年（1789）刻本，题《写心剧》。包括《游湖》、《述梦》、《痴祝》、《湖山小隐》、《青楼济困》、《游梅遇仙》、《悼花》、《哭星燦弟》8种。上海图书馆藏。上图另有清乾隆五十四年（1789）刻善本《写心剧》，未见，题“少《入山》一折”。未见，不知其详。

12折本，杜桂萍言为乾隆五十四年刻本。未见。

16折本《写心杂剧》。计《游湖》、《述梦》、《游梅遇仙》、《痴祝》、《青楼济困》、《哭弟》、《湖山小隐》、《悼花》、《酬魂》、《醒镜》、《祭牙》、《月下谈禅》、《虱谈》、《觅地》、《求财卦》、《入山》16折。笔者未见此版本。

18本《写心杂剧》，清乾隆五十四年（1789）徐氏梦生堂自刻《蝶梦庵词曲》本。包括18本一折短剧，分别是：《游湖》、《述梦》、《醒镜》、

① 这三首诗收入薛凤昌《松陵诗征补编》。
② 参杜桂萍《戏曲家徐爔生平及创作新考》，《苏州大学学报》2007年第3期。

《游仙遇梅》、《痴祝》、《虱谈》、《青楼济困》、《哭弟》、《湖山小隐》、《酬魂》、《祭牙》、《月夜谈禅》、《问卜》、《悼花》、《原情》、《七十寿言》、《覆墓》、《入山》。无 16 折本的《觅地》、《求财卦》，增《问卜》、《原情》、《寿言》、《覆墓》四折。现藏藏北京、首都、北大、社科院文学所、上海图书馆。此版本首为徐爔自序，之后载有袁枚、冯浩、金学诗、王鸣盛、胡世铨、张曾太、王昶、冯应榴、方维祺、刘墉、那彦成、王祖武、张经邦、王和行、奇丰额、汪启淑、谢鸣篁、顾汝敬、侄孙乔林、潘奕隽、□嵩题词。

总括以上各版本，徐爔写心剧共 20 种。其中 18 折本流布较广。

（二）《写心杂剧》剧情简介

现将 18 本《写心杂剧》的内容按照刻本顺序写简述如下：

《游湖》徐榆村自号种缘子，视功名若浮云流水。济迹杭州，与瑞姑、悦姑、慧姑、珠姑四姬游西湖，先使弹唱《镜光缘》，再将杨维祯《西湖竹枝词》谱成新曲弹唱。种缘兴尽而醉归，“把这青山碧水都装入葫芦，好带回去”。

《述梦》徐种缘梦至阴司，判官谓其寿数未满，徐表示不愿还阳，“总欢愉，却只是水中月镜中花，空哄得人憔悴”，已经一无可恋。判官见其决心悔悟，同意转奏阎王，“与你减寿一纪”，徐始允回阳。

《醒镜》叙徐种缘购得古镜一面，重行磨光，戴僧帽，穿僧衣，对镜照看，自觉老丑。深感“日子去的多，来的少，还不急急忙忙干些事业”。乃至抱镜而眠。

《游梅遇仙》叙徐种缘往玄墓看梅，随携药筐，为人治病。铁拐李化身乞儿，使徐疗足疾，徐称治愈无望，两人互相讥嘲。后闻乞儿乘鹤而去，始悟遇仙，乃遥拜祈求救出尘寰。

《痴祝》叙徐种缘于吕祖生日，往庙中烧香，狂病大发，双鬌簪花，身穿女袄，笑一回，哭一回。众人问他：“莫不是你大儿子把你家私都弄完了，因此忧郁成病？”他笑答：“这正是无家一身轻了。”临走拿了些纸锭，说是向吕祖借几两银子，以疗穷人疾苦。（按：《问卜》老苍头言：叹家主原有些家私，只为大相公入四库馆生，分发云南，做了三任知州，一任知县，身亡仁所，分赔虚空，盈千累百，咨到原籍，赔得田房荡然，十分苦恼。如今六相关乙卯科中了举人，读书无本，更觉苦楚。）

《虱谈》叙徐种缘捉虱杀之，夜梦虱鬼来问事。

《青楼济困》叙徐种缘因医务应接不暇，避居吴门，闻青楼旧识何媚娘自丈夫王兰生赴京应试后，闭门育子，天寒风冷，受尽苦楚，乃往访并留银周济。

《哭弟》叙徐种缘因三弟星燦去世，日夕悲伤，往灵前痛哭一番。

《湖山小隐》叙徐种缘以医道擅名，半世奔驰，辛劳异常，欲觅幽栖之处，藏名隐姓，以乐余年。来至石湖，竟遇宋诗人范成大，徐表示终身愿从大仙，“俺无系的闲身已被秋云围住了”。

《酬魂》叙徐种缘回忆平生医人有死者，请僧普照一一追荐之。

《祭牙》叙徐种缘六旬生日，取所落牙祭之。

《月下谈禅》叙徐种缘于中秋夜与四姬赏月，以佛经喻之，四姬皆习佛事。

《问卜》叙徐种缘因家道中落，卜卦问财运事。

《悼花》叙徐种缘见一枝园百花齐放，拟邀好友分题赌酒。姬妾们亦拟备果酒请徐赏花，并观看《写心剧·痴祝》。不料一夜风雨，将花吹谢，徐乃改赏花为祭花。后在蝶梦庵梦见花神讲明花理，“物虽至微，开谢也有大数”，并许徐来世投生峨嵋古榆。梦醒，遂取榆村为别号。

《原情》叙徐种缘与友人共饮，其友少年时所眷二妓来，皆年老龙钟，因悟世情皆幻。

《寿言》叙徐种缘七十寿辰，陈抟来访，劝之入道。辞之，谓当从俗任化，仙不足羡。

《复墓》叙徐种缘于嘉庆十年自营生圹讫，再往复按。

《入山》叙徐种缘移居画眉泉习静事。

（三）写心之旨、自传之体——一部鲜活的杂剧年谱

徐爔《写心杂剧》在体制形态上采用“自我登场”的演述方式，改变了以往惯用的托体自喻的表达方式，其自传之体与写心之旨互为表里，呈现在我们面前的如同一部鲜活的杂剧年谱。

《写心杂剧》给我们塑造了一个真实鲜活的徐爔自我形象。他性情淡泊，“最喜的是寻山问水，拾芝采药。承那四方君子时来下问，我想既无进身之心，何苦整冠束带。多此热闹周旋，已属蹉跎半百，可发一叹”（《游湖》）。他勤于剖析自我，性情多愁善感，园中花开，他生发感慨：“花吓，我只愧自己一无所长，又无所欲，年逾半百，依然故我。现已精力日衰，与你相去无几了。若不及早回头，真与草木同朽矣。”（《悼花》）他乐于感发，抒写真实性情，没有一丝一毫的矫揉造作。牙齿脱落，他百般慨叹“须知道天地无私万类同承受。我和你都是劫缘遇合，甚人称人称兽。俺功不成名不就，二魂颠倒，一世耽忧。咬破牙关，骨肉离应骤。狗牙，狗牙，你是不为花愁，不为病酒，甚的也染了落牙症候，与我一般儿并做骷髅”（《祭牙》）。镜中自照，则苦苦追问：“早难道你是何人我是谁？忍见你苦海扬帆头不回。徐种缘，你还恋着什么来？你不妨告诉与我。休得是荏般装聋作哑，当真的做了镜里行为。俺对你长嘘气，恐怕你恋着眼前假热闹，忘却死后的实悲凄。”（《醒镜》）生活中的每一种行为、每一个景象都能触发他关于人生、生命的种种思考，而这些思考不仅未见无病呻吟之态，都是通过个体生命的真实体验表达出来，伴随着对自我的追问、对本我的追寻，并最终体现出有关人生真谛的种种诉求。

一部《写心杂剧》，如同一幅形神逼肖的人物画，呈现了徐爔生命的本真。他在自序中诠释了自己对“写心”的理解：“写心剧者，原以写我心也。心有所触则有所感，有所感则必有所言，言之不足，则手之舞之、足之蹈之而不能自已者，此予剧之所由作也。”这种创作观，承继了孔子“兴观群怨”说以来的文学理论批评传统。而作者之所以选择“剧体”而没有采用其他文学体裁来抒情言志，就是明确地看到了戏曲艺术在表

情达意方面的特殊性，“言之不足，则手之舞之、足之蹈之而不能自已”，具有比诗文更加丰富的艺术表现力。孙楷第《戏曲小说题解》评价《写心剧》：“诸剧叙己事皆以生登场，直呼其名，在剧中为创格。其词萧瑟夷旷兼而有之，虽非奇至之文，亦往往可诵。然戏曲扮演事实，贵乎波澜节次，爔诸作皆情节过简，用于戏曲，殊补相宜。虽名为剧，实当以散套视之。”这基于舞台表演的评论。而事实上，徐爔重在“写心”，径将其视为文人案头剧可也。

通过文学“写心”，是古代文人托物言志的常用方式。晚明以来，采用文学抒发自由情感、摹写真实性灵，已经逐步演变为一股汪洋恣肆、生生不息的艺术潮流，晚明“独抒性灵，不拘格套”的性灵学说以及李贽等人的学说直接启迪着后世绵绵不绝的性灵派创作。清初，部分文学家已经自觉地采用“写心”之题来宣扬自己的创作主张。如清初康熙时期陈枚的《写心集》、《写心二集》，雍乾时期吴梦旭的《写心草》，以及徐爔之后嘉道时期张夔承的《写心偶存》、《写心续存》，道咸时期潘锦的《写心诗集》。他们以“写心”为主旨，通过诗词文各类形式高扬主体精神，体现出对生命真我的体悟。

写心也即写情：“曲之为义也，缘于心曲之微，荡漾盘折，而幽情跃然。”①对于徐爔这样一位易于感发、富于关怀的性情中人而言，“情”始终构成了《写心杂剧》最为鲜活的内核。其中既有疏朗不羁的清狂之情（《游湖》），也有忧郁无奈的厌世之情（《痴祝》），有敬慕激赏的侠义之情（《青楼济困》），也有辞哀意切的手足之情（《哭弟》）。

然而，当我们回顾那段发生在徐爔与李秋蓉之间凄美的爱情时，我们会发现徐爔却表现得有些淡然。这段刻骨铭心的情感经历，在随后的岁月里虽然屡次提及，但其真相似乎令人难以索解。当年徐爔与青楼女子李秋蓉相遇相爱，因受“狺狺者”破坏未能聚首，李秋蓉随人北游，抑郁而逝，徐爔“收骨瘗五湖之旁，从其志也”（余集《秋蓉传》）。乾

---

① 张琦《吴骚合编小序》。

隆四十二年(1778),始终不能忘情的徐爔创作《镜光缘》传奇演述此情:“兹之所谓《镜光缘》者,乃余达衷情、伸悲怨之曲也。”这段感情之于徐爔的生命显然具有特殊意义,否则其不会通过传奇创作申诉这种“高歌当哭之旨”。因为李秋蓉,他自号“镜缘子,也因为李秋蓉,他的入世情怀更加冷淡,《痴祝》里借姬妾之后言“夫君绝少当年态,不说禅机便论仙”。

但是,在徐爔创作《写心杂剧》的漫长时间里,《镜光缘》不断进入他的视野。显然,《镜光缘》反映的徐、李情缘的故事构成了徐爔生命深处永远无法释解的痛。这“痛”,以及对“痛”的反复咀嚼,构成了他创作《写心杂剧》动因之一,即使后来姬妾成群,徐爔仍难以忘却那段情以及因之而致的挫折感,人生的虚无感亦因此而弥漫丛生。以至其姬妾埋怨他:“当时填《镜光缘》何等情浓爱笃,今一参禅教,便疏淡如此,是甚道理!”(《月夜谈禅》)因为参透了“情爱”而萌发了“写心”的冲动,对徐爔这样一位内心情感丰富细腻的人来说是合乎情理的。徐爔的“写心”又具有“言志”的意义,“写心”实际上就是其言说人生之志的一种策略。

杂剧创作采用自我登场的自传体式,在戏曲创作中始于廖燕的《柴舟杂剧》。郑振铎先生言“以作者自身为剧中人,殆初见于此”①。但实际上在《柴舟杂剧》之前,杂剧中就存在以各种方式暗示作者与情节关系的作品。如徐渭《狂鼓史》以祢衡自比,沈自《霸亭秋》以杜默自比,吴伟业《通天台》以沈炯自比,尤侗《清平调》以李白自比,桂馥《谒府帅》以苏轼自比等。由于受杂剧作为代言体文本的限定,作家特别注意选择那些与自己的经历、境遇乃至个性相似的人物、事件,进而达到表现自我的用意。在表达方式上,作者则往往要预先进入模仿也就是代言的状态,通过对人物形象所感所思的摹写,达到抒情言志的效应。但这种表达受到外在环境情致制约较多。在戏曲创作领域,清初岭南戏曲家廖燕率先突破此制,首创“自我登场”的创作体例,进行了一次大胆的尝

① 郑振铎《清人杂剧二集题记》,《中国文学研究》,作家出版社 1957 年版。

试。廖燕著有杂剧《醉画图》、《镜花亭》、《诉琵琶》、《续诉琵琶》四种。其中《诉琵琶》自创一格，通过作家自我登场为主人公，诉说高标自许而又知音难求的士子苦闷。徐爔《写心杂剧》则每折必有剧作家登场，抒写情怀，如《湖山小隐居》：

> 小生姓徐，自号榆村，家傍松陵，宿占五湖风月；质缘鲁钝，深惭一脉书香。付功名于流水，等富贵于浮云。偶习岐黄，以消岁月，那些患病的仁，皆错认我有长生之药，都来下问，反使我半世奔驰，焦劳异常，因此欲觅幽栖之处，藏名隐姓，以乐余年。

廖燕杂剧创作是否对徐爔产生影响不能论定。但他们秉承写心之旨创作的意趣则是一致的。徐爔对剧本本体有自己独特的理解，对这种自传之体有明确认识，《写心杂剧·自序》中言：

> 且子以为是真耶？是剧耶？是剧者皆真耶？是真者皆剧耶？……予日处乎剧中，而未尝片刻超乎剧之外，则何如更登场而演之？世君子以为僻乎前人者可也，以为不袭前人而独开生面者亦可也。

作者认为，人生就是一出戏，“日处乎剧中，而未尝片刻超乎剧之外”，既然如此，何不直接登场敷衍？于是将自己的生活直接搬到了剧中。对于这种创作方式造成的影响，或称赞或诟病，徐爔则全然不系于怀。徐爔之后，唐英（1682—1756）《虞兮梦》、曾衍东（1751—1830 后）《述意》、汤贻汾（1778—1853）《逍遥巾》、周实（1885—1911）《清明梦》等均系仿效而为，作者亲自登场，诉说自己的性情爱好，抒发自己的志趣理想，以杂剧为自传遂成为戏曲创作之惯常现象。

《写心杂剧》都是一折短剧，其编排比较随意，但多数剧作通过剧作主人公之口表明了写作年代。如《游湖》“蹉跎半百”、《述梦》“半生以来”、《醒镜》“年逾六十”、《青楼济困》“今已年将半百”、《哭弟》“半世奔驰”(徐爔弟徐爆乾隆二十五年1760卒,徐爔此作约二十年后),《酬魂》“年已六旬”、《祭牙》“年才六十”、《月夜弹禅》“年逾花甲”、《问卜》“如今六相公乙卯科中了举人”(徐爔子徐垣乾隆六十年乙卯(1795)恩科举人,徐爔此年六十四岁)、《悼花》“年逾半百”、《原情》“年已七十”、《七十寿言》、《覆墓》“今嘉庆十年四月十二日(1805)”,只有《游梅遇仙》、《痴祝》、《虱谈》、《入山》没有标注写作时间。由此可以看出,从写作《青楼济困》时的年将半百,到写作《覆墓》的嘉庆十年(1805),也即从49岁到74岁期间的25年间,徐爔持续创作《写心杂剧》。周妙中认为“从排列次序看,《覆墓》可能士作者一生最后一种剧作”。① 这种独特的写作方式展示了徐爔后半生的情感状态,是个体生命历程的一种精神显现。可以说,这是一部形象生动、别具一格的“杂剧年谱”。

徐爔在《写心杂剧·自序》中言:“即余一身观之,椿萱茂而荆树荣者,少时之剧也;琴瑟和而瓜瓞绵者,壮岁之剧也;精力衰而须发苍者,目前之剧也。而今后,亦不自知其更演何剧已也。”从创作时间较早的《青楼济困》,到最为晚出的《覆墓》中间大约经过了二十五、六年的创作时间,“目前”作为过程伴随着徐爔的人生历程,一直到达生命的终点;而他在这个过程中的一颦一笑、所思所想,全部以“目前”的状态得以表达。尤其是《写心剧》的名称在剧中不断出现,如《悼花》中的四旦所谓“近日妾等见园花大放,自备果酒,并请看演《写心杂剧》”。《原情》徐自己则表示“因把‘情爱’两字再二参究,故又填出《写心剧》来了”。凡此,更强化了创作的当下状态即过程性,较之一般的文学创作而言,史具有自传意义。且与一般自传文学不同,更加注重自我精神历程。

如果说《游湖》的徐爔还只是描述本真的自我,着力呈现的是“西湖

---

① 周妙中《清代戏曲史》,中州古籍出版社1987年版。

画里一狂徒”的人生图景，《述梦》表达了看破以后的厌弃，云“你道超出了渔樵门第华，俺谁恋这生涯。愧才愚性拙，周旋触处惟惭怕，战兢兢强自持，胆怯怯逢人话。粉蝶儿愿随着庄周化”。（[天下乐]）《游梅遇仙》和《痴祝》两剧则开始萌生出“早还故我”的渴望，待到《湖山小隐》、《悼花》、《酬魂》、《醒镜》诸剧时，徐爔已反复思考解脱的路径了。与众不同的是，他既不想成仙，也不求富贵：“我只要听些竹浪松涛，吃些苦李甜桃。兴来时自歌还自笑，纵放诗豪；倦来时日高二丈，午鸡频报。只是清梦迢遥，要寻着那他日重归的正道。”（《湖山小隐》）那么，什么是“重归的正道”呢？对于徐爔而言，既不是绝世而去，也不是苦修证缘，而是一种契合生命趣味的忘尘绝俗的生活状态。晚年的徐爔确实在七子山幽眉峰下开始了一种听松品泉的自在生活。那里曾筑有家庵，父亲徐大椿在世时辟为祝圣之所，现在却成了他修身养性的涤尘洗心之地。在这里，徐爔活于礼佛，乐于出游，朋友来访，常常“僧服出逐，相视而笑”（费振勋《榆村徐君墓志铭》），似乎真正回归到生命的原生状态。此际，他开始了对生死问题的理性思考，试图寻觅入土之地，试图“结局一生”（《觅地》）。他也曾反观男女之情，推究为什么“情生情死”，而无法真正相守（《原情》）。《覆墓》该是《写心杂剧》的真正尾声，其下场诗云：“择得长眠半亩田，河形水势自天然。庄周好梦随他化，那有人间未了缘。”或许是缘于这种豁达的认知，当临近生命的终点时，徐爔十分坦然：“人生实难，幸而人与之年矣，而不能自乐其生，不知生者也；无往不复，而讳言死，不知死者也。”①如果不是真正对生死了然于心的人，是不会如此平静地谈生论死的。一切精神活动皆构成历史，《写心杂剧》在这一意义上也具有了自传性。

徐爔创作自传之体，有流播青史的意识，同时也有反思自身的意识。《七十寿言》下场诗云：“七十情怀胜少年，逢场雅兴尚如颠。空山谱出《写心剧》，流于人间身后传。”“中国的自传性文学，大体上是意识

---

① 费振勋《榆村徐君墓志铭》。

到自己与世俗的不同，在这种不同中肯定自己的存在，从而导致自传的产生。”[①]然而，徐爔并没有遵循一般自传重视家族历史、学术创作以及个人业绩的惯例，却对自己所从事的职业进行反思：“四十年中，所看的病岂止数万，内中误治是必不少。虽是常怀割股之心，然终难免杀人之罪。日夕踌躇，竟无免过之法。无可如何，因想普照法师法力强大，今请来与药误诸鬼追荐超度，以酬宿衍。”(《酬魂》)但这仅仅是理想状态中的一种反思，现实生活中的徐爔既没有随普照法师出家而去(《酬魂》)，也没有与范成大一样化作散仙湖畔石游(《湖山小隐》)，也无法抵御来自世俗享乐的诸多诱惑，从而也就不可能真的绝尘弃俗，进入纯净的天国世界。他始终过着“不隐花乡即醉乡”的生活，道士陈抟要点化他，徐爔又言“与其冷淡长生，情愿浓香速化”，“总然得仙法通天与世忘，怎及我玉有温柔花有香。俺待要寄书启阎王”，“要求他阳间五福多消尽，但不要勾错了前生留下风流账”(《七十寿言》)。如其所绘《入定图》“榆村徐先生绘像，螟目枯坐，红粉围列，或向之而拜，或指之而骂，或持之而弄，而已凝然不动，顶上圆光，又化身在石表空虚之：颜之曰‘入定图’”。[②] 正如杜桂萍所言，“他没有任何拒绝，但是他的心表达了最大的拒绝，他对于佛的皈依也不过是一种向往的手段或者方式；而凝结于这种手段或方式之中的，是一种难以承担的心灵的困苦”。[③] 显然，正是由于内心纠结着这样的困苦，才促成了《写心杂剧》的问世。

《写心杂剧》在内容表现和文木形态方而均体现出灵动自然、清新隽永的艺术特质。其创作多起于一时之兴会，多发议论、多兴感慨、随意自然，体现出与高文典章迥然不同的审美格调与艺术趣味。《写心杂剧》20本中短剧皆为一折，每折演述一段独立情节，基本不换宫调，曲牌多则十几支，少则六七支；缘事而起，缘情而发，一段情绪抒发殆尽，

---

① 川合康三《中国的自传文学》，中央编译出版社1999年版，第223页。

② 王元文《徐榆村〈入定图〉诗序》，《北溪文集》卷下，清嘉庆十七年刻本(1812)。

③ 杜桂萍《写心之旨·自传之意·小品之格》，《南京师大学报》2006年第6期。

剧本也自然而然接近了尾声。作品似乎并非刻意而为，而如日常生活的一段段札记，却包含着现实人生的种种思考，洋溢着亲切自然的生活情致。而主人公徐爔，始终以“生”、“正生”的角色亮相，而且装扮提示为“儒服上”、“儒服老装上”。尽管作者仅以诸生而入太学，一生以医行世，但他内心依然是一名儒者，即如《月夜谈禅》、《覆墓》充溢着谈禅说理氤氲，他也没有忘记这一文化标识符号。

附记，徐爔《写心杂剧》多为仙吕宫，而这正是其父亲徐大椿《洄溪道情》中运用至为熟练的“北曲之仙吕宫”①，父子承继，足为千古佳话。

① 徐大椿《洄溪府君自序》：“又以词曲之旨，无所劝惩，因广道情之体，凡劝诫、游览、庆吊、赠别，无所不备，付之管弦，遂成一家之体，其宫调近北曲之仙吕宫。”

扬州设局查办戏剧违碍与清代禁戏的制度化

丁淑梅

清代戏曲的总体走向，呈现着一种雅部让为花部、大戏衍为小戏、由文本创作中心向舞台演艺中心发展的过程。而这种聚合裂变的转向，主要在戏曲勃兴鸣盛而禁戏亦随之靡繁的乾隆一朝。高宗曾于乾隆十六年(1751)至四十九年(1784)六次南巡，在所到都邑及必经之地扬州，掀起一次次嗜戏贡演热潮的同时，对于那些在他看来有碍满清王朝统治、“诲盗诲淫”的戏曲开始有所警惕。始于乾隆三十九年(1774)整编《四库全书》、寓禁于征地查缴违碍书籍以清肃民间反清思想的禁书运动中，戏曲剧本很快成为最高统治者征稽查禁的对象。而扬州设局查办戏剧违碍，正是乾隆禁书扩大化和清代禁戏制度化的一个双重扭结点。考察扬州设局查办戏剧违碍的前前后后，有助于我们仔细分析帝王谕旨禁戏权力的具体运作细节、查缴方式以及清廷禁戏制度化的酝酿过程，从而了解和把握特定社会环境和文化政策的变化对于戏曲生存样态和发展走向造成的实际影响。

一　清前期的官方禁戏与地方风俗整顿

清初以来，基于民族避讳和王权意识，清廷颁布了不少谕旨律例、台规条法，并发动地方势力与社会舆论，对通俗文学作品加以禁制，禁戏则主要是从创作和搬演两个层面展开的。顺治九年(1652)

“提准，坊间书贾，止许刊行理学政治有益文业诸书，其他琐语淫词，及一切滥刻窗艺社稿，通行严禁。违者从重究治”[1]。这是清代第一次禁止刊布琐语淫词。但“琐语淫词”、“滥刻窗艺社稿”语焉不详，对违反者也未定以处罚。康熙二十六年(1687)刑科给事中刘楷奏禁淫词小说一百五十余种，康熙诏准“淫词小说，人所乐观，实能败坏风俗，蛊惑人心”，为严诛邪教、屏息异端而严加毁版治罪[2]。此后“淫词小说”禁令在康熙四十年、五十三年，雍正二年，乾隆三年、五年等年间一再重申。禁戏法则虽不断细化，雍正二年以后的禁令还添设了对违禁造作、刊刻市赁的定罪及缴书毁版、闭铺禁售的制裁[3]，但“琐语淫词”对戏曲剧作的指涉尚不具体，清初至雍正末对戏曲剧作的禁毁目的不甚明确，许多禁令形同一纸空文，实施力度非常有限。比之于戏曲创作的接受阈，社会影响更为直接的戏曲演剧活动引起了统治者关注。从琐语淫词、淫词小说到淫书传奇，“淫词”的关键性指涉也更多地与戏曲小说在底层的特定传播管道和伴生环境关系密切：与民间结社与宗教祭祀共生的、未经官方承认的、反正统的集会活动。从雍正三年(1725)定例禁演剧装扮帝王先贤的“亵嫚神像罪”[4]始，官方从法律制度上加强了对民间演剧的思想管制，一些为政一方的地方官也颁行了民间演剧禁令。如顺治末年任陕西潼关按察副使、康熙中期任江苏巡抚的汤斌数颁禁神会演戏令[5]；康熙二十四年(1685)浙江巡抚赵士麟厘风俗《禁优戏》[6]；康熙二十九年(1690)上蔡

---

① (清)素尔纳等《钦定学政全书》卷七《书坊禁例》,《续修四库全书》史部第828册，上海古籍出版社1995年版，第584页。

② 《清实录·圣祖实录》卷一二九，第五册，中华书局1985年版，第385页。

③ (清)延煦等《台规》卷二五《五城》，光绪十八年(1892)刊本，第5页。

④ 《大清律例按语》卷二六《刑律杂犯》，道光二十七年(1847)海山仙馆刊本。

⑤ (清)汤斌《汤斌集》(上)，范志亭等辑校，中州古籍出版社2003年版，第83、339页。

⑥ (清)赵士麟《读书堂全集·彩衣集》卷四四《抚浙条约》,《四库全书存目丛书》集部第240册，齐鲁书社1997年版，第320页。

知县杨廷望发布驱逐清戏、啰腔的禁戏详文[1]；雍正初年田文镜在河南发布文告禁赛戏[2]。这些禁令虽视民间演剧与嫖赌盗匪同类、加以"诲淫长奢"、"僭逆惑乱"的指罪，但总体看来，乾隆以前，依托于赛祭活动和节俗娱乐的民间演剧较为活跃，清廷的集权力量还未能管控戏曲演剧向民间纵深发展的地带，而分散的地方权力对演剧风俗伦纪的清肃亦不均衡，未能形成强力辐射、集中有效的禁网。

随着赛戏和民间演剧的日炽，这种基于集权强化和风俗整顿的禁戏行动，至乾隆一朝变得频繁起来。乾隆元年至三年，先后有十数通奏折得到旨批，从江南到云贵、从京畿到福建、从闽浙到云南、从云南到安徽，针对地方演剧的风俗整顿迅即铺展开来。从这些奏折及旨覆的禁戏指向看，有两点变化值得注意。首先，对赛戏酬神、礼俗演剧的禁毁，乾隆初年出现了缓急优容之论。乾隆元年(1736)四月十八日，江南总督赵弘恩奏禁演戏折，以雍正帝对魏廷珍杖责违禁演戏保长事的旨覆说明自己对江南民蠲免谢恩聚众演戏有所优容的原因[3]。四月二十一日此奏抄送安徽，安庆巡抚赵国麟接到"禁止非时台戏不致有妨农务折内朱批上谕一道"，奏明江北之风颖府亦有祈年报赛，演戏酬神，原属吹豳饮蜡之遗风，人情难免之常事，至蠲免谢恩偶一演戏，亦不在禁限，而一旦演戏妨农，则必禁无疑[4]，四月二十五日旨批"好"发回。至五月，江西巡抚俞兆岳奏禁演扮淫戏以厚风俗，上谕："先王因人情而制礼，未有拂人情以发令者。忠孝节义，固足以兴发人之善心，而媟亵之词，亦足以动人心之孤愤，此郑、卫之风，夫子所以存而不删也。若能不行抑勒，而令人皆喜忠孝节义之戏，而不观淫秽之出，此亦移风易俗之一端也。汝试姑行之。"[5]

---

① 《(河南)上蔡县志》卷一《地舆志》，康熙二十九年(1690)刊本。

② (清)田文镜《抚豫宣化录》卷三，张民服校点，中州古籍出版社 1995 年版，第 105 页。

③ 哈恩忠编选《乾隆初年整饬民风民俗史料》(上)，中国第一历史档案馆《历史档案》2001 年第 1 期，第 29 页。

④ 同上书，第 30 页。

⑤ 《清实录·高宗实录》第九册卷十九，中华书局 1985 年版，第 485 页。

此曰“淫秽之出”，指流行于江西一带、泛及江南的装扮妖冶、土腔方音的采茶戏。同年，云贵总督尹继善上崇礼教以端风化事折，提请整顿婚丧祭礼，强调“不许聚饮演戏、扮演杂剧”，六月初五日旨覆慎重对待、“徐徐经理”①，因“省与省异，亦且郡与郡殊，恐因循日久，礼教失传”，其中纠缠着民族风俗习惯和政策平衡问题，乾隆也深知风俗问题非一日之计，中原辽阔，地域差异大，齐之以礼，难绳之以法；且一旦奉朱子《家礼》为通则，满洲旧俗会受到冲击。江南、安徽、江西、云贵的四次禁戏，均标榜圣人治世宽严相济之理，似对祈神赛社、蠲免谢恩之类的演剧活动有所松动和宽纵，对所谓郑声“淫戏”还存而不论，这可以看出乾隆立朝之初收拢人心的政治治术。自乾隆五年(1740)《大清律例》再颁禁搬帝王杂剧、当街夜戏后，以曾任鄂陕巡抚的陈宏谋为始，又掀起了示禁赛戏的攻势。与乾隆七年后江西、陕西、河南、河北等地严禁丧戏、夜戏、赛戏的攻势相照，这种于风俗之治操之以缓、“深谋远虑”的做法，可见乾隆初年在对待民间演剧一事上所做的迂回和酝酿。其次，禁戏主要集中在对乐户流民的职业禁限上。古代的女乐女戏、游民卖艺，历来是风化问题的焦点。本年七月初四日，提督江南总兵为整顿吏治军政而奏禁乐户女戏②。此奏山西大同乐户流为娼妓，以雍正除乐籍事再申杜绝妓源。其实，大同自永乐后乐户渐多，民间散乐户的流动献艺活动一直受到官府逐禁，即名系梨园以歌舞娱人，尚不能摆脱诲淫败俗罪名，而况其中一部分无衣食之源的乐户沦为卖艺兼卖身之人，更被视为娼匪祸乱世道。乾隆二年(1737)闽浙总督稽曾筠因会稽人胡楚珩悬匾争斗事遵旨查明堕民本末上奏折③。堕民系南宋罪民，而男子习优唱、逐鬼为业，女子群走市巷、卖艺卖身，其中一部分为民间流散乐户，而浙东绍兴府及沿海各郡县称堕民。此奏以堕民不耕不织，无业恒产，

---

① 哈恩忠编选《乾隆初年整饬民风民俗史料》(上)，中国第一历史档案馆《历史档案》2001年第1期，第31页。

② 同上。

③ 同上书，第36页。

“倚赖行业糊口资生”,是习为污贱、自堕匪民之列。正如雍正年间除乐籍并未给乐户与民同例、改业自新之路,此奏虽设想种种改业办法,亦于二月十五日得旨奉行,但清廷除乐籍从未落实,民间流散乐户的生存和从业也从来没有得到合法承认。与此同年闰九月十五日,安庆巡抚赵国麟为凤阳民俗游惰,立法禁诫游民四处花鼓秧歌①,九月二十二日,工科给事中阎纮玺为端风化奏禁京畿侑酒歌郎②;乾隆三年(1738)掌京畿道事、云南道监察御史卢秉纯为请禁京师小唱淫侈风气事奏折③,福建水师提督王郡奏禁下南戏童蓄发折④,都将游民乞食卖艺、“艳曲淫词当筵献媚”、幼童蓄发装旦女戏,视为荡人心志、靡费僭逆之罪,以此整顿民风、整治流民乱秩。

清廷谕旨禁戏覆盖各级行政机构和基层社会有一个逐步推衍的过程,不断有来自江南、云贵、闽浙、安庆、福建的总督、提督,巡抚、监察御史,还有工科、礼科的给事中,广东、河南各地的知县等参与进来。如禁刊卖淫词艳曲及良家子弟演戏令是礼部复台臣魏象枢上疏⑤的。查堕民折由太子太傅、文华殿大学士兼吏部尚书、总理浙江海塘、管理总督事务兼管盐政的稽曾筠递呈。严禁京畿弹手歌郎奏折是工科给事中阎纮玺请奏的⑥。而奏禁下南戏童蓄发之弊的是福建水师提督王郡,后转交闽浙总督郝玉麟、福建巡抚卢焯追查。帝王谕旨禁戏的权利布控,则有一个自中央六部逐步渗透地方基层的过程。就中央机构而言,吏部、刑部在禁戏行动中频繁搬演着颁诏示谕、下令用刑的角色。而如礼、兵、工、户四部这些看似与禁戏无甚瓜葛的部门亦多提督参办。这

① 哈恩忠编选《乾隆初年整饬民风民俗史料》(上),中国第一历史档案馆《历史档案》2001 年第 1 期,第 39 页。

② 同上书,第 34 页。

③ 同上书,第 42 页。

④ 同上书,第 43 页。

⑤ 《(河北)宣化县志》,康熙五十年(1711)刻本。

⑥ 哈恩忠编选《乾隆初年整饬民风民俗史料》(上),中国第一历史档案馆《历史档案》2001 年 1 期,第 34 页。

种现象可以看出乾隆前期官方集权力量整合地方政权和基层社会机构查禁民间演剧形成的联动机制。而从风俗人心整顿、控制流民等外围空间管制戏曲活动，收效不大且很难落到实处，这决定了乾隆后期禁戏着力点的转向。

二 乾隆后期禁戏着力点的转向与查办戏剧违碍

乾隆十八年(1753)谕旨禁译《水浒传》、《西厢记》，将“教诱犯法”、致满洲习俗之偷的秽恶书毁版①，是为清廷明确禁毁戏曲剧目之始。乾隆三十九年(1774)征编《四库全书》，八月上谕：“明季末造野史者甚多，其间毁誉任意，传闻异词，必有诋触本朝之语。正当及此一番查办，尽营销毁，杜遏邪言，以正人心而厚风俗。”②在查缴违碍书籍以肃清民间反清思想的过程中，戏曲剧本的禁毁成为乾隆禁戏之一大端，这是清廷禁戏的一大转向，也是戏曲史上集中禁毁戏曲剧作的开始。自乾隆三十九年至四十三年，因编纂《四库全书》而“寓禁于征”的禁书运动扩大化，文字狱、诗祸及戏曲文祸牵涉出一批戏曲剧作。这其中包括了官方禁戏一贯声称的“淫词艳曲”如《桃笑记》、两种《十种传奇》之类的神怪风情剧；《五色石》、《四声猿》等文人抒怀写愤剧，以及《喜逢春》、《鸳鸯绦》、《广爰书》、《二十一史弹词》等时事剧与历史题材民间说唱作品。

风情剧一贯被禁，与禁书运动看似瓜葛不多。乾隆四十年(1755)八月初三日《奉准两江总督咨查书目》报入《四库全书处咨查书目》、《抽毁全毁咨查书目》中列有《桃笑记》③，后在《禁书总目》之《军机处奏准

---

① 《清实录·高宗实录》卷四四三，第一四册，中华书局1986年版，第773页。

② 中国第一历史档案馆：《纂修四库全书档案》，上海古籍出版社1997年版，第240页。

③ 华东师大图书馆古籍部藏《咨查书目》六卷，愚史1952年版。

全毁书目》、《应缴违碍书籍各种书目》①中均列出。因各家禁书目所载不同，有《桃笑集》、《桃笑记》、《桃笑迹》之名，"查《桃笑迹》系明官抚辰撰，所记皆其为令时案牍之文，中有悖犯字句，应请销毁"②，《桃笑记》当为戏曲作品。据《〈古典戏曲存目汇考〉补正之一》引乡绣春容《古杭红梅记》，疑本剧叙唐安郡刺史王瑞之子王鹗于红梅阁题诗戏令梅花开放，夜半仙女笑桃题诗自荐，成两情之好，后与鹗家人释嫌、助夫夺魁事③。正是笑桃追觅爱情的胆力、面对凶险的大义、出类拔萃的才情慧心，被指为神怪艳情混杂、荒诞不经而遭禁。

文人怀才不遇、愤世嫉俗、与时事逆流的违碍剧作被禁毁，《五色石传奇》是这类牵连诗祸的剧作典型。《五色石传奇》载于乾隆四十三年(1778)江宁布政使所刊违碍书籍目录中，十二月初八日两江总督《奏准外省咨查书目》列出"《五色石传奇》，徐述夔"④，后《军机处奏准抽毁书目》⑤、《清代禁毁书目四种索引・应毁书目》⑥均列出。徐述夔生活于康熙乾隆间，因乾隆三年(1738)科举制艺有"礼者，君所以自尽也"一句，礼部以大不敬罚停会试，隐居小镇直至去世。乾隆四十三年(1778)，同乡人蔡加树与徐述夔后人争夺田产，举告其子孙为之刊刻的遗诗集《一柱楼诗》有"明朝期振翮，一举去清都"、"江北久无干净地，乾坤何处可为家"等语诋毁本朝，乾隆直接干预，酿成大狱⑦。而徐乡试同年沈德潜为徐文集作传，称其"品行文章皆可法"，又将为帝王润笔文

---

① (清)姚觐元《清代禁毁书目四种》，商务印书馆民国二十六年(1937)版，第46、150页。

② (清)姚觐元《清代禁毁书目四种补遗》，商务印书馆1957年版，第191页。

③ 赵兴勤《〈古典戏曲存目汇考〉补正之一》，《艺术百家》2001年第3期，第60页。

④ 华东师大图书馆古籍部馆藏《咨查书目》六卷，愚史1952年版。

⑤ (清)姚觐元《清代禁毁书目四种》商务印书馆民国二十六年(1937)版，第92页。

⑥ 抱经堂编《清代禁毁书目四种索引》卷一，民国二十一年(1932)抱经堂铅印本。

⑦ 谢苍霖、万芳珍《三千年文祸》，江西高校出版社2002年版，第505页。

字据为遗诗珍藏，列贰臣钱谦益诗文于别裁诗中，如此“视悖逆为正常，并为之揄扬，实属昧良负恩”之种种因由，决定了这场文字狱的扩大，沈德潜所有爵衔谥典尽行革去，徐述夔与其子被开棺戮尸，其孙与两名校对学生被斩首，三级官员不少牵连落难。《五色石传奇》牵连诗祸被禁，已不见于世，可见这起源于经济纠纷、坐实反清意识、罪加大逆不道、牵及帝师丧德的文字狱背后，清廷文化专制的残酷性。

自乾隆三十九年以后的五年间，戏曲剧作遭禁毁的原因虽各不相同，但在查禁野史传闻、明末实录诋毁清廷、反映清兵南下史实的禁书背景下，戏曲禁毁的焦点集中在了反映明季时事政治、忠奸斗争、“犯上作乱”、借古讽今的历史剧，以及揭露政治腐败、反抗民族压迫、反映社会矛盾、富有强烈现实意义的作品上。《喜逢春传奇》、《鸳鸯绦传奇》、《广爰书传奇》的禁毁，即是在查禁明遗民著作和明季野史背景下展开的。《喜逢春传奇》被禁，是乾隆四十年(1775)闰十月至十二月间发生的高纲为《徧行堂集》作序案牵连出的。《徧行堂集》是明遗民金堡的著作，金堡曾助桂王抗清，明亡后号淡归削发隐居。乾隆四十年(1775)军机处十八通档案中，有三通与澹归和尚《徧行堂集》案相关的奏折涉及《喜逢春传奇》，即《将高秉交部议处陈建及清笑生两家子孙均可不必深究谕军机处档》、《海成奏遵谕查办徧行堂集皇明实纪喜逢春传奇折缴回朱批档》、《萨载奏喜逢春传奇板片销毁折军机处档》①。因各地查缴明代野史，在搜查曾出资刊刻并为《徧行堂集》作序的原韶州知府高纲之子高秉家时，偶然查到江宁清笑生撰《喜逢春》传奇一本，被认为“亦有不法字句”，随即在江宁两处展开清剿。经萨载、高晋调查“向未见有此书”，并开始调查清笑生里籍后人等情况。江西巡抚海成奏折更称“清笑生所撰喜逢春传奇未据查获，但此等书内既有应毁之籍，是曲本小说一项亦不可忽，正恐应毁

---

① 原北平故宫博物院文献馆《清代文字狱档》(上)，上海书店 1986 年版，第 215、258、260 页。

者不止于此……”[①]据此可知，《喜逢春》传奇查而未获，很可能成为乾隆借文字狱查缴曲本的导火索，因为萨载奏折还申明“《喜逢春传奇》系同《春灯谜》等十种合刻，其板现在杭州尊贤堂书坊……查起去后今准咨覆《喜逢春传奇》板片已经仁钱二县查起解局，现由浙省奏缴销毁……”，可知此案涉及戏曲作品不止于此，还有《喜逢春》列第一的《十种传奇》，包括《春灯谜》、《鸳鸯棒》、《望湖亭》、《荷花荡》、《花筵赚》、《长命缕》、《金印合纵记》、《凤求凰》，及杂剧《四大痴》[②]。在对散居河南、苏州等地高纲家族历时三月的藏书大清缴中，金堡《徧行堂杂剧》数种，亦列于禁毁总目、违碍书目，“尽遭禁毁，全罹浩劫”[③]；而与金堡著作一起查缴的还有《双串记》、《绿牡丹》、《珍珠囊》等亦属戏曲作品。此后数年间，《喜逢春传奇》一再被查禁，有十数通奏折和呈报的违碍书籍清单均列入禁书目[④]。《喜逢春》传奇成于崇祯二年(1629)，《古本戏曲丛刊》二集收录，作者清笑生生平不详。剧叙魏忠贤与贪官崔呈秀、宫中乳母客氏勾结弄权、独霸东厂，矫旨将弹劾其罪行的官员毛士龙、杨涟、周大中等削职，还准备将左都御史高攀龙等清流文人批审致死以清门户。高攀龙倾家资救毛士龙脱难，后投池而死。东厂爪牙为魏忠贤立生祠二十三处。新天子登基，封赠忠良，毛士龙奉诏除奸，魏忠贤自缢。作为明末时事剧，《喜逢春》客观反映了明末奸佞弄权、清兵肆恶的史事。其第十七出《封爵》有满洲努尔哈赤带兵犯宁远、锦州，先后被明统帅袁崇焕击败，努尔哈赤气急败坏，背上发疽而死等情节，可知此剧在高纲案中被牵连禁毁并非偶然。

乾隆四十一年(1775)四月二十日，《暂管江苏巡抚萨载奏续缴违碍

---

① 原北平故宫博物院文献馆《清代文字狱档》(上)，上海书店 1986 年版，第 260 页。

② 王彬《清代禁书总述》，中国书店 1999 年版，第 382 页。

③ 傅惜华《清代杂剧全目》，人民文学出版社 1981 年版，第 9 页。

④ 中国第一历史档案馆《纂修四库全书档案》，上海古籍出版社 1997 年版，第 463、466、506、514、599、619、676、692、840、1022、1039、1071、1213 页。

书籍板片折》特别强调“凡有应毁书籍，不拘诗文、杂着以及传奇小说，悉令尽数查缴，详解销毁，以期净尽”，后附禁书清单中有“《鸳鸯绦传奇》一部，两本。明宜兴海来道人着”①，同时列出的还有《喜逢春传奇》四部。档案后编者附注曰：“以上《天启实录》……《鸳鸯绦传奇》，书名前均有乾隆朱点。”可见《鸳鸯绦传奇》与那些明代野史一起被重点加以销毁。《鸳鸯绦传奇》成于崇祯八年(1635)，今存崇祯刻本，收入《古本戏曲丛刊》二集。乾隆四十一年(1776)六月江苏巡抚杨魁第四次奏缴禁书目中列有《鸳鸯绦传奇》，但失名②。海来道人，即路迪，字惠期，江苏宜兴人，生卒事迹待考，其戏剧作品仅存此剧一种。《鸳鸯绦传奇》以杨直方与张淑儿的爱情故事为线索，以爱情写动乱，披露了明末政治腐败、番王恶僧肆虐、边廷攘扰的世相，剧中多涉清兵入关事，有“虏酋”、“虏骑”、“虏蠢”、“洗膻”等“违碍”字句，其卷首“缘始”曰：“文官爱财、武官爱命，空自百年养士，虏骑纵横，满朝震恐，天下无一义士”，“据卷首有崇祯八年序，则此时清兵正侵扰辽东，亦作者感慨时事发之”③，其明确的现实指征概是遭禁的动因。而同年十月四日江苏巡抚杨魁奏缴伪妄书籍，与各种明末实录和违碍文集罗列一起的，还有三吴居士《魏党广爰书传奇》(即《广爰书传奇》)④。《清代禁毁书目四种》之《应缴违碍书籍各种名目》列入⑤。《清代禁书总述》云：“此书叙明代反阉宦魏忠贤之事实，暴露了魏忠贤与客氏之罪恶。其中部分篇幅有反清意识。乾隆年间，被列入应缴违碍书籍各种名目中。”⑥正如《鸳鸯绦传奇》剧

---

① 中国第一历史档案馆《纂修四库全书档案》，上海古籍出版社 1997 年版，第 510 页。

② 雷梦辰《清代各省禁书汇考》，北京图书馆出版社 1989 年版，第 155 页。

③ 庄一拂《古典戏曲存目汇考》，上海古籍出版社 1982 年版，第 1036—1037 页。

④ 中国第一历史档案馆《纂修四库全书档案》，上海古籍出版社 1997 年版，第 538 页。

⑤ (清)姚觐元《清代禁毁书目四种》，商务印书馆民国二十六年(1937)版，第 139 页。

⑥ 王彬《清代禁书总述》，中国书店 1999 年版，第 182 页。

末《鸣晦又题》曰:"《喜逢春》与《广爰书》,同被亡秦付烬余。独爱惠期词隽爽,玉纤插架壮吾庐。"①《喜逢春》、《广爰书》、《鸳鸯绦》同列禁毁书目,《广爰书》被祁彪佳列为"逸品",称其"不尽组织朝政,惟以空中点缀。谑浪处甚于怒骂,传崔、魏者,善摭实,无过《清凉扇》;善用虚,无过《广爰书》"②。《广爱书》原剧已佚,其与《清凉扇》二剧均演魏忠贤、崔呈秀、客氏相互勾结,把持朝政,残害忠良事。由此可见明末关注现实、反映重大政治斗争的时事剧遭到厉禁的情况。

乾隆朝查缴禁毁书籍时,中央特设有分工详备的三处机构:即红本处,专门清理收藏在内阁中的原有图书;办理纂修《四库全书》处,负责由各省采进的遗书;军机处,专门办理各省督抚奏缴呈进的违碍书籍③。从以上奏折看,此"三处"的后两个机构都参与了督理禁毁戏曲剧本的事务和活动;而各地负责查办戏剧违碍具体事务的,多是朝廷特派钦差、地方要员,禁戏的指令和行动可以说遍及地方官僚机构的各个环节和各种职事。乾隆三十九年至四十三年查缴的这批戏曲剧作,与文字狱诗祸相关的禁书一同呈缴,虽牵带而出数量有限,三五年间不过一二十种,但追查的主要焦点是有本可循、更多注入了文人易代反思情怀、对清廷不敬的昆腔传奇大戏揭露时弊、干预政治、隐射史事的反清动向。这些剧作因尖锐的时事指征遭到厉禁,不仅使清初以来的历史与时事剧创作受到无形的精神威慑和思想禁锢,也埋下了大规模删改曲本的伏笔。

三 扬州设局删改曲本与禁戏制度化

清代禁戏的参与人士、涉及机构及处理方式不断变化。利用士绅

---

① 蔡毅《中国古典戏曲序跋汇编》,齐鲁书社 1989 年版,第 1382 页。

② (明)祁彪佳《远山堂曲品》,黄裳校录,上海出版公司 1955 年版,第 17 页。

③ 雷梦辰《〈清代各省禁书汇考〉序》,北京图书馆出版社 1989 年版,第 1 页。

舆论和民间经济力量，由官方设立专门机构，大规模查缴戏曲剧本与禁毁演剧活动，是清代发明的、也是官方认为最有效的方式；而扬州设局删改曲本并进而查禁花部演剧，即是这种发明之始。乾隆四十五年(1780)十一月十一日谕军机大臣："前令各省将违碍字句书籍，实力查缴，解京销毁。现据各督抚等，陆续解到者甚多。因思演戏曲本内，亦未必无违碍之处，如明季国初之事，有关涉本朝字句，自当一体饬查。至南宋与金朝关涉词曲，外间剧本，往往有扮演过当，以致失实者；流传久远，无识之徒，或至转以剧本为真，殊有关系，亦当一体饬查。此等剧本，大约聚于苏扬等处，着传谕伊龄阿、全德留心查察，有应删改及抽掣者，务为斟酌妥办"。① 从此次设局查禁戏曲的过程和御批奏折看，有三点值得讨论：

其一，设局查办戏剧违碍的时限和参与人员。谕令明确征缴、删改、抽掣反映南宋后金、明季国初事件"失实"的戏曲剧本，但真实动机则是禁绝戏曲表现清人起事入关前后的一些不光彩行为甚至罪行。谕旨先是传谕两淮盐运使伊龄阿、苏州织造全德"留心查察"、"斟酌妥办"，接着又嘱"须不动声色，不可稍涉张皇"，担心全德"未能妥协，所有苏州一带应查禁者，并着伊龄阿帮同办理"。身为两淮盐运使的伊龄阿对此诚惶诚恐，深感责任重大。因为扬州作为当时全国的戏曲活动中心之一，查缴曲本首当其冲。至于苏州，更是戏剧创作演出的重镇。扬州如何开展查缴？苏州如何帮同办理？这让伊龄阿颇费斟酌，"奴才伏查外间扮演戏文，洵为太平景象，而词曲中违碍字句及扮演过当流传失实者，不一而足，诚如圣谕，不可不厘剔删除，以彰教孝教忠之至意"，考虑到自南宋、元明至今六百年戏曲刻本藏本繁多，且查缴曲本涉及许多戏曲相关问题，非"专业人士"或许不能措手。在仔细揣摩旨意后，伊龄阿做出了在扬州设立删改戏曲词馆的决定，并于本月二十日上奏："奴

① 《清实录·高宗实录》卷一一一八，第二二册，中华书局1986年版，第939页。

才钦遵谕旨，当即饬委运司仓圣裔、同知张辅、率领总商江广达设立公局，将各书坊宋元明旧剧本详细确查，并将教习人等平日收藏新旧戏文，无论刻本抄本，概令呈缴……遵行现已札商苏州织造全德一体查办。”[①]据伊令阿此奏，扬州设立公局删改曲本的时间在谕旨下后不久，即乾隆四十五年十一月十一日至十九日之间。参与此事、帮同设局的还有当地皇亲族裔、淮北分司汉阳同知张辅、以广达为行盐牌号的两淮总商江鹤亭，可见伊令阿深感此事迫急、数日之内迅速协同各方酌办之情形。苏州织造全德接到协商函，即于二十二日应奏：“凡有明季国初之事，有关涉本朝字句，并南宋与金朝关涉词曲及扮演过当，应删应改及应行抽掣者，俱一一粘签，陆续恭呈御览……但奴才粗识字义，汉文不能通晓，恐有遗漏，所有苏州查出各戏本，奴才校勘之后，将有无违碍之处，签明密封，送交伊令阿再行斟酌妥办。”[②]乾隆四十六年（1781）春，图明阿接替伊龄阿任两淮巡盐御史，并主持扬州删改戏曲词馆事。据《扬州画舫录》，伊龄阿是奉旨设局，时在乾隆丁酉，即四十二年（1777），图明阿为继任，历时四年事竣。同书稍后录黄文旸《曲海序》，言乾隆辛丑，即四十六年（1781）奉旨修改古今词曲[③]。这些说法先后出入，在设局动机和时间上引起一些猜解。从乾隆四十六年五月二十九日旨覆“今图明阿竟于两淮设局，将各种流传曲本尽行删改进呈，未免稍涉张皇，且此等剧本，但须抄写呈览，何必又如此装潢致滋靡费，原本着发还，并着传谕图明阿、全德，令其遵照前旨，务须去其已甚，不动声色，妥协办理，不得过当，致滋烦扰”[④]之语看来，如果不存在乾隆有意指责臣下而掩饰谕旨设局企图的话，那么扬州设局删改曲本一事也

① 《乾隆四十五年十一月二十日朱批档》，朱家溍、丁汝芹《清代内廷演剧始末考》，中国书店 2007 年版，第 57 页。

② 乾隆四十五年十一月二十二日朱批档》，朱家溍、丁汝芹《清代内廷演剧始末考》，中国书店 2007 年版，第 59 页。

③ （清）李斗《扬州画舫录》卷五，中华书局 1960 年版，第 107 页。

④ 中国第一历史档案馆《纂修四库全书档案》，上海古籍出版社 1997 年版，第 1357 页。

许并非出自上谕，而是伊龄阿、图明阿揣摩谕旨而"办理过当"的行为，其始当在乾隆四十五年十一月中旬，删改戏曲词馆的工作也并未持续四年，据乾隆四十六年六月初一日图明阿奏折"窃自思省，诚为过当……今钦奉谕旨，各种流传曲本不必一例查办，将来应行删改抽掣之剧已属无多，更不应仍存此局，迹涉张皇。现已即日撤去"①的说法，前后只有半年多时间。乾隆四十六年(1781)二月初一日，"凌廷堪应伊龄阿之聘，客扬州，参与删改古今杂剧、传奇之违碍者……黄文暘、李经任总校，凌廷堪、程枚、陈治、荆汝为任分校；委员会有：淮北分司汉阳张辅、经历查建佩、扬州朱篢、罗聘、李斗……等八十八人"②。此次禁戏行动由官方出资设立专门机构，参与筹建、征调人员有特办钦差、地方大员、当地望族巨商以及各地制曲名家，波及以扬州为中心的全国许多地区。被征调的曲家和文人名流有黄文暘、凌廷堪、李斗、金兆燕；还有来自江苏扬州府、淮安府、江宁府、常州府、苏州府、通州等四十七人，浙江湖州府、杭州府、绍兴府、宁波府等十八人，安徽徽州府、泗州府、宁国府等十七人；而且还有辽宁、天津、湖北、贵州、江西等地曲家也被延聘而来，具体参与戏曲检阅查勘、删改抽掣工作。而设局查办戏剧违碍也并非伊令阿一人，除主事参与的图明阿、苏州织造全德外，还有直隶总督袁守侗也曾征缴书籍入省城书局详加勘察，山西巡抚喀宁阿还专设公局饬委专员查勘。

其二，查缴曲本与四库征书、查缴违碍书籍的关系。乾隆四十五年十二月十一日，直隶总督袁守侗接到本月初七日大学士公阿桂、尚书额驸公福隆安寄来十一月二十八日据伊令阿复奏"着将伊令阿原折抄寄各督抚阅看，一体留心查察"的上谕，"当即钦遵转札……凡有弋阳等腔演戏曲本留心查出，即申送省城书局详加勘酌，倘有流传失实、字句违

① 《乾隆四十五年十一月二十二日朱批档》，朱家溍、丁汝芹《清代内廷演剧始末考》，中国书店 2007 年版，第 66 页。

② 中国戏曲志编辑部《中国戏曲志・江苏卷》，文化艺术出版社 1992 年版，第 740 页。

碍者，即分别删改抽掣，随时恭呈御览”。十二月十三日，山西巡抚喀宁阿遵旨“当即缴饬两司在于省城设立公局，通行各府州县，一体饬查，将所有宋元明新旧戏文无论刻本抄本，概令呈缴，臣饬委专员细加检阅，其中如有明季国初之事，关涉本朝字句及南宋与金朝关涉词曲或竟用本朝服色者，详悉查明……并将扮演过当之处通行示谕，严密查禁”。十二月十六日，江苏巡抚闵鹗元遵旨“将剧本并弹词鼓儿词内谬妄违碍之处分别芟除饬禁”；乾隆四十六年正月初六日湖广总督舒常、湖北巡抚郑大进遵旨“派员搜访违碍书籍，遇有应禁之剧本，自当一体收解，或可以删改抽掣之处，分别粘签恭呈御览。惟有石牌腔、秦腔、弋阳腔、楚腔等项，虽声调各别，皆极为鄙俚……其内如有淫词邪说，本不应听其任情捏造，蛊惑人心，若事属不经稍有违碍，尤宜留心禁止”①。二月十二日，两广总督觉罗巴延三接旨及抄伊令阿原折，遵旨“照江苏办理之例，分别查办”，二月二十一日广东巡抚李湖遵旨“照江南办理成规，传谕书肆及伶人，各将现有刻抄本子呈缴委员校阅核明……即将查禁曲目、服色并令梨园各班于开载正杂戏出内，遵照删改，仍饬令外府州属，画一妥办俱报。唯是粤东……市廛流传戏剧往往装点荒唐，扮狭邪为香艳，演戏匪为英雄……一并分别禁止搬演”，二月二十八日，湖南巡抚刘墉遵旨“与藩司陈用敷等向各地方官告知，令将戏班剧本陆续查验，应禁者分别善掣……再旧时传奇曲本及小说野史等未经优人演唱者，恐复不少，仍归搜访违碍书籍案内查缴，分别销毁”②。四月初六日江西巡抚郝硕遵旨缴到《全家福》等花部声腔剧本③。五月二十日，闽浙总督陈辉祖奏“饬属安详妥办，如剧本中查有字句违碍并扮演过当者，俱令分别查销禁止。再江浙地方连界，而江南繁富集镇，梨园演习剧本

---

① 《乾隆四十五年十一月二十二日朱批档》，朱家溍、丁汝芹《清代内廷演剧始末考》，中国书店 2007 年版，第 55—61 页。

② 同上书，第 61—63 页。

③ 故宫博物院文献馆《史料旬刊》第二十二期《查办戏剧违碍字句案》，民国十九—二十年(1930—1931)刊，第 793 页。

较多，授贩传播，在所恒有。如有应禁之本，臣一并移查，彼此关会，随时办理”①。从这些奏折的内容看，图明阿、全德、郝硕查缴曲本都以查缴违碍书籍为首务和理据。直隶总督袁守侗折、广东巡抚李湖折主要是遵旨查办空格书籍原由和情形的，山西巡抚喀宁阿折、湖广总督舒常折、湖南巡抚刘墉折均是汇缴违碍书籍并解缴王仲儒《西斋集》案板片的，闽浙总督陈辉祖则上《奏缴违碍书籍并请展限一年及查察剧本情形折》，加之乾隆四十六年二月十六日军机大臣报奏《四库全书体例》、《四库总目提要》交审情形②看，曲本查缴大多和征剔四库书的行动、查缴牵连文字狱、诗祸的违碍书籍一起遵旨呈报、并案而特出。可见扬州设局是乾隆直接授意查缴禁书的文化清剿的一个组成部分，查缴曲本自始至终都在乾隆监控和谕旨干预下进行。“不动声色、妥协办理”的训诫是实，设局张皇、“办理过当”的责备是虚。设立庞大机构，耗费人力，最后却查得禁本无多，是乾隆斥去设局方式的隐因。而查缴不力的纠责、审时以待稳准狠“杀机”的谕旨有失，进而引发了苏扬之外，波及江南所有州府，乃至直隶、山西、湖南、湖北、广东、贵州、江西等地查缴曲本及查禁戏曲演剧行动在更大范围和地域展开。

其三，查缴曲本数目与地域声腔流播的关系。作为此次查缴曲本的主事者，两淮盐运使继任者图明阿于乾隆四十六年三月二日、四月九日及六月一日三次回奏，苏州织造全德六月初一日奏折，均呈报了查缴曲本的详细情况。吴县沈起凤曾受督理苏州织造全德之聘，听阅剧曲七百余种，查察勘审，分批报送扬州删改戏曲词馆③。从这些奏折报审文字看，此次查缴数量巨大、版本板片名目繁杂、流传地域广泛，且查办戏剧违碍非仅查缴曲本，继而扩大到查禁花部声腔演剧流播活动。乾

---

① 中国第一历史档案馆编《纂修四库全书档案》，上海古籍出版社 1997 年版，第 11351 页。

② 同上书，第 1243、1245、1250、1291、1295 页。

③ 中国戏曲志编辑部《中国戏曲志·江苏卷》，文化艺术出版社 1992 年版，第 44 页。

隆四十六年(1781)三月二日图明阿奏遵旨查办戏剧违碍字句专折云:“本年正月内,伊令阿将删改抽掣之《精忠传》等五种具奏呈进……将局内所收宫商及戏班教习等缴到戏曲逐一查检……现在所存戏曲计二百八十四种……至全德节次送来共一百二十种,已据分别粘签,抽掣改正。”[①]四月初六日,江西巡抚郝硕奏:“据附省之南昌府禀称,遵经传谕各戏班,将戏本内事,涉明季及关系南宋、金朝故事,扮演失当者严行禁除外,所有缴到各戏本,派员查核,内有全家福、乾坤鞘二种,语有违碍,又红门寺一种,扮演本朝服色,应呈请查办……查江右所有高腔等班,其词曲悉皆方言俗语,鄙俚无文,大半乡愚随口演唱,任意更改,非比昆腔传奇,出自文人之手,剞劂成本……遐迩流传,是以曲本无几,其缴到者亦系破烂不全钞本,现在检出之三种内,红门寺系用本朝服色,乾坤鞘系宋、金故事,应行禁止;全家福所称封号,语涉荒诞……俱应尽营销毁。臣谨将原本粘签,恭呈御览。”[②]四月初九日,图明阿再奏专折云:“今办得《金雀记》等九种,并全德移来《鸣凤记》一种,奴才俱覆加酌核,缮写清本,同原本粘签,恭呈御览。奴才又覆勘得《千金记》等十种,又全德移来《种玉记》等十种,均系曲白内间有冗杂之处,抽改无多,现在即以粘签原本进呈……其余在局曲本,仍敬谨遵奉,细心勘办,随时呈缴。并会同全德再行缜密搜罗,不敢稍有滋扰懈忽。”[③]六月一日,全德据乾隆五月二十九日上谕“据图明阿奏查办剧本一折,办理又未免过当。剧本内如《草地》、《拜金》等出,不过描写南宋之恢复及金朝败退情形,竟至扮演过当,称谓不伦,想当日并无此情理,是以谕令该盐政等留心查察,将似此者,一体删改抽掣”旨意,奏覆“伏查苏州陆续收买过曲本四百三十四种及勘出三百十五种,移交两淮盐政复核,节经奏明在

① 《乾隆四十五年十一月二十二日朱批档》,朱家溍、丁汝芹《清代内廷演剧始末考》,中国书店 2007 年版,第 63 页。

② 故宫博物院文献馆《史料旬刊》第二十二期《查办戏剧违碍字句案》,民国十九—二十年(1930—1931)刊,第 793 页。

③ 同上书,第 794 页。

案。兹又勘出应禁止销毁者四种，删改抽掣者三十二种，无碍可存者八十三种，共一百九十种，照前分别粘签，节次封交图明阿复核汇呈……合已买曲本四百三十四种通行勘竣、移交缘由及现在办理情形，敬谨缮折恭奏”①。

谕旨禁戏旨令频下，大量戏剧曲本呈缴扬州并“解京呈览”。扬州设局查办戏剧违碍，其中有数量和名目可循的，图明阿第一次奏缴《精忠传》等284种，第二次奏缴《金雀记》、《千金记》、《鸣凤记》、《种玉记》等31种，全德第一次奏缴120种，第二次收买434种，奏缴《草地》、《拜金》等119种，应禁者4种，删掣者32种，无碍者83种。江西巡抚郝硕奏缴《全家福》、《乾坤鞘》、《红门寺》等3种②。扬州删改戏曲词馆秉承乾隆旨意，将苏州织造及各地督抚、巡抚等进呈的剧本详加审改，共删编校勘了1194种曲目③。凡以明末清初史事涉满清字样违碍的、宋金时事剧扮演失实的、装扮满清服色及情节的，均在删禁之列。从报检的版本板片上看，所有戏曲刻本、抄本、戏班藏本、教习本、优人演唱可考剧本、宋元戏文旧本、古今杂剧、传奇曲本、新编戏本全在查禁之列，流播地域泛及直隶、山西、湖南、湖北、两广、江苏、江西、辽宁、天津、闽浙、四川、云南、贵州等地。在查缴的十种曲本确目中，无名氏演岳飞故事的《精忠传》、无心子叙潘岳事的《金雀记》、沈采写韩信故事的《千金记》、许自昌传霍去病故事的《种玉记》、托名弇州门客、演严嵩父子专权伏诛故事的《鸣凤记》五部作品为昆腔传奇大戏，这些剧作或多或少都牵涉忠奸斗争、易代更迭，特别是《精忠传》涉及宋金交战、《鸣凤记》敷演明季时事，在清廷看来都是有诋毁之嫌的谬妄悖逆之作。朱佐朝借宋朝乌廷庆故事、以包公断案揭露宫闱恶乱、影射时事、“语有违碍”《乾

① 《乾隆四十五年十一月二十二日朱批档》，朱家溍、丁汝芹：《清代内廷演剧始末考》，中国书店，2007年版，第65页。

② 故宫博物院文献馆《史料旬刊》第二十二期《查办戏剧违碍字句案》，民国十九—二十年(1930—1931)刊，第793页。

③ (清)李斗《扬州画舫录》，中华书局1960年版，第120—121页。

坤鞘》应为杂剧作品。“所称封号,语涉荒诞”、“扮演本朝服色,系宋、金故事,应行禁止”①的《全家福》、《红门寺》为高腔剧本。《全家福》剧本已亡佚、内容无考,《红门寺》据京剧和车王府曲本,叙于成龙微服私访至红门寺审钟、擒拿借烧香礼佛之机调戏奸占民女的淫僧法炳的故事。《草地》、《拜金》,是出自《如是观》的折子戏。《如是观》又名《倒精忠》、《翻精忠》,此剧以“精忠直叙岳飞之死,而秦桧受冥诛,未快人意,乃作此以翻案,言飞成大功,桧受显戮,两人一善一恶,当作如是观”②,《拜金》实南宋恢复、金朝退败之《败金》的避讳。

伊龄阿奏折有“再查昆腔之外,有石牌腔、秦腔、弋阳腔、楚腔等项,江、广、闽、浙、四川、云、贵等省,皆所盛行,请敕各督抚查办”的覆奏;江西巡抚郝硕又言“查江西昆腔甚少,民间演唱,有高腔、梆子腔、乱弹等项名目,恐该地或有流传剧本,饬令该县留心查察”。可见此次查办字句违碍,不仅关注戏曲剧本的文字内容与情节“违碍”问题,演剧活动中的服饰道具等具体装扮细节,昆腔以外广为传唱、“时来时去”、流动性大、传播迅速的花部唱腔如乱弹、高腔、石牌腔、秦腔、弋阳腔、楚腔、粤戏等新兴的乱弹俗腔和弹词、鼓词等民间说唱伎艺,也成为查禁的一项重要内容。因为从乾隆二十八年(1764)戏曲选集《缀白裘》开始刊行,到乾隆三十五年(1770)《缀白裘》总集问世,标志着昆腔全本传奇大戏演出结束和折子戏的兴起。在昆腔大戏和杂剧创作外,依托地方声腔生存的民间地方戏,在明末清初弋阳、青阳等血缘相近的南曲声腔融淬下,形成了长江流域以高腔为主、中原一带以弦索腔为主的“乱弹”竞放、花部繁兴的局面;至康熙年间,出现了各种高腔、昆腔、弦索腔、梆子腔系的花部地方戏演播交流的蓬勃势头。花部折子戏以其生动的内容、细致的表演、充满浓郁地域风情的唱腔风格,赢得了乾隆中期以后

---

① 故宫博物院文献馆《史料旬刊》第二十二期《查办戏剧违碍字句案》,民国十九—二十年(1930—1931)刊,第793页。

② 傅惜华《明代传奇全目》,人民文学出版社1959年版,第334页。

的戏曲舞台。花部诸多俗腔被禁，说明乾隆后期禁戏的两个转向：一则查缴曲本从昆腔传奇向地方折子戏转移；二则花部戏存本零散、幕表戏、提纲戏、戏班藏本简陋难以追查具体的文字违碍问题，而民间演剧活动中存在着在官方看来更为严重的“违碍悖逆”问题，进而引发了乾隆以后查禁花部声腔演剧活动的禁戏转向。

扬州设局查缴的确名曲本无多，只有区区十种，这些剧本所反映的问题和文字违碍似乎也远不及此前查缴的《喜逢春》、《鸳鸯绦》、《广爰书》等一批时事剧那样突出；而查办戏剧违碍本在征剔四库书的大背景下展开，因诗祸、文字狱牵连的历史著作和诗文作品成为查缴的重中之重，所以设局查缴曲本行动仅持续了半年多时间，因谕旨查缴曲本的反清动向实效难显而草草收场。但如此大规模删禁戏曲剧本，一千多种剧本被斧劈刀砍、筛罗网禁，许多极具思想价值的剧本很可能因此四散亡佚。此次删改曲本的影响还远不止此，清代官方设局禁书禁戏、查缴通俗文艺作品的方式自扬州设局始沿袭下来，并不断发明，敦促舆论发动地方善士、民间力量募集资金，给偿定价收书销毁，成为清廷禁毁戏曲小说及民间说唱文艺的一大方略和定制。其中道光十八年(1838)苏郡设局收毁淫书，道光二十四年(1844)浙江设局禁毁淫词小说，同治七年丁日昌设局查缴禁书禁戏①，都是规模很大、波及很广的行动，且都牵扯到不少戏曲作品。

清廷查禁违碍书籍是禁锢思想的重要举措，体现了王朝思想、种族意识和皇权观念合而为一的政治统制。乾隆一朝由整修《四库全书》而查缴禁书，由历史著作而诗文、由诗文而小说，愈演愈烈的文字狱、诗祸大背景，造成了戏曲剧本在劫难逃的被禁毁命运。从清初以来官方的风俗整顿与禁戏着力点变化，到乾隆中期以后禁书运动扩大化而矛头

---

①　(清)余治《得一录》卷十一之一，同治己巳年(1869)刻本，第5页；王利器《元明清三代禁毁小说戏曲史料》，上海古籍出版社1981年版，第119页；丁日昌《抚吴公牍·劄饬禁毁淫词小说》卷一，光绪三年(1877)林氏铅印本，第6页。

指向时事剧，从扬州设局查缴删改曲本，到各地奉谕查办戏剧违碍，清廷禁戏权力话语的运作与制裁，使戏曲创作与搬演活动受到不小冲击。戏曲遭到厄运，那些一贯被官方视为蛊惑人心、伤风败俗、有碍统治的“淫词曲本”首当其冲，而乾隆查缴曲本的焦点其实在反映明季史实的历史及时事题材作品，由于涉及易代政事及民族避讳等内容，是自标“治天下以人心风俗为本”的清帝极为敏感和憎恶的。扬州设局查办戏剧违碍作为清廷禁戏的扭结点，不仅显示出乾隆一朝禁书运动的扩大化，也体现出清廷裁汰异己、清理异端、驯服民众、强化专制的强制性文化政策推行的过程。乾隆一朝是戏曲高度繁荣的时代，而官方的制度性禁戏也全面展开。从某种程度上说，在禁书运动的文化清剿下，帝王谕旨禁戏的权力话语覆盖地方政权和布控基层社会的过程，即是清廷制度化禁戏行动和举措展开的过程。清廷禁戏的制度化造成了戏曲创作主体精神的隐遁，影响了清代后期昆弋大戏向花部乱弹递嬗、以文本创作为中心向以表演伎艺为中心的戏曲形态裂变。

（原文载于《文化遗产》2013 年第 3 期）

姚燮《今乐考证》的文献学研究

魏明扬

姚燮的《今乐考证》是晚清以前中国戏曲创作的总记录，它在剧目数量的搜集方面空前详尽，对于剧作批评材料的附录也极为丰富，超过了此前任何一部同类著作。即便与它六十多年之后由王国维编纂的《曲录》相比较，在有些方面的完备性也胜过了《曲录》，不愧是清代编纂的最完全的集大成的戏剧综合性著作。

一　版本述略

与姚燮很多著述一样，《今乐考证》编纂之后姚燮无力出版，长期处于埋没状态。随着姚燮后代家境的日益困窘，姚燮的藏书也转易他人，大约这部《今乐考证》也随之辗转迁移了不止一处地方。幸而在 1932 年学者马廉、郑振铎、赵万里在宁波城内藏书家林集虚所开书肆大西山房发现购下。马廉祖籍鄞县，当时任教于北京大学。1935 年他病逝后，其任北大教授的长兄、近代小学大家马裕藻遵其遗志将此书稿捐赠北大（赵万里《跋〈今乐考证〉》一文则说北大为纪念马廉，购置其藏书中的通俗文学部分为公有），请北大印行。北大在两个月后就出版了影印本①。1959 年，

① 见《中国古典戏曲论著集成》第十册（《今乐考证》）所附马裕藻所写跋。斐云（赵万里）文见《大公报・图书副刊》第 122 期。

中国戏剧出版社根据影印本校点排印，收入《中国古典戏曲论著集成》第十册。原稿共五册，不分卷，亦无序跋，但是可以从标题看出全书分十三篇，而在每篇之前均冠有“今乐考证”字样，这当是预备成书后填写卷目的，所以姚燮的编纂设想当是全书分为十三卷。原稿涂改处较多，眉端还有增补、校正性的文字，都是姚燮手迹，故可以推断本书是姚燮未及完成的著作。

这部书在版本上还有一个值得注意的地方。在正文的第202页“浑然子一种:《锦囊》”条下有如下文字：

> 贞群案:浑然子为明张鹤楼翀，见《明史》九十八列传。翀字子仪，马平人，嘉靖癸丑进士。授刑部主事，以劾严嵩下诏狱。官至刑部右侍郎。有浑然子十八篇，刻入《宝颜堂秘笈》。
>
> 又案:《明史》有两张翀，一在列传第八十，字习之，辽川人，与此异。①

文中的“贞群”当是宁波现代藏书家冯贞群。冯贞群(1886—1962)，字孟颛，号伏跗居士，浙江慈溪人。世为藏书之家，其“醉经阁”藏书，素称富有，后改为“伏跗室”，藏书近10万卷。冯氏对版本、校勘、目录学研究有造诣，曾对范氏“天一阁”藏书进行过研究整理，编有《鄞县范氏天一阁书目内编》，协助张寿镛编纂《四明丛书》。大概他曾得到一部分姚燮的大梅山馆藏书，姚燮唯一一部存世的戏剧作品《梅心雪》手稿残卷就是由他捐赠给浙江图书馆馆长张宗祥的。从上述冯贞群写下的案语看，在马廉购得这部书之前，冯贞群曾经收藏这部书，并且对其进行过初步的校补。这一事实以前的研究者似乎都未曾述及，笔者特在此揭出。

另外，此书在编排体例上也有一个值得注意之处。全书除“缘起”

---

① 《中国古典戏曲论著集成》第十册，第202页。

二卷、“宋剧”一卷外，共有十卷著录。除著录五之外，其他九卷著录都是单纯著录一种类型的戏剧。唯独著录五在“金元院本”之后又附了少部分“明院本”，且以标题注明其类别。后文的著录六、著录七都是单纯著录“明院本”的。从逻辑上说，这少量的明院本似乎不该置于著录五的金元院本之后，以至于打乱全书的编纂体例。当然，著录五所录金元院本相对于其他类别来说数量极少，因而若单纯著录金元院本则著录五的篇幅要明显小于其他著录卷。对于这一现象，笔者推测可能姚燮在保持各卷篇幅的均匀性与保持分类标准的清晰性之间曾有过犹豫，最终因为未能彻底完成《今乐考证》的编纂而听任体例保持目前这种情形了。

《复庄今乐府选》里有校记，大致记载了该书的编纂时间，而《今乐考证》则不同，全书没有明确注明编撰时间处，因此关于《今乐考证》的编纂时间后来的研究者有过争论。较早撰文介绍此书的赵万里（署名斐云）认为“《今乐考证》不过是《今乐府选》未完成以前的初步统计工作”。赵景深先生不同意他的看法，赵先生根据《今乐府选》中存有的大部分错误到了《今乐考证》中得到纠正这一现象，认为《今乐考证》编写在《今乐府选》之后。[①] 洪克夷先生认为两书的编写时间上有交叉，基本上是在咸丰初年同时持续进行。笔者赞同洪克夷先生的观点。一个有力的证据是《今乐考证》中姚燮对同时代曲家黄燮清的著录情形。黄燮清（1805—1864），浙江海盐人，初名宪清，生卒年与姚燮完全相同，二人在道光年间京师应会试期间结识订交。从《复庄诗问》看，至少迟至道光二十六年丙午（1846），姚燮还寄诗问候黄燮清，说明两人一直互通音信的。《今乐府选》选有黄氏杂剧《凌波影》全卷和传奇《鸳鸯镜》部分出。《今乐考证》有两处黄燮清的记录，一处在著录四“国朝杂剧”：

① 赵景深《姚梅伯的〈今乐考证〉》，载《中国古典小说戏曲论集》，上海古籍出版社 1985 年版，第 1 页。

黄韵珊一种

《凌波影》

韵珊名宪清，海盐人。[①]

另一处在著录十“国朝院本”：

黄宪清四种

《帝女花》、《鸳鸯镜》、《茂陵弦》、《桃溪雪》

宪清字韵珊，海盐人，所刻院本署曰“拙宜园乐府”。[②]

根据陆萼庭先生所编《黄燮清年谱》[③]，黄于道光三十年庚辰(1850)名字由宪清改为燮清，黄燮清的最后一部剧作《居官鉴》作于咸丰六年丙辰(1856)。现在我们看到姚燮的著录仍旧用了黄的初名，《居官鉴》一剧也未见著录。从这两种现象看，《今乐考证》的编写不可能晚到咸丰六年，黄燮清更名之事未能反映在两书中，只能说明《今乐考证》也是在咸丰初年编写的。至于说《今乐考证》的编选早于《今乐府选》，这更不可能，因为《今乐考证》著录的不少剧作其作者是在姚燮借抄剧作编写《今乐府选》之后才确定的，《今乐府选》有多处校记都记录了这样的事。所以《今乐考证》的编写当与《今乐府选》差不多同时，都在咸丰初年进行。

二 内容构成

《今乐考证》的内容依据性质的不同，分为两大部分：“缘起”两卷是

---

① 《中国古典戏曲论著集成》第十册，第181页。

② 同上书，第309页。

③ 见《清代戏曲家从考》，学林出版社1996年版，第128页。

关于中国戏剧的概论，可以视为一部微型的中国戏剧学；“宋剧”及以后的十篇著录则是对中国戏曲作品及其评论的汇辑和简约的考证。前者属于理论思考性质的，后者属于文学史现象叙录性质的。对于“缘起”部分的讨论，笔者另文叙述，本文主要从文献学角度讨论《今乐考证》的著录部分。

著录部分包含宋剧一卷和元明清剧十卷。在编排体例上姚燮借鉴了在中国古代文学批评史上有悠久传统的诗文汇评形式，先列作家，在单个作家后次列其作品，作品之后汇编诸批评家对于作家作品具体性质、艺术特征的评语。倘汇评有未尽完满或臆说妄谬处，姚燮再撰写案语予以修正、补充或纠妄。因此，《今乐考证》此部分的内容又可分为平行的三部分，即：著录、汇评和该书作者的案语。为了方便叙述，列表如下：

卷次	剧类	著录作家 作品数量	评语数量	案语数量
宋剧	宋剧	官本杂剧段数 280 种 院本名目 10 类 712 种	无	1
著录一	元杂剧	57 家 363 种	88	18
著录二	元杂剧 附录：元剧总论	26 家 128 种 无名氏作品 100 种 也是园藏古今无名氏作品 121 种 也是园藏教坊编演剧目 20 种	40	3
著录三	明杂剧	45 家 134 种 “神庙时大内院本”3 种(选本)	40	19
著录四	国朝杂剧	71 家 234 种、无名氏 16 种、燕京无名氏“花部剧目”45 种	13	6
著录五	金元院本	4 家 4 种 无名氏 6 种	34	3
	明院本	28 家 55 种	21	10
著录六	明院本	42 家 108 种	43	8

（续表）

卷次	剧类	著录作家 作品数量	评语数量	案语数量
著录七	明院本	43家76种 无名氏55种 附录1：徐文长《南词叙录》所载南曲戏目宋元旧编65种 附录2：徐文长《南词叙录》所载南曲戏目明人编本33种 附录3：补录《南词叙录》所载南曲戏目15种 附录4：沈伯明《南词新谱》所引诸曲未入本录者31种	24	7
著录八	国朝院本	40家197种	35	11
著录九	国朝院本	58家253种	30	5
著录十	国朝院本	100家132种 附录1：焦氏《曲考》所载无名氏剧目185种 附录2：《笠阁评目》载《曲考》未录无名氏院本剧目47种 附录3：补无名氏院本剧目18种	27	5

分析上表，《今乐考证》在内容编排上的显著特征是分类清晰，合乎中国戏剧发展史的逻辑。宋剧一卷，前面不加“著录”标志，而元杂剧、明杂剧、国朝杂剧与金元院本、明院本、国朝院本六类剧目前都加以“著录”的标志，这表明《今乐考证》的第一级分类标准是戏剧作品在戏剧形态上的成熟性。姚燮把他所著录的《官本杂剧段数》与《院本名目》作为宋剧单列一类，与后世的金、元、明、清的院本、杂剧区别对待，显然认为前者是成熟戏剧诞生之前的初级形态的戏剧。这种区分跟后来王国维先生为中国戏剧所下定义不谋而合。王国维先生在《宋元戏曲考》一书中为中国戏剧下了一个定义：“然后代之戏剧，必合言语、动作、歌唱，以演一故事，而后戏剧之意义始全。”这一定义符合中国戏剧发展的实际，至今为大多数学者所遵守。姚燮的戏剧研究活动约早于王国维先生

六、七十年，对于中国戏剧形态虽没有用专门的文字明确论述，但是在编排的体例上他体现出来这一见解了。当然，无论是姚燮还是王国维，他们都没有机会见到《永乐大典》里所载的《张协状元》等南宋戏文，因此他们不能如我们当代研究者这样明确断言中国成熟的戏剧诞生于南宋时东南沿海一带。姚燮根据他所掌握的资料仅仅能够把成熟的戏剧上溯到金元时期，这是实事求是的做法。《今乐考证》对于成熟形态的戏剧又进行了进一步的分类，所有成熟形态的戏剧被划分为院本、杂剧两类，眉目清晰，简洁明了。院本、杂剧之分，盖有两个参照标准，一者所使用曲体的南北差异，二者所叙故事的完整、详尽程度，故使用南曲曲体或篇幅长、叙述故事详尽之南曲戏文与明清传奇俱归之于院本类，使用北曲曲体或篇幅短小、叙事简约的杂剧俱归之于杂剧类。在实际操作中，姚燮更倾向于依照篇幅和故事的特征来区分二者。我们把《今乐考证》著录金元院本部分与《今乐府选》中“弦索”和“元院本”部分对照看，王实甫《西厢记》和姚燮在《今乐府选》中署名王昌龄的《西游记》在《今乐府选》中作为元院本选编，《今乐考证》则著录为杂剧。无疑《今乐考证》对于这两种剧作的文体的认识比《今乐府选》更接近我们今天的看法，因此赵景深先生在《姚梅伯的〈今乐考证〉》一文中赞为进步。但是姚燮在《今乐考证》中的注显示他的观念并不同于今天戏曲史研究者的看法。在著录一“吴昌龄十一种”条下列《唐三藏西天取经》，剧名后姚燮注云：“《曲选》目云‘有六本’。按所行《西游记》院本二十四折，署‘王昌龄作’。古剧每本例四折，此云有六本，即为是剧。《西游记》之名，后人所易也。后卷院本不复列。”①又，同卷“王实甫十四种”条下列《崔莺莺待月西厢记》之后，姚燮亦注：“《曲选》云：‘有五本。’按：五本之说，则《西厢》本有二十折，但未指后四折为关氏续耳。焦氏《曲考》列入院本。兹依《录鬼簿》。”②细味姚燮在两剧之后的注，其意含有列为院

① 《中国古典戏曲论著集成》第十册，第98页。

② 同上书，第99页。

本和杂剧两可之意，只是在著录时选择一种处理方案而已，“后卷院本不复列”、“兹依《录鬼簿》”都含有亦可列为院本的意思。这说明什么呢？正说明姚燮对于院本、杂剧之分，除了依照南北曲体制外，还把剧作的篇幅长短、故事的详尽程度作为区分的标准。应该是基于这个理由，姚燮把《今乐府选》里列为弦索的《西厢记诸宫调》在《今乐考证》里又列为金元院本。对《西厢记诸宫调》的剧类的归属更能说明他划分剧类时对于篇幅长短和故事详略这一标准的重视。

至于把院本分别为元院本、明院本、国朝院本，杂剧分为元杂剧、明杂剧、国朝杂剧，与《今乐府选》分类一样，是在剧类划分之后再引入时代顺序这一标准，进一步划分。

在著录四国朝杂剧之后姚燮附录了燕京无名氏《花部剧目》45 种，说明姚燮并不鄙视俗曲，没有一般士大夫文人中轻视花部的偏见。姚燮把《花部剧目》分列在国朝杂剧之后而不是在国朝院本之后，也是值得注意的，说明在他的观念中花部剧本从戏剧体制上说更接近杂剧而不是院本。一般来说花部剧本较之于典型的明清传奇文辞要粗浅些，故事要粗糙和简单些，姚燮可能根据这些特征附之于杂剧类。

在分列剧目的时候，《今乐考证》也有一项比较严重的不合理之处。在著录七明院本之后，姚燮编入四个附录，附录 1 是徐渭《南词叙录》所载南曲戏目中宋元旧编 65 种。既云宋元旧编，自不当附在明院本之后，合理的做法是附在著录五金元院本之后。但是瑕不掩瑜，总的来说，姚燮著录剧目的分类是有明确的标准的，逻辑上显得清晰顺畅。

姚燮著录的宋剧，是从当时较为易得的文献中转载而来，除了在个别地方校勘其曲名，释曲名之来源外，余皆未动。后来王国维《曲录》则在此处下工夫甚多，考证详尽，这是两书较大的不同。

从著录成熟形态的戏剧作品之数量和穷尽程度来看，姚燮的《今乐考证》令人称赞处颇多。赵景深先生曾经把姚燮《今乐考证》与王国维的《曲录》各自著录的戏剧总量进行分类比较。赵先生得出的结论是元杂剧部分姚燮所著录比王国维所著录稍逊，明杂剧部分姚的著录略胜于王，清杂剧部分姚远胜于王。戏文部分姚燮著录也多于王国维，明传奇部分略逊色于王，清传奇部分姚燮之收录远胜于王。赵先生根据现有的资料分析后认为，严格来说姚燮在明杂剧部分的著录仅仅失收曲家来集之所作三种。[①] 姚燮利用了自己所处时代的便利，穷极搜集可能见到的各种戏曲剧目和作者，又参考所能见到各种戏曲曲籍及文人别集，校讹勘误，因此在清传奇、清杂剧部分的著录形成最为精良和详尽的著录。如果比较姚燮和王国维从事研究的条件，姚所处条件显然更为不利，能在艰苦的条件下做到这么详尽实属不易。

《今乐考证》所汇集的评论，依照其评论对象可分为作家评和作品评两类。作家评多集中于介绍作家姓名、字号、里居、籍贯，兼及作家的戏曲活动、家世、官职等，有时也介绍作家的个性特征。如著录二元杂剧“朱凯二种”条，钟氏云：“凯，字士凯，自幼孑立不俗，与人寡合。小曲极多。所编《升平乐府》及隐语，包罗天地。谜、韵皆余作序。”如著录四国朝杂剧“查伊璜二种”条，吴骞《拜经楼诗话》云：查孝廉晚益耽声伎之乐。家蓄女伶，并一时妙选。尝自制《鸣鸿度》等新乐府，登场搬演，视汤玉茗所云“伤心拍遍无人会，自掐檀痕教小伶”者，未免生党姬之妒矣。厉樊榭云：“查家旦色，皆以‘些’为名，故西河有‘只有柔些频顾影，猜人不欲近阑干’”之句。

作品评的内容丰富，约可以分为五类评语。

1. 关于作品创作缘由、创作过程者。如著录四国朝杂剧“王梦楼《迎銮新曲》九种”条：梁廷枏云：乾隆中，高宗纯皇帝第五次南巡，祖父森时服官浙中，奉檄恭办梨园雅乐，先期令下，即以重币聘王梦楼编修文治填造新剧九折，皆即地即景为之，选诸伶艺最佳者充之，在西湖行宫供奉。每演一折，先写黄绫底本，恭呈御览，辄蒙褒赏，赐予频仍。今日重被法曲，犹仰见当年海宇乂安，民康物阜。古稀天子省方问俗桑麻

① 详见赵景深《姚梅伯的〈今乐考证〉》，载《中国古典小说戏曲论集》，上海古籍出版社1985年版，第1页。

阡陌间，与百姓同乐，一种雍熙气象，为千古所稀有，真盛典也。

2. 关于作品剧作本事或者创作题材来源者。如著录五明院本“高濂二种”之《玉簪记》:《古今女史》载：宋女贞观陈妙常尼年二十余，姿色出众，诗文俊雅，工音律。张于湖授临江令，宿女贞观，见妙常，以词调之，妙常亦以词拒。词载《名媛玑囊》。后与于湖故人潘法成私通情洽，潘密告于湖，以计断为夫妇。即俗传《玉簪记》是也。

3. 关于作品主题意旨者。如著录七明院本“阮大铖六种”条：梁溪梦鹤居士云：“尝怪百子山樵所作传奇四种，其人率皆更名易姓，不欲以真面目示人；而《春灯迷》一剧，尤致意于一错、二错、至十错而未已。盖心有所歉，辞辄因之，乃知此公未尝不知其生平之谬误，而欲改头易面以示悔过也。”

4. 关于作品结构艺术特征者。如著录十国朝院本“吴镐一种”条：梁子章云：“《红楼梦》工于言情，为小说家之别派，近时人艳称之。其书前梦将残，续以后梦，卷牍浩繁，头绪纷琐。吴洲仲云涧取而删汰，并前后梦而一之，作曲四卷，始于《原情》，终于《勘梦》，共得五十六折。其中穿插之妙，能以白补曲所未及，使无罅漏；且借周琼防海事振以金鼓，俾不终场寂寞，尤得本地风光之法。惟以副净扮凤姐，丑扮袭人，老扮史湘云，脚色不甚相称耳。近日荆石山民亦填有《红楼梦》散套，题止《省归》、《葬花》、《警曲》、《听秋》、《剑会》、《联句》、《痴谏》、《鞶诞》、《寄情》、《走魔》、《禅订》、《焚稿》、《冥升》、《诉愁》、《觉梦》十六折而已——其实此书中亦究惟此十余事言之有味耳！其曲情亦凄婉动人，非深于《四梦》者不能也。”

5. 关于作品风格特征者。如著录九国朝院本“洪昉思五种”条：黄振云：“《桃花扇》笔意疏爽，《长生殿》文情绵邈，各擅其长。”叶堂云：“《长生殿》词极绮丽，宫谱亦谐，但性灵远逊临川，转不如《四梦》之不谐宫谱者，使人能别出新意也。《弹词》一折，在卷中为极佳之曲，及与《货郎担》相较，乃判天渊，乃知元人力量之厚。”

从评语在整个著录部分的分布看，评元、明两代的多于评清代的。

从评语所针对的对象分别，评作品者多于评作家者，评作家者又多侧重于对元代作家的姓名、字号等考证方面。

姚燮在《今乐考证》中自己直接发挥见解的地方不多，他自己的撰述多在前加“案”或“按”字，只有少量文字无案语标志，径直属笔的。分析其性质，后者亦可以视为案语。归纳起来，姚燮的案语约有三种类型，一是修正前人记录讹误者。如著录一元杂剧“尚仲贤十种”条，案：《也是园书目》仲贤作“仲宾”，误。著录四国朝杂剧“无名氏五种：《勘鬼狱》、《瑶池会》、《翠微亭》、《补天梦》、《可破梦》”条，(姚燮著文)：右五种，焦氏列杂剧末，续列石牧《王维》、《裴航》等四种，曰：“名《四才子》。以上无名氏。”而支氏《曲目》承其误，改署于下曰：“右九种名《四才子》，无名氏作”，不误益加误耶。亦不思焦氏“四才子”三字，专属《王维》四种言之也。是不仅当以粗略责之矣。

二是补充诸家评论之缺漏者。如著录四国朝杂剧“杨笠湖吟风阁剧三十二种”条，姚燮在汇辑了汤大奎关于杨潮观创作经历、艺术才能和王昶关于杨潮观生平经历、剧作风格特征两条评论之后，认为诸家评论皆未注意到杨《吟风阁剧》具有独特而鲜明的创作意图，于是加案语道：“笠湖此剧，每折各自制解题于首，意盖援古事以铎世耳。”姚燮寥寥数字，把杨潮观创作中一个很重要特征揭示出来，堪称卓识。

三是纠正诸家评论中存有的臆说妄谬者。如著录五金元院本“高则诚一种：《琵琶》”条，姚燮所汇辑的诸家评论中颇多辩论该剧是否厚诬东汉蔡邕者，姚燮在诸评后案曰：“传奇家托名寄志，其为子虚乌有者，十之七八。千载而下，谁不知有蔡中郎者？诸家纷纷之辩，直痴人说梦耳。姑就所见者次录之，以供浏览，不必定其为孰是孰非，徒贻沈氏云云所诮耳。然其论文数条，却确有可取。”姚燮此条案语深明艺术虚构之三昧，置之诸家评后，读之颇有一览众山小的感觉。

总的来说，姚燮或加案的文字相对于汇辑的评论文字来说，远为少量，但是这少量的文字中往往透出远见卓识或蕴涵了精深的考证，具有相当高的价值。

三　材料来源考略

1."缘起"卷材料来源考辨

缘起部分征引条目2条以上的作者列表统计如下

作者姓名	翟　灏	汪　汲	赵彦卫	王　棠	沈德符	李　斗	徐　渭
所处时代	清	清	南宋	清	明	清	明
书籍名称	通俗编	事物原会	云麓漫钞	燕在阁知新录	顾曲杂言	扬州画舫录	南词叙录
征引条数	19	14	14	13	11	11	10

作者姓名	王骥德	胡应麟	沈　括	梁廷枏（梁子章）	朱　权	方以智
所处时代	明	明	北宋	清	明	明末清初
书籍名称	曲律	庄岳委谈	梦溪笔谈	藤花亭曲话	太和正音谱	通雅
征引条数	6	6	6	5	5	4

作者姓名	陶宗仪	周　密	梁绍壬（梁兆壬）	黄一正	方中通
所处时代	元末	南宋	清	明	清
书籍名称	南村辍耕录	武林旧事	两般秋雨庵随笔	事物绀珠	数度衍
征引条数	3	3	2		2

从上表分析可以看出，姚燮为了说明中国戏剧的特征，征引了较多子部杂说、考证名物类的书籍，如《通俗编》、《事物会原》、《云麓漫钞》，其次是明清曲家论曲或记述戏曲活动的书籍，如《顾曲杂言》、《扬州画舫录》等。姚燮在引述诸家论述时候，署名有错误之处。首先是对于朱权署名的错误。姚燮引述朱权《太和正音谱》论曲言论5条，其中2条注明为"涵虚子"，3条注明为"柯九思"。所引柯九思之言即出自《太和正音谱》，但是姚燮称呼朱权为柯九思实在是张冠李戴了。明宁献王朱

权,号涵虚子,又号丹邱先生,元代画家柯九思,亦号丹邱先生,姚燮当是因二人号相同而混淆为一人了。又,清代曲家、戏曲理论家梁廷枏,字章冉。姚燮在《今乐考证》中引述梁的言论时,初称梁廷枏,后径称梁子章,这就弄错了梁廷枏的字号。考其错误来源,当是因误读了《藤花亭曲话》正文前所附李黼平的序言所致。李黼平序文开头曰:"去岁梁子章冉以《园香梦》乐府寄予,凄切清艳……"姚燮误把"梁子章冉"当作"梁子章"了。又,《今乐考证》中"梁兆壬"乃"梁绍壬"之误,后者有清代很有名的笔记《两般秋雨庵随笔》。

2. 所著录剧目来源考辨

宋剧部分,姚燮著录了两类剧目:一、《官本杂剧段数》,姚燮转载自周密《武林旧事》;二、《院本名目》姚燮转载自陶宗仪《南村辍耕录》。因为文献清晰,几乎不需要考辨,故姚燮对于其中的剧目几乎没有任何校改。

元杂剧部分,姚燮的著录底本主要是钟嗣成《录鬼簿》,另据朱权《太和正音谱》、臧懋循《元曲选》目、钱增《也是园书目》作了校改和修订。钟嗣成的《录鬼簿》传世版本有四种:明钞说集所收本,明孟称舜所刻本,清楝亭藏书十二种所收本,明天一阁蓝格钞本。《今乐考证》著录一之卷末著录作家名单如下:史九散人、孟汉卿、李宽甫、李行甫、费君祥、江泽民、陈宁甫、陆显之、张寿卿、刘唐卿、彭伯威、李时中、罗贯中、赵明镜、张酷贫、红字李二、花李郎。著录二元卷首著录作家如下:宫天挺、郑光祖、金仁杰、范康。对照《中国古典戏曲论著集成》二《录鬼簿》后所附四种版本所收作家之名单,姚燮排列顺序最接近清楝亭藏书十二种所收本。姚燮之著录比该版本《录鬼簿》之录多出"罗贯中"一人,《今乐考证》"罗贯中"条曰:

> 罗贯中一种:《宋太祖龙虎风云会》
>
> 案:贯中名本,杭人。郎任宝曰:"《三国》、《宋江》二书,其所编也"。或列入明人,误。

这说明罗贯中原本被列在明代曲家中，是姚燮根据自己的看法把他插在现在的著录位置的。另《今乐考证》把“赵明镜、张酷贫、红字李二、花李郎”放置著录一之卷末，造成与清楝亭藏书十二种所收本排序之不同，赵明镜等四人的身份是娼夫，盖姚燮遵从《元曲选目》之体例，即“娼夫不得与名士并列”，把他们抽出单列卷末所致。综上，姚燮《今乐考证》所依据的《录鬼簿》底本即清楝亭藏书十二种所收本。

明杂剧数量不多，总体成就较低，著录亦缺乏底本，姚燮之著录当是参考了明清文人别集和各种戏曲文献编辑而成。粗略统计，所参考文献约有《诚斋乐府》、《盛明杂剧》、《柳枝集》、臧懋循《元曲选》目、钱曾《也是园书目》、焦循《曲考》、支丰宜《曲目新编》。

至于清杂剧部分的剧目，姚燮更多地是依靠自己所见所藏的别集刻本来来校正焦循《曲考》、支丰宜《剧目新编》的著录。在剧目的排列上可能参考了《曲考》的顺序，在其基础上加入姚燮自己寓目所得，形成目前的著录的。由于《曲考》今已不见，难以比对，支丰宜《剧目新编》今有《中国古典戏曲论著集成》本，但是我们比对它的记录，和《今乐考证》的著录顺序差别还是很大的。因此，姚燮著录作家作品的顺序要么根据了已经亡佚的《曲考》，要么是自己重新设计了一个著录的计划，难以遽断。姚燮以自己所收藏剧本编入著录的例子很多，比如“群玉山樵四种”，姚燮在条目下写道：“右四种名《锄经堂乐府》。”“元威子三种”条，姚燮在条目下写道：“合刻一编，题曰‘秋风三叠’。”

金元院本部分姚燮著录的较少，大部分是姚燮“大梅山馆藏书目”中所有的。

明清传奇作品量大，刻本多，姚燮著录时相对容易一些。归纳起来，姚燮著录这两类作品时候，可能仍旧以《曲考》、《剧目新编》作了编排的底本，再以《笠阁批评旧戏目》、《南词新谱》等文献予以校正。更多的时候，姚燮直接以自己对于作品的阅读来校正《曲考》、《剧目新编》的失误。如对陈与郊剧作的著录：

陈与郊四种

《樱桃梦》、《灵宝刀》、《麒麟罽》、《鹦鹉洲》

《麒麟罽》,《曲考》入国朝无名氏。

以上四种海昌陈与郊玉阳作。其所居曰任诞轩。今《曲考》、《曲目》诸书,以《樱桃梦》、《灵宝刀》为任诞先作,误"轩"作"先",似另为一人。并复列《鹦鹉洲》一种为陈与郊作。今据其所刻《聆痴符》四种本正之。《麒麟罽》,亦四种之一也。①

再如著录十国朝院本对于黄振剧作的著录:

黄振一种

《石榴记》

《曲考》入无名氏。

序略云:"振字瘦石,号紫湾村农,著有《斜阳馆诗文集》。其所蓄女伶,有名小红、月香者,其所居有雪声堂。其所撰《石榴记》,《神感》一折,为顾茨山增入。"②

这些都说明姚燮是阅读过剧本之后再行著录并纠正前人著录之误的,其做法比单纯的依据文献考证要更为稳妥。顺便说一下,根据我们对于《今乐考证》的研究,晚明重要的曲学著作祁彪佳的《远山堂曲品》和《远山堂剧品》姚燮可能未曾见过。证据如下:《节侠记》,《今乐考证》第 238 页著录于"无名氏五十五种:《节侠》"下,《远山堂曲品》第 53 页署名为"许三阶";《水浒记》,《今乐考证》著录于第 237 页"无名氏五十五种:《水浒》",加案:"此本或假屠赤水名者,非。"《水浒记》见《远山堂曲品》第 59 页署名为"许自昌";《飞丸记》,《今乐考证》第 236 页著录

① 《中国古典戏曲论著集成》第十册,第 218 页。

② 同上书,第 295 页。

为:“无名氏五十五种:《飞丸》,(有两本)不详”,《远山堂曲品》第75页《飞丸》署名为“秋郊子”。

3. 汇评材料的来源

汇评材料由于剧目种类的不同来源差异颇大,今分类列表明示。

元杂剧部分的汇评材料的主要来源

评者姓名	钟嗣成	梁廷枏	王骥德
所处时代	元末明初	清	明
书籍名称	录鬼簿	藤花亭曲话	曲律
汇辑条数	74	20	11

明杂剧和国朝杂剧部分汇评材料的主要来源

	明　杂　剧		国朝杂剧
评者姓名	沈德符	王骥德	梁廷枏
所处时代	明	明	清
书籍名称	顾曲杂言	曲律	藤花亭曲话
汇辑条数	9	6	6

金元院本部分汇评材料的主要来源

评者姓名	王骥德	徐　渭	梁廷枏	沈德符	周亮工
所处时代	明	明	清	明	清
书籍名称	曲律	南词叙录	藤花亭曲话	顾曲杂言	因树屋书影
汇辑条数	10	4	4	3	3

明院本部分汇评材料的主要来源

评者姓名	王骥德	沈德符	梁廷枏	翟灏	徐　釚	周亮工	叶　堂
所处时代	明	明	清	清	清	清	清
书籍名称	曲律	顾曲杂言	藤花亭曲话	通俗编	本事诗	因树屋书影、赖古堂集	纳书楹曲谱
汇辑条数	22	21	15	5	4	4	4

国朝院本部分汇评材料的主要来源

评者姓名	梁廷枏	孔尚任	吴伟业
所处时代	清	清	清
书籍名称	藤花亭曲话	《桃花扇》序跋	剧作自序、诗注、《北词广正谱序》
汇辑条数	28	4	4

综合上述列五表可以看出，姚燮在元杂剧部分汇辑的批评材料主要来自钟嗣成、梁廷枏和王骥德。在元南戏部分汇辑批评材料主要来自王骥德。在明代传奇和明杂剧部分汇辑的批评材料主要来自王骥德、沈德符、梁廷枏三家。在清传奇和清杂剧部分汇辑的批评材料相对非常分散，倘排除作者自己的序跋在外，则对于清代戏曲批评征引其评论较多的批评家中，梁廷枏堪称一枝独秀。把元明清三代剧作的批评材料合并起来比较，则排在首位的是梁廷枏:73 条，其次是王骥德:49 条，第三是沈德符:33 条。这说明对于元代的批评姚燮除了重视钟嗣成的意见外，颇重视王骥德的意见，对于明代除了重视王的批评外，亦侧重沈德符的看法。对于元明清三代戏剧的评论，姚燮都非常重视梁廷枏的批评，这使得《今乐考证》一书中"梁子章"(姚燮对于梁廷枏字号的误称)的戏剧观占了最强音。

四 《今乐考证》的文献价值

姚燮的《今乐考证》虽在王国维先生《曲录》之前近七十年的时间完成，但是对比研究表明，王国维编撰《曲录》时并未见到《今乐考证》。《今乐考证》著录的明清剧目在数量上超过了《曲录》。它的另一个特长是汇辑批评材料丰富，批评材料的排列集中，有时还具有明确的戏剧艺术理论专题性。由于以上各种因素，两种戏剧文献书籍虽在时代先后上有较大差距的，但并没有形成后来居上、后来者完全取代前者的结果。《今乐考证》与《曲录》各有长处，它们之间是互为补充的关系。实际上，直到今天，《今乐考证》仍旧是治戏曲者重要的参考文献。

概括地说，《今乐考证》在文献方面具有三项突出的成就。

其一，保存了大量明清稀见剧目。

姚燮记录的剧本有些在《今乐考证》成书之后亡佚了，其中少量剧作赖《今乐府选》的选编得以保存部分折出。那些《今乐府选》所未选也未被其他戏曲文献书籍记录的剧目，《今乐考证》的著录就成了弥足珍贵的记载。洪克夷先生在《姚燮评传》里举了《今乐考证》著录四国朝杂剧部分的无名氏八种：《香山宦迹》、《天宝灯游》、《盘丝洞》、《快乐吟》、《红玉簪》、《梅妃怨》、《灵泉介祉》、《斗婵娟》。这八种都见于《大梅山馆藏书目》，《今乐考证》注明为写本，说明是姚燮收藏的剧作。[①] 现在，姚燮所藏书大部分流失了，目前尚未见到其他图书馆或私人藏书发现这些剧作，《今乐考证》的著录就成为世间仅存的对于这些精神财富的记录。洪克夷先生所举是清杂剧部分的例子，姚燮所记录的清代传奇作品也有这样的情况。著录十国朝院本部分的卷末有无名氏补十八种：《银瓶牡丹》、《花神报》、《玉蜻蜓》、《琉璃塔》、《定心猿》、《凤雏圆》、《三隽图》、《龙图案》、《天宫宝》、《接引庵》、《遇仙记》、《情中义》、《丹凤忠》、《樊榭记》、《豹翎网》、《双荣贵》、《震山关》、《天上有》。十八中剧作中10种系《今乐考证》独家著录，不见于包括《曲录》在内的其他戏曲文献：《接引庵》、《凤雏圆》、《三隽图》、《龙图案》、《震山关》、《天宫宝》、《情中义》、《樊榭记》、《丹凤忠》、《花神报》。《花神报》、《凤雏圆》、《丹凤忠》、《情中义》赖《今乐府选》的编选保留部分折出，《天宫保》赖浙江图书馆善本室收藏姚燮"大梅山馆"所藏抄本而得以硕果仅存。其余5种：《接引庵》、《三隽图》、《龙图案》、《震山关》、《双荣贵》，仅仅在《今乐考证》中著录而且故事情节亦不得而知。《今乐考证》的文献价值由此可见一斑。

---

① 详见洪克夷《姚燮评传》，浙江古籍出版社1987年版，第103页。

其二,《今乐考证》著录剧目时,多数地方做到了考证精严,彰显幽微。

如著录十国朝院本"《曲考》所载无名氏若干种"如下:

《莲花宝筏》、《金不换》、《俗西游》、《如意珠》

(姚燮案:)右《曲考》从叶广平《纳书楹谱》入二十余种,如《单刀会》、《彩楼》、《葛衣》、《江天雪》之类,俱复入;如《小妹子》之类,系散曲;如《思凡》系《目连记》中之一折;并删去,存四种。

又如,

《人生乐》、《安天会》、《元宝汤》、《江天雪》、《沉香亭》、《花石纲》、《四屏山》、《翻浣纱》

案《曲考》列《人生乐》以下数种,并附入《蓝关道曲·耍孩儿》一种,云"以上皆小调"者,误。

姚燮考证戏曲作家作品的详情,常常借助于他对明清别集的广泛浏览。徐时栋《姚梅伯传》说:"梅伯以绝人之资,读书恒十行下,自经传子史至传奇小说,以旁逮乎道藏空门者言,靡不览观。"《今乐考证》里的考证成就的确建立在姚燮的博览群书里,试看著录七明院本下对于王光鲁和孙仁孺两曲家的著录:

王光鲁一种:

《想当然》

《曲考》署"大名卢次楩枏作"。

周亮工云:"元人作剧,专尚规格,长短既有定数,牌名亦有次第。今人任意增加,前后互换,多则连篇,少为数阕,古法荡然矣。惟予门人邗江王汉恭名光鲁所作《想当然》,犹有元人体裁,其曲分视之则小令,合视之则大套,插入宾白则成剧,离宾白亦成匹曲。不似今人全赖宾白敷衍也。今托卢次楩之名以行,实出汉恭手。”①

孙仁孺子二种：

《东郭》、《醉乡》

梁子章云(略)

案：二种合刻曰“白雪二种”，故《曲考》署“白雪道人作”，编入国朝院本，误也。

又案：《白雪》用韵，有嘉华、箫韶、车夫、东红、清明、何和、齐微、金音、邦阳、支时、寒间、南三、鸾端、车邪之目，惟齐微与通叶之韵目同，余皆容字以示新也。②

王光鲁作《想当然》一事，记于周亮工《因树屋书影》。虽然对于《想当然》署名“卢次楩”一事，祁彪佳早在《远山堂曲品》中已产生怀疑，谓：“观其词气，是近时人笔。”根据我们的研究，姚燮在编写《今乐考证》时，没有证据证明他看到过《远山堂曲品》。他是基于对《因树屋书影》一书的阅读得出这一结论的。姚燮对孙仁孺的著录修正、精确了《曲考》的含糊说法，案语表明姚燮不仅见过孙的两种剧作，还仔细分析了孙仁孺在剧作中的用韵特点。这样的精心考辨在《今乐考证》一书中还有不少处，它们使得《今乐考证》在今天仍旧不失为学者研曲治剧的理想参考书。

其三，《今乐考证》对于所汇辑的作家作品评论为后来学者回顾中国古代戏剧批评提供了一个研究框架。

姚燮在汇辑作家和剧目的批评材料时候，做到了博采穷搜。姚燮是深通戏剧的行家里手，对于评论材料又能加以辨析筛选，对于不同的作家、作品，所辑材料大都能紧密联系其创作实践和艺术风格。因此倘若把《今乐考证》所汇辑的对于各个时代曲家的批评材料加以

① 《中国古典戏曲论著集成》第十册，第233页。

② 同上。

统计，按照材料多寡顺序排列出来，颇能显示清中叶之前的中国戏剧批评的焦点分布。试列表排列如下（评论条数后有案语者案语条数附后）：

1. 对于元杂剧的评论在作家间的分布情况

曲家	王实甫	马致远	郑光祖	乔吉	关汉卿	武汉臣	李寿卿
评论条数	15,案1	9	5	4,案1	3	3	3

曲家	白朴	郑廷玉	吴昌龄	石君宝	纪天祥	张鸣善	范冰壶
评论条数	3	2	2	2	2,案1	2	2

2. 对于明杂剧的评论在作家间的分布情况

曲家	康海	王九思	朱有燉	杨升庵	徐渭	陈大声
评论条数	7	6	3	3,案1	3	2

曲家	叶宪祖	王衡	许潮	王骥德	李开先
评论条数	2	2,案1	2,案2	2,案1	2,案1

3. 对于清杂剧的评论在作家间的分布情况

曲家	尤侗	蒋士铨	杨潮观
评论条数	3	2	2,案1

4. 对于元代戏文、金诸宫调1种的评论在作家间的分布情况

曲家	高明	施惠	柯丹邱	无名氏（杀狗记）	董解元	无名氏（破窑记）
评论条数	14,案1	7,案1	4	4	2	2

5. 对于明戏文和传奇的评论在作家间的分布情况

曲家	汤显祖	沈璟	阮大铖	李开先	陆采	梁辰鱼	屠隆
评论条数	16,案1	8	8,案1	5	5,案3	4	3

曲家	郑若庸	邵璨	卜世臣	吕天成	叶宪祖	张凤翼	顾大典
评论条数	3,案1	3	2,案1	2,案1	2	2	2,案1

曲 家	梅鼎祚	汪廷讷	郑之文	史槃	王澹翁	王玉峰	徐复祚
评论条数	2,案1	2	2	2,案1	2	2	2,案1

6. 对于清传奇的评论在作家间的分布情况

曲 家	洪 昇	袁于令	孔尚任	万 树	吴 炳	张 坚	李 渔	夏 纶
评论条数	13,案1	11,案1	9	6	5,案1	5	3,案1	3
曲 家	蒋士铨	金兆燕	高宗元	李 玉	邱 园	董 榕	沈起凤	彭剑南
评论条数	3,案1	3	3	2,案1	2	2	2	2

需要说明的是,上述六个表格中的评论我们系之于作家名下,实际情况是,少数评论是针对作家评论的,多数是针对作家的代表作品评论的。

分析上列六个表格的统计数字,我们可以得到一些有趣的现象:

其一,就姚燮所搜集的材料范围内来说,姚燮之前的评论家对于中国戏曲名家名作的看法基本上和我们今天的相一致,但是也有值得注意的出入现象。首先,元曲大家关汉卿的地位排在了王实甫、马致远、郑光祖,甚至乔吉之后,清中叶之前的批评家对于另一大家白朴的评论还要更少。其次,清传奇两大家南洪北孔,批评家似乎更侧重于关注洪,对于孔的评论相对要少一些。再次,清初曲家袁于令受到的关注比今天学界对他的研究要多一些。造成这些现象的原因之一是很多评论者关注戏曲之文采胜过关注戏曲的叙事。

其二,阮大铖的剧作受到众多评论家的注意。分析其原因,盖其剧作在叙事和文采方面都较为成功,但这一成功又与其政治生涯中的污迹形成明显的不协调。于是,不少评论者立足于文如其人的理论前提,企图从文中找出阮本人对于其不光彩的政治生涯的忏悔之意。

其三,李渔的剧作是清代多数评论家公认的成功之作,但是姚燮所能汇辑的对李渔创作的评论很少。《今乐考证》辑录的对李渔及其剧作的评论在数量上跟他的剧作成就和影响很不相称。所辑材料一是吴伟业记述李渔字号和才艺特长的，属于小传形式内容。所辑材料二是徐釚记述李渔戏曲活动的，定位李渔为“北里、南曲之李十郎”。梁廷枏的态度可以作为众多批评家的一个代表。从所引梁廷枏的评论来看，一方面有保留地承认其剧作的成功，仅仅评价为“曲白俱近平妥”。另一方面，面对李渔剧作演出受到观众欢迎、喜爱的事实，即“行世已久”这一不得不承认的事实，批评家表示不愿意多加评论。梁廷枏还记述了身为缙绅的李调元因为喜爱观赏李渔的戏剧而受嘲笑之事。推测起来，这是文人批评家中尊雅砭俗的观念在起作用，这也是中国戏剧批评中的一个比较突出、值得研究的现象。

总的来说，姚燮的《今乐考证》搜罗细致、资料丰富，可与王国维《曲录》相提并论、互补不足，其所提供的批评资料对于今天的研究除了提供史料之外，也包含有理论方面的价值。

曾燠扬州幕府戏曲活动叙论

杨　飞

士人游幕在清代极为盛行，出现了许多重要的幕府团体，他们或以学术为长，或以文事为盛。据尚小明《清代士人游幕表》的考察，清代士人游幕出现了三次高潮，其中乾隆四十九年（1784）至道光三年（1823）间是清代士人游幕的第二个高峰时期，亦是文人幕府发展的最盛时期，其中尤以扬州地区的曾燠幕府最具代表性。乾嘉时期的扬州是南方戏曲活动的中心之一，戏曲班社林立，昆乱艺人荟萃，曲家文人蜂拥而至。素有风雅之称的曾燠周围积聚了大量的文人墨客，公事余暇唱酬宴饮中往往伴有戏曲活动。目前学界对曾燠幕府的关注大多是从文学的角度，特别是对骈体文中兴的影响来分析讨论，鲜有学者关注曾燠幕府在戏曲领域的贡献和影响。由此，对曾燠幕府戏曲活动的深入考察，可以弥补对这一重要幕府团体研究的不足，亦可为扬州剧坛的兴盛提供史料支撑。

曾燠（1760—1831），字庶蕃，号宾谷，晚号西溪渔隐，江西南城人。清代著名诗人、骈文名家、书画家。乾隆四十六年（1781）进士，改庶吉士，散馆授户部主事、补军机章京，升员外郎、都察院右副都御史等职。朝廷考核其为官政绩，名列一等，被任命为钦差大臣，出使江南一带。后升两淮都转盐运使，嘉庆十二年（1807），曾燠由两淮盐运使升湖南按察使，后任广东布政使，贵州巡抚兼署学政，道光二年复至扬州任两淮盐政。曾燠喜好雅集交游，为官之所多招募宾客，甚而专辟题襟馆，“公余之暇与宾从琴歌酒宴，无间寒暑”，“投辖题襟宾从极一时之选，海内人士交推为艺林坛坫”，与卢见曾运使后先辉映邗上，其风流余韵令人仰慕。曾燠一生宦迹以扬州为最久，其幕府规模和盛大也以扬州为最，可分为前后两个时期：前期为任两淮盐运使的十余年，从乾隆五十八年(1793)至嘉庆十一年(1806)，是其幕府最盛时期；后期则是指以巡抚衔巡视两淮盐政再次来扬后的四年间，即道光二年(1822)至道光六年(1826)，这个时期的曾燠幕府已经没有昔日之盛，扬州“以鹾务积疲，非曩日殷赈可比”，曾燠“幕中仅三五旧雨”，不复有昔日盛况。我们这里讨论的曾燠幕府的戏曲活动主要发生在前期。

一

曾燠幕府虽如一些论者称其为诗人幕府，但诗酒唱酬往往伴以戏曲活动，则是一个普遍的现象。与曾燠曾先后辉映邗上的卢见曾曾主持红桥修禊，文人除赋诗之外，还赏戏听曲，“合有管弦频入夜，那教士女不空城。冶春旧调歌残后，独立诗坛试一更”。文人吟诗作赋、切磋时艺之余，听曲观剧为重要的娱乐方式。“嘉、道之际，海内宴安，士绅燕会，非音不樽。而郡邑城乡，岁时祭赛，亦无不有剧。”“官府公事张筵陈列方丈，山海珍错之味罗致远方，伶优杂剧、歌舞、吹弹，各献伎于堂庑之下。事属偶数，犹嫌太盛。若士庶寻常聚会，亦必征歌演剧，卜夜烧灯。”就目前资料而言，曾燠幕府的戏曲活动还异常丰富和频繁，是浓缩了的扬州剧坛，这主要体现在三个方面。

（一）评点、题词：文人幕僚赏鉴戏曲的诗性表述

无论是诗文还是戏曲小说，评点和题词是古代文人表达见解、进行批评的重要形式，也是后世研究者的重要材料。戏曲中的评点和题词，又与诗文有所差异。诗文的评点更多的是就诗作本身的艺术价值和创作风格的评价，相对而言，内容比较单一；而戏曲剧本的评点和题词承

载的信息更为广泛:有对关目、结构、人物形象的评点,有对题材流变的梳理,还有对剧曲的演出、艺人的表现,甚而是观众的情感都有所关注和涉猎。因而,戏曲的评点题词对于戏曲史的研究及戏曲理论的总结具有重要的学术意义。

乾嘉时期的扬州是新剧不断创作、不断上演的地域,汇聚大量幕宾的曾燠幕府对于新剧给予了极大的关注,积极进行品评和题词,这以仲振奎的《红楼梦传奇》和潘炤的《乌阑誓》传奇为最集中。

仲振奎(1749—1811),字春龙,号云涧,又号花史氏,别署红豆村樵,江苏泰州人。撰有传奇16种,现仅存《怜春阁传奇》、《红楼梦传奇》二种。乾隆五十七年(1792),仲振奎寓迹北京,得阅《红楼梦》,据此而撰《葬花》折,这也是将红楼梦故事谱为戏曲的最早作品。此后,又撰写《红楼梦传奇》,据《红楼梦传奇·自序》中称:"丙辰客扬州司马李春舟先生幕中,更得《后红楼梦》而读之,大可为黛玉、晴雯吐气,因有合两书度曲之意,亦未暇为也。丁巳秋病,百余日始能扶杖而起,珠编玉籍,概封尘网,而又孤闷无聊,遂以歌曲自娱,凡四十日而成此。成之日,挑灯漉酒,呼短童吹玉笛调之,幽怨呜咽,座客有潸然沾襟者。"由此见出,丙辰(即嘉庆元年,1796)即寓居扬州李春舟幕府,并于嘉庆二年年底始撰《红楼梦传奇》,"凡四十日而成"。《红楼梦传奇》产生之后即顾曲当筵,奏之歌场,受到文人的普遍关注,出现了众多题词。

在现存的嘉庆己未年(四年,1799)绿云红雨山房初刻本《红楼梦传奇》中附有多首题词,作者大多寓居扬州,为曾燠幕府的幕宾。如铅山蒋知让藕船、清江黄郁章赍生、丹徒郭堃厚庵、仪征詹肇堂石琴、吴州俞国鉴澂夫、吴州陈燮澧塘、甘泉张彭年涵斋等均对于《红楼梦传奇》的出现,表达了自己的价值评价和艺术欣赏。如铅山蒋知让:"传奇演义竞排场,琐碎荒唐两不妨。十斛珠穿丝一缕,难将此事付高王。"曾受知于曾燠的俞国鉴题词曰:"读罢新编已惘然,那堪顾曲更当筵。愿将结习消除尽,复解《南华》第二篇。"清江黄郁章赍生:"歌喉一串泪珠成,关马清辞此继声。唱出相思满南国，故应红豆擅村名。”将仲振奎的《红楼梦传奇》比之于关汉卿、马致远剧作的清辞本色，评价甚高。

曾燠亦撰有题词，云：

梦中死去梦中生，生固茫然死不醒。试看还魂人样子，古今何独《牡丹亭》？

不解冥冥主者谁，好为儿女注相思。许多离恨何尝补，姑听文人强托辞。

底事仙山有放春，争妍逐艳最伤神。真灵亦怕情颠倒，人世蛾眉不让人。

栊翠怡红得几时，葬花心事果然痴。一园尽作埋香冢，不独芙蓉竖小碑。

有情争欲吊潇湘，说梦人都堕梦乡。与奏《玉圆》辞一阕，免教辛苦续《西厢》。

《红楼梦传奇》后 24 出安排黛玉与晴雯复活，重与宝玉喜结良缘，超越了生死界限，是至情的实现。而这样的安排，曾燠的感叹，“古今何独《牡丹亭》”。《牡丹亭》因杜丽娘的一往情深，死而复生，成为后世至情的典范之作。“如丽娘者，乃可谓之有情人耳。情不知所起，一往而深。生者可以死，死可以生。生而不可与死，死而不可复生者，皆非情之至也。梦中之情，何必非真？天下岂少梦中之人耶！”（《题词》）而仲振奎的《红楼梦传奇》正是沿用了这样的范式，“大可为黛玉、晴雯吐气”，有情人终成眷属。如此众多的曾燠幕宾品题《红楼梦传奇》，兼之“读罢新编已惘然，那堪顾曲更当筵”的记述，《红楼梦传奇》很可能在曾燠幕府演出，仲振奎亦有可能为曾燠的座上宾客。

再如，潘炤的《乌阑誓》传奇亦成为曾燠幕宾品题的对象。潘炤号鸾坡，别号桃源渔者，江苏吴江人。少负才名，然蹭蹬场屋几三十年，遍游海内，与名大夫交。著有《鸾坡居士红楼梦词》、《小百尺楼小品》。除传奇《乌阑誓》外，尚撰有杂剧《梦花影》、《阳关折柳》(已佚)。

《乌阑誓》传奇，凡二卷三十六出，本事见蒋防《霍小玉传》。作于乾隆五十九年(1794)，两年后的嘉庆丙辰，《乌阑誓》传奇作者潘炤侨寓广陵，亦有可能寄寓于曾燠幕府，与“畏友”袁枚相逢。袁枚《乌阑誓》题词云：

彩毫夫擅作非难，红豆妻拈课且宽。料得曲终双叫绝，乌丝阑下并肩看。

醉月骚人能慕色，簪花美女会怜才。若非割爱成长梦，那得传情到劫灰。

诗下小注云：“嘉庆丙辰夏五，随园老人袁枚于广陵鹾署，借读一过并题，为诗友鸾坡主人翻曲弁首也。”嘉庆丙辰，即嘉庆元年(1796)，广陵鹾署即两淮盐运使府署，当时为曾燠所执掌。随园老人于广陵鹾署“借读一过并题”，可见该剧作是在曾燠幕府中保存和传阅，甚而是排练演出。曾燠对此亦有题词：“钧天乐岂伶人奏？午梦新回玉茗堂。只道曲中来顾悮，那知曲外有宫商(吴江午梦堂叶)。”

曾燠的幕宾吴鼒也对《乌阑誓》传奇进行了品题。吴鼒(1755—1781)，字山尊、及之，号抑庵，安徽全椒人。嘉庆二年(1797)至嘉庆三年(1798)假馆于曾燠幕府，《西园十一咏并序》：“往者嘉庆丁巳、戊午间，余奉母从南城曾大夫于扬州，大夫为假馆于西园，有湖山之美，亭台之胜，老母乐之。”在吴鼒诗集《吴学士诗集》中有多首与曾燠的唱酬诗，如《寄呈都转宾谷先生十三用前韵》、《客扬州以素册十幅写宾谷先生集中诗意自跋一首》、《题宾谷先生西溪渔隐图》、《题宾谷先生赏雨茅屋图》等。唱酬之余，吴鼒也很有可能观看了曾燠幕府的戏曲演出，只是未见文献记述。但吴鼒在这期间阅读了潘炤《乌阑誓》传奇，作跋并题词，其题词云：“阳关柳色近如何？记折临岐岁屡过。不是青青当日眼，春风羌笛怨空多。”

（二）叙事诗词：考察幕府戏曲活动的直接史料

幕宾们还直接用诗词的形式记录下曾燠幕府中的戏曲演出活动，为我们了解和研究当时的戏曲演出提供了真实的史料，其价值不言而喻。

乾隆六十年（1795），王文治在扬州曾燠幕府观看了戏曲演出，作有记事诗《宾谷都转招，同袁简斋前辈、张警堂同年、谢芗泉漕使清燕堂观剧，归途大雪，有作》：

自古文章号有神，一时宾主尽才人。已酬东野云龙愿，况有南皮丝管陈。雪与梅花鏖白战，灯连酒海照红春。夜深扶醉群仙散，万道瑶光引路尘。

清燕堂为两淮都转盐运使司衙署内建筑。一同观剧的有袁简斋、张警堂、谢芗泉。谢芗泉，即谢振定（1753—1809），字一之，号芗泉，湖南湘乡人，有"烧车御史"之称，时任漕使。亦有和诗《清燕堂雪夜观剧和梦楼前辈韵》，云："客来不速会如神、婪尾分陪一酒人。每向骚坛矜翦牧，恰占星气聚荀陈。书传蓝本翻新曲（是日演剧即简斋《子不语》中事），句乞红儿隔座春。正好雪飞惭赋手，玉山高朗仰前尘。"

嘉庆三年（戊午，1798）八月，吴嵩梁撰诗《戊午八月度扬子江望金山、焦山寄宾谷运使》，记述对曾燠的欣羡与相互间的交往，云："……题襟主人抱幽赏，渡江履约寻焦仙。名山有愿久始偿，别后寄我诗六篇。……明日卸帆广陵驿，公应失喜招梅颠。早晚挥手谢公事，俊游再办双行缠。银槎不辞尽日醉，冰镜更比今宵圆。晋卿家乐甲天下（为王梦楼太守），请携小部双峰颠。公倚铁箫我能和，江山妙绝同千年。"吴嵩梁（1766—1834），字子山，号兰雪，晚号澈翁，别号莲花博士、石溪老渔。江西东乡新田（今属红光垦殖场）人，为曾燠扬州幕府的座上客。这里记述其与曾燠一同观看王文治家乐演剧的情形，亦可见二人交谊之深,“我与使君交十年,文字骨肉心缠绵”(《书曾宾谷都转赏雨茅屋诗后》)。

嘉庆九年(1804),曾燠幕府的演剧在文人的诗文中记述较多。

彭兆荪(1769—1821),字湘涵,一字甘亭,晚号忏摩居士,江苏镇洋(今太仓)人。1804年至1807年客于曾燠幕府,协助曾燠编选《国朝骈体正宗》,“风行海内”,与他一同在曾燠幕府的尚有吴照和乐钧,《邗上即事柬赠曾宾谷都转燠》二首,其中第二首注曰:“予初至邗上,以病懒未遑修谒,而吴白庵广文照、乐莲裳孝廉钧数道公延竚之雅,予滋愧也!”嘉庆九年(1804),彭兆荪在曾燠幕府观看金德辉演出《牡丹亭》,作有《扬州郡斋杂诗》二十五首,其中之一便是“临川曲子金生擅,绝调何戡嗣响难。也抵贞元朝士看,班行耆旧渐阑珊”。诗下注曰,“都转廨中观剧,时吴伶金德辉演《牡丹亭》,为南部绝调,年已老矣”。

郭堃(1763—1808),字厚庵,江苏丹徒人。1793年后居两淮盐运使曾燠幕五载。1802年前后复居两淮盐运使曾燠幕数载。《种蕉馆诗集》卷一有诗《宾谷先生莅扬州以来,一时名流倡和成帙,先生择其尤者镂板以行,题曰〈邗上题襟集〉。兹复于衙斋西北隅筑题襟馆,爰赋诗纪事》记述曾燠新辟题襟馆的雅韵,其一便云:“文燕偶然集,朋来尽盍簪。新成数椽屋,官阁似山林。廊曲依修竹,墙低见远岑。丹黄纷满案,闲与客题襟。”当然在曾燠的文人雅集中,文必有酒,筵必有戏,所谓“西江传乐府(时演玉茗堂剧),东阁肆宾筵”是也。

幕宾詹肇堂的《曾宾谷先生座上观剧小乐府》则更详细记录了曾燠幕府戏曲演出规模和花雅兼备的演出盛况。詹肇堂,江苏仪征人。据同治《续纂扬州府志》卷十三《人物·文苑》载:“詹肇堂,字南有,号石琴。乾隆六十年举人。早岁博洽经史诗学,晚唐词,以玉田、白石为宗。运使曾燠闻其名延入幕,与题襟馆诸诗人共树旗鼓诗,载《邗上题襟集》。著有心安隐室诗十一卷,词四卷。”詹肇堂约于嘉庆九年(1804)前后在曾燠署中观剧,作有《曾宾谷先生座上观剧小乐府》组诗九首。这些诗作描述了曾燠署中宴会演出的热闹场面,“麒麟之脯云霞浆,厌厌夜饮莲漏长”，丝竹奏乐，排列两厢，演出了“会真之记传其神”的《西厢记》，“妻不下机嫂不炊，人间岂独朱翁子”的《烂柯山》以及“西游戏”等常见剧目，同时还演出了一位少数民族女英雄奢香夫人的故事为题材的戏曲作品，“宫宴三百年宣慰，也有奢香一妇人”。在曾燠幕府中演出“奢香夫人”这样的剧作，所唱为何种声腔，是当时在扬州仍还盛行的雅部昆曲，还是风起云涌的花部戏曲，我们已难以确定，但无疑是我们认识乾嘉时期扬州戏曲演出的最为可靠的史料。

（三）戏曲经历：是推测幕僚参与戏曲活动的参照系

曾燠幕府的幕宾众多，除了上述有直接的材料记述了他们在曾燠幕府期间参与观演戏剧活动的过程和感受，也有一些幕宾没有见到在曾燠幕府从事戏曲活动的明确文献记载，但他们对于戏曲的热衷，甚或参与戏曲的赏鉴和品评，他们对于戏曲参与度使我们有理由相信他们在曾燠幕府期间一定有参与戏曲活动的经历，兹列举数人。

黄文旸（1736—?），字时若，号秋平、焕亭，贡生，江苏甘泉人。素通声律之学，“善词曲，入东篱、汉卿之室”（阮元《扫垢山房诗钞·序》）。黄文旸曾游历齐鲁吴越，嘉庆十年（1805）还扬州后两淮盐运使曾燠招入题襟馆，与时流相唱和，所作益多，著有《扫垢山房诗钞》十二卷。黄文旸曾参与扬州校曲馆事宜，并编撰曲海，李斗《扬州画舫录》卷五：“黄文旸著有《曲海》二十卷，今录其序云：乾隆辛丑间，奉旨修改古今词曲。予受盐使者聘，得与修改之列，兼总校苏州织造进呈词曲，因得尽阅古今杂剧传奇。阅一年事竣。”

吴锡麒（1746—1818），字圣徵，号谷人，别署东皋生，浙江钱塘人。乾隆四十年（1775）进士。曾主讲扬州东仪、梅花、安定、乐仪书院讲席，时时注意提拔有才之士，亦为曾燠幕宾。《藤花曲话》记吴锡麒所作南北曲，“亦复妙墨淋漓”。有《渔家傲》传奇，演汉代严子陵故事，已佚。另据陆继辂《自题〈洞庭缘〉院本，即呈味庄先生》诗中记述，吴锡麒还与李廷敬、许宝善等撰写《海上谣》乐府，流播一时。其诗云：“豪丝激竹动春潮，乐府新传海上谣(味庄观察及谷人祭酒、穆堂侍御所作)。我亦歌声出金石，樽前吹裂小红箫。”

刘嗣绾(1762—1820)，字醇甫，又字简之，号芙初，江苏阳湖人。少颖异，识量过人。早游京师，知名于时。所著《尚絅堂集》行于世。1803年至1805年客两淮盐运使曾燠题襟馆。《尚絅堂集·竹西集上(癸亥)》其下小注云：“是年，宾谷曾都转招寓邗上之题襟馆，琴尊繁会，歌吹迭兴。……”是年，即嘉庆八年(1803)。《尚絅堂诗集》中存有多首咏剧诗作：《简李味庄观察上洋时将报最入都即以赠别》“著书齐祭酒(谓谷人先生)，协律汉中郎(时演廉山所著剧)”、《洞庭龙女曲题祁生传奇》、《水龙吟·题亦斋丈环影祠乐府》等。这些诗作或以赠别，记述当时的演剧状况；或评论剧作内容，对剧中人物的浮沉感慨。尽管不是刘嗣绾在曾燠幕府期间所作，但无疑说明，他是一位乐于参与戏曲活动的文人，由此亦可推测刘嗣绾参与了曾燠幕府中的观演剧活动。

陆继辂(1772—1834，一作1835)，字祁生，号霍庄，别署小元池居士、修平居士，江苏阳湖(今武进)人。嘉庆五年(1800)举人，嘉庆五年(1800)至嘉庆六年(1801)客两淮盐运使曾燠幕，《崇百药斋文集》卷二十：“六年辛酉，赴礼部试下第归，仍客宾谷先生题襟馆，日与主人及刘嗣绾芙初、吴嵩梁兰雪、乐钧莲裳、彭兆荪甘亭、郭麟頻迦、金学莲手山、郭琦龙辅读书属文，所业颇进。”按：陆继辂《崇百药斋文集》卷十四有《与方少君书》，其中记述他为生活所迫，四处游幕，其中在两淮盐运使曾燠幕中最久，“二十六岁始出游，依阮芸台宫保于浙江学署者二年，依李宁圃兵备于松太道署者三年。中间曾宾谷抚部转运两淮，客扬州最久”。陆继辂依附曾燠幕府的时间，似又不止此两年。另据陆继辂《万刺史丈(廷兰)林下二髯图》尾注中所云：“八月中，偕公及宾谷先生、借庵上人、鲁思献之子厚元淑游焦山，余至焦仙洞即止。”这里的“八月”指离开李廷敬幕府后，又回到扬州。可见，陆继辂依附曾燠幕府的时间并不完全连续，而是有所间隔。

陆继辂自幼喜好戏曲，因私阅元人曲，曾为其太孺人怒责。戏剧作品有《洞庭缘》、《碧桃记》，另有与庄逵吉合作之《秣陵秋》传奇，为吴阶续成之《护花幡》传奇，后二种未见传本。据车锡伦先生的考察，《洞庭缘》传奇是应松太道署李廷敬之请而作，并在李入觐送别的宴会上演出了，当作于嘉庆八年(1803)初。陆继辂与庄逵吉合作之《秣陵秋》传奇的创作要早于《洞庭缘》传奇，陆继辂《自题〈洞庭缘〉院本，即呈味庄先生》其一："重翻旧曲触闲愁(向偕庄君伯鸿谱，秣陵秋，三十六折，味庄观察命家伶习之)，同把青樽话昔游。恨我识公迟十载，一帘秋影独登楼。"张慧剑《明清江苏文人年表》系年为嘉庆七年。尽管这些传奇作品并不是在曾燠幕府中完成的，但曾燠幕府生活无疑为他的创作提供了良好的滋养和优游的空间。何兆瀛《洞庭缘叙》传奇的创作是："当幕府优游之日，文余慧业，诗杂仙心，缀《聊斋》志怪之书，翻湖上传奇之谱，为《洞庭缘》院本十六折。"无论是《洞庭缘》传奇，还是与庄逵吉合作之《秣陵秋》，都曾为李廷敬的家伶所搬演。此外，姚燮《今乐考证》"国朝院本"内著录陆继辂作传奇尚有《碧桃记》一种，题下注云："《碧桃记》为吴兰雪姬人岳绿春作。"据车锡伦先生的推测，陆继辂与吴崇梁在曾宾谷幕中的幕僚，他们经常在一起"读书属文"，或者陆曾为岳绿春所作《碧桃记》订正润色，因讹为陆作。按：此处车锡伦先生理解有误，《香苏山馆全集》卷二收有《雨画》一折，可见《碧桃记》是以吴崇梁和姬人岳绿春的经历撰写的，而非岳绿春曾撰有《碧桃记》。吴嵩梁曾撰有《绿春词》，有序云："筠姬姓岳氏，字曰绿春，山西文水人，随母侨寓京师，姿性慧丽，能左手书。授以诗，辄倚声诵之，妙合音节。余初诣姬居，值晓妆，贻碧桃一枝，姬受而簪于髻。俄有夺以重聘者，姬恚甚，谓其母曰：儿已簪吴氏花矣。遂于嘉庆十一年四月八日归余，年甫十五。余得惠风阁书，因持示姬，姬曰：妾年小不能持家，累君有内顾忧，愿宜人早来，妾亦有所恃也。余嘉其意，遂宠以诗。"可见其经历的传奇性，也正是《碧桃记》所阐发的。然绿春依附吴崇梁仅五年，即一病而逝。"冷暖相依仅五年，不应草草赋游仙。早知一病无医法，何苦三生种夙缘。嫁日欢娱如梦里，殓时明丽倍生前。定情诗扇教随殉，谁诵新词遍九泉。

(姬来归,余为赋绿春词十五首书扇,今以为殉。)”(《听香馆悼亡诗为岳姬绿春作》)

上述曾燠幕府中的宾客的戏曲活动,虽不见载于他们寓居曾燠幕府期间,但众多的戏曲活动的经历,可以说他们对于戏曲活动的娱乐性是不排斥的。他们极有可能参与了曾燠幕府的戏曲活动,丰富了幕府的戏曲演出。

二

曾燠幕府戏曲活动的丰富性、频繁性以及文人品评新剧的集中性,离不开如下的几方面因素。

第一,盐业经济的支持。

扬州的发展依赖于盐业经济的发展,盐商们的生活带动了扬州城市各行各业的发展,促进了扬州城市文化的繁盛。谈蓉舫《梦仙游》云:“扬州好,盐荚甲寰区。金穴铜山夸敌国,富商大贾集成都。奢靡世间无。”两淮盐业的突出发展,使得整个国家获得了极大的财政支持,两淮盐商的驻地扬州及其周围区域也获益良多。当时的扬州盐商“……其上焉者,在扬则盛馆舍,招宾客,修饰文采;在歙则扩祠宇,置义田,敬宗睦族,收恤贫乏。下焉者,则但侈服,御居处,声色玩好之奉,穷奢极靡,以相矜炫已耳,奢靡风习创于盐商,而操他业以致富者,群慕效之”。自然掌管两淮盐政的盐运使,同样会获得更多的经济支持和收益,他们有能力招募更多的宾客,同时也为戏曲活动的翻身奠定了基础。对于扬州盐业经济对于曾燠幕府的影响,同样也可以从曾燠后期幕府的衰落中得到反证。随着盐业经济的发展也积累了一些弊端,道光年间盐政制度的改革,盐商的利润空间压缩。当曾燠于道光二年(1822)至道光六年(1826),以巡抚衔巡视两淮盐政再次来扬,在任四年有余,此时的扬州“以鹾务积疲,非曩日殷赈可比”,曾燠“幕中仅三五旧雨”(《王井忭传》),不复有昔日盛况。李兆洛《跋储玉琴遗诗后》:“邗上当雍正乾隆间，业鹾筴者大抵操奇赢，拥厚资，矜饰风雅以市重，一时操竽挟瑟名一艺者寄食门下，无不乘车揭剑，各得其意以去。至嘉庆时，而鹾贾亟亟自顾不暇，无复能留意翰墨。”

第二，与扬州为南方戏曲活动的中心、花雅争胜的前沿阵地有关。

扬州在乾嘉时期成为南方戏曲演出的中心，一是赖以昆曲在扬州得到了充分的发展，仍然保持了其繁盛的演出景象；一是扬州荟萃了全国各地较为优秀的声腔剧种，其中以“安庆色艺为最优”。花部戏曲在乾隆后期不再是行走四乡的“赶火班”，已经成为扬州城内的重要演出团体。随着魏长生由京师而南下扬州，城内尽唱魏三之句，原先驰名的安庆艺人郝天秀也开始吸收魏长生所唱秦腔，合京秦二腔，剧目上则进一步融合了京腔、秦腔的剧目，出现了一些比较受时人欢迎的花部戏目，花部演出一时成为时尚。著名学者焦循曾由衷地发出赞叹：“世尚吴音，而余独好花部。”《扬州画舫录》所记剧目中，花部戏目虽然甚少，但《缀白裘》第六集和第十二集收有花部剧本七十出，《纳书楹曲谱》“外集”和“补遗”中也收录了“时剧”十四出，这些剧目大多是当时剧坛盛演的剧目，由此也不难看出扬州花部演出的盛况。扬州花雅两部演出的盛况，为曾燠幕府戏曲活动提供了更多的可资演出的内容和丰富的声腔选择。

第三，曾燠本人的号召力和影响力。

扬州自古为文人渊薮之地，其地居水陆之冲，四方名流所积聚，“自赵宋时，韩欧刘苏相继守土，宾宴之盛，辉映古今阅数百年。至国初周栎园侍郎监督钞关，远绍逸响。而王阮亭尚书继以司理扬州，诚心求士，士归之如流水之赴壑，二公皆履卿贰立治绩，而世人之艳称者乃在钞关司理时，诚哉，其难之也。后又百年，卢雅雨、朱子颖为都转，稍续前绪”（包世臣《曾抚部别传》）。这种风骚之传统，在曾燠时期更为大盛，甚而被扬州士人认为曾燠对风雅的推崇和倡导可媲美于王渔洋。曾燠也成为积聚文人雅士的向心力，海内名流归之如流水之赴壑。东圈门壶园主人何栻撰写题襟馆楹联赞誉：“当年多士登龙，追陪雅集，溯渔洋修禊，宾谷题襟，招来济济英髦，翰墨壮山河之色。”

曾燠喜好雅集交游，为官之所多招募幕宾，其一生宦迹以扬州为最久，其幕府规模和盛大也以扬州为最。“惟当日任鹾政时，投辖题襟宾从极一时之选，海内人士交推为艺林坛坫，与卢雅雨后先辉映邗上，风流余韵尚令人景慕。”(李之鼎《赏雨茅屋集·跋》)

钱泳《履园丛话》卷八亦云：

> 南城曾宾谷中丞以名翰林出为两淮转运使者十三年。扬州当东南之冲，其时川、楚未平，羽书狎至，冠盖交驰，日不暇给，而中丞则旦接宾客，昼理简牍，夜诵文史，自若也。署中辟题襟馆，与一时贤士大夫相唱和，如袁简斋、王梦楼、王兰泉、吴谷人、张警堂、陈东浦、谢芗泉、王葑町、钱裴山、周载轩、陈桂堂、李啬生、杨西禾、吴山尊、伊耐园及公子述之、蒲快亭、黄贲生、王惕甫、宋芝山、吴兰雪、胡香海、胡黄海、吴退庵、吴白庵、詹石琴、储玉琴、陈理堂、郭厚庵、蒋伯生、蒋藕船、何邕鲍、钱玉鱼、乐莲裳、刘霞裳诸君时相往来，较之西昆酬唱，殆有过之。

宾客记录了在题襟馆内风雅唱和的情形，据王芑孙《题襟馆记》：“君为人敏达而聪强，沛然无所不辨，然故自喜文字之间。其于诗尤性能而好之；于凡客之以䕺来者，莫不延问迓劳，论其同异，指画是非，因以其间，选辰命酒，脱屦高谈。春秋佳日，杯觞流行，纸墨横飞，人人满其意以去。而君之学亦由是大进。”吴鼒《题襟馆销寒联句诗后序》曰：“宾客之盛，不减聚星之堂；湖海之士，并有登龙之愿。”正是曾燠本人的这种凝聚力与向心力，系联了扬州的众多文人和曲家，也包括一些演出艺人，才出现了曾燠幕府的济济人才和戏曲活动的繁盛。

三

通过对史料的钩稽和爬梳，曾燠幕府呈现出一幅异彩纷呈的戏曲活动图卷，具备了一些独有的特征，对清代戏曲的研究，包括声腔剧目等都具有重要的意义。

首先，曾燠幕府幕宾众多，而且有很大一部分都有观演戏曲、甚至有创作或评点的经历。

尚小明《学人游幕与清代学术》一书附表所记，当时曾燠幕府的幕宾有 47 位。按：曾燠因其宦迹较多，故其幕府幕宾也包括了不同时期不同地域。其中既有曾燠在两淮盐运使期间的幕宾，也有在广东任上的幕宾，如何元是嘉庆十九年在其广东幕府。因此除去其在其他地区任上的少数新结识的幕宾，大部分还是扬州幕府的幕宾。且除少数汉学家外，大部分为诗人，且有为数不少的喜好戏曲者。或从事戏曲创作，或有品评戏曲经历的至少 18 位之多，如黄文旸、吴锡麒、吴鼒、刘嗣绾、吴嵩梁、乐钧、郭麐、彭兆荪、陆继辂、蒋知让、蒋征蔚、黄郁章、詹肇堂、陈燮、张彭年、俞宗泰、俞国鉴、郭堃等，占幕宾总数将近一半。如此众多的幕宾参与戏曲活动，在清代的幕府中独具一格的，这为戏曲的发展、交流、衍变提供了平台。同时，通过他们品评戏曲的经历，也可以见出幕府中戏曲活动的一些特性。张维屏《国朝诗人征略二编》卷四十一“曾燠”条引《有正味斋文集》，云：“宾谷都转处淮扬靡丽之区，而澹于嗜欲，公事余闲时与宾从赋诗为乐，辟题襟馆于署后，周植花木为唱和之所。屈指官斯土者，国朝以来无虑数十辈，而若风吹网，所过无闻。独宾谷挟其纵横跌宕之才，以雄视乎当世，令人爱慕，比于香山、六一、玉局诸老，不其伟与?”嘉庆学者郭麐在其《灵芬馆诗话》卷六中亦云其幕府振兴风雅，宾客如云，“扬州自雅雨以后数十年来，金银气多，风雅道废，曾宾谷都转起而振之，筑题襟馆于署中，四方宾客，其从如云。今所传《邗上题襟集》是已。”

其次，曾燠幕府的戏曲演出活动频繁，剧目既有传统剧目，又有新戏的上演；就其演出声腔而言，由昆腔独擅而变为花雅兼备。

由前文所述，曾燠幕府的演出剧目也是丰富多彩的，传统剧目如《烂柯山》、“临川四梦”、《西厢记》等，亦有新剧《红楼梦传奇》和《乌阑誓》。新剧的演出是清代扬州戏曲活动兴盛的重要表征之一，新剧亦是清代文人品评的对象。乾嘉剧坛的一个变化，是由剧本创作为中心让位于以表演为中心。在全国新剧创作萎缩的时代，扬州的新剧创作和演出，仍然有一定的规模和市场。陆萼庭称“乾隆年间，文人创作的新剧仍在不断涌现。新剧实践的机会，扬州多于苏州。四方戏曲家流寓扬州，往往靠编写新戏以糊口。新戏获得成功后，也以扬州为中心传播出去”。仲振奎的《红楼梦传奇》是在扬州写就之后，流行于大江南北剧坛的，道光时期更流传到北京。杨掌生在《长安看花记》中记述：“眉仙尝演《红楼梦・葬花》为潇湘妃子。……尝论红豆村樵《红楼梦》传奇盛传于世，……歌楼惟仲云涧本传习最多。”

此外，曾燠幕府幕宾的诗文中还为我们记述了在其他戏曲目录文献中难以见到的剧目。清燕堂演出袁枚《子不语》故事的剧作，这一作品在后世的文献中未见著录，而以奢香夫人为演出对象的剧作，亦成为当时非常有影响力的作品。奢香，彝名舍兹，生于元顺帝至正二十一年(1361)，系(四川蔺州)宣抚使、彝族恒部扯勒君长奢氏之女。明洪武八年(1375)，年方是十四，嫁与贵州彝族默部水西(今大方)君长、贵州宣慰使霭翠为妻。奢香自幼聪明能干，好学深思，婚后成为霭翠的内助，经常辅佐丈夫处理宣慰司的许多政事。洪武十四年(1381)，霭翠病逝，奢香代袭贵州省宣慰使职。奢香袭职摄政后，以国家统一为重。洪武二十九年(1396)，年仅38岁的奢香不幸病逝。明太祖朱元璋特派使臣到水西，参加奢香的葬礼，加谥奢香为“大明顺德夫人”。以奢香夫人的故事为题材的剧作在现存的剧目中未见记载。

曾燠虽以文雅见称，然而盐运署中演剧已不单单是演出“玉茗堂剧”一类的“文部”昆曲，更有以歌舞表演擅场的“武部”乱弹，以及热闹的百戏表演。随着花部戏曲的蓬勃发展，雅部昆曲在这种竞胜中逐渐让出了地盘，官署演剧由昆曲独擅的局面变成了花雅并奏的场面。前引王文治诗“已酬东野云龙愿，况有南皮丝管陈”，其“南皮丝管”当是指今河北沧州的南皮戏曲，与昆曲的演出风格迥异，当属风起云涌的地方戏之一。

第三，演出团体，既有新人，也有驰骋剧坛多年的老艺人。

金德辉是乾隆时期的著名艺人，演《牡丹亭·寻梦》、《疗妒羹·题曲》，表演精湛，如春蚕欲死。曾为供奉乾隆南巡，组织集秀班。嘉庆九年(1804)，彭兆荪在曾燠幕府观看金德辉演出《牡丹亭》，作有《扬州郡斋杂诗》二十五首，其中之一便是“临川曲子金生擅，绝调何戡嗣响难。也抵贞元朝士看，班行耆旧渐阑珊”。诗下注曰：“都转廨中观剧，时吴伶金德辉演《牡丹亭》，为南部绝调，年已老矣。”

除了金德辉这样的老艺人而外，当时曾燠幕府中演出的还有一些新人，甚至是家伎。梦楼居士王文治，蓄有家乐，尝“买僮教之度曲，行无远近，必以歌伶一部自随”。如前文所述，乾隆六十年在曾燠盐署清燕堂观剧，其家乐亦有可能在曾燠署中演剧。

此外，在盐署演出的团体很大一部分是来源于当时的内班演出。扬州内班规模庞大，往往是由当时的著名盐商组建，脚色齐全，名优荟萃，人才济济。就其目的而言是为了迎驾，备演大戏。但由于皇帝南巡的偶然性和短暂性特点，使得内班在间歇期除了满足商人自娱和娱宾的需求，还需要承应两淮盐务的征召演出。

绾结而论，曾燠扬州幕府的戏曲活动成为嘉庆时期文人观剧活动的缩影，代表性的反映了这个时期扬州剧坛戏曲的演出形式，其戏曲活动从一个侧面反映了扬州剧坛中昆曲演出在兴盛之下的逐渐乏力。同时曾燠幕府的戏曲活动与此前盐商江春康山草堂戏曲活动相比逊色许多，尽管两者相隔的时间不久。这固然与大盐商江春的雄厚财力有关，同时也与当时江春康山草堂的戏曲演出活动是清代扬州剧坛的鼎盛时期，无论是文人对于戏曲的关注，还是当时帝王的历次南巡，盐商对戏曲的准备活动，以及戏曲艺人们的表演技艺都是曾燠时期所无法比拟的。但曾燠幕府的戏曲活动却以其独特的地位和对于新剧的品题演出而具有了重要戏曲史价值，更是我们深入认识嘉庆时期文人视野中的扬州戏曲的一把钥匙。

义和团众的戏拟行为

路云亭

史料显示，团众在降神附体后，常能很顺当地完成一些武术套路，这种武术的真实性值得怀疑。众所周知，中国武术的练习是一种长时期的肌肉记忆过程，非积年努力绝无成功的可能。那么，义和团的速成式武术必然是骗人的把戏，或者说至少带有欺骗性，这类欺骗性的把戏便是表演。在很大程度上，恰是团民现场的表演沟通了奇迹和现实的关系，打通了幻想与真实的通道，缩小了巫术和戏曲的距离。

一　戏曲溶解历史的力度催化团众泛戏剧化的生活方式

演剧性的武术表演，可以使旁观者大开眼界，获得愉悦感受。于是，戏曲同样可以有效扩大义和团的影响。实情恰是如此，由于失去了武术学的支撑，丧失了武术学的基本规则，团众舞刀弄棒的动作与真正的武术差异很大，它和民间戏曲中的武功表演也仅有几分形似。义和团民上法后的武术表演，本质上是巫术性舞蹈动作，具有阵发性、随意性、机械性和模仿性特征，并无多少技击学的含量。其降神法术之后的武术，充斥的是醉态的舞蹈动作，是戏剧性再现想象世界的外观动作，而非真正武力能量的爆发。直言之，上法后的武功表演，是精神力的象征，而非生物学和物理学意义的真功夫。某满员在日记中曾记载过类似现象。

义和团说者为八卦门。人均穿紫花布，手巾包头，腰束有黄带、红带者。门分八色。身不惧刀枪火器。本团俱用大刀花枪。能目视天主教及洋人，遇见者必然杀却。佛教乡民丝毫不犯。每人怀僈首二个、制钱贰佰，到处用之不穷。上阵不饥不渴不乏亦不惰。该团过集镇秋毫不染，各安生业，均不扰民，大有替天行道之势。不愧上能保国，不能安民者也。

正是轰轰烈烈的反教运动，激发起了青年人无穷的幻想力。周运镛《拳教》同样对请神上法后立即掌握了高深的武功的现象深表怀疑与忧愤。

据云：入其教者，至降神时，教师诵咒作法，既用青布一匹，各援之绕室行一周，皆仆地睡去，俄而神附人身，起立，教众人拳勇枪棒诸技，五尺童子，能举百觔军器。其神有真武祖师、刘玄德、蜀三杰、赵子龙、马孟起及李元霸、孙悟空等，而诸孔明司其号令，咸奉之以为进止。入教人须吃素，乃能入鬼门关，游行地府。其吃荤者，至冥间擒，被恶鬼枷责，必待祖师亲诣冥王讲情，令其人设誓改行吃素，乃释放之。遇教堂有事，教徒一闻角声，神魂即不自由，虽身在田间或市上，各释手歇业，急奔而回，父兄牵留不得。从教愈久，则应变愈灵，往往不待作法诵咒，香才爇而神已降，然确有法算，任人刃之不伤，火之不热，枪之不燃，此实大众所目击者。嗟乎！庚子洋人之祸，衅开拳党，兆民涂炭，万幸疮痍，距今已十余年矣，何天心之未厌乱也？噫！

这里所陈述的法术，已超出了义和团既有的理念，构成了另类的信仰，义和团的宗教性在这里便有所体现。《清政府案卷》、《川东道宝芬札》附录了一份抄单，川东所谓“抄单”，当即四川人民刊刷的揭帖，这份抄单记载:“即速报须弥山中得道多人,每人能发万体,每身能敌万军。尽能飞身,隐形变化,五遁俱全,预知未来,概不惧秽。今奉上帝令,‘灭清剿洋兴汉’。行事多人协议,定今端午日戌时,天下各处共期征伐,临时忽然起火为准。”这样的描述,已将神话与现实的距离大大地缩小了,几乎混同为一,而掩藏在神话想象背后的义和团真实,却成了历史中的迷惑点。依照想象世界的指引固然可以带来团民所渴求的勇气和自信力,但是团民一旦依照幻想去冲锋陷阵,则必然要酿成历史性悲剧。

庚子天津之战,义和团冲锋陷阵,其中有着戏衣上阵冲杀者。杜某《庚子日记》对此曾做过详尽记载:

> (巧月)十四日,四叔上署,同司人其说不一,有说和者,有云战者。准信毫无,只好待之。食早饭,上庙。道已有行人,卖食者不少。见大师兄身穿黄靠,头包黄缎,马如飞,黄令旗招展。人皆让路。余观之只好作戏。

庚子年间的天津城内,团民首领背插戏剧靠旗,沿途腾越,呼喊无度,冲锋陷阵之景象,在龙顾山人《庚子诗鉴》亦有诗文记录。

> 五佛冠高被发森,铜街一过万家瘖。从他重画长围策,咫近难窥紫竹林。拳众中有披发而金箍者,有戴五佛冠者,有背四旗如剧中战将者,捉刀腾踯,塞衢充路,所至必呼备送斋饭。紫竹林西人悉毁界外民舍,而遍布以沙囊,每处数人扼守之。遇匪众来攻,扼要发枪,击毙少数,余匪即退。以数万拳攻数十洋人,始终不克。足见黔驴之技。

毫无军事训练基础的义和团,临阵发挥,只能以戏曲为摹本,在战事生活中复制戏曲中的战斗场景。这是戏曲渗透进晚清民众心理的实情,却隐附了悲怆气概。戏衣的隐喻特征是弥漫在晚清人的日常生活中的。高树《金銮琐记》感慨时事，曾赋诗记事。

> 佩符习咒羽林郎，红锦缠腰入未央，谁把干戈作儿戏，六街都唱小秦王。非端王不至大乱如此。……千秋佳节阵云高，殿上红巾佩宝刀，苦口劝人同祝嘏，弟兄含泪着宫袍。皇上生日，太后及端王、李阁等，令团匪力攻使馆，以为祝寿之趣，并令红巾匪皆佩刀上殿。城南弟苦劝同乡京官入内祝嘏，曰："如祝嘏官多，太后或有悔悟。"山人本不愿去，因弟有此言，亦著作花衣，同弟上车，泫然流泪。

杜某、龙顾山人、高树所论，皆表达出晚清士绅的义和团观。京城易色，团民易服，士绅心灵的失落感已淹没于时代巨变的滚滚洪流。重庆知府鄂芳札即记录当众演拳者煽动民众情貌。

> 本年七月二十日，查有李市场民周益三在场操习神拳，观者如堵。正查拿间，据汛弁李经明点团亲至该处查同前由，并据团保林国栋等具禀前来。当即派差前往该来场拿获周益三到案提讯。据供：伊在场充当牛经纪。有南川县游牛贩均教有多人。伊不肯信，游牛贩遂向伊耳边咒念数遍，伊即昏迷倒十九日，可以飞檐走壁，演习一百二十日，枪炮不能进身。游牛贩当将咒语口授，伊尚未演习，不料被公差暨团保查加禀蒙拿获到案的，求施恩，游牛贩现已逃跑，不知去向等语。

周益三演习神拳仅为既是为看来娱乐自己，还为叫人观看，已将戏剧性引入到生活中，这样的演剧特性始终是义和团作为一种新生社会与宗教力量的伴随物。义和团危及地方治安，常为各级官员所忌，地方官常用讲唱文学的方式来宣传义和团的祸害。川东道宝芬函巴县知县张铎即遣人张贴《解毒散》，以警诫后人。《解毒散》通篇以慈悲道人演的口吻陈经讲道。

贫道今天有一句要紧话请各位听听，比如一副毒药，各位拿来吃了，岂不闹得肠断肝裂而死吗。虽然此等毒药还不算凶，还有比他凶到百倍的，若然吃了，恐怕全家都要死绝呢。各位细心想想，此是何药，此就是北京义和拳。怎么就算极凶的毒药呢？各位不要忙，且听贫道慢慢说来。

这义和拳的老祖师名叫王□□□□□□□，师兄名叫林清，又有一个二师兄名叫徐鸿儒，于嘉庆年间曾经在直隶省造反。他说他有甚么咒语，口中念念有词，便刀箭枪炮都不能进身。那晓得这都是涨〔障〕眼法，如同耍把戏一般。到得那钦差名那彦成大人领起兵来大打一仗，那些信邪法的，可怜都杀的杀、剐的剐，莫一个跑得脱。此岂不是比毒药还凶百千倍么。以上见《圣武记》。谁知邪教中单逃走了一个郜文生，后来又阴到在山东、河南传教。前年即庚子年邪教中添了个甚么黄莲圣母。此圣母本来是天津的一个滥娼，一同与拳匪打和声，造些谣言，说的话的“扶清灭洋”，做的事是杀人放火。到得闹出大祸，咒语也不灵了，神拳也无用了，连京城也被外国打破了。当时死者不计其数。这件事想必各位也听见说过的，岂不是比毒药还凶百倍千倍的么。

就是我们川省，动不动造些谣言，便要闹教。没见识的还说他是义民，却不想这些义民平日就是拉肥猪、抢童子的人。难道这拉肥猪、抢童子的也算得义民。咳！据贫道看来，这还是川民太穷，穷民太愚之故。穷则乱想找钱，愚则不怕惹祸。奉劝各位，各有身家，各有性命，再莫去与他打和声，我们川省才可免天津、京城之祸呢。

贫道还有一句要紧的话，各位务必留神听听。我们既是大清国的好百姓，就该晓得大清国的律例上有两条：一条是左道异端，假降邪神，书符咒水者，为首绞；为从各杖一百，流三千里。一条是自号教师以演弄拳棒教人者，杖一百，流三千里；学习者，杖一百，徒三年。这两条律例不是贫道生编的，昔年湖广总督吴大人名荣光纂了一部书，名叫《吾学录》。此书学道街书铺俱有，各位可去买来看看，自然知道。一去学拳，便违犯国法了。又《左传》上说得好，“妖由人兴”。各位不少读书人，试想想汉朝的黄巾贼，元朝的红巾贼，本朝的白莲教，那一个起头不是兴妖作怪，说他有仙术，有神兵。然这等邪教历朝又何尝有一个成过事来呢？他就说有《封神传〔榜〕》、《西游记》当成真的，这岂不是天地间极愚极蠢的人么。贫道这一番话，各位把他当成破愚的妙方也好，把他当成解毒的良药也好，如能将此话转告众人暗消劫运，这功德便无量了。

这段说唱的观点同样充斥了偏见，义和团拉肥猪、抢童子的事，即非子虚乌有，亦为夸大之辞，或仅是以偏概全，成了的官方对义和团的妖魔化宣传。但是，官方利用说唱文学的样式警示本朝人一事，显出了说唱艺术可为义和团和官方共同认可。官方舆论工具并未放弃告诫形式的通俗性。俗讲式的警告，比文言文的告示显然要更具影响力。讲一段反义和团的故事，且能以朴实畅白之语言道出，将深刻的道理说白了，此类说唱特性沟通了官方和民间的共同趣味。

戏曲对义和团的渗透具有终极性。所谓终极性，至少包含了两重意思：第一，戏曲涉及了人类的死亡情态；第二，戏曲对戏迷类观众在现实生活中的性格生成具有决定性的影响。史料记载了义和团员临终前的行为也和戏曲有关。直隶省《宁津县志稿》记载团民管长林临刑前骂不绝口，唱两段梆子腔后从容就义之事。依照古训，临刑唱戏，最能显示主人公的英雄气概，通常会得到观众的喝彩。鲁迅小说《阿Q正传》中阿Q临刑前也有类似举动。阿Q临刑最懊悔的便是没唱出几句豪迈的戏来。

他省悟了，这是绕到法场去的路，这一定是“嚓”地去杀头。他惘惘地向左右看，全跟蚂蚁似的人，而在无意中，却在路旁的人丛中发见了一个吴妈。很久违，伊原来在城里做工了。阿Q忽然很羞愧自己没志气：竟没有唱出句戏。他的思想仿佛旋风似的在脑里回旋：《小孤孀上坟》欠堂皇，《龙虎斗》里的“悔不该……”也太乏，还是“手执钢鞭将你打”罢。他同时想将手一扬，才记得这两手原来都捆着，于是“手执钢鞭”也不唱了。

鲁迅是将阿Q当作精神病患者来对待的，戏曲本身的迷狂作用可以加重阿Q在极端状态下的精神疾患。虽然说阿Q之死与义和团员的临刑性质不同，但在社会学意义上，具有可比性。其中，仪式性很强的戏曲对中国人终极精神的激励现象，尤可探究。

二　巫戏同体的精神渗入晚清团众的生活风尚

仪式涉及重要理论背景是符号学，因为仪式的基础就在于将平常生活做了符号化处理。美国人类学家格尔茨对此曾作过认真的论述。

人类学的宗教研究应分两个阶段：首先对构成宗教本身的象征符号所体现的意义体系进行分析；其次，将这些体系与社会结构过程和心理过程相联系。我对当代人类学的大多数宗教研究不满意，不是因为它关注第二阶段，而是因为她忽略第一阶段，结果是将最应阐明的东西当作了理所当然。

简单地说，义和团的仪式核心是让一个传说中的神附体，然后在短暂的时间内宣布自己也成了神，或者成为这个神灵的代言人。康保成认为：“戏剧的本质是角色扮演，但并非所有的角色扮演都是戏剧。广而言之，世间有家庭角色扮演、社会角色扮演、游戏角色扮演、仪式角色扮演、戏剧角色扮演。”孙柏在《丑角的复活——对西方戏剧文化的价值重估》中曾讨论戏剧中“扮演”是如何发生的，并寻找到戏剧和巫术的至大连接点即为“扮演”。

> 弗雷泽的“交感巫术”理论为他们提供了间接的答案：若在戏剧研究中对弗雷泽这一核心术语进行联想延伸，我们发现“扮演”几乎等于“交感巫术”的同义词：“扮”者，装扮，即接触巫术——系根据触染律装扮以面具、法卢斯及（从兽皮演变而来的）戏装服饰，从而达到出神的效果；“演”者，表演，即顺势巫术——系根据相似律通过声音话语、形体动作模仿所装扮的神祇，从而实现降神的功能。同样，“扮”与“演”是辩证统一的，不可偏废。至少在戏剧的起源阶段，“扮演”的最终目的就是沟通人神两界，打破戏剧超验与经验领域的界限，使神秘存在落实、作用于世俗人间。及至戏剧日后发展的各个阶段，扮演得以发生的那种动力机制仍将在演员与人物的关系中延宕，继续呈现为一个降神的过程，一种在不安的错位中无限涌流、蔓延和无限伸张、延展的动作。

巫术仪式和戏剧仪式具有同源性。首先，两者都是一种表演性行为，都有在公众面前展示非本我一面的倾向。詹姆斯·乔治·弗雷泽的《金枝——巫术与宗教之研究》就记载过巫术的表演特性。

> 在婆罗洲雅克人那里，当一个妇女难产时，就叫来一个男巫，以理性的态度和巧妙的手法处理产妇的身体来进行助产；而同时另一个男巫在门外，却用我们认为完全是荒唐的方式以期达到同样的目的。实际上，他是在假装那个孕妇，把一块大石头放在他肚子上，并用布连身子一起裹起来以表示婴儿正在子宫中，然后照着在真正手术地点的那个男巫对他高喊出指示来行动，他移动他身上的假婴儿，模拟着母腹内真婴儿的躁动，直到孩子生出来。

孩子们特别喜欢用于游戏的这种假装的扮演活动，曾导致其他民族采用“模拟诞生”作为收养子女的一种方式，甚至也作为一次假装活动，使一个孩子甚至使一个大胡子男人降生人世，那么即使他血管里没有你一滴血，从原始的法律和哲理看来，他实际上就是你的儿子了。

巫术的扮演特性和戏剧具有非常类似的程序和功用，但是巫术和戏剧仍有区别。巫术仪式角色大多是一种改变身份的行为，通常而言受到迷狂情绪暗示的巫师很可能处于一种超验的、失去自我意识的精神状态当中，而戏剧角色扮演是一种摹拟行为，摹拟者在表演的过程始终持有自我意识。在原始宗教仪式中，巫师的依托演出是在一种癫狂或伪装癫狂的心理状态下进行的。在制度化宗教的仪式活动中，巫师经常要收魂藏身，让假想的神灵附体，精神上也尽可能进入神人合一的超验状态。这体现了人类原始思维的互渗律。在原始思维中，事物没有确定的性质，精神进入一种超验状态，他既是自身，又是想象中的神灵，超自然的强大力量进入身体后，巫师开始具有超凡的能力，至少巫师感觉到具备了这样的能量，其超人能力也体现于他的仪式行为中。宗教仪式的改变身份行为与戏剧艺术的摹拟行为尚有区别。

奥德里奇在《艺术哲学》中说：“装扮和戏剧表演这两个概念间的差别很值得研究。一种完整而恰当的艺术哲学，是通过对这种差别的正确分析而提出来的。”装扮者是怀着欺骗的意图“要你以为他们是他们实际上所不是的剧中角色看待；无论在表演时还是表演后，都不存在欺骗或错觉”。巫术的施术者自认为经过请神上法这样的仪式后，自己就完成了变身过程，从而有理由相信自己是神的使者或神的代言体，同时巫师也要求参与者甚至旁观者都确信巫师代表神意的真实性。但戏剧表演的摹拟、扮演，演员始终明白自己并非剧中的角色人物，观众同样知道。

乡村的祭祀仪式也用戏曲，往往模糊了宗教仪式和戏剧仪式的界限。乡村祭祀有所谓外坛是仪，内坛是戏之说，恰好勾勒出了巫术和戏剧仪式惊人的相似之处和微妙的相互联系。

宗教和巫术仪式与戏曲仪式的区别还在于再现和表现的不同。仍然是由于角色的转换、空间的延伸，宗教仪式的象征体系发生了模式性转化，逐渐延伸出仪式戏剧的范畴，进入到了娱人的大众审美领域。在宗教仪式中，法师进入一种超验的精神状态，他的仪式行动已经不由自己的意志支配，而是由神意控制，其的一举一动皆为再现神的意志和力量。在此过程当中，仪式参与者和旁观者都会产生强烈的宗教体验和皈依感。宗教和巫术仪式也有表演性和程序性，有开始、转折、高潮和结束，但是宗教或巫术仪式的象征性活动是一种较为纯粹的再现过程，对此西方学者已有成说。

> 宗教仪式的参加者(在此不分主礼者和信众)就像是没有观众的演员一样。他们不过是在重复而不是在创造事物。他们再现某种现实情景只是为了那些需要说明的东西，而不是为了创造某种事物——这种事物通过其本身的自足性将被用来说明受全能者支配的、千变万化的存在。

学界对仪式研究已有相当规模。现实的戏曲表演中，无论演员多么投入，时而还会出现所谓的神汇状态，体验到角色和演员的合一境界，但演员在塑造角色时，总的来说心智是清醒的。演员以自身的生活体验去感悟、贴近角色的时候，或以程式、或以动作、或以唱腔把自己的人生经验和艺术趣味乃至生存观念都融进了角色，演员传达给观众的信息，不仅是角色的观念，还带上了演员自身的生活体验，因此戏曲表演的象征活动是仍属于表现的过程。

这里还必须指出，上述观点尚有美化巫术或将巫术理性化、标准化的偏颇倾向，巫术表演本真的动力可能来自神圣感，但是巫术还有一种功能便是欺骗。即施术者假扮神使，与鬼神沟通。历朝历代，巫术的地位都不稳定，民众素有信巫与不信巫的矛盾。对不信巫术者而言，巫术就成了毫无意义的疯癫表演，无任何神圣感可言。而其诸多法术皆有伪装性技巧支撑，历代揭穿巫术的记载屡屡出现，元明之际的谢应芳曾视咒语为"吐鄙俚之词，徼漫漶之言"，都说明了巫术非纯洁性的一面。另外，依照斯坦尼斯拉夫斯基的表演理论，戏剧表演也分为体验派和表现派两种，体验派要求演员自我和角色合一，表现派则要求演员始终和角色分离，巫师的表演更接近体验派而远离表现派。如此而言，巫术亦有欺骗，戏剧也有迷狂，不必人为割裂，或热衷一方，不及其余。

寻绎仪式理论的根源对理解义和团仪式的戏剧性很有帮助。义和团的仪式在精神迷狂与催眠效果上看，都和巫术仪式同出一辙，仅以现场效果来看，几乎再现了巫术和戏曲的原始情境，验证了两者的同源性。正是仪式联结起了义和团和戏曲的关系。

义和团的请神上法是神灵崇拜的一种体现，反映了义和团对洋教的憎恶以及对战胜洋人的乐观或狂欢想象。请神上法属于原始巫术，其想象力是反常态的，而在此基础上想象所设计出的群体性虚幻想象最直观的具象性表现便是义和团模仿戏曲的道白和举止。这属于义和团动态方面的行为。

戏曲的剧场性决定了戏曲的演剧环境都是具体可感的，戏曲文本实际上将戏曲划分为两个世界：一是文本的想象世界，在这个世界里，戏曲成了读者和文字之间的关系媒介。另一种戏曲则是舞台戏曲，组成了观众和演员之间的关系体系。戏曲是形象性很强的表演性艺术。严格地讲，世上不应有抽象的戏曲，即便是文本戏曲，也是读者通过想象完成了戏曲画面，体验到戏曲意境，最终合成了戏曲的全面情境。但是，戏曲毕竟是舞台化的艺术品类。现场的表演性始终是其本质的特点。

戏曲脱胎于巫术，所以"扮演是戏剧的核心行动"。换言之，戏场的人体动作和现场环境应当是戏曲的重要组成部分。尤其是华北地区的乡间演剧，具有独特的环境学的意义。庙宇与集市，场院和庭院，都是活生生的戏曲环境。中国戏曲总恰是处于这样具体可感的环境中从而实现其既有价值。中国古代戏曲更倾向于随机性的环境戏剧,而非剧场戏剧。

晚清观剧现象实际上已经分成了两种不同的形式,一是剧场戏曲,一是露天戏曲,两者分属完全不同的观剧理念。前者产生了意境类戏曲,后者产生了环境类戏曲。多种标准体系关照下的戏曲研究法,可以探讨出不同的戏曲本质,其实戏曲作为表演艺术的根本的性质还在于聚集人群。戏曲的本质就在于聚集人群。在这个层面上讲,露天戏曲正是戏曲的原始状态,也是戏曲的生命力所在。剧场戏曲中的观众是不自由的,属于品鉴类的看客,而环境戏剧的观众就要自由得多,是演剧活动主体参与者。晚清时期的观剧现象经常出现这样的情景,普通游街串门的群众可以转化为观众,看戏为免费,戏曲极易成为生活的一部分。社会的规范也随着戏曲规范的破裂而临时性地失效了,观众的观戏者身份很容易在戏场得意确认,并随时可能递进演化为游戏者的身份。某些来自生活秩序本身的压抑性的禁忌也以狂欢的形式破灭了。狂欢过后是新的平衡,但是假如在露天剧场上演的是武戏,那么群众和观众的压抑情绪可能会得到强化,由压制而步入不安,由农民本色而转入英雄血性,由顺民意志而移向叛逆骚乱。戏曲不分现实与虚构性给了观众以想象力,戏曲的文化仪式作用激活乡民意识形态深层的戏剧化因子。于是,台上的武功动作,很快会启发台下的习武模仿,戏场的武打表演极易演化成群体的昂扬斗志。

三 团众在日常扮演活动中赢得新身份提升明证

美国传教士明恩溥曾说,演戏渗透到中国人的精神气质中并体现在社会行为上,如中国人平时很讲客套,便是一种戏剧心态的表现。“中国人‘要面子’的行为有百分之九十就是依据这个来历,即在观众面前维护演员正当的形象,向观众证明他能扮演的他的角色,他很清楚这个角色是什么。”余秋雨曾经论述过中国人礼仪生活中的戏剧因素。“中国古代礼仪的繁文缛节，是现代人很难想象的。在这种礼仪中，分明包含着不少艺术性、戏剧性搬演的因子。”

拳民们的语言很多情况下直接模仿戏剧里的科白，刘孟扬《天津拳匪变乱纪事》曾记载过义和团流入天津后的请神上法的具体做派。

> 二十六年、岁次庚子，正月间，其术已流入天津县，每日有人在南门外，瑞和成机器磨房后宽阔地方习练，河北一带有之。其练法向东南方三揖，合目默念咒语，或八字或十六字不等，念毕，即仰面僵卧，移时陡然起立，其形如疯，手舞足蹈，喘气如牛。其同练者，问何人下山，则答以黄三太、孙悟空、猪八戒、济颠、达摩老祖等名目。其语音似戏场道白者，用手拍其头顶，即豁然而醒。官府弛于禁令，查办不严，故学是术者，日形其伙。然尚未立坛口，未经师傅，不敢甚为滋事，而有识者，已早决其必酿巨祸矣。

义和团在行为动作上也多模仿戏剧舞台表演。吴永《庚子西狩丛谈》曾记载过类似的情境。

> 越日，闻西园子坛中，拳首已公然号召徒众，从者云集，念已奉明令，更无法可禁阻，只得听之。旋有人来告，谓：“彼众已相率至署，来意甚不善，务请好言款待，虑人多势杂，或生事变。”予不得已，乃洞开合门，冠服出堂上以俟之，俄而拳众蜂拥至，人数约在三四千以外，前行者八人，自称为八仙，已至合下，均止步序立，一一自唱名通报：甲曰：“吾乃汉钟离大仙是也。”乙继声曰：“吾乃张果老大仙是也。”以次序报，如舞台演戏状。拐仙并摇兀作跛势，仙姑则忸晃为妇人态，神气极可笑。予先问：“诸位大仙降临何事？”曰：“余等特来拜会。”予始免与敷衍，众中似有人呼嚷谓：“此县官恐是二毛子。吾等须细细审勘。”复有人止之曰：“此事从缓，今日且不

必理会，如有怠慢，将来可随时监察也。”有数人同声曰：“然，然则尔日后须小心。”支吾一小时间，居然相率退去，此实为予与拳匪交涉之第一幕也。

身为县令的吴永还记载了他本人被仇家刁难时的状况，当时的拳民审问他时即模仿戏曲人物，台词、做派均仿戏曲。

拳众去后，予正喜无事，方与幕中诸亲友团坐叙述，并研究将来应付之法，忽有人至署，谓：“请予至坛拈香。”商之诸友，友皆面面相觑，无可为计，予念我竟不往，不能禁彼之不来，恐一生芥蒂，愈多枝节，不得已即如约前往。众均为予栗栗然，然迄无术可以相却，或劝多带护兵。予曰：“尽吾署止二十人，以一敌百，犹不足，徒增猜嫌，无益于事。”乃挈护兵六名，家丁二人，骑而行。既至坛所，见系一古庙，门外已遍扎天棚，极高敞，气象赫弈。拳民纷纷如蚁聚。既闻予至，则众中分辟一道，两旁拥立如对仗，中间仅容一人，护兵已被格不得入，予乃挈家丁及礼房书吏一人，步行至棚内，中设香案，众吼令行礼，予向上仰视，见所供为关圣，乃肃立致敬曰：“关圣乃国家崇祀正神，分当行礼。”即呼礼书，命唱赞三跪九叩。礼毕，旁一人格不令起，曰：“此县官是否二毛子，须先焚表请神示。”左立者，乃取黄纸一张，就烛火然之。盖彼中实以此法定神判，凡被嫌之人，均押至神前，如法勘验，如纸灰上升，可判无罪，灰不扬者即为有罪，或立致之死。其实彼辈固别有诡法，可以任意为之也。然所爇纸灰竟不起，但闻众中哄然曰：“嘻，二毛子，神判定矣，当速斩！”一人曰：“吾知尔心中，素不信服我等，故神降尔罚，到此处丝毫不能枉纵，不似尔等做官，可以糊涂判断也。”予曰：“断罪当以事实为凭，心中云云，安得为罪；假令我谓尔等心中如何如何，试问将以何法自明？我今已至此，宁复畏一死；但戕杀命官，事非小可，便与谋反无异，朝廷必有极严重之法令，大则屠城，小则灭族，恐尔等担受不起耳。”众闻余言，似已心怯，右一人复作排解语曰：“师兄，他一向迷误，也须此刻可以回转过来，何妨再试一番。”左者曰：“师兄之言有理，就请再试。”右者复取一黄纸烧之，灰将烬，忽从掌上腾起。其人曰：“果然，他已明白矣。”然未及尺许，仍沉沉下坠。左者曰：“如何，毕竟他心中还是迷惑不定，拿不稳主意，如此定靠他不得，不如依法斩了为是。”两人正相持间，似有人言：“且送他上大殿焚表，再行判断。”言已毕，众即拥予至后殿，则一人扬眉怒目，当庭做跨马势，手张一黄缎三角旗，作火焰边，旗上书“圣旨”二字，右手持竿，左手搴旗角，如戏剧中马后旗弁。众复促余行礼。余曰：“对圣旨行礼，宜也。”复命吏书唱礼，三跪九叩如仪，其人突挥手作势，将旗一卷，植竿于火炉中，不作一语。众又拥予至前庭谓：“将正式谈判。”予见庭中置一方桌，上设两座，左右两行，分排坐位十数，予即手撮一椅，掷之于旁，移一椅当中，自据坐之，众相顾错愕，然亦不相阻格，竟各自逡巡就坐。近案者八人，左右各四，首与身上，皆红巾结束，想系坛中头目；次座十余人，则腰束一红带，率皆就地士绅，彼中谓之香客，殆非彼团中人而受其延致者。予坐定审视，不觉毛戴，盖此八头目中，其一曾充予护勇，被责革退者；一曾充县油行牙纪，亦以顶名朋充被革；另一人，则曾犯案受枷责示众；三恨同仇，相逢狭路，念今日祸且不测，然已无可如何，想果死于此，亦系前冤夙定，一转念间，气反为之加王(旺)。视列座皆嘿嘿无语，良久，左座一人，忽面目抽掣，欠伸起立，曰：“吾乃汉钟离大仙是也，不知县太爷驾到，未能远迎，面前恕罪。”语甫竟，右座一人，亦如法起立，曰：“吾乃吕洞宾是也。”左者即向之拱揖，曰：“师兄驾到，有失远迎，恕罪。”右者亦拱手曰：“候驾来迟，恕罪请坐。”左者复曰：“师兄在此，哪有小仙座位。”右者曰：“同是仙家一脉，不得过谦。”左者曰：“如此一旁人坐下。”装腔异态，全是戏场科白。几欲为之捧腹。予亟挥手示意，曰：“止止，我先有话请教，我知钟离大仙，乃吕洞宾之老师父，岂有师父向徒弟如此谦卑之理。”钟离以手执大羽扇，指余厉声曰：“县太爷乃是凡人，那知我仙家道理，我今须要审问尔等三条大罪。”予曰：“不知何罪，倒要请教。”曰：“本团为国出力，尔为国家官吏，乃到境以来，丝毫未有帮助，嗣经绅士往说，乃竟朱书一条，上写赏银十两，我等何人，岂受赏字，况此区区之数，何足重轻，此尔之大罪一；不帮助尚是小事，乃反多方禁遏，挠阻忠义，此尔等之大罪二；凌虐我团中信徒，侮慢神使，此尔等之大罪三；这三项大罪，证据确凿，看尔等如何辩答？”予行时幸携有京报两册，一载禁止拳民之上谕，一载弛禁奖励之谕，因摹仿彼等动作，当时即起立抗声曰：“本县系尊奉圣旨办事，何得为罪，现有凭证在此。”即从袖中取出一册，两手祇捧，大声宣告曰：“圣旨下，跪听宣读。”众愕然相视，不跪亦不语，予朗读一通，曰：“尔等当已明白，如此煌煌圣旨，令我禁止拿办，我安得不遵奉？”曰：“这圣旨安知非尔假造？”予曰：“嘻，这更奇怪，你看此是黄面刻木，从京发到省，省发到县，难道我一时可以刊印出来；况假传圣旨，何等重罪，我怎有此胆量？”吕仙从旁驳难曰：“既有圣旨拿办，你何以后来又不拿不办，反将自己办之人释放，这明明看我等势头已大，故尔翻身讨好，难道又不要遵奉了么？”予曰：“不拿不办，也是遵奉圣旨办理的，现又有证可凭。”当从袖中另出一册，捧之宣告曰：“圣旨下，尔众跪听。”复如文明读一通，吕仙曰：“既系圣旨，何以前此要禁，后又不禁，出乎尔，反乎尔，是何道理？”予曰：“此则须问皇上，与我无干，依我想来，或因后前未有实验，不敢放心，故要禁止；近来看得团中弟兄们，确是忠心为国，所以又加奖励。皇帝为万民之主，威福本可从心，只看戏文上，古来忠臣义士，忽而问罪抄家，忽而封侯拜将，前后反复，都是常有之事，我辈做官，只有奉命而已，岂敢向皇上根究道理。我今有话在此，诸大仙如果能打退洋兵，保护皇上，那时奏凯回来，我当跪于道左，香花迎接，如徒恃人众，欺凌地方长官，我纵为尔等戕害，亦不心服，王法俱在，终必有抵偿之一日也。”

……此时钟吕两仙，念念有词，予亦未辨何语，忽吕仙接座之一人，突挺身起立，颐颏颤动，两手飞舞作势，似气力甚坚劲，口吃吃不能遽发声。良久，始噤齘作语曰："吾吾乃关圣。"此语一出，座中咸战栗失色，堂上堂下，悉匍伏地，叩头如捣蒜，口中齐声高呼："请大圣回驾。"连叠不止，其人支撑数四，似气力渐懈，亦遂颓然就坐，默无声息矣。

这则文献记载有三种意向须注意。第一，义和团审问地位高的人更爱用戏曲人物的口吻，因为这样可以增强他们审理案件的信心，完成从草民到英雄的角色转移。第二，义和团审问吴永时，吴永也将计就计，权且以戏曲方式与之周旋，也足见戏曲在民间是一种共同拥有的社交资源。第三，义和团审问吴永，自始至终都处于戏曲幻想状态中，以扮演八仙始，又以走火入魔终，中间加入了焚表验法术。将戏曲仪式搬至生活中，尤其是代神审判，以神谕法，都是戏曲精神在生活中的自然反映，从戏曲中移植正义性和合理性，借鉴其具体鲜活的动作感就成了很自然的事。

戏剧和神学的关系还体现在神圣裁决或神谕方面。意大利哲学家维柯在《新科学》中曾经讨论裁判的价值时曾涉及神谕问题，三种裁判的划分，维柯认为裁判有三种：第一种是神的裁判，第二种是常规裁判，第三种则是人道的裁判。

第一种是神的裁判。在所谓"自然体制"（即氏族体制）中，因为还没有依法律去统治的民政权威，氏族父主们就向神们陈述自己所遭到的冤屈（这就是 implorare deorum fidem 这一词组的最初的本义），祈求神们为自己的案件的公道作见证（这就是 deos obtestari 的最初的本义），这种控诉和辩护是世界上最初的演说，取 oratio 这一词最初的本义，后来这个词在拉丁文里仍用作控诉或辩护。这种用法在普劳图斯和特林斯的喜剧作品里有最好的例证。十二铜版法也保留了两段重要的话〔1.6;8.16〕,也是最好的例证,其中 furto orare 和 pacto orare 就用作"告状"(agree)和抗议(excipere)的意思。从这些"演说"来的 oratores(演说者)在拉丁文里仍指在法庭上陈诉案件的人们,最初向神们陈诉是由简单粗鲁的人们来进行的,他们相信神们会听到他们,他们想象神们住在山峰顶,正如荷马把神们摆在奥林普斯峰上〔712〕,而塔西佗〔A. 13. 57〕则叙述到赫曼都里族(Hremunduri)和查提族(Chatti)之间的一场战争,说他们迷信要使住在山峰上的神们听清楚凡人的祈祷,只有在两族之间的那条河上才行。从这些神的裁判中获得的权利本身也就是些神,因为当时异教人民把一切制度都想象为神。

由于宗教信仰的差异,西方学者素来对人与人之间争斗的公正性格外敏感,西方人不太赞同最高权威对争斗的干涉,而更倾向于裁判的裁决。义和团作为一种新崛起的权力形态,其兴起的过程也伴随着权威塑造的困境,显示出了在权力交接方面的尴尬。那么,请神上法是可以有效地提高其权威感的方法。

在严酷的现实压力下,义和团需要对抗洋教,在他们心目中与邪教化的洋教抗衡具有神意支配下不共戴天的恒久性,于是在戏剧化仪式的掩盖下,团众任何原先不愿意在人前显露的野心,都会得到彻底的张扬与释放。正是通过戏曲,义和团才找到了原先远离他们的神灵,寻觅到了早已屏蔽于记忆底层的古老神祇,激活了衍生于部落时代的人格神,祭起了先祖们曾经祭奠过的神圣牌位。这些神灵曾经庇护过他们走过漫长的历史,义和团只是在特定的历史时期,戏剧性地搬弄出了一种种族共同体的象征性符号而已。团众在戏剧化假象的掩饰下,成全了其超现实的梦想。

吴永和演员般义和团民的戏剧性较量,本就是一场带有寓言性的中国喜剧或闹剧,随着大幕的降落,较量双方都得到了精神的满足与灵魂的洗礼。吴永先以仪式胜之，再以礼法胜之，直到彻底战胜对手，摆脱危机。值得关注的是，吴永以官腔阻吓住了团民的戏腔，而官腔和戏腔的较量，官腔似乎成了戏腔的脱胎品，戏腔就成了官腔的陪衬物，官腔和戏腔在游戏性的大堂之上，共同上演了一出戏说性的情景，为义和团生活增添了游戏的戏剧性。义和团方面虽然未曾彻底征服代表官方意志的吴永，却不失体面，仍以假想的方式陶醉在一派戏剧性的氛围中，全身而退。喜剧的精神也给义和团强烈的暴力性、尚武性主体播下了几许温馨幽默、乐观放纵的素质。义和团众在生活当中模仿戏曲中俳优的举止，实亦为特殊历史状态下的无奈之举。辛巳初春，龙顾山人自言义和团事件类俳优。

> 客岁之秋，都人有征庚子故事者。是役，余躬遘而目击之，迁流曼衍，极于湮洪(没)。究其肇端，适类俳优。天之醉耶？国之妖耶？……其事类于俳优，览吾诗者亦作俳优戏观可尔。

龙顾山人是以士大夫眼光看义和团的。王朝更迭，必有异相。战斗若戏法，戏法似战斗。戏里戏外皆是戏的现象，反映了晚清社会独特的生活习尚和非同寻常的人文风气。士绅集团本身就抱着观剧的态度看待义和团的，这又是戏曲降解生活的一种例证。

义和团属于一种高度巫术化的准战斗性团体，其所实行的教义规则带有浓厚的感性化色彩，较为适合文化程度不高的普通团民，而戏剧的仪式特性和团民的巫术化日常生活就产生了共鸣和共振。然而，巫术无法拯救义和团，戏剧性生活可以减缓团众战斗和生存的压力，却无以达到彻底挽救团众命运的目的。义和团的集体性拟戏生活，只能成为晚清中国一道值得祭奠、纪念与省思的悲情景观。

晚明南京的演剧形式和剧目考述

夏太娣

明代开国之初，朱元璋对于南京的戏曲演出采取了宽严并驭的政策，一方面提倡勋臣戚侯多观看《琵琶记》等有益教化类剧目，鼓励他们借宴乐歌舞消解壮志，以此稳固皇权，另一方面对于民间演艺又有一定限制。他曾颁布诏令严禁在京军人参与相关活动："洪武二十二年三月二十五日，奉圣旨：'在京但有军人学唱的割了舌头；下棋打双陆的断手；蹴圆的卸脚；做买卖的发边充军。'府军卫千户虞让男虞端，故违吹箫唱曲，将上唇连鼻尖割了。又龙江卫指挥伏颙与本卫小旗姚晏保蹴圆，卸了右脚，全家发赴云南。"①在朱元璋严刑峻法的威慑下，明初南京士民遵纪守法，不敢越雷池一步，社会风气极为淳朴："正、嘉以前，南都风尚最为纯厚，缙绅以文章政事、行谊气节为常，求田问舍之事少、而营声利、畜伎乐者百不一二见；……"②朱元璋还严格划定士、农、工、商和乐人的界限，表演艺人被归为最下层的贱民，士夫贵豪少有问津者，平民子弟也很少从事此类行业。一直到正德年间，南京的戏曲演出都比较萧条。

到了晚明，随着社会思潮的变化，加上外来人口的激增，南京的风气发生了极大的改变。在万历年间寓居南京的戏曲家郑之文的《金陵

① 顾起元《客座赘语》卷十"国初榜文"，第 1462 页。

② 顾起元《客座赘语》卷一"正、嘉以前风气淳厚"，第 1212 页。

元夕》诗中，我们能够强烈地感受到。诗中描绘了晚明南京正月十五的都市狂欢景象，各种点缀将都市装饰得华丽无比，花灯闪烁、箫鼓喧阗、人声鼎沸，各色人等尽情享受着节日的欢乐，百戏、杂要、歌舞游乐，无所不有，少年无赖，佳人风流。在这个欢乐的海洋中，人人忘归，个个陶醉。这种开放与奢靡的风气和明前期形成了鲜明的对比。

政令的放松，风尚的变化，为戏曲演出的复苏提供了条件，而城市娱乐业的畸形发展，则刺激了戏曲演出的繁荣。

南京是南中国的政治、文化和商业中心，作为南国子监和江南贡院所在地，这里集中了南方的大批文士，热衷于组织宴集、游冶活动，而南都官员也不再受清规戒律的约束，纷纷加入到选胜征歌的行列中："南京，仕国也，先朝以吏治着声者甚多。万历以后，承平无事，士大夫以南中为左迁，都不复事事，即贤者亦多无可述。自海内多事，士风放往稍变，近以寇再入关，又所在寇起，道路多梗，物力亦耗，而仕于辇毂者又多得罪，于是争以南秩为仙吏，然南之难为亦倍屣于昔矣。"[1]他们开始置法令于不顾，甚至公开地狎妓："(南户部)有甲科为郎者襄阳潘龙鳞，私宿旧院，夏邑王承曾明寓河房，非狎妓女即比顽童，官箴扫地矣。"[2]普通市民为风气所染，皆以观剧听曲为乐。

为庞大的需求市场所吸引，各地戏班云集南京，争逞技能。家乐教习渐成气候，尤其是到了明末，北方义军席卷江淮大部，鄂、湘、皖南等地流寇不断，南京成了各地富豪、闲宦避乱的安乐窝，家乐随之兴盛。青楼生意尤其兴旺，歌姬为招徕客人，也以擅曲为能。侯方域《金陵题画扇》一诗描写晚明旧院的歌舞之盛为："秦淮桥下水，旧是六朝月。烟雨惜繁华，吹箫夜不歇。"[3]职业戏班也云集南京，晚明南京成为戏曲演出的中心，呈现出形式多、规模大、参与广、声腔杂等特点。

---

① 《留都见闻录》，第 22 页。

② 《留都见闻录》，第 24 页。

③ 《秦淮诗词选》，第 167 页。

一 丰富多彩的演剧形式

晚明南京的演剧在组织上表现出多样性的特点，主要有社集演剧、宴会演剧、曲会等多种形式。此外，还出现了迎神演出、对台戏和曲宴等比较特殊的形式。与此相适应，演出场所也是多种多样，各不相同。

1. 社集演剧

文士社集频繁是晚明独有的文化现象，南京作为南部中国的文化和政治中心，社集次数和规模在全国都是首屈一指。社集吸引了很多戏曲家参与其中，因此演剧是社集重要的内容之一。无论是复社的政治性集会，还是普通的文社或诗社雅集，经常有戏曲演出助兴。钱谦益《列朝诗集》曾记载齐王孙朱承彩等人于万历三十二年甲辰(1604)中秋社集演剧："开大社于金陵，会海内名士，张幼于(张献翼)辈分赋授简百二十人，秦淮伎女马湘兰以下四十余人，咸相为缉文墨、理弦歌，修容拂拭，以须宴集。"①显然，在这类文社的聚会中，演剧和诗歌唱和同是饮宴的重头戏。

同一时期，潘之恒和邱长儒等人的蓬蒿社成立，也请戏班演剧助兴："蓬蒿社初集，大会于丘长孺之新居。招虞山班试技，得王、陆二旦，双声绕梁。王纤媚而态婉腻；陆小劲而意飘扬。娇娇艳场，皆足自振。不谓盈耳之后，复逢赏心！料别后尘飞，余响犹在也。"②

到了崇祯年间，这种形式更是普及一时。据余怀《板桥杂记》记载，他曾亲自参加过大规模的社集演剧。组织者是嘉兴人姚北若，他个人出资，用十二艘楼船在秦淮河上招待复社友人，参加的人数达一百多，每艘船邀请职业戏班一部、名妓四人侑酒，称一时之盛。而吴翌凤的《橙窗丛录》所描述的规模则更加宏大："南都新立，有秀水姚瀚北若者，

① 钱谦益《列朝诗集》丁集七，第341页。

② 《鸾啸小品》卷之三《余响》。

英年乐于取友。尽收质库所有私钱，载酒征歌。大会复社于秦淮河上，几二千人，聚其文为《国门广业》。时阮集之填《燕子笺传奇》，盛行于白门。是日，句队未有演此者。”两则记载虽不尽相同，但他们都指出在这次集会中，既有梨园演剧，又有歌姬侑酒，职业艺人和青楼演员同聚一处，堪称戏曲盛会。

社集演剧的规模和影响往往比较大，它使得文人雅集与戏曲演出这两种文化活动有机融合起来。一方面，诞生了不少咏剧诗；另一方面，社集也成了戏曲创作的题材，如明崇祯年间刊刻的《三社记》，叙述文士孙湛结社遨游，因其参加富春情社、西泠艺社、秣陵侠社，故名之为“三社”。除此之外，社集演剧还能促进文士在戏曲方面的修养，提高演员的文化素质。

2. 曲会

曲会是较高层次的戏曲演出，一般不是出于营业的目的，往往以演唱清曲为主，以歌喉定胜负，对于舞台表演的要求不是很高。经常由文士组织，歌姬参加表演，以欣赏和论艺为主。

在晚明南京演剧史上，有几次大规模曲会值得一提。早在隆庆四年(1570)，曹大章、梁辰鱼等人组织的莲台仙会就曾轰动一时。潘之恒《莲台仙会品》叙曰：“金坛曹公，家居多逸豫，恣情美艳。隆庆庚午，结客秦淮，有莲台之会。同游者毗陵吴伯高、玉峰梁伯龙辈，俱擅才调，品藻诸姬，一时之盛，嗣后绝响。”①据此可知，这次盛会组织者是喜好戏曲的风流文士，而参加者主要是青楼的歌姬。召集用的《速启》云：“公子佳人，具集裁云剪月，清歌妙舞。”提及当时有歌舞表演。《谢启》也称：“簪缨满座，文抒丽日之才；歌舞当筵，响遏行云之调。”则度曲也是该会的重要内容。

曲会最后评出的杰出者，以科举名目和花草名称冠之，可谓别具一格。其品目计：“女学士王赛玉，花当紫薇；女太史杨璆姬，花当莲花；女

---

① 《亘史外纪》卷十七。

状元蒋玉兰，花当杏花；女榜眼齐爱春，花当桃花；女探花蒋宾竹，花当西府海棠；女会员徐琼英，花当梅花；女会魁赵连城，花当芍药；女会魁陈玉英，花当绣球；女解元陈文姝，花当桂花；女经魁张如英，花当芙蓉；女经魁蒋文仙，花当葵花；储才陈琼姬，花当蕙草；储才王蕊梅，花当芝草。"①这十三位当选者都是旧院度曲高手，其中前两名王赛玉和杨璆姬则以"善音"而独部一时，很可能文士在评选时是以唱曲、舞蹈为主要标准。

到了崇祯年间，随着文人结社之风的大盛，曲会活动更是有增无减。寓居在南京的沈春泽效仿莲台仙会，耗费巨资选姬，在南京产生了广泛的影响："沈雨若费千金定花案，江南艳称之。"②

崇祯十二年(1639)，在南京应试的复社名士组织了更大规模的曲会："己卯岁牛女渡河之夕，大集诸姬于方密之侨居水阁，四方贤豪，车骑盈闾巷，梨园子弟，三班骈演，阁外环列舟航如堵墙。品藻花案，设立层台，以坐状元。二十余人中，考微波第一，登台奏乐，进金屈卮。南曲诸姬皆色沮，渐逸去。"③据此，则这类赛曲会不但有青楼诸姬参加，连职业戏班的"梨园子弟"也来献技。

吴敬梓的《儒林外史》曾以晚明文士组织的曲会为蓝本，虚构了杜慎卿高会莫愁湖的故事：

> 杜慎卿道："我心里想做一个胜会：择一个日子，捡一个极大的地方，把一百几十班做旦脚的，都叫了来，一个人做一出戏。我和苇兄在旁边看着、记清了他们身段、模样，做个暗号。过几日评他个高下，出一个榜，把那色艺双绝的，取在前列，贴在通衢。但这些人，不好白传他，每人酬他五钱银子、荷包一对、诗扇一把。这顽法

---

① 《说郛》续集卷四十四。

② 沉雨若，沉春泽。常熟籍，庠生。能诗，善草书，喜画竹。移家金陵，治园亭，交游翕集。《金陵诗征》卷四十有诗。

③ 《板桥杂记》，第50页。

好么?”

……

少刻,摆上酒席,打动锣鼓,一个人上来做一出戏。也有做《请宴》的,也有做《窥醉》的,也有做《借茶》的,也有做《刺虎》的,纷纷不一。后来王留歌做了一出《思凡》。到晚上,点起几百盏明角灯来,高高下下,照耀如同白日。歌声缥缈,直入云霄。城里那些做衙门的、开行的、开字号店的有钱的人,听见莫愁湖大会,都来雇了湖中打鱼的船,搭了凉篷、挂了灯,都撑到湖中左右来看,看到高兴的时候,一个个齐声喝彩。直闹到天明才散。那时城门已开,各自进城去了。

过了一日,水西门口挂出一张榜来,上写:第一名,芳林班小旦郑魁官;第二名,灵和班小旦葛来官;第三名,王留歌。其余共各六十多人都取在上面。鲍廷玺拉了郑魁官,到杜慎卿寓处来见,当面叩谢。杜慎卿又称了二两金子,托鲍廷玺到银匠店里打造一只金杯,上刻“艳夺樱桃”四个字,特为奖赏郑魁官,别的都把荷包、银子、汗巾、诗扇领了去。

(《儒林外史》第三十回)

故事虽然是虚构,人物也属子虚乌有,但所描绘的曲会具体细节有其真实性,符合晚明曲会的事实,具有很高的史料价值。从这些材料中可以很明显地看出南京曲会主要是以曲评妓,评赏兼之,是较为独特的戏曲表演形式,它和虎丘曲会有所不同。从发起性质来看,虎丘曲会多半是自发性的、群众性的,没有组织规范。而南京的曲会一般由文士主持组织;从参与者来看,虎丘曲会三教九流均可与会,而南京曲会参加的则都是旧院歌妓和珠市姬中出色者;从形式来看,虎丘曲会比的是清唱,南京的曲会则兼评唱技、身段、姿容。南京的曲会更像是专业戏曲演员的选秀活动。这种组织形式的出现是戏曲演出繁荣的重要标志,只有当演员数量较多、演艺成熟;观众参与广,积极性高的时候才有可能出现。而它的出现对于激励演员提高技艺、促进相互间交流和学习又提供了很好的契机和动力，意义较为重大。

3. 宴会演剧

宴会演剧是比较传统的一种形式，适应的阶层也比较广泛，在士大夫或富商组织的豪华宴会上，甚至平民的生辰宴席上，均有表演。

南京士民殷富，世风奢靡，城中人乐于宴饮，常好用乐。早在正德、嘉靖年间，宴会演剧之风就已盛行。《帝里明代人文略》曾一书记载："髯仙既归，名益震，诗翰益奇。常自度曲为新声。妓乐满前，豪放自得。岁七十，于快园丽藻堂开宴，妓女百人称觞上寿。"①比徐霖稍晚的南京戏曲家顾璘也喜欢宴会用乐。他致仕后，建造息园，修建数十间客房，招待来自四方的客人，并经常让南教坊演员到家中演出侑客："顾东桥文誉藉甚，又处都会之地，都下后进皆来请业。……先生每燕必用乐，乃教坊乐工也。以筝、琶佐觞。有小乐工名杨彬者颇俊雅，先生甚喜之。常诧客曰：'蒋南泠诗所谓消得杨郎一曲歌者正此子也。'先生每发一谈则乐声中阕，谈竟，乐复作。议论英发，音吐如钟，每一发端，听者倾座，真可谓一代之伟人。"②这一时期的演员以教坊乐工为主。

顾璘的晚辈，青溪社友许穀生辰宴会，也曾用演剧招待客人，何良俊有过记载："是日石城诞辰，贺客满座。剧戏盈庭，至晚，栏槛皆施椽烛，奇花照夜，更觉光艳。客皆沾醉夜阑而去。良俊得叨末座，爰缀斯咏。"③从中我们了解到嘉靖年间士大夫寿辰演剧已经颇具规模。

万历年间，南京戏曲人纪振伦编辑过一部戏曲选本《乐府红珊》，该剧本按照不同类型进行编排，其名目主要有庆寿、伉俪、诞育、训诲、激励、分别、思忆、捷报、访询、游赏、宴会、邂逅、风情、忠孝节义、阴德、荣会等，可谓包罗万象，可以断定是专门为职业戏班而编选的宴会演剧剧目，说明此时宴会演剧之风日炽。

---

① 卷十五，顾起元《客座赘语》卷六《髯仙秋碧联句》也有类似记载。

② 何良俊《四友斋丛说》卷十五，"史十一"，第385页；另外徐复祚《花当阁丛谈》卷五与钱谦益《列朝诗集》丙集十四有类似文字，疑同出于何良俊。

③ 何良俊《许石城宅赏牡丹》序，《何翰林集》卷五，第48页。

崇祯年间，虽然国势日颓，但南都官员豪情不减，仍然热衷于此。这从余怀所记载的南兵部尚书冯飙宴客演剧情形可以窥见：

冯大司马飙为南通政时，宴客河轩，四方名士毕集，酒再行而优人不至。坐客皆怒，而公独怡然。日已晡，方二、三至，竟自登场。公侄京第恶发拳殴之，坐客皆笑不堪。公曰："无戏岂遂不饮邪？"急麾两优去，洗盏更酌，极欢而罢。余时与席，服公大度。次日群优伏阶下请罪，公仍给赏，慰而遣之。

（《东山谈苑》卷三）

这则资料透露，当时宴客请戏班唱戏已成了惯例，因为生意太好，戏班生意极好，堪称是应接不暇，以至于连通政司的官员都顾不上应付。

小说《儒林外史》讲述了南京鼓楼外薛员外过八十二岁小生日，也要请戏班演剧。可见此风在平民百姓中也很盛行。

部分有实力的士大夫或商人豢有家班，除了自己欣赏之外，偶尔也会有宴客表演，不过家班和青楼演员承担的宴会演剧与职业戏班有别，一般称之为曲宴。

所谓曲宴，主要是以曲为宴，是一种特殊的宴会演剧，当以观剧为主，饮宴其次。组织者也不以交际为主要目的，演出者也不以营业为目的，主要是三/五知音自娱自乐，切磋技艺。

晚明南京的曲宴组织者都是戏曲行家，不少人乐此不疲，徽州戏曲家潘之恒最热衷于此。他曾自称："余结冬于秦淮者三度，其在乙酉、丙戌，流连光景，所际最盛。余主顿氏馆，凡群士女而奏伎者百余场。"①两年之中，他所组织的大规模演剧活动竟超过百场。时隔二十年后，即万历三十四年丙午(1606)，他又举行了几次曲宴："昔在丙午秋冬之交，

---

① 《初艳》，载《亘史》杂篇卷之四"文部"，亦载《鸾啸小品》卷之二。

余从秦淮联曲宴之会凡六、七举。预会诸妙丽，惟陈夜舒最少，能揄袂作啭林莺，倾上客。”[①]仅秋冬之交的短短数十天，就举行六、七次曲宴，这样的盛事在晚明其他的城市中是很难再见的。

有时，青楼演员和曲中串客自己组织曲宴：“(李大娘)所居台榭庭室，极其华丽，侍儿曳罗縠者十余人。置酒高会，则合弹琶琶、筝，或狎客沈云、张卯、张奎数辈，吹洞箫、笙管，唱时曲。酒半，打十番鼓。曜灵西匿，继以华灯，罗帏从风，不知喔喔鸡鸣，东方既白矣。”[②]

家班主人组织的曲宴一般对与会者筛选较严，只有亲朋知己才可以参加，例如汪仲孝家班技艺出众，但“自非襟契不得与曲宴，翠屏绛帐中香气与人声俱发，若鸾凤鸣烟云间”[③]。显然主人还采取了将演剧和观剧空间隔开的做法来避嫌。

但曲宴与曲会是有区别的，曲宴没有竞赛性质，表演的主要是剧曲，某种意义上看曲宴比曲会能够更有效地促进文士和青楼戏曲演员进行交流。通过这种途径，一方面，精通音律和文本的“顾曲周郎”们可以指导演员的表演，提出合理建议；另一方面，演员的表演反过来也可以为他们的戏曲创作和理论总结提供最鲜活的案例。潘之恒就将其组织曲宴的一些经验和观看表演的心得编写成《秦淮曲品》和《秦淮剧品》等书，为万历年间的戏曲表演留下了珍贵记录，也是表演理论的总结之作。

除了这三种主要的演剧形式外，晚明南京还有一些临时性的演剧形式。即唱对台戏，赛神演剧和祈禳演剧。

侯方域《马伶传》曾记载了徽商组织的两场对台戏：

> 金陵为明之留都，社稷百官皆在；而又当太平盛时，人易为乐。其士女之问桃叶渡、游雨花台者，趾相错也。梨园以技鸣者，无虑

---

① 《虹台》，《亘史》杂篇卷之三“文部”，亦载《鸾啸小品》卷之二。

② 《板桥杂记·丽品》，第 27 页。

③ 李惟桢《汪景纯家传》，《大泌山房集》卷七十一，四库全书存目丛书集部 152 册，第 226 页。

数十辈，而其最著者二：曰兴化部，曰华林部。一日，新安贾合两部为大会，遍征金陵之贵客文人，与夫妖姬静女，莫不毕集。列兴化于东肆，华林于西肆，两肆皆奏《鸣凤》所谓椒山先生者。迨半奏，引商刻羽，抗坠疾徐，并称善也。当两相国论河套，而西肆之为严嵩相国者曰李伶，东肆则马伶。坐客乃西顾而叹，或大呼命酒，或移坐更近之，首不复东。未几更进，则东肆不复能终曲。询其故，盖马伶耻出李伶下，已易衣遁矣。马伶者，金陵之善歌者也。既去，而兴化部又不肯辄易之，乃竟辍其技不奏，而华林部独着。去后且三年而马伶归，遍告其故侣，请于新安贾曰："今日幸为开宴，招前日宾客，愿与华林部更奏《鸣凤》，奉一日欢。"既奏，已而论河套，马伶复为严嵩相国以出。李伶忽失声，匍匐前称弟子。兴化部是日遂凌出华林部远甚。……①

徽商富有资财、实力雄厚，其中有不少热爱戏曲的人士，个别好事者组织的这两场对台戏确实非常精彩，让在场观众大饱了眼福，也为职业戏班提供了相互切磋的机会，在当时反响较大，有助于我们从侧面了解到晚明南京戏曲演出的盛况。

除此之外，南京还有迎神性质的演剧。袁中道《游居杮录》："（万历三十七年）是日，相传为壮缪生辰，倾国仕女，皆来谒神。……午后游人俱集，两山皆绮罗，无隙地，笙歌鼎沸。"②这种演出很有可能是由寺庙或信客组织的，观看者大多数是平民百姓，基本上由职业戏班承演，剧目也以神仙道化类为多。

吴应箕的《留都见闻录》记载了明末祈禳演剧之风盛行的事实："崇祯戊寅六月，忽有自江北来者，言人身中有羊毛痧，不针挑出，则立死。人就挑，累有毛自肉出者，于是，群相煽惑，街巷之间竞以戏文祈禳。南

① 《壮悔堂文集》卷五，第510页。

② 《游居杮录》青岛出版社2005年版，第48页。

中梨园尽日演剧，遂高价至六七金一部者，优人日得千钱，犹为泱泱，此当事所亟宜禁止者也。后因讹言日甚，巡城御史杖死倡说者，事遂已，民亦卒无他患。”①这类演剧的骤兴，实际是末世统治失控，市民恐慌心理加重所导致的一种畸形繁荣，但它也反映了戏曲演出在人们的心目中已经占据着越来越重要的位置。

二　演剧场所

与当时演剧的主要形式相适应，南京戏曲演出的场所很多，在南京有过丰富观剧经验的潘之恒曾作出总结：“余始见仙度于庭除之间，光耀已及于远。既觏于坛坫之上，佳气遂充于符。三遇于广莫之野，纵横若有持，曼衍若有节也。西施淡妆，而矜艳者丧色。仙乎！仙乎！美无度矣！而浅之乎，余以‘度’字也。仙仙乎？其未央哉！”②仙度是南京青楼的杰出演员，她演剧所在的“庭除之间”、“坛坫之上”和“广莫之野”也代表了当时南京戏曲演出场所的三种类型。

1. 庭除之间

主要指的是室内剧场，一般设在庭院中，包括歌姬住处、秦淮河房和豪门宅第。

旧院是青楼演员演剧的主要场所，据《板桥杂记》描述：“妓家分别门户，争妍献媚，斗胜夸奇，凌晨则卯饮淫淫，兰汤滟滟，衣香一园；停午乃兰花茉莉，沈水甲煎，馨闻数里；入夜而擫笛搊筝，梨园搬演，声彻九霄。李、卞为首，沙、顾次之，郑、顿、崔、马，又其次也。”③“（丁继之等）每来曲院串戏，只集于二李家，或集于眉楼。”④旧院演剧多半在晚上进

---

① 《留都见闻录》，《秦淮夜谈》第九辑，第30页。

② 《鸾啸小品》卷之二。

③ 卷上“雅游”，第8页，此处列举曲中妓之善乐歌者：李，李大娘；卞，卞赛与卞敏兄弟；沙，沙才；顾，顾媚；郑，郑妥娘；顿，顿文；崔，崔科；马娇与马嫩姐妹等。

④ 《板桥杂记·轶事》，第55页。

行，观众也以青楼狎客为主。杨美的流波馆、顾媚的眉楼、李湘真的寒秀斋及李小大等名姬的住处都是经常演剧的所在。

遍布秦淮两岸的河房也是至佳的剧场。吴应箕在《留都见闻录》中有专章介绍秦淮河房。根据他的记载，河房大都为富家所置，有些则专事租赁，而承租者或为宦居南都的官员，或为来此应试的士子："过学宫，则两岸河房鳞次相竞。其房遇科举年则益为涂饰，以取举子厚赁。"①风景秀丽的河房有时也用作演剧之所。据《陶庵梦忆》称："秦淮河河房，便寓、便交际、便淫冶，房值甚贵，而寓之者无虚日。画船箫鼓，去去来来，周折其间。河房之外，家有露台，朱栏绮疏，竹帘纱幔。夏月浴罢，露台杂坐。两岸水楼中，茉莉风起动儿女香甚。女各团扇轻绔，缓鬓倾髻，软媚着人。"②水阁常用来作为临时舞台，但面积有限，容纳不了太多的观众。有时观众席就设立在船上，灯光声影与河水相映，别有风味。崇祯十二年己卯(1639)，复社人士在方密之的水阁演剧，观剧的人太多，游船成了观众席："阁外环列舟航如堵墙。"崇祯十五年壬午(1642)中秋日，冒襄等人再次于秦淮水阁演剧。《影梅庵忆语》："四方同社诸友感姬为余不辞盗贼风波之险，间关相从，因置酒桃叶水阁。……一时才子佳人，楼台烟水，新声明月，俱足千古，至今思之，不啻游仙枕上梦幻也。"③带露台的河房还可以观看河中的剧戏，《桃花扇》曾提到侯方域、陈定生等人曾在丁继之河房一边宴饮，一边观看河上灯船演出。

河房演剧比起普通庭除演剧更胜一筹，这里可以利用水的回声使得乐音更加清脆悦耳，《红楼梦》中描写贾府宴会，贾母让打十番的人在藕香榭演奏，说借着水音好听，就是这个道理。而河房演剧大多在晚间进行，有了灯光、月华的映照，颇有如梦如幻的朦胧效果，非常吸引人。

---

① 《留都见闻录》，《秦淮夜谈》第九辑，第 20 页。

② 卷四"秦淮河房"，青岛出版社 2004 年版，第 8 页。

③ 《影梅庵忆语》，第 237 页。

士大夫、勋戚的豪宅中专门为演剧而设的戏台，也可归为“庭除”之列。

家乐的演出一般是在广屋华堂内举行。李惟寅的瑶华堂就是专门的演剧之所，范凤翼有《秋日李玄素彻侯招同汪遗民诸子饮瑶华堂观演家乐即席赠歌童云在，和玄素于席上成诗》描写了在瑶华堂观剧情形：“青童妙丽夺红裙，如串歌喉吐异芬。当筵不敢频挥扇，舞态生愁化作云。……”①

余怀的《板桥杂记》也记载了他因为替顾媚救急，顾媚非常感激他，曾借方应干之宅，演剧致谢。② 方氏乃桐城世家大族，广有资财，他们因为避乱寓居南都，派头自非等闲之辈可比。《留都见闻录》：“桐城自甲戌乙亥后，巨室尽家于南。……其余，方仁植中丞、方坦庵太史、孙鲁山给练皆为时名人，而悉家于此。又数姓之兄弟子侄，文采风流照耀京邑，他方流寓者所不敢望。”③方应干的居所很有可能比较宽敞，适宜待客演剧。

2. 坛坫之上

“坛坫”当指园林中所辟的演剧场所。晚明南京园亭之盛，不亚于苏州，连王世贞这样的苏州贵宦也叹为观止。在他的《游金陵诸园记》中所提到的名园就有三十六处，实际数量远不止于此。这些园亭大多为本城的勋戚士大夫，以及寓居的富商大贾、离宦贵绅所有，少数歌姬和僧人也有景色秀丽的园亭。园亭的主人不少畜有家乐，一边赏美景，一边观佳剧，两美合一，是无上的乐趣。象阮大铖的巢园、中山王徐府的西园、姚氏的市隐园、佳色亭、莫愁湖亭以及献花崖的祖堂寺等都是有名的演剧地点。

西园先为徐王孙所有，后被吴用先得到。两任主人都有戏曲之好，

---

① 《范勋卿诗集》卷四，第176—177页。

② 《板桥杂记》卷中“丽品”：“眉娘甚德余，于桐城方瞿庵堂中，愿登场演剧为余寿。”第30页。

③ 《留都见闻录》，《秦淮夜谈》第九辑，第29页。

先后畜有家乐,因此西园作为演剧场所的时间是相当长的。嘉靖年间金銮在散曲《早春西园宴集赠徐王孙·北黄锺》【醉花荫】中就有描述:“嫩柳雏莺报春早,春色到粱园多少?寒已退,雪才消,细雨如膏,渐满地生芳草,道月夕与花朝,同人宴赏春光好。……”①万历年间陈所闻曾有《题徐王孙惺予莫愁湖园》【节节高】一曲描述在这里观剧之乐:“吹笙学凤凰,郁金香,卢姬低按红牙唱。花连巷,月转廊,鱼吹浪,瑶钗翠袖相环向,只疑神女凌波上。玉斝殷勤座中飞,五侯池馆春风荡。”②从曲中可以推知他的家班当是女乐为主。天启之后,吴用先在西园培养了技艺超群的“五凤”。

姚淛的市隐园中林堂演剧历史也相当长,嘉靖中,他的社友何良俊、朱曰藩等人就曾在此观剧,金銮散曲《姚秋涧市隐园·北南吕一枝花》描绘了它的美景:“灵源隐市畿,迹通仙苑,华林开广亩,芳草接平原,虽然是城市相连,指碧海天边见,望沧江云外卷,四时中景色偏宜,六朝余风流不浅。”和在此观剧之乐,【骂玉郎】:“遮莫我春风醉眼翻歌扇,一处处列芳筵,玉林满耳秋声战,带潇湘万顷烟,爱中林堂更偏,自不见红尘面。”市隐园后几经易主,但演剧之风未断。清顺治十四年(1657),龚鼎孳携顾眉重游金陵,值顾三十诞辰,请友人故旧观宴于园中,清客丁继之、张燕筑和老梨园在此串戏为乐。

潘之恒等人曾多次在佳色亭和郁金堂观剧。《鸾啸小品》:“自郁金堂之征歌,借听于客,湘帘风来,桂舟波激,音稍稍始振。其次则佳色亭雅集奏技,一声而烛跋,再阕而鸡号,几合阴阳之和,尽东南之美。”③郁金堂是莫愁湖亭之名,二者皆得自南朝莫愁女的传说,有学者认为潘之恒文中所指是冯梦祯在西湖的别墅,其实不然;南京莫愁

---

① 《北宫词纪》卷一,第466页。

② 《北宫词纪》。

③ 《鸾啸小品》卷之二《叙曲》,亦载《亘史》杂篇卷之四“文部”。

湖也有郁金堂,清乾隆年间曾重修,现在仍是莫愁胜景之一。莫愁湖亭景色绝佳,也是演剧的场所之一,潘之恒以资深观众的眼光认定它是最佳场所,吴敬梓虚构的杜慎卿评剧大会即在此举行。就演剧而言,在南京只有佳色亭能够勉强与之比并。有些外地著名演员曾在佳色亭献艺。潘之恒在此曾观看过《牡丹亭》的精彩演出:"汤临川所撰《牡丹亭还魂记》初行,丹阳人吴太乙携一生来留都,名曰亦史,年方十三。邀至曲中。同允兆、晋叔诸人坐佳色亭观演此剧。惟亦史甚得柳梦梅恃才恃婿、沾沾得意、不肯屈服景状。后之生色极力模拟,皆不能及。"①

献花崖的祖堂寺是迎神演出的场所。晚明不少僧人附庸风雅,犹喜观剧,上文提及的雪浪和尚即是其一。有些寺庙甚至常有戏班寓居在内,张岱就曾经在献花崖观剧,阮大铖也曾寓居祖堂寺,创作传奇,教习家班。《儒林外史》曾描写南京的守陵太监在神庙观演剧作乐的情形:"(杜慎卿)曲曲折折走到里面。听得里面一派鼓乐之声,就在前面一个斗姆阁。那阁门大开,里面三间敞厅:中间坐着一个看陵的太监,穿着蟒袍;左边一路板凳上坐着十几个唱生、旦的戏子;右边一路板凳上坐着七八个少年的小道士,正在那里吹唱取乐。②

"坛坫"作为演剧场所,比"庭除"开阔,相比露天舞台又有一定隐蔽性。一般家班演出多在此类场所进行,比较适合三五知音静坐欣赏,很对文人士大夫的心性。

3. 广莫之野

广莫之野,即指露天剧场,南京最繁华的露天剧场莫过于秦淮河上。秦淮是留都南京的胜景,而灯船则是秦淮的最盛。朱元璋定都南京后,每逢元宵节都组织秦淮放灯盛会,后来还把原先的正月十三日上

---

① 《鸾啸小品》卷三《赠吴亦史》诗附注。

② 《儒林外史》第三十回,第312页。

灯，提前到初八上灯，使灯节时间延长为十夜之久，成为我国历史上为时最长的灯节。明代刘侗《帝京景物略》："上元十夜灯，则始我朝。大祖初建南部，广为彩楼，招徕天下富商，放灯十日。"①到了晚明，不但元宵节，连端午也用灯船点缀。灯船外饰彩灯，映照河水，光彩夺目，内置鼓吹细乐，成了秦淮河上一道独有的风景，也创造了一种独特的戏曲舞台。对此，张岱有过形象的描述：

> 年年端午，京城士女填溢，竞看灯船。好事者集小篷船百什艇，篷上挂羊角灯如联珠，船首尾相衔，有连至十余艇者。船如烛龙火蜃，屈曲连蜷，蟠委旋折，水火激射。舟中䥽钹星铙，宴歌弦管，腾腾如沸。士女凭栏轰笑，声光凌乱，耳目不能自主。午夜，曲倦灯残，星星自散。锺伯敬有《秦淮河灯船赋》，备极形致。
>
> （《陶庵梦忆》卷四"秦淮河房"）

秦淮端午如同西湖的七月半，成了群众性的游乐节日，而灯船则是游乐活动的主角，既可赏景，也可观剧，两全其美。张岱所提到的钟惺（伯敬是其字）曾在南都为官，寓居南京多年。他的《秦淮灯船赋》对此形容尽致："小舫可四五十只，周以雕槛，覆以翠幕。每舫载二十许人。人习鼓吹，皆少年场中人也。悬羊角灯于两傍，灯略如舫中人数，流苏缀之。用绳联舟，令其衔尾，有若一舫。火举伎作，如烛龙焉。"②

汪懋麟在《秦淮灯船歌》中更是详尽描写了灯船中演出的情景：

> 秦淮五月水气薄，榴花乍红柳花落。新荷半舒菡萏高。对面人家卷帘幕。晚来列炬何喧阗，鼓吹中流一时作。火龙一道灯船

① 《说郛》第九辑，上海古籍出版社1988年版。

② 《隐秀轩集》，《四库禁毁辑刊》集部48册，第90页。

来，众响啁嘈判清浊。一人揭鼓扬双锤，官声坎坎两虎搏。一人按拍秉乐句，裂帛时闻坠秋箨。一人小击云锣清，仿佛湘娥曳珠络。横笛短策兼玉笙，芦管呜呜似南龠。两旁列坐八九人，急羽繁商不相若。或涩如调素女弦，或溜如啭早春雀。或缓如咽松下泉，或激如挑战场槊。①

杜浚的《秦淮灯船鼓吹歌》描写也很生动。其实，不但是在五月端午，平常的时节灯船的游乐活动也很频繁。姚澣《秦淮即事》云："柳岸花溪澹泞天，恣携红袖放灯船。梨园弟子觇人意，队队停歌《燕子笺》。"②吴敬梓的小说《儒林外史》曾以生动的笔触进行描述："那秦淮，到了有月色的时候，越是夜色已深，更有那细吹细唱的船来，凄清委婉，动人心魄。两边河房里住家的女郎，穿了轻纱衣服，头上簪了茉莉花，一齐卷起湘帘，凭栏静听。所以灯船鼓声一响，两边帘卷窗开，河房里焚的龙涎、沈、速，香雾一齐喷出来，和河里的月色烟光合成，望着如阆苑仙人，瑶宫仙女。还有那十六楼官妓，新妆袨服，招接四方游客。真乃朝朝寒食，夜夜元宵！"③这种水上流动剧场称得上是晚明城市露天剧场中最为独特的一种。此外，陆地也有不少临时戏台。《昆剧发展史》提到当时人的绘画中有反映："从明人画《南中繁会图》(中国历史博物馆藏)和常熟翁氏旧藏《南都繁会景物图卷》(中国历史博物馆藏)中，我们可以看到明代城市中戏台情况。这两幅画都是描绘明代南京繁盛景象，其中都画有戏台。《南部繁会图》所绘戏台是搭在广场平地之上，木板搭成，平顶布棚。《南部繁会景物图卷》所绘戏台是搭在街边较空的平地之上，前台是卷角席棚，后台是平顶席棚。两座戏台都是三面敞开，观众站在戏台三面观看。戏台旁都搭了女台，专供妇女观戏。这两

① 《本事诗》卷十一，第 653 页。
② 《本事诗》卷六，第 594 页。
③ 《儒林外史》第二十四回，第 244 页。

幅画中所绘戏台，都比较讲究，估计城市中这类戏台，一般要比这两座戏台简易些，台边不一定有女台。"[①]这种戏台大概就是潘之恒所说的"坛坫"。侯方域在《马伶传》中提到竞技所在的东肆和西肆，不知是否这种简易戏台。万历年间，无锡邹望曾率领其家班在雨花台献艺，陈所闻也曾和社友在此度曲，这种场所大概是临时性的，较为简便，连戏台也不用搭建，稍稍布置即可。不过以这种广袤之野为舞台，在没有音响设备的时代，光靠乐器伴奏，其嗓音想必非比寻常。其实当时的南京也有很正式的戏台，比如蒋王庙戏台。《中国戏曲志・江苏卷》："位于南京紫金山主峰北麓脚下蒋王庙外，坐北朝南，与庙门相对，为庙宇建筑的组成部分，当地群众称为'万年台'。庙建年不详，从戏台以城砖糯米汁砌筑推定当为明代建筑。"这一座建筑经历了数百年风雨，依然屹立，说明其建筑的牢固。

从南京演剧的形式和场所可以看出，南京演剧有自己的特点。首先，无论是社集演剧或宴会演剧还是曲会，规模都非常大，参加的人数众多，动辄达到上千、数十百人，这在其他地方是较为少见的。南京演剧参与的广泛性，观众的投入程度也是罕见的，反映出当时的南京演剧确实极为繁盛。

三　声腔的繁多

有明一带，随着南戏的发展，声腔日渐繁荣，先是出现了南曲和北曲抗衡的局面；到了明中叶，北曲日衰，而南曲大盛，万历年间，逐渐形成了昆腔一统天下的格局。南京作为南北都会之所在，是各路戏曲班社云集之处，声腔之众，居全国前列。

1. 各腔竞胜

正德年间，南京除了北曲流行外，就有多种南曲声腔传入。陈大声

---

① 《昆剧发展史》，第235页。

曾经作过《嘲川戏》、《嘲南戏》与《川戏》等套曲，根据辞意，套曲中所言的“川戏”、“南戏”应该就是在南京长期演出的戏班。而他们所操声腔应该属于南曲系统无疑，但在当时和北曲相比，大概还上不了台面，所以为陈大声所讥嘲。另外从陈大声和徐霖、史痴等南京本地作家的创作情况看，他们不但有北曲散套创作，也作有很多南曲；徐霖还写作了若干部戏文，显然也是配合南曲声腔演唱的。

到了晚明，南京的声腔日繁，其演变趋势从南京本地学者顾起元的记载中可见一斑：

> 南都万历以前，公侯与缙绅及富家，凡有宴会，小集多用散乐，或三四人、或多人唱大套北曲，乐器用筝、蓁、琵琶、三弦子、拍板。若大席，则用教坊打院本，乃北曲大四套者，中间错以撮垫圈，舞观音，或百丈旗，或跳对子。后乃变而尽用南唱歌者，只用一小拍板，或以扇子代之，间有用鼓板者。今则吴人益以洞箫及吴琴，声调屡变，益为凄婉，听者殆欲堕泪矣。大会则用南戏，其始止二腔，一为弋阳，一为海盐。弋阳则错用乡语，四方士客喜阅之。海盐多官语，两京人用之。后则又有四平乃稍变弋阳而令人可通者。今又有昆山，较海盐又为清柔而婉折，一字之长，延至数息，士大夫禀心房之精，靡然从好，见海盐等腔，已白日欲睡，至院本北曲，不啻吹篪击缶，甚且厌而唾之矣。①

这段话经常被学者引用，作为明代戏曲声腔流变的重要材料。但是对于顾起元的话应该分析对待。首先一点，顾起元讨论的是南都宴会上声腔的变化，不一定能代表当时戏曲演出的全部。在嘉靖之前，虽然正式场合（即大席）一直以演出北曲杂剧为主，但南曲其实已经入驻金陵，并逐渐扩大影响。这从嘉靖初年任职南京的何孟春

---

① 卷九“戏剧”，第1430页。

描述中可以得到印证："北曲音调，大都舒雅宏壮，能令人手舞足蹈，一唱三叹；若南音则凄婉妩媚，令人不欢。直顾长康所谓老婢声耳，故今奏之朝廷郊庙者纯用北曲，不用南曲。"①其次，顾起元只是大略言之，时间结点比较模糊。他所谓"（万历）后乃变而尽用南唱歌者"的说法就有问题。虽然在嘉靖中期的时候，北曲就已经抵挡不住南曲的声势了，但万历之后北曲在南京并未完全销声匿迹，北曲自嘉靖至万历后期始终是与南曲共存于南京剧坛的。这是因为一个剧坛的声腔演变有其自己的规律，种种因素决定它只能是渐变的过程，即使有外来因素的干预，也不大可能会发生突变，因此多种声腔共存是晚明南京剧坛的现实。

何良俊的《四友斋丛说》说得更为明确："近世北曲虽郑卫之音，然犹古者总章，北里之韵。梨园、教坊之调，是可证也。近日多尚海盐南曲，士夫禀心房之精：操婉娈之习者，风靡如一，甚者北土亦移而耽之，更数世后，北曲亦失传矣。"②

何良俊长期寓居南都，他目睹北曲衰败的现实，作为一个热爱者，为此而深感担心。到了万历年间，北曲确实已经成了空谷足音。

2. 北曲在南京的传承

北曲在南都的传承与教坊及旧院的关系比较密切。潘之恒《乐技》一文曾经提及："武宗、世宗末年，犹尚北调。杂剧、院本，教坊司所长。"③教坊擅长北曲是有历史传统的。

教坊之制，始自唐开元年间，宋、元因之。明太祖朱元璋定都南京，仍前朝旧制："又置教坊司，掌宴会大乐。设大使、副使……及进膳、迎膳等曲，皆用乐府、小令、杂剧为娱戏。"④此处乐府、小令当也指北曲而言。永乐十九年移都北京后，南教坊虽然保留，但地位和作

---

① 《余冬叙录摘抄内外篇》，转引自胡侍《真珠船》卷三"北曲"条。

② 《四友斋丛说》卷三十七"词曲"条，第548页。

③ 《鸾啸小品》卷之二。

④ 《明史·乐志》八六三·志第三十一"礼九"。

用远不如昔，人才更是日渐匮乏。南教坊的复兴是自明武宗末年。《板桥杂记》称："教坊梨园，单传法部，乃威武南巡所遗也。"①威武南巡是指正德十四年(1519)冬，明武宗朱厚照曾经南巡至旧京，宫廷乐人臧贤等随驾南行，南京教坊乐人和旧院歌妓也有很多被征召供奉。据《亘史・王眉山传》："王氏眉山，宝奴号也。当武宗南征，驻跸金陵。选教坊司乐妓十人备供奉，宝奴为首。"②正德在南京待了八个月，南教坊艺人与宫廷乐工朝夕相处，自然会有很多交流机会。顾璘《武皇南游旧京歌》其八："白发梨园老乐师，锦胸花帽对弹丝。行宫只奏中和调，解厌南朝玉树词。"③形象地描绘了南、北教坊乐人之间相互学习、交流的情况。南教坊乐人从中受益匪浅，他们重温了宫廷大乐的曲调。至第二年八月，正德銮驾北回，王眉山等大部分乐人复还旧籍，有的则随驾而行在宫廷供奉，进一步接受了北曲的熏陶。顿仁就是其中一位。据顾起元《客座赘语》："教坊顿仁曾于正德中随驾至北京，工于音律，于《中原音韵》、《琼林雅韵》终年不去手，于开口、闭口与四声阴阳字皆不误，常云：南曲中如'雨歇梅花'，《吕蒙正》内'红妆艳质'，《王祥》内'夏日炎炎'，《杀狗》内'千红百翠'，此等谓之慢词，教坊不隶。琵琶筝色，乃歌章色所肄习者。南京教坊歌章色久无人，此曲都不传矣。"④

正德回京病死，顿仁失去依靠，后回到南教坊，成为教坊中兼善南、北曲的高手。也担当起了传承北曲的重任，酷好北曲的何良俊在南京任职期间，曾邀请顿仁教授家伶。他们还在一起探论王实甫《歌舞丽春堂》。⑤ 他的后代因为家族传统，对北曲情有独钟。通过代代相传，顿仁的绝技大都保留下来，直到明亡前夕，顿家的琵琶仍为秦

---

① 《板桥杂记》卷上"雅游"，第 11 页。

② 《四库全书存目丛书》子部 194 册，第 519 页。

③ 《列朝诗集》丙集第十四，第 122 页。

④ 卷五"歌章色"，第 1300 页。

⑤ 《四友斋丛说》卷十五"史十一"，第 385 页。

淮一绝。余怀《板桥杂记》:"至顿老琵琶、妥娘词曲,则只应天上,难得人间矣!"①琵琶是北曲演唱的主要伴奏乐器,在南教坊,当时以琵琶擅长的尚有杨彬等人。何良俊《四友斋丛说》:"东桥张宴,必用教坊乐工,以筝、琶佐觞。最喜小乐工杨彬,常诧客曰:符南冷诗所谓消得杨郎一曲歌者也。"②杨彬清唱则以筝、琶伴奏,显然属北曲无疑。李节和杨彬一样,也是嘉靖年间擅长弹奏北曲乐器的教坊艺人。李节曾多次被何良俊邀至家中演奏。黄姬水称赞他的筝歌为:"弦上歌珠字字清,乍欢还怨不胜情。当筵醉杀新丰客,十四楼中第一声。"③

嘉靖后期南音大盛,北曲在南方影响已经越来越小。在很多地方几乎已成广陵散绝,但是在南京的旧院中尚有不少歌姬工于此道。其中旧院杨家的琵琶,与顿家齐名。教坊和旧院血脉相连,不知杨彬与杨氏是否为一脉。何良俊的友人王寅曾亲见徽州琵琶名家查八十与杨氏论艺的经过:"亮卿设酒于妓院杨家,杨亦世代以琵琶名。酒半,查取琵琶弹之。有一妓女占板,甫一二段,其家有瞎妈妈最知音,连使人来言:'此官人琵琶与寻常不同,汝占板俱不是。'半曲后,使女子扶凭而出,问查来历。查云是钟秀之徒弟。此妈妈旧与秀之相处,与查相持而泣,流连不忍别。"④查八十以琵琶演奏而独步大江南北,但在北曲寥落的年代,已经难觅知音,休宁人叶时中赠其诗云:"新声不及郁轮袍,空拨皮弦挂锦绦。独向月明弹一曲,白头双泪落秋涛。"⑤他的绝技在旧院杨

① 《板桥杂记》卷上"雅游",第11页。

② 此条后被周晖《二续金陵琐事》卷下和《秦淮广记》卷一之一记引用。

③ 《赠歌者李节》,钱谦益《列朝诗集》丁集七,第320页。

④ 《四库全书存目丛书》集部103册,第82页。另据汪道昆《查八十传》:"嘉靖中,江以南竞南音,废声伎。鼐且老,复过金陵,尝入平康里,为清弹,诸美人无知者。安氏媪年七十,瞽矣,闻之大惊,曰:'此先朝供奉曲也,国工张六老能之。客何为者?'既而知为鼐也,起为按节,相视为知音。"鼐即是查八十,所述情节与何良俊记载颇多相似,《客座赘语》卷五"查八十琵琶"条也记为"杨氏",汪道昆有可能将"杨氏"姓讹为"安氏"。

⑤ 徐釚《本事诗》卷四《听查八十弹琵琶歌》题下注,《四库禁毁书丛刊》集部94册,第568页。

家的瞎妈妈那儿得到了认同。

旧院名妓马湘兰对北曲的传承,也有很大的贡献。《万历野获编·北曲传授》条云:

> 自吴人重南曲,皆祖昆山魏良辅,而北曲几废,今惟金陵尚存此调。然北派亦不同,有金陵,有汴梁,有云中;而吴中以北曲擅场者,仅见张野塘一人——故寿州产也——亦与金陵小有异同处。顷甲辰(万历三十二年,1604)年,马四娘以生平不识金阊为恨,因挈其家女郎十五六人来吴中唱《北西厢》全本。其中有巧孙者,故马氏粗婢,貌甚丑而声遏云,于北词关捩窍妙处,备得真传,为一时独步。他姬曾不得其十一也。四娘还曲中即病亡,诸妓星散,巧孙亦去为市妪,不理歌谱矣。今南教坊有傅寿者字灵修,工北曲,其亲生父家传,誓不教一人。寿亦豪爽,谈笑倾坐,若寿复嫁以去,北曲真同广陵散矣。①

马四娘就是马湘兰。书中提及金陵北曲与汴梁、云间曲派鼎足而三。汴梁是元代杂剧传播的中心,云间即何良俊的故乡松江。何良俊家乐在顿仁的悉心指导下,技艺日精,何后来回到故乡,云间的北曲流传毫无疑问有顿仁、何良俊的很大贡献。而金陵曲派的形成,马湘兰、傅寿、朱子青等旧院诸姬则是主要功臣。

马湘兰是旧院歌姬中唯一畜有家班的,且规模不小,因其才华横溢,名满南都,追逐、造访者颇多。以她的多才多艺和在南都的人缘,她在文士中的影响必定很大,可以断定她的家班在北曲传承中起到了不可估量的作用。而她晚年带家班去苏、杭二地演出北《西厢记》,意义更是不同凡响。苏州为昆腔渊薮,杭州是昆腔扩张的桥头堡,北曲在这两地的上演,堪称是空谷足音。而接待她的王穉登、冯梦桢更是江南风流

---

① 中华书局1959年版,第691页。

领袖，得到他们的首肯和倡导，对金陵曲派扩大了影响有一定作用。

比马湘兰稍晚的傅卯、傅寿兄妹也以擅长北曲而驰名，他们的北曲出自家传。潘之恒《亘史·傅灵修传》：

> 旧泠傅瑜，少有殊色。为名优。二十以前旦，三十生，四十外。尤以北曲杂剧擅长。班中推为教师。娶于陈，生子女各一。子曰卯，女曰寿。皆美艳异常。年仅十二三，灼灼如双芙蓉。未知名也。……于时北音寥寥垂绝。瑜口传音调，合之弦索，琤琤琅琅，有锵金戛玉之韵。二人登场，一坐尽狂，若交甫逢汉上姝，不知其捐佩而忽失也。第趋狭邪者竞新曲，以昆山魏良辅调相高。寿习为曼声遏云，吴人咸挢舌不下。卯则超距行伍中，振衣舒啸，举国无能和者。虽李延年兄妹不过是矣。……辛亥夏，余再来长干，而灵修有云间之驾，必有为所怜者。余独惜北音绝矣，虽延年将奈何哉？①

傅寿离开了南都，去了云间——另一个北曲尚存之地。但北曲在南京并没有绝迹，她将自己的技艺传授给了弟子朱子青。

可以肯定，在北曲日渐衰微的晚明，南京剧坛仍旧保留有一席之地，直到万历三十七年，袁中道游秦淮，还曾听唱北曲。（见《游居柿录》卷三）这其中有教坊和青楼演员的很大贡献。

3. 昆腔在南京的兴盛

昆山腔何时传入南京，有不同的说法。嘉靖三十几年，何良俊请教坊乐人李节弹唱筝歌宴客，《西游记》的作者吴承恩也参与盛会，并作有《金陵何太史宅听小伶弹筝次韵》三首。其三曰："玉柱银筝艳复清，吴儿歌曲更生情。从今载酒来应数，醉听雏莺和友声。"②杨惠玲《论晚明

① 《亘史》外纪卷之二十"艳部金陵"，亦载《鸾啸小品》卷之八。傅瑜曾是南京郝可成小班的演员，他习北曲当是在小班之时，后年老将技艺传授子女。

② 《吴承恩诗文集校笺》，上海古籍出版社 1991 年版，第 82 页。

家班兴盛的原因》一文认为诗中“吴儿歌曲”指的就是水磨调：“此处的‘何太史’指的是嘉、隆间的著名文人何良俊，据该书卷三《广寿》，吴承恩曾于嘉靖三十三年(1554)游历金陵，而何良俊恰恰是于嘉靖三十二年(1553)冬赴南京担任翰林院孔目一职的。可见，嘉靖后期，水磨调已经走出了吴中地区，但不一定已经用于剧唱。”①这一判断不够准确。何良俊本人是北曲的忠实拥护者，这从他的《四友斋丛书》有关内容可以看出，书中有不少条目是他对北杂剧的评论，他的家班演员学习的是北曲。他的社友则大都是北曲的忠实拥趸。据其友人张羽(字雄飞)《古本西厢记序》：

又余所雅游者谢胡袁君、丹厓杨君、射陂朱君(朱曰藩)、射阳吴君(吴承恩)、大梅史君、茗山许君、石城许君(许穀)、三桥文君(文嘉)、雉山邢君、青门沈君、十洲方君、质山黄君(黄姬水)、柘湖何君(何良俊)、大壑何君(何良傅)、云山唐君、小川顾君、小山陆君，一时交往皆好古知音之士，乃相与上下其议论，既知所取舍。又尝北至燕都，南游白下，历四方佳丽之地。颇有善歌者，余低回听之不能去，得其遗响，声律之事不无所考焉。世异习殊，古音渐废，而力弗能振，每叹恨之。②

张羽所提到的这些“好古知音者”，大部分是这个社集圈子里的人，他们和何良俊一样以振作古音(即北曲)自任，朱曰藩和夫人也擅长琵琶这一北曲演奏乐器。来自苏州的文士黄姬水就对北曲很感兴趣，曾对弹奏北曲的著名琵琶艺人查八十给予了高度评价③，这说明这个文人圈子里，显然以北曲为正音。至于无承恩诗中提到的吴儿，其实不过

① 《南京师范大学学报》(社科版)2005年第1期。

② 转录自《中国古代戏曲序跋集》，中国戏剧出版社1990年8月，第59—60页。

③ 《听查八十弹琵琶歌》，《列朝诗集》丁集七，第318页。

是一种“代称”，正如很多明代文士喜欢用吴儿代指戏曲艺人一样，不一定指的就是来自吴地的演员，吴承恩此诗是为南教坊的李节所作，李节显然不是真正的“吴儿”，而他所演唱的筝歌可以确定是北曲，决不会是“水磨调”。

另外根据徐渭的《南词叙录》（大约创作于嘉靖三十八年前，1559），也可以得出这一结论：“今唱家称弋阳腔，则出于江西，两京、湖南、闽、广用之。称余姚腔者，出于会稽，常、润、池、太、扬、徐用之。称海盐腔者，嘉、湖、温、台用之。惟昆山腔止行于吴中，流丽而悠远，出乎三腔之上，听之最足荡人。”①徐渭明确指出，昆山腔当时“止行于吴中”，而两京（包括南京）和江西等地一样，崇尚的是弋阳腔。

昆腔究竟何时传于南京无法确切考证，但有一点可以肯定，它的传入不会早于嘉靖四十年，很有可能是在嘉、隆之交，是随着苏州戏曲家梁辰鱼和顾大典、张献翼等人在南京的频繁活动，一些著名串客在南京旧院的走动，以及两地艺人的密切交往而逐渐盛行。

万历年间的南京剧坛，则已经是吴音大盛。潘之恒：“戊午中秋登虎丘，见月而思秦淮也。……匝青溪夹岸，竞传吴音。”②此处吴音无疑是指昆腔。戊午是万历四十六年（1618），以昆山腔为代表的南曲已经在南京占领了绝对的统治地位，南京距离苏州较近，两地声息相通，特别是艺人之间交往密切，使得南京成为较早流行昆腔的城市之一。

昆腔在南京的兴盛反映在昆曲演员数量和演出水平两个方面，这从潘之恒的一些记载中可以得到印证。

首先，南京聚集了大批昆曲演员。“逢丽姬，金、王两生从千人中独见，而月不能为之夺。时善音者皆集金陵。子夜闻之，靡靡耳。”在《鸾啸小品·神合》篇中，潘之恒提到了二十位寓居秦淮的“吴侬”演员。吴侬是吴地乡音，这些操吴侬的演员当来自苏州一带。在《叙曲》一文中，

---

① 《南词叙录注释》，中国戏剧出版社1989年版。

② 《亘史》杂篇卷之四《又思》。

他列举了聚集在南京的江南各地优秀昆曲演员："吾尝观妓乐矣。靖江之陈二，生也；湖口之蒋，善击鼓，外也；而沈，旦也；皆女班之师也。锡山、海虞之妖而冶也，其曼声绕梁者鲜矣。而陈其最也，于曲品则班之下者也。彼娈童，如金陵、金昌、娄江、越来、嘉禾、武林、慈溪，犹之乎中原之鄙而夷也。"[①]将金陵（即南京别称）的娈童放在金昌（即苏州）、娄江、越来（吴县）、武林（杭州）等地之前，显然是就其影响而言，看来，彼时南京的昆曲演员在数量上已经超过了上述各地，位居首位。

其次，在演唱水平上，南京也处于领先地步，尤其在青楼，涌现了许多优秀的昆曲演员。走遍大江南北，观看过无数演出的潘之恒在面对中秋虎丘千人石的戏曲盛会时，却独独怀念起南京的绝调："其为剧，如《琵琶》、《明珠》，更为奇绝。余悔其闻之晚，而娱耳浅也！应为废吴思，而胡以又之？令当吴，游片石，尽肯可中易仄。剑池一勺，若海印发光矣！"[②]千人石上的众多高手，在潘之恒看来，竟然都比不上南京的青楼歌姬张之凤。

吴新雷教授在经过大量考证后指出："万历以后，昆曲流行的地域逐渐广阔，在全国形成了以苏州、南京、杭州和北京为据点的四大中心。南京是仅次于苏州的昆曲根据地，因它作为明代南都特殊的政治地位，其昆曲演唱之盛，在某些方面甚至超过了苏州。"[③]这不是偏见，事实确实如此。

四　演出剧目

明代初期，统治者为了巩固统治，对于戏曲演出的内容有严格规定。明太祖朱元璋曾以有关风化的剧本《琵琶记》作为导向："时有以

① 《亘史》杂篇卷之四"文部"。亦载《鸾啸小品》卷之二。

② 《又思》,《亘史》杂篇卷之四。

③ 《南京剧坛演出史略》,《艺术百家》1996 年 3 期，第 74 页。

《琵琶记》进呈者。高皇笑曰：'五经、四书，布帛、菽粟也，家家皆有；高明《琵琶记》，如山珍海错，贵富家不可无。'"[①]朱棣夺得皇位后，他颁布了严厉的诏令来规范戏曲演出的内容：永乐九年七月一日，该刑科署都给事中曹润等奏乞敕下法司：今后人民娼优妆扮杂剧，除依律神仙道扮、义夫节妇、孝子顺孙、劝人为善、欢乐太平者不禁外，但有亵渎帝王、圣贤之词曲、驾头杂剧，非律所该载者，敢有收藏并传诵、印卖，一时拿送法司究治。奉圣旨，限他五日都要干净将赴官烧了。敢有收藏的，全家杀了。[②]

作为明初统治的中心地带，南京的戏曲演出受到了很多限制，演出剧目非常单调，基本上是一些宣传伦理教化的剧目。

到了晚明，随着南京戏曲演出的繁荣、政治环境的宽松，演出的剧目非常丰富，据嘉靖年间寓居南京的何良俊记载，他的家班曾经习过五十多套杂剧；另有散套四、五段，潘之恒则提到万历年间的旧院歌姬蒋六工传奇二十余部，达一百多出。虽然我们无从一一考证当时演出的所有剧目，但还是可以通过相关记载了解到晚明南京演出剧目的丰富多样。现将可考的部分剧目列入下表：

剧　目	体制	演 出 单 位	演出年代
《北西厢记》	杂剧	何良俊家班；马湘兰家班；吴用先家班；顾媚、董白	嘉靖、万历、天启、崇祯
《汉宫秋》	同上	何良俊家班	嘉靖
《白练裙》	同上	不详	万历二十五年前后
《凌云记》	同上	旧院傅寿等	万历末
《教子寻亲》	同上	旧院顾媚、杨元、杨能等	崇祯
《白兔记》	南戏	旧院王岑等	同上
《荆钗记》	同上	旧院尹春等	同上

① 徐文长《南词叙录》。

② 顾起元《客座赘语》卷十"国初榜文"，第1462页。

（续表）

剧　目	体制	演 出 单 位	演出年代
《琵琶记》	同上	何良俊家班；旧院杨超超；张玄珠；李香等	嘉靖、万历、崇祯
《明珠记》	同上	旧院杨超超、张玄珠等	万历
《浣纱记》	传奇	旧院杨超超等	同上
《鸣凤记》	同上	华林部、兴化部等职业戏班	崇祯
《窃符记》	同上	旧院杨超超等	万历
“临川四梦”（《牡丹亭》）	同上	朱承彩家班；吴用先家班；李香	万历末、天启、崇祯
《连环记》	同上	旧院朱子清、顾筠卿等	万历后期
《相如记》	同上	同上	同上
《西楼记》	同上	某昆山班；兴化大班	崇祯
“粲花五种”	同上	吴用先家班	天启
“石巢四种”	同上	阮大铖家班（崇祯）；南明宫廷	崇祯、南明

上表所列只是冰山一角，远不能代表晚明南京戏曲演出剧目的全部，但可以部分的提供一些信息。

从体制上看晚明南京戏曲演出剧目既有北杂剧和戏文，也有当时人创作的传奇和杂剧等，如汤显祖的“临川四梦”，阮大铖的“石巢四种”，吴炳的“粲花五种”，袁于令的《西楼记》和张凤翼、韩上桂、郑之文等人的作品。当代人所作传奇占可考剧目的一半以上，演出时间距离问世时间不久，由此可见优秀作品搬上舞台比较及时。这些剧目中以《西厢记》、《琵琶记》、《牡丹亭》三部作品演出最为频繁，持续年代最长，各类演员参与最广，这也反映了当时剧坛的现实。

从内容上看，以爱情、婚姻剧为主。具体而言，青楼演员演出剧目较多，以爱情、婚姻剧为主，其中颇多一些反映妓女和文士恋爱的剧目，也有一些苦情戏。这种选择与她们的遭遇是有一定关系的。青楼演员被迫沉沦欢场本非自愿，她们因为出身卑贱，往往被当作玩物受尽凌辱，对于她们来说择一知己而侍，是脱离苦海的唯一希望。因此，表现男女自由相爱的传奇能引起她们强烈的共鸣。很多人在表演时倾注了自己全部的激情，极为投入，这一点是家班和职业演员所难以达到的。家班基本上根据主人的好恶学习剧目，其中如阮大铖等自己创作的作品，则是其家班最拿手的剧目。职业戏班应该是三类演员中戏路最宽，搬演剧目最丰富的一类，但因材料有限，无法确切考证。但从有限的几条记载可以看出，四个戏班各有两家演出了《西楼记》和《鸣凤记》，而这两部作品则是属于时事剧性质，迅速反映能当时发生的重要事件，紧跟现实，新闻性较强，职业戏班选择这类剧目说明他们在接受新剧目，顺应观众需求方面是走在前面的。

晚明南京以其特殊的地位成为戏曲演出、创作和刊刻的中心，尤其是在戏曲演剧方面作出了重要贡献，这是我们在考察明代戏曲发展时所不应忽视的。

绍兴十八年福州词人最乐堂雅集考

姚惠兰

绍兴十八年，距离那场著名的“戊午和战之争”十年，绍兴和议已缔结七年之久，南宋政府也进入相对平稳的时期。但这一年在南渡词坛上却有着重要的意义。

此年闰八月中秋，闲居江西清江的向子諲连作《水调歌头·大观庚寅闰八月秋，芗林老、顾子美、江彦章、蒲庭鉴，时在诸公幕府间。从游者，洪驹父、徐师川、苏伯固父子、李商老兄弟。是夕登临，赋咏乐甚。俯仰三十九年，所存者，余与彦章耳。绍兴戊辰再闰，感时抚事，为之太息。因取旧诗中师川一二语，作是词》、《鹧鸪天·绍兴戊辰岁闰中秋》、《长相思·绍兴戊辰闰中秋》三词，感时抚昔，并将其寄给隐居福建连江的李弥逊。

同一天，在福州，词人张元干、富直柔、李弥逊等宴集在西外宗正赵士㒟的最乐堂上，向子諲所寄词引发了他们一连串反复的唱和。此次雅集，不仅是在福州活动的词人之间的重要聚会，更成为南渡初期两个词学中心江西、福建之间交流竞唱的重要契机，意义不可小觑。

然前人以往多视他们的唱和为南渡时一次普通的词人唱和而已，甚少关注这次雅集。对于这次雅集的具体情形如召集设宴的主人，参与聚会的具体成员，以及和向子諲反复唱和的具体经过、重要意义，或不作论及，或语焉不详。今不揣谫陋，对其作一考证和阐析，以祈教方家。

一　赵端礼即赵士樽考

首先，需考证的是举行这次雅集的主人。据向子諲《水调歌头·廛隐寄示与洛滨老人及筠翁过最乐堂醉中秋月，用鄙韵，有妙唱。复赋一首，庶异时不为堂上生客耳》，从序言可知，此次雅集乃绍兴十八年闰中秋在最乐堂举行。最乐堂的主人是谁？王兆鹏先生在《两宋词人丛考·张元干年谱》中指出，疑即赵端礼。赵端礼为何人？王兆鹏先生只指出他是“宋宗室，时在福州，为节度使”，认为“此其人之可考见者”。

据《李纲全集》卷三十有《知宗端礼出示曾信斯展钵之作次韵》、《端礼知宗宠示水石六轴戏作此诗归之》，其诗编年为“自癸丑岁归抵三山以后作”，癸丑岁即绍兴三年。是知李纲与赵端礼绍兴三年间在福州交往酬唱。其词《水调歌头·上巳日出郊，呈知宗安抚、张参、观文汪相二首》亦可证之，序中知宗安抚即指赵端礼，观文汪相即前宰相汪伯彦，张参即前参政张守，故词中有“旧弼宗英，文章贤牧”之说。《淳熙三山志》卷二十二记载绍兴二年至五年，张守知福州。由此可断定，绍兴三年左右赵端礼在福州担任西外宗正。

又据李弥逊《感皇恩·端礼节使生日》、张元干《水调歌头·为赵端礼作》等作品，可知李弥逊、张元干与赵端礼交往酬唱密切。且李弥逊《筠溪集》卷二十二《太平道院新造三乘小像记》载：“岳阳节度使、西外宗正赵公端礼于太平道院新造三乘小像……公初以绍兴己巳（按：绍兴十九年）三月，得无量寿旧像于太平主僧了心，极爱重之，涂以金碧，粲然一新。”由此可证，绍兴十九年前后，李弥逊还与赵端礼保持着交往，且赵端礼依然担任西外宗正，并已领衔岳阳节度使一职，那么绍兴年间两任西外宗正，担任岳阳节度使的赵端礼会是谁？

据《淳熙三山志》卷二十五《秩官类六·西外宗正司官》载：“士樽，右监门卫大将军英州团练使”绍兴三年至七年、“士樽，光山军承宣使”绍兴十五年至二十一年，两任西外宗正。又《建炎以来系年要录》卷一百五十八:“绍兴十有八年秋七月癸酉,皇叔光山军承宣使、知西外宗正事士樽为岳阳军节度使。”由此可知赵端礼即赵士樽。

“士樽,郇康孝王仲御子也”(李心传《建炎以来系年要录》卷三十)。其父赵仲御,商王元份曾孙,政和中,以检校少傅、泰宁军节度使、开府仪同三司、嗣封濮王,宣和四年卒。其弟赵士嵊、赵士㒟。赵士㒟,字立之,尤为卓出,有大志好学善属文,宋史有传。与李纲、赵鼎、李光有密切交往。尝荐李纲、赵鼎为相(李心传《建炎以来系年要录》卷一百四十四)。绍兴十一年十一月,赵士樽、赵士㒟兄弟并罢官奉祠,“以言者论其每与朝士结为朋党,兄弟二人更唱迭和,非朝廷之福故也”(李心传《建炎以来系年要录》卷一百四十二)。绍兴二十三年八月赵士樽薨,赠太傅,追封韶王(李心传《建炎以来系年要录》卷一百六十五)。

赵士樽即最乐堂主人、最乐居士。除了王兆鹏先生提出佐证的张元干《水调歌头·为赵端礼作》:“最乐贤王子,今岁好中秋”之外,可证材料甚多。“最乐”之号源自《后汉书》卷四十二的一个典故。东平王刘苍极贤良,汉明帝曾问他处家何等最乐,刘苍答曰:“为善最乐”。南渡后,宋皇帝常用此来褒奖、勉励宗室,如宋胡寅《斐然集》卷十二《子劇赠威德军节度使封嘉国公》称宗室子剧“为善最乐而脱屣膏粱之风”,宋周麟之《海陵集》卷十一《除皇叔士衎特授崇庆军节度使》赞皇叔子衎“作善而心最乐,挺有祖风”。宋张纲《华阳集》卷三《士樽转正任防御使》中也有“胄出神明,闲于教训,雅知为善之乐”之美辞,张元干为赵端礼贺寿词《感皇恩·寿》有:“搢绅交誉,最乐至诚为善。信知宗姓喜,君王眷”之句,更力证最乐居士即赵士樽。

二　向子諲、张元干与最乐堂雅集

向子諲与最乐堂雅集关系密切。他虽远在江西,没有参加这次雅集,但他发起了与最乐堂雅集成员之间的唱和。其词序还保存了这次雅集与会人员的名单,这也是迄今我们能找到的关于这次雅集的唯一直接材料。

从前向子諲《水调歌头》词序来看，廛隐、洛滨老人（富直柔）、筠翁（李弥逊）都曾过最乐堂醉月吟唱。而最乐堂雅集词人的和词乃由廛隐寄示向子諲，可见此人是这次唱和的联络人，与向子諲相知相熟。此乃何人？王兆鹏先生所著《向子諲年谱》中，只云不详其人。向词序中没有提及张元干，张元干是否也参加了这次雅集呢？

张元干曾作《水调歌头·为赵端礼作》，词中"浩荡山河影，偏照岳阳楼"之句，可证此词当为绍兴十八年中秋所作，因同年七月，赵士樽始为岳阳节度使。宋时宗室担任武职只是虚衔，并非实职，时士樽仍在福州。而"夜深珠履，举杯相属尽名流"等句是对这次雅集情形的具体描绘。张元干《水调歌头·和芗林居士中秋》亦可证其参加了此次聚会。词中"滕王高阁曾醉，月涌大江流。今夜钓龙台上，还似当时逢闰，佳句记英游"等句，是对最乐堂雅集与南昌胜集的比较。钓龙台，在福州附近，相传越王在此钓得白龙（祝穆《方舆胜览》卷十）。钓龙台之会代指福州的此次雅集，滕王高阁则指三十九年前南昌那场文人胜集。诸人中惟张元干是两次雅集的共同见证者，故作此语。

笔者推测，廛隐即张元干，最乐堂雅集词人的和词即由他寄给其舅向子諲。理由有四：一、从现存史料中，我们虽未找到张元干曾号廛隐的直接记载，但在《芦川归来集》卷十《庚申自赞》中，其曰："一且谓吾仕耶？毁冠裂冕，与世阔疏；一且谓吾隐耶？垂手入鄽，与人为徒"，鄽同廛，乃自谓"廛隐"之意也。廛指古代城市平民的房地，廛隐即隐于市也。其《永遇乐·为洛滨横山作》中"醉眼冷看城市闹，烟波老，谁能惹得闲烦恼"之句，也流露出类似的思想。且元干挂冠致仕隐居多年，曾自号芦川老隐（《芦川归来集》卷九《跋山居图》）、真隐山人（《芦川归来集》卷九《跋少游帖》），"廛隐"意与之相近。二、观张元干与向子諲唱和，二者皆不冠以亲戚身份，而是互以字、号相称。三、观张元干、李弥逊文集，张元干、李弥逊、富直柔三人同来同往的情形甚多，如李弥逊《筠溪集》卷十七《仲宗访我筠溪出陪富文粹之游天宫诗见索属和次韵作》。张元干既已参加这次宴会,而向子諲题序中并未提及,又出现"廛隐"之人。检视史料,既与向子諲交好,又与李弥逊、富直柔亲密的人除了张元干,似难作第二人猜想。与李、富二人相较,由身为外甥的元干寄示唱和词给舅舅也是情理中事。四、张元干《芦川归来集》卷九《苏庠直诗帖跋尾六篇》云:"往在豫章问句法于东湖先生徐师川,是时洪刍驹父、弟炎玉父、苏坚伯固、子庠养直、潘淳子真、吕本中居仁、汪藻彦章、向子諲伯恭,为同社诗酒之乐。予既冠矣,亦获攘臂其间,大观庚寅辛卯岁也。九人者宰木久已拱矣,独予华发苍颜,羁寓西湖之上……追记旧游,悄悄不能寐,乘醉为书,且念向来社中人物之盛,予虽有愧群公,尚幸强健云。"可见,张元干对昔日参与的南昌诗社唱和,念念不忘。作为当年雅集的共同参与人,他与向子諲应该更心有戚戚焉。

三 《水调歌头》中秋词与东坡范式

从前向子諲词序可知,这次唱和乃由向子諲发起。但引人深思的是,在向寄示的 3 首词中,仅有《水调歌头》1 首得到赓和,而另外两首作品无人响应。李弥逊连和 3 首:《水调歌头・次向伯恭芗林见寄韵》、《水调歌头・再用前韵》、《水调歌头・八月十五日夜集长乐堂,月大明,常岁所无,众客皆欢。戏用伯恭韵作》,张元干连和 2 首《水调歌头・和芗林居士中秋》、《水调歌头・为赵端礼作》,富直柔的和作已散佚,没有保存下来。

这种选择,基于何种原因呢?笔者以为当缘于东坡《水调歌头》中秋词创立的范式之影响。《水调歌头》词调以北宋刘潜词为首出,但自苏轼使用后,此调才广为人用。据《全宋词》计,此调使用率达 744 次,而在苏轼之前此调仅被使用 11 次。苏轼虽仅 4 次使用该调,但有两首即咏中秋:《水调歌头》(明月几时有)、《水调歌头》(安石在东海)。《水调歌头》(安石在东海)序云:"余去岁在东武,作水调歌头以寄子由(按:指《水调歌头》'明月几时有')。今年,子由相从彭门百余日,过中秋而去,作此曲以别余。以其语过悲,乃为和之。其意以不早退为戒,以退而相从之乐为慰云尔",是知该词乃和苏辙词,苏辙原词、苏轼和词如下:

水调歌头·徐州中秋

苏 辙

离别一何久,七度过中秋。去年东武今夕,明月不胜愁。岂意彭城山下,同泛清河古汴,船上载凉州。鼓吹助清赏,鸿雁起汀洲。坐中客,翠羽帔,紫绮裘。素娥无赖,西去曾不为人留。今夜清尊对客,明夜孤帆水驿,依旧照离忧。但恐同王粲,相对永登楼。

苏轼和词

安石在东海,从事鬓惊秋。中年亲友难别,丝竹缓离愁。一旦功成名遂,准拟东还海道,扶病入西州。雅志困轩冕,遗恨寄沧洲。

岁云暮,须早计,要褐裘。故乡归去千里,佳处辄迟留。我醉歌时君和,醉倒须君扶我,惟酒可忘忧。一任刘玄德,相对卧高楼。

受苏轼影响,苏轼好友米芾亦有1首和韵之作《水调歌头·中秋》。但北宋时,苏轼以诗为词、独抒性情的词体革新并未得到时人认同,连苏门弟子都有不肯效仿者。此后,北宋无人以《水调歌头》咏中秋。南渡后,靖康之耻改变了宋词的发展道路,巨大的民族耻辱、切肤的家国之痛,使得南渡词人紧擎苏词之帜,沿着苏轼开创的路走下去。苏词成为南渡词人的学习范本。以《水调歌头》咏中秋之习,亦蔚然兴起。据《全宋词》计,自南渡至南宋末,以《水调歌头》咏中秋者共40首作品。其中南渡词人10人17首作品。

众所周知,《水调歌头》(明月几时有)乃中秋词之创、之最,胡仔《苕溪渔隐丛话》后集卷三十九云:"中秋词自东坡《水调歌头》一出,余词尽废。"但出人意料的是,这40首中秋词中,受东坡《水调歌头》(安石在东海)影响的共 28 首和韵词,而受《水调歌头》(明月几时有)影响的仅有 2 首和韵词。南渡词人 17 首作品中,仅 1 首和韵《水调歌头》(明月几时有),而有 13 首作品和韵《水调歌头》(安石在东海),其中最乐堂雅集词人与向子諲的唱和就占 7 首。

这表明,苏轼的两首《水调歌头》作品,其创作虽仅相隔一年,实则为中秋词创立了两种类型。这两种类型差异何在?南渡后大部分词人对同一类型的选择说明了什么?就东坡两首作品内容而言,都是表达他在人生坎坷,遭遇挫折后对仕与隐、进与退的思考。不同的是《水调歌头》(明月几时有)中虽有"我欲乘风归去,又恐琼楼玉宇,高处不胜寒"的犹疑和矛盾,但词人最终并没想归隐,而只是追求精神上的超脱,并藉以安慰子由:"人有悲欢离合,月有阴晴圆缺,此事古难全。但愿人长久,千里共婵娟",其词风清空高旷,我们称之为东坡范式第一种类型。而《水调歌头》(安石在东海)以谢安为求功成身退,最终却遗恨沧州之事,提醒自我早日归隐,以遂平生之乐,词人退隐的倾向很明显,词风亦沉郁悲慨,我们称之为东坡范式第二种类型。

南渡词人为何会不约而同选择东坡范式的第二种类型呢?首先,任何词人对前人词作的理解和接受,脱离不了时代环境的影响。南渡内外交困的飘摇局势,使得他们的思想很难达到苏轼旷达、超脱的境界,而奸佞当朝、党祸频仍的现实使得他们横遭压抑,被迫退隐山林,苏轼沉郁悲慨的词风更易得到他们的共鸣与效仿。这是整个南渡爱国士人的心灵缩影,也是南渡词坛的独有特色。再次,这还归因于整个南宋文化的转型。刘子健先生在《中国转向内在:两宋之际的文化内向》一书中指出,与北宋相比,南宋初期的文化发生了重要的转变,"它变得前所未有地容易怀旧和内省,态度温和,语气审慎,有时甚至是悲观。一句话,北宋的特征是外向的,而南宋却在本质上趋向于内敛"。纵观整个南渡词坛,激昂乐观之"强音"少,感伤悲愤之"哀歌"多。与南渡其他词人相比,向子諲与最乐堂雅集词人对第二种类型的选择还有着更深刻的蕴意。这次唱和发生在绍兴十八年,此前绍兴和议的签订使得南渡王朝得到了七年的喘息修整，政局暂趋稳定，高宗也俨然被视为“中兴之主”。但在文恬武嬉的太平气象之中，其实潜藏着很深的危机，因为金朝并没有放弃灭亡南宋、统一全国的野心。对此，向子諲、张元干等亲自参加过抗金战争的有志之士是非常清醒和担忧的，所以他们的唱和词表现出更深的悲慨。此外，东坡《水调歌头》(安石在东海)中体现的隐居思想，并非一般文人士子的归隐之思，乃身居高位的朝廷重臣面临人生困境后的选择。谢安的遭遇引起了苏轼的同情与共鸣，而谢、苏二人的共同命运又引发了同样曾位居重臣的向子諲等人的心灵共振。

总之，最乐堂雅集词人对《水调歌头》词调及中秋词类型的选择，不仅缘于南渡词人共同的精神纽带——东坡范式、南渡文化的内在特征，亦缘于他们自身与东坡命运相契，对东坡思想具有更深刻的认同。这次唱和是江西词人与福建词人对东坡范式的摹写与交流，也是南渡爱国志士间的心灵碰撞与共鸣，体现了南渡词慷慨悲凉的时代特色。

(原载于《词学》第二十辑)

论《邯郸记》中的净明道思想

尹 蓉

汤显祖(1550—1616),字义仍,号海若、若士。江西临川人(今抚州地区),是明代著名的戏曲作家。一生著有《紫箫记》(《紫钗记》)、《牡丹亭》、《南柯记》和《邯郸记》四部传奇,合称为《临川四梦》。其中的《邯郸记》写于1601年,是汤显祖的最后一部传奇,也是其晚年思想的一个体现。

一

净明道是宋元时期发源于江西南昌西山一带的道教流派,奉两晋时期的许逊为师祖。在发展过程中,净明道融合了儒教的伦理观念和佛教的"普度众生"的理论,主张三教合一,因此元明时期在南方地区其影响比较大。

净明道以倡行忠孝为主要特征,《玉真刘先生语录》云:"何谓净,不染物,何谓明,不触物,不染不触,忠孝自得";"净明只是正心诚意,忠孝只是扶植纲常";"本心以净明为要,行制贵在忠孝。"[①]《太上灵宝净明法序》亦云:"净明者,无幽不烛,纤尘不染,愚智皆仰之为开度之门,升真之路。以孝梯为之准式,修炼为之方术,行持为之必要。"

---

① 《净明忠孝全书》卷三,《道藏》第24册。

净明道的思想与儒家的忠孝思想比较接近，因此虽然净明道在当时不算是一个大的道教流派，但是却受到许多知识分子的推崇，与此无不相关。王学左派的代表人物之一王龙溪，是“新建（王阳明）之道，传之者为心齐、龙溪。……学者称之为二王先生”（《歇安集·肝江要语》），他和净明道士胡清虚交往很深，据《龙溪全集》卷十九“祭胡东州文”载，嘉靖三十三年（1553年）王龙溪在新安讲学，胡清虚以净明道弟子的身份入学，“执弟子之礼与之结交”。① 除了王龙溪外，另一位王学左派的代表，汤显祖的老师罗汝芳也和净明道道士胡清虚过从甚密。胡清虚是一位净明道道士，是刘符玄的第二十六位弟子，黄宗羲在《明儒学案》“天台论学语”中有一段关于胡清虚的文字记载：

胡清虚，浙之义乌人。…浙中士绅翕然宗之，陶念斋、王龙溪具纳贽受教。晚与近溪及其二子游广东曹溪，至肇庆，近溪长子病死，次子痛其兄，香掌上，灼烂而死，清虚亦死。②

罗汝芳不仅自己结交胡清虚，还把胡清虚介绍给自己儿子，可见二人关系不一般。“浙中士绅翕然宗之”，足见净明道士胡清虚在当时的影响。明代作为东林学派重要代表的高攀龙也对当时的净明道极为推崇，他在《会语》中写道：

有一玄客至东林，先生曰：“‘东林朋友俱不知玄。虽然，仙家惟有许旌阳最正其传，只净明忠孝四字谈玄者必尽得此四字，方是真玄。’其人默默。”③

---

① ［日］秋月观暎著，丁培仁译《中国近世道教的形成——净明道的基础研究》，中国社会科学出版社2005年8月版，第173页。

② 《明儒学案》卷三十五《泰州学案四》。

③ 高攀龙《高子遗书》卷五，《四库全书》本。

他认为只有净明道才是才是道教的“最正传”,因为他们谈“忠”谈“孝”。明代冯梦龙的《三教偶拈・叙》中也说:“于释教吾取其慈悲,于道教吾取其清净,于儒教吾取其平实,所谓得其意皆可以治世者此也。……夫释如济颠,道如旌阳,儒者未或过之,又安得以此而废彼也。”在冯梦龙的三教中,“道”其实就是许旌阳的净明道,也是把净明道当作道教的正统。明代文人邹元标的《净明忠孝录序》载:

> 娄国学衷和暇日扁舟五老,……有羽客从云中下,以所藏真君经善本受之,曰《净明忠孝录》。衷和敬刻于家塾,予受而卒业。因叹曰:“道不远人……世有不忠君孝貌而称无上道耶?吾夫子道不远人语欺予哉?”口回心徒事家庭,父子兄弟间循循雍雍即员峤、方壶,更无事希从霞外矣。衷和其以为然否。

“有羽客从云中下”的羽客,其实就是净明道士。邹元标的朋友衷和很明显接受了净明道,“敬刻于家塾”中,邹元标也是“受而卒业”。邹元标对净明道的“忠孝”观点也是肯定的。

二

汤显祖一生思想复杂,但是道教的思想可谓是贯穿始终。汤显祖出身于一个富有道教气息的下层知识分子家庭。祖父汤懋昭好神仙之术,祖母魏太夫人也崇信道教,据说她“里梦南岳夫人降世,生平精心道佛,好诵元始金碧之文。年九十矣,聪灵如一。……一旦无疾,倏然而往。……眼色如故,轻棺就祖,故世率以为尸解”①。

除了家庭因素之外,汤显祖受其老师罗汝芳的影响最大。罗汝芳

① 帅机《魏夫人诔》,载《汤显祖研究资料汇编》,上海古籍出版社 1986 年 9 月版,第 120 页。

是王学左派的代表人物，也和净明道走得比较近。在生活中罗汝芳好谈烧炼、采取、飞升的道家之术：

> 师事颜钧，谈理学；师事胡清虚，谈烧炼、采取、飞仙；师事僧玄觉，谈因果、单传直指。①

汤显祖在《太平山房集选序》中回忆道："盖予童子时，从明德（罗汝芳）夫子游。或穆然而咨嗟，或熏然而与言，或歌诗，或鼓琴，予天机泠如也。"②罗汝芳对汤显祖的影响一直持续到其晚年。

成人后，汤显祖在"家君（父亲）恒督我以儒检"的压力下，开始了他的仕宦生涯，参加科举考试。由于汤显祖坚持"吾不敢从处女子失身也"，两次拒绝当时首辅张居正"欲其子及第，纳海内名士以张之"③的招揽，因此一而再、再而三地名落孙山。直至张居正死后，汤显祖才中举并与于万历十二年出任南京太常寺博士、礼部祠祭司主事。这些官职多为闲职，因此汤显祖空暇之余，与顾宪成、高攀龙、邹元标和李三才等人来往密切，高攀龙、邹元标等人皆和净明道士接触比较多。如邹元标在《净明忠孝录序》中多次记载和净明道士的交往：

> 忆予官白下时，诸僚友往往谈仙家言，共师一妄男子。妄男子语之云：昔真君谓年若干后八百弟子当应时起。龙沙之谶，实今其时。④

"官白下"据学者考证，是邹元标万历十八年在南京做官的时间，邹

---

① 据《明儒学案》卷三十四。

② 《太平山房集选序》，《汤显祖全集》第30卷，北京古籍出版社1999年1月版，第1097页。

③ 张廷玉等著《明史》卷二三〇，中华书局。

④ 《邹公存真集》，《四库禁毁丛书》补编76。

元标是汤显祖的好友,当时两人当时皆都在南京,汤显祖于万历十八年十二月还第一次在邹元标家中会见到达观和尚。虽然邹元标对“妄男子”不以为然,但是邹元标本人对“净明语体也,忠孝语行也,体清静则万行皆归,行忠孝则益髓益员具朗”还是赞成的。

汤显祖的另外一个好友屠隆也是净明道的信仰者,日本学者秋月观暎先生说:“跟高攀龙一样很重视净明道的是屠隆。”[①]屠隆在《鸿苞》一文中也说:“仙之立教在净明忠孝,是仙未尝抵儒也。”早在万历十一年,汤显祖在北京观政礼部的时候,就与时任礼部仪制司主事的屠隆来往密切。两人更是于万历二十三年(1595)秋、冬之交在汤显祖的遂昌任上,“同游县内含晖洞、青城山等地”,谈诗论道,思想上的交流更深了。

虽然在汤显祖的诗歌中不时会出现净明道意象,如洪崖、旌阳等出现,《送南海梁二归从豫章过鄂潭寻道》:“洪崖中弭节,白鹤上停箫。暂向烟空寄,俱为云族飘”,还有《寄前观察许公》云:“罗含宅里问旌阳,见说披裘在牧羊”等,但是其净明道的思想主要体现在他晚年的戏曲作品《邯郸记》中。

在汤显祖写《邯郸记》的前一年,发生了许多事情,长子士蘧卒于南京、自己弃官五年之后被免职。仕途的蹇促,理想的破灭,家运的不昌,亲人的故世,使汤显祖倍觉衰疲,他在《答山阴王遂东》中这样描摹自己:

> 弃宦一年,便有速贫之叹。斗水经营,室人交谪。意志不展,气色亦复何?

人在仕途失意时候,容易转向宗教,寻求心灵的依托。更何况对于

---

① [日]秋月观暎《中国近世道教的形成——净明道的基础研究》,中国社会科学出版社2005年版,第174页。

思想中一贯有道教思想痕迹的汤显祖。他更倾向于从道家的思想中寻求慰藉，“生死虚空一暮朝，由来得道始逍遥”①。“谈玄未觉虚烦净，岂有丹砂治懊憹。”②“何得昊天依老子，静念楼中云气飞。”③汤显祖在《答(新淦知县)张梦泽》信说：“问黄粱其未熟，写卢生于正眠。盖唯贫病交连，故亦啸歌难续。”④

三

《邯郸记》本事源于唐代沈既济的传奇小说《枕中记》。写吕翁点化卢生成仙的故事。小说中的卢生梦娶崔氏女，官至台阁；开河八十里，开地九百里；生五子，皆有才器；“佳人，名马，不可胜数”，最后病死在官位上。卢生梦醒之后，悟出“夫宠辱之道，穷达之运，得丧之理，死生之情，尽知之矣……敢不受教”。因此“稽首再拜而去”。

汤显祖的《邯郸记》把《枕中记》演化为吕洞宾点化卢生成仙的故事。吕洞宾是八仙之一，本属于全真教的神仙，称为纯阳帝君，在全真教中享有崇高的地位。但是到了明代，由于全真教与江南地区的净明道出现融合趋势，吕洞宾亦随之进入了净明道的神仙谱系当中，明代净明道的典籍《净明忠孝全书正讹》不仅附载了净明道的朱真人(即朱权)、张真人(张逍遥)的传记，还载有吕洞宾传记。明末清初，在净明道士朱道朗撰写的《青云谱志跋》中称：青云谱奉祀的祖师乃是吕洞宾，“其受东华正阳之教，发明性命双修之旨”，“其视许祖(逊)教同而道一也，道同而心皆一矣”。⑤

① 《汤显祖全集》诗文卷十七《哭戴愚斋老师。师微病，书偶语于门，落笔而逝。语云：百年混世，今朝始得抛除；一笑归真，俗客无劳挽吊》，第757页。

② 《汤显祖全集》诗文卷十九《画腔为风雨所晦作》，第843页。

③ 《汤显祖全集》诗文卷十九《上蓝寺后老君堂小坐》，第845页。

④ 《汤显祖全集》卷四十七，第1450页。

⑤ 郭武《略谈八大山人与净明道的关系》，《中国道教》2009年4月。

《邯郸记》中吕洞宾度脱卢生成仙的方式，不同于元明时期其他的八仙度脱剧。元代马致远《开坛阐教黄粱梦》故事与全真教典籍《纯阳帝君神化妙通记》之《黄粱梦觉》一脉相承，写的是汉钟离点化吕洞宾成仙的故事，剧中吕洞宾看破“酒色财气”后“证道成仙”：

> 一梦中十八年，见了酒色财气，人我是非，贪嗔痴爱，风霜雨雪。前世面见分明，今日同归大道。（《黄粱梦》第四折）

期间也有数说八仙名籍的套式。马致远的杂剧从人物形象到度脱的方式、内容等都和全真教相关，宣扬了全真教的思想。游国恩《中国文学史》说：“（马致远）他实际是当时在北方流行的全真教的信徒。”而汤显祖的《邯郸记》中度脱的方式则体现了净明道的：“惩忿窒欲，明理不昧”的主张。

在净明道士刘玉自己对“欲”的解释是：

> 所谓欲者，不但是淫邪色欲，但涉及溺爱眷念，滞着事物之间，如心贪一物，绸缪意根，不肯放舍，总属欲也。①

净明道认为人的“心”都能通天，只是大多数人被“欲”所蒙蔽，如《邯郸记·寤生》一出，写卢生极尽荣华富贵后，纵欲而亡，临死对皇帝派来探病的高力士说：

> 〔生〕要紧一事，俺六十年勤劳功绩，老公公所知。怕身后萧裴二公总裁国史，编载不全。……〔生〕请问老公公，身后加官赠谥何如？……〔生哭介〕哎哟，还有话。老夫有个孽生之子卢倚年小，叫来拜了公公。……〔生〕本爵止叙边功，还有河功未叙。意欲和这

① 《净明忠孝全书》卷三，《道藏》第24册，第635页。

小的儿再讨个小小荫袭，望公公主持。

“死去元知万事空”，可是卢生却还念念不忘“六十年勤劳功绩”，担心后人“编载不全”，担心小儿子的荫袭问题，可谓是把卢生的“欲”推向了极点。当卢生醒后，发现所有一切不过是一场梦，“忽突帐，六十年光景，熟不的半箸黄粱”，在吕洞宾的提点下，“卢生如今醒悟了：人生眷属，亦犹是耳，岂有真实相乎？其间宠辱之数，得丧之理，生死之情，尽知之矣”。卢生最终放下这些“欲”，诚心跟着吕洞宾出家，与净明道的“正其内治，其外曰正一斩邪法。子欲治其外先正内先去其欲。无欲而心自正一，正心而道法备矣”①的教义相一致。

四

虽然卢生信誓旦旦要跟着吕洞宾出家，但是吕洞宾说：“你果然比黄虀苦辣能供养，比餐刀痛涩能回向，也还要请个盟证先生和你议久长。”这种“盟证”仪式在元杂剧中也有，一般在第四折当中，如明代谷子敬《吕洞宾三度城南柳》第四折，吕洞宾故做杀了城南柳之后：

〔正末云〕弟子如今省了也。……〔正末云〕这七人是汉钟离、铁拐李、张果老、蓝采和、徐神翁、韩湘子、曹国舅。〔唱〕【水仙子】这个是携一条铁拐入仙乡，这个是袖三卷金书出建章，这个是敲数声檀板游方丈，这个是倒骑驴登上苍，这个是提笊篱不认椒房，这个是背葫芦的神通大，这个是种牡丹的名姓香。〔净云〕这七位神仙都认的了，师父可是谁？〔正末唱〕贫道因度柳呵道号纯阳。〔净云〕弟子恰才省了也，师父是吕真人，弟子是城南柳树精。

---

① 《净明道法说》，载《道藏》第24册，第634页。

这就是吴梅先生所说的神仙度脱剧的套式："元剧咏神仙事者，末折辄数八仙作结。即如临川圣手，《邯郸·合仙》亦未脱滥调。"[①]但是汤显祖的这个八仙仙证的套式，不同于元杂剧八仙戏。不再是单纯的数说八仙名籍，而是让八仙引导卢生对以前的行为进行一一忏悔：

(张)你虽到了荒山，看你痴情未了尽，我请众仙出来提点你一番，你一椿椿忏悔者。(生应介)

【浪淘沙】(汉)甚么大姻亲？太岁花神，粉骷髅门户一时新。那崔氏的人儿何处也？你个痴人。(生叩头答介)(合)我是个痴人。

【前腔】(曹)甚么大关津？使着钱神，插宫花御酒笑生春。夺取的状元何处也？你个痴人。(生叩头答介)(合)我是个痴人。

【前腔】(李)甚么大功臣？掘断河津，为开疆展土害了人民。勒石的功名何处也？你个痴人。(生叩头答介)(合)我是个痴人。

【前腔】(蓝)甚么大冤亲？窜贬在烟尘，云阳市斩首泼新鲜。受过的凄惶何处也？你个痴人。(生叩头答介)(合)我是个痴人。

【前腔】(韩)甚么大阶勋？宾客填门，猛金钗十二醉春楼。受用过家园何处也？你个痴人。(生叩头答介)(合)我是个痴人。

【前腔】(何)甚么大恩亲？缠到八旬，还乞恩忍死护儿孙。闹喳喳孝堂何处也？你个痴人。(生叩头答介)(合)我是个痴人。

(张)且住，卢生被众仙真数落，这一会他感醒也？(生)弟子老实醒也。

只有把这些"心之大欲"参透，不痴迷于世俗的烦恼恩怨，不迷恋富贵功名，不贪恋美色，只有把世间的一切勘破，才能不让自己成为"痴人"：

---

① 吴梅《奢摩他室曲丛》二集，上海涵芬楼馆。

天纤毫，失度即招黑暗之衍，霎顷邪言，必犯禁空之丑。……但是一毫发不合法度，处自己本命元神已是暗，损却光明了。日积月累，不知悔改，全体归阴矣。①

因此，为了修炼的需要，净明道制定了“日知录”、“功过格”作为指导方法，即按照教规善恶的标准，逐日写记，以便进一步提高自己的修炼。净明道真人的标准是：

净明教中所谓真人者，非谓吐纳按摩休粮辟谷而成真也，只是惩忿窒欲，改过迁善，明理复性，配天地三极，无愧于人道，谓之真人。②

在八仙的提点下，卢生对自己的行为一一进行忏悔，然后彻底醒悟，“弟子老实醒也”。最后吕洞宾唱到“尽荣华扫尽前生分，枉把痴人困。……度却卢生这一人，把人情世故都高谈尽，则你要世上忍梦回时心自忖”。这也是汤显祖思想的一个反映。

① 《净明忠孝全书》卷三，《道藏》第24册，第635页。

② 《净明忠孝全书》卷六《黄先生问答》，载《道藏》第24册，第649页。

广东移民与京剧的海派风格

唐雪莹

开埠之初的上海，外商云集，其中以广东人居多，并且多从事翻译职业。“沪地百货阛集，中外贸易，惟通事一言，半皆粤人为之，顷刻间，千金赤手可致。”①随着上海近代工商业的发展，许多粤籍巨商富贾亦纷纷来沪投资建业。广东移民大都居住于虹口的天潼路以北地区，当时的上海人惯称天潼路为“广东街”。长期的旅居生活，使他们产生了浓浓的思乡之情，而乡音乡韵的广东戏曲不啻为一味慰安曲、安心剂。乾隆《上海县志》卷一有记载：“自海关设立……闽广各商，待贩本地木棉，盘泊需时。随人舟子良顽嚣杂……或赛神演剧……最为可虞。”

广东戏其实很早就跟随广东人进入了上海，早在同治年间，上海就有广东戏班，“清同治十一年(1862)，第一个广东戏班——童伶上元班来到上海，被安置在南京路的‘富春茶园’演出，戏票一元一张”②。而上海最早有关粤剧演出的记载见于1873年的《申报》：

夜观粤剧记事

予去粤几及十年，珠海梨园久不寓目。昨荣高升部来沪，在大马路攀桂轩故址开园登场演剧，粤都人士兴高采烈招予往观，予亦

① 王韬《瀛壖杂志(卷一)》，上海：上海古籍出版社1989年8月版。

② 姜武《旧上海的广东戏》，见《粤剧春秋：广州文史资料》，第四十二辑，1990年，第107页。

> 喜异地闻歌，羊石风流宛然复睹也。及门，觉金鼓震天，旌旗拂地，出头粤人谓之《封相》，盖即合纵连横之苏季子游说六国衣锦还乡也。其堂皇冠冕，光怪陆离，炫人心目，至锦繖宫灯之旦脚，淡妆浓抹，皓齿明眸，色非不佳，而视金丹两桂固相去远甚……锣鼓喧天，履舄错杂，自郐以下吾不欲观矣……至其座位之逼窄，茶汤之干涸，几若相如病渴、司马针毡，望移步以换形，勿因陋而就简……①

之后，南京路的"久乐园"、三马路口石路的"同乐戏院"、五马路的"满庭芳戏园"等都有广东的"普丰年"、"尧山玉"、"极丰年"、"咏霓裳"等戏班登台演出。《申报》也不时刊登广东戏来沪的消息："本埠闸路之丰乐戏馆，前因折本以至闭歇。后又开设一桂庆乐等园，皆因亏本停止。刻下将园内装饰修理一新，已至广东请班来沪演剧，闻不日可以抵埠云。"②另外，上海的大马路也是广东戏曲演出的一个重要场所，清无名氏在其《绛芸馆日记》中就提到"光绪初，往大马路看广东戏"。③ 因此，在清末民初上海舞台上，除了昆班、京班、徽班外，广东戏亦自成一派，姚公鹤在《上海闲话》中说："若夫同时并起（与京班、徽班），又有山西班、绍兴班、广东班。"④黄式权《淞南梦影录》也说："此外，又有山西班、绍兴班、广东班。"⑤《申报》中一首竹枝词写道："湖北京徽与粤东，两洋戏术复无穷。"⑥这里的"粤东"就是指广东粤剧。

---

① 《夜观粤剧记事》，《申报》1873 年 8 月 1 日。

② 《申报》1876 年 6 月 23 日。

③ 《绛芸馆日记》，见《中国戏曲志 · 上海卷》，中国 ISBN 中心出版，1996 年版，第 150 页。

④ 姚公鹤《上海闲话》，上海：上海古籍出版社 1989 年版，第 28 页。

⑤ 黄式权《淞南梦影录》，葛元煦等，《沪游杂记 · 淞南梦影录 · 沪游梦影》，上海：上海古籍出版社 1989 年版，第 116 页。

⑥ 《申报》1872 年 6 月 7 日。

上海的广东戏园

二十世纪初，上海出现了第一家专演广东戏的剧场，一些广东商人在广东人聚集的海宁路、江西北路转角处，搭起了一些竹木结构的戏台，“这就是上海第一家专演广东戏的剧场”。当时戏台老板从广东延请了一些“过山班”在此演出，非常受欢迎。但好景不长，这块地被高价转售外商，建造了新爱伦电影院。1907 年，广东人梁炳垣将东鸭绿江路一货仓改作同庆大戏院，聘请几位粤剧名伶来沪演出。1910 年，海宁路上的“高升戏院”落成，两年后又改名“鸣盛梨园”，也是专演广东戏。[①]

但广东戏(班)园一般都历时不长，姚公鹤《上海闲话》云：“此不过为一时嗜好，时开时歇，其亦天然之淘汰欤！”[②]陈薄熙在《上海轶事大观》中“上海之广东戏园”一条，详细介绍了上海广东戏园的变迁情况：

> 广东戏园七年前惟虹口鸭绿路桥畔一家，名曰重(同)庆戏园，开幕月余，观者尚多，究以地处荒僻，黑暗异常，艰于往返，故观客日渐稀少，不半年遂闭。后此继起者有鸣盛梨园，在海宁路，原址即今爱伦影戏院也，然开演年余亦闭，自此粤戏遂一蹶不振。近年以来复重整旗鼓，搭盖戏棚于虬江路，虽草草经营，而生涯颇佳。其时计有二家，一在虬江路东，一在虬江路西，未几又相继闭矣。迄今惟存中华戏园一家(即广舞台)规模尚伟，全园均仿西式，每晚车尘马足，络绎不绝，该处市面已无沉寂之感矣。[③]

---

① 姜武《旧上海的广东戏》，见《粤剧春秋》，广州文史资料第四十二辑，1990 年，第 107 页。

② 姚公鹤《上海闲话》，上海：上海古籍出版社 1989 年版，第 28 页。

③ 陈伯熙《上海轶事大观》，上海：上海书店出版社 1999 年版，第 484 页。

1924年，戏班经营者“大只黄”和“武生原”，通过在广东同乡中招股集资，在虬江路、新广东街（今新广路）西面，兴建了专演粤剧的广东戏院，取名为“广舞台”，从此广东戏便开始在新式戏院开锣演出，广舞台也成了粤剧在上海的演出中心。但不幸的是，广舞台由于建造时偷工减料，竣工不久墙体即发生多处裂痕，后来整个舞台随着锣鼓声而摇动，老板不得不就此停锣息鼓。

1928年，原广舞台负责人再次招股集资，在北四川路横浜桥南面建立了一座可容纳700多人的广东大戏院（即今群众影剧院），戏院的正副经理分别为李耀东、武生原。广东大戏院建成后，力邀粤剧名班前来演出，最早到来的是新春秋班，人寿年、和寿年继之而来，风靡一时。

1929年，由俭德储蓄会礼堂改建的明珠大戏院（现为新华金笔厂）成为沪上第二个专演粤剧的戏院。此外，还有一家上演粤剧的戏院就是上海大戏院，位于四川北路、虬江支路转角处。粤剧著名小生薛觉先、名旦唐雪卿大演时装新戏《白金龙》，广州粤剧神童马师曾首次来沪演出，所登舞台都是上海大戏院。

上海舞台上的广东名伶

上海广东戏班的演员，都是从广东聘来的。清同治十一年(1862)，在第一个广东戏班——“童伶上元班”初入上海之后，一些广戏名伶相继抵沪献艺，据姜武《旧上海的广东戏》一文统计，清末民初，“在南京路的‘久乐园’，有‘普丰年’男班演出；在三马路口石路口的‘同乐戏院’又有‘尧山玉’男班献艺；还有五马路的满庭芳剧场，则连续有童伶‘极丰年’班、‘泳霓裳’班登台，而在六马路又有‘永如意’挂牌。一时间，人们竞相观看广东戏，使上海滩高胡声盖过了京胡声”①。除了戏班外，广

① 姜斌《旧上海的广东戏》，见《粤剧春秋》，广州文史资料第四十二辑，1990年版，第107页。

东的一些男女名角，如俏丽湘、俏丽红、贵妃文、张淑勤、林绮梅、增三多、冯云少等，都曾到过上海演出。光绪年间，崩牙启曾演出于金利源戏院。崩牙启是晚清粤剧的著名小武，本姓何，由于他的嗓子很好，被誉为有锵金戛玉之音，他的首本戏是《再生缘》，唱做俱佳。光绪二十二年(1896)六月，宝善街满庭芳同庆园雇广东女艺人美玉、奇仔演剧，受到广东观众的好评：

> 在原籍聘请色艺俱全之花旦奇仔来申，开演《石头记》中《晴雯补裘》一出，描摹公子之痴情，雏鬟之病状，其一种仪态缠绵，令人神往，观众莫不同声喝彩。洵岭南戏剧种最为出色者也。①

1907 年，同庆大戏院聘请了几位粤剧名伶来沪演出，其中就有最受广东同乡欢迎的武生匙羹荣(蛇公荣)。宣统元年(1909)，同庆、活趣戏园也曾有广东戏班演出。

广舞台建成之后，应邀前来的广东名伶有：公爷敞、蛇公礼、新沾、新培、李瑞庄、贵妃文等。不久，著名粤剧表演艺术家李雪芳亦受聘在广舞台领衔演出《黛玉葬花》、《曹大家》等名剧。李雪芳是粤剧全女班"群芳艳影"的当家花旦，有"雪艳亲王"雅号，梁启超曾把她与京剧大师梅兰芳并称为"北梅南雪"。李嗓音清润甜美，唱腔悠扬动听，著名文士陈三立观演毕，即席赋诗《雪娘曲》四首相赠，词人陈洵为之填词十余首。当时各大报纸也纷纷撰文，轰动了整个沪上剧坛。李雪芳善于创新，不仅表现在唱腔上，尤其是她把灯光运用到服装道具上，一按开关，头盔上的小电珠光芒四射，令观众耳目一新。在《夕阳红泪》一剧中她又加插了西洋美女表演魔术，其革新意识可见一斑。另外，广东两大著名戏班人寿年与胜寿年也相继在广舞台大显身手。人寿年被称为广东

① 陈无我《老上海三十年见闻录》，上海：上海书店出版社 1997 年版，第 74 页。

粤剧"第一班",创立于光绪二十七年(1901),宣统年间由宝昌公司接办,直至1933年才解散,是全行少见的长寿班。该班名伶辈出,如:"小武王"靓新华、"花旦王"千里驹、"武生王"靓荣、"小生王"白驹荣,以及小生聪、肖丽湘、风情杞等。在广东大戏院演出的艺人主要有:陈非侬、靓少风、曾三多、王中玉、少昆仑、冯侠云、冯少云、陈非我、袁士镶等,广东戏曲一时称胜于上海舞台。

广东戏的另一大剧种潮剧艺人也频频涉足于上海舞台。1908年,潮剧著名的乌净姚显达,老生阿盖、罗莲芝,红净陈隆玉,老旦耀龙等人奔赴上海演出,上海的《十日戏剧》曾记述乌面达在《辕门斩子》中饰焦赞的表演是"手足娴熟,花样特美,而一百零八套之姿势,面面俱到,处处生色,如观白象图,无一雷同者。其奚落延也,庄谐杂出,弄得满天星斗,使观众目不暇给"(《十日戏剧》)。

演出剧目

广东戏班上演的剧目,既有传统的折子戏、本戏,如《西厢待月》、《嫦娥奔月》、《王昭君》、《西河会妻》、《晴雯补裘》、《六国封相》、《大香山》(全本)①等;也有新编反映时代精神的作品,如《还我河山》、《温生财刺孚琦》、《炸凤山》、《安重根刺伊藤》等政治剧。《温生财刺孚琦》叙述同盟会会员温生才,于1911年4月某日用手枪将广州清将孚琦击杀,温亦被俘殉难。此剧编于"温生财刺孚琦事件"之后数日,由此可见广东戏曲对时代的敏感及迅速反应能力。"人寿年(班)以角色胜,如千里驹、白驹荣、靓荣、靓新华。大中华(班)以新戏胜,如《风流天子》、《阎瑞生》、《王华买父》、《猛虎党》。环球乐(班)以古装戏胜,如《天女散花》、《嫦娥奔月》、《麻姑献寿》、《黛玉葬花》、《西厢待月》等。"②

---

① 胡祥瀚《上海小志》"广东戏园"中记载曾演出过全本《小香山》。

② 《粤剧新谈》,《申报》,1924年7月28日。

最能体现粤剧地方特色、影响较大的是《六国封相》。《六国封相》又名《六国大封相》，简称《封相》，演出战国时代纵横家苏秦的故事。粤剧《封相》“是一出最具规模、阵容最大、意义最深、作用最大、地位最尊之开台首演例戏”①，正如一首竹枝词所云：“封相出头戏不新，无人着意看苏秦；此出正角谁为主，季子车前执盏人。”在时装戏中，特别值得一提的是被称为粤剧“重头戏”的《白金龙》，此剧根据美国电影《郡主与侍者》改编，由薛觉先的“觉先声”班首次演出。该剧有几大“看点”：首先，剧情新奇，白金龙能文能武、智勇双全，一人集诸种身份于一身：侍者、下人、番女、酒吧歌女、卖唱乞丐等，单枪匹马，只身闯险，克敌制胜，有如“超人”。其次，表演新奇，可谓集古今中外各种艺术表演手法之大成，有交谊舞、集体野人舞、活泼单人舞、番女托瓶的杨枝舞，以及北派大打、魔术、幻术、催眠术等。再次，舞台布景新奇，欧式陈设、野人营帐、吕宋烟、电话、朱古力等现代小道具。另外，唱腔新奇，在音乐唱腔上出现了许多新腔、新调、新唱法，尤其是使用电吉他伴奏，更是新人耳目。

广东戏的大胆革新与兼容并包精神，对当时的上海剧坛产生了重大影响，“受外来文化的影响，上海粤剧舞台也相应地出现一批新剧目，如《芙蓉根》、《新茶花》、《苦凤莺怜》、《泣荆花》、《姑缘嫂劫》、《白金龙》、《璇宫艳史》、《火烧阿房宫》等。这类新编粤剧，对上海的戏曲影响很大，不少剧种竞相仿效改编演出。同时，经过整理的粤剧传统剧目如《赵子龙催归》、《凤仪亭》、《平贵别窑》、《宝莲灯》、《西沙会》、《罗成传书》等，在上海也颇有影响”②。

---

① 梁沛锦《粤剧剧目研究之一——〈六国大封相〉剧目、本事、传演与编者初探》，《香港中国古典文学论文研究选萃 1950—2000 小说、戏曲、散文及赋篇》，2002年，第 330 页。

② 中国戏曲志编辑委员会 、《中国戏曲志·上海卷》编辑委员会，《中国戏曲志·上海卷》，北京：中国 ISBN 中心 1996 年版，第 151 页。

近代广东戏对海派京剧的影响

广东戏在服装、舞台布景以及男女合演等方面，对京剧及其他剧种都产生了一定的影响，促进了戏曲海派风格的形成。

戏曲服饰

广东戏行头华丽，服装头盔考究，台上帐幔椅帔绣工细致，因此，"广东戏衣"成为上海的一个招牌，也成为上海京剧效仿的榜样。刘维忠在创办"丹桂"时，为了压倒"满庭芳"，不仅亲自去北京邀请名角，而且"派人去广东采购绣工精细的行头，定制银鼠出锋的长靠(从前粤剧戏班中有此装束)"①。后来梅兰芳到上海演出，戏单上也写有"广东行头"的字样。广东戏曲人物装扮随着时间的发展也有所变化，到清末虽仍沿袭华丽作风，但材料上已由"广绣"改为"顾绣"，绣工细腻，色泽华美。

布景装置

在舞台布景方面，广东戏对京剧的"海化"特征有重要影响。光绪二十四年(1898)小生聪、晴雯金在澳门演出《水浸金山》时用了真水配景。接着又有"软景"和"硬景"出现。胡祥翰《上海小志》云："上海昔有广东戏园，余非粤人，罔敢评议，惟曾见《大香山》全本，台中张有各种背景画片，此足为今日舞台布景之先河也。"②海上漱石生在《沪壖菊部拾遗记》亦有记载："广东戏昔在宝善街与满庭芳演唱最久，其剧有出头及正本之分，角色有文有武。……又有女花旦美玉色艺双绝，与小生奇仔会串各戏，颇受粤沪人士欢迎，不亚于今之李雪芳。尝见其演正本《大香山》，每

① 王仲钧、胡仲龄《上海戏园琐议》，《上海地方史资料》第5辑。

② 胡祥翰《上海小志》，上海：上海古籍出版社1989年版，第33页。

幕皆用彩景,实开剧中背景之先。"[①]"又《大香山》一剧,略有白雀寺房屋及十殿地狱等奇形,此实为灯彩戏之滥觞,然其时仅有彩切而无灯火也。"[②]上海戏曲舞台上加入布景,是从新舞台建立之时起(1908),"沪上之建筑舞台,剧中之加入布景,自新舞台始。初开锣时,座客震于戏情之新颖,点缀之奇妙,众口暄腾,趋之若鹜。……后北市大舞台、新剧场、歌舞台、第一台、新新舞台相继而起"。[③] 20 世纪 20—30 年代,女伶李雪芳、苏州妹等运用了电灯布景。薛觉先、马师曾等人的《省港大班》,更借鉴了电影、歌剧、话剧的舞台布景,运用了软景、硬景、立体景,甚至还用了事先做好的电影作为规定情境,或戏中的组成部分。

广东戏曲演出中的精彩焰火特技更是让沪人大开眼界。

焰 火

乙亥冬有粤人来沪,制法相捋。惟引火离二三丈许,放一流星直射药线,较为奇妙。故放焰火之夕,戏园看客辄倍平时。徽州焰火,大径五尺许,形圆似盒,戏园中新正以绳台中施放,人物鸟兽、亭台楼阁变幻不穷。或花炮数十从盒中出,如万点流星飞满台上,或以铁丝作"一品当朝"、"指日高升"等空心字,蘸以硫磺、烧酒,燃成绿字,洵巨也。[④]

广东戏为上海戏曲舞台布景之滥觞。

男女合演

上海舞台上的女演员最早源自于广东戏班,光绪二十二年(1896)

---

① 海上漱石生《沪壖菊部拾遗记》,见高春明主编《上海戏曲史》,上海:上海人民美术出版社 2002 年版,第 101 页。

② 陈伯熙《上海轶事大观》,上海:上海书店出版社 1999 年版,第 494 页。

③ 《申报》1913 年 1 月 13 日。

④ 葛元煦《沪游杂记》,上海:上海书店出版社 2006 年版,第 54 页。

六月，宝善街满庭芳同庆戏园聘请广东女艺人美玉、奇仔来沪演出。清末民初，粤剧著名花旦银老鼠来沪演出，这是第一个来沪演出的坤班。广东女班因“编演之戏浅近，且布景又多，故妇女趋之若鹜”。[①] “以是年来粤坤班，咸有竞争好胜之心。历观来沪开演之诸坤班，能负时望者，前推群芳艳影、镜花影，今以珠江艳影为最，此班不仅以角色胜，即布景、戏剧，亦具有审美精神。……群芳艳影以李雪芳、镜花影以苏州妹、珠江艳影以西丽霞，均以花旦而闻其名也。”[②]

男女合演最早也出现在广东戏园中。1895 年，在广东路满庭芳内的广东戏园首开上海舞台男女合演之风气，据载：

> 一家为广东戏院，已忘其名，台柱为女艺人美玉，所演《西游记》、《下江南》等，均为全本。这家戏院有两事开上海剧场风气之先：其一为男女合演，当时戏院男女合演，认为“有伤风化”，在禁止之列，而对广东戏独开禁例，原因何在不得而知……[③]

徐凌云所提到的“已忘其名的一家广东戏院”，其实就是“叙乐茶园”，“女班又称坤班，女伶又称坤伶，起初独自演出，1895 年在‘叙乐茶园’演出的广东戏班首开男女合演之先例，不久京剧也出现了男女合演”[④]。实际上，上海京剧界出现男女合演，大约在 20 世纪初，“光绪末年，大新街丹凤戏园（即桂仙原址，后又改为玉成，今为孟渊旅社）领得男女合班照会，从事开演，此实为上海男女合演之滥觞。……”[⑤]

---

① 《粤剧最近之情形》，《申报》1923 年 6 月 3 日。

② 《粤坤班竞争之精神》，《申报》1925 年 2 月 17 日。

③ 徐凌云述，管际安记《上海的旧式戏园——“茶园”》，中国戏曲志上海卷编辑部编，《上海戏曲史料荟萃》（第 1 期），1986 年版，第 85 页。

④ 陈伯海、袁进《上海近代文学史》，上海：上海人民出版社 1993 年版，第 430 页。

⑤ 陈伯熙《上海轶事大观》，上海：上海书店出版社 1999 年版，第 485 页。

表演逼真、武打火爆

近代上海舞台趋于写实一途，尤其是武戏中使用真刀真枪，也是广东戏首开其风。广东戏班中有“打真军”的表演，就是用真刀真枪演出武打戏，平时练武也常在石禾塘上进行，因此许多艺人都有过硬的武打功夫。光绪九年(1883)，广东戏班在上海久乐园演出《客途秋恨》、《武松打虎》等剧，就使用了真刀真枪。光绪十九年(1893)广东双富贵班在上海天仙茶园演出《方世玉打擂》等戏，武生蛇公荣演五梅师姑下山打梅花桩，用 9 张桌子反放于舞台上，36 只台脚朝天，五梅师姑在 36 只台脚上踏步跳舞，耍五式真军器，曾经轰动一时。这一时期的名艺人小生聪在舞台演出中也开始用真水。民初以后，蛇王苏演《血战榴花塔》，舞台上出现了真火车，粤剧的这种做法为上海京剧舞台纷纷效仿。

> 广东戏昔在宝善街与满庭芳演唱最久，其剧有出头及正本之分，角色有文有武。尝见其演正本《万年青》、《五梅庵》、《打擂》，纯用真军器，极为纯熟，彼时京剧中之真军器武打犹未风行也。……①

此风所及，“19 世纪 90 年代，上海京剧舞台受广东戏班影响，又吸收梆子武戏火爆勇猛的特点，始用真刀真枪。”②

近代广东戏的“海”性吸收

各种艺术形式之间是相互交融、相互影响的，广东戏曲在影响海派京剧的同时，也深受后者影响。粤剧的沪上之行，使得它在剧目、舞台

---

① 海上漱石生《沪壖菊部拾遗记》，见高春明主编《上海戏曲史》，上海：上海人民美术出版社 2002 年版，第 101 页。

② 高春明主编《上海戏曲史》，上海：上海人民美术出版社 2002 年版，第 102 页。

艺术等方面均有所创新与进步。

著名粤剧艺人薛觉先对京戏情有独钟，尤其是麒麟童（周信芳）的戏，更是他着意模仿、学习的对象。旅沪期间他以票友的身份结识了当地许多名艺人，吸收了不少优美的京剧表演艺术。沪上归来之后，可谓是薛觉先艺术生涯之辉煌期，他将北剧的精华与粤剧的优良传统，融会贯通，如：薛觉先首先将北派的武技搬到粤剧里来；在文场戏里他也尽量将京剧的舞蹈加以借用，一举手一投足都带有浓浓的京味。在《楚汉争》一剧中，薛觉先扮演虞姬，其中虞姬在帐中舞剑的剑术，就是从梅兰芳先生的舅父那里学来的。

> 从此那些“的的撑、四鼓头、急急锋、单三槌、纽丝、断头、叻叻鼓、相夹单”等的京锣鼓，就影响了整个粤剧，相沿采用到今天，这些京锣鼓基本上已成为粤剧自己的东西了。还有京剧“打引”和“点绛唇”等，也为时下的艺人经常使用。①

薛觉先的第二次上海之行，更是与京剧艺人、艺术密切结合，他在演出广告上大书“粤剧的精华，北派的工架，京戏的武术，梅派的花色，电影的表情，话剧的意识，西剧的置景”。这几句广告词充分体现了粤剧艺术对其他各类艺术的借鉴与吸收，为粤剧的发展作出了独特的贡献。

驰名中外的被誉为“生关公”的粤剧表演艺术家新珠，更是亲往沪上拜师于老三麻子，“那时老三麻子年事已高，不能身教，只能言传，他讲的都是如何分析关公这个人物，演时又如何掌握分寸，对我是很有帮助的。吸收京剧精华，为我粤剧所用，此行是很有价值的”②。新珠的“关公戏”在上海很受欢迎，连演数月，场场爆满，上海京剧界称新珠演

---

① 《薛觉先的舞台生涯》，《粤剧春秋》，广州文史资料（第 42 辑），1990 年版，第 209 页。

② 西洋女口述，范细安整理，《“生关公”新珠》，见《粤剧春秋》，广州文史资料（第 42 辑），1990 年版，第 249 页。

的关公是“老牌正宗”。他如粤剧艺人靓少佳也是汲取“海派”的表演艺术通向成名的，他主演的震动百粤剧坛的《龙虎渡姜公》，从舞台布景到服装无不是麒麟童《封神榜》的复制品。另外，粤剧的陈非侬、马师曾则吸收了京剧《天女散花》中的长绸舞、《虹霓关》中的“双头枪”等技艺。

而有“上海画师”之称的洪三和，更是在粤剧中播撒“海派”布景的种子，辛勤耕耘、往来穿梭于“海派”与“粤派”艺术的天空。早年的洪三和拜“天蟾舞台”布景大师赵如泉为师。后来赵如泉有两位弟子执舞台布景牛耳，人称“南洪北陆”的“南洪”，即洪三和。洪三和学成归来，在粤剧演出中大胆采用海派布景，如在《穆桂英》的舞台设计中，洪三和将舞台板凿穿，矗立一根巨大的、会旋转的、闪闪发光的“降龙木”在穆柯寨的山上。大幕一启，观众惊讶不已，随之响起了暴风雨般的掌声，“上海布景师”洪三和的名字不胫而走。在另一出戏《薛蛟斩狐》中，洪三和又出新招：当狐狸精吐出狐珠的时候，舞台的天幕上，只见无数颗珠子滚动，最后凝结成一颗五光十色的明珠，观众又是大声喝彩。粤剧传统剧目《王宝钏》，则增加了特技表演：王宝钏抛绣球招亲，绣球被白鸽从半空用嘴衔给了园丁，带来了强烈的舞台效果，当时的观众至今记忆犹新。

对于广东戏的“海”性吸收，麦啸霞在《广东戏剧史》中有一段精彩的评述：

> 洎民元北伶碧云霞周凤霞等来粤奏技，声气俱佳，备受欢迎。……其后粤伶名旦贵妃文北游京沪，得与梅兰芳尚小云赵君玉诸名伶晋接，兰芳方排演嫦娥奔月，轰动一时，贵妃文师其长技归粤效之；剧本编排及服装配置，均以平剧为蓝本，而词曲腔调仍本粤乐，观众眼帘一新，大为激赏；是为粤伶仿演北剧之先河，亦即粤班演古装戏之嚆矢。①

---

① 麦啸霞《广东戏剧史》，引自赖伯疆《广东戏曲简史》，广州：广东人民出版社2001年版，第223页。

总之,广东移民不仅为近代上海城市的发展与繁荣作出了应有的贡献,也为上海剧坛注入了新鲜血液。广东戏在许多方面都开上海舞台风气之先,与上海戏曲尤其是海派京剧互相学习、彼此影响,从而推动了各自艺术的进展,共同谱写了中国近代戏曲的辉煌。

(该论文属于广东省哲学社会科学"十二五"规划项目"非物质文化遗产保护下的雷剧研究"(项目编号:GD13CY04)以及广东省高层次人才培养项目成果之一。)

邹祗谟词考论

李有强

邹祗谟，字訏士，号程村，别号丽农山人，生于明天启七年丁卯(1627)十一月初八，卒于清康熙九年庚戌(1670)八月三十[1]。邹氏诗文著作不多，以词为最富，且于词之一道，染指较早。陈维崧为任绳隗《直木斋诗余》作的序言中说："忆在庚寅、辛卯间与常州邹、董游也，文酒之暇，河倾月落，杯阑烛暗，两君则起而为小词。方是时，天下填词尚少，而两君独矻矻为之。"邹祗谟还是"毗陵与广陵两地词人相互沟通的中介人物，早在顺治初年他就往来于淮扬一带，所以，曾是'十郡大社'参与者的邹氏，实系大江南北词学交流的重要人物"[2]。然学界对于邹氏词籍、艳词、长调等方面的研究稍显薄弱，兹逐条论述如下。

一　邹祗谟词考辩

邹祗谟词主要见于《倚声初集》与《丽农词》，其中前者收录196首，后者收录157首，两相溢出者颇多。具体言之，《倚声初集》收录

---

① 有关邹祗谟生卒年的考证，见沙先一《邹祗谟生平与著述考论》一文，《中国韵文学刊》2007年第4期。

② 严迪昌《清词史》，江苏古籍出版社2001年版，第65页。

而未见《丽农词》的词作有46首,《丽农词》收录而未见《倚声初集》的词作有7首。《全清词·顺康卷》中的邹祗谟词,主要依据《丽农词》,又从其他词集中补录若干。如从《今词苑》补录12首,从《东白堂词选》补录25首,从《古今词选》补录1首,从《清平初选》补录1首。《全清词·顺康卷补编》又从《敬亭倡和集》补录2首,从《今词苑》补录1首。而对于溢出颇多的《倚声初集》中的词作却没有仔细辨别,仅从《倚声初集》中补录39首。而其他7首词则不知何故没有以这种最直接的方式辑入。7首之中幸有5首因别见于《东白堂词选》等词集中而得以收入,但有2首则为《全清词》所遗漏。另外,上海图书馆藏清刻本《红桥倡和词》中有3首邹祗谟《浣溪沙》词也未见于《全清词·顺康卷》。因此,目前我们可以为《全清词·顺康卷》的邹祗谟词再补入5首。如下:

浣　溪　沙
红桥怀古
邹祗谟

水满雷塘月影流,棹歌声里换新秋,行人莫唱古扬州。　凤□不来宫漏永,三千红粉一时愁,几回肠断竹西楼。

——清刻本《红桥倡和词》

浣　溪　沙
红桥感旧
邹祗谟

睡鸭栏边荡两桡,锦靴弓袜过斜桥,花颜十五暗中销。　塞北江南春未老,夕阳芳草路迢迢,强开醉眼晕红潮。

——清刻本《红桥倡和词》

浣 溪 沙①

红 桥 即 事

邹祗谟

紫陌青楼女史家，门前偷下六萌车，彄环双臂绾红纱。　　十二栏杆闲遍倚，黄莺啼上内人斜，隔江愁听后庭花。

——清刻本《红桥倡和词》

占 春 芳

教 鹦 鹉 语

邹祗谟

小阁里，叨叨语。雪女弄清喉，自制绣奁新咏，教他成诵方休。小鸟不知愁，诵断肠诗句如流。从新增得朝餐料，深贮犀瓯。

评语：阮亭云"鸟识欢情亦解歌"，又为翻案。

——见《续修四库全书》本《倚声初集》卷五，第 265 页

真珠帘

赋得还君明珠双泪垂

邹祗谟

珊瑚钩里明珠照。映红颜、正是玉人年少。玳瑁双簪，博得朱提花钞。被池半拥闻芗泽，蓦听杏街春闹。烟绕，向青溪小庙，深深拜祷。

何事求凰一曲。向花前、翻作雉朝飞操。红泪滴胭脂，恨玉楼轻到。当日相逢犹未嫁，早辜负、黛蛾颦笑。心悄。看钿盒银环，再来佳兆。

评语：阮亭云自多新宛转无复旧因缘。令读者欲为掩袂。

——见《续修四库全书》本《倚声初集》卷十六，第 396 页

① 按：此首《倚声初集》作蒋阶词，而《红桥倡和词》作邹祗谟词。

根据宗元鼎《丽农词序》中的记载，我们还可以了解到邹祗谟早期词集编撰、刊刻的一些情况，序云：

> 忆十年前，邹子程村游广陵，与余定交于谢太傅之法云寺。庭树婆娑，相对促膝，酒余示我诗余一编。见其寄情绵邈、致词清扬，令人想见风帘霜幕、素蟾初霁、玉杯醽醁、纤手破橙、橘香浓时也。庚子秋，邹子复游广陵，则高车驷马，已属长卿得意后。然，不减昔年布衣豪宕。与余步出西郊，登欧阳平山，眺望访萤苑、鸡台、九曲池、玉钩斜故址，憩旗亭、小饮亭，有当垆妓命歌萧竹屋《蝶恋花》词“记得来时，买酒朱桥畔，远树平芜空目断，乱山惟见斜阳半”之句，邹子怅然者久之，因就奚囊中复出诗余示余，已梓成帙矣，而属余序之。夫李白诗文光焰万丈，当其坐七宝床，御手调羹，玉妃捧砚所作《清平调》三首，遂为诗余首倡。今邹子以冠绝人天之才，凡所为不朽盛事，无不凌轹今古。即诗余一道，遂已小语曲致，尽态极妍，直可上接青莲《菩萨蛮》诸调，下睨弇州凤凰桥下诸词。岂特飞卿以下十八人共作舆台抑？亦南唐而后数百家难矜香艳也。如余者久卧蓬蒿，志违绮语，邹子更十年后征轺所过，如元献、永叔诸公，或访余于芙蓉别墅，杯酒道故、别诵新词，吾知稼轩所言，雄深雅健不让文章太史公矣。

这篇序言中提到邹祗谟有两个版本的词集。“庚子秋”，即顺治十七年(1660)。宗元鼎说这一年邹祗谟第二次游广陵，向自己出示“已梓成帙”的诗余，并请为之作序。按常理推断，这篇序言的写作时间应该是顺治十七年以后不久，而序言最初提到的“忆十年前”则应该是顺治七年庚寅(1650)左右。这个时候邹祗谟便已经有诗余一编了，这个本子中主要收录的是邹祗谟早期的词作，其风格应该如宗元鼎所云：“见其寄情绵邈、致词清扬，令人想见风帘霜幕、素蟾初霁、玉杯醽醁、纤手破橙、橘香浓时也。”而孙本《丽农词》则有许多康熙一、二年的词作，因此这个《丽农词》应该是在前面两个本子及《倚声初集》的基础上筛选而成。明白了这样一个次第，再去理解康熙二十一年(1682)徐喈凤《贺新郎·题邹进士程村〈丽农词〉遗稿，十九叠前韵》词中所记：“故友程村者，有遗书、在予箧内，见之泪洒。题曰丽农词名好，卷内墨痕轻画。”及其后陈玉璂评语：“丽农稿在而惜尚未刻，同人有责矣。”①则不排除徐、陈二人所见《丽农词》乃邹祗谟早期词作的可能。《丽农词》编定后，邹祗谟尚有少量词作传世。如《古今词选》中收录五首题署“丁未”年(1667)所作的词。但其主要的作品则是写于早年结社唱和时期，及王士禛五年扬州推官时期。

二　邹祗谟艳词本事

邹祗谟词中最有特点的是他的那些艳情词，这很大程度上源于这些艳词是实有所本、实有其事的，这就与王士禛的那种凭借想象的写作方式不同。王士禛《菩萨蛮·咏青溪遗事画册》后邹祗谟评语云：“八首摹画坊曲琐事可谓尽态极妍，妙处更在淡写轻描，语含蕴藉。昔赵吴兴画马，作马相。李龙眠画观音，作观音相。阮亭拂笺吮豪时，便如杜牧、韩偓身经游历，寻欢窈窕，含睇缠绵，青楼紫陌得此点染，又何必周昉辈以写生论工拙。”因此，王士禛的艳词往往并没有实际生活的依托，而是凭借自己的想象来虚构的，主要是凭借自己喷涌而出的才情。邹祗谟在评王士禛《南乡子·闺晓》“小婢弄香奁”一首词时说：“《词统》评弇州《甘草子》词云：‘元美岂终日无事，将精神时时于情艳上，体察料理乃参微入窍如是。’今阮亭原情晰景，更加精透，岂亦终日无事耶。”阮亭虽没有将精神时时放诸情事上，却一样能够创作出参微入窍的情词，这的确

① 转引自沙先一《邹祗谟生平与著述考论》一文，《中国韵文学刊》2007 年第 4 期。

是需要极大的才情。而邹祇谟的生活经历中却实有一段刻骨铭心的情事，这段情事使得他的艳情词格外动人，所以在当时人看来甚至这些作品要比柳永的词还要上乘。如王士禛在评邹祇谟《忆瑶姬·偶读惜分飞旧词有感用史梅溪韵》"十五年前事"时说："元十一和梦游春诗无此凄艳，屯田小词传播旗亭北里间，终不解作香奁绣阁中语也。"他认为邹祇谟的艳词比元稹《梦游春七十韵》还要"凄艳"，而像柳永那样的艳词传播很广，但他实际上是没有领略到艳词的本质。

邹祇谟曾经在顺治七年庚寅(1650)，与一个吴姓女子交好，本来已经纳为小妾，但后来因为"鼠牙雀角"类的事，这段姻缘无果而终了。这件事情在同时人的笔下有过记载，如陈维崧《妇人集》："虞山吴永汝字小法，吴母故某尚书姬也。七岁善琴筝，十岁染翰乐府诗歌，一见即能诠识，有霍王小女之目。其母携之毗陵，十二岁而字余友邹大，后为雀角阻。……邹大有《惜分飞》四十四阕并制序以悼之。"郭麐《灵芬馆词话》卷一："吴母，故虞山某尚书姬也。七岁善琴筝，十岁工染翰，乐府诗歌，一见即解，人有霍王小女之目。十二岁许字邹祇谟，后以讼阻。邹有《惜分飞》词十四阕。"这两则材料中都提到《惜分飞》词，但对其词作数目的记载却不尽相同。按王士禛在这组词后的评语"程村《惜分飞》词凡四十余阕"，及邹祇谟评王士禛《惜分飞》中所云"仆《惜分飞》词四十余阕"，当以陈维崧的记载为是。这个叫吴永汝的女子也有词作传世，《全清词·顺康卷》据陈维崧《妇人集》收录其《如梦令》一词云："帘外一枝花影。月到花梢影冷。夜坐穗灯销，寂寞小窗寒浸。梦醒。梦醒。重把离愁细整。"邹祇谟的这组《惜分飞》词现存二十首，收录在《倚声初集》中。通过这二十首词，及后面王士禛评语与邹祇谟自序，我们可以约略将这段情事进一步还原。现将王士禛评语与邹祇谟自序抄录如下：

阮亭云：名士悦倾城，由来佳话；才人嫁厮养，自昔同怜。程村《惜分飞》词凡四十余阕，无不缠绵断绝、动魄惊心。事既必传，人斯不朽，正使续新咏于玉台，不必贮阿娇于金屋也。今录其最合作者，二十首如右。俾方来览观者虽复太上忘情，亦未免我见犹怜之叹尔。○序略云：仆本恨人，偶逢娇女斯人也。四姓良家，三吴雅质。霍王小女，母号净持。卫氏少儿，父名郑季。清风细雨，无不讶为针神。绮月流云，咸共钦其墨妙。目成紫姑乩畔，娇小未谙。眉语朱鸟窗前，慧痴时半。画堂邂逅，礼犹待以家人。绮阁笑焉，心直矜为乡里。乐府拟合欢之曲，妆台鲜累德之辞。心既悦君，身轻为妾，朱楼所以设馆江汜于焉。待年又云汉渚在前，间投杂佩。明河不远，特泛轻槎。巷种蘼芜，邀郎敷粉。门迎杨柳，唤婢垂帘。犀詹将催，愿脱守宫之志。错刀虽赠，空虚贮屋之期。末云邯郸才人，终归厮养。左徒弟子，空赋闲情。犹复远寄鸿缄，微求故刻。近寻鹊会，急索亡簪。恨轻委于庸奴，怅妄投于老嫗。沟中红叶，好谢殷勤。塘上青蒲，忍教诀绝。文友评云：以惊才绝艳之笔，写千古伤心之事。固文人之绝调，亦怨客之愁吟。斯言诚当矣。

邹祗谟自序中云："四姓良家，三吴雅质。霍王小女，母号净持。卫氏少儿，父名郑季。"这与《霍小玉传》中的关于小玉出身的描写相似："故霍王小女，字小玉，王甚爱之。母曰净持，即王之宠婢也。王之初薨，诸弟兄以其出自贱庶，不甚收录。因分与资财，遣居于外，易姓为郑氏，人亦不知其王女。"实际上，应当也是假托高门出身的歌伎。这个女子才艺不凡，"清风细雨，无不讶为针神。绮月流云，咸共钦其墨妙"。当两人初次见面时，女孩年纪尚小，"目成紫姑乩畔，娇小未谙。眉语朱鸟窗前，慧痴时半"。而且，邹祗谟还收留了这对母女，并像家人一样对待他们，"画堂邂逅，礼犹待以家人"。女孩子个性直率，甚至对封建礼数也不甚在意，"绮阁笑焉，心直矜为乡里。乐府拟合欢之曲，妆台鲜累德之辞"。邹祗谟与这个女孩子相处得非常愉快，女孩也有主动示好之意，如"巷种蘼芜，邀郎敷粉。门迎杨柳，唤婢垂帘。犀詹将催，愿脱守宫之志"。还颇有同甘共苦的感觉，如其《玉蝴蝶·有怀》中所云："傍纱窗、同尝苦笋。共试甜香。”后来，邹祗谟在江边买了房子，想要金屋藏娇，但这个想法最终没有实现，“错刀虽赠，空虚贮屋之期”。结局是女孩子归了一个没有什么才能的“厮养”，所谓“邯郸才人，终归厮养”。王士禛也在评语中的感慨道“名士悦倾城，由来佳话。才人嫁厮养，自昔同怜”，便指这个女子的结果。邹祗谟在《惜分飞》第 6 首中也讲了这段感情因为女子的嫁人而宣告失败。词云：

竹叶同倾飞鹊盏，低觑玉儿青眼。细辫为侬绾，剩将寸发调伊懒。

荡子天涯归未晚，轻把同心解散。长恨疑荒诞，自编小传邹郎撰。

词的上片写邹祗谟与女子感情非常好，当年有张敞画眉，而现在有程村为女子梳理头发，都是情之至处的表现。下片“荡子天涯归未晚，轻把同心解散”一句，说就是这样一段真挚的感情，自己也没有丝毫负心，然而对方却轻易地将这段感情了结了。而在古代，女子通常是被抛弃的一方，如今邹祗谟作为一个男人也有了一种被抛弃的感觉，所以他觉得这段情事是“荒诞”的。最后一句“自编小传邹郎撰”，是说这组词的创作目的是为这段情事撰写小传。然而这段感情为什么会这么轻易地解散呢？主要的过错方真的单单是女子的绝情吗？这个问题也就是《惜分飞》第 18 首上片所云：“毕竟书生真薄命，还是佳人薄倖。待把山盟订，海棠单受梅花聘。”

然而这段情事为什么能够无果而终，原因应该不在邹祗谟，也不在女子。其《惜分飞》第 10 首设想女子分别后的情景，云：“多半前生误也，事急相随去，昏黄绣佛持般若。”其中想到要与红尘想决绝。其《惜分飞》第 7 首，写女子嫁人后的心理活动，云“再浴女蚕难作茧”，又“恨被黄蜂践，情丝应付并州剪”，均指对后来安排的抱怨。因此，这段感情的结束原因应在于第三方，很可能就是这个女子的母亲。在邹祗谟《薄倖·本意寄怀和韵》"风姨做作"一词后有黄永评语："程村《惜纷飞》诸阕，人同小玉，事等放翁。"这说明这段感情的阻力是来自第三方——家长，就如同当年陆游、唐琬的故事一样。邹祗谟在序言的最后说："恨轻委于庸奴，怅妄投于老嫗。"这主要是以女子的口吻，讲她后悔不应该轻易地委身于邹祗谟，更不应该依附"老嫗"，也就是现在自己的养娘。邹祗谟已经在词中多次表明对这段感情的在意，因而不可能是感情的阻力，所以自然其指责的对象就完全集中到"老嫗"身上。另外，通过邹祗谟《惜分飞》第5首词，我们还可以猜测一下"老嫗"是如何阻挡这份感情的。当然现在还没有资料能够还原这段感情纠葛的细致原因，但从邹祗谟的词中我们可以约略窥见。这道感情可能是因为邹祗谟自己操之过急，其《惜分飞》第5首云：

> 忆昔卿来于我馆，议作吹箫佳伴。重订香帏款，数行约法拈银管。
>
> 传语谓郎姑且缓，十五盈盈未满。谁料朱绳短，相如卤莽原无算。

上片说女孩子当年与母亲一起来到自己家里，然后两个人情投意合，自己也打算与她长久地在一起。然而下片孩子母亲那头却"传语谓郎姑且缓，十五盈盈未满"。说先别着急，等到了出嫁的年龄再说。结果呢？"谁料朱绳短，相如卤莽原无算。""朱绳"，是指传说中的月下老人，乃是婚姻之神。这里说没有料到两个人有缘无分，很可能是后来"老嫗"改变了主意，又将女孩许配给了别人，于是邹祗谟后悔当初自己决策的失误，悔恨自己应该早点促成此事。邹祗谟在《薄倖·本意寄怀和韵》词中，更将此事点明，词上片云："风姨做作，误佳期花姨耽搁。竟将伊檀心一片，付与孟婆吹落。料如今怨粉啼妆，应懊恨庸奴难托。只三章有罪，两字无情，以此呼予曰诺。"词中指出，正是自己的耽搁花期，使得娇花委地而谢，现在如果你要怨恨我、指责我，说我有罪，说我无情，我都承认。

但最后感情已经失败了，不管是怨恨当初介绍两人相识的“鲍娘”也好，“翻被鲍娘春信哄，望蜀何如得陇”，甚至是怨恨生了一个这么漂亮女儿的母亲也好，“却怪净持原老妪，生得霍王小女”，结果都已经是失败了。因此，邹祇谟现在只能用这组小词来表达自己的情意，使之永恒。如王士禛评语中所云：“事既必传，人斯不朽，正使续新咏于玉台，不必贮阿娇于金屋也。”而正因为，有这么一段刻骨真挚的感情，所以尽管这些词都是艳情词，却能够结合当时人尽皆知的事情，传达出人所共有的无奈之感。所以董以宁在评这组词时说：“以惊才绝艳之笔，写千古伤心之事。固文人之绝调，亦怨客之愁吟，斯言诚当矣。”

三　邹祇谟长调词作之开拓

明清之际的云间词派主张学习晚唐，因此比较推崇那些“意内言外”的小令作品，而对于长调的好处却没有能够认识到。他们的集子中也有一些长调作品，但这些作品仍然用小令的方式来创作。正像王士禛在评李雯一首“中秋”词所指出的那样：“幽兰诸子长调必不肯入姜史，琢语亦不屑作柳七，俳调是欧秦入室。”当邹祇谟在从事编选《倚声初集》的时候，便感慨其“所微短者，长调不足耳”。因此，他在试图突破云间词派牢笼的时候，便以长调为突破口。不但在《倚声初集》中大量选择长调，而且还亲力亲为，他本人的长调作品多大 70 多首，占全部作品的三分之一左右，这一点较云间诸公，甚至同辈王士禛都超出很多。不过在创作长调时，邹祇谟虽然对南宋“梅溪、白石、竹山、梦窗诸家，丽情密藻，尽态极妍”①都有所师法，王士禛在评邹祇谟《绮罗香·广陵阮亭署中酬赵千门见赠原韵》“莱子传声”一首词中也指出：“南宋诸名家才情蹀躞，以长调擅胜场。近惟程村、文友翩翩竞爽，即如此阕，肯教竹

① 邹祇谟《远志斋词衷》，《词话丛编》，中华书局 1996 年版，第 650 页。

山、白石独步耶?”但在实际创作中,邹祗谟词突出表现出对北宋慢词专家柳永、周邦彦的认同。在其词作中,单是在题目标明和柳永或周邦彦的词就有《洞仙歌·中秋访旧不遇和柳屯田韵》“从别后”、《集贤宾·偶简旧寄词有感和柳屯田韵》“重帘小阁关心事”、《宣清·春尽日偶效柳屯田体》“冉冉今何日”①、《六丑·同周兼三小饮广陵园亭,因话西泠旧游,偶拈周清真韵寄感》“见春光又去”、《西平乐·久雨,中秋见月,忆去年虎阜胜游,用周清真韵》“乱雨分秋”、《霜叶飞·本意用周清真韵》“烟生芳草”、《看花回·咏落花用周清真韵》“寒香散雾初暖”、《塞垣春·初六日立秋归舟偶和周清真韵》“爽气生兰野”八首。这八首词凡两见于《倚声初集》和《丽农词》,应该是邹祗谟比较满意的词作。

我们可以先看一首他学习柳词的《宣清·春尽日偶效柳屯田体》,词云:

冉冉今何日,剩东风柳外、吹来帘缝。忆清明,倚尽箫声。恨黄昏,逃残香梦。迷却来时,断伊归路,不教轻送。情旖旎,影朦胧,点点落红心动。　　燕子衔将,鸠儿唤却,渐博浓阴重。看架外蔷薇,恁偏娇横。玉人暗中低诵:留得红颜,便春归,惜他何用。

这首词在题目上直接点明是“效柳屯田体”,而非和韵之作。主要是学习柳七作词的风神,而非只是在声韵上模仿。从抒情方式上来讲,柳词常将情感在平面上展开,以反复陈说来渲染情感的浓度,通过“衣带渐宽终不悔,为伊消得人憔悴”的方式,使情感达到“一川烟草,满城风絮,梅子黄时雨”的弥漫程度。这也可以用他自己词中“万种千般,把伊情分,颠倒尽思量”来概括。邹祗谟的这首词,只是写惜春之情。然

① 按:此首《倚声初集》作中调,但这首 91 字的词作也可划入长调一类。如万树《词律发凡》引钱塘毛氏语云:“五十八字以内为小令,五十九字至九十字为中调,九十一字以外为长调,古人定例也。”上海古籍出版社 1984 年版,第 9 页。

在表达方式上却正说、反说、推己、及人,"尤极缱绻"之能事。首三句点出暮春景色:春光大好时,通常感觉不到风,因为"柳结浓阴花带重",而现在突然感觉到东风的来临,并且直接吹送到帘内,说明花已经落了。接下来四句,通过对比,继续言说春愁。"忆清明,倚尽箫声",用箫史、弄玉的典故代指欢情,而"恨黄昏,选残香梦"则用李贺的《春怀引》中"宝枕垂云选春梦"一句,指春去后的不堪。接下来,着重表现不见春归路,送春亦无方向。然后又通过落花表现春愁,将落花与蔷薇对比,通过写蔷薇花"恁偏娇横",来传达出春日落尽后的凄凉。最后,通过女子的口吻,来反说春愁。而且,这最后四句与柳永《玉女摇仙佩·佳人》词中"细思算、奇葩艳卉,惟是深红浅白而已。争如这多情,占得人间,千娇百媚"同一机杼。这种近乎偏执的多角度写情及试图"说尽"的抒情方式与柳词有着惊人的一致。

不过,柳词在谋篇布局上往往稍显简单,通常是单线条的叙述。其惯常模式为上篇写景,下篇言情,或通篇只是言情,又或者仅是简单的今昔对比。因此,与周邦彦的词相比,柳永词就显得简单而不够厚重。而在邹祗谟模仿柳词时,是能够注意避开柳永的这些弊病的。

邹祗谟对柳词的改进和对长调章法的刻意经营,首先表现在他在《倚声初集》中的一些评语中。如龚鼎孳《十二时·浦口寄忆用柳耆卿秋夜韵》"隔江楼"一词,邹祗谟评语云:"《乐章集》风致缠绵,情语是其所长,而弩末时涉俚浅,不无易尽之恨。合肥以清丽之婉至精详,兼容篇炼字之胜,又非屯田所梦见也。"再如龚百药《抛球乐·元旦观灯作》"正逢佳节初到"一首后的邹祗谟评语为:"长调最忌排演拖沓,更忌一直说下去,全无挽结。介眉此词从元宵说到灯事,换头将嬉笑游冶处极写风,复有灯火阑珊,小窗挥毫时作一番想。有层次,有宛转,有收束,视片玉、梅溪诸作一时压倒。"

而创作实践方面,我们可以举邹祗谟《集贤宾·偶简旧寄词有感和柳屯田韵》一首词为例:

重帘小阁关心事，绿遍萱丛。旧时相逢未嫁，冷落金虫。去后千回梦忆，重逢瞥见姿容。人间辛苦都尝遍，灯前拥髻愁浓。算只玉钗恩重，留结表心同。　　年来敢道宋家东，何计决芳悰。悔教端阳一别，直恁匆匆。玉冷环留脆碧，香消枕腻残红。纵眼前有人欢笑，才回首便自忡忡。肠断萧娘一纸，何必怨君终。

柳永的原词，上片写往日的欢情场景——“算得人间提天上，惟有两心同”，下片分别后的情感。而邹祇谟在和词中，则运用了更加绵密的章法。整首词实际上可以分为三个时间段：“旧时相逢未嫁，冷落金虫”，指当初相逢之日；“去后千回梦忆，重逢瞥见姿容”，指别后因极度相思，而得到的梦中相会；“年来敢道宋家东，何计决芳悰”，则又指近日之情绪。而词中还暗以玉钗为线索，“算只玉钗恩重，留结表心同”，指刚刚分别时尚有两处相思，而长时间的别后则“玉冷环留脆碧，香消枕腻残红”，玉钗还是那样翠绿，而女子已经无心将它戴在头上了，此时已经是“小簟清秋各自寒了”。

这首词则将那种不吐不快的相思之情，用更加绵密的章法组织起来，所以尽管还只是和柳永韵，但其中已经学到了周邦彦慢词的真谛。因此王士禛评这首词时说“能得清真、乐章之法”。

戏曲家孟称舜生平与思想

吴庆晏

作为明清之交的历史人物，孟称舜的生平思想既具有明清士人的典型特征，又具有独特个性。本文试从历时性和共时性两个角度对孟称舜的生平思想进行解读，即一方面描述孟称舜主要生活阶段的生命历程和思想特征，另一方面将孟称舜与同时代的代表性人物进行比较，从而全面梳理其生平，把握其思想。

从"文名早负"到寄情词曲

孟称舜(1594—1684)，字子塞、子若、子适，号卧云子、花屿仙史，会稽(今浙江绍兴)人，是明末清初具有代表意义的戏曲作家、理论家和刊刻家。从现存方志、史传等资料中可见对孟称舜生平的记载。康熙《会稽县志》中称：

> 顺治六年贡生，称尧弟，有《史法》诸书及传奇数种。

乾隆《松阳县志》则记载：

> 孟称舜字子塞，会稽人。训导。品方孤介，不肯与俗伍，不肯以私阿，力以励风俗、兴教化为己任。朔望升堂讲道，阐明濂闽心

学，课士严整，勿敢或哗。学富才敏，昕夕诵读不绝，寒暑著述无休。适学宫颓废，谋如家事，汲汲不休。庙庑俎豆有未备者，皆缮补之。尊经阁藉其落成。其有功圣门盖不少云。

吴山嘉著《复社姓氏传略》中记载为：

孟称舜字子塞，兖州别驾应麟次子。顺治六年贡生，任松阳教谕。有《史法》诸书。①

综合诸家记载，可知孟称舜是兖州别驾孟应麟的次子，即孟应麟的长子孟称尧之弟。孟称舜为顺治六年（1649）贡生，乾隆《松阳县志》记载其曾任松阳训导，《复社姓氏传略》则记其所任职务为松阳教谕。在创作方面则有《史法》（《四库全书总目》则记载为《史发》）诸书及杂剧、传奇数种。

据《绍兴县志资料》记载，孟称舜为孟子后代。孟氏原散居邹鲁间，后其支裔几经辗转，分为南北二支，孟称舜就是在两宋之际南渡至越州（即今天绍兴地区）的南支孟氏的后裔。② 道光《会稽县志》卷十四“孟庙”条记载了孟称舜舍宅为庙的事迹，中称孟称舜为孟子六十四世孙。③

孟称舜的父亲孟应麟，字文叔，康熙《会稽县志》有传：

孟应麟，字文叔，万历甲辰以明经授兖州别驾，寻命监军援辽左，署东阿、寿张二县篆。时郓城妖人杨子云等以白莲教社倡乱，徐鸿儒乘势据邹峄攻兖州，东阿、寿张俱有恃应麟为保障。阿素称

---

① 《复社姓氏传略》，清吴山嘉辑，中国书店1990年影印版。

② 据《绍兴县志资料》（第一辑）所载《独树村孟氏家谱》。

③ 道光《会稽县志》卷十四。

> 盗薮，有奸民煽乱，立帜山中，民惊扰。应麟使人拔其帜，禁民无妄动，至期果无恙。有寡妇以妖术聚诸少年，应麟擒斩之，余党无所问，城赖以安。应麟为人廉正不阿，为部所撼，抗辞奉母归里，年八十有二而卒。长子称尧，天启丁卯举人。次子称舜，以明经司训松阳，皆以家学有名于时。①

从传中可知孟应麟为比较典型的忠君爱国、政声颇著的一介士人，其为人"廉正不阿"的耿介性格又显然与时代格格不入，因此"为部所撼"，终于以奉养母亲为借口回归故里，年八十二而卒。

孟应麟有二子，长子称尧，字子安，《会稽县志》、吴山嘉《复社姓氏传略》均称其为天启丁卯(1627)年举人，次子即为孟称舜。同孟称舜一样，孟称尧也是复社成员，其名也列入《复社姓氏传略》，同时孟称尧也与晚明绍兴地区名士祁彪佳等有交往。在祁彪佳写给孟称舜的一封信《林居尺牍·与孟子塞》中有这样记载："闻仁兄同令兄左顾小园，竟不使弟知之，遂失倒屣，虽剡溪之棹以不见戴为高，然良晤无期，能不怅怅哉。"②可见孟氏兄弟都是祁彪佳的友人。在崇祯十三年(1640)《感慕录》六月十五日的日记中记载了祁彪佳吊唁孟称尧的内容："与陈绳之入城晤金楚畹、姜光扬，吊孟子安。"③孟子安即孟称舜的长兄孟称尧。同孟称舜一样，孟称尧也热衷于刻书，曾刻《贾太保新书十卷》(汉贾谊撰)，附录二卷，现存明天启刻本。

早年时代的孟称舜深受父亲孟应麟廉正不阿的儒士性格影响。从孟称舜的一些友人对其的评价可以也看到孟称舜对其父亲耿介性格的继承。孟称舜好友马权奇称其为"方行纡视之士"："孟子塞，方行纡视之士也。与余同研席，时余壮而子塞弱冠耳，然其心则苍然，好读《离

① 康熙《会稽县志》卷二十三。

② 祁彪佳《远山堂文稿》，书目文献出版社 1991 年版。

③ 祁彪佳《祁忠敏公日记》第十册《感慕录》，1937 年绍兴县修志委员会校刊，第 21 页。

骚》、《九歌》,讽咏若金石。余时治韩婴诗传,与之辩问往复,未尝不叹谓三益也。"①王业浩认为孟称舜是一个"邃于理而妙于情"的人:"予友孟子塞,邃于理而妙于情者也。"②陈洪绶则认为孟称舜"人则以道气自持",是一个具有"情深一往,高微杳渺之致"的人。③ 这些记载使我们看到了早年时期其心苍然、博学好问的孟称舜形象。

家学渊源的良好环境,好读《离骚》、《九歌》,工诗歌文词曲的良好形象,使得孟称舜成为一个文名早负的人,这正如《会稽县志》所称孟家"皆以家学有名于时",这当是早年时期孟称舜勤奋努力的结果。

尽管家学渊源且文名早负,但进入青壮年时期之后,孟称舜的科场之路却是坎坷的。《钦定四库全书总目》卷九十在评价孟称舜《孟叔子史发》一书时有"屡举不第,发愤著书"、"述不得志而立言"的记载,表明其科场坎坷的真实性:"是书(即《史发》一书)凡为史论四十篇,其文皆曲折明畅,有苏洵、苏轼遗意,非明人以时文之笔论史者。惟其以屡举不第,发愤著书,不免失之偏驳。"④而孟称舜在"魏监正炽之时"敢于创作杂剧《残唐再创》、"感愤时事而立言"的实际行动又在一定程度上注解了其屡举不第的现实根源。马权奇在为《残唐再创》所作的总评中写道:"此剧作于魏监正炽之时,人俱为危之,然使忠贤及媚忠贤者能读此词,正如半夜闻鹃,未必不猛然发深痛也。"⑤卓人月在《孟子塞残唐再创杂剧小引》中则写道:"今冬遇臯公、子塞于西湖,则臯公复示我《玉符》南剧,子塞复示我《残唐再创》北剧,要皆感愤时事而立言者。"⑥从孟称舜友人的记述中我们看到了孟称舜科场蹭蹬、感愤时事的不平者形象。

---

① 马权奇《鸳鸯冢题词》。

② 王业浩《鸳鸯冢序》。

③ 陈洪绶《节义鸳鸯冢娇红记总评》。

④ 永瑢等撰《四库全书总目提要》之《史部》卷九十,商务印书馆 1993 年版,第 1862 页。

⑤ 《古今名剧合选·酹江集》,《残唐再创》总评。

⑥ 卓人月《残唐再创小引》。

孟称舜科场蹭蹬，便把其不平之气和曼妙之才寄托于词曲、史述创作等活动之中。早在明天启年间(1621—1627)，孟称舜即创作了《花前一笑》和《桃花人面》两部爱情戏，“道闺房宛鸾之情，委曲深至”，但却遭到了老生夙儒的批评，“乡人颇有訾之者”①，于是在“魏监正炽之时”“感愤时事而立言”，创作杂剧《残唐再创》以解其嘲②。另外在崇祯初年他还创作了《死里逃生》和《泣赋眼儿媚》两部杂剧。

崇祯二年(1629)孟称舜和其兄孟称尧参加了复社。据清吴山嘉辑《复社姓氏传略》记载，孟氏兄弟均被列于该书浙江卷中绍兴府之下的会稽县复社人员的姓氏序列中。复社是张溥、张采等组织的文社，以“复兴古学”为号召。从《祁彪佳日记》的一些相关记载我们可以得知，孟称舜与复社领袖张溥有一定的往来，可见孟称舜是比较看重复社这个社会活动组织的。

崇祯四年(1631)，孟称舜写成《孟叔子史发》一书。这是一本“述不得志而立言之意”的发愤之作。该书共有史论四十篇，始许由论，终谢枋得论，“其文皆曲折明畅，有苏洵、苏轼遗意，非明人以时文之笔论史者”。

崇祯六年(1633)，完成了《古今名剧合选》的编选、评点工作，并在这年的夏天为该书作了一篇长序，详细阐述了自己的戏剧编选理论和创作理论。

崇祯十年(1637)，孟称舜加入了乡贤祁彪佳为主的枫社，并广泛参与其间的活动。枫社由“明季王季重、李毅斋两先生创于萝纹坂”(陈锦《越中观感录》)③。枫社是一个政治色彩淡薄而文人气息浓厚的文人组织，参加枫社活动的大抵为致仕乡绅和失意文人，如张岱、祁彪佳、孟称舜、倪元璐、张毅儒、谢寤云、詹无咎、赵孟迁、张亦寓、张子威、李受

---

① 马权奇《鸳鸯冢题词》。

② 马权奇《二胥记题词》。

③ 佘德余《绍兴的文人结社(续)》，《绍兴师专学报》1990 年第 2 期，第 16—20 页。

之、王尔瞻、王伯含等，活动内容也大抵以诗酒唱和等为主。据《祁忠敏公日记，山居拙录》载："四月十三日，同王照邻至山侯枫社诸友，午间，谢痦云、詹无咎、赵孟迁、孟子塞、张毅儒、张亦寓、张子威、李受之、王尔瞻、王伯含举酌于四负堂散憩山上复酌舟中，与游柯园、密园，酣饮至日上始去。"可见孟称舜是枫社活动中的一员。

崇祯十一年(1638)，孟称舜完成了传奇《娇红记》的创作，并在是年仲夏撰写了《娇红记题记》，并填词四阕《蝶恋花・题娇娘像》之一至四。

崇祯十六年(1643)，作《二胥记题词》，此前传奇《二胥记》业已完稿。同时，孟称舜另外两部传奇《二乔记》和《赤伏符记》当亦在此年前后完成。同样是在此年的孟夏，孟称舜作《贞文记题词》，文中谈到了《贞文记》写作缘起和募资刻书等内容，则传奇《贞文记》也已脱稿。

由以上叙述可见，孟称舜虽然科场蹭蹬，但在曲学领域却成就斐然，这正是其寄情词曲的切实写照。因此，如果说青年时期的孟称舜积极参加复社、枫社等社会团体，有着传统士人的入世心态，那么在经历屡举不第的坎坷和现实之后，其寄情词曲、发愤著书则又表现出不同时俗的愤世心态。

从"遁于广文"到毅然辞职

如果以甲申年间的明清巨变为界，孟称舜的生命轨迹可以划分为截然不同的前后两期。巨变前，其生平基本上由参加应举、进行戏曲活动和士人间交游等内容构成，然而明清巨变的重大事件改变了孟称舜的生命轨迹，使其走上了与以前截然相异的生活道路。

崇祯十七年(1644)三月十八日，农民起义领袖李自成率领起义军攻克北京，十九日崇祯皇帝即吊死煤山，明王朝覆灭。五月，吴三桂引清兵进入北京，从此开启了清朝的统治历史。与此同时，五月十五日福王在南京即皇帝位，建立了弘光小朝廷。

血雨腥风，国破家亡，改朝换代，翻天覆地，是明清易代时期社会状况的真实写照。动荡之际的社会成员作出了不同的选择，他们或者忠君死节，或者隐迹山林，或者倒戈变节，演绎了一出出或悲或喜、或悲壮或滑稽的人间社会历史剧。作为江南重地的越中地区，也不可避免地卷入这场社会动荡之中。据史料记载，明亡后，顺治二年(1645)闰六月二十八日，在故明官吏、缙绅张国维、钱肃乐等人的扶持下，明太祖第十世孙、鲁王朱以海监国于浙江绍兴，建立南明政权。翌年六月，清兵攻占绍兴，鲁王兵部尚书余煌、礼部尚书王思任、侍郎陈函辉等死难。鲁王在监国绍兴期间，得到了江南一些义军的支持，张岱、陈洪绶等绍兴地区知名人士都曾参与其中，抗清斗争一度出现了大好局面，然鲁王与在福建的隆武两个政权为争正统水火不容，内部朝政混乱，外部清统治者则剿抚兼施。在这种形势下，顺治三年(1646)六月初二日，清军攻入绍兴，鲁王逃亡海上，后虽多有抗清努力，然终归失败，终于在顺治十年(1653)三月自动去掉监国号而归于消亡。

那么，作为越中地区的士人阶层，面对社会动荡和朝代更迭，他们都作出了怎样的抉择呢？

清顺治一年(1644)五月，南明福王弘光政权初建，祁彪佳被推举为京畿道御史，旋即受到阮大铖等人排挤，隐疾归里。①

明代著名书法家、时任兵部右侍郎兼侍读学士、与孟称舜广有交往的浙江上虞人倪元璐闻李自成陷京师，自缢而死。据《明史》列传第一百五十三，“(崇祯)十七年二月，命(倪元璐)以原官专直日讲。逾月，李自成陷京师，元璐整衣冠拜阙，大书几上曰：‘南都尚可为。死，吾分也，勿以衣衾敛。暴我尸，聊志吾痛。’遂南向坐，取帛自缢而死。赠少保，吏部尚书，谥文正。本朝(清朝)赐谥文正”。

陈洪绶闻之国变，在绍兴“哭泣狂呼，见者咸指为狂士”。② 孟远

① 程华平《明清传奇编年史稿》，齐鲁书社 2008 年版，第 245 页。

② 黄涌泉《陈洪绶年谱》，人民美术出版社 1960 年版，第 81 页。

《陈洪绶传》这样写道："甲申之难作，（陈洪绶）栖身越中，时而吞声哭泣，时而纵酒狂呼，时而与游侠少年椎（锤）牛埋狗，见者咸指为狂士。"①

清顺治二年(1645)，即南明福王弘光元年，四月，张岱上书，请杀马士英以谢天下。六月，鲁王监国绍兴。七月，鲁王亲临张岱家，看望张岱之父张耀芳，受到张岱等接待。据张岱《陶庵梦忆》"鲁王"条记载："福王南渡，鲁王迁播至越，以先父相鲁先王，幸臣旧第。岱接驾，无所考仪注，以意为之。"②陈洪绶在张岱家侍饮鲁王，并设传奇演出招待鲁王。时鲁王授陈洪绶翰林之职，福建隆武帝遣使以御史招，陈洪绶皆不就。

六月二十二日，会稽人王毓蓍"乙酉(1645)闻杭州不守，日夜绕屋走叹，继以泣，作致命篇黏唐将军庙壁，复上刘宗周先生书，促其自尽。六月二十二日，其夜肃衣冠自沉于柳桥之下"。王毓蓍投河死后，陈洪绶为其写有"挽王正义先生"诗一首③。

闰六月初六日，祁彪佳闻清军大举南下，陷绍兴，遂投水殉国，年四十四岁，遗有"含笑入九原，浩然留天地"等诗句。

闰六月初八日，刘宗周绝食殉国，年六十八岁。刘宗周，字起东，明崇祯年间曾任顺天府尹、都察院右都御史等职，后被罢官在家乡浙江绍兴讲学。弘光政权建立后，刘宗周为阉党马士英所逼，愤而辞官，归隐田园。此后他曾试图扶明抗清，但为时局恶化，感到复明愿望渺茫，遂以绝食殉明，于闰六月初八日绝食殉国。

清顺治三年(1646)五月底，清兵下浙东，陈洪绶被掳，因拒画险遭杀害。六月，避乱山中，自鹫峰至云门寺，落发为僧。此后数年间，陈洪绶多过着"逃命山谷"的避乱生活，生活多窘况，人生如寄，于顺治九年

---

① 见陈洪绶《宝纶堂集》，会稽董氏取斯堂清光绪14年(1888)刻本。

② 张岱《陶庵梦忆》，华夏出版社2006年版，第209页。

③ 见黄泉涌《陈洪绶年谱》，人民美术出版社1960年版，第85—86页。

(1652)在故里去世。

九月,张岱携一子一仆,入嵊县山中避居,其艰辛备至、窘困至极的生活状况在《陶庵梦忆》书中多有记述。

那么,在社会的动荡中,作为越中士人的孟称舜又作出了怎样的人生抉择呢?

孟称舜的门人朱士稚在其日记中有这样的记载:

> 丙戌之夏,师与元晦、次微居嵊东,士稚与朗屋避兵至嵊,抵掌为远游之策。七八年间而朗屋、元晦皆罹平陵之惨,师遁于广文,士稚流行三若。回顾当日之言,竟无一当。言念旧事,慷慨系之。①

元晦、次微是孟称舜的两个儿子。在动乱之际,孟称舜没有步祁彪佳、刘宗周等后尘,而是选择了避乱。一六四六年的夏天,他与两个儿子流寓浙江嵊县的山区避乱,门人朱士稚与张宗观也避兵至嵊,曾共商远游之策。然而接下去的几年间所发生的事情,却把他们推上了各自不同的道路。

根据佘德余《魏耕与清初江南"通海案"的反清据点》一文介绍,朱士稚(1614—1660),字伯虎,又字朗诣,族中排行为二十二,与上文提到的张宗观,字朗屋,时人称为"山阴二朗"。朱士稚世居山阴城,为明万历年间吏部尚书、文华殿大学士朱赓之孙,父朱敬衡曾任雷州知府。朱士稚从小好侠,食客百数,明末遭乱,散尽千金接客,为人告发,系狱钱塘论死,幸赖好友张宗观筹集重资,贿狱吏得释。出狱后,与越中抗清人士魏耕、钱缵曾、陈三岛、祁理孙、祁班孙等结交,来往于南京、苏州、嘉兴、湖州一带,联络抗清志士,传递信息。后朱士稚因长期在外奔波

① 《越中耆旧诗》,转引自朱颖辉辑校《孟称舜集》,中华书局2005年版,第597页。

跋涉，兼以伤怀朋辈，积劳成疾，卒于顺治十七年(1660)十二月。[①]

孟称舜与朱士稚、张宗观等避兵远游、频繁接触，可见其对故明的眷恋之情和对新政权的抵抗之意。上引朱士稚日记说"七八年间而朗屋、元晦皆罹平陵之惨"，按平陵，即乐府曲名《平陵东》。相传王莽罢权，翟义起兵，事败被杀，义门客为之作哀歌。可见孟称舜的长子和张宗观一样死于兵祸，这对孟的打击应该很大。他避兵远游的举动不是害怕的反映，而是无比痛苦的表现，而且这时他已年近花甲。由此可见，此时期孟称舜的思想既有丧子之痛的悲伤，又有国破家亡的愤慨，他的内心是难以平静的。然而，"孟称舜如火一般的热情在这个艰难时世中慢慢冷却了"[②]，其思想和对世事的看法也逐步发生了改变。据《会稽县志》、《松阳县志》等方志记载，清顺治六年(1649)孟称舜被举为贡生，并以贡生身份任松阳训导，开始了"广文先生"的生涯。

松阳是浙江南部的一小县城，始建于东汉，曾名松州、白龙县等，明代时隶属处州。松阳地处山区，民风淳朴，戏曲活动频繁。保存至今的松阳高腔风格独特，表演手法多样，保留了"村俗戏文"原始、质朴的风格特点，是浙江地区有名的地方戏曲剧种之一。训导是明清地方学校之学官。明洪武二年(1369)始置，各府、州、县学均设一人，分别为府学教授、州学学正、县学教谕之副职，分掌教授生徒之职。《明史・职官志四》："儒学：府，教授一人，训导四人。州，学正一人，训导三人。县，教谕一人，训导二人。教授、学正、教谕，掌教诲所属生员，训导佐之。"可见在明代官职序列中训导已经是卑微之职。《清史稿・职官志三》："儒学：府教授、训导，州学正、训导，县教谕、训导，俱各一人。"由此可见清沿明制，训导仍然是卑微之职。

我们无法对孟称舜从抗清到任清职这一思想变化做出清晰描述，

---

① 佘德余《魏耕与清初江南"通海案"的反清据点》，《绍兴文理学院报》2008年第14期。

② 朱颖辉辑校《孟称舜集》前言，第12页。

但从其门人朱士稚“七八年间而朗屋、元晦皆罹平陵之惨，师遁于广文”的描述中可以想象孟称舜在这一思想巨变中所经历的从愤懑、挣扎、抗争到无奈的心路历程。

训导一职虽然微不足道，但孟称舜却身体力行，做到了力以己任。从现有资料记载来看，孟称舜主要做了三件大事。一是“励风俗、兴教化”。《松阳县志》这样记载：“（孟称舜）朔望升堂讲道，阐明濂闽心学，课士严整，勿敢或哗。”由此可见孟称舜在“励风俗、兴教化”方面是卓有成就的。二是修葺学宫。据丽水县儒学教谕徐开熙在顺治十三年(1656)所作的《修学建田记略序》中记载：“松学自鼎革之会，几为榛莽。子塞孟先生司训兹土，慨焉欲新之。首捐百金为多士倡，夫人亦出其簪珥相助。由是邑之慕义者乐输，费寡而功倍。”“盖先生之视公事也甚于视家事，以故不避谤，不辞难，不治私室，夙夜乾乾，一以实心成务，故事用速成。于稽其役，则由殿而堂而庑，二启圣祠、尊经阁、棂星门、青云路，皆焕然改观也。且创省牲所、志公祠、景贤祠以洁粢盛，以崇先祀也。”《松阳县志》也记载，孟称舜任松阳训导后，当时“适学宫颓废”，孟称舜便“谋如家事，汲汲不休。庙庑俎豆有未备者，皆缮补之。尊经阁藉其落成。其有功圣门盖不少云”。三是创建学田。孟称舜在任期间创建学田、为当地造福的事迹在其撰写的《松学义田说》、《志公祠义田碑记》以及徐开熙的《修学建田记略序》、浙江处州府知府王崇铭的《儒学义田碑记》等文献中均有记载。据孟称舜《松学义田说》、《志公祠义田碑记》记载，松阳县学本来有田二顷余，不但荒芜不堪，而且由于所有权不归县学所有，租额收入统归县府抽调，“上有公费皆于是取给焉”，“租额所入，不足以供上之取，而学之师儒糈粒，不得与焉”，从而造成了名实皆空的局面。孟称舜到任后，一方面通过“祀之废者举之，田之湮者清之，豪奸之侵占者，不避罪谤以争之”等力请复田、捐金置田、加强管理等手段，力求恢复、扩大学田；另一方面通过变“官之田”为“众人之田”的办法，爰设义田，改变过去县学名有田而实无田的尴尬现状，使学田真正起到了自给、济贫、赈灾等实际功能。正如徐开熙在《修学建田记略序》所述，“义田之利有三：储资以赈贫士；供社课；岁备葺修罔替”。由此可见，孟称舜修学建田、清除流弊、革故鼎新，为当地的县学做了实实在在的好事。

孟称舜这种“肃风教而振流败”的举措深得邑人赞颂，但孟称舜也深知此举会给自己带来诸多的麻烦，特别是爰设义田之举不但触犯了当地豪强，也触动了官府的既得利益，以至“呰议纷起”。但孟称舜并没有退缩，正如徐开熙在《修学建田记略序》中所称赞的：“夫先生（孟称舜）以宏济之才，郁郁不得志，乃能以风化自任而建不朽之功。虽呰议纷起，屼然不顾而卒能以有成，真人杰哉！”

由此可见，明清易代的历史巨变，“遁于广文”的现实选择，让我们看到了一个有着遁世心态的孟称舜。

孟称舜虽然在任卓有作为，但也许是看透了世道的黑暗和腐败，他也萌生了归隐之志。在任上他曾写有《硕人》一赋：“松菊犹存，莼鲈正美。张翰、陶潜，吾愿从之游焉。”这首小诗表达了孟称舜思归之意。而在其任内所发生的一起事件也促成了孟称舜的归隐之志。据徐开熙在《修学建田记略序》记载，当时松阳地区发生了一件枉杀士人的事件，“乃于时适有无罪杀士之变，诸士哭庙，涂墙抒其愤抑。当事者移檄，欲罪诸士。先生毅然以去就争之，诸士得无恙。而先生亦以力辞求归，行李萧然，夷犹自若”。

孟称舜仗义执言，虽然祸及自身，他却夷犹自若、泰然处之，再一次显示出他“品方正孤介，不肯与俗伍，不肯以私阿”的个性和品格。

孟称舜离开松阳之后，其行踪事迹文献罕有记载。我们只能从《会稽县志》中搜寻到其行踪的蛛丝马迹。《会稽县志》“孟庙”条有这样的记载：

孟庙　在县东南二里罗汉桥南。宋时，孟子四十七世孙孟忠厚知绍兴府事，建庙卧龙山麓，日久颓废无存。顺治十八年辛丑，六十四世孙孟称舜呈明县府道，舍其父孟应麟遗宅为庙，后被住兵残毁。复呈督抚捐助修复,免其户田供修,备祀勒石,永垂不朽。

从这则材料我们可以看出,回到故乡的孟称舜仍然做着“有功圣门”的善事,可见孟称舜“力以劝风俗、兴教化为己任”的社会责任感是一如既往、善始善终的。离任返乡,湮没无闻,有着心灵挣扎的矛盾心态,这是晚年时期孟称舜的心灵写照。

顾春及其《东海渔歌》

唐一方

顾春，字子春，又字梅仙，号太清，生于嘉庆四年(1799)已未正月初五，卒于光绪三年(1877)丁丑十一月初三，享年79岁[①]，是乾隆玄孙贝勒奕绘之侧室。她的身世比较复杂，经历年考据家的努力，已基本厘清她本姓西林觉罗氏，是满洲镶蓝旗人，因祖父牵连进胡中藻的文字狱案，沦为罪人之后，后因要嫁与奕绘，为了瞒过宗人府而冒了顾姓，顾太清之名从此传世。她著有诗集《天游阁集》、词集《子春集》和《东海渔歌》。这样曲折的身世吸引了学界大部分的注意力，所以现有的成果多集中于她的身世考据方面，对于她的性情才华，她诗词的造诣却评赏不足。有人推崇她是“直入清真之室，闺秀中不能有二”，有人却说她当不起和纳兰容若齐名的美誉，那么，到底顾春是个怎样的人，她的词又到了怎样的境界呢？下面分别来谈。

一

阅读顾春的诗词集，能明显感觉到作为一个满族人，她具有迥异于汉族女子的鲜明的性格特色。她热爱自然山水、花鸟虫鱼，且善于从自

---

① 张璋《八旗有才女，西林一枝花——记清代满族女文学家顾太清》，《文学遗产》1996年第3期。

然中悟道，她热爱诗书文字，性情豪爽，对待朋友真挚热烈，还关心国计民生。一个单纯的爱字可以描述她对这个世界的所有感观。但是，这是在她四十岁之前。四十岁那年，与她情投意合的丈夫奕绘病逝，因为家族内部矛盾，她被婆婆赶出王府，带着二子二女卖钗赁屋，甚至到了养猪自给的地步。紧接着个人悲剧的，是两年后鸦片战争的爆发，清政府被帝国主义的炮火轰开了大门，自此沦入长期被动挨打的局面。家事国事皆不如意，她的诗词中也就自然地带上了哀愁，但尽管如此，她对自然、对文字、对友谊的那份真情依然没有消失。

为自然写出好精神

顾春笔下的自然风景和传统汉族文人笔下的自然风景具有截然不同的面貌。这是因为汉族文人几乎没有不受到儒家思想影响的，而在儒家传统中，自然是为抒发情志服务的，并不具有独立的地位，即使是咏物诗词也以有寄托为高。如姜夔那两首著名的咏梅词《暗香》、《疏影》，名为咏物，其实在梅花和典故之间流淌的是词人淡淡的哀伤，王国维就说它们“格调虽高，然无一语道着”，[①]对其“古今均视为名作，自玉田推为绝唱，后世遂无敢议之者”表示“不可解也”。[②] 而顾春的咏物词却是将所有感情投注于物上，爱物怜物惜物以至于忘我。如《定风波·水仙》：

> 翠带仙仙云气凝，玉盘金露泻金精。最是夜深人入定，相映，满窗凉月照娉婷。　　雪霁江天香更好，缥缈。凌波难记佩环声。一枕游仙轻似絮，无据。梦魂空绕数峰青。

---

① 《人间词话汇编汇校汇评》，周锡山编校，北岳文艺出版社 2004 年 9 月第 1 版，第 97 页。

② 同上。

上片写形，翠绿的叶子、白云般轻柔的花朵、金黄的花蕊，显得色嫩气清。夜深人静的时候，月光透过窗纱照进来，将水仙的影子映在窗纱上，微风中袅袅婷婷，蒙着一层夜月的清凉之气，已经美得让人窒息了。但下片写香，词人还能翻出妙境，她用通感的手法，借听觉写嗅觉，那缥缈的香气就像凌波仙子的佩环声一样仿佛听到，却又杳不可寻。庄子说："视乎冥冥，听乎无声，冥冥之中，独见晓焉；无声之中，独闻和焉"①，就是这样一种若有似无的意境吧。

词人在这淡淡的香气中入眠，清香萦鼻，不觉将她带入了"曲终人不见，江上数峰青"的梦中，依然痴心寻觅凌波仙子的踪影。水仙本就有凌波仙子之称，这首词有形有典，花月相映、清香入梦都结撰巧妙却又无丝毫斧凿之痕，词人那敏锐形象的触觉、虚静的心态真是令人叹服。庄子认为"万物无足以铙心者"为静，并以"水静犹明"为喻，说明心若静下来，就是"天地之鉴，万物之镜"②，即宁神澄怀以静观，就能发现天地之美。太清词中写"清"、写"冷"往往没有凄婉哀愁之意，只见清新空灵之风，皆因她能够不受外事影响，凝神沉入自然之中，有一颗虚己以观物的心。

而同是咏水仙，清代另一位女词人徐灿的作品就大异其趣了。她的《西江月・水仙》：

> 素女乍离绮阁，水晶帘动微霜。幽情怎肯便分香，怕见桃花红浪。　　粉蕊含嗔抱喜，怕它蝶乱蜂忙。一枝清瘦玉初妆，不许何郎窥望。

词人是以拟人笔墨来写水仙的，注入了个人的性格和情绪。从"幽情怎肯便分香"到"不许何郎窥望"的直抒意愿，又和想象中的"桃花红

① 刘文典著《庄子补正》，云南人民出版社 1980 年 12 月第 1 版，第 380 页。
② 同上书，第 420 页。

浪”、“蝶乱蜂忙”对比，一种玉洁冰清、矜持孤高的情怀跃然纸上。

咏物词贵在不粘不脱、若即若离，笔者窃以为徐灿的这首词未免略显脱离了，只是在汉族的文化传统里，大多数人不会作如是想。而顾春是满族人，她虽然喜爱汉族文化，对诗词也颇下了一番工夫，但毕竟没有那么厚重深远的历史文化积淀。这种积淀已经成为一种集体无意识，深深烙在汉族文人的脑子里，有它深刻的一面，但有时候却又难免成为包袱。再加上深受道家思想的影响，顾春的词就甩下了自然所背负的情志包袱，还自然以本色，因此显得清新自由、别有生趣。

万物皆吾大导师

顾春和道家思想渊源甚深，她自号太清居士，又号云槎外史，与僧道交往频密；她还身着道装，让道士黄云谷为她画像；她的住处名叫“天游阁”，诗集也以之为名，而“天游”二字出自《庄子・外物》中“心有天游，室无空虚，则妇姑勃谿；心无天游，则六凿相攘”之语，意为内心闲适，则天地相和；她对老庄经典相当熟悉，“涤除玄览”、“行不言之教，万物根苗”、“此生如寄”、“谷神不死，逍遥物外”这样的话常常出现在她的词中。她有一首《浪淘沙・偶成》，就表达了她与道相亲的人生观：

> 人生竟无休，驿马耕牛。道人眉上不生愁。闲把丹书窗下坐，此外何求。　　光景去悠悠，岁月难留。百年同作土馒头。打叠身心安稳处，顺水行舟。

上阕将忙碌奔波、欲求不满的人生和道家无欲无求也无忧无虑的生活对比。词人看透了追求功名利禄的真相，“驿马耕牛”不只是劳苦，更可悲的是被束缚，必须按照别人或者社会加给它的轨道去生活而不得自由，哪能有“闲把丹书窗下坐”的悠闲时刻呢？下阕尤为可贵，词人学道并不是想长寿或成仙，她很清楚百年以后不过都是灰飞烟灭，却能有“身心安稳”的淡定通达。“顺水行舟”四个字词人随口道出，却是道家精义，顺天道而活最为自然，就仿佛船顺水而下一样，行云流水，随遇而安，而没有逆流而上的劳苦挣扎。

顾春学道确实并非宗教迷信，在《鹊桥仙·云林嘱题闰七夕联吟图》中，她就兴致缺缺地说"神仙之说本虚无，便是有，也应年老"，对年轻女子汲汲于七夕乞巧不甚赞同，在《踏莎行·遣闷》中她更是直言"但求无事是安居，成仙成佛何须慕"。可见她热衷的并非道教，而是道家的哲学思想。她的《鹧鸪天》：

冬夜听夫子论道，不觉漏下三矣。盆中残梅香发，有悟赋此。

夜半读经玉漏迟，生机妙在本无奇。世间莫恋花香好，花到香浓是谢时。　　蜂酿蜜，蚕吐丝，功成安得没人知。恒沙有数劫无数，万物皆吾大导师。

夫妻二人冬夜读经论道，直到漏下三更，可见是多么浓郁的兴致。第二句残梅香浓的描写表现了老子朴素的辩证法思想，有点"祸兮福之所倚"的味道。下片词人由残梅香浓想到了蜂酿蜜、蚕吐丝后也是一样的会死，但是它们所成就的事功并不是无人知的。况周颐评道"过拍具大彻悟"①，确实如此，"生机妙在本无奇"，在貌似平凡安静的自然万物后面，其实正发生着多么活泼生动的变化啊。最后词人说"万物皆吾大导师"，那玄奥深密的"道"就存在于平常生活中，存在于自然万物中，这就是顾春对"道"最朴实的理解。在《天游阁诗集》中，也经常出现"观化"的说法，可见顾春看自然不只是山水，乃是有大智慧在里面的。

都说"人到伤心才学佛"，但是笔者以为顾春的学道和清朝另外两位才女徐灿与吴藻晚年的学佛颇为不同。徐灿是被流放塞北之后才开始和丈夫一起参读佛经，借参禅来逃避现实苦难。吴藻也是在婚姻、文学各方面都走投无路的情况下，最后才向佛教寻求安慰的。而且她们

① 《东海渔歌》词评，西泠印社本，转引自《顾春词新释辑评》，第136页。

学佛之后都渐渐弃绝了文学，这与禅宗的“不立文字”说不无关系，佛教渐渐将她们引入沉寂之门。而顾春则是在生活最幸福美满的时候已经沉迷于道家思想，她不是借宗教寻找寄托，而是以哲学探求真理，道家带给她的是生机无限。顾春四十岁以后屡遭坎坷，丧夫、丧友、丧子、丧孙，国难民殇，种种悲剧接踵而至，但她一直活到了 79 岁，这与她长期浸淫在道家思想中所熏陶出的理性思维和超脱的心性不无关系。

自由热烈的满人性情

作为一个满族人，顾春较少受到封建思想的束缚。比如在《金缕曲·红绡》中她就高扬自由恋爱，男女私会在她笔下都显得唯美，“一面菱花云记取，好良期、三五清辉射。花阴底，月光下”。因为在顾春的心中，是“百年偶，本无价”，即使会牺牲一些矜持或名节，又有何妨呢？可见她有勇气和奕绘冲破拦阻、缔结良缘是出于她这样的价值观的。

她的行动也比汉族妇女自由，在清末的小品《浮生六记》中，家住苏州的芸娘连去太湖都要联合丈夫向公婆谎称归宁，只能寄望于“鬓斑之后”可以携游近处。但在顾春的诗词中，记游却占了很大的比重。钱钟书曾经对太清马上弹琵琶一事表示怀疑，说太清以罪人之后的身份嫁入侯门，一心力争上游，焉肯作此角妓行径？太清确实对她的名声颇为爱惜，这从她怒斥陈云伯假借她名所写的诗可以看出，“野鹜安知澡雪鸿”表现了她强烈的自洁意识。但是太清也是一个不受汉族封建礼教束缚的人，比如骑射一类的事在汉女的诗词中一般是看不到的，但太清词中却常有策马出游的描述，如“得意东风快马蹄”、“归骑踏香泥”等等。而且她游踪所到，不只是一些平坦易步的寺庙花园，从《菩萨蛮·登石景山天空寺望浑河》中“登高同策马，陟彼寻兰若”和同调《西峰寺》中“乱云深谷披荆棘”可见，顾春还颇有探险的豪情。只是她的诗词中未有弹琵琶的记载，所以骑马是真，马上弹琵琶则无据了。俞平伯曾经总结《浮生六记》的悲剧成因之一是“性分之异”，即与时俗相背，以致招人嫉恨陷害。顾春这样自由的性情和惬意的生活恐怕也难免招忌，就像《孔雀东南飞》中的焦母说刘兰芝是“行动自专由”一样，所以奕绘去世之后她才会被婆婆毫不留情地赶出王府。

顾春对文字的热爱也比一般的汉族女子更为执着强烈。在她为六女叔文出嫁所作的诗中，她将“女子无才便是德”的俗谚弃若敝屣，直言“莫因斯语废文章。家贫媵汝无金玉，只有诗书作嫁装”。在清末的《红楼梦》中薛宝钗还在讲“女子无才便是德”，可见顾春此语实是惊世骇俗。她虽学道，但只重观化，不信成仙，她说“从来文章能传道，未必丹砂能驻颜”，将诗书文章视为无价之宝，一生爱好，一生浸淫，即使是奕绘去世之后，曾有过“意不为诗”的想法，但终是“结习难忘”，不过半年又重拾笑墨，而不像徐灿在她丈夫去世之后真的就“不留一字落人间”了。顾春热爱文学创作，以至于睡梦之中也常常得句，“巡檐索句，特费思量”的苦吟更是家常便饭。除了诗词，她还续小说《红楼梦影》，撰传奇《桃园记》和《梅花引》。当她七十七岁失明之时，慨叹道“从此岂能书下酒，可怜不见月当窗”，可见诗词文章、自然花月是她生命中最重要的两个支撑。

最是关心为民生

顾春因是罪人之后，少时颠沛流离，在苏杭一带住过很长一段时间，还到过广东、福建、海南。这段漂泊的前半生虽然令她很长时间都摆脱不了“望断雁行无定处”的惊惧，但是也恰恰是这段民间岁月，让她领略了各地的自然风光，经历了平民百姓的生活，培养了她的平民情怀和坚强质朴的个性。所以她会写像咏草头、咏油菜花、咏荠菜这样清新朴素的词，会因为“一夜甘霖”而喜言“今岁麦秋知有望，民之乐，乐无涯”，会指责城里的秧歌队“可怜浪费好时光，负良田千亩”。

这么关心农时和民生的一个人怎么会不关心国家兴亡呢？何况身为满人，又是宗室之妻，对于皇权自有一份牵系在的。所以虽然当她的儿子载钊年满十八岁，受了二品顶戴以后，她的个人生活处境已经开始好转，而她诗词中的隐忧暗愁却随着清政府的没落而日益深沉了。

也许是对“词别是一家”思想的传承，顾春诗中可以直言的国事之忧在词中却隐晦得多。她在四十多岁时作诗即云：“岂因病酒耽诗瘦，自觉年来厌世情”，又说“本来心似鱼游水，何事身如马罍蹄”。她自二十六岁与奕绘成婚，至四十岁时奕绘去世，确实过了一段如鱼得水、心宽气顺的生活，但国事悬危，鱼也未免有涸泽之忧。在她六十岁左右时所作的《秋日感怀兼忆湘佩少如诸姊妹用杜工部秋兴八首韵》中，有一首完全是感怀时事：

> 今古真同一局棋，万方多难不胜悲。长征解甲知何日，久戍休兵定几时。捷奏肤功须及早，驰传羽檄莫教迟。桂薪珠米生民困，共享升平是所思。

后一首也有“最是关心非为己，何时丰稔遍皇州?”之语，可见她心中最牵挂的还是国事民生。此后她六十一岁时写诗谢湘佩寄酒，末云：“近来别有伤心处，惟愿昏昏醉不醒。”顾春曾在《江城子·题〈日酣川静野云高〉石画》一词中喊出“其奈眼看人尽醉，悲浊世，续《离骚》”的愤世之言，而此时时局的无奈已经让她宁可自己也是一醉生梦死之人了。

《意难忘·哭云林妹》是顾春词作中最直接言及国难的一首，“相把袂，语悲伤，说离乱兵荒。叹年来，惊惊恐恐，无限凄惶”，许是因为悼亡的悲伤太重，以至于她也未严守诗词之别了，直接描述了战争给她的生活所带来的巨大变化。试问，如此大的冲击怎么会不影响她的词呢?所以她在《画屏秋色·屏山邀看菊》中说“年来心绪不定，且把秋容慢咏”，在《金风玉露相逢曲·谢湘佩寄并州剪》中，虽是新秋时节却“萧斋兀坐，愁怀难遣”、“无心写景却言情，当不得、神魂颠倒”。在《雪狮儿·雪窗漫成》中，她凝望窗外雪景，“袖手无言，会处翻然成笑”，自嘲是“半生潦倒，拼一醉，消除怀抱”，但即使醉了，她也依然执着于“凭谁告，托向美人芳草”，像屈原一样，这样沉重的忧虑是不能明言，却也无法释怀的。所以，这时顾春词中的春花秋月和她四十岁前的已经面目迥然不同了。

试看她的两首送春词：

如梦令·送春

昨日送春归了，枝上残红渐少。帘外绿阴多，满地落花谁扫？休扫，休扫，一任东风吹老。

惜春郎·送春

剩脂残粉谁收拾，枉累人愁泣。阑干十二，藓阶苔径，春恨如织。　几度留春留不得，拟痛饮今夕。葺落花作个青心，也算是怜春色。

前一首是顺其自然的洒脱不羁，而后一首则憾恨大作。那无人收拾的只是落花吗？几番欲留都留不住以至于要痛饮为饯的只是自然界的春天吗？若果仅仅如此，词人大可以像她早期一样“晓起开帘扫残红”不就完了吗？可是现在的她却深深地感到无力，一个弱女子又能为国家做什么呢？“葺落花作个青心，也算是怜春色”可以说是词人为清王朝盛世的消亡所作的一首挽歌了。

顾春不是一个局限在闺阁中的女子，从《天游阁诗集》中可以看到她对于历史、时事都有自己的看法。对于自己“况是女身芜薄命，愧樗材枉受虚名被”她是“思量起，空挥涕”啊。在其晚年所作的《秋波媚·夜坐》中她“自笑当年费苦吟”，只不过留下了“几卷诗篇，几张画稿”，又有多少意义呢？到今天“唾壶击碎频搔首，磨灭旧胸襟”，只剩下“千丝眼泪，一个愁心”。“唾壶击碎”的用典可以明见她是忧心国事，在此国难当头之时，连她一向钟爱的文字都显得轻了。

二

况周颐是最推崇顾春的几个人之一，他的西泠本《东海渔歌》虽然失真不少，却是当时流传最广的一个本子，对帮助世人认识顾春功不可没。他在其中写了不少评语，且在序言中谓："太清词，得力于周清真，旁参白石之清隽。深稳沉着，不琢不率，极合倚声消息。求其诣此之由，大概明以后词未尝寓目，纯乎宋人法乳，故能不烦洗伐，绝无一毫纤艳涉其笔端……太清词，其佳处在气格，不在字句。当以全体大段求之，不能以一二阕为论定，一声一字之工拙，此等词无人能知，无人能爱，夫以绝代佳人而能填无人能爱之词，是亦奇矣。夫词之为体，易涉纤佻。闺人以小慧为词，欲求其深稳沉着，殆百无一二焉。"①言辞热烈可说是无以复加。

淡泊宁静的气格

蕙风论词，以重、拙、大为主。"重者，沉着之谓，在气格，不在字句"②，"气格"即词中的思想情感，太清词的佳处也是在气格，不在字句。而况蕙风虽属常州一派，对词中寄托思想情感的理解却并非忠爱缠绵，而是"身世之感，通于性灵"③。他认为真正的寄托是像唐之《金荃》、宋之《珠玉》那样，不刻意追求，却"流露于不自知，触发于弗克自已"④。那么，况氏所欣赏的气格究竟是什么呢？笔者以为从《蕙风词话》的两则词论中可以揣摩一二：

> 填词第一要襟抱。唯此事不可强，并非学力所能到。向伯恭

---

① 况周颐撰《东海渔歌序》，西泠印社本，转引自《顾春词新释辑评》第672页。

② 唐圭璋编《词话丛编·蕙风词话》，中华书局1986年版，第4406页。

③ 同上书，第4526页。

④ 同上。

虞美人过拍云："人怜贫病不堪忧，谁识此心如月正涵秋"，宋人词中，此等语未易多觏。①

向伯恭此词所体现的襟抱即一种安贫乐道的淡泊宁静。秋天清冷的月光笼罩着全地，是一种无限的温柔和包容，表达了一种"不以物喜，不以己悲"的淡泊情怀。

> 问：填词如何乃有风度。答：由养出，非由学出。问：如何乃为有养。答：自善保吾本有之清气始。问：清气如何善保。答：花中疏梅、文杏。亦复托根尘世，甚且断井、颓垣，乃至摧残为红雨犹香。②

蕙风此喻与向伯恭词本质相通，即不管在怎样的环境下，经历怎样的挫折艰难，那一颗平和淡定的心却不为所动，就像落花犹香一样，达到宠辱皆忘的境界。

如前文所述，太清受道家思想影响甚深，这不只反映在她对自然的态度上，她的词中也体现出一种对淡泊出世的追求，并且能以空灵之笔营造出一种静水流深般的意境。如《醉翁操·题云林湖月沁琴小照》：

> 悠然，长天，澄渊，渺湖烟，无边。清辉灿灿兮婵娟，有美人兮飞仙。悄无言，攘袖促鸣弦。照垂柳，素蟾影偏。　羡君志在，流水高山。问君此际，心共山闲水闲？云自行而天宽，月自明而露溥。新声和且圆。轻徽徐徐弹。法曲散人间。月明风静秋夜寒。

① 唐圭璋编《词话丛编·蕙风词话》，中华书局1986年版，第4430页。
② 同上书，第4412页。

《词征》卷一说《醉翁操》这一词牌在清朝只得三阕,"其一为女史吴苹香作,见花帘词"①。这是误载,《花帘词》中并无《醉翁操》,只有一首《高阳台·云林姊嘱题〈湖月沁琴〉小影》。唯有顾春作了这首《醉翁操》,且意境情味都颇不俗。蒋哲伦曾撰《顾春和她的〈醉翁操〉》一文专门鉴赏此词,分析得极为透彻。唯一不足之处是受当时资料所限,她将许云林的小照误以为是元代画家倪云林的丹青了。

《醉翁操》这个词牌虽然韵密,但因为句短,起句十一个字竟押了五个韵,几乎两字一韵,且押的是平声,所以倒不觉得迫促,反有一种泉水丁冬的乐感。词人用字又都是清灵悠远的,极适合表达操琴者骚雅洒脱的琴心。上片塑造了缥缈宁静的湖景和仙女般姿态娴雅的操琴者,下片则抒写琴心,从"羡君志在,流水高山"到"新声和且圆"仿佛流水一泻而下,又像乐音轻轻滑过,毫无凝滞之感,正如蒋哲伦所说,"散而不漫,清而有骨,别有一番韵致"②。而且"心共山闲水闲"、"云自行而天宽,月自明而露溥"都洋溢着一种天人合一的自在和喜悦,表现出词人和操琴者共同追慕的情怀。最后以景结情,"月明风静秋夜寒",将琴声、琴心都收束在这优美的意境中。又如《沁园春·桃花源次夫子韵》:

> 一夜东风,吹醒桃花,春到人间。趁月朗风柔,扁舟一棹,绿波渺渺,花影珊珊。洞里有天,天涯有路,风月莺花终古闲。惜春去,怕桃花结子,冷落神仙。　　此中大好盘桓。有人面,依稀似旧年。怅前度刘郎,如今老去,玄都种树,树已含烟。日暮天寒,露滋风损,开落无心谁与传。认不出,似婷婷倩女,素魄娟妍。

这首词写桃源春景。上片起句有顿入之势,春风仿佛是极有力量

① 唐圭璋编《词话丛编·词征》,中华书局1986年版,第4089页。

② 蒋哲伦著《词别是一家》,上海社会科学院出版社2005年7月第1版,第241页。

的，洋溢着大地春回的欣喜。接下来从“趁月朗风柔”一直到“风月莺花终古闲”一气呵成，朗朗上口，仿佛能感受到词人顺流而下，再寻洞而去那轻快雀跃的脚步。下片词人运用典故，崔护的人面桃花，刘禹锡的玄都种桃，令人觉得既美且憾。人已逝，花依旧，在山谷中自开自落，千古不变。上片的“终古闲”和下片的“开落无心”两相呼应，摹画出桃花虽有艳质，却清心淡泊、静如止水的襟怀，就像“婷婷倩女”却有着“素魄”一样，应该是词人的自况吧。

《沁园春》这个词牌韵比较疏，上片十三句只有四平韵，下片十二句也只有五平韵。这样在韵与韵之间就有充分的空间可以酝酿感情，仿佛水库蓄水一般，到结韵时描写和情感都已相当丰沛了。所以不管是辛弃疾用来写“叠嶂西驰，万马回旋，众山欲东”的豪情，还是顾太清用来抒风月莺花独往还的清气，都显得是淋漓尽致、情韵饱满。再如《惜秋华·题竹轩王孙祥林小照》：

万里高空，度西风画出，一行飞雁。三径菊花，东篱露黄开遍。遥山淡染青螺，爱野色、行寻步缓。消遣。惜秋光，好把寒香偷剪。

不问秋深浅。待白衣送酒，倒翠樽花畔。逍遥甚，更脱帽垂襟疏懒。王孙富贵风流，况大隐，旁人争羡。舒眼。任天涯、日酣云展。

这虽然是一首题画词，但其中也寄托了词人自己的生活追求。上片渲染画面的背景，从天边的飞雁到脚边的东篱秋菊，再抬眼看远远的青山，仿佛水墨一般，画主在这野色之中漫步细看，满心是对这自然秋光的爱惜，整个情景不就是“采菊东篱下，悠然见南山”的翻版吗？但画主对自然的态度又不同于一般的伤春悲秋，“不问秋深浅”是一种既享受自然又不为自然所束缚的境界，管它秋来秋去，我自潇洒如故。“脱帽垂襟”、“倒翠樽花畔”的姿态淋漓尽致地表现了画主脱俗不羁的性情。最后更是一笔点睛，“舒眼，任天涯、日酣云展”传神刻画出画主放任天涯的舒展自由，令人艳羡。这样的画面极合太清的本性，所以她写来是特别的活色生香，其景如在目前，令人顿起乡隐之意。

况蕙风将太清与纳兰容若比较，说："欲以妍秀韶令，自是容若擅长，若以格调论，似乎容若不逮太清。"①应是指太清词体现出的清气和襟怀胜过了纳兰的哀感顽艳。这是他个人的偏好，也确是太清词的一大特点。但为何他又说"此等词无人能知，无人能爱"呢？笔者认为这涉及他对当时女性词评价标准的担忧，他在《玉栖述雅》中说："盖论闺秀词，与论宋元人词不同，与论明以后词亦有间"，不同之处就在于"但当赏其慧，勿容责其纤"，可见当时人看女性词还是比较注重细腻巧慧之美的，而顾春的"深稳沉着"只怕会不合于时。事实证明，蕙风是过虑了，因为审美标准也是随着创作的发展而发展的，好的作品能够扭转或者扩展审美趣味，就像苏轼"以诗为词"扩大了词境一样，顾春那些意境浑成、清新淡远的作品并没有招致非议，反而为女性词的王国添了新案。

写意传神的词境

叶嘉莹先生称顾春"感觉锐敏，用笔深细，往往能在日常景物情事中，写出常人之所未见，出人意外，入人意中"②，这确实是懂得顾春词的好处的。如《鹧鸪天·荠菜》：

> 溪上星星小白花，也随春色斗豪奢。绿波渺渺天边水，细草盈盈一寸芽。　　春有限，遍天涯，千红万紫互交加。野人自有真生趣，桃叶携筐亦可夸。

① 况周颐撰《东海渔歌序》，西泠印社本，转引自《顾春词新释辑评》，第672页。

② 《徐灿词新释辑评总序》，叶嘉莹撰，中国书店出版社2003年1月第1版，第4页。

荠菜平常之极，极少有文人注意到它。而顾春却像为它作泼墨水彩一样，寥寥几笔就神韵俱出，“星星小白花”和“盈盈一寸芽”的稚嫩可爱的荠菜就像“绿波渺渺”一样一直蔓延到天边，这和现代文里常用的麦浪、花海的比喻差不多，却并无磅礴大气，独具娇柔之美。又如《醉桃源・题墨栀团扇寄云姜》：

> 花肥叶大两三枝，香浮白玉卮。轻罗团扇写冰姿，何劳腻粉施。　新雨后，好风吹，闲阶月上时。碧天如水影迟迟，清芬晚更宜。

“肥”字可说是难登大雅之堂，历来唯有易安居士的“绿肥红瘦”备受称赞。而太清这句“花肥叶大两三枝”也颇有举重若轻之感，仿佛两三笔就勾勒出栀子花丰润的体态，那肥厚的花瓣好像润泽的白玉杯一般，还浮动着醉人的香气。下片是由团扇展开的想象，雨后风清月明、碧空如洗，仿佛能嗅到扇子上随风散出的清甜花香，怎不令人心旷神怡呢？难怪况周颐赞道“不黏不脱，咏物上乘”，词人无一句不是写团扇，却又无一句是只写团扇。

顾春很喜欢用水墨作画，不只是画洁白的栀子花时“何劳腻粉施”，画浓艳的牡丹时她也是“不作可怜红”，这种雅好素净的审美观和她词中清新淡远的意境是一致的。她的许多词都像是一幅淡扫的水墨画，如她的一首《江城子・题孙子勤〈西溪纪游图〉》就被况周颐评为“不烦色泽”①。

水墨画以写意写神为要，顾春也极善于营造言有尽而意无穷的词境，《醉翁操》一阕就是例子。另如她的一首《定风波》咏一个夜来香花架，歇拍云：“闲向绿槐阴里挂，长夏，悄无人处一声蝉”，况周颐就赞道“此则以意境胜，毋庸刻画为工也”②。还有一首《十六字令》：

---

① 《东海渔歌》词评，西泠印社本，转引自《顾春词新释辑评》，第289页。

② 唐圭璋编《词话丛编・玉栖述雅》，中华书局1986年版，第4607页。

听，黄鹤楼中两三声。仙人去，天地有余青。

是咏奕绘买得的一枝古玉笛，奕绘已为之赋《翠羽吟》一阕，太清谦道："不敢复作慢词，谨赋《十六字令》，聊博一笑塞责。"但这首小令却充满灵气，胜过长篇大论。一个"听"字让读者不由得提起精神等待着，周围顿时一片寂静，仿佛听到几声玉笛，却又捉摸不定。"天地有余青"融合了崔灏"白云千载空悠悠"和钱起"江上数峰青"的精髓，而自成一境。顾春作画是"两三枝"，摹音是"两三声"，就像她的词一样点到即止，整个情境却烘染而出，显得莹润饱满。

周济在《介存斋论词杂著》中说："意感偶生，逐境必悟，冥发妄中"，偶然的情境，偶然的感触，都能引发丰富的联想，都有个人的体悟，随心一写，无意之中就写得好了。这属个人的灵性，与学养无关。太清学词是在和奕绘成婚十年之后，其时她已三十五岁了，此后十年是她作词的黄金期。她少年颠沛，未必能有系统的学习，所以她的词就像贺双卿的词一样，以新奇敏锐的触觉为上，再加上细腻沉静的心灵，就常常弥漫着一种如梦似幻的迷离气息。如《早春怨・春夜》中的"红楼不闭窗纱，被一缕、春痕暗遮"，那空气中若有似无的春之气息仿佛能触到一般。《金缕曲・咏白海棠》也是，"冰绡雾縠谁烘染？爱依依、柔条照水，靓妆清艳。墙角绿阴栏外影，印上芸窗冰簟。隔一片、清阴黯淡"，阑干、窗纱，都是似乎隔断了人与景，却又隔不断那花气氤氲、月光清冷，满纸弥漫，芳心若醉。《定风波・拟古》写思妇之情，句句都有朦胧晕染之美，首句"花里楼台看不真，绿杨隔断倚楼人"是绿意葱茏，第二句"谁谓含愁独不见，一片，桃花人面可怜春"是桃花掩映，第三句"芳草萋萋天远近，难问，马蹄到处总销魂"是芳草蔓延，末句"数尽归鸦三两阵，偏衬，萧萧暮雨又黄昏"是雨雾濛濛，难怪该词被况周颐评为"饶有烟水迷离之致"了。烟水迷离、雾里看花般却又形神兼备，确实是顾春词的美丽之处。

明快朴素的挚情

太清嫁入王府之后结交了不少官宦眷属，如许云林、许云姜、项屏山、沈佩如、李纫兰等都是她词中频频念及的好姐妹。她们结社题诗、次韵填词、悠游山林、赏花踏寺，还不时互赠时鲜或精巧的工艺品。那是一段神仙般的日子，太清自己也津津乐道"少长咸集邀女伴，也算，瑶池小宴会神仙"，满心希望"愿得一生长聚首，丝竹事，乐中年"。但人生往往是事与愿违的，开心的日子没过多久，太清就开始经历一次又一次的送别，在一年之内送云姜归扬州，送石珊枝回杭州，又送纫兰往大梁，真是"年来送客愁相踵"了。

太清和这些姐妹之间的感情是深挚的，在《杏花天·同游南谷，云林妹先返，怅然赋此》中太清对"方七日，唱予和汝"的朝夕相伴都觉得不满意，埋怨云林"匆匆返，去而不顾"，云林或许安慰她说不过小别而已，但她却依然执着于"虽云小别愁难诉，彼此相思情互"，如此浓情难怪况周颐会惊叹："情深乃尔，是亦独牿"了。

这样的同性情谊给她的词增添了一种明快朴素的风格，如《江城梅花引·雨中接云姜信》中的"快些开，慢些开，不知书中安否费疑猜"将那种接到友人书信的激动急切的心情表现得如在目前。太清擅长用重叠词营造回环复沓的乐感，在这首词中也表现得特别明显，如上阕末云"江南北，动离愁，自徘徊"，下阕就用了"顶真"的修辞接上说"徘徊，徘徊，渺予怀"，紧接着又是"天一涯，水一涯，梦也梦也梦不见，当日裙钗"，真仿佛肆口而成，毫无雕琢之迹。况周颐不由赞道"情文相生，自然合拍"，吟哦之间确有朗朗上口的乐感。又如《浪淘沙慢·久不接云姜信，用柳耆卿韵》：

又盼到、冬深不见，故人消息。况当雪后，几枝寒梅，绿萼如滴。对暗香疏影思佳客。细思量、两地相思，怕梦里，行踪无准，各自都成悲戚。　无极，九回柔肠，十分幽怨，不啻海角天涯，难寄伤心泪，虽暂成小别，也劳心力。回首当初，在众香国里花同惜。最无端、寒来暑往，天天使人疏隔。问何时，共倚阑干曲，坐西窗剪烛，千言与万语，叨叨不尽，说从前相忆。

这首词读来真是柔肠百转、絮絮叨叨，词人的思绪纷繁跳跃，既倾诉自己的思念，又担心对方也受着相思之苦，既回忆当初的相聚，又埋怨长久的分离，既期待将来的重逢，重逢的时候却又想到此刻相忆，真是层层叠叠，愈翻愈多。况周颐评这首词是"朴实言情，宋人法乳，非纤艳之笔、藻缋之工所能梦见"，是的，它虽貌似繁杂，却因发自肺腑而不嫌琐碎，未经雕琢而真情毕现。

太清的好友几乎都是杭州人，这与她早年在苏杭的成长经历有关。在《同治甲子伏日屏山姊以其少君仁山学士画团扇嘱予题并言山势颇似北高峰》一诗中太清说："万叠北高峰，引动思乡意"，可见她心中把杭州也当作故乡的。或许正是出于这份同乡之谊吧，她对清代另一位杰出的女词人吴藻感觉颇为亲切。在那首《金缕曲·题〈花帘词〉寄吴苹香女士》中，顾春开篇就赞吴藻"何幸闻名早"。吴藻在乾嘉时期的词坛声名确实远高过顾春，当时的各种词话中频频可见她的名字。当然这并不表示顾春之才不及吴藻，或是因为贵族身份的缘故，顾春的交往圈子集中在官宦女性身上，在她的密友中较为知名的词人只有沈善宝一人，而吴藻词集中则多有和当时的男女词人互赠之作，身处浙派中心的她几被许为浙派后身了。而《东海渔歌》却是在民间极其难寻的本子，冒广生苦觅十年依然未获，所以顾春的才名只局限在宗室贵族之中也就不足为奇了。

虽是"欲见无由缘分浅"，但以词为媒，顾春对吴藻的了解还是深刻的。在这首词中，她没有敷衍地堆积赞美之辞，而是看到了吴藻的愁心是"落花流水难猜料"的不如意的婚姻，安慰她"正无妨、冰丝写怨，云笺起草"，就藉文字和音乐来倾诉你的愁情吧。"有美人兮倚修竹"也是吴藻词中频频出现的一个意象，顾春无疑看出了那孤独的幽谷佳人是苹香的自我写照。出于这样的心有戚戚，顾春也对这位从未谋面的才女倾心吐意："叹空谷，知音偏少。只有莺花堪适兴，对湖光山色舒长啸，"她是将吴藻引为知音的，她自己心中也有那难以排遣的愁闷之情。末句"愿寄我，近来稿"表达了她期待和吴藻有进一步交往的愿望。只是这首词载于《东海渔歌》卷一，是时顾春的交往圈子还很窄。后来她形成了一个比较固定的五六人的圈子，陶醉在现实的姐妹情谊中，和吴藻的这份神交也就没有继续了。

作为满族第一女词人，顾春既有满人的直爽大气、自由热情，也有文人的细腻沉静、善感多思，再加上她独特的想象力和感受力，她的词就仿如一块清澈的水晶，美轮美奂而不矫揉造作，晶莹剔透而不单调乏味，散发出一种浑然天成的美感，正如况周颐所赞，是"深稳沉着，不琢不率，纯乎宋人法乳"。不只在满族文人中，即使放眼整个女性词坛，也堪称个中翘楚。

20 世纪以来《弥勒会见记》研究综述

李　梅

20 世纪初德国考察队从新疆盗掘并带走《弥勒会见记》残卷，1959 年回鹘文《弥勒会见记》和 1975 年吐火罗文 A(焉耆文)《弥勒会见记剧本》在哈密和焉耆的发现，引起了国外学界的广泛关注，“对于我国民族史、戏剧史、宗教史等的研究来说，也是弥足珍贵的”①。《弥勒会见记》的研究经历了一个多世纪，黎蔷②、杨富学③等学者曾做过一些梳理，随着近年来有关研究成果的不断涌现，勾勒《弥勒会见记》的研究轨迹显得很有必要。

一　关于《弥勒会见记》的文本和版本

《弥勒会见记》描绘了未来佛弥勒的生平事迹，主要叙述了弥勒离开师傅、离开家乡、赴正觉山会见佛祖释迦牟尼并拜其为师，获得佛果成道，成为未来佛的故事。根据书写文字的不同，《弥勒会见记》有吐火

---

① 季羡林《吐火罗文〈弥勒会见记〉译释》，《季羡林文集》第 11 卷，江西教育出版社 1998 年版，第 15 页。

② 黎蔷《中国最早佛教戏曲〈弥勒会见记〉考论》，《中华戏曲》1999 年第 2 期；《20 世纪西域古典戏剧文本的发掘与研究》，《文学遗产》2003 年第 4 期。

③ 杨富学《百年来回鹘文文学研究回顾》，《西域研究》2000 年第 4 期；《西域敦煌回鹘佛教文献研究百年回顾》，《敦煌研究》2001 年第 3 期。

罗文和回鹘文两种写本。研究者根据回鹘文本的第三章结束语的一段原文判断，它首先是由梵语译成吐火罗语（此处指古焉耆语），而后又从吐火罗语译成突厥（即回鹘）语。[①] 梵文本至今未见，就现存两种写本又可根据收藏地的不同，分成不同的版本。

（一）吐火罗文A（焉耆文）《弥勒会见记剧本》根据收藏地点的不同分为两个版本："德国本"和"新博本"。学界通常认为吐火罗文有两种方言，"A方言主要在焉耆地区流行"，"B方言流行地区主要在库车（龟兹）"[②]。德国探险家1906年5月在新疆焉耆的舒木楚克遗址所发现吐火罗文A本《弥勒会见记》。德国学者泽格（E. Sieg）和泽格陵（W. Siegling）将这些残卷以拉丁字母转写，他们的研究《吐火罗文残卷》（*Tocharische Sprachreste*）1921年在德国出版，被季羡林名之为"德国本"[③]。

1975年3月，新疆考古工作者在焉耆城七个星千佛洞北大寺发现了吐火罗文A（焉耆文）《弥勒会见记》，季羡林先生对其进行了鉴定和研究[④]，此即现藏新疆维吾尔自治区博物馆的"新博本"。季羡林于1998年在柏林和纽约出版了"新博本"《弥勒会见记剧本》的英文译释专著。[⑤] 他认为："德国本数量并不少，只是很分散，连续在一起的比较少。……以幕数而论，德国本要比新博本多，但不像新博本这样集中，新博本的绝大部分都集中在第一、二、三、五四幕，而德国本则范围要大，详细的幕数目前尚无法确定。"[⑥]

---

① 伊斯拉菲尔等《回鹘文〈弥勒会见记〉第二幕研究》，《新疆社会科学》1982年第4期。

② 季羡林《弥勒信仰在新疆的传布》，《文史哲》2001年第1期。

③ 季羡林《吐火罗文〈弥勒会见记〉译释》，《季羡林文集》第11卷，江西教育出版社1998年版，第15页。

④ 季羡林《吐火罗文A（焉耆文），〈弥勒会见记剧本〉与中国戏剧发展之关系》，《社会科学战线》1990年第1期。

⑤ Ji Xianlin, Werner Winter, Georges-Jean Pinault, *Fragments of the Tocharian A Maitreyasamiti-Nataka of the Xinjiang Museum, China*, Mouton de Gruyter, Berlin. New York, 1998.

⑥ 季羡林《吐火罗文〈弥勒会见记〉译释》，《季羡林文集》第11卷，江西教育出版社，1998年第15页。

（二）回鹘文《弥勒会见记》根据收藏地点的不同，亦可分为“德国本”和“新博本”，但我们习惯将后者称为“哈密本”。上世纪初德国考察队在勒柯克吐鲁番木头沟和胜金口等处发现的回鹘文《弥勒会见记》残叶，德国学者葛玛丽（V. Gabain）于 1957 年①和 1961② 年影印刊布了保存在德国梅因茨和柏林两处的回鹘文《弥勒会见记》残卷，她认为残卷共有六种写本，两种为“胜金口本”、两种为“木头沟本”，其余两种的出土地点尚未查明，③以上诸种皆归为“德国本”。

1959 年 4 月在哈密县天山公社脱木耳提出土了回鹘文《弥勒会见记》，吴震报道了被发现过程和写本形制④。我们习惯称之为“哈密本”。这个本子“最后两章已缺，现存一个序文和正文二十五幕。这是《会见记》篇幅最多、内容最为完整的一次发现。”⑤。1988 年，耿世民与德国学者克林凯特（Klimkeit）共同协作出版了“哈密本”的德文译释本。⑥“我国哈密本《会见记》写本虽然在数量上远远超过德国考古队以前在吐鲁番地区所得的本子，但仍不是完本。”⑦

---

① Annemarie von Gabain, *Maitrisimit. Faksimile der altturkischen Version eines Werkes derbuddhistischen Vaibhasika-Schule*.〔Ⅰ〕. facsimile hrsg. v. Annemarie v. Gabain. Mit einer Einleitung von Helmuth scheel. Wiesbadan, 1957.

② Annemane von Gabain, *Maitrisimit. Fakslmile der altturkischen Version eines Werkes derbuddhistischen Vaibhasika-Schule*.〔Ⅱ〕. facsimile hrsg. v. Annernarie v. Gabain. Mit einern Geleitort von Richard Hartmann. Berlin, 1961.

③ 斯拉菲尔·玉素甫、多鲁坤·阚白尔、克尤木·霍加《回鹘文弥勒会见记》第 1 卷，新疆人民出版社 1987 年版，第 3 页。

④ 吴震《哈密发现大批回鹘文写经》，《文物》1960 年第 5 期。

⑤ 《中国戏曲志·新疆卷》，中国 ISBN 中心出版 1995 年版，第 535 页。

⑥ Geng Shimin und Hans-Jaochin Klimkeit, *Das Zusammentreffen mit Maitreya. Die erster fünf Kapitel der Hamiversion der Maitrisimit*. Otto Harrassowitz, Wiesbaden, 1988.

⑦ 耿世民《回鹘文佛教原始剧本〈弥勒会见记〉第二幕研究》，《西北民族研究》，1986 年（试刊）。

（三）其他版本情况。泽格和泽格陵及葛玛丽在其著作中都不约而同地提到了新疆有关弥勒的其他诸多文本的文献，致使很多学者以为《弥勒会见记》还有几种完全不同的梵文本、巴利文本、于阗文本、藏文本、汉文本、粟特文本。[①] 季羡林先生明确指出：以上种种皆为《弥勒授记经》的范畴。他认为新疆发现的诸种语言的弥勒文献，主要包括了《弥勒会见记》和《弥勒授记经》两个系统，两组佛典内容情节基本相似，但《弥勒会见记》内容要丰富得多。《弥勒授记经》短而《弥勒会见记》长，后者把前者包括在里面了。西方一些专门探究这个问题的学者并没把这个问题搞清楚。[②] 通过季氏的详细阐述，我们了解到《弥勒会见记》的异本，除了吐火罗文本和回鹘文本及所从来的"印度文"本和葛玛丽所提及的粟特文本再无其他，但可惜两者均是至今未见，前者不知是梵文抑或其他文字，后者"至今还笼罩在一团迷雾中"[③]。

吐火罗文本和回鹘文本的关系，季羡林先生认为"这两个本子，虽然在不少地方有一定的距离，但是在另外一些地方则几乎是字与字句与句都能对得上的，称之为翻译完全符合实际情况"[④]。耿世民进一步认为，文献中称说吐火罗本是从梵语制成的，回鹘文本是从吐火罗语译成突厥语，而所谓制成可能是根据梵语本编成，而不是译本可能只是假

---

① 参见斯拉菲尔·玉素甫、多鲁坤·阚白尔、克尤木·霍加《回鹘文〈弥勒会见记〉第二章简介》，《新疆社会科学》1982 年第 4 期。黎蔷《印度梵剧与中国戏曲关系之研究》，《戏剧艺术》1986 年第 3 期。耿世民《古代维吾尔语说唱文学〈弥勒会见记〉》，《中央民族大学学报》2004 年第 1 期。

② 参见季羡林《吐火罗文〈弥勒会见记〉译释》，《季羡林全集·第 11 卷》，外语教学与研究出版社 2009 年版，第 22—123 页。

③ 季羡林《吐火罗文〈弥勒会见记〉译释》，《季羡林全集·第 11 卷》，外语教学与研究出版社 2009 年版，第 121 页。"von Gabain 先说，粟特文本没有发现。以后又说，Olaf Hansen 在 *Jahrbuch der Preussischen Akademie der Wissenschaften*，1939，s. 68 极简短地讲到一个粟特文的关于弥勒的书。此书至今未见。"

④ 季羡林《吐火罗文和回鹘文本〈弥勒会见记〉性质浅议》，《北京大学学报》1991 年第 2 期。

托之辞，实则为当地产物，很可能是受到伊斯兰民族文化的影响所致①。郎樱从语言、叙事方式等方面分析译本亦认为："哈密回鹘本《弥勒会见记》所具有的突厥文化、回鹘文化的特点是鲜明的。"②

二 《弥勒会见记》的释读

经过学者们近一个世纪的努力，吐火罗文和回鹘文《弥勒会见记》终于有了完整和系统的译释本。

（一）吐火罗文A《弥勒会见记剧本》的刊布及译释。1921年泽格和泽格陵《吐火罗文残卷》中的刊布了包括拉丁字母转写的"德国本"③，同新博本只有两面相同。"新博本"的刊布和译介则由国内唯一精通吐火罗语的专家季羡林承担，他以"德国本"和回鹘文"哈密本"为参考，对"新博本"进行了系统的转写和译释，不仅发表了多篇汉文译释的论文④，还与德国温特(W. Winter)和法国皮诺(G. Pinault)合作，刊布了英文译释本，⑤并出版中英文合体的专著的《吐火罗文〈弥勒会见记〉译释》⑥，"是当今世界对

① Geng Shimin, Hans. Joachim Klimkeit, *Das Zusammentreffen Mit Maitreya. Die ersten fuenf Kapitel der Hami-Version der Maitrisimit*. Otto Harrassowitz. Wiesbaden, 1988.

② 郎樱《西域佛教戏剧对中国古代戏剧发展的贡献》，《民族文学研究》2002年第2期。

③ E. Sieg. W. Siegling, *Tocharische Sprachreste* Leipzig ,Berlin, 1921.

④ 季羡林《吐火罗文中的三十二相》，《民族语文》1982年第4期。《新博本吐火罗语A(焉耆语)〈弥勒会见记剧本〉第十五和十六张译释》，《中国文化》1989年第1期。《新博本吐火罗语A(焉耆语)〈弥勒会见记剧本〉第41、20、18张六页译释》，《西北民族研究》1989年第2期。《吐火罗文〈弥勒会见记剧本〉译文——对新疆博物馆本(编号76YQ1.16和1.15)两叶的转写、翻译和注释》，《语言与翻译》1992年第3期等。

⑤ Ji Xianlin, Werner Winter, Georges-Jean Pinault, *Fragments of the Tocharian A Maitreyasamiti-Nataka of the Xinjiang Museum, China*, Mouton de Gruyter, Berlin. New York, 1998.

⑥ 季羡林《吐火罗文〈弥勒会见记〉译释》，《季羡林文集》第11卷，江西教育出版社1998年版。

《弥勒会见记》研究的最新成果，代表这一领域研究的最高水平”①。

（二）回鹘文《弥勒会见记》的译介。最早对“德国本”进行介绍的是德国的缪勒(F. W. K. Müller)。1907年，他在《对确定中亚的一种不知名语言的贡献》②中刊布了此书的一段跋文。1916年，他与泽格合作发表的《〈弥勒会见记〉与“吐火罗语”》③中又将回鹘文本和吐火罗文本中的若干段落分别译为德文加以对照，认为前者确系译自后者。1957年和1961年，葛玛丽将这些残卷刊布。1980年，土耳其学者色那西·特肯(Sinasi Tekin)在其书《〈弥勒会见记〉回鹘文译本研究》④中完成了对所有“回鹘本”残卷的转写及德文译释。1997年，劳特(J. P. Laut)又对其进行了新的研究⑤。

最早对“哈密本”进行介绍的是冯家昇，20世纪60年代初他就发表了一些汉译文和评介。⑥ 80年代以后，以耿世民⑦、李经纬⑧、斯拉

① 郁龙余《中国翻译史上的破天荒之作——读季羡林《吐火罗文〈弥勒会见记〉译释》，《学术研究》，2001年第2期。

② F. W. K. Mueller: *Beitrag zur genaueren Bestimmung der unbekanten Sprachen Mittelasien*, SPAW, 1907.

③ F. W. K. Mueller und E. Sieg: *Maitrisimit und "Tocharisch"*, SBAW, 1916.

④ S. Tekin, *Maitrisimit nom bitig. Die uigurische Uebersetzung eines Werkes der buddhistischen Vaibhasika-Schule*, Berlin, 1980.

⑤ J. P. Laut, *Altturkische Handschriften Maitrisimit*, Stuttgart, 1997.

⑥ 冯家昇《1959年哈密新发现的回鹘文佛经》，《文物》1962年7、8合期。

⑦ 耿世民《回鹘文佛教原始剧本〈弥勒会见记〉第二幕研究》，《西北民族研究》，1986年(试刊)。《新发现的回鹘文哈密本〈弥勒会见记〉第二品第十四叶研究》，《新疆大学学报》2006年第6期。注：其译释论文主要以德文发表在外文期刊上，后又将其收入《维吾尔古代文献研究》和《回鹘文哈密本〈弥勒会见记〉研究》中，具体内容请参见以上二书。

⑧ 李经纬《哈密本回鹘文〈弥勒三弥底经〉初探》，《喀什师范学院学报》，1982年第1期。《哈密本回鹘文〈弥勒三弥底经〉第二卷研究》，《民族语文研究论文集》，青海民族出版社1982年。《哈密本回鹘文〈弥勒三弥底经〉第三卷研究》，《中亚学刊》第1辑，中华书局1983年。《哈密本回鹘文〈弥勒三弥底经〉第二卷研究续》、《喀什师范学院学报》1985年第1、2期合刊。《哈密本回鹘文〈弥勒三弥底经〉首品残卷研究》，《民族语文》1985年第4期。

菲尔·玉素甫[①]为代表的学者们发表了译介及研究论文。斯拉菲尔等1987 年合作出版了《回鹘文弥勒会见记》第 1 卷,[②]整理刊布了序言部分与前四章,包括原写本图本、转写、现代维吾尔语与汉文的译文、内容考释等。1988 年,耿世民与德国学者克林凯特共同协作出版了"哈密本"的德文译释本。[③] 这两部专著共同代表了 20 世纪哈密本《弥勒会见记》译介及研究的新水平。2003 年,耿世民将发表于国外的德文译释论文收入《维吾尔古代文献研究》[④]中。2008 年,他又在以往研究的基础上,出版了目前所见最完整的汉文译释本《回鹘文哈密本〈弥勒会见记〉研究》[⑤],通过与德国本的比对,补全了共计二十七章的内容,包括拉丁字母的转写、翻译和注释,导论部分对文本的创作、抄录、发现、收藏和版本等情况也做了说明,并就《弥勒会见记》的主要内容、文体及弥勒佛做了介绍,"该书可以称得上是代表我国乃至世界维吾尔古代文献研究的集大成之作"。[⑥]

总之,目前所见最系统的《弥勒会见记》全译本,一是季羡林的《吐火罗文〈弥勒会见记〉译释》,二是耿世民的《回鹘文哈密本〈弥勒会见

① 斯拉菲尔·玉素甫、多鲁坤·阚白尔、克尤木·霍加《回鹘文(弥勒会见记)第二幕研究》,《新疆社会科学》(维文版及汉文版)1982 年第 4 期。《回鹘文(弥勒会见记)第三幕 1—5 叶研究》,《新疆大学学报》(维文版)1982 年第 1 期。《回鹘文〈弥勒会见记〉第三章简介》,《新疆社会科学》1982 年第 4 期。《哈密本回鹘文(弥勒会见记》第三品(1—5 叶)研究》,《民族语文》1983 年第 1 期。《回鹘文〈弥勒会见记〉序章研究》,《新疆文物》(维文版及汉文版)1985 年第 1 期。

② 斯拉菲尔·玉素甫、多鲁坤·阚白尔、克尤木·霍加《回鹘文弥勒会见记》第 1 卷,新疆人民出版社,1987 年。

③ Geng Shimin und Hans-Jaochin Klimkeit, *Das Zusammentreffen mit Maitreya. Die erster fünf Kapitel der Hamiversion der Maitrisimit.* Otto Harrassowitz, Wiesbaden, 1988.

④ 耿世民《维吾尔古代文献研究》,中央民族大学出版社,2003 年。

⑤ 耿世民《回鹘文哈密本〈弥勒会见记〉研究》,中央民族大学出版社,2008 年。

⑥ 张建国《一部维吾尔古代文献研究的巅峰之作——评耿世民著《回鹘文哈密本〈弥勒会见记〉研究》,伊犁师范学院学报,2010 年第 1 期。

记〉研究》。中外学者经过长期的努力,从零散的刊布、转译、注释论文到专著的结集出版,不仅使《弥勒会见记》的译介趋向系统化,更为研究的深入提供了基础和可能。

三　《弥勒会见记》的成书年代

关于《弥勒会见记》的成书年代,德国学者托马斯(W. Thomas)认为吐火罗文残卷写成于 6 至 8 世纪之间,比回鹘文残卷早三四百年。① 季羡林基本同意上述观点,认为“时间估计为唐代”②。

(1) 对回鹘文《弥勒会见记》的成书年代,国内外学者分歧则较大。有三种说法:(1)公元 8—9 世纪形成说。此观点的以葛玛丽、色那西·特肯和耿世民、斯拉菲尔·玉素甫、多鲁坤·阚白尔为代表。葛玛丽在 1957 年发表的研究文章中,认为该本抄于 9 世纪,译书年代则更早一些。③ 1970 年土耳其学者色那西·特肯④则根据葛玛丽所刊的一件文献中的施主名为 Klanpatri(来自梵文 Kalyanabhadra,意为“普贤”),与高昌出土的公元 767 年回鹘文庙文中的施主为同一人,他结合该写本的字体特点,认为回鹘文《弥勒会见记》成书于 8 世纪。德国学者勒柯克依据吐鲁番出土的“胜金口本”《弥勒会见记》所具有的语言与文学特征,认为约形成于公元 8—9 世纪。耿世民认为“根据此书现存的几个写本文字都属于一种古老的所谓写经体,再考虑到当时高昌地区民族

---

①　季羡林《谈新疆博物馆藏吐火罗文 A〈弥勒会见记剧本〉》,《文物》,1983 年第 1 期。

②　季羡林《吐火罗文 A(焉耆文)〈弥勒会见记剧本〉与中国戏剧发展之关系》,《社会科学战线》1990 年第 1 期。

③　Annemarie von Gabain, *Maitrisimit. Faksimile der altlurkischen Version einesWerkes derbuddhistischen Vaibhasika-Schule*. 〔I〕. facsimile hrsg. v. Annemarie v. Gabain. Mit einer Einleitung von Helmuth scheel. Wiesbadan, 1957.

④　S. Tekin, Zur Frage der Datierung Uigurischen Maitrisimit, MlO, 16, 1970.

融合的情况(当地操古代焉耆语的居民在 8—9 世纪时应已为操突厥语的回鹘人所同化吸收),我认为《弥勒会见记》至迟应成书于 8—9 世纪之间。"[①]斯拉菲尔·玉素甫等之前主张"哈密文本是在高昌回鹘汗国初期(公元 850—1250 年)抄成的"[②],后来又"认为成书于八—九世纪之间的观点比较正确"[③]。张龙群通过对《序章》的研究,认为"此抄本的成书年代当在高昌回鹘汗国建立王朝二三十年以后,也就是公元九世纪下叶"[④]。

(2) 公元 10—11 世纪形成说。持 10 世纪形成说的主要是法国学者哈密顿(J. Hamilton)与我国学者冯家昇。1958 年,哈密顿根据葛玛丽发表的影印本发表书评,就该本字体与敦煌出土的属于 10 世纪之大部分回鹘文写本字体相同为据,认为应属 10 世纪[⑤]。冯家昇则认为译经的年代不应早于 840 年回鹘人西迁之前,也不能晚到 11 世纪以后。"至于十一世纪以后则又太晚,可能那时候当地人经二、三百年之久已被回鹘人融合而不通吐火罗语(按指古代焉耆语)了"[⑥],故主张此经翻译于 10—11 世纪之间;耿世民在 1980 年发表的《唆里迷考》一文中认为,哈密本《弥勒会见记》成书于 10 世纪左右。[⑦] 1981 年他又提出新的看法(见前文),在 1988 年与克林凯特合著的德文《弥勒会见记(前五

---

① 耿世民《古代维吾尔语佛教原始剧本〈弥勒会见记〉(哈密写本)研究》,《文史》,1981 年第 12 辑。

② 斯拉菲尔·玉素甫、多鲁坤·阚白尔、克尤木·霍加《回鹘文〈弥勒会见记〉第二幕研究》,《新疆社会科学》1982 年第 4 期。《回鹘文〈弥勒会见记〉第三品 1—5 叶研究》,《民族语文》1982 年第 1 期。

③ 斯拉菲尔·玉素甫、多鲁坤·阚白尔《回鹘文大型佛教剧本〈弥勒会见记〉》,《新疆艺术》1985 年第 1 期。

④ 张龙群《哈密本回鹘文〈弥勒会见记〉序章简论》,《新疆艺术》1992 年第 5 期。

⑤ J. Hamilton, *Review of A. Von Gabain, Maitrisimit*, T'oung Pao 46, 1958.

⑥ 冯家昇《1959 年哈密新发现的回鹘文佛经》,《文物》1962 第 7、8 合期。

⑦ 耿世民《唆里迷考》,《历史研究》1980 年第 2 期。

品)》中耿世民又认为藏于德国的回鹘文《弥勒会见记》诸本可能译成于9—10世纪，而哈密本则抄成于1067年。①

(3)“羊年”说。以多鲁坤·阚白尔和耿世民为代表，同样是“羊年”，前者持公元767年说，后者则认为是公元1067年。多鲁坤·阚白尔②认为《弥勒会见记》形成于公元767年，其依据是《弥勒会见记》的序言中“把此功德首先施向我们的登里牟羽颉毗伽狮子登里回鹘皇帝陛下。”公元767年是羊年，是牟羽可汗当政时期，也是回鹘汗国的昌盛时期；他还以色那西·特肯的意见(即施主名为Klanpatri与高昌出土的公元767年回鹘文庙文中的施主为同一人)作为助证，证明《弥勒会见记》抄写于公元767年。耿世民则推算“羊年闰三月”则是在公元1067年。③ 曲六乙则结合彼时印度与西域的文化交流，佛教、译经及佛教诗人、剧作家马鸣在西域的深广影响等，认为回鹘文本《弥勒会见记》出现早于公元767年。④

四　《弥勒会见记》是戏剧吗

《弥勒会见记》的文体一直是学界讨论的热点，争论的焦点主要集中在它是否是戏剧。

(一) 吐火罗文A《弥勒会见记剧本》的文体之辨

吐火罗文本出现了剧本(nātaka)这个名称，泽格和泽格陵1921年

---

① Geng Shimin, Hans. Joachim Klimkeit, *Das Zusammentreffen Mit Maitreya. Die ersten fuenf Kapitel der Hami-Version der Maitrisimit*. Otto Harrassowitz. Wiesbaden, 1988.

② 多鲁坤·阚白尔《〈弥勒会见记〉成书年代新考及剧本形式新探》，《戏剧》1989年第1期。

③ 耿世民《回鹘文哈密本〈弥勒会见记〉研究·导论》，中央民族大学出版社2008年版，第4页。

④ 曲六乙《〈弥勒会见记〉的发现与研究——中国历史上最早的一个戏剧文本》，《剧本》2010年第8期。

认为其戏剧的性质模糊而淡薄，因此否认它是一个剧本，尽管他们看到了标明其戏剧特征的名称及“幕间插曲终”、“全体下”等舞台术语，但仍说：“我们的本子是用散文夹杂着韵文写成的，完全是叙事的，一点也不让人想到是戏剧，nātaka 这个名称标明它应该是戏剧。”“可是从内容上来看，这部作品一点也不给人戏剧的印象。它同其他散文夹诗的叙事文章一点也没区别。”31 年后，他们承认了《弥勒会见记》的剧本性质。不仅认为舞台术语是戏剧的标志，而且认为“丑角”的出现证明其必定是戏剧无疑。① 其实在泽格和泽格陵以前，法国学者列维（S. Lévi）早已认为这是一部戏剧：既然有 nātaka 这个词儿，又有一些舞台术语，这当然就是戏剧无疑了。② 之后，温特又根据动词时态的变换只限于戏剧，进一步肯定了它的戏剧性。③ 吐火罗文“德国本”是剧本的标志有四：（1）文本名称有 nātaka（剧本）这个词；（2）有“幕间插曲终”、“全体下”等舞台术语；（3）有丑角；（4）有动词时态变换。

季羡林在《吐火罗文 A 中的三十二相》一文中就“新博本”的文体进行了研究，他说：“这一部书不是经，而自称是剧”是“一部叙述弥勒会见释迦摩尼如来佛的剧本”④。又在《谈新疆博物馆藏吐火罗文 A〈弥勒会见记剧本〉》中进一步指出：文本名称“Maitreyasamiti-Nātaka”中的“Nātaka”来自梵文，释义“剧本”，“既然自称剧本，又用幕这个字，那么它不是剧本又是什么呢？”⑤后来季氏又将吐火罗文本和回鹘文本联系起来考察，明确指出，吐火罗文《弥勒会见记》是一个剧本。“无论在

① Werner Winter, *Some Aspects of "Tocharian" Drama: Form and Techniques*, Studia Tocharica, Poznan 1984, p. 48.

② S. Lévi, *La Sūtra du Sage et du Fou dans la Littérature de L'Asie Centrale*, JA207, 2(October-December 1925), pp. 304—332.

③ Werner Winter, *Some Aspects of "Tocharian" Drama: Form and Techniques*, Studia Tocharica, Poznan 1984, p. 48. 60—63.

④ 季羡林《吐火罗文 A 中的三十二相》，《民族语文》1982 年第 4 期。

⑤ 季羡林《谈新疆博物馆藏吐火罗文 A〈弥勒会见记剧本〉》，《文物》1983 年第 1 期。

形式方面还是在技巧方面，都与欧洲的剧本不同。带着欧洲的眼光来看吐火罗剧必然格格不入。”①当然，这个吐火罗文剧本严格说起来，“它只是一个羽毛还没完全丰满、不太成熟的剧本。”②他进一步指出：“《弥勒会见记剧本》产生时代至晚是在唐代。这样一来，中国戏剧史一下子就拉长了六、七百年。真正的戏剧史也应该重写了。”③

（二）回鹘文本《弥勒会见记》的体裁之争

回鹘文《弥勒会见记》的体裁归属问题，引起了国内外学者的争议和考辨，随着研究的日益深入，学者们的认识越来越明晰：戏剧的雏形——戏剧文学——说唱文学——指图讲故事。

国外最早关注回鹘文《弥勒会见记》体裁的是德国学者葛玛丽，她认为《弥勒会见记》是在回鹘人所谓的新日（yangrkttn）时向佛教信徒们演唱的剧本：“《弥勒会见经》可以说是（回鹘）戏剧艺术的雏形。在民间节日，如正月十五日，（回鹘）善男信女云集寺院，他们进行忏悔，布施，为死去的亲人进行超度，晚上听劝谕性故事，或者欣赏演唱，挂有连环画的有声有色的故事。讲唱人（可能由不同的人扮演不同的角色）向人们演唱诸如《弥勒会见经》之类的原始剧本，或者讲说某法师同其学生关于教义的对话。从而达到向群众宣传教理的目的。”④

国内最早对回鹘文本进行研究的著名历史学家冯家昇认为：“它大概是由《贤愚经》卷十二《波婆离品》演绎而成的一种变文。”⑤李经纬继

---

① 季羡林《吐火罗文和回鹘文本〈弥勒会见记〉性质浅议》，《北京大学学报》1991 年第 2 期。

② 季羡林《吐火罗文〈弥勒会见记〉译释》，《季羡林文集》第 11 卷，江西教育出版社 1998 年版，第 8 页。

③ 季羡林《新博本吐火罗语 A（焉耆语）〈弥勒会见记剧本〉第十五和十六张译释》，《中国文化》1989 年第 1 期。

④ 葛玛丽《高昌回鹘汗国（公元 850—1250）》，《新疆大学学报》1980 年第 2 期。

⑤ 冯家昇《1959 年哈密新发现的回鹘文佛经》，《文物》1962 第 7、8 合期。

承了这种观点，认为："这里的《弥勒会见记》、《弥勒会见经》和《弥勒三弥底经》等名称，实际上都是同一种回鹘文佛经的不同译名。"[①]斯拉菲尔·玉素甫等认为《弥勒会见记》"是属于佛教小乘派的舞台作品"[②]。它"充满了浓厚的剧本色彩，具备剧本的特征"[③]。耿世民认为："《弥勒会见记》是公元八至九世纪用古维吾尔语写成的一部长达二十七幕的原始剧本，它不仅是我国维吾尔族的第一部文学作品，同时也是我国各民族(包括汉族)现存最早的剧本。"[④]1986 年，黎蔷从佛教、梵剧东传与回鹘剧的关系入手，详细分析了《弥勒会见记》的形式、内容，认为"它无疑是我国古代人民所喜闻乐见的戏剧表演艺术作品"[⑤]。1999 年，他又在《中国最早佛教戏曲〈弥勒会见记〉考论》[⑥]中重申了此观点。

有学者对《弥勒会见记》的剧本体裁提出了质疑。姚宝瑄对比了不同文本的《弥勒会见记》，发现从吐火罗文译为回鹘文时，它的戏剧特征明显减弱，已经变得类似讲唱了。[⑦] 沈尧指出："以无限制的全知视角连贯叙述一个以情节为结构中心的故事——这种叙事模式充分显示出，《弥勒会见记》已不具备戏剧的品格，而具备了叙事的讲唱文学的品格。"[⑧]对此说法，曲六乙"还有保留"，他认为"中国戏曲剧本文学与传统说唱文学有着密切血缘联系，许多剧种的剧本文学脱胎于说唱文学"[⑨]，

---

① 李经纬《哈密本回鹘文〈弥勒三弥底经〉首品残卷研究》，《民族文学》1985 年第 4 期。

② 斯拉菲尔·玉素甫、多鲁坤·阚白尔、克尤木·霍加《回鹘文〈弥勒会见记〉第二章简介》，《新疆社会科学》1982 年第 4 期。

③ 斯拉菲尔·玉素甫、多鲁坤·阚白尔《回鹘文大型佛教剧本〈弥勒会见记〉》，《新疆艺术》1985 年第 1 期。

④ 耿世民《古代维吾尔佛教原始剧本〈弥勒会见记〉研究》，《文史》1981 年第 12 期。

⑤ 黎蔷《印度梵剧与中国戏曲关系之研究》，《戏剧艺术》1986 年第 3 期。

⑥ 黎蔷《中国最早的佛教戏曲〈弥勒会见记〉考论》，《中华戏曲》1999 年第 2 期。

⑦ 姚宝瑄《试析古代西域的五种戏剧——兼论古代戏剧与中国戏曲的关系》，《文学遗产》1986 年第 5 期。

⑧ 沈尧《〈弥勒会见记〉形态辨析》，《戏剧艺术》1990 年第 2 期。

⑨ 曲六乙《宗教祭祀仪式：戏剧发生学的意义》，《西域戏剧与戏剧的发生·代序》，新疆人民出版社 1992 年版，第 2 页。

通过对少数民族戏剧和傩戏的田野考察和对比，认为《弥勒会见记》具有戏剧和对话体叙事说唱文学的双重属性。① 孙崇涛也认为，“它若是以佛教题材的剧本焉耆语本《弥勒会见记剧本》为蓝本改制，就不排除它仍是戏剧剧本的可能”②。

《弥勒会见记》不同文本之转型引发了学者们的思考。廖奔将这种转型的情况进行了阐述，认为回鹘文本戏剧因素不断减少的原因，乃是梵剧东渐、文化转型期的阶段性呈现物。③ 至于为什么会转型，孙玫则认为：“智护法师翻译《弥勒会见记》的动机，是弘扬佛法而非传播戏剧。由于回鹘文化里没有戏剧这种形式，他自然不会去硬性推广这种大家都还不熟悉的新形式，而改用回鹘民众所喜闻乐见的讲唱形式来传播《弥勒会见记》的内容。”④学者们都看到了回鹘文本《弥勒会见记》独特的一面，借助传播学、宗教学等内容对文本进行综合考察，拓宽了研究。

研究者在回鹘文《弥勒会见记》体裁问题上，前后认识亦有不同。季羡林先生将吐火罗文本和回鹘文本加以对照后认为：“我始终强调的是吐火罗文和回鹘文《弥勒会见记》的戏剧性质，而这种戏剧又与我们通常所认为的戏剧不同，是看图讲故事的戏剧。”⑤后来他指出，回鹘文本与吐火罗文本相比，“看上去一点剧本的痕迹都不存在了，但是内容却基本未变，它完全变成了一篇叙事文学作品”，之所以如此，他认为是因为宣扬弥勒信仰的对象变了，民族和传统庆典习惯变了，因此回鹘文本《弥勒会见记》“才由剧本转变为内容几乎完全相同的非剧本的叙事文学”⑥。耿

---

① 曲六乙《中国戏曲史里一种怪现象——说唱文学输入戏曲的独特形态》，《中国戏剧》1995 年第 11 期。

② 孙崇涛《西域戏剧文献的发现及研究》，《民族艺术》1997 年第 2 期。

③ 廖奔《从梵剧到俗讲——对一种文化转型现象的剖析》，《文学遗产》1995 年第 1 期。

④ 孙玫《“中国戏曲源于印度梵剧说”再探讨》，《文学遗产》2006 年第 2 期。

⑤ 季羡林《吐火罗文和回鹘文本〈弥勒会见记〉性质浅议》，《北京大学学报》1991 年第 2 期。

⑥ 季羡林《弥勒信仰在新疆的传布》，《文史哲》2001 年第 1 期。

世民先生曾确切地说过回鹘文《弥勒会见记》是戏剧，但“现在比较倾向于说它是戏剧的雏形，或相当于敦煌发现的汉文变相、变文文体，或是‘指图讲故事’”①。美国学者梅维恒（V. Mair）在《绘画和表演》（*Painting and Performance*）一书中讨论了《弥勒会见记》的文体，也认为是指图讲故事。② 季、耿两位研究《弥勒会见记》的专家，对回鹘文本的体裁认识都从戏剧转向了叙事文学，从一个侧面证明了《弥勒会见记》文体本身的复杂性。

《弥勒会见记》两种文字的写本虽然内容相仿，但风格两样，两者的剧本性质都不明显，尤其是在戏剧特征上后者更少。学者们经过半个多世纪的讨论，不断加深对文本的认识，在争论和考辨中发现，单一的判定并不符合这一文本作为宗教剧的特殊性，结合多学科对文本进行综合研究，才能更科学地揭示它的真面目。文体之争其实都是看到了文本戏剧性的某一侧面，因为无论指图讲故事抑或讲唱文学，都与戏剧有着千丝万缕的关系，尤其是原始戏剧阶段，首先我们不能用欧洲或者现代的戏剧概念或理论加以判定。其次，如果再结合当地民族习惯和宣传佛教的特点，那么这种带有浓厚的“突厥文化、回鹘文化”③特色的宗教原始戏剧无论如何都可以视作是中外戏剧和宗教文化交流的特定产物了。

五　有关《弥勒会见记》的其他研究

除了诸上研究内容，学者们还从宗教文化、语言学等方面对《弥勒会见记》展开探讨。

---

① 耿世民《古代维吾尔语说唱文学〈弥勒会见记〉》，《中央民族大学学报》2004 年第 1 期。

② ［美］梅维恒著，王邦维、荣新江和钱文忠译《绘画与表演》，北京燕山出版社 2000 年 6 月版。

③ 郎樱《西域佛教戏剧对中国古代戏剧发展的贡献》，《民族文学研究》2002 年第 4 期。

季羡林先生认为吐火罗文本“是一个佛典,内容基本上是小乘的,但是已经有了大乘佛教的滥觞”①。维吾尔族学者亦认为回鹘文哈密本《弥勒会见记》“是属于佛教小乘派的舞台作品”②。学界对弥勒信仰的研究,基本上以汉译佛经为主,《弥勒会见记》和新疆其他有关弥勒的佛教文献的出土,提供了印度佛教东传新疆的资料,弥补了弥勒信仰流播史研究资料的空白。季羡林先生通过对弥勒信仰在梵文、巴利文、于阗文、粟特文、回鹘文、吐火罗文(包括《弥勒会见记》)佛教典籍中的情况进行了详细分析,将弥勒信仰经印度到新疆再到中原的传播路径及流布情况梳理出来,强调了弥勒佛在佛教由印度传入中国的过程中所起的重要作用。他说:“印度佛教东传,新疆首当其冲。因此,弥勒在佛教东传过程中所起的特殊作用,古代新疆各族(当时称成城郭)人民,必先有所了解和觉察。这就是弥勒信仰在新疆许多地方都流行的根本原因。”“弥勒信仰在新疆以及后来在中国内地之所以能广泛流布,历久不衰,是与救世主思想分不开的。”而这种救世主思想又是受到了波斯的影响,“这与佛教小乘自力解脱的思想大相径庭,是佛教史上的一大转变、一大进步”③。季先生的研究凸显了新疆在弥勒信仰传播中的地位,也看到了佛教东传时由小乘向大乘的滥觞轨迹。

耿世民对回鹘文哈密本《弥勒会见记》具体的佛教内容中地域和天界部分的20—27诸章进行了译释及研究,“介绍了中亚突厥人关于末日论的范例”,他联系另一回鹘文佛教文献《十叶道譬喻鬘》及印度撰述《大事》中的地狱描写,又结合印度佛教的《十诵律比丘戒》的僧人忏悔和西域俗人忏悔的特点(汉传佛教、摩尼教、景教、祆教的影响),认为《弥勒会见记》在地狱和天界思想“这方面虽溯源于印度,但它又是中亚

---

① 季羡林《吐火罗文和回鹘文本〈弥勒会见记〉性质浅议》,《北京大学学报》1991年第2期。

② 斯拉菲尔等《回鹘文〈弥勒会见记〉第二章简介》,《新疆社会科学》1982年第4期。

③ 季羡林《弥勒信仰在新疆的传布》,《文史哲》2001年第1期。

各种宗教文化的综合产物”①。除此之外，耿世民还就“德国本”第十品、第十一品、第十三到十六品的具体内容作了详细的文本译释和研究，其中不乏有关佛教内容的阐释。②

学者们从印度戏剧和中国戏剧的关系对《弥勒会见记》进行了研究。很多学者都从《弥勒会见记》中看到了印度戏剧对西域戏剧、中原戏剧的影响。季羡林研究了《弥勒会见记》从印度经丝绸之路传入新疆再入中国内地的传播线索，揭示出中印戏剧方面的相互交流和影响。③黎蔷认为“沿着佛教的足迹，印度梵剧事实上已东传我国，并影响和促进了中国戏曲艺术的成熟和发展”。他指出，中国中原地区广为敷演的“目连戏”导源于西域佛教戏剧，“目连救母”戏剧情节最早就是出自《弥勒会见记》。④ 廖奔⑤从历史文化的角度分析了梵剧东来之势的形成和东渐轨迹及原因，还具体阐述了《舍利佛传》和《弥勒会见记》在转型阶段的情形，论述了梵剧进而影响中国戏曲的叙事文体和音乐结构的情况。曲六乙在认为：“《弥勒会见记》是一部非常有价值的历史珍品，是研究我国多民族戏剧发展史的瑰宝，也是中外宗教戏剧交流的结晶。”“总之，从《舍利佛传》到《弥勒会见记》译本的发现，至少说明：一，作为各种文化的交汇点，新疆地区在吸收并传播外来戏剧文化方面，作

---

① 耿世民《回鹘文〈佛教启示录〉德文本序言》，《维吾尔古代文献研究》，中央民族大学出版社 2003 年版，第 299 页。

② 耿世民《维吾尔古代文献研究》，中央民族大学出版社 2003 年版，第 92—288 页。

③ 季羡林《吐火罗文 A（焉耆文）〈弥勒会见记剧本〉与中国戏剧发展之关系》，《社会科学战线》1990 年第 1 期；《弥勒信仰在新疆的传布》，《文史哲》2001 年第 1 期。

④ 黎蔷《印度梵剧与中国戏曲关系之研究》，《戏剧艺术》，1986 年第 3 期；《敦煌学中目连与目连戏》，《戏曲研究》，1990 年第 38 期；《中国最早佛教戏曲〈弥勒会见记〉考论》，《中华戏曲》1999 年第 23 期；《20 世纪西域古典戏剧文本的发掘与研究》，《文学遗产》2003 年第 4 期。

⑤ 廖奔《从梵剧到俗讲——对一种文化转型现象的剖析》，《文学遗产》1995 年第 1 期。

出了突出的贡献。它进行得最早，吸收得最丰富，也显示了巨大的魄力。二，不论《弥勒会见记》等译本在新疆地区是否用回鹘语演出过(目前尚无确凿证明资料)，作为一定程度上维吾尔族化的文学剧本，产生的年代远超过南宋的戏文剧本，这必将改变人们对我国戏剧发展史上的某些似乎已成定论的传统见解。”[①]郎樱[②]、高人雄[③]及龙志强[④]等学者亦有相似的认识。

学者们对《弥勒会见记》还进行了语言学方面的研究。劳特(J. P. Laut)于1986年在《早期突厥及其佛教文献》中，对回鹘文“德国本”和“哈密本”的语言进行了比较研究。张铁山逐字逐行地进行了不同文本间的语言比对。[⑤] 艾力·阿布拉研究了回鹘本《弥勒会见记》中的对偶词。[⑥] 热孜亚·努日对《弥勒会见记》的名词[⑦]和方言归属[⑧]进行了研究。迪拉娜·伊斯拉非尔对《弥勒会见记》的动词词法结构进行了统计和归纳。[⑨] 柳元丰从语音方面对《弥勒会见记》进行了语言学描述。[⑩]

综上所述，学者们多角度的探讨，使得《弥勒会见记》的研究更加深入、细致、具体，《弥勒会见记》的研究也越加丰富。

---

① 曲六乙《中国少数民族戏剧丛书·代序》，中国戏剧出版社1987年版。

② 郎樱《西域佛教戏剧对中国古代戏剧发展的贡献》，《民族文学研究》2002年4月。

③ 高人雄《〈弥勒会见记〉与中国戏曲——古代维吾尔族戏剧与中国戏剧之刍议》，《新疆大学学报》2005年第5期。

④ 龙志强《印度梵剧影响中国戏曲研究述评》，《艺术百家》2007年第1期。

⑤ 郑玲、雷宁《〈弥勒会见记〉述评》，《文艺评论》2013年第2期。

⑥ 艾力·阿布拉《〈弥勒会见记〉之中的对偶词研究》，新疆师范大学硕士论文，2011年6月。

⑦ 热孜亚·努日《回鹘文哈密本〈弥勒会见记〉名词研究》，中央民族大学硕士论文，2006年4月。

⑧ 热孜亚·努日《〈弥勒会见记〉属于n-方言吗?》，《呼伦贝尔学院学报》2006年第2期。

⑨ 迪拉娜·伊斯拉非尔《回鹘文哈密本〈弥勒会见记〉动词词法分析》，中央民族大学硕士论文，2005年5月。

⑩ 柳元丰《回鹘文〈弥勒会见记〉的语音研究》，《喀什师范学院学报》2008年第1期。

明末清初传奇叙事结构范型研究

李昕欣

晚明至清初传奇叙事结构演变的过程中，曲家辈出、作品丰富，但是如果考察传奇的叙事结构从探索期到成熟期的不断发展过程，不难发现随着旧范式的隐去和新范式的形成，传奇的叙事结构演变中带有某种传承性，这种在不同阶段出现的具有某些相似特质的传承性典型可以称之为"范型"。在晚明至清初传奇叙事结构的演变过程中，出现了"以舞台为中心"和"以象征为中心"的两大范型，下文就将对两大叙事结构范型的表现及成因进行探讨。

"工师之奇巧"——从沈璟到李玉、李渔

从身处探索期的沈璟对传奇叙事结构进行的一系列突破和变革，到清初李玉和李渔在剧作中完成精致化的叙事结构范式，其中经历了近百年的努力。但通过从沈璟到李玉、李渔创作的考察可以体会出他们对传奇叙事结构的要求是一致的。他们都坚持"场上之曲"，以舞台为中心，对叙事结构追求"不落窠臼、情理之中"，可以说三者的作品都属于"工师之奇巧"的范型。

（一）"场上之曲"的舞台用意

沈璟意识到戏曲结构对于舞台演出的重要性，因此将注意力也注

入戏曲结构的创新上，这在同时代作家中是遥遥领先的。他带有一种艺术自觉性，意识到常套会使舞台演出逐渐失去新鲜感和吸引力，从而导致民间观众的流失，因此特别注重结构上的推陈出新。而到了李玉和李渔的时代，他们作为职业戏曲作家，对舞台的重要性已经有了深入的理解，在作品的叙事结构上更加注重主线的突出和舞台的调度。

关于沈璟对“场上之曲”的追求，在他的曲律、唱词方面都有所体现，关于这些前人之述备矣。值得注意的是，在他作品的叙事结构中，即使很小的细节处理也能体现他的舞台用意。如“添出”的问题，吕天成曾在评论《义侠记》时说“但武松有妻，似赘。叶子盈添出，无紧要”[①]。关于这一点，赵景深在《读曲随笔·沈璟》中提出了自己的看法：“所谓‘武松有妻似赘’，即第三、九、十五、二十、三十一这五出……振铎以为‘贾氏的增入，作者大约以为生旦的悲欢离合已成了一个传奇不可避免的定型，故遂于无中生有，硬生生将武行者配上一个幼年订婚的贾氏’。这话很对。我以为除了这个原因以外，在演全本时，藉此可以使武松节劳，无须每出出场，也是一个重大的原因，否则一个人支持到底，恐怕谁也要感到这是太重头了吧！”沈璟之所以加入一个原来《水浒传》中没有的虚构人物，并不是硬要构建生旦离合，而是考虑到演员在舞台上演出时的效果。到了李玉和李渔这样职业的传奇作家手中，舞台用意就贯穿于作品的叙事结构设置中。他们的作品中许多小人物的出场和生旦戏份的相应减轻，都源于对舞台演出效果的深刻认识和应用。

又如对剧本长度的变革。传奇体制庞大，常有“但恐舞榭歌楼，曲未终而夕阳已下，琼筵绮席，剧方半而鸡唱忽闻，则此滔滔汩汩之文，终非到处常行之技”[②]的问题。从沈璟到李玉、李渔，他们都认识到观众构成中不仅有文人墨客士大夫，更多的是来自民间的普通民众，这些下层观众没有足够的时间观看长达几十出的整部长篇传奇。因此他们对

---

① 吕天成《曲品校注》，北京：中华书局1990年版，第207页。

② 王鲁川《梦中缘·跋》清乾隆刊本。

传奇的出数都进行了有意识的减缩，以适应舞台演出的需要。沈璟将剧作的出数基本控制在三十出左右，李玉和李渔的作品结构也都巧妙而精干，作品出目都在三十出左右，这样的篇幅在浩如烟海的明清传奇中是难得一见的。

（二）面向大众文化的叙事结构追求

从沈璟到李玉、李渔，他们的作品中都能感受到面向大众文化的亲和态度。这与他们身处的文化环境和自身对传奇创作目的之理解密不可分。

沈璟于明嘉靖三十二年（公元1553年）生于苏州府吴江县松陵镇，除了在京为官的十五年，他的岁月都在家乡度过。李玉是苏州派的代表人物，虽然生平不详，但可知他必然深受苏州市井文化的浸染。李渔的传奇作品大多创作于杭州和南京，这也是两个经济和市民文化发达的城市。城市中的戏曲演出传统不可避免地在他们的创作过程中留下深刻的烙印，产生不可忽视的影响作用。

苏州吴江一带自古繁华，经济的发达刺激娱乐业的勃兴。尤其在明代万历以后，商品经济的发达促使资本主义萌芽的产生，物质生产进一步加快，使作为民间娱乐的主要项目——戏曲演出，获得了蓬勃发展的时机。当时的民间演出非常频繁，走上了商业化和正规化的道路。规模之大如张岱《陶庵梦忆》记载的一年一度苏州“虎丘曲会”，曲友鳞集，景象壮观：“自生公台、千人石、鹤涧、剑池、申文定祠，下至试剑石、一二山门，皆铺毡席地而坐。登高望之，如雁落平沙，霞铺江上。天暝月上，鼓吹百十处，大吹大擂，十番铙钹，渔阳掺挝，动地翻天，雷轰鼎沸，呼叫不闻。”[①]而苏州枫桥杨神庙一次职业戏班演出竟达“四方来观者数十万”的地步。[②] 平时迎神赛社、节年之庆是也都有热闹的演出。

---

① 张岱《陶庵梦忆·卷五·虎丘中秋夜》，上海：远东出版社1996年版，第152页。

② 同上书，第112页。

"立春日前期，县官督委坊甲，整办什物，选集方相，戏子、优人、小妓装扮社火，教习两日，谓之演春。""是月，坊巷乡村各为天曹神会，以赛猛将之神，……自元旦至十五日或二十日而罢，罢日有力者搬演杂剧，极诸靡态，所聚不下千人。"这样的记载从明代弘治元年莫旦《吴江志》到清乾隆十一年沈彤《吴江县志》屡见不鲜。而且经过魏良辅改革的昆腔新声，也是率先在吴中地区流行开来。万历年间开始，吴门更成为学习昆腔的正宗。"自吴人重南曲，皆祖昆山魏良辅。"①"上有天堂，下有苏杭"，杭州是与苏州相提并论的经济和文化发达的城市，南京则是商业演出和出版业方面都很知名的都市。

俗语说，"一方水土养一方人"，《汉书·地理志》有这样的记载："凡民函五常之性，其刚柔缓急，音声不同，系水土之风气，故谓之风。"可见古人也意识到，生存于一种文化传统中，长期受环境的浸染熏陶，思想性格上必然有所反映。

因此沈璟深受吴中地区戏曲传统的影响，且有深入观察和了解市井生活的机会和可能。吕天成说他"生长三吴歌舞之乡，沉酣胜国管弦之籍。妙解音律，兄妹每共登场，雅好词章，僧妓时招佐酒"②。且《南词全谱原叙》中说他"间从高阳之侣，出入酒社间，间有善讴，众所属和，未尝不倾耳而注听也"。可见他归隐后有更多机会接触戏曲，不仅是士大夫的私人戏班，还有很多是民间的商业化演出，他从中看到戏曲广泛的群众基础和在舞台上才能真正发挥出来的强大艺术魅力，因而产生贴近民间欣赏趣味的大众文化追求倾向是很自然的。

到了李玉和他所代表的苏州派，随着大众文化的日益兴盛，专为戏班演出而写剧本成为了职业作家的一种必然选择。"为迎合或供给各

---

① 沈德符《顾曲杂言》(《中国古典戏曲论著集成》第四册，第 212 页)，北京：中国戏剧出版社 1959 年版。

② 吕天成《曲品校注》，北京：中华书局 1990 年版，第 30 页。

剧团的需要而写作着多量的剧本，这当是李、朱们努力作剧的一个解释吧。”“第二期是李玉、朱氏兄弟们的时代。这是寒儒穷士，出卖其著作的劳力，以供给各地剧团的需要的一个时代。作剧者于抒写性灵、夸耀才华之外，还不得不迎合市民们的心理，撰写他们喜爱的东西，像公案戏一流的曲本。”①虽然郑振铎用的是“不得不”一语，但是仔细想来，此时大众文化的影响力也足以使剧作家的创作冲动一触即发。

李渔则通过自身的努力，完成了他面对大众文化的叙事结构追求。他曾提出了自己的三大创作目的，其一为“填词之设，专为登场”舞台性，其二为“雅俗共欢、智愚共赏”通俗性，其三为“一夫不笑是吾忧”娱乐性。这三点既可以看作是他对自己作品的定位，也可以理解为他对面向市民大众的传奇作品的创作要求。这三点的提出和完成，都与他长期与通俗文化的接触和深受城市文化的影响不可分割。

纵观从沈璟到李玉、李渔以及与他们同时代的一批作家，这些以舞台为中心的剧作家们由于相同的创作目的和相似的文化环境，在无意识的共同努力下促使同一范型的形成。在近百年的时光中，这一范型由大刀阔斧的突破到精心雕琢的工巧，勾勒出精致化叙事结构范式形成的脉络。

“境界自在我心”——从汤显祖到洪昇、孔尚任

汤显祖、洪昇和孔尚任在叙事结构方面形成的范型，表现出一种对象征化艺术效果的追求。这种重视，实质上源于他们的才子禀赋、传“奇”的文学主张和重“情”的审美追求。这样“以象征为中心”的范型是他们标举自我主体精神的创作态度的表现，在继承与发展的过程中，“境界自在我心”的重点并没有转移。

---

① 郑振铎《插图本中国文学史》，北京：北京出版社 1999 年版，第 1013、1014 页。

(一)“才子”的禀赋与审美追求

汤显祖生于江西临川,那是一个历来人杰地灵的福地洞天。临川才子在文学史上光彩夺目,从北宋词人二晏,到唐宋八大家中的曾巩、王安石;从影响深远的江西诗派到江南四才子陈、罗、章、艾,临川水土孕育的文人墨客为中国文学留下了流光溢彩的篇章。生长于这样一处“才子之乡”,汤显祖必然是带着些才子气的,更何况他出身于书香世家,而且从小天资聪颖,颇有“神童”的天赋。“汤奉常绝代奇才,冠世博学。”“情痴一种,固属天生;才思万端,似挟灵气。”[①]有这样的家世背景、天资禀赋,加之有徐良傅、罗汝芳两位名师的指点,汤显祖走着一条与传统少年才俊们大致无二的成才道路。

洪昇1645年生于浙江钱塘,曾先后师事陆繁弨、沈谦、毛先舒。陆繁弨擅长骈体文,沈谦词曲上造诣很深,毛先舒作为知名学者善填词、通音律。在几位老师的教导下,天资聪颖的洪昇打下了很好的诗文基础。后来他在京师又曾向王士祯、施闰章学诗,更提升了文学修养。为后来的传奇创作做了良好的铺垫。

孔尚任是山东曲阜人,孔子第六十四代孙。康熙二十三年(公元1684年)他三十二岁时,康熙皇帝南巡返京时赴曲阜祭孔,他应召御前讲经,深受赏识,由国子监生破格为国子监博士,由此可见他才学的过人。将这样的才情运用于传奇创作,再加入呕心沥血的精神,怎能不使作品奇美异常。

从汤显祖到洪昇、孔尚任,时光如白驹过隙,但是他们作为才子的禀赋和审美追求的重心并没有转移。他们的才气和禀赋,都不允许他们在创作过程中采用因袭前人、沿用旧套的方便法门,而是会独辟蹊径,在传奇结构上同样如此,无论这种创新是不是自觉。他们的传奇叙事结构都有端庄雅正、和谐完满的特点,体现出“尚雅”的一面。

---

① 吕天成《曲品校注》,北京:中华书局1990年版,第34页。

（二）"传奇"的文学主张

十六世纪开始，明代社会经济的变化、思想的震荡，都带给传奇作家们一种强烈的逆反心理，促使他们挣脱规范的旧套，在传奇创作中大胆的求新求奇，并总结出一整套颇成体系的传奇理论。倪倬在《二奇缘传奇小引》中说："传奇，纪异之书也。无奇不传，无传不奇。"①明末茅暎《题牡丹亭记》云："第曰传奇者，事不奇幻不传，辞不奇艳不传；其间情之所在，自有而无，自无而有，不瑰奇愕眙者亦不传。"②从汤显祖到洪昇、孔尚任，他们对传奇文体的"奇"的特点一直予以密切的关注，在创作中时刻将求新、求奇作为重点。

汤显祖是主张"传奇"的作家群中一员。他为《虞初志》、《续虞初志》所作的序言和评语中，有过这样的评述："以奇僻荒诞，若灭若没，可喜可愕之事，读之使人心开神释，骨飞眉舞"，"奇物足拓人胸臆，起人精神。"③可见他对"传奇性"的推崇。他"传奇"的文学主张同时也在他对唐传奇的熟悉与热爱中有所表现。他的主要作品都取材于唐传奇，《紫钗记》取自蒋防的《霍小玉传》，《南柯记》取自李公佐的《南柯太守传》，《邯郸记》取自沈既济的《枕中记》，《牡丹亭》的题材来源主要是话本《杜丽娘慕色还魂》，此外他还参考了《搜神后记》中的《李仲文女》、《冯孝将子》、《列异传》中的《谈生》。汤显祖还综合运用了段成式《酉阳杂俎》中《郑琼罗》、裴铏《传奇》中《张云容》、于逖《闻见录》中《画工》、唐陈玄佑《离魂记》中的许多细节，进行融会贯通地创新，构建新的叙事结构。唐传奇在情节结构方面的艺术经验定会让汤显祖在具体创作的过程中有所借鉴，而这种传奇性里蕴涵的创新精神又带给汤显祖潜移默化的启

---

① 蔡毅《中国古典戏曲序跋汇编》，济南：齐鲁书社 1989 年版，第 1383 页。

② 毛效同《汤显祖研究资料汇编》，上海：上海古籍出版社 1986 年版，第 853 页。

③ 汤显祖《点校虞初志序》(《中国历代文论选》第三册，第 154 页)，上海：上海古籍出版社 1980 年版。

发和鼓励。“传奇”成为汤显祖对作品的自觉追求。而要达到“传奇”的效果，就要不断自出机杼、求新求奇，突破传统的叙事结构范式。

而孔尚任同样也主张“传奇”的文学追求。他在《桃花扇·小识》中谈到“传奇者，传其事之奇焉者也，事不奇则不传。桃花扇何奇乎？妓女之扇也，荡子之题也，游客之画也，皆事之鄙焉者也；为悦己容，甘面以誓志，亦事之细焉者也；伊其相谑，借血点而染花，亦事之轻焉者也；私物表情，密缄寄信，又事之猥亵而不足道者也。桃花扇何奇乎？其不奇而奇者，扇面之桃花也；桃花者，美人之血痕也；血痕者，守贞待字、碎首淋漓不肯辱于权奸者也；权奸者，魏阉之余孽也；余孽者，进声色，罗货利，结党复仇，隳三百年之帝基者也。帝基不存，权奸安在？惟美人之血痕，扇面之桃花，啧啧在口，历历在目，此则事之不奇而奇，不必传而可传者也。人面耶？桃花耶？虽历千百春，艳红相映，问种桃之道士，且不知归何处矣”。洪昇曾在《长生殿·例言》中说到“棠村相国尝称予是剧乃一部闹热《牡丹亭》，世以为知言”。他自己对这个评价是认可的，但还是谦虚地说自己“文采不逮临川”，可见在作品“传奇”的文学主张上是与汤显祖一致的，体现出一种继承性。

（三）“主情”的戏曲观

汤显祖“主情”的戏曲观的形成，与从王阳明到泰州学派的理论有很深的渊源。

明代统治伊始，主张存“天理”去“人欲”的程朱理学就被尊为学术的唯一正统和维护社会伦理纲常的理论基础，笼罩了整个明代社会和文化思想。“理”上升到精神上的统治地位，甚至推及处理任何事“恒以理相格”，而不考虑人的情感。而历史发展到十六世纪，封建社会发展到成熟期也是走向衰落的开始，此时的晚明社会内部矛盾日益尖锐，在社会经济生活中已缓慢地萌发出了某些资本主义性质的生产关系因素，市民阶层的生活方式和思想观念也开始在社会上发生相当的影响。传统的程朱理学，已难以像原来那样起到维系人心、巩固封建统治秩序的有效作用。于是，知识分子对程朱理学以理制情的理论发出了某种抗议和批判。王阳明心学理论的出现，是一个重要的标志。

王阳明在贵州龙场领悟“格物致知”之理，倡导“知行合一”，宣称作为“天理”的“良知”就在人的心中。① 其后泰州学派中的颜钧、罗汝芳、李贽等人，对于程朱理学以“理”抑“情”的理论进行了激烈的批判。泰州学派的主要代表都反对把“天理”与“人欲”对立起来，反对程朱“惩忿窒欲”的修养方法。他们认为，“制欲非体仁”。“惩忿窒欲”只是一种克制欲望的方法，而不是体现和达到“仁”的途径。他们推崇孟子的扩充“四端”说和王阳明的“致良知”说，认为“如此体仁，何等直捷”。所以“赤子良心不学不虑”，它不须克制，不须外求，而“当下浑沦顺适”，即只要顺着本心去发挥，就自然会符合“天理”之善。他们十分重视保持和发扬每个人的“童心”之真，并公开宣称“穿衣吃饭，即是人伦物理”。总之，他们的这些思想，对于当时束缚人们思想行为的封建礼教和维护这些礼教的理学形成了巨大的冲击。

汤显祖师从泰州学派的著名学者罗汝芳，同时代的学者李贽给他以很大影响，因此他也成为这股怀疑和批判程朱理学思潮中的重要一员。从汤显祖在《牡丹亭题词》中所说的“第云理之所必无，安知情之所必有”一语中，可以看到在受到泰州学派理论深刻影响的基础上，汤显祖形成了自己“主情”的文学观。与泰州学派的学者们所不同的是，他选择了通过戏曲这种艺术形式来表达自己的文学和哲学思想。

这种选择与历代有独特思想和灵魂的文人所走过的道路可谓是一脉相承。正如楚辞之于屈原，宋词之于苏轼，小说之于曹雪芹，戏曲对于汤显祖来说不再仅仅是娱乐教化的手段和休闲消遣的方式，而成为了抒发自我主体精神和思想的载体，是他张扬自我，宣泄感情的方式。在戏曲中，他真实表达自己的思想感情，体现他所持的“主情”戏曲观。

---

① 王守仁《寄邹谦之》(《王阳明全集·卷六·文录》，第 202 页)，上海：上海古籍出版社 1992 年版。

读过《牡丹亭》的人都难以忘记汤显祖热情洋溢的歌颂："情不知所起，一往而深，生者可以死，死可以生。生而不可与死，死而不可复生者，皆非情之至也。"①要表现这种电光石火般耀目的感情，作家本身应具备深厚丰富的情感以及特立独行的思想感情，期待时机在作品中喷薄而出。如同曾给予汤显祖极大影响的李贽说的那样："且夫世之真能文者，比其初皆非有意为文也。其胸中有如许无状可怪之事，其喉间有如许欲吐而不敢吐之物，其口头又时时有许多欲语而莫可所以告语之处，蓄极积久，势不可遏。一旦见景生情，触目兴叹；夺他人之酒杯，浇自己之垒块；诉心中之不平，感数奇于千载。既已喷玉唾珠，昭回云汉，为章于天矣，遂亦自负，发狂大叫，流涕痛哭，不能自止。宁使见者闻者切齿咬牙，欲杀欲割，而终不忍藏之名山，投之水火。"②汤显祖提出："世总为情，情生诗歌，而行于神。"他将真实的情感与心灵作为文学的本源和对象，认为只有调动一切艺术手段抒发和展现这种情感才是文学的主要功能。

汤显祖所主之"情"，具有个性意识的内涵，他主张在作品中充分展现这种独立自由的个性意识，所以他会在《牡丹亭》里有那样激动人心的告白。而且他不忌讳表达自己这种思想观念，哪怕这不为同时代的正统思想所接受。明代陈继儒曾在《批点牡丹亭题词》中记载这样一件事："张新建相国尝语汤临川云：'以君之辩才，握麈而登皋比，何渠出濂、洛、关、闽下？而逗漏于碧箫红牙队间，将无为青青为衿所笑！'临川曰：'某与吾师终日共讲学，而人不解也。师讲性，某讲情。'张公无以应。"③正因为"某讲情"，所以当情与理发生了矛盾时，

① 汤显祖《牡丹亭记题词》(《中国文学批评资料汇编·明代卷》，第585页)，台北：成文出版社民国六十八年版。

② 李贽《焚书·卷三·杂说》(《中国文学批评资料汇编·明代卷》，第622—623页)，台北：成文出版社，民国六十八年版。

③ 陈继儒《晚香堂小品》(《中国文学珍本丛书第一辑》卷二十二，第42页)，上海：贝叶山房民国二十五年版。

他会选择服从于情。正如他本人所说:“第云理之所必无,安知情之所必有耶。”①汤显祖的观念里,“情”的激荡是超越任何外在力量的个性价值的体现,无论是正统伦理的规范,还是自然的规律如死生,都不能阻止和扼杀这种“情”。为了抒发这种“情”,汤显祖表现出了原创的精神,《牡丹亭》的结构不同于以往作品,全新的矛盾冲突,全新的起承转合,一切都是不沿袭前人模式的全新创造。

在洪昇与孔尚任的戏曲观中,也可以看到对“情”的主张和追求,与汤显祖可谓一脉相承。洪昇《长生殿·传概》中写道:“今古情场,问谁个真心到底?但果有精诚不散,终成连理。万里何愁南共北,两心那论生和死。笑人间儿女怅缘悭,无情耳。感金石,回天地。昭白日,垂青史。看臣忠子孝,总由情至。先圣不曾删郑、卫,吾侪取义翻宫、徵。借太真外传谱新词,情而已。”②是“夺他人之酒杯,浇自己之垒块”的异曲同工的表达。徐麟在《长生殿序》中提到洪昇“尝作《舞霓裳》传奇,尽删太真秽事。予爱其深得风人之旨。岁戊辰,先生重取而更定之。或用虚笔,或用反笔,或用侧笔、闲笔,错落出之,以写两人生死深情,各极其臻。易名《长生殿》”。洪昇将“太真秽事”尽删,就是想将李杨之间纯真动人的感情加以纯粹的保留,并通过对这种感情的表现,表达自身对“情”的感悟。

孔尚任《桃花扇序》中谈到“图以署冷官闲,窗明几净,胸有勃勃欲发之文章,而偶然借奇立传云尔”。《桃花扇小引》:“传奇虽小道,凡诗赋、词曲、四六、小说家,无体不备。至于摹写须眉,点染景物,乃兼画苑矣。其旨趣实本于三百篇,而义则春秋,用笔行文,又左、国、太史公也。于以警世易俗,赞圣道而甫王化,最近且切。今之乐,犹古之乐,岂不信哉?《桃花扇》一剧,皆南朝新事,父老犹有存者。场上歌舞,局外指点,

---

① 汤显祖《牡丹亭记题词》(《中国文学批评资料汇编·明代卷》,第585页),台北:成文出版社民国六十八年版。

② 《洪昇集·卷五》,杭州:浙江古籍出版社1992年版,第567页。

知三百年之基业，隳于何人？败于何事？消于何年？歇于何地？不独令观者感慨涕零，亦可惩创人心，为末世之一救矣。盖予未仕时，山居多暇，博采遗闻，人之声律，一句一字，抉心呕成。今携游长安，借读者虽多，竟无一句一字着眼看毕之人，每抚胸浩叹，几欲付之一火。转思天下大矣，后世远矣，特识焦桐者，岂无中郎乎？予姑俟之。"可见孔尚任眼中的传奇并非"小道"，而是与《春秋》、《史记》具有同样精神意义的文章，可以传之后世，于千载后依然觅得知音。正是因为赋予传奇这样的意义，剧作家才能将满腹才情和对人生、社会、历史的深沉思考饱含笔端、注入剧作，抒发自我主观意识下的丰厚之"情"。

通过对两大叙事结构范型表现和成因的探究，我们可以发现叙事结构范式演变过程是一个螺旋式上升的过程。不同的范型背后，体现着戏曲家们大相径庭的创作理念，暗示着深层面上叙事理论的演进。在旧范式消解、新范式形成的过程中，同一范型作品体现出的一脉相承的特点，能够更清楚地反映传奇叙事结构范式演变的原因。

女性视角下的“至情”演绎
——论刘清韵戏曲的女性特质

夏　冉

一 “不遇之遇尤有可为”的人生

在我国明清两代颇为繁荣的女性文学创作中，有一位戏曲家以其存世的十二部戏曲和数量可观的诗词引起了后人的兴趣和重视，这就是晚清重要的戏曲家刘清韵。

刘清韵(1842—1915)，字古香，海州(今江苏连云港)人。父亲刘蕴堂，为二品封磋商，长期业盐于东海中正盐场。刘蕴堂早年无子，五十以后始得刘清韵，“因稍聪慧，爱而教之读”①。刘清韵十八岁嫁沭阳钱德奎，钱氏乃沭阳望族。钱德奎，字梅坡，号香岩，是当地有名的才子。夫妇二人曾筑小蓬莱仙馆，时常吟咏酬唱于其中，甚为相得。遗憾的是，刘清韵多病不能生育，先是收养了妯娌之女小香，四十八岁时又“罄妆奁为夫纳妾”②，这位吴氏妾生下两个儿子。用清韵自己的话来说，这是“生平缺陷，有人代补”③。光绪二十三年(1897)，刘清韵夫妇因家乡遭受水灾，遂就食江南，并谒见著名学者俞樾，此

---

① 参见《小蓬莱仙馆诗词钞》卷前的《传》及《叙》。

② 同上。

③ 同上。

后的作品刊行多赖俞樾之力。这次南行途中目睹长江两岸的一片衰败景象，也更激起了清韵的忧时忧民之心。刘清韵晚年生活窘迫，1909年钱德奎去世以后，多依靠外侄刘沛和养女小香生活，于1915年春病逝于家乡东海。刘清韵一生，可谓“其始而丰，继而啬；始而遇，继而不遇，然其不遇之遇尤有可为”①：她出生富贵而陷于困顿，夫妻相得却不得不为夫纳妾，然而她的文学创作在当时已见赏于俞樾等名家，她的戏曲创作在女性文学史乃至整个戏曲史上也占有一席之地。

刘清韵一生创作丰厚，戏曲之外还有诗、词、散曲成集。她丝毫没有受到“女子无才便是德”、“阃言不出于外”之类言说的束缚。她的文字里出现的是文学的优雅的生活，是日复一日的写诗作画，不论清韵本人，还是作品中的女主人公，都并不热衷于刺绣等传统女性的“必修课”，她谈到整理诗词集，没有谨慎地说这是“绣余”之事，而是坦率地表示她是“于书画余闲，稍稍裒集”②。以诗书画的闲适生活来寄托才情，在刘清韵看来无可厚非。这样坦率和自信的生活与创作态度，是与清韵思想与个性中的性别平等与认同观念紧密关联的。刘清韵至少创作过二十四种戏曲，现有《小蓬莱仙馆传奇》存世，1900年由上海藻文石印社印刷刊行，收传奇《黄碧签》、《丹青副》、《飞虹啸》、《天风引》、《鸳鸯梦》、《氤氲钏》、《英雄配》、《炎凉券》、《镜中圆》和《千秋泪》十种；另有《拈花悟》和《望洋叹》二剧近年在沭阳被发现。

二　为“至情”立传

刘清韵的戏曲，从各个角度和层面向我们展现了文本独特的女性

---

① 见杨葆光《小蓬莱仙馆诗词钞·后跋》，载《小蓬莱仙馆诗词钞》正文后。

② 参见《小蓬莱仙馆诗词钞》卷前的《传》及《叙》。

特质，尤其对“至情”的演绎突破前人，引人瞩目。

“父权”与“夫权”在几千年的中国古代妇女生活史上，始终扮演着主宰者的角色，每一个女性，即便是开始具有独立人格与觉醒意识的才女，也不得不面对如何在作品中处理“父权”与“夫权”的问题。“中国妇女的非人生活，到了清代，算是‘登峰造极’了”①，也正是在清代，一些女性不自觉地走向了自觉之路，从女性的文学书写中，我们可以一路追踪这些多才而敏感的女子自觉的发声。刘清韵更是在戏曲中向人们展示了与传统精神实质相背离的“夫权”与“父权”书写：女性视角下对的“至情”观的独到演绎。

刘清韵写婚姻爱情的戏曲，主要有《英雄配》、《鸳鸯梦》、《镜中圆》三种，而作家理想中的夫妻模式，最完整地表现在《鸳鸯梦》中。封建社会讲究夫妇之“大义”、讲究“礼”，讲究纲常伦理，所谓“中国自有礼制之后，非当于礼者不视为婚姻”②。虽说男女之间的“钟情”在文人作品中常被渲染，汤显祖写道：“情不知所起。一往而深，生者可以死，死可以生。生而不可与死，死而不可复生者，皆非情之至也。”③冯梦龙中年以后辑《情史》，曾言：“我欲立情教，教诲诸众生”，这里的“情”自然也包含儿女真情。但是晚明时期涌起的这一波以情立言的思潮，并不曾对礼教有实质性的撼动。面对礼教与闺训的束缚，我们几乎不敢奢望清代的才媛们会写出“至情”的文字，而在刘清韵笔底，一段段至情故事却不露声色地敷演开来。

《鸳鸯梦》的男女主人公张灵与崔莹，可谓一对“至情”之人。张灵正值弱冠之年，不热心功名却感叹佳人难得：“我年华自数，也到摽梅

---

① 见陈东源《中国妇女生活史》，上海：上海文艺出版社 1990 年影印版，第 221 页。

② 见陈顾远《中国婚姻史》，上海：上海文艺出版社 1987 年据商务印书馆 1937 年版影印版，第 12 页。

③ 《玉茗堂文之六・牡丹亭记题辞》，见北京大学哲学系美学教研室编《中国美学史资料选编》，北京：中华书局 1981 年版，第 136 页。

候，只为佳人不易求”，“纵然海内佳人有，怎能得良缘巧凑?”一旦得遇崔莹，立即“魂摇曳，意推移”，为之倾情，仅一面因缘，竟教张灵再难割舍，以致郁郁得病，当他得知崔莹被强选入宫后，对着崔莹留在《行乞图》上的题诗痛哭到：

> [黄莺儿]留句代寻盟，比珍珠字字清，一篇已足为媒定。奈他宜家未行，丧门又临，只身远把宫中进。（哭介）误卿卿，这是俺书生薄命，当不起你小姐多情。①

终于一恸而亡，临终前自书墓志铭：“张灵，字梦晋，风流放诞人也，以情死。”不久崔莹被侥幸放还，闻得张灵已死，她前往祭奠张灵时，说她与张灵“虽丝萝未结，才子光仪，画里每相接”，“况严亲曾择，地下寻盟，庶几无慝”，遂自缢在张灵墓前。其实崔张两家并未下聘，说崔莹殉的是节义已属勉强，崔莹所说的理由则先是爱慕“才子光仪”，再有父亲曾欲招赘张灵。可见在崔莹的内心，“情”是先于所谓“礼”与“节义”的。后来在唐寅的梦里，又见崔莹的魂魄说道：

> [梁州序]风流云散，香销玉殒，到此应偿宿恨。想一抔黄土，再不教凤拆鸾分。任凭同心带绾，如意钗横，好事无人偾。奴家那时呵，并非轻猛浪，毕余生，也只图连理花开地下春。

在这里做了鬼魂的崔莹更明白地表示，自己当初自尽不是为别的，是“只图连理花开地下春”，可见崔莹所殉的并不是“节”，而是“情”。

在其他涉及婚姻爱情的戏曲中，刘清韵也为夫妻之“情”做细腻的刻画。《飞虹啸》虽改编自《聊斋志异・庚娘》，原作着重刻画是庚娘智勇报仇，并不曾多着墨于庚娘与金大用的夫妇之情，这在刘清韵笔下却

---

① 文中刘清韵戏曲引文均引自《小蓬莱仙馆传奇》上海藻文石印社版。

被渲染得浓墨重彩。金大用听说尤庚娘报仇身死后，在悼亡时追忆往昔的夫妻燕好：

> ［前腔］拾芥般、视青紫，最难求真佳丽。记双双花烛时，见荣华绝代、绝代天然致。似玉如花，玉温花媚。那时我身酥软，眼迷离，魂销矣。卺卮未饮、未饮必先醉，待傍仙肌，自惭形秽。
>
> ［前腔］说什么笔圣才、针神技，你灵心殆过之。非关滞雨、滞雨尤云意，浅笑轻颦，也饶情味。素手携，香肩并，含笑对。白云不羡、不羡那仙乡矣，愿效琅玡，甘为情死。

金大用视富贵若草芥，唯求“真佳丽”这一点，竟与张灵一般了，不怪乎说出“甘为情死”的话来。在庚娘那里，也一刻念念不忘她那金郎的“俊美丰神，和平性格”，回忆着当年二人“本是连理树，并蒂花，并蒂连枝情意惬”，还有：

> ［前腔］情千缕，爱万叠，百顺千随将奴体贴。记得你恁地温存，记得你恁地亲热，记得你晓妆代将钿翠贴，记得你晚妆代解湘裙结。还有几多些，轻怜痛惜，待说口难说。

一个女子能说到这样缠绵柔糯的话，可知她是怎样陶醉在深醇绵长的夫妻情谊之中了。可以说刘清韵的戏曲，是以细腻的情思为“至情”立传。

三　“隐于至情”：人生的理想境界

刘清韵欣赏才华横溢而不媚流俗、文韬武略又淡泊名利的士子，她多次让剧中人自比李白，这些寄寓了作家强烈认同感的角色身上，大多带有淡泊出世的思想。他们当中有的情愿隐于山林，如诗酒山水以寄怀的沈嵘[①]；更甚者则“隐于情”，这便是那位“以情死”的才子张灵，还有他的爱人崔莹。刘清韵最终也没有让崔张“世上说还魂”，又不曾让他们天上重圆，而仅仅是让唐寅梦见二人已于地下结连理。作家没有把它写成大团圆的结局，而是作了悲剧性的结尾。且不论《鸳鸯梦》这样来安排结局是否算得上典型的悲剧，更值得关注的是在“生旦团圆”的创作惯例下，作家为什么没有像《乞食图》所设计的那样，让崔张“还魂”？作家借剧中人崔莹之口说：“今鸳冢内，双眠稳。晋郎，我与你倡随已不让天仙韵，又何须向那人世上，说还魂？”崔莹在刘清韵戏曲中显得颇为独特，与其他形象的塑造更多着眼于对现实问题的思考不同，崔莹的形象更深入了内心的层面，她更执著于内心理想的追求，最接近于人们对所谓“情痴”的理解，她是为“情”出世的隐者，她与男主人公张灵一样，真正做到了隐于“情”、隐于内心。我以为，刘清韵作如此处理，首先是基于她对于“情”的认识，“情”是超脱于一切世俗的。所谓“生不可与死，死不可以复生者，非情之至也”，在清韵看来，“情”是可以不必在意生死的；另外，她是将“情”的实现作为至高的理想境界，正如“夫妇偕隐”一样，尘世似乎不那么适合至情的实现；尘世之中的理想爱情，莫过于唐寅的夫妇和美，艳福能消，然而在世事烦扰之中，对至情的追求却是难以实现的。因此，我们可以把崔张未曾“向世上，说还魂”，与清韵其他传奇中的“偕隐”相对照来理解。

如果说在刘清韵看来，人生的至高境界是达到“至情”的追求，又怎样理解她在生活中与作品里所反映的对社会责任的自觉承担，以及对实现人生抱负的执著呢？“至情”是一个理想的状态，甚至不能实现于尘世，而清韵是理性的，她的人生是极重现实的人生，她的人生主导思想是用世的。因此，当她的作品中的主人公生活在现实社会中时，他们也是要用世的，是要尽他们对社会家国的责任的，是渴求扬名显才的——这一切又将有悖于“至情”那种纯粹的境界。于是我们可以看

---

① 刘清韵戏曲《千秋泪》中的主人公。

到,清韵在肯定"至情"的同时,又为剧中人设计了两种不同层面的追求:正如《鸳鸯梦》中的崔张与唐寅,前者钟情,后者用世;前者重情感体验,为情遗世,后者重现实人生,委曲求全。

可见,刘清韵已不止在戏曲中将一己情感做婉曲的书写,也不满足于由性别的困惑与不平而引发的愤懑与质疑。清韵对女性命运的深入思考中,已显得比此前的女性作家更切实和厚重;她在女性视角下对"至情"的解读,也初步显露其精神内蕴与气质内涵的现代性特征。

唐英对戏曲“花雅合流”的探索

项晓瑛

唐英(1682—约1755),字俊公,又作隽公,一字叔子,号蜗寄居士,又号陶人,人称古柏先生。唐英祖籍奉天,其祖上随清军入关,隶籍汉军正白旗。唐英是清代中叶著名戏曲家。

昆腔自明代中叶经魏良辅改良之后,其绵丽婉转的声腔、精致的表演程式不断受到士大夫阶层的欣赏与追捧,欣赏昆曲、蓄养家班成为身份与地位的象征,更成为士大夫阶层的标志。占尽天时地利人和的昆曲瞬时风靡自明万历至清初的剧坛,前后雄踞剧坛霸主地位近两百年,出现了一大批优秀的作家作品,汤显祖、沈璟、李玉、李渔、洪昇、孔尚任及其作品就是其中的杰出代表。

康熙后期,昆曲的地位逐渐开始下滑,剧本创作和场上搬演都表现出了明显的落寞,康熙五十八年(1719)至嘉庆二十五年(1820)成为传奇创作的余势期,其间的乾隆时期是昆曲传奇创作的最后一个高峰,然而这次高峰的到来并不意味着昆曲的勃兴,反而更为昆曲传奇的创作营造了一种日薄西山、回光返照的孤寂与悲凉。

与此同时,以梆子腔、皮黄腔、弦索腔为代表的众多地方戏却已在剧坛上呈现诸腔杂作的趋势。乾隆初年(1736)开始,人们的审美趣味逐渐发生了根本的变化。乾隆九年(1744),东田徐孝常为张坚《梦中缘》传奇作序说:“(长安子弟)所好惟秦声、啰、弋,厌听吴骚。闻歌昆曲,辄哄然散去。”一向以“雅”著称的昆曲此时不得不面对来自新兴地方戏曲——即“花部”的严峻挑战，这就是所谓的“花雅之争”。

这场争斗最终以昆曲的没落告终。自此以后，中国戏曲走入了以艺人为主导的发展阶段，典型的剧本创作意识淡漠了，在多数情况下，直接性的舞台创作发挥了巨大的作用，中国古典戏曲的创作走入了一个新的时期。唐英作为康乾时期的著名戏曲家，创作时间又多在乾隆年间花雅争斗的重要时期，他的创作在一定程度上呈现出“花雅合流”的趋势，对花部与雅部的进一步融合进行了积极的探索。

考察唐英戏曲创作对花雅合流道路的探索意义之前，必须得了解唐英对花、雅两部的态度。作为传统的士大夫文人，唐英对昆曲的推崇与爱护是肯定的，由于他的前半生都是在北京度过的，二十多年供奉内廷的生活决定了他接触的多是以文人雅士自视的士大夫阶级，其审美趋向自然是偏向昆曲的。但是，在他度过了后半生的江西地区，昆腔却流传甚少，而地方腔调则不然。江西是弋阳腔的发祥地和根据地，同时也是花部乱弹较为兴盛的地区。乾隆四十六年(1781)，江西巡抚郝硕在覆奏遵旨查办戏剧违碍字句的奏折中写道：“江西昆腔甚少，民间演唱，有高腔、梆子腔、乱弹等项名目。”[①]这无疑又使唐英产生了另一种不自觉地亲近花部戏的情感倾向。所以，不同于张坚对“花部”毅然决然的态度，唐英对花部戏并不怀有激烈的排斥情绪，其《观土梨园演杂剧》诗曾云：“高天爽籁通人籁，巴唱吴歈尽可听。”这种兼收并蓄、两相杂糅的思想对唐英戏曲创作的影响自然是巨大的，并且，在无意间，唐英也向花雅合流的道路迈出了试探性的一步。

唐英的探索意义至少表现在以下五个方面：

一 题材、内容的选定与设计

戏曲风化观在明清传奇的余势期呈上升状态，在传奇创作中占主

---

① 《元明清三代禁毁小说戏曲史料》，王利器辑录，上海：上海古籍出版社1981年2月版，第116页。

导地位，主要表现为道德内容的审美化和传奇艺术的道德化两个方面，其代表人物分别为夏纶和蒋士铨。夏纶（1680—1752）、董榕（1711—1760）等强调戏曲创作应该“扶掖正气”，他们在自己的作品中大张旗鼓地宣扬传统道德规范并且毫不掩饰。董榕甚至是走向孝道极端的亲自实践者，他任江西九江知府时，母亲病故，在扶柩回乡途中，董榕为尽孝道竟自溺殉母。蒋士铨（1725—1785）、张坚（1681—1763）等在表彰节烈，扶植人伦方面的观念同样坚定，他们强调儒家的“风教”思想，只是在剧作中表现得比较含蓄、收敛。

董榕生前曾任江西九江知府，蒋士铨是江西铅山人，乾隆九年（1744）十一月回到江西，张坚于乾隆十五年（1750）入九江关监唐英幕中，唐英曾为之刊行曲稿《玉燕堂四种曲》，并作序。唐英与这几位强调传统伦理道德的作家交游颇多，创作思想自然也就受到他们的影响了。在“不关风化体，纵好也枉然”之雅正思想的指引下，唐英改编小说《小乞儿真心行孝义》，创作了传奇《转天心》，塑造了一个完美的道德楷模形象。无疑，这次创作是失败的，流于虚假的人物形象和喋喋不休的说教让剧中的乞儿们都嫌吴定“像个道学先生，好不肉麻”。

此外，政府禁令对唐英的创作倾向不得不说有着很大的影响。清代法令，“凡乐人搬做杂剧戏文，不许装扮历代帝王后妃及先圣先贤忠臣烈士神像，违者杖一百，官民之家，容令装扮者与同罪。其神仙道扮及义夫节妇、孝子顺孙、劝人为善者，不在禁限”①。类似的禁令早在明洪武年间就有了，此后不断出现在历代帝王颁布的禁令中，雍正、乾隆都曾在原有法令的基础上多次重申禁搬杂剧令。如此一而再，再而三的强调对唐英的剧作不可能没有影响，由于“义夫节妇、孝子顺孙”“事关风化，可以兴起激劝人为善之恋者”，因而受到统治

① 《元明清三代禁毁小说戏曲史料》，王利器辑录，上海：上海古籍出版社1981年2月版，第18页。

者的认可和推崇。唐英的作品不仅在思想内容上切合了统治者的标准(如《三元报》歌颂贞节妇人、《佣中人》褒扬忠君爱国、《转天心》宣扬伦理道德等等),而且在形式上也是中规中矩,既然“历代帝王后妃及先圣先贤忠臣烈士”的“神仙道扮”不在禁例,那么唐英就让周顺昌、项羽、虞姬、庄子等“帝王后妃”、“先圣先贤忠臣烈士”以得道仙贤的身份出现,并在《虞兮梦》、《转天心》、《巧换缘》、《天缘债》、《双钉案》等多部剧作中设置了“梦魔”的角色,特别以梦的形式给予“得道先贤”合理的出场时空。

一味的说教当然令人厌烦,但从中国传统戏曲的功能性角度分析,唐英的剧作中还是有积极性因素值得肯定的。与小说一样,中国传统戏曲的功能不仅仅是娱乐大众,更承担了教化民众的重任,戏曲演出往往与道德传扬紧密联系在一起。如唐英借《天缘债》中的沈赛花之口对忘恩负义之辈加以谴责:“你们读书的人,每日价谈经说道,总皆口是心非。将那‘天理良心’四字,置之脑后。”《转天心》里不忠不孝的二品大员何时贤更是受到了强烈的批判,遭遇所有人的鄙视与唾弃。不可否认,这些都是作者试图净化社会风气、宣扬伦理道德所作的努力。

同时,唐英虽身处宦海,却胸襟淡泊,始终是半官半民,他在景德镇为官其间,接触了众多下层民众,了解了民风民俗,体会了普通百姓的思想趣味,其创作也就超越了抒写个人心志的范围,打破了才子佳人的陈旧格局,把笔触伸向了市井小民。他的作品题材内容涉及面广,人物身份上至帝王将相,下至平民布衣,无所不包,故事内容又谐趣横生,充满了浓郁的民间色彩,常以一种微观的视角表现更加广阔的社会生活、接近更加真实的社会生活。如《面缸笑·判嫁》一折,众人告假的理由是:“小的们是一起梆子腔的串客,攒了个班子,脚色都全了。今日花串祭老郎,所以公求赏假。”既起到了科诨的效果,也反映了当时梆子腔的表演状况。因而,从戏曲表现社会生活的角度来说,唐英剧作的内容还是有不少可圈可点之处的。《缀白裘·六集·序》中说:“词可以演剧者，一以勉世，一以娱情。”①唐英剧作的主题内容指向恰与此不谋而合。

二 主角的选定与塑造或重塑

从广义的角度看中国戏曲发展史，可以发现净丑类角色的产生早于生旦。最早的净丑类角色至少可以追溯倒司马迁笔下的优人，如优孟、优旃，他们以娱乐君王与士民为专业，兼以讽谏之职，已经包含了净丑类角色滑稽调谑的基本要素；源于北齐、盛于唐朝的“踏摇娘”、参军戏都是以滑稽调笑为主要特征，参军戏中的参军、苍鹘甚至直接演变成了后世的净（副净）、末（副末）两类角色；唐宋滑稽戏中，插科打诨已经成为戏剧的核心。生旦出现并完全占据戏曲舞台的中心是在宋元以后，由于南戏多讲才子佳人故事，元杂剧或由旦或由末一人主唱，由此一南一北，一从内容上、一从形式上完全树立并稳固了生旦的地位。自此形成了宋元南戏、元杂剧、明清昆曲传奇重生、旦的传统：“外表看来，传奇不像杂剧仅注意发展正末或正旦，然而依照传奇的规矩，重要的角色仍不离生、旦。《六十种曲》中除《北西厢》、《还魂记》硕园改本之外，只有《玉簪记》以外角潘夙冲场，首先与观众露面，其余五十七本完全是生角冲场，生角就是第一主角，而后再上旦角及其他角色。即是说，生角的地位最重要，旦角次之，至于净、丑依然是起帮衬作用而已。”②然而，诞生于民间的弋阳腔在角色分行上与传统形式却有所区别，最大的不同是“净”、“丑”两行角色可以扮演主要人物，能与生、旦两行相比并，这种角色分行以后就留存到了部分民间传奇和地方戏中。

---

① 孟繁树、周传家编校《明清戏曲珍本辑选》，北京：中国戏剧出版社 1985 年 8 月版，第 121 页。

② 李静《唐英戏剧创作在艺术形式上的创新》，湖北大学学报（哲学社会科学版），2001 年 9 月，第 46 页。

可以看到，唐英在剧作中依然为生、旦保留了较多的戏分，如武松、吴定、蔡文姬、秦雪梅、周腊梅、沈赛花等。但相比以往的《西厢记》、《牡丹亭》等，原本占据戏曲作品中心地位的生、旦地位出现了明显的边缘化倾向，尤其是女性地位在唐英的剧作中急剧下降。除《三元报》中几乎是"三从四德"化身的两位女性、《面缸笑》中意欲从良的周腊梅外，较多的是恶毒自私、不近人情女性形象，如《芦花絮》中的李氏、《双钉案》中的王氏、《梁上眼》中的朱蔷薇，她们虐子杀叔、弑夫害父，受到强烈的道德批判，稍有性格可言的沈赛花也因"见异思迁"而受谴责，其余女性形象则趋于扁平，无甚性格可言，不能给读者留下什么特别的印象。

与此同时，唐英对净、丑类角色的重视与成功塑造却是有目共睹的。张古董在《缀白裘》的版本中还是一个因贪图财物而人财两失的可笑人物，到了《天缘债》中已经被重塑成了一个古道热肠、心地善良，不惜借妻助友，却又有那么一点小缺点的可爱人物。唐英就是试图用昆曲的雅正来改变梆子腔对小人物的扭曲，因为"打梆子唱秦腔笑多理少"，"改昆调合丝竹"方能显"天道人心"。他借剧中张古董的话说："我好好的一个张古董，被他们这些梆子腔的朋友们到处都是借老婆，弄得个有头无尾，把我装扮得一点人味儿都没有了。糟蹋了我一个可怜！……若得个文人名士改作昆腔，填成雅调，把你今日待我的这一番好处也做出来，有团圆，有结果，连你我的肝胆义气也替咱们表白一番，才是好戏。"此外，如《双钉案》中的丑角江芋被塑造成了孝义忠厚的青年男子，《梁上眼》中的偷儿魏打算是个感恩图报、金盆洗手的回头浪子……唐英把一个个小人物刻画得尤其生动，他们性格鲜明、形象饱满。须知，只有这样的小人物才是真正接近民间生活的角色，翻看《缀白裘》中收入的花部戏，随处可见的就是张古董、魏打算之类的市井小人物，唐英通过自己的创作关注了这类小人物，并且在继承净丑类角色原有插科打诨特色的基础上，又赋予了他们新的内涵，使他们再次回到舞台的中央，引起观众的注意，给已显沉闷的昆曲舞台注入了新的活力。

三 音乐方面的创新与探索

虽然是以“雅部”标榜自己的作品，但唐英还是大胆地大量动用了“花部”的腔调入曲，最为直接到就是让剧中人直接唱乱弹腔。如《面缸笑》中的周腊梅既唱昆腔又唱梆子腔；《梁上眼》中魏打算唱【姑娘腔】，茄花儿唱【梆子腔】；另有如《笳骚》中，蔡文姬二子的出场时的一段【胡歌】，颇有民间对歌的风味，听来鲜活有趣，打破了传统角色上场念定场诗的老套路；《转天心・丐婚》中群丐的一段【莲花落】也是鲜活生动。这些腔调在剧中的出现原始地展示了当时花部戏的活力和平民社会的生活风貌。

第二类音乐创新表现在用乱弹腔的格式填写昆曲旧曲牌，并在剧本中标明，如《芦花絮・诒婿》中【驻云飞】一曲下特注明“弋腔，仿北《芦林》唱法”。

第三类则是以集曲的形式突破原有的曲牌规范，如《笳骚》中文姬唱的第三支曲标了【仙吕入双调】、【风云会四朝元】两支曲牌名，且在演唱时融【四朝元头】、【会河阳】、【四朝元】、【驻云飞】、【一江风】、【四朝元尾】多支曲牌为一体，变化多端，使人物复杂矛盾的心理通过曲调的变化而得以显现；《转天心・义援》中的【雁儿落带得胜令】、【沽美酒带太平令】同样也是采用了这种方法。

不仅在曲牌、腔调的运用上有所创新，唐英还将乱弹腔中使用的弦索乐器大胆引入昆曲，与昆腔乐器同台演奏。典型如《笳骚》开场就有提示：“此引起，至【风云会】第三曲，俱用洞箫，弦索低和”，旦唱【驻云飞】第二支时，提示“此处至末，俱用笛吹，大鼓板”，结尾进关时，则提示“用大锣鼓”，很好地协调了舞台气氛的变化，细致地展现了人物情绪的起伏。

四 宾白科介方面的大胆调配与调度

相对以往的昆曲传奇剧作，唐英的作品中科白内容篇幅大大提升。

昆曲艺术讲究的是音乐与舞蹈并重的载歌载舞的审美要求，而不是像唐宋“滑稽戏”那样注重科白。唐英在昆曲剧本中加入较多的科白，一方面是为了便于教化，另一方面也是为了解释唱词，增强表演的可看性，比较适合平民的欣赏水平与趣味。然而有时为了教化众人，宾白篇幅冗长，走向了极端。

在唐英剧作中，曲白比重开始发生倒转性的倾斜，以曲为主、以白为宾的传统戏曲文体观念开始动摇，有了“曲中之戏”流变为“戏中之曲”的倾向。为了适应广大观众的审美水平，唐英基本上遵循了曲辞后必有宾白解释的写作规律，语言风格也处于由典雅、华丽、雕琢向通俗、质朴、自然转变过程中的并存期。

方言的运用通常能为剧作增色不少，唐英就很注重在剧作中夹杂大量方言如吴语（苏白）、胡语等，俗语的运用也在唐英的剧作中随处可见。特别是丑类角色多用方言宾白，典型的吴语在剧中可以信手拈来，如：噡、喫、着、嗒嗒、须索、几时、记认、事体、疙里疙疸等。这体现了作者对调动场上气氛、提升舞台表演效果的重视。

剧本中对演员表演的要求非常细致。除唱词外，作者还对演员的科介作了比较细致的安排，这在以往的剧本中是不多见的，如此细致的安排有助于剧本提醒演员对人物性格情感的把握与表现，同时也起到细节铺垫的作用。

动作性是唐英剧作在科介方面的一个重要特征。如《虞兮梦》中，虞姬问及项羽楚汉战争之详情，项羽说：“今日美人即要细听，此乃龙争虎斗之事，坐谈冷静，不得痛快。待孤家手舞足蹈，细说这么一遍。”之后的科介提示是“净出座唱”，可以想见之后的唱段中充满了丰富的肢体语言；更典型的表现是在《十字坡》武松与孙二娘打斗的一段：“（旦拿灯引生，彼此互相打量介）（作隄防窥探介）（丑）我们在哪里？（旦）你们在那边。随我来）（丑拿钱与旦，作调戏诨介）大娘子，你要钱，就是钱；你要银子，就是银子。只要开包儿，咱们顽耍顽耍。（旦啐下）（生）你看，这夫人眉来眼去，必非善良之辈，今晚须要隄防他。（生拿灯四面照看过，闭门，桌上睡介）（旦上，唱）……（旦撬门入，生醒，桌上跳下，黑暗打拳一套。旦下）（生又闭门睡，旦持刀又上，唱）……（旦持刀入门，作砍生不着。二人对打，旦作败下。又持棍上，打生，被夺棍。打，旦败下。生下）。”单是从文本我们就能想象到这一段武戏该有多么精彩了；又如《梁上眼·谋夫》，朱蔷薇杀夫一段：“旦入帐砍介。生头戴刀出帐，作看旦、副，手指作怒恨状。旦推倒在地，滚跳，旦、副用桌翻压死介。”可能原作为暗场处理的情节在此通过人物的一系列动作而展示无疑，增强了戏剧表现的力度。

插科打诨之笔在唐英的剧作中随处可见，起到了很好的剂冷热的效果。如《女弹词》中众人对天宝遗事加以评论，科诨时出，既调节了场上的气氛，也衔接了天宝宫女的唱词；又如《芦花絮》写的是春秋时的故事，但是剧中的角色却讲起了晋汉唐宋的后代故事，并且借剧中角色的口说：“近来言在前，行在后的最多，我也学他们，在这里捣些有对证的荒唐鬼话，凑个热闹儿。不然，你我今日这场面就冷静了。”让前朝人说后朝事，不仅起到了很好的插科打诨的戏剧效果，而且打破了时空的界限，起到了“间离”的艺术效果。

五　舞台调度与表演效果对传统戏曲虚拟性的突破

唐英既继承了传统戏曲虚拟性的一面，但同时也对实体道具加以了积极的运用，并在剧本中有所提示。如《转天心》开场就指明“场上先设豆棚一座”；《转天心·赠剑》有“取丸变剑，内彩火介”；《天缘债·堂断》有“杂役背刑具、篮，抬鸡、菜、土物上”；《天缘债·遇骗》有“副肩搭稍马，手持木盆上”，“末用竹竿挑女衣裙上”；《梅龙镇·封舅》中李龙被封国舅、招商侯，进京时，巡检为他准备的坐骑是“独龙驹”——一根竹杠……恰到好处的道具运用能更好地辅助演员的表演，帮助观众对故事情节的理解，这样的突破与创新也未尝不可。

可以看出，唐英在创作剧本时非常重视舞台演出的需求，他在写作时就考虑到了舞台演出的一些实际情况而对剧作有所预先的安排。如《笳骚》中，黄阿狗唱【琵琶记坠马赋】，一方面起调节气氛的作用，另一方面也是为了蔡文姬由胡装换汉服争取时间。此外，独特的传统戏曲舞台的时空表现方式也在唐英剧中有着典型的体现，如《天缘债·雨合》，张古董与李成龙、沈赛花同台登场，却是身处两地，不同空间的情节被融合在一个舞台小空间内加以交替展现，抒情效果极佳。

唐英剧作的舞台效果往往也是极佳的。如《双钉案·梦诉》中，江芋以鬼魂形式出现时，舞台提示是“丑低唱，笙合”，“鬼气”与“怨气”就通过这样的处理轻而易举地表现出来了，起到了非常好的舞台效果。

唐英也注重表现戏剧表演中的“间离”效果，时刻有意无意提醒观众：这是在看戏。如《面缸笑·判嫁》中杂役对县官说：“请老爷打上场引子”；《双钉案·钓龟》江芋与张莽儿打架，张莽儿因闻知芋兄为官而下，于是“（丑向内介）：‘张莽儿，……竟溜到戏房里去了？’”而戏房所指的就是后台；《转天心》中豆棚野老的开场似《十日谈》、《一千零一夜》，收场时戏外人又入戏中，戏里人戏外人，戏中戏戏外戏浑然不辨，其创作理念堪称颇为超前。

回顾唐英在戏曲创作方面的成就，他对探索花雅合流道路的积极意义是值得肯定的。尽管他的戏曲创作探索是不自觉的，我们甚至不能称其为“改革”，但是他的戏曲创作却是具有前瞻性的。在“花”、“雅”概念还未明确界定的时期，唐英敏锐地感受到了新兴地方戏曲带给昆曲传奇的挑战，在花雅之争还未完全展开的酝酿期，唐英的剧作已经迈过“斗争”，走向“融合”。同时，唐英的剧作本身还是研究花雅之争的很好的历史材料。事实证明花雅之争的结果是以京剧为代表的地方戏取得了最终的胜利，昆曲虽然保留了自己的生存空间，但失去了剧坛的中心地位。我们看到了“花”、“雅”两者在“争斗”过程中的互相融合、互相吸收，很好地研究、认识这一点，或许会给当今社会的戏曲发展、前进之路带来一些有益的启示。

国图典藏孤本《抗战缘传奇》考略

姚大怀

由于部分文人的坚守与创新，再加上特定的时代风云，民国传奇发展到最后阶段仍然具有较强的生命力、较高的文学价值和重要的戏曲史意义。尤其是“抗日战争时期的传奇杂剧已经构成了民族危难之中、新旧文学交替之际的一个值得注意的创作现象”①。郭公一《抗战缘传奇》创作于抗日战争时期，此前未见任何著录，今仅存国家图书馆典藏抄本，集中代表了民国后期传奇创作的高度。对其作者、创作时间、内容、思想价值、艺术价值及其戏曲史意义进行考证与研究，显得十分必要。

一 《抗战缘传奇》的版本、作者与创作年代

（一）版本形态

国家图书馆典藏《抗战缘传奇》，索书号107638，迄今为止未见任何著录，应系孤本。书长27.6厘米，宽15.7厘米，天头4.6厘米，地脚1.5厘米，版框高21.5厘米，宽13.1厘米，朱框单边，单鱼尾，黑字，半叶8行，计72页。曲词大字，行21字；宾白小字，低1格，行20字。书

① 左鹏军《最后的呐喊和坚守——论抗日战争时期的传奇杂剧》，《文化遗产》2009年第2期。

口处有“恒祥斋”落款，系作者楷体抄本，有少许修改痕迹。剧末有蓝笔小字行书“郭公一撰”，字迹不工整，应系后人所加。除《家门》外，凡二十出，分别为《同学》、《拒媒》、《妒生》、《兵灼》、《惊兵》、《闺忆》、《落魄》、《计赚》、《赖婚》、《守贞》、《从戎》、《挑衅》、《动员》、《参战》、《输财》、《铲奸》、《庆功》、《合剑》、《慕势》、《团圆》。书中除夹有作者写予乃师的一封书信外，无任何与作者相关的图章以及题跋文字。

（二）作者及创作时间考

书中所夹书信系用中央信托局信笺，共两页，现已有破损，对于了解创作时间、作者信息及其师承关系极为重要，全录如下：

夫子大人钧鉴：

昨奉八日手谕，敬悉种切。荷蒙眷爱，不辞繁琐，诺予核订残篇。谨聆之余，曷深鹊跃。用敢检呈缮稿，敬恳赐题序言，签署盖章，连同应行改正之处，一并以航函谕示，俾有所遵。如觉一无可取，亦乞谕及，以便销毁原稿，免留笑柄。

至是篇之作，悉以《钦定曲谱》与王国维先生之《曲律》（按：从现有材料看，王国维并未著《曲律》，或系《曲录》之误），易知为规矩，旁参《长生殿》等少数传奇。行箧简单，未能博览，难免管窥之诮。尤以尊著曲谱，得之于中大讲义室者，缺佚不全，不克依样葫芦，深为抱恨也。本拟遵命，录呈牌名，第恐句法多所错误，以及填词欠于妥当，故必寄呈。全稿核后置之，无须寄转可也。

承以舍间安全为念，无任感激。敝地面阻江河，边连皖赣，正所谓家在吴头楚尾。近日战区距不过三百里，人心自较恐慌，幸家人全体到此，可告无虞。惟来日方长，预计决战场所之霍山相去不远，庐舍为墟，意中事也。甚望最终胜利早日降临，个人损失无碍大局，不识我师以为然乎否耶？

尊藏善本亦遭散佚，殆秦嬴浩劫重现于今日欤？生意不有，如此焉得为贵？吾师幸勿过事忧伤。

是所至祷，耑此肃复。敬颂钧安，师母大人福安，合覃均安。附稿一本。

受业郭公一谨叩，六月二十一日。（按：标点系笔者另加。）

信纸与信中有几处信息颇值得注意：中央信托局、中大（按，南京中央大学简称）、决战、霍山、六月二十一日。结合抗日战争的实际进程，可以确定本剧的创作时间，并得出作者与乃师的相关信息。

1. 作者

首先可以肯定的是，作者系郭公一。

其次，从作者使用"中央信托局"信笺来看，作者可能系该局员工。笔者据此翻阅三个版本的《中央信托局同人录》，掌握了作者的部分信息。民国三十一年十二月（1942 年 12 月）出版的《中央信托局同人录》载：郭公一，别号公一，中央信托局秘书处秘书，兼秘书处文书科主任，湖北广济（按：现武穴市）人，时三十八岁，服务地点系重庆，进局时间为民国二十四年八月二十四日（1935 年 8 月 24 日），时住址为重庆复兴关外歇台镇魏家院①。民国三十三年十二月（1944 年 12 月）出版的《中央信托局同人录》除了年龄方面递增至四十岁、住址变为第一模范市场十七号以及不再兼任文书科主任外，其他项无任何变动②。民国三十六年十二月（1947 年 12 月）出版的《中央信托局同人录》中，郭公一的服务地点改为上海，住址也变成吴淞路一八三弄九号，但令人疑惑的是年龄一栏记为四十四岁③。按此前的两个版本来推算，郭公一当年应为四十三岁。虽然不能排除某一版本有误记的可能，但在获得最为确切的资料之前，我们只能认定作者生年为光绪三十年（1904）或光绪三

① 中央信托局人事处编印《中央信托局同人录》，内部资料 1942 年版，第 7—8 页。

② 中央信托局人事处编印《中央信托局同人录》，内部资料 1944 年版，第 8 页。

③ 同上书，第 7 页。

十一年(1905)。卒年不详。

再次,从信中所及"中大讲义室"来看,作者或系从国立中央大学毕业。带着这一推断,笔者查阅民国二十年(1931)出版的《国立中央大学一览·第十二种·学生录》,发现郭公一名下注有"(性别)男,(年龄)二六,(籍贯)湖北广济,(通讯处)湖北武穴郭云草堂,(科系)中国文学系,(入校年度)一九年,(学号)四三〇三"①。据此可知,郭公一光绪三十二年(1906)出生,民国十九年(1930)进入国立中央大学中国文学系就读。在生年问题上该学生录与此后几本《中央信托局同人录》有所矛盾。因此姑且存疑。另查阅中央大学民国二十四年(1935)出版的《中央大学二二级毕业纪念刊》后得知,郭公一民国二十一年七月(1932 年 7 月)毕业于中央大学文学院中国文学系(第五届毕业生)②。

此外,民国十六年(1927)任中共武穴市临时党部青年部长的郭公一③活动范围与本剧作者籍贯相同、姓名一致,应系同一人。另据丁鸿生所撰《继光中学:回忆中学里的先生》一文介绍,郭公一曾在 20 世纪 50 年代后期任教于上海继光中学,其中所涉及的籍贯以及地下党员身份与上述材料完全一致④。近期,丁先生在与笔者的信件往来中,再次确定了上述信息。此外,《中大校友百年诗词选》曾收录郭公一的《人月圆》与《南洞仙》等两首曲作⑤,但对郭氏生平未置一词。其他生平事项待考。

---

① 国立中央大学编《国立中央大学一览·第二十种·学生录》,南京:国立中央大学出版组 1931 年印行,第 6 页。

② 国立中央大学编《中央大学二二级毕业纪念刊》,南京:国立中央大学 1935 年版,第 385 页。

③ 中共广济县委党史资料征集小组《广济县革命斗争大事记(送审稿)》,见中共黄冈地委党史资料征集办公室编印《黄冈地区、蕲春、黄梅、广济、英山党史概况》,1983 年,第 17 页。

④ 丁鸿生《继光中学:回忆中学里的先生》,见 http://www.mjlsh.net/book.aspx?cid=6&tid=169&pid=1717。

⑤ 李飞、王步高编《中大校友百年诗词选》,南京:东南大学出版社 2002 年版,第 595 页。

2. 创作时间

结合《家门》中所言“全面战争今日是”以及第十四出《参战》中闵簇英提及“倭寇大举进犯，全国动员”可以断定，此剧始作于1937年7月之后。1937年7月7日，七·七事变爆发，中华民族的全面抗战开始。但抗战初期，日寇气焰嚣张，在战场上占据全面压倒式优势：1937年8月13日，淞沪会战拉开序幕、11月12日，日军占领上海，会战结束；12月13日，日军攻陷南京；1938年6月，日军在皖赣边境发起进攻，直逼武汉，武汉会战在即。从作者的籍贯及其所描述的“边连皖赣”、离战区“不过三百里”以及“家人全部到此”来看，此时作者与家人应在家乡湖北广济。据作者信中言，霍山已成日军的进攻目标，此时离皖赣“不过三百里”的广济亦在日军炮火威胁之下。据史料记载，1938年7月，霍山受到日军攻击，8月失守；广济于9月失守。再结合该信落款时间“六月二十一日”，可断定此信写于1938年6月21日，本剧即成于此前不久。

3. 该抄本系寄与吴梅

出于礼节，郭公一在信中并未直言授业恩师名讳，但根据信中所提中大讲义室及其所著曲谱，可推出他在中央大学任教，且谙于音律，曾著曲谱。吴梅曾于1928年至1937年任教于南京中央大学中文系，并为1935年编辑出版的《中央大学二二级毕业纪念刊》捐款五元①。且郭公一恰于1932年之前在该校中文系就读，故而首先可以肯定吴梅与郭公一的师生关系。

从该信写于1938年6月来看，吴梅此时尚在人世。《中央大学二二级毕业纪念刊》提及当时中文系的八位教授，分别为汪东（文学院院长兼中文系主任）、黄侃、胡光伟、王瀣、吴梅、汪国垣、王易、伍俶。黄侃于1935年已病逝，首先可以排除。其他几位或重甲骨、楚辞，或精于诗词小说，在曲学方面基本未有建树，而吴梅作为古典曲学方面

① 《中央大学二二级毕业纪念刊》，第395页。

颇有声望的大师，在东南大学（按，中央大学前身）任教期间即开设《南北词简谱》一课，1931 年脱稿。《南北词简谱》集南北曲牌体式之大成，实系中国古典曲学的总结性著作。而在编纂格局与谱式体例上，《南北词简谱》与清康熙年间王奕清所编《钦定曲谱》基本一致，受其影响可见一斑，但又远超《钦定曲谱》。直至吴梅去世前夕（1939 年春），才致信门生卢前将其刊刻。可见，郭公一创作此剧时，定然未见《南北词简谱》的单行本。所以作者所言“得之于中大讲义室”，与当时《南北词简谱》的载体形式是极其吻合的，信中所言“尊著曲谱”应系《南北词简谱》。在中央大学任教期间，吴梅曾讲解《长生殿传奇斠律》，后载于中央大学《文艺丛刊》第一卷第二期（1939 年春）。从郭公一写给乃师的信件中，《钦定曲谱》、《长生殿》及恩师所著“缺佚不全”的曲谱等信息与吴梅的学术经历极为吻合。再加上作者所言“尊藏善本亦遭散佚”亦与吴梅留在商务印书馆中的《奢摩他室曲丛》三集、四集刻版及《曲丛》底本在 1932 年毁于日军战火的遭遇完全一致。因此可以断定此信系写与吴梅。

二　《抗战缘传奇》的剧情及其思想性

（一）剧情述略

本剧主要角色分配如下，生扮钟继祖，旦扮闵簇英，末扮万明规，副末扮陆猛，外扮解无忌，小生扮闵砺楷，老旦扮闵钟氏，小旦扮梅香，净扮贺汉坚，副净扮莫良新。

《家门》以副末吟【满江红】与【沁园春】开场，用以交代本剧主旨及大致情节：“【满江红】顽寇侵凌，大屠杀天掀地震。愧无力持戈策马，冲锋陷阵。避乱刊滨何建树，关怀边塞添愁闷。爇炉香，默默祷神灵，求怜悯。　　邦之固，民为本；除奸慝，共兴奋。正当前急务，不容思忖。全面战争今日是，最终胜利佳期近。借轻歌婉转作传宣，他毋论。【沁园春】钟氏孤零，闵家金玉，两相颉颃。记髫年失怙，螟蛉托养，当时兼抚，男女同窗。画角惊鸣，烽烟乍起，[击页]使良缘缔孟梁。慌忙里，忽文郎影失，小姐心伤。　堪怜，饱受风霜，好容易重登君子堂。奈奸人狡狯，先施毒计。乃翁势利，不认东床。志励云霄，节坚松柏，参战从戎国有光。争传颂，这合离鸾凤，患难鸳鸯。"接着以四句定场："钟国雄志励云霄上，闵簇英节比松柏坚。势利客不认东床婿，强倭奴圆合抗战缘。"【尾声】云："（合）金戈红粉团圆际，况逢着太平春季。畅好是一门快乐千家喜。"其后钟国雄、闵簇英以及参加二人婚礼的嘉宾咏诗结场："（末）万民从此乐升平，（副末）载戢干戈不弄兵。（外）沧海何须征棹鼓，（小生）居安且向砚田耕。（老旦）老来焉用操机杼，（生）少壮犹堪待漏更。（旦）中馈主持贤妇事，（小旦）忠贞未必负吾生。"

每出内容分别为：

《同学》：自幼失怙的钟继祖托身于姑家，与表妹闵簇英同在辽宁公学读书。二人虽然青梅竹马、心有灵犀，却无半分苟且之事。春季开学，二人在上学路上互相表明心迹，并表示扫平日寇后再谈亲事。二人在典礼上遇到同在辽宁公学求学的纨绔子弟贺汉坚、莫良新。

《拒媒》：贺汉坚、莫良新在开学典礼上看到了闵簇英后，对她的美貌垂涎欲滴，遣媒求婚。势利的闵砺楷刚一动心，便被其妻钟氏看出，只好不等媒人说出求婚之人姓名便匆匆将其打发。

《妒生》：贺、莫遭拒后贼心不死，并将矛头指向钟继祖，意欲相机行事，设计陷害。

《兵灼》：随着日军入侵，东北难保，闵家决定逃往上海。在逃难之前，闵氏夫妇以两把鸳鸯古剑为信物，匆匆为二人办了一个订婚仪式。

《惊失》：但此后不久，钟继祖便在途中被冲散，生死不明。闵家的老家院在寻找钟继祖的途中，误认为穿着满清服装的贺汉坚、莫良新为夜游神，请求他们指教。二人昧着良心诓骗老家院，说钟继祖被贼兵掳去，生死不明。

《闺忆》：闵簇英听说钟继祖被贼兵掳走，心神不宁。虽有丫鬟梅香的劝慰，闵簇英还是整日生活在相思中，难以自拔。

《落魄》:钟继祖被冲散后,只身逃往上海,一路上风餐露宿,饱受折磨。在栖贤古寺中,他说出了自己的遭遇,受到了小和尚的同情与招待。

《计赚》:虽然受到同学的一些接济,但多半以乞讨为生。就在即将抵达上海之际,已成汉奸的贺、莫二人也潜入上海,成了日本关东军的特务。他们依然对闵簇英念念不忘,得知钟继祖依然在世,并即将来到上海,便设计赶往闵家,编造钟继祖停妻再娶的谣言。

《赖婚》:果然,钟继祖历尽千辛万苦赶到闵家时,受到闵砺楷劈头盖脸的责问。由于途中有乞讨行为,钟继祖以为岳父无法容忍此事,再加上闵砺楷说女儿已经再嫁,钟继祖只能悻悻离开。

《守贞》:为了让女儿另嫁,闵砺楷又编出钟继祖已死的消息。但闵簇英宁死守贞,受到梅香的劝解,后决定仿效木兰从军,替钟继祖完成报国夙愿。

《从戎》:钟继祖离开闵家后,在上海亲见日寇在"一二八"之后的屠杀行为,遂产生从军念头。考虑到现代战争讲究科学,并以航空最为重要,最终报考航空学校,并改名为钟国雄,以遂从戎之愿。

《挑衅》:此时的贺、莫二人被日军委以重任,欲在上海恣意闹事,为全面入侵作准备。

《动员》:钟国雄空军学校毕业后,奉命至苏联考察,回国后升任空军司令,在征倭大元帅万明规麾下,屡立战功。

《参战》:闵簇英虽然七年未见钟继祖,但她矢志不渝,先是成立救国女子军,任总司令,后投效万明规,被委任为后方勤务部主任,专门刺探情报,捉拿汉奸间谍。梅香也在闵簇英的带领下参军报国。

《输财》:闵钟氏只身在家,整日敲经念佛,祈祷早日重现和平。梅香奉闵簇英之命回来探望太太,在听说她"求神救国"的思想后,动员钟氏将私蓄捐出,以救国难。

《铲奸》:闵簇英在任上成绩卓著,并最终利用汉奸头目贺、莫二人色胆包天的弱点以及经常到闵府做客的习惯,以闵砺楷相邀为诱饵,一举将二人拿获。

《庆功》:寇乱平靖后,万明规召集众将齐聚庆功。钟、闵同时出现在元帅帐中。由于时隔多年且着军服,闵簇英并未认出已改名的钟继祖,钟国雄虽认出了表妹闵簇英,却听信闵砺楷当年说闵簇英再嫁的消息也未敢相认。不明细节的万明规意欲促成钟、闵的婚事,却被闵簇英以誓守青闺为由拒绝。

《合剑》:得知情由后,钟国雄亲赴后勤部,以鸳鸯剑为证,道出了其中细节,与闵簇英相认。在闵簇英的劝慰下,钟国雄答应来日与之同返闵家,但同时要求不得事先通知,以便作弄其家人。

《慕势》:钟国雄至闵家巧妙说出多年的经历,一步一步地证实自己就是当年的钟继祖,揭露闵砺楷当年的谎言,让他无地自容。闵钟氏打发走闵砺楷,并在后堂设宴招待女儿、女婿。

《团圆》:在万明规的主持下,钟国雄与闵簇英完婚。

(二)思想特征

本剧自始至终贯穿着清醒的爱国思想、科学的战争意识以及昂扬的乐观精神,明显超出同时期其他以抗战为背景的传奇杂剧作品。

作者首先在《家门》部分初步表达了"关怀边塞"的创作动机,其后在叙述故事时,巧妙地展现出清醒的爱国思想。如第十二出《从戎》中,钟继祖在国难当头之际,表明心迹:"我既国民一分子,自不能不尽个人天职。"第十四出《参战》中,闵簇英一言道出爱国女性应有的品格:"我等身虽弱女,报国岂敢后人?"第十五出《输财》中,参军后的梅香见钟氏烧香求佛,坦言其行为的荒谬:"太太真是老糊涂了,急时抱佛脚的事儿,又甚么用处?救国的事情,只能靠人。何必求神呢?"当钟氏说出自己年老无力,不能像年轻人那样卖些力气时,梅香的一番话颇有见地:"谈起救国的方法很多。有钱出钱,有力出力,不都是一样的吗?太太有这么大的家私,如果捐些出来,不比求神强的多吗?"在梅香的影响下,钟氏慷慨解囊,捐出十万元私房钱。可以说这种爱国思想的表达相比同时期周则三《九转货郎儿》[①]、罗章园《情侠传奇》[②]等戏曲作品中单纯地鼓动民众勇赴战场要高明得多，也更加充满理性色彩。

在战争问题上，作者有着科学的认识。剧中，郭公一借钟继祖与闵簇英之口，两次提出现代战争与科学的关系，尤其指出空军独特的军事意义，无疑对当时的抗战局势有着较为清醒的认识。第十一出《从戎》中，钟继祖提出"现代战争，全属科学，航空技术，尤为重要"的观点。第十四出《参战》中，闵簇英与之不谋而合，也指出："现代战争，侧重科学，非久经训练之兵，徒事牺牲，毫无补益。"作者科学的战争意识无疑是对当时战场上惨重的伤亡进行的深刻反思，对"毫无补益"的牺牲之举作出的深刻批评，也是对成长中的并在战场上作出巨大贡献的中国空军高度的赞扬。就笔者目前掌握的资料来看，《抗战缘传奇》是抗战期间唯一一部涉及中国空军的重要性、中国军队伤亡问题以及对现代战争的方式进行深刻反思的传奇杂剧作品，因而极为可贵。

在本剧的创作阶段，中华民族才进入全面抗争不久。日军节节进逼，占领上海后，很快攻陷国民政府首都南京，紧接着猛扑国民政府的腹地武汉。可以说，中国军队在战场上总体上处于全面防御阶段，中华民族经受着最为严峻的生死考验。但在民族存亡的危急关头，郭公一以诗人之笔描绘出一对爱国青年男女勇赴国难的英雄气概，并在抗战胜利后喜结连理，代表了中华民族对"最终胜利"与和平生活的强烈渴望。全剧格调激越，体现出作者昂扬的乐观精神。这也正是屡遭磨难的中华民族在抗战之初所急需的精神。周则三《九转货郎儿》、罗章园《情侠传奇》虽不缺乏昂扬的格调，但由于篇幅短小，人物形象较为模糊，乐观精神表现得并不充分。吴梅门生王玉章的《歼倭记》[③]也是用昂扬的格调塑造了一位可贵的平民英雄陈老爹，正是在他的带领下，定

---

① 周则三《九转货郎儿》，《胜利》1939 年第 13 期。

② 罗章园《情侠传奇》，《中央警官学校校刊》1938 年第 6 期。

③ 王玉章《歼倭记》，《民族诗坛》1940 年第 1 辑。

远城人民重新获得和平安宁的生活，其乐观精神与本剧有异曲同工之妙。

但作者在认识上亦有不尽合理之处，如钟继祖与闵簇英系至亲，且二人婚姻多受父母决定，至于闵簇英听说钟继祖已死的消息后，竟然要以死守节，浸染了非常浓厚的封建色彩，这在二十世纪三十年代的文化背景中明显是比较落后的；虽然作者借钟、闵的团圆表达对抗战必胜的信心，但全剧对战争几乎未作任何正面描写，对日寇的侵略暴行也未作展现，缺乏对严峻现实的切实关注，对抗战的艰巨性、长期性未作充分准备；作者在第十六出《铲奸》后设置了庆祝抗战胜利的情节，用意极为明显，即只要铲除民族败类，抗战胜利便指日可待，显然忽视了中华民族与日本侵略者之间民族矛盾。

三 《抗战缘传奇》的艺术特征及其戏曲史意义

（一）对传统传奇创作模式的继承与超越

明代中叶以来，传奇创作基本遵循“十种传奇九相思”的情节模式以及大团圆的结局。清代中叶之后，这种格局有所转变，悲剧性的题材与结局在传奇创作中屡见不鲜。尤其是随着晚清小说界（含戏曲）革命的勃兴，传奇创作再次焕发出新的生命力，传奇作家更多地关注历史、关注时代、关注人性，书写悲剧、感慨沧桑、反思现实成为多数传奇作品共同的美学追求。二十世纪三十年代，传奇创作已然无可挽回地走到了最后阶段。从笔者掌握的资料来看，二十世纪三十年代以来，共产生传奇二十余部，但同时遵循副末（或相近角色）开场交代主旨、集唐宋诗作为退场、曲白本色自然、生旦双线引领情节发展、以团圆方式结尾等传统传奇创作模式的作品仅此一部，而且《抗战缘传奇》是笔者迄今为止所见民国后期传奇作品中唯一一部超过二十出的作品。因此其戏曲史意义极为明显。

本剧虽名为《抗战缘传奇》，但对战争本身的描写并不多，而是将钟、闵的爱情放在战争的背景中，在战乱中经历悲欢离合。这与明清传奇的才子佳人叙事模式是颇为一致的。夫妻相逢不相识，却以鸳鸯古剑为信物，此类情节在传统戏曲作品中比比皆是。剧中人物姓名多为谐音，寓意明显。闵簇英，意“民族英雄”，闵砺楷，谐“名利客”，贺汉坚，即“贺汉奸”，莫良新为“没良心”，万明规当“万民归心”之意。至于将原来传统文化气息颇为浓厚的“钟继祖”改为“钟国雄”，则明显指向“忠于国家的英雄”。此类修辞方式在传统的戏曲创作中亦屡见不鲜。

作者并非传奇创作的行家里手，他的创作与晚清以来的多数传奇作家一样，在曲学方面并无太高深的造诣。但他自觉地以名家曲谱为填词工具，在自己并不熟悉的领域着力开掘，体现了传统知识分子深厚的文化功底和传统曲学在二十世纪三十年代仍然具有别样的生命力。可以说，这是一部颇有传统美学意义的传奇作品。

但作者亦有所突破，如第一出《同学》中，生、旦先后出场，与明清传奇先生后旦明显不同；闵簇英并非一味株守闺中，等待夫君返回，而是在抗战的大潮中成就其丰功伟业，与传统戏曲既有的“夫荣妻贵”模式大相径庭。

（二）人物形象栩栩如生，主要人物形象颇具现代特色

本剧在人物塑造上也取得了较大成功。总体而言，主要人物形象栩栩如生、个性鲜明。钟国雄天资不凡、忠贞报国。闵簇英志高心坚、聪慧过人。他们既是深明大义的抗日民族英雄，又是忠于爱情的普通人物；他们的人生既有闪光的一面，也经历过其他年轻男女追求婚姻幸福过程中所经历的苦涩。闵砺楷钻营势利、冷酷无情，颇能代表当时部分投机商人的嘴脸。钟氏爱女心切、通情达理，虽然曾经在愚昧中敲经念佛，但在梅香的指点下，迅速成为抗战的有功之人，代表了当时的爱国志士在财力上对抗战的支持。梅香正义泼辣、深明大义，在闵簇英人生最绝望的时刻给予她巨大的希望与动力，并在闵簇英的影响下思想觉悟有了很大提高，堪为觉醒的下层士兵的代表。贺汉坚与莫良新都

属于认贼作父、油嘴滑舌、见色忘义之流，但前者更为凶狠毒辣、精于算计；后者则头脑简单，更会溜须拍马，最终撺掇贺与他一道钻进闵簇英设计好的圈套中。主要人物涵盖了抗日英雄、爱国志士、汉奸、士兵、投机商人，既有传统戏曲作品中脸谱化的特征，也明显融入了现代社会的特点，具有强烈的个性色彩，是民国传奇杂剧作品中仅有的人物群体。

（三）以伏笔、互见的方式巧妙地实现情节的流畅性与凝练性

在情节方面，本剧的多处伏笔极为巧妙，消除了突兀之感，使得情节流畅。如《同学》一出中，钟继祖出场便道出闵簇英气贯重霄，与自己志同道合，为闵簇英将来参军张本；作者安排贺、莫二人出场，并交代了他们的德行，在见到闵簇英后自然引出第二出遣媒求亲一事。第二出《拒媒》中，媒人前来替贺、莫求婚，还未等说出求婚者姓名便被赶走，为此后贺、莫二人再到闵家消除了嫌疑。贺、莫二人深受闵砺楷赏识，经常至闵家拜访，为此后闵簇英设定的瓮中捉鳖之计奠定基础。《赖婚》一出中，闵砺楷谎称闵簇英已另嫁，为其后钟继祖见面不敢相认埋下伏笔。

此外，作者还巧妙地使用了互见法，使得情节更为凝练。如第八出《计赚》中，贺、莫二人谈及钟继祖的一些经历，与第七出《落魄》相互补充，较为全面地展现出钟继祖逃难过程中的辛酸；第十一出《从戎》中，钟继祖简要交代了“一·二八事变”中日军的屠杀暴行，与第十二出《挑衅》中倭国犯边大都统矮鬼对日军在“一·二八事变”中遭遇打击的描述互为启发，在控诉日军暴行的同时，也让国人看到了抗战胜利的希望。

（四）在情节设置与人物塑造方面的瑕疵

郭公一在民族危亡关头奋笔疾书，为全面抗战广作宣传，呼唤全面胜利的早日到来，精神可嘉。但必须指出的是，本剧在艺术上依然存在

瑕疵。如第十七出《庆功》中，万明规在钟国雄毫不知情的情况下擅自为他做媒，钟国雄在暗处听到谈话后再次向万明规求证，方知闵簇英拒绝的缘由。虽然增加了戏剧因素，但明显有违常理。第十九出《慕势》中，钟国雄在并未告知实情的情况下拜访闵砺楷，一定程度上揭示了闵砺楷势利的一面，但从情节设置角度来看，在第十八出《合剑》中夫妻二人已然相认，突然设置凌辱岳父的一出似乎有节外生枝之嫌。至于第十八出中二人相认之后，钟国雄说出“我再也不愿到你家中去了”，明显不符合一位久经沙场的空军司令的口吻。

总之，《抗战缘传奇》是中国戏曲史上一部具有总结意义的传奇作品，在继承传统戏曲创作的基础上，融入中华民族最为严峻的民族危机，塑造出一批有血有肉的人物形象，表现出清醒的爱国精神，为最后阶段的传奇创作注入了科学、理性的因子，代表了民国后期传奇创作的最高水平。

中国式“蒙太奇”：齐如山与梅兰芳重新组织的现代性京剧

赵婷婷

引言：蒙太奇与中国式组织

爱森斯坦（1898—1948）在1935年揭示了京剧中一个惊人的现代戏剧性：蒙太奇（montage）。蒙太奇的意思是将一个完整的艺术成品拆解成局部的个体，再用新的思维方式重新组织起来，其目的是制造新的效果和新的“整体”。作为前苏联著名的电影导演，爱森斯坦也是蒙太奇这个电影技巧的创造者和定义人。令人惊奇的是，早在1935年，爱森斯坦在一篇题为《梨园中的魔术师》（“To the Magician of the Pear Orchard”）的文中直接谈起他对于京剧的接受分析，而题目中的魔术师特指京剧艺术大师梅兰芳。此文中，爱森斯坦注意到中国与苏联的艺术有许多的不同，例如苏联艺术讲求社会现实主义（Socialist Realism），而中国的艺术讲求抽象的美学图景（a definite aesthetic abstract image），但同时，两国艺术又在创造力层面相通（60—65）。在1935年苏联对外文化协会总结梅兰芳艺术的发言稿中，爱森斯坦毫无保留地赞美梅兰芳精湛的蒙太奇艺术，并称赞他能够持续不断地在姿势和表情中达成理想的多种组合状态。爱森斯坦写道：“从一个非常戏剧化的瞬间到另一个瞬间的迅速转变，又突然转变到一个活的动作，每一个动作都仿佛独立存在，但整体又像是所有个体动作的合成。"①

蒙太奇是一个现代戏剧和电影最前卫的技巧。作为蒙太奇电影手法的创建者,爱森斯坦对于梅兰芳蒙太奇手法的首肯和认定,无疑将中国京剧推上现代戏剧的前台。然而,爱森斯坦所说的蒙太奇和中国戏剧界自身认定的方式方法间究竟存在怎样的关系?

许多学者对于这二者之间的关系进行了探讨。有些学者认为爱森斯坦误读了中国的戏剧文化,有些学者认为爱森斯坦为了证明蒙太奇的普适性,将自己的想法强加在中国京剧身上。② 我在本文中提供另一种解读方法,即:爱森斯坦提出的蒙太奇不仅是一种操作技巧,更是一种思维模式(montage thinking)。这种思维模式力图改变原有的对艺术作品的整体性完全依赖和保护的态度,重新认识每一个画面、每一个声音背后的意义,从而分解原来的"有机的"整体世界,并用这些局部的部分重建一个新的整体("The Unexpected",27)。而正是这个思维模式使得爱森斯坦和中国京剧在1935年产生对话,这场对话建立在既有相同又有相异的基础上:爱森斯坦的蒙太奇和中国京剧采取的方法某种程度上具有相似性,但中国京剧称这种方法为"组织"(recomposition)(齐如山,"中国剧之组织",87)。"组织"的方法是将整体的京剧演出拆解为一个个可以分析的演出局部(examined stagecraft),再用新的思想将个个局部重新组合起一个演出。这样的技巧并非空穴来风,而是来源于20世纪初期,京剧在中国现代性生存过程中不断适应各种危机而寻找的一个出路,这个技巧与中国的历史社会发展密切相关。

---

① 美国学者田民(Min,Tian)指出,这段文字收录于苏联对外文化协会总结梅兰芳艺术的发言稿中,详见 Tian Min. "*China's greatest operatic male actor of female roles: documenting the life and art of Mei Lanfang*, 1894—1961." Lewiston,NY:Edwin Mellen Press,2010. 182. "*Mei Lanfang and the Twentieth-Century International Stage: Chinese Theatre Placed and Displaced*."NY: Palgrave Macmillan,2012,138.

② 可参见罗艺军:"C·爱森斯坦与中国文化艺术(节选)",《当代电影》1(2012):61—66。罗认为爱森斯坦与梅兰芳的职业不同,没有共通性。

本文将就这个内部的危机,及其解决方案予以具体分析,从而深入理解为何京剧内部会产生如同西方"蒙太奇"一般的前卫技术与批判性思考模式。

一 具有讽刺意味的结局:双重传统

爱森斯坦在1935年无法知道的是在1918年的中国,京剧曾被视为一个处于社会边缘的艺术。我将这1918年前京剧遇到的危机称为"讽刺性的双重传统"。这讽刺性体现在:一方面,京剧在与西方表演艺术比较的过程中被认为过于传统,从而无法体现现代观众新的审美体验,也无法代表都市人群的日常生活;另一方面,京剧又被认为不够传统。因为它与更古老的戏曲形式例如昆曲相比,诞生时间稍晚,其文辞又不具有抒情艺术性,无法代表中国传统文化和悠久历史。观众和批评家在话语讨论中制造了这样一个京剧讽刺性的非传统非现代的局面,使得京剧必须做出回应,而正是戏剧学家齐如山(1875—1962)和艺术家梅兰芳(1894—1961)的共同合作,通过运用"组织"的方式(即日后爱森斯坦认为的"蒙太奇"),使京剧在重新延续传统文学和戏曲特性的同时,在形式上去程式,从而解决了京剧的危机。下文将对此点予以展开。

早在1872年,当在北京万人空巷的京剧作为营业性质的戏曲刚来到上海表演的时候,以《申报》为主的传媒立刻出现大幅的报道与评论。然而令人惊讶的是,上海观众对于京剧并不是完全毫无保留地接受和推崇,而是对其进行多层次的指责和批评。从《申报》的记载来看,上海观众评论京剧的老生演员过于衰老;演出时间往往较广告所说的演出时间推后;内容和形式过于老套,无法与在上海演出的众多西方娱乐模式相提并论,更无法代表上海如今的变化和人们关注的问题。如《申报》1872年6月7日"戏馆琐谈"云:"金桂以跌打跳掷为专长,故彩衣绣裳未必新艳夺目,生旦唱口未必宛转尽致。""戏至《宝莲灯》、《取荥阳》二出，全恃老生唱口，惜皆以喉中格格，未尽所长。”(《申报》1872年6月7日)又如《申报》1879年12月27日“论雅俗异趣”云：“京师风气实开天下之先，人情恶雅而喜俗，靡然争趋，即通人贵宦，高坐而听二黄，亦泰然自安。且有词曹部属自命不凡者，信口学唱，不以为俚。呜呼，无乃太俗乎！”该文还以旧派京剧与西方戏剧相比：“西人则异是，其所谓戏者，无金鼓之喧，有琴瑟之好，喁喁而歌，或坐或舞，无斤斗翻跳之陋态，而诸观者怡然以为乐。同谓之戏，而其所尚者乃在此而不在彼，殊觉我中人之好怪也。”(《申报》1879年12月27日)可见，追究其根本，上海观众真正不喜欢的是传统京剧所代表的老旧的文化，这个文化已经不适用于19—20世纪之交的上海。

具有讽刺意味的是，当上海指责京剧所代表的传统之时，这个“传统性”正是京剧在北京受到欢迎的根本原因。正因为这个传统在京剧中得以延续，北京的观众将京剧视为正统，并推崇京剧的演出。然后，1918年，即五四运动爆发前夕，北京的学者和批评家却开始围攻京剧，并指责它的非传统性。他们的出发点是传统要保留，却要选择性地保留。根据优胜劣汰的原则，唯有真正继承正统的才值得保留。学者将京剧与更悠久的中国表演艺术，例如昆曲，进行比较。得出的结论是：京剧才诞生了两百多年，相较于中国几千年的传统，根本无法相提并论。而京剧又因受口头文学的影响，过于粗俗而不能代表中国传统文化的高雅。在这浪潮中，傅斯年(1896—1950)作为一位激进学者，发表在《新青年》上的观点具有代表性，他认为京剧无非是杂耍，“中国旧戏，只有一种‘杂戏体’，就是我在前面说的‘百衲体’，这是宋元时代的出产品。如果要适用于20世纪，总当把这体裁拆散了——纯正的‘德拉玛’，纯正的‘吹拉拍’，纯正的把戏，三件事物，各自独立。况且中国旧戏所以有现在的奇形怪状，都因为是‘巫’、‘傩’、‘傀儡’、‘钵头’、‘竞技’[……]的遗传。(见王国维《宋元戏曲史》)如果不把这些遗传扫净，更没法子进步一层”(322—41)。他更批评京剧缺少文化价值，并且无法表达丰富的人类情感。“至于说旧剧是中国文学美术的结晶，真正冤死中国文学美术了。中国文学,比起西洋近代的,自然有些惭愧,然而何至于下了旧戏的'汤锅'。旧戏的文章,像最通行的京调脚本,何尝有文学的组织和意味,何尝比得上中国的诗歌、小说。"而另一个来自上海的戏剧改革家欧阳予倩(1889—1962)也认为中国的剧本文学不是文学,"剧本文学为中国从来所无,故须为根本的创建。其事宜多翻译外国剧本以为模范,然后试行仿制"(欧阳予倩,141—143)。

京剧一方面被认为是过于传统,另一层面上又不够传统的尴尬处境正是中国社会历史的变动造成的。对京剧的质疑由上海产生并不让人意外,如孟悦指出:上海有着多重世界叠加在一起的复杂性,由于在政治历史的版图上位于中国帝国的边缘,上海不但受到帝国主义的管制也同时是西方文明进入的交界之处(孟悦,106)。所以早在19世纪70年代,上海的观众已经站在现代观众的角度质疑传统京剧的存在意义,而这激烈的批评直到数十年后才会在北京显现。

而如何应对这一危机,则是京剧演员和戏曲家的任务。在这危机之中,齐如山和梅兰芳协力合作。齐如山是一位戏剧学家,事实上也是一位编剧兼导演,他致力于将京剧提升到一个世界戏剧的高境界;梅兰芳,是二十世纪最著名的京剧表演艺术家,他将一生奉献给了京剧的表演。这两位通力合作,面对社会舆论对于京剧的压力和质疑,不但没有放弃京剧,而是致力于将其转变为现代化的京剧,去应答现代都市观众新的情感体验和社会问题。但是,在他们创作和表演新的剧目之前,他们必须先处理一个形而上的问题:即,为何京剧在剧变的中国依然有其存在价值?京剧能够创造又能够传递怎样的信息和文化呢?

二　京剧的"组织":让传统与现今社会并存

对于以上问题,齐如山进行了深入思考,他有条不紊地为京剧规划出路。首先,将京剧置于中国传统文化的历史长河中,确认京剧可以代表中国的传统文化。第二,重建一个可以跨越(bridge)传统和现代之间“鸿沟”的桥梁，并使传统的文化依然可以作用于现代社会，也使得京剧作为传统艺术依然可以与现代观众呼应。第三，一旦确立京剧内容的重要性和在延续的可能性：即，儒家长久不衰的对于道德理念和人伦情感的关照，齐如山认为必须将京剧旧有的模式，或称之为“程式”的套路瓦解，并重新组织。这个过程的目的是让观众产生焕然一新的感觉，开始注意新的形式背后存在意义的主体和内容，并对其产生回应。这个瓦解并重新组织的过程，非常近似于1935年爱森斯坦所提出的“蒙太奇”。但中国京剧所采用的方式与苏联的爱森斯坦并不太相同，特别是其出发点：爱森斯坦的蒙太奇是为了更好再现无产阶级人民群众(Proletariat)的存在意义，并突出革命的重要性；中国京剧所采取的“组织”是为了更好让传统的意义渗透进并不存在的传统与现代的隔阂中去，让传统与现今社会并存，并使得有价值的道德理念和人伦情感普照“新世界”里的人。

齐如山在“国剧艺术汇考”中重新思考对于中国京剧的研究方法。他一方面注意到以往研究集中的领域大多是文本内容：剧本的来源，曲子的优劣，曲子是否可唱，然而，更重要的问题却没有得到足够的重视，即：台上演的戏剧有怎样的组织法和原理。齐如山写道：“对于台上戏剧之组织，绝对没有人谈及。”(7—8)于是，1928年他在“中国剧之组织”中，便将唱白、动作、衣服、盔帽、胡须、脸谱、切末、音乐全都作为戏剧表演中同样重要的环节，在分析理解其意思的基础上进行重新组织。齐如山反复强调“不要看它虚无一物，而它都有详细的规定，井然不乱”(87)。每一个细节都按照一个原理，这个规定是前人定的，所以它代表了过去的习俗和传统，但它又重新被理解和阐释，并根据其原理而选择性地重新运用。这个“组织法”便可看成一个将过去“整体的表演”瓦解成局部细节，再用新的原理重新组合的过程。因此，齐如山强调：“中国剧的优点何在”，“一言以蔽之，在各组组织法与各种动作两种而已。”(“梅兰芳游美记”，52)

首先，我集中讨论齐如山如何将文学传统和戏剧传统重新注入进京剧中去。在文学传统方面,齐如山直接针对傅斯年对京剧的攻击做出回应。傅斯年说"旧戏的文章,像最通行的京调脚本,何尝有文学的组织和意味,何尝比得上中国的诗歌、小说",而齐如山偏将京剧与中国文化的最高峰——诗歌相提并论。齐如山不但将京剧的传统追溯到先秦诗歌,更将京剧和诗歌视为同等重要的中国传统,这体现在三个方面。

第一,齐如山用诗性的语言重写京剧剧本。对于剧本,齐如山是给予足够重视的,他说:"词曲最关紧要[……]中国自明朝以前,文人做的就是戏界唱的[……]改到雅致而大家又能懂的地方。"("说戏",3—5)他重写剧本涉及题材之广,从传统神话故事到历史剧目的改编,不一而足,如《嫦娥奔月》、《天女散花》、《洛神》,到《宇宙锋》、《霸王别姬》、《太真外传》等等,其中不少成为梅兰芳的代表剧目。确如齐如山所言,在元杂剧、明传奇历史上,有很多才华横溢的作家,为演员创作剧本,而在京剧历史上,在齐如山之前,还极少有剧作家如此充满热情、全身心投入地为一位演员写作剧本。齐如山这样做了,而且通过梅兰芳的演出,获得了巨大的成功,这个意义是不可低估的。

第二,齐如山给予京剧表演中具有重要性的每个动作、每个姿势一个诗性的名字,更节选古典诗歌中的关键一句去阐释这个名字的含义。这一工作,他是和梅兰芳共同完成的,所以他说:"自梅兰芳始极力提倡之,不但把百十年来之舞式恢复旧观,且取《周礼》、《乐记》等书,及鲍明远之《舞鹤赋》、傅武仲之《舞赋》、曹子建之《洛神赋》等篇中词句之意义;又取钟鼎刻石,及古代图书之姿势,参互创为种种身段;和以今乐,而成现在之舞。"("中国剧之组织",101)齐如山基于自身的古典文学修养,帮梅兰芳精心选择的这些诗赋可以追溯到唐诗,甚至更早的汉魏。例如在解释一个动作"舞縠"的过程中,齐如山引用了李白(701—762)的《白纻辞》:"垂罗舞縠扬哀音,郢中白雪且莫吟。"来表达天女姿态的高洁。在描述"挥芳"这一动作时,齐如山引用了东汉傅毅(? —约 90 年)《舞赋》:"顾形影,自整装,顺微风,挥若芳。"在描述"云轻"这一动作时，齐如山甚至引用了杨玉环(719—756)的《赠张云容舞》："轻云岭上乍摇风，嫩柳池边初拂水。"这样给动作命名并且与诗歌联结起来的目的是证明京剧并不是粗俗的，而是有文化性，并且是有意义的。

第三，也是最重要的一环，齐如山意识到京剧和诗歌间存在惊人的相似性：两个不同的文类都指向同一种目的：言志(表达个人内心最深处的情感和想法)。这一点，齐如山是从《乐记》里面得到启发的，他说："《礼记》中的《乐记》一篇里头有几句：'诗言其志也，歌咏其声也，舞动其容也。'以上三句足可形容国剧的精神，概括国剧的构造。"("国剧源流与歌舞种类"，6)人们熟悉齐如山在重新定义和总结京剧究竟为何的时候所提出的八字箴言：无声不歌，无动不舞。齐如山说："国剧到底是怎么回事呢？可以用两句话断定之，曰：'有声皆歌，无动不舞。'"("国剧源流与歌舞种类"，3)这两句话的意思是："出场后一切举动，皆为舞；一切开口发声者，皆为歌"("中国剧之组织"，96)，"中国之舞之姿势，须与词句之意义相合"("中国剧之组织"，101)。在齐如山看来，当一个人想要表达内心的思想和情感，他会通过语言；如果语言不足够，他会唱歌；如果唱歌还是不足够，他会用他身体的语言手舞足蹈。如果细分的话，可以分解为说白——唱工——动作——舞蹈："戏中先是说白，说到心中有所感动之后，精神一振，便起唱工。这个意思系只是说白觉得不解气了，非拉起嗓子唱一段才觉得舒气痛快，必用手指点出来，唱到痛快淋漓的时候，必用手足全身来形容。"("国剧身段谱"，254)这个想法起源于《诗大序》："情动于中，而形于言。言之不足，故嗟叹之。嗟叹之不足，故咏歌之。咏歌之不足，不知手之舞之，足之蹈之也。"如此这般，言语、歌唱和舞蹈可以看成是三个进阶的表达方式，而京剧作为这三者的合体，更是有效地实现了诗歌试图实现的目标。可以看出，齐如山不但重现了京剧诗性的语言，更将传统诗歌与京剧在更深层次的表意层面连接了起来，从而实现京剧文学性和艺术性的延续。美国学者田民更注意到中国的戏曲与中国各种传统艺术——诗歌、书法、绘画、雕塑都享有共同的美学特征：即，综合艺术(synthetic art)，境界上的韵律

(spiritual rhythm) 和抽象的图景(symbolic imagery)(田民，“梅兰芳”，164)。

在戏剧传统上，齐如山强调中国传统京剧并不是重复老旧的故事，而是在一个更高的认知、政治和道德层面上解释并巩固人们的道德行为标准和情感表达。特别是中国戏剧性的“虚拟性”(suppositionality)(颜海平，66—67)，通过假想一个变化了的社会形态从而强化儒家的道德标准。在齐如山的著作中，他反复强调中国传统戏剧通过塑造一个道德两难的境况而挑战并重申角色的儒家道德标准，比如忠、孝、义和报恩。齐如山说：“旧戏的情节最讲究忠孝节义。”(“国剧漫谈二集”，230)齐如山不但相信传统的道德标准依然适用于现代的社会(20 世纪初)，更注意到现代最重要的问题和传统戏剧关注的内容有惊人的相似之处。例如他说：“说到国剧讲婚姻自由，大家一听必以为奇怪，其实并不新奇，不过彼时尚没有这四个字就是了，但它的意义确是如此。它的宗旨叫‘才子佳人’。”(“国剧漫谈二集”，230)在他看来，现代“婚姻自由”的主题与明清以来一直表演的“才子佳人”一致，都主张年轻人之间不受长辈和社会限制的自由爱情。又如，他认为现今公正司法所关注的“冤狱平反”和传统中国戏剧一直以来的“包公戏”相一致：“几年以来，在报纸上看见的及耳朵听到的，这类‘平反冤狱’的事情就多得很，不必举例。而国剧则对此极为重视。”(“国剧漫谈二集”，233)如此这般，传统的戏剧所关注的内容自然也可成为现今观众所关注的内容，齐如山由此建立了传统与现代的关联性。

但这时，京剧过于保守的形式及其演绎方式阻拦了意义的表达。本应是“道德化的美学”变成了“美学化的道德”。为了区分这组概念，我们可以借助于本雅明(1892—1940)著名的“美学化的政治”和“政治化的美学”的区分。在其《机械复制时代的艺术作品》一作中，本雅明指出法西斯主义臭名昭著地用美学化的政治为自己的政权服务。他们操控政权，以美学形式为借口减少政治原本的真实性、严肃性和实用性。与之相对的，也是本雅明力图主张的，是重新架构起艺术与政治、社会和公众活动的关系，即，共产党应该用政治化的美学行动起来。平行地来看美学和道德的关系(121)，我们可以得出类似的结论。美学化的道德过于强调美学和审美的重要性，而僵化了动作，姿态所能表达的力量和思想，其结果是，为了捍卫传统形式，而不允许变化。齐如山也意识到许多京剧演员只是从师傅那里学习表演的动作，而并不询问为何如此表演。而许多京剧演员也承认他们的动作是一种程式，即固定不变的动作。这样僵化的动作并不能反映每一个具体角色的有区别的想法。齐如山意识到这样僵化的形式并不利于变革和改善，也不利于观众更有效地品评京剧。他决定瓦解这个僵化的模式，并重新组织起京剧表演。齐如山并不视京剧的每一个剧目为一个完整不可分割的整体，而是视其为一个由众多细小的舞台技术组织起来的整体。齐如山在文集里对舞台技术进行了详细的分类，就他的"国剧艺术汇考"一例，就列出了"上下场"、"动作"、"歌唱"、"行头"、"脸谱"、"胡须"、"切末"、"脚色名词"、"音乐"、"戏台"、"皮簧念字法"等十多类，每一类里面又包含很多条，追本溯源，详加考论。齐如山对微小细节的关注来源于他想要合理组织起一个整体的动力。

归根结底，组织意味着破坏性地瓦解一个整体的京剧表演，并通过新的原则合理性地重新组织。齐如山的操作更趋向于"竖性蒙太奇"，以每一句句子为单位，对整个剧本进行切割。齐如山会针对每一个句子的意义进行思考，并配合一个舞蹈的姿态去更好表达这个意义。这样的结果是，观众不需要等到整场演出的最后再思考这出戏的意义(或者不思考)，而是将注意力集中到每一个句子的瞬间，并思考这个动作和句子表达了怎样的意思。

这里必须指出，齐如山所做的瓦解僵化的模式，并重新组织起一个有机整体的努力，与前引傅斯年提出的"把这体裁拆散了"的主张，是完全不同的。傅斯年是在否定京剧特质的前提下，主张将"德拉玛"(drama)、"吹拉拍"(opera)、把戏(杂记)三者割裂，说到底是要将京剧改造成为类似西方的话剧。而齐如山认为"将叙说故事、歌唱和舞蹈这三件事情组织到一起，所以中国戏吸引力、感化力、鼓舞力特别大”（“国剧漫谈”，41）。他的拆解是为了更好的整合，具备重塑的意义。

三　“组织”：为了挽救京剧即将失去意义的危机而提供的生存答复

为了更好理解齐如山对于“组织”原则的运用，我们需要观察梅兰芳的表演，因为没有梅兰芳对于这个理论的再现，也就不会有这个理论实践的开始。在齐如山和梅兰芳早期合作的作品里，有一出《天女散花》(1917)格外重要。虽然来源于佛教的故事，这个演出却不含有任何明显的佛教教条主义和说教色彩。通过重述天女到人间散花的故事，这个演出的重点是展现“组合”这一原则。甚至齐如山本人都承认，创作这个戏的出发点是为了让中国观众更适应现代化的京剧。在第四出“云路”中，二十句句子被相对地配上了二十一个姿态(其中一个句子较长，需要两个姿态)，其中的动作例如“轻云”和“轻烟”均来自于传统的卷轴画作、佛教雕像、碑刻和古典诗歌。唱词与舞蹈紧密配合，所创造出的意境是很美的。如“云路”一段开头，照梅兰芳自己的描述：“天女先在帘内唱导板：‘祥云冉冉婆罗天。’一出场，手里拿着绸带子，一部分拖在地下。唱慢板：‘离却了众香国遍历大千。’唱到‘大千’的时候，走一个圆场，把风带的末端，甩在下场门台口，仍旧退到上场门口。退的时候，把两根风带跟着身子拉回一点，好使带子成为一个均匀的弧形，飘在地下，人同带子恰好是一个‘斜一字’的姿势。”(521—522)这一动作，即前文提到的“舞縠”，它对应于李白的《白纻辞》：“垂罗舞縠扬哀音。郢中白雪且莫吟。”这些表演，在当时极受观众的欢迎。除此之外，二十一幅画像和相应的二十一首诗歌还被制成卷轴，在梅兰芳赴美演出时带去向美国观众作直观的介绍，取得了很好的效果。

齐如山的理论离不开梅兰芳的实践，而梅兰芳从这一理论延伸开来，可以更好地关注不同剧中角色的情感发展。在梅兰芳塑造的无数女性形象中，有天女、女神、宫廷里的贵妃、女战士和普通女性，她们的境遇、思想与性格各有不同。齐如山的"组织"理论不仅让这些性格都有各自鲜明独特的表达方法，更使得梅兰芳也可以更加深入地思考这其中细腻的不同。例如在表现《贵妃醉酒》这一出戏时，梅兰芳写道："这出'醉酒'，顾名思义，就晓得'醉'字是全剧的关键。但是必须演得恰如其分，不能过火。要顾到这是宫廷里一个贵妇人感到生活上单调苦闷，想拿酒来解愁，她那种醉态并不等于荡妇淫娃的借酒发疯。这样才能够掌握住整个剧情，成为一出美妙的古典歌舞剧。"(39)这样自我反省和将自己的思考投入演出之中，正是一个现代视觉的体现。剧中杨贵妃三次饮酒，表示三种内心的变化。第一次是裴力士敬酒，这时杨妃一杯酒还没有喝过，她内心的妒恨还能够强自镇定，所以是左手持杯，右手用扇子遮着，缓缓地饮下。第二次是宫女们敬酒，这时的杨妃，已经酒下愁肠，压不住她满怀愤怨，所以拿起杯来，喝得快一点，扇子也不那么认真地挡住了。第三次是高力士敬酒，杨妃抢杯一饮而尽，已经进入初步的醉态，一面继续要酒喝，一面唱出了"人生在世如春梦，且自开怀饮几盅"两句。这两句"能写出宫廷里面的女子，任凭如何享受，她们在精神上还是感到空虚的。内心也是有说不出的痛苦的。非得在怨恨之余，酒醉之后，才有这种流露。短短两句唱词，淡淡着笔，用意却深刻得很"(39)，这里所完成的，正如爱森斯坦所说的："每一个动作都仿佛独立存在，但整体又像是所有个体动作的合成"("To the Magician", 65)，新鲜的、深刻的、耐人寻味的意义便由此产生。

总结：中国式京剧组织

本文从一个方面探讨了齐如山与梅兰芳的艺术思考和艺术实践，并且重新阐释了他们对于京剧的贡献："组织"，远不只是一种技巧，而是一个有着更深刻原因的针对社会变化而给予的回复，为了挽救京剧即将失去意义的危机而提供的生存答复。更重要的是，即使这个"组织”的技巧被西方的思想家认出并认同为“蒙太奇”，它的出发点却是一个与中国社会紧密相关的社会问题，也是中国自身面对现代性的危机与其携带而来的对于美学、艺术、社会、政治的变化所做出的回应。而1935年，则可被看作是一个中国戏剧家和西方戏剧家平等对话的过程。在世界艺术发展史上，中国京剧的“组织”技巧，完全可以与电影中的“蒙太奇”平起平坐。

（原载《文艺理论研究》2014年第6期）

诗歌对话的可能性

——试论宋代诗人郭祥正对李白的接受

赵婷婷

郭祥正(1035—1113),字公甫(一作功甫),自号谢公山人,当涂(今属安徽)人,是宋代一位重要的诗人。他的诗歌数量丰富,题材广泛,风格多样,在北宋诗坛独树一帜。

郭祥正成名很早。宋仁宗至和元年(1054),年仅二十岁的郭祥正见到梅尧臣,“梅尧臣方擅名一时,见而叹曰:‘天才如此,真太白后身也。’”(《宋史》卷四四四)

其后,郑獬、章望之、章衡、黄昇等人亦有类似评价。令人遗憾的是,近几十年来,尽管有孔凡礼先生点校之《郭祥正集》问世(郭祥正,1—687),但总的说来,学术界对郭祥正关注很少,评价也有歧异,如莫砺锋教授《郭祥正——元祐诗坛的落伍者》一文说:“以杜甫为典范是元祐诗坛整体性的选择,……郭祥正虽然与王、苏、黄同时,但他却以李白为主要的学习典范。郭祥正经常比较刻板地模仿李白,从而写出了一些不成功的拟作。”(莫砺锋,50)

我认为,对于郭祥正以李白为主要学习典范的问题,似可以“对话”为角度,从创作者、接受者、创作与接受的大环境等多种因素的结合上加以深入考察。至于郭祥正的诗歌创作,恐不能简单地概括为“经常比较刻板地模仿李白”,实际上,对于李白的艺术遗产,郭祥正是根据不同场合与不同对象灵活地加以运用的,而且在其创作前期、后期,情况发生了明显的变化。前期，在和梅尧臣的对话中，李白是一个中介，促进郭祥正与梅尧臣的情感与艺术交流；在和当时文学圈的对话中，李白是郭祥正灵感的一个来源，他力图使自己的作品满足听众的心理预期；同时对于郭祥正本人，李白也是他在诗歌里的一位谈话对象。而到晚年，郭祥正诗歌里的谈话对象经常是逝去的亲人，以及他本人。对于此时的郭祥正来说，创作诗歌的过程就是一个心灵疗救的过程，所以郭祥正本人的风格日益明显，而李白的身影则逐渐淡出。

与梅尧臣对话：李白作为中介

梅尧臣在郭祥正的创作生涯和个人生活中扮演了十分重要的角色，他是郭祥正尊贵的朋友、启蒙者和精神导师。郭祥正从二十岁那年初见梅尧臣，到他二十六岁那年梅尧臣逝世，他和梅尧臣建立了十分亲密的友谊。

郭祥正与梅尧臣的对话，对其文学生涯有着重要的意义，而这种对话一开始就是以李白为中介的。

皇祐三年(1051)，欧阳修写了一首《庐山高赠同年刘中允归南康》，意境壮伟雄奇，选用险韵，而以长句屈曲达之，颇得太白诗风神韵。此诗欧阳修自认为是平生得意之作，叶梦得《石林诗话》载其语："吾《庐山高》，今人莫能为，唯李太白能之。"(丁福保，424)

至和元年(1054)，郭祥正与梅尧臣初次见面，对话就从这首诗开始。《苕溪渔隐丛话前集》卷二九引《王直方诗话》记载："郭功父少时喜诵文忠公诗。一日，过梅圣俞，曰：'近得永叔书，方作《庐山高》诗，送刘同年，自以为得意。恨未见此诗。'功父为诵之。圣俞击节叹赏，曰：'使吾更作诗三十年，亦不能道其中一句。'功父再诵，不觉心醉。遂置酒，又再诵，酒数行，凡诵十数遍，不交一谈而罢。"(胡仔，200)

这次见面时，郭祥正才二十岁，是一位才华初露的年轻诗人，而梅尧臣已经五十四岁，是一位声誉卓著的诗坛耆宿。也许这是一次临时安排的会见，郭祥正没有带来自己的诗作，而是应梅尧臣之请，吟诵了欧阳修的《庐山高赠同年刘中允归南康》，这样梅尧臣就成了欧阳修这首诗的听众，而不是读者。郭祥正抑扬顿挫的语调、饱含激情的声音深深地吸引了梅尧臣，也使梅尧臣看到了郭祥正这个年轻人对欧阳修诗歌的由衷喜爱和深刻理解。梅尧臣非常兴奋。郭、梅二人虽"不交一谈"，但实际上已经深谈，不过是以吟诵欧阳修诗歌的特殊形式来交谈的。

这里值得注意的是，郭祥正与梅尧臣的对话，看起来是以欧阳修为中介，但因为欧阳修这首诗神似李白，所以郭祥正与梅尧臣的对话实际上是以李白为中介的，因此我们说李白是郭祥正与梅尧臣二者亲密关系的一个神秘的环节。

在交换过几封信件之后，梅尧臣发现了郭祥正与李白之间的相似性，基于对郭祥正诗才的认可，作出了"真太白后身也"的称许。这是一个相当高的评价。不可思议的是，郭祥正和梅尧臣的首次会见与李白和贺知章的首次会见十分相似。据孟棨《本事诗·高逸第三》载："李太白初自蜀至京师，舍于逆旅。贺监知章闻其名，首访之。既奇其姿，复请所为文。出《蜀道难》以示之。读未竟，称叹者数四，号为'谪仙'，解金龟换酒，与倾尽醉。期不间日。由是称誉光赫。"(丁福保，14)还有一个巧合，郭祥正出生于当涂，而李白墓园就在当涂的青山，如此看来，"太白后身"这一称谓就包含了肉体的和精神的双重意义。郭祥正诗集名《青山集》，正表明他对李白的倾慕。

梅尧臣发现了郭祥正的创作潜能，而他们二者的关系却是比较特殊的。郭祥正二十一岁时写了一首诗给梅尧臣，与梅尧臣展开直接对话，称许梅尧臣具有李白那样杰出的诗才。这种称许的转移是令人惊讶的。这表明梅尧臣、李白、郭祥正之间存在一种错综复杂的三角关系。

这首诗题为《送梅直讲圣俞》(郭祥正 208)，诗是这样写的：

> 青风吹天云雾开，仙人骑马天上来。吟出人间见所不可见，嫦娥织女为之生嫌猜。织女断鹊桥，嫦娥闭月窟，从兹不放仙人回。一落人间五十有四岁，唯将文字倾金垒。李白佯狂古来少，骑鲸鬣鬣飞沿洄。杜甫问询今何如，应为怪极罹天灾。公乎至宝勿尽吐，吐尽吾恐黄河水决昆仑催。天穿地漏补不得，女娲之力何可裁。长安酒价不苦贵，风月但惜多尘埃。醒来强更饮百盏，酣酣愚智宁论哉！

这首诗是在郭祥正和梅尧臣初次会见一年之后写的，此时郭祥正已经被称为"太白后身"，因此我们不难发现诗中诸多类似李白诗歌的艺术元素。例如，李白诗歌中频繁使用的天上仙人、嫦娥织女等能够表现中国人宇宙观的意象。又如，参差错落的句式，一泻千里的气势，都带有鲜明的李白诗歌风格特征。这表明，郭祥正希望梅尧臣看到这首诗之后，对自己诗歌中类似李白的风格特征留下深刻的印象。然而，诗中所指的"仙人"不是郭祥正本人，当然也不是李白，而是梅尧臣。郭祥正如此反转过来，把"太白后身"这一荣誉赋予了梅尧臣。郭祥正对梅尧臣的崇敬表达得如此直接和坦率，这表现在他把梅尧臣比作"骑马天上来"的"仙人"，亦即当年的"谪仙"李白，并且明确无误地强调他"一落人间五十有四岁"，这就在驰骋想象之后完全落到现实了。在诗的结尾，郭祥正运用对话模式同梅尧臣直接交谈，他建议梅尧臣切勿为纷乱的政治环境所烦扰，而要痛饮酣歌，尽情享受无忧无虑的生活，因为饮酒是消除烦恼的最佳途径。这些语汇，这种生活道路选择，显然也是来源于李白。因此，郭祥正在这里是用李白式的语言，表达他对潜藏在这些语言背后的李白的思想和价值观的认同，以及他对李白的崇敬。郭祥正对李白的认同和崇敬，与梅尧臣对李白的认同和崇敬是一致的。正是因为存在这种一致，郭祥正和梅尧臣之间才可能实现对话。梅尧臣称许郭祥正"太白后身"，郭祥正推崇梅尧臣"仙人"，都是基于对李白诗歌语言以及潜藏在这些语言背后的思想和价值观的共同理解，这里绝不只是对李白诗歌"比较刻板地模仿"的问题。

李白在郭祥正和梅尧臣的关系中的确扮演着特殊的角色,起着中介的作用。如果运用勒内・吉拉尔(René Girard)的"模仿的欲望"的理论,我们不难想象郭祥正和梅尧臣二人相互倾慕、相互吸引的感情是如何通过分享对李白的欣赏而建立和巩固起来的。最终,李白成了郭、梅二人亲密关系的一种象征。李白这个名字传达了丰富的含义,远远超出其自身。换言之,正是通过李白的中介,郭祥正把对话的目标锁定在梅尧臣。郭祥正有一种强烈的冲动,要使梅尧臣记住自己,并且努力去接近梅尧臣的诗歌理想,正是这种理想影响了郭祥正的诗歌风格,并且成为他不断探索的动力。同时,通过分享对李白的爱,郭祥正和梅尧臣成为伟大诗人的愿望已然显露。对于郭祥正,他梦想成为伟大诗人的雄心勃勃的计划已经为梅尧臣所了解,而梅尧臣向往李白这一点也已经为郭祥正所了解。

六年之后,梅尧臣突然去世,郭祥正沉浸在悲哀之中,写下了《哭梅直讲圣俞》(郭祥正,504—505):

> 生事念死隔,欻如过鸟飞。长空不留迹,清叫竟何之。死者固已矣,生者谩相思。昭亭雪塞山,相遇忘寒饥。解剑贳浊酒,果肴躬自携。扫除少长分,旷荡文章期。赠蒙以太白,自谓无复疑。……篇篇被许可,当友不当师。……此德未云报,讣音裂肝脾。

诗篇再次深情地回忆了他和梅尧臣的第一次会见。诗篇显示,梅尧臣和郭祥正共同达成的"太白后身"的意识,推动郭祥正去接受他和李白的相似性。无意中,郭祥正允诺在自己的诗歌创作中继续坚持这种相似性。这是一封以诗歌的形式写成的信件,唯一的收信人是梅尧臣,而李白仍然以中介的身份出现。

总之,在郭祥正诗歌创作的第一阶段,李白是他和诗坛前辈对话的第一个也是主要的中介，郭祥正以此来接近梅尧臣，并且使梅尧臣记住自己。对于郭祥正来说，他需要首先遵循某种途径或者某种风格，然后逐步形成自己的风格，而他所需要的这种途径或者这种风格，正是梅尧臣提示他的。另一方面，尽管在当时的创作环境里，梅尧臣鼓吹一种“平淡”的风格，一种平易的、纯朴的风格，但他真正向往的还是李白，李白创造的那种具有特殊魅力的艺术风格、难以企及的艺术境界。郭祥正发现了梅尧臣心中这个隐藏的秘密，理解梅尧臣审美追求的真髓，因此他颇为策略地利用李白作为中介来加深他和梅尧臣之间的友谊。

与文学圈对话：李白作为资源和对话参与者

在梅尧臣去世之后的十余年间，郭祥正做过几年德化（今江西九江）尉的小官，仕途不很顺利。他辗转迁徙，前途未卜。在当时的政治环境下，要在仕途上取得进展，人际关系是比政治才能更为重要的。因此对于郭祥正这样的书生来说，参加各种文人宴集，展示自己的才华，加强感情的联络，提高自己的知名度，成了一种极其重要的生活方式，而郭祥正的很多诗歌也正是在这样的场合创作出来的。

这种在宴集场合创作的诗歌有着多方面的要求。首先，它常常是吟诵给在场的人听，而不是写给他们看的，这就要求诗歌韵律和谐、音节响亮，吟诵起来有一种音乐的美感。其次，在宴集场合创作诗歌，实质上是在和一个特殊的群体亦即上流社会的文学圈子对话，这个圈子里的人都是创作、欣赏文学的能手，他们要求创作者要有多样性，但也要有属于自己的风格和独特的审美追求。再次，在宴集场合创作诗歌需要很强的应变能力，因为创作需要在限定时间之内完成，而且常常伴随着比赛和竞争。因此，在宴集场合要想创作成功，必须才思敏捷、腹笥丰赡，对于各种典故能够信手拈来、驾轻就熟地加以应用。在宴集诗歌的创作中，郭祥正称得上是一位能手，他能够从容不迫地构思成篇，写得很有特色，而且吟诵也颇富感染力。以上所说的三方面要求，他能够很好地把握，其成功的秘诀在于他颇为策略地运用了李白诗歌的资源。

在宴集场合创作和吟诵诗歌，与演员在剧场表演有着相似之处。演员要知道到场观众的心理期待是什么，从而尽量满足他们的心理期待。在宴集场合创作和吟诵诗歌也是这样。创作者兼吟诵者要知道在场听众的心理期待是什么，并且提供他们需要的东西。对于郭祥正来说，能够提供给听众的最好的东西便是具备李白风格的诗歌作品。既然梅尧臣称郭祥正"太白后身"已经为众人熟知，既然诗歌的创作过程也可视为一个交流的过程、一个对话的过程，那么郭祥正的动机就是要从对话中确认自己在文坛的身份地位，并反思自己区别于其他诗人的风格特色。

宋英宗治平四年(1067)，郭祥正与当时知江宁府的王安石等人一道游览金陵凤凰台，写下了《追和李白登金陵凤凰台二首》(郭祥正，399—400)，其中第二首特别著名。宋人赵与虤《娱书堂诗话》记载说："郭功甫尝与王荆公登金陵凤凰台，追次李太白韵，援笔立成，一座尽倾。……功甫云：'高台不见凤凰游(下略)'"(丁福保 489—490)，说的就是第二首。

我们来看这一首：

高台不见凤凰游，望望青天入海流。
舞罢翠娥同去国，战残白骨尚盈丘。
风摇落日催行棹，潮卷新沙换故洲。
结绮临春无觅处，年年荒草向人愁。

郭祥正和李白一样，把凤凰台既视为历史遗迹，又视为自然景观。不同的是，郭祥正仅仅聚焦于历史事实，进行历史反思，而没有提及当下的政治局势。郭祥正诗从李白诗颔联"吴宫花草埋幽径，晋代衣冠成古丘"两句生发开来，于登台远眺之中，抒发了吊古伤今的深沉感慨。

"翠娥"的"舞"与"去国"的悲剧结局形成鲜明的对比,"白骨"与"翠娥"又形成鲜明的对比,"白骨尚盈丘"的情景更令人感到惊心动魄、惨不忍睹。第三联写江风催送着航船向前,潮水不断卷来新沙,改换着故洲的面貌,这是描绘眼前实景,同时也象征沧海桑田的历史巨变。诗人进而想到陈后主当年营造的结绮阁、临春阁,何等富丽堂皇,而今都与那荒淫奢侈的陈后主一样,消失得无影无踪,只有芳草年年复生,引发后人无穷的遐想。从表现手法来说,郭祥正诗比李白诗使用了更多的动词,诸如"舞"、"去"、"战"、"盈"、"摇"、"催"、"卷"、"换"等等,创造出富有动感的艺术境界。叠字"望望"、"年年"的运用,增强了诗歌的音乐美感。

李白的《登金陵凤凰台》久已脍炙人口,郭祥正即席追和,一挥而就,不仅表现出敏捷的诗思,更重要的是模仿李白而能得其神韵,满足了在场听众的心理期待,因此得到称赏。在场听众之所以称赏郭祥正,就是看重他能够得李白神韵,郭祥正本人也深深地懂得这一点。因此可以说,郭祥正以李白为中介,与文学圈子进行对话,获得了圆满的成功。这种成功不仅为当时人的反响所证实,而且直至后代也不乏知音,如明代朱承爵《存余堂诗话》就说:"李太白《凤凰台诗》,昔贤评为古今绝唱。余偶读郭功父诗,得其和韵一首云:'高台不见凤凰游(下略)',真得太白逸气。"(何文焕,791—792)

郭祥正的"追和"不能视为简单地照搬李白的诗句,而是对前人的诗歌词汇重新思考,进而加以创造性运用的结果。巴赫金认为语言的产生本来就是交流的结果,所以并不存在单一凝固的词汇和语言,他说:"语言中每一个词汇的一半是属于其他人的,只有当说话人将自己的意图和语言特色填充进语言,将词汇为己所用,才算把词汇真正变成自己的。在这种'占用'之前,并没有中立和与人无关的语言……这种语言只存在于他人口中、他人的文本中,为他人的意图服务,正是从那里,一个人取走词汇,并使词汇变成他个人的。……语言并不是中立的中介,并不是轻易地成为说话人意图的所属品,而是通过占据他人的意识,征用这个语言,强迫它变成自己的意识和语言特色,这是一项非常复杂和困难的过程。”①(*Problems of Dostoevsky's Poetics*,294)反观郭祥正的创作过程,正是如此。

可贵的是,郭祥正在模仿李白的过程中并没有迷失自己。他深知对李白心慕手追,能够获得文学圈子的好评,但确立自己的个性也极为重要,甚至更为重要。他在诗歌创作中持续不断积累自己的特点,创造更好的听觉的和视觉的效果。对于他来说,李白是创造的一个源泉,而不是创造的全部。他对待李白的态度是平等的,也是聪明的。事实上,在其后的诗歌创作中,郭祥正经常在诗歌内部和李白进行私人性质的直接对话,他把李白完全视为一个应邀参加讨论的人。在《蜀道难篇送别府尹吴龙图仲庶》(郭祥正,250—251)一诗中,郭祥正首先以六句诗句概括李白名篇《蜀道难》的主要内容,然后以两句诗句对其进行扼要的评论,再以大部分篇幅抒发自己的感情。这种不可思议的对话方式充分显示出他面对李白经典之作《蜀道难》时不一味接受,而是以高度自信做出商榷的态度,这进一步证明他本人在诗歌过程中的创新能力。

诗的前六句这样概括李白《蜀道难》的主要内容:

> 长吟李白《蜀道难》,蜀道之难难于上青天。长蛇并猛虎,杀人吮血毒气何腥膻。锦城虽乐不可到,侧身西望泣涕空涟涟。

---

① 这一段原文是:The word in language is half someone else's. It becomes “one's own”only when the speaker populates it with his own intention, his own accent, when he appropriates the word, adapting it to his own semantic and expressive intention. Prior to this moment of appropriation, the word does not exist in a neutral and impersonal language ... but rather it exists in other people's mouths, in other people's contexts, serving other people's intentions: it is from there that one must take the word, and make it one's own ... Language is not a neutral medium that passes freely and easily into the private property of the speaker's intentions; it is populated—overpopulated with the intentions of others. Expropriating it, forcing it to submit to one's own intentions and accents, is a difficult and complicated process. (Mikhail Bakhtin, *Problems of Dostoevsky's Poetics*. Trans. Caryl Emerson. Minneapolis: U of Minnesota, 1984, P. 294.)由笔者译成中文。

以下两句是郭祥正的评论：

> 其词辛酸语势险，不如曲折顿挫万丈之洪泉。

很显然，郭祥正高度评价李白《蜀道难》的艺术成就，对其遣词造句的艺术匠心、撼人心魄的艺术力量都表示惊叹。但进入自己的创作，郭祥正笔下的蜀道和李白笔下的蜀道可以说是迥异其趣：

> 公今易节帅蜀国，为公重吟《蜀道难》。旌旗翻空度剑阁，甲花照雪参林颠。云龟连榷谷声碎，画角幔引斜阳悬。竹马争迎旧令尹，指公长髯皓素非往年。蜀道何坦然，和气拂拂回星躔。长蛇深潜猛虎伏，但爱雄飞呼雌响亮调朱弦。

郭祥正笔下的蜀道已经是环境宜人，充满活力。本来杀人吮血的长蛇猛虎，现在都深深潜藏起来，只有成双成对的鸟儿雄飞雌从，唱出美妙动听的歌声。剑阁仍然那样险峻，但是这不妨碍蜀中乡亲敲锣打鼓，老幼相携，去迎接曾经任职于此的吴仲庶重返故地，可以说到处是一派祥和的气氛。这首诗就像一封信，收信人表面看来是吴仲庶，实际的收信人却是李白。这是一种跨越时间的心灵对话和艺术交流。从“其词辛酸语势险，不如曲折顿挫万丈之洪泉”的诗句看来，郭祥正对李白是十分崇拜的。从郭祥正本人的再创作看来，郭祥正对自己的诗歌创作是很有自信的，他把李白视为平等对话的对象，视为应邀参加讨论的朋友，而不是只能诚惶诚恐、顶礼膜拜的神。

总之，梅尧臣去世之后，郭祥正继续与文学圈子对话，以赢得自己在文坛的一席之地。在宴集的场合，为了满足在场听众的心理期待，他经常要和李白对话。当然，他和李白对话的根本原因还是为了实现自己的艺术追求，在这样的对话中他表现出越来越多的主动性。

心灵的疗救:李白身影的淡出

郭祥正写给梅尧臣的最后一首诗是四十六岁时所写的《吊圣俞坟》。这是他写给梅尧臣的诗作中唯一没有提及李白的。在和梅尧臣的对话中,郭祥正描述了二十年来发生的引人注目的变化,包括梅尧臣故居的一片荒芜,儿女的风流云散。实际上这些年来,悲剧事件也频繁发生在郭祥正的生活中,他也有儿女死去,并且他已经决定永远离开官场。

《吊圣俞坟》(郭祥正 493)写道:

平生怀抱只君知,想见音容涕泗垂。
宅舍已荒儿女散,孤坟秋草自离离。

这首诗里没有提及李白,也没有有关李白的暗示。事实上,郭祥正离开官场之后创作的诗歌中,极少提到李白。这里的一个解释是:郭祥正再也没有义务来满足文学圈子的心理预期。相反,李白的缺席可以使郭祥正在诗歌创作中获得更大的自主权。这时,他有更多的自由来尝试各种不同的风格,实现自己的审美追求。

对于郭祥正来说,诗歌创作是一种有效的心灵疗救过程。这是不奇怪的,因为诗歌就是探测人的内心深处,抒写内心深处的体验、感情和思想的。四十岁之后,郭祥正经历了失去妻子和一对儿女的痛苦,这种心灵创伤对他的诗歌创作影响极大。从此之后,郭祥正的诗歌创作基本上不再受李白风格的影响,而是把自己的经验和深层的情感结合起来,探索一种新的创作途径。这种风格上的新变化证明郭祥正无愧为一位真正的诗人。他有一首饱含悲痛的《哭子点》(郭祥正,506),就是和死去的儿子对话:

五岁养育恩，一朝随埃尘。

琅琅读书声，在耳犹如新。

以上两首诗诗题表明是和死者的对话。这种类型诗歌的特点，表现为对往事的追忆，同时又表现为李白的缺席。这种往事是郭祥正独特感情的证明，而这种感情太个人化了、太深挚了，以至于没有一种现存的诗歌风格能够充分表达这种感情。正因为如此，郭祥正诗歌的自主性就显现出来了。

在一篇重要的作品《昨游寄徐子美学正》(郭祥正，82—83)中，郭祥正对自己坎坷的经历作了回顾，对自己和梅尧臣及李白的关系作了总结。诗篇揭示了他对于诗歌创作的内心秘密，对于人们可能存在的一些疑问也作出了解释。诗中写道：

念昔未弱冠，与君昆弟游。各怀经纶业，壮气凌阳秋。知音得袁宰，鉴赏称琳璆。……我初佐星子，老守如素仇。避之拂衣去，寓迹昭亭幽。篇章自此富，写咏穷欢忧。慈母待禄养，复尉溢浦州。随辟宰环峰，碌碌三载周。才归遭酷罚，五体戕戈矛。旦夕期殒灭，余生安敢偷。粗能襄事毕，寒饿妻儿羞。复入湖外幕，万里浮扁舟。几葬江鱼腹，迍邅百端愁。到官未三月，开疆预参谋。招降五万户，结田使锄耰。论功辄第一，谤语达冕旒。得邑敢自诉，断木当沉沟。儿女相继死，泣多昏两眸。脱去殊未能，游鳞已吞钩。春风吹瘦颊，黄尘蒙敝裘。才趋合肥府，又鞫历阳囚。荒庭忘岁月，忽见花枝柔。清明动乡思，一水嗟淹留。却忆藏云会，玉盘荐珍羞。高吟凌李杜，猛饮咍阮刘。野寺想如昨，游人今白头。倏忽三十年，老大功名休。日毂不暂止，吾生信如沤。有酒尚可醉，余事皆悠悠。

这首诗可以视为郭祥正的一份自传。在诗中，郭祥正运用精心选择的诗歌语言和意象,力图尽可能准确地记录自己的经历和情感。经历伴随着不同场合人生态度的转换,以接近编年体的形式呈现出来。诗歌记录了诗人的创作历程,以及他在创作过程中的种种想法。一方面,郭祥正的曲折经历增强了这首诗歌内容的丰富性;另一方面,郭祥正心灵的创伤也通过这首诗得到了疗救。这首诗让我们看到了一个活生生的、富于表情的、有许多心里话要倾诉的郭祥正。这样的诗歌显露了诗人感情的方方面面。能够在诗歌中展现自己心路历程的诗人,才是真正懂诗的诗人。

诗篇中"我初佐星子,老守如素仇。避之拂衣去,寓迹昭亭幽。篇章自此富,写咏穷欢忧"这几句,写的是自己从星子主簿任上弃官而归,寓居宣城昭亭,这里正是他和梅尧臣开始交往的地方。梅尧臣有一首《依韵和郭祥正秘校遇雨宿昭亭见怀》(梅尧臣,756),诗中写道:"君乘瘦马来,骨竦毛何长。下马与我语,满屋声琅琅。一诵《庐山高》,万景不得藏。出没望林寺,远近数鸟行。鬼神露怪变,天地无炎凉。设令古画师,极意未能详。诵说冒雨去,夜宿昭亭傍。明朝有使至,寄多惊俗章。"这里记录的就是梅尧臣和郭祥正的首次会见。郭祥正原诗已佚,但是《昨游寄徐子美学正》这首诗中"昭亭"意象的重现表明了他对梅尧臣的怀念,而昭亭会见之后"篇章自此富,写咏穷欢忧",更是肯定了梅尧臣的提携对自己诗歌创作的积极影响。诗中"高吟凌李杜"一句,表明是把李白作为一名诗人平等对待,而不是诚惶诚恐、顶礼膜拜。诗篇花费许多笔墨在自己个人的主题上,例如慈母和妻儿。这表明郭祥正退出仕途之后,他的诗歌的表现领域已经从公共空间转向家庭空间,转向自己的内心世界。

这首诗是作者和多年的挚友徐子美对话,这是一目了然的;也是和梅尧臣、李白对话,虽然相对隐蔽,但也是有迹可寻的。然而最重要的是在和自己,过去的、现在的、将来的自己对话。郭祥正的这首诗恰好表明,"生活就其本质说是对话的。……人作为一个完整的声音进入对话。他不仅以自己的思想,而且以自己的命运、自己全部个性参与对话”(《诗学与访谈》,387)。

总之,郭祥正是一位成功的诗人。他成功的足迹是可以追踪的。他不是李白简单的复制品,不是盲目地模仿李白的诗歌。他利用李白诗歌的方式是十分灵活的,根据场合和接受者的不同,采取不同的方式,实现与不同对象的对话,以达到预期的效果。李白对于郭祥正的诗歌创作来说是手段,而并非目的。

回顾元祐诗坛,王安石、苏轼、黄庭坚等主要诗人确实都以杜甫为典范,而郭祥正独以李白为主要的学习典范,似乎是一个另类。但这样的另类的存在,恐怕会使诗坛显得更加气象万千吧,从这个角度看,我们还是应当给郭祥正在宋代诗史上的地位一个恰如其分的评价。

(原载《文艺理论研究》2012 年第 4 期)

附录:赵山林学术成果目录

学术专著:

中国戏曲观众学,华东师范大学出版社 1990 年版。

中国戏剧学通论,安徽教育出版社 1995 年版。

诗词曲艺术论,浙江教育出版社 1998 年版。

中国古典戏剧论稿,安徽文艺出版社 1998 年版。

戏曲散论,国家出版社(台北)2006 年版。

诗词曲论稿,中华书局 2006 年版。

中国戏曲传播接受史,上海人民出版社 2008 年版。

中国近代戏曲编年,华东师范大学出版社 2008 年版。

戏曲纵横论,国家出版社(台北)2013 年版。

其他著作:

安徽明清曲论选,黄山书社 1987 年版。

历代咏剧诗歌选注,书目文献出版社 1988 年版。

西厢妙词,江西教育出版社 1999 年版。

牡丹亭选评,上海古籍出版社 2002 年版。

近代上海戏曲系年初编(与田根胜、朱崇志合作),上海教育出版社 2003 年版。

唐诗三百首新评,黄山书社 1992 年版。

宋词三百首评注,安徽文艺出版社 1993 年版。

清代笔记小说类编(言情卷),黄山书社 1994 年版。

杜甫诗选(与蒋蕊合作),上海三联书店1997年版。

饮冰室诗话校点,传世藏书,海南国际新闻出版中心1997年版。

文评散篇选编(宋至近代部分),传世藏书,海南国际新闻出版中心1997年版。

诗评散篇选编(宋至近代部分),传世藏书,海南国际新闻出版中心1997年版。

古代文学作品题典,吉林大学出版社2000年版。

宋诗三百首(与潘裕民合作),黄山书社2001年版。

宋词三百首,安徽文艺出版社2002年版。

大学生中国古典文学词典(主编),广东教育出版社2003年版。

元曲精华(主编之一),巴蜀书社1998年版。

中华传统文化经典导读(副主编),黄山书社2003年版。

上海作家作品双年选·古典文学卷(副主编),上海文艺出版社2003年版。

明清传奇鉴赏辞典(主编之一),上海辞书出版社2004年版。

大学语文(主编),黑龙江大学出版社2008年版。

大学语文实用教程(编写组成员),华东师范大学出版社2008年版。

古代诗文阅读与鉴赏(上海市高中语文拓展型课本)(与李新合作),华东师范大学出版社2009年版。

大学语文理工版(副主编),华东师范大学出版社2009年版。

桃李春风一杯酒——宋诗经典解读(与潘裕民合作),上海百家出版社2009年版。

元曲一百首,岳麓书社2011年版。

荔镜记校注(与赵婷婷合作),三民书局(台北)2014年版。

明代咏昆曲诗歌选注(与赵婷婷合作),秀威资讯科技(台北)2014年版。

论文:

浅谈《儒林外史》的白描手法,艺谭 1981.3

论词的空与实(与万云骏合作),光明日报 1983.3.15(收入《词学论稿》)。

《牡丹亭》的杨葆光手批本,江西大学学报 1983.2

元曲修辞方式选析,修辞学习 1983.2

谈谈李清照词的评价问题,山东师大学报 1983.3(人大复印资料转载,又收入《词学论稿》)

谈谈我国古代戏曲的喜剧手法,河北戏剧 1983.4

词学研究论文集浅评,文学评论 1983.4(收入《上海版书评选》)

杨潮观四考,中华文史论丛 1984.3

古代曲论中的艺术风格论,华东师大学报 1984.4

《中国大百科全书》戏曲部分读后,读书 1984.4(人大复印资料转载)

杜诗中的艺术辩证法(与万云骏合作),草堂(杜甫研究学刊)1985.2

古代戏曲中妒忌描写的发展,山东师大学报 1985.4

为《长生殿》中的"情"一辩,华东师大学报 1986.1

杨潮观短剧的艺术独创性,中国古代戏曲论集,中国展望出版社 1986 年 4 月版

古代曲论中的观众心理学,学术月刊 1986.12(人大复印资料转载)

怎样阅读唐宋词书籍(与万云骏合作),文献 1987.3

明代文人戏曲生活的生动记录,戏剧艺术 1987.3

安徽曲论家的理论贡献,艺谭 1987.5

谈谈李商隐的七言近体诗(与万云骏合作),艺谭 1987.6

杨潮观年谱,中华戏曲第 4 辑,1987 年 12 月版

龚自珍诗词中的梦,杭州师院学报 1988.1

词学宏观研究的一项新成果，中国社会科学院研究生院学报 1988.1

《古典戏曲存目汇考》试补，古籍研究 1988.1

想得深，说得俏——论喜剧语言，安徽新戏 1988.5

论古代戏曲民俗，华东师大学报 1988.5

古代曲论中的观众位置论，艺术百家 1988.4

杜诗艺术辩证法续谈，杜甫研究学刊 1988.4

行家·戾家·利家，读书 1988.10

蒋星煜的《西厢记》研究，上海艺术家 1989.3（人大复印资料转载）

一部有深度的喜剧新作，安徽新戏 1989.2

陈子龙的词与词论，词学第 7 辑 1989.2

词话中的艺术风格论，文艺理论研究 1989.5

徽商与戏曲的关系，安徽新戏 1990.1

戏曲艺术创造中的信息反馈流程，艺术百家 1990.1

戏曲观众的心理定势，戏剧艺术 1990.2（人大复印资料转载）

《儒林外史》的美学特色，明清小说研究 1990.2

论元杂剧的分类研究，河北学刊 1990.5（人大复印资料转载）

四大徽班的启示，艺术界 1990.9—10

词的接受美学浅谈，词学第 8 辑 1990.10

古代戏曲理论中的“游戏说”，辽宁大学学报 1991.2

一部崭新的词史，江淮论坛 1991.3

孔尚任罢官之谜，古典文学知识 1991.5

当代意识与传统艺术经验，中华诗词第 2 辑，中国文史出版社 1991 年 8 月版

论元人杂剧中的“家长里短剧”，艺术百家 1992.1

从词到曲——论金词的过渡性特征及道教词人的贡献，山东师大学报 1992.2（人大复印资料转载）

论戏曲观众审美趣味和审美层次的差异性，中华戏曲第 14 辑

1993年8月版

中国古代近代悲剧理论概说,艺术百家1995.4

中国古典喜剧理论初探,文艺理论研究1996.2

潘之恒评传,戏剧艺术1996.4

中国戏剧观念的演变历程,艺术百家1996.4

中国古典戏剧学的历史分期与理论框架,华东师大学报1996.5(人大复印资料转载)

中国古代戏剧表演学的理论体系,戏剧(中央戏剧学院学报)1997.1(人大复印资料转载)

古代剧论中的人物形象论,河北学刊1997.1

王阳明与戏曲,中国典籍与文化1997.2

中国悲剧学研究的新拓展,学术月刊1997.4

金院本补考,文学遗产1997.5

晚唐诗境与词境,华东师大学报1997.5(人大复印资料转载)

20世纪前期中国戏曲研究,戏剧艺术1998.1(人大复印资料转载)

杨恩寿对戏曲研究的贡献,山西师大学报1998.1

古典诗歌的意象结构,古籍研究1998.1

咏剧诗歌的价值,中国典籍与文化1998.1(人大复印资料转载)

古代曲论中的"本色论",文艺理论研究1998.2

汤显祖与唐代文学,文史哲1998.3(人大复印资料转载)

《牡丹亭》的评点,艺术百家1998.4

南北融合与古代戏剧,华东师大学报1998.6(人大复印资料转载)

咏剧诗歌的价值,中国文化报1999.2

汤显祖与魏晋风度及文学,戏剧艺术1999.4(人大复印资料转载)

梁山伯祝英台故事的演变,戏曲艺术1999.4

南北融合与金代诗歌的发展,泰安师专学报1999.5

南北融合与诸葛亮形象演变,华东师大学报2000.2

折子戏与表演艺术,中国文化报2000.4.13

南北融合与关羽形象的演变，文学遗产 2000.4（人大复印资料转载）

纳兰性德词二首赏析，文史知识 2000.5

古代文人的桃源情结，文艺理论研究 2000.5（人大复印资料转载）

中国小说审美理想的阐释，人民日报 2000.12.2

宋杂剧金院本剧目初探，南京师大学报 2001.1

南北文化融合与词体的确立，华东师范大学学报 2001.4（收入澳门大学《中华词学论丛》）

试论南戏《张协状元》的价值，沈阳师范学院学报 2001.4

徽州曲论平议，徽学 2000 年卷 2001.6

无题诗简论，文艺理论研究 2002.1

金元词曲演变与音乐的关系，社会科学战线 2002.5（收入《中国诗歌与音乐关系研究》）

渔父形象与古代文人心态，河北学刊 2002.5

元曲中的“三五七”现象述论，山西师大学报 2003.1

试论旧体词曲与新文学诗歌创作的关系，华东师范大学学报 2003.2（收入《中国文学古今演变研究论集》）

关于汤显祖“四梦”的评价问题，戏剧艺术 2003.3

戏曲活动与戏曲民俗的生动记录——皖籍作家竹枝词研究之一，池州师专学报 2003.4（收入《戏曲民俗徽文化论集》）

明代咏剧诗歌简论，中华戏曲第 29 辑，2003 年 6 月版

昆曲评论家潘之恒，中国昆曲论坛 2003，2003.10

戏曲楹联里的学问，上海戏剧 2003.11—12

刘永济曲论平议，中国韵文学刊 2004.1

一位朝鲜学者眼中的中国戏曲，上海戏剧 2004.1—2

近代戏曲的南方中心——上海，中文自学指导 2004.3

利玛窦与明代戏曲，上海戏剧 2004.10

清前期咏剧诗歌简论，中华戏曲第 30 辑，2004 年 4 月版

浅议林步青的“时事新赋”,中华艺术论丛第2辑,2004年6月版

深情妙赏牡丹亭(收入《牡丹还魂》),台北时报文化出版公司2004年9月版

清代中期咏剧诗歌简论,广西师范大学学报2005.1

试论于右任诗歌的艺术渊源,华东师范大学学报2005.2(收入《中国文学古今演变研究论集续集》)

患难与共生死情,上海戏剧2005.3

试论戏曲传播中的文学与音乐关系,戏剧艺术2005.4

肯綮在死生之际(收入《曲高和众》),台北天下远见出版公司2005年11月版

近代咏剧诗歌简论,文艺理论研究2006.1

专写钗盒情缘,东南大学学报(哲学社会科学版)2006.1

“临川四梦”文学渊源探讨,文学遗产2006.3(新华文摘论点摘要)

宋代文人与戏剧关系略论,江海学刊2006.4

近代上海昆剧管见,中国昆曲论坛2005年卷(2006年7月版)

戏曲生态学:古代戏曲研究的新视角,常州工学院学报社科版2006.4

上海竹枝词与戏曲,中华戏曲第34辑(2006.11)

论于右任诗歌的艺术性,近代中国与文物(国家博物馆馆刊)2007.1(收入《第一届于右任国际学术研讨会论文集》)

论汤显祖《邯郸记》的成就及其影响,戏曲研究第72辑(2007.1)

独辟蹊径,致远钩深——评蒋星煜先生的《西厢记》研究,中华戏曲第35辑(2007.5)

即幻悟真——评上海昆剧团对《邯郸梦》的演绎,昆剧艺谭总第二期(2007.6)

试论咏昆剧诗的价值,中国昆曲论坛2006年卷(2007年7月版)

读《日本填词史话》,北京大学学报(哲学社会科学版)2008.1(人大复印资料转载)

《琵琶记》与古代曲论的几个重要命题，东南大学学报（哲学社会科学版）2008.3

咏《牡丹亭》诗歌简论，台湾中央大学《戏曲研究通讯》第五期（2008年6月版）

徽班在北京的发展及其历史经验，《京剧与中国文化传统》，文化艺术出版社2008年9月版

融会贯通，追求原创——戏曲研究的点滴体会，戏曲研究第76辑（2008年9月版）

明代串客述略，中国昆曲论坛2007年卷（2008年12月版）

完整演绎的可贵尝试，上海戏剧2009.3

从小说到戏曲——《廉吏于成龙》剧本创作的艺术匠心，艺术百家2009.2

《忘山庐日记》蕴藏的戏曲文化信息，文化遗产2009.2

尚长荣艺术断想，戏曲研究第78辑（2009年4月版）

雅俗新旧中西之间——从《忘山庐日记》看近代文人戏剧审美情趣，文艺理论研究2009.3

从曲家尺牍看昆曲的传播接受，中国昆曲论坛2008年卷（2009年6月版）

顾颉刚与京剧，戏曲艺术2009.3

试论《牡丹亭》范式，华玮主编《昆曲·春三二月天——面对世界的昆曲与〈牡丹亭〉》，上海古籍出版社2009年12月版

古代文人心目中的天台桃源，国家人文地理2010.2

意大利传教士和明代的南京城，国家人文地理2010.3

顾颉刚与梆子，文化艺术研究2010.1

诗歌与音乐，美术教育研究2010.2

试论《草堂诗余》在明代的流传及词曲沟通的趋势，文艺理论研究2010.4

依托全本，展示精华——上海昆剧团精华版《长生殿》的特点和意

义,昆剧艺谭总第五期(2010 年版)

试论《荆钗记》的传播接受,艺术百家 2011.1

"中国戏曲研究的新方向"工作坊研讨综述,戏曲研究第 83 辑(2011 年 4 月版)

《中国古代禁毁戏剧史论》序,伊犁师范学院学报(社会科学版)2011.2

论《迦陵词》与戏曲之因缘,中华戏曲第 42 辑(2011 年 12 月版)

试论汤显祖的《花间集》评点,东南大学学报(哲学社会科学版)2012.1

早期咏京剧诗歌浅论,艺术百家 2012.1

从文人日记看近代上海昆曲的传播接受,文化艺术研究 2012.3

明清咏剧诗歌对于戏曲接受史研究的特殊价值,文学遗产 2012.5

梅兰芳评论的开风气者——张謇子,戏曲艺术 2013.3

"借太真外传谱新词,情而已"——试论《长生殿》中"情"的内涵及其表现特点,荣广润主编《谈剧品戏——上海戏剧编剧高级研修班课程汇编》,上海锦绣文章出版社 2013 年 11 月版

试论清初文人戏曲活动及与词创作之关系,叶长海主编《曲学》第一卷,上海古籍出版社 2013 年 12 月版

元散曲的艺术手法与艺术风格简论,刘崇德主编《中国曲学研究》第二辑,河北大学出版社 2013 年 12 月版

试论昆曲观众的历史变迁与现状,东南大学学报(哲学社会科学版)2014.1

试论汤显祖的桃源情结(与赵婷婷合作),四川戏剧 2014.5

论嘉靖本《荔镜记》(与赵婷婷合作),文化遗产 2014.4

后　记

2014年8月初，赵师、师母与沪上几位学生在华东师大秋林阁小聚，把酒言欢，共叙师生情谊。席间，朱崇志提议说，明年正值赵师70华诞来临之际，希望举办一次有意义的庆祝活动，以示庆贺。此议得到大家的赞同，商议编辑一本文集，每位同学提交1篇论文，结集出版，作为我们跟随先生学习研究的一份纪念。于是，就有了这本《诗词曲艺术新论——庆祝赵山林教授七十华诞文集》的出版。

之后，沪上同学发起组织成立编委会，由谭坤起草倡议书，大家一起发出倡议，遍告诸同门，得到各位同学的积极响应。不数月，各人将论文寄至编委会，内容涵盖诗词曲各个方面，洋洋洒洒，诚为可观。齐森华先生2008年为《中国戏曲传播接受史》一书所作《序》，曾永义先生2013年为《戏曲纵横论》一书所作《序》，对赵师学术研究成果作了精到的概括，征得两位先生同意，一并收入文集之中，大为文集增光添彩。《融会贯通，追求原创——戏曲研究的点滴体会》是赵师积年学术成果、学术创见以及研究方法的总结归纳，以此代序。另外，赵师有关戏曲论著大多已出版发行，本文集仅收录他有关诗词的论文3篇和1篇《戏曲纵横论·自序》。本文集共收录师生诗词曲各类文章共35篇，以文结集，探讨诗词曲艺术，宛若当年风晨月夕，纵意而谈，如切如磋，如琢如磨，师生相与，其乐何如！

文集能得以顺利出版，主要得力于诸位同学、鼎力支持，共襄此举。日居月诸，我们越来越感受到：大家在学术上的点滴进步，离不开先生曾经的辛勤栽培。山河变易，不变的是我们对先生的感恩之心。先生不仅在学业上关心我们，在生活和做人方面对我们更是关怀备至、多有指导。先生恪守教书育人原则，努力传道授业解惑，从“道问学”到“尊德行”，从为文到为人，言传身教，传授学生许多为人做学问的道理。我辈同人，亲炙师恩，受益良多，非笔墨能形容一二。跨入师门，先生指导我们多读王国维、吴梅等名家经典，阅读哲学史、思想史和文学批评史，加强理论修养，关注当代学术发展现状，把握学术发展动态，为我们从事学术研究开启宽广的学术视野。先生教导我们珍惜华东师大的学习环境，随时向各位老师请教，还带领我们参加学术会议，遍访著名学者，希望我们做到转益多师、博采众长。先生还经常带领我们观赏戏曲演出，培养艺术感受能力，认为这有益于学术研究。学生偶有一得之见，或许难免偏颇，先生总是多方鼓励、奖掖有加。概而言之，先生经常教导我们，文章不著一字空，言必有据，搜集第一手资料，甄别材料，考辨真伪，任何观点都从材料中来，一分论据说一分话，不为凿空之论；先生还常告诫我们，要有一种学术上的敏锐性，一有发现就抓紧记下来、写出来，大胆立论，不为权威观点所囿，勇于发表新见。文章发表之前当然需要反复推敲，但新鲜想法不及时抓住，不追根究底，就会稍纵即逝，那就太可惜了。先生的谆谆教诲，给学生以自信和勇气，也使我们在以后的学术道路上走得更远、更坚实。

文集收入几十幅照片，是先生学术活动和我辈学习生活的真实记录，雪泥鸿爪，弥足珍贵。这里需要说明的是，为节省篇幅计，照片涉及的各位先生的敬称未能一一标出，敬祈见谅。

为本书的顺利出版，出版社的诸位同志给予了大力的支持，付出了辛勤的劳动，没有他们真诚帮助，就没有印刷如此精美的本书，这里一并表示感谢。

谭　坤

2015年6月2日

图书在版编目(CIP)数据

诗词曲艺术新论:赵山林教授七十华诞纪念文集/谭坤主编.
—上海:上海三联书店,2015.
ISBN 978-7-5426-5337-6

Ⅰ.①诗… Ⅱ.①谭… Ⅲ.①诗词研究—中国—文集 ②散曲—文学研究—中国—文集 Ⅳ.①I207.2-53

中国版本图书馆 CIP 数据核字(2015)第 221569 号

诗词曲艺术新论

——赵山林教授七十华诞纪念文集

主　　编　谭　坤

责任编辑　钱震华
特约编辑　黎　迦
装帧设计　鲁继德
责任校对　童蒙志

出版发行　上海三联书店
(201199)中国上海市都市路 4855 号
http://www.sjpc1932.com
E-mail:shsanlian@yahoo.com.cn
印　　刷　上海昌鑫龙印务有限公司

版　　次　2015 年 10 月第 1 版
印　　次　2015 年 10 月第 1 次印刷
开　　本　640×960　1/16
字　　数　452 千字
印　　张　33.5
书　　号　ISBN 978-7-5426-5337-6/I・1071
定　　价　78.00 元